Über die Autorinnen:
Dr. Claudia Beinert, Jahrgang 1978, ist genauso wie ihre Zwillingsschwester Nadja in Staßfurt geboren und aufgewachsen. Claudia studierte Internationales Management in Magdeburg, arbeitete lange Zeit in der Unternehmensberatung und hatte eine Professur für Finanzmanagement inne. Sie lebt und schreibt in Würzburg und Leipzig.
Dr. Nadja Beinert studierte ebenfalls Internationales Management und ist seit mehreren Jahren in der Filmbranche tätig. Die jüngere der Zwillingsschwestern ist in Erfurt zu Hause.
Besuchen Sie die Autorinnen unter:
www.beinertschwestern.de
www.facebook.com/beinertschwestern

CLAUDIA
& NADJA
BEINERT

DAS
JULIUS
SPITAL

ÄRZTIN AUS
LEIDENSCHAFT

ROMAN

KNAUR

Originalausgabe Mai 2020
Knaur Taschenbuch
© 2020 Knaur Verlag
Ein Imprint der Verlagsgruppe
Droemer Knaur GmbH & Co. KG, München
Alle Rechte vorbehalten. Das Werk darf – auch teilweise – nur
mit Genehmigung des Verlags wiedergegeben werden.
Redaktion: Dr. Heike Fischer
Covergestaltung: Patrizia Di Stefano / U1berlin
Coverabbildung: Patrizia Di Stefano, Lee Avison / Trevillion Images,
Panther Media GmbH / Alamy Stock Foto
Illustration im Innenteil: Spital Illustration © Patrizia Di Stefano
Satz: Adobe InDesign im Verlag
Druck und Bindung: CPI books GmbH, Leck
ISBN 978-3-426-52376-6

2   4   5   3

Gott dem Allmächtigen zu Lob und Ehr
und den armen Christen zu Trost und Ergötzlichkeit,
errichtet er ein Spital für allerhandt Sorten Arme,
Kranke, unvermögliche auch schadhafte Leut,
die Wundt und anderer Arzenei notdürftig sind,
desgleichen für verlassene Waisen
und dann für überziehende Pilger und dürftige Personen.

Aus der Stiftungsurkunde des Juliusspitals von 1579,
Julius Echter von Mespelbrunn

VERZEICHNIS WICHTIGER PERSONEN

(Historische Persönlichkeiten sind mit einem * versehen.)

Familie Winkelmann

Viviana Hedwig Winkelmann, Tochter von Johann und Elisabeth Winkelmann
Viviana will zu einer Zeit Ärztin werden, in der Frauen Klugheit und Lernfähigkeit grundsätzlich abgesprochen werden.

Ella Pauline Winkelmann, Vivianas Tochter
Sie ist der Grund dafür, dass Viviana mit ihrem alten Leben bricht.

Elisabeth Felicitas Winkelmann, Mutter von Viviana, Ehefrau von Johann Gottlieb Winkelmann
Ihr Einsatz gilt vor allem dem tadellosen Ruf der Familie.

Johann Gottlieb Winkelmann, Vivianas Vater und Ehemann von Elisabeth Winkelmann
Er ist der Direktor des Privatbankhauses Winkelmann, dem enormer Schaden durch Vivianas »Verfehlung« droht.

Valentin Franz Winkelmann, Vivianas älterer Bruder, Sohn von Johann und Elisabeth Winkelmann
Risikofreudiger Bankier im Privatbankhaus Winkelmann, der unheilbar krank ist.

Dorette Veronica Winkelmann, Valentins Ehefrau
Die Liebe zu ihrem Mann ist unendlich. Dorette sehnt Nachwuchs herbei.

Constanze Ernestine Hebestreit, Vivianas Tante, Schwester von Elisabeth Winkelmann
Das stumme Familienmitglied, das stets Schwarz trägt.

Ernestine Viktoria Hebestreit, Vivianas Großmutter
Seit dem Tod ihres Mannes spricht sie dem Wein immer mehr zu und plaudert – zum Schrecken der Familie.

In der Apotheke des Juliusspitals

Ferdinand Carl*, Apotheker.

Otto Hauser, Geselle des Apothekers.

Ein Stößer.

Am Juliusspital und an der Königlich Bayerischen Julius-Maximilians-Universität zu Würzburg, genannt »Alma Julia«

Rudolf Ludwig Karl Virchow*, Professor für Pathologische Anatomie und Pathologie.

Karl Friedrich von Marcus*, Professor für Medizinische Klinik sowie für Spezielle Pathologie und Therapie; Oberarzt am Juliusspital.

Franz von Rinecker*, Professor der Arzneimittellehre sowie Kinderkrankheiten; Direktor der Medizinischen Poliklinik.

Rudolf Albert Kölliker*, Professor für Anatomie, Experimental-physiologie und Vergleichende Anatomie.

Hubertus von Hardenberg, ein aufstrebender Student der Kinder-heilkunde, den Viviana in ihr Herz lässt.

Doktor Richard Staupitz, wissenschaftlicher Mitarbeiter von Ru-dolf Virchow und ein ziemlich grimmiger Mensch – zumindest auf den ersten Blick.

Weiterhin

Paul Zwanziger, ein Steinbildhauer und, wenn man Elisabeth Win-kelmann glauben will, auch »Schänder unverdorbener Fräulein«.

Oberin Ignatia, nimmt sich in Not geratener Mädchen und Frauen an, ausnahmslos.

Roswitha Höpfer und Ursula Schleich, zwei bildungshungrige Frauen, die den Anfang im Kampf um Frauenrechte in Würzburg wagen.

Magda Vogelhuber mit ihren Kindern Wenke und Bruno, aus dem Pleicher Viertel.

Sowie

zahlreiche Patienten im Juliusspital, die im Wartesaal des Todes auf Heilung hoffen.

MIT
HERZ

1

APRIL 1850

Nur einen halben Tag war es her, dass ihre Kindheit jäh zu Ende gegangen war. Ganz sicher würde sie den achtundzwanzigsten April nie mehr vergessen – und was an ihm geschehen war auch nicht, sollte sie diese Sache überhaupt überleben. Vor Verzweiflung biss Viviana sich in die zu einer Faust geballte Hand, bis sie den Schmerz nicht länger ertrug. Sie war sich ziemlich sicher, dass sie schwanger war!

Obwohl ihre Eltern nichts von ihrer Verfehlung wussten, konnte sie nicht einfach so weitermachen wie bisher: sich in der nächsten Stunde brav in das Himmelbett legen und ruhig schlafen, sich am kommenden Morgen frisieren und putzen lassen und dann an der Seite ihrer Mutter schön und strahlend die Gäste empfangen. Mit denen sie natürlich nicht allzu verfänglich plauschen durfte. Eine junge Dame hatte vor allem zuzuhören, ihre Beine nicht übereinanderzuschlagen und mit jeder Geste ihr sanftes Wesen zu unterstreichen.

Was Viviana brauchte, war ein Plan, der ihr vorgab, wie sie jetzt vorgehen sollte. Nur leider hatte sie überhaupt keine Ahnung, was man in einer solchen Notlage in ihren Kreisen tat. Die Zeit spielte gegen sie, das immerhin wusste sie. Die Zeit war ihr erster Gegner. Danach kamen vermutlich ihre Eltern, die sie liebte. Sie war verwirrt und konnte seit einem halben Tag keinen klaren Gedanken mehr fassen.

Sie musste zu Paul in die Mühlgasse, wie immer heimlich. Eine junge Dame hatte nicht allein unterwegs zu sein und schon gar nicht im ärmsten Viertel der Stadt. Aber Paul war ihre einzige Hoffnung in diesem ganzen Schlamassel, womöglich wusste er Rat.

Paul, ich liebe dich, schoss es ihr durch den Kopf, *und ich halte es keine Stunde länger alleine aus!*

Viviana öffnete die Tür und horchte nach unten, ihre Hand schmerzte noch immer. Ihre Zähne hatten undamenhafte Abdrücke auf den Fingern hinterlassen. Sie schob ihren Kopf noch etwas weiter durch den Türspalt. Es war still im Haus. Alles schien wie jeden Abend unter der Woche zu sein. Vermutlich saß ihr Vater im ersten Stock des Hauses im Herrenkabinett und las, während sich ihre Mutter in ihr Orchideenzimmer zurückgezogen hatte. Und ihr Bruder Valentin arbeitete sicher noch unten im Kontor des vornehmen Stadthauses, das innerhalb der Familie nur das »Palais« genannt wurde. Das Kontor befand sich im Erdgeschoss des Hauses und war über einen seperaten Eingang zu betreten. Stolz führte Valentin Kunden oft zuerst ins Kontor und danach über die breite Eingangstreppe in das erste Obergeschoss des Hauses, um im großen Salon auf die Geschäfte anzustoßen. Mit seinen beiden Salons, dem Herrenkabinett und der Küche war das erste Geschoss so etwas wie der öffentliche Bereich des Hauses.

Valentin war das lauteste Familienmitglied, fand Viviana. Ständig rauschte er lärmend über die Flure. Er hatte viel zu besprechen und vor allem weltmännisch zu verkünden, ständig eingehüllt in den Qualm seiner Zigarren. Ihn würde sie bestimmt hören, befände er sich gerade in einem der Salons, an denen sie vorbeimusste, um zum Ausgang zu gelangen.

Die Uhr im Herrenkabinett schlug acht. Der tiefe Ton hallte durch alle Etagen des Palais und zeigte an, dass der Tag im Hause Winkelmann zu Ende ging. Als angesehene Bankiersfamilie führten ihre Mitglieder ein Leben von solch unumstößlicher Regelmäßigkeit, dass sich Viviana statt des immergleichen Tagesablaufs schon öfter mehr Unvorhersehbarkeit und Überraschung gewünscht hatte. Gerade aber war es ihr nur recht, dass zwischen acht und neun Uhr abends jeder mit sich beschäftigt und dies wohl die einzige Stunde war, zu der sie ungesehen fortkam.

Viviana stürzte zurück zum Fenster ihres Zimmers und schaute in den dunklen Abendhimmel hinaus. Er war wolkenverhangen, wie schon seit Wochen. Ein Schauder lief ihr eiskalt den Rücken hinab. Die dunkle Hälfte des Tages war die Zeit der Ehrlosen, der Diebe, der Irren und der in Not Geratenen. Zu denen nun auch sie gehörte. Aber sie musste zu Paul! Keine Minute länger hielt sie es ohne ihren Liebsten aus. Nur er konnte sie trösten und wusste womöglich Rat. Keine ganze Stunde blieb ihr für den verbotenen Ausflug.

Viviana holte ein paar Münzen aus dem Beutel in der Frisierkommode und legte sich Pelerine und Schute an. So leise es ihr in den Schnürstiefeletten möglich war, verließ sie ihr Zimmer und stieg die Treppen hinab. Alles blieb ruhig. Nur das gedämpfte Klappern von Tellern und Töpfen war zu hören. Das Personal war in der Küche beschäftigt. Viviana verließ das Haus durch den Dienstboteneingang.

Die ersten Schritte in der Hofstraße tat sie noch zögerlich. Die Dunkelheit war ihr unheimlich. Viviana lief möglichst nah an den Nachbarhäusern entlang, denn ihre Mutter und Valentin konnten sie von den Fenstern, die zur Straße hinausgingen, noch sehen. Bald rannte sie. Sie wollte zu den Kutschen, die am Paradeplatz standen.

Ihr Herzschlag beruhigte sich nicht einmal, als sie hinter den zugezogenen Vorhängen eines Zweispänners saß. Die Kutsche zog an und holperte über Würzburgs Straßen. »Schneller, schneller«, murmelte sie aufgeregt. Die Fahrt kam ihr wie eine Ewigkeit vor. Zu Fuß hätte sie zehn Minuten zu Paul gebraucht. Zu Fuß hätte sie jedoch von Freunden und Bekannten der Familie gesehen werden können. Nicht auszudenken, wenn diese verbreiteten, in welchem Viertel sich die Tochter des Bankhauses Winkelmann zur Abendzeit herumtrieb – und dann auch noch ohne Begleitung.

Das Pleicher Viertel, kurz »Pleich« genannt, war das ärmste der Stadt. Dort wohnten Dirnen, gesellschaftlicher Aussatz, wie Valentin es nannte, sowie die Ärmsten der Armen. Und Paul.

Viviana stieg aus, gab dem Kutscher eine Münze und bat ihn, auf ihre Rückkehr zu warten. Sie raffte die Röcke und lief auf das Eckhaus in der Mühlgasse zu. Ein eisiger Wind schnitt ihr ins Gesicht, beinahe riss er ihr die Schute vom Kopf.

Nervös glitt ihr Blick an dem alten Mietshaus hinauf. Das Wetter hatte es samt den Nachbarhäusern über die Jahre hinweg vergrauen lassen. Stroh klaffte aus dem Gebälk, und die Fensterläden hingen schief in den Scharnieren, wie die müden Augenlider eines Sterbenden. Auf der Straße roch es unangenehm nach Brackwasser und dem Inhalt ausgeleerter Nachttöpfe. Viviana war geruchsempfindlicher geworden, Übelkeit stieg in ihr auf.

»Paul, bist du da?«, rief sie. Hoffentlich hatte Meister Gruber ihren Liebsten nicht kurzfristig wegen eines Auftrags außerhalb der Stadt geschickt. Ein Recht, das er sich für seinen besten Steinmetzgesellen vorbehielt. Beim letzten Mal hatte sie als Erkennungszeichen ein Steinchen an Pauls Fensterscheibe geworfen, aber dafür brachte Viviana gerade weder die nötige Treffsicherheit noch Geduld auf. Da die Eingangstür zum Mietshaus nur angelehnt war, drängte sie hinein, jede Minute war kostbar. Punkt neun Uhr würde ihr Vater an ihr Bett kommen, um ihr eine gute Nacht zu wünschen. Das war ihr allabendliches Ritual, wenn nicht Bankgeschäfte es verhinderten.

Im Hausflur war es so schwarz wie in einer Berghöhle. Hier drinnen roch es noch schlimmer als auf der Straße, sodass Viviana unwillkürlich das Gesicht verzog. »Paul?«, rief sie die Treppe hinauf. Nur langsam gewöhnten sich ihre Augen an die Dunkelheit. Am liebsten hätte sie geweint. *Paul, bitte sei da!* Sie nahm die ersten Stufen.

Plötzlich stand jemand vor ihr. Anhand der Umrisse vermutete sie, dass es sich um eine Frau handelte. Eine Dirne? Sie wich zwei Stufen zurück. Auch deswegen hatten die Eltern ihr untersagt, ein Viertel wie die Pleich jemals zu betreten. Irgendwo hinter ihr fiepte es.

»Des is fei ned des richtiche Haus, Mädle«, brummte die Frau und drängelte sich an Viviana vorbei. »Die Königliche Residenz is am annere Ende der Stadt!«

Viviana brauchte einen Moment, bis sie die Worte, die schnell und ohne Punkt und Komma aneinandergereiht worden waren, wirklich verstand. In der Töchterschule wurde großer Wert auf eine deutliche, korrekte Aussprache gelegt.

Als die Frau die Haustür öffnete und Mondlicht in den Flur fiel, blieb ihr Blick an deren schäbigem grauen Schultertuch mit Fransen hängen, das sie an Rattenfell erinnerte. Sofort zog sie ihre pelzverbrämte Pelerine fester um die Schultern.

Als wäre Magie im Spiel, stand Paul mit einem Mal vor ihr. »Viviana?«

Ihn würde sie auch in völliger Dunkelheit erkennen. Endlich!

Er nahm ihre Hände in die seinen und küsste ihre Daumenkuppen. »Was machst du denn um diese Zeit allein hier?«

»Ich bin ... ich muss ... wir haben ...«, begann sie aufgeregt und spähte nervös den Treppenflur hinauf und hinab. Oben schimpfte jemand hinter einer Tür. »Es ist dringend und nur für deine Ohren bestimmt.«

Paul führte sie aus dem kalten Treppenhaus zu seinem Zimmer hinauf. Seine Hand war warm, und obwohl nur ein schwaches Feuer im Herd seiner kleinen Kammer brannte, fror Viviana bald nicht mehr.

Er zog die löchrigen Vorhänge vor die Fenster. »Ich wusste nicht, dass du kommst. Sonst hätte ich stärker eingeheizt.« Er deutete auf einen Haufen Holzscheite in der Ecke. »Ein paar davon wollte ich mir aufheben. Falls der Winter vorhat, bis in den Mai zu bleiben.«

Viviana nahm wieder Pauls Hand und schaute sich um. Seit dem besonderen Nachmittag im Januar – als Vivianas Eltern mit Valentin geschäftlich nach Bamberg gereist waren – hatte sich nicht viel verändert. Die strohgestopfte Matratze in der Ecke, ein Stuhl mit Arbeitskleidung daneben, ein Herd sowie ein Tisch, auf dem die beiden einzigen Teller standen, die Paul besaß. Wie beim ersten Mal roch es nach Mörtel, nach Paul. Reste davon klebten an seiner Hose. Paul war trotz aller Einfachheit oder vielleicht gerade deswegen so anziehend. Seitdem sie an diesem Januarnachmittag miteinander geschlafen hatten, hatten sie sich nicht wiedergesehen. Viviana war einfach nicht von zu Hause weggekommen, ihre Tante Constanze hatte sie überwacht, als würde sie etwas ahnen.

Sie schaute zu ihm auf, in seine braunen Augen, deren Blick sie sich hilflos ausgeliefert fühlte, drang er doch bis in ihr Herz vor und wärmte sie von innen; Paul war einzigartig. Er trug sein schwarzes Haar weder gescheitelt noch pomadisiert, es stand ihm je nach Wetterlage mehr oder weniger wild vom Kopf ab. Nie lag es brav an. Paul hatte stets ein Lächeln auf den Lippen und nette Worte für jedermann, ganz sicher sogar für die Frau mit dem Ratten ähnlichen Schultertuch im Hausflur. Dafür bewunderte sie ihn, damit hatte er ihr Herz erobert.

Er küsste die Bissspuren auf ihrem Zeigefinger. »Sag schon, was ist geschehen?« Er schob ihr die Schute auf den Rücken und fuhr ihr durch die Korkenzieherlocken, die seitlich die Ohren bedeckten, während das Haar am Hinterkopf zu einem geflochtenen Knoten aufgesteckt war.

»Ich habe solche Angst.« Viviana barg ihr Gesicht in beiden Händen.

»Ich bin ja da.« Er ließ von ihrem Haar ab und zog sie an seine Brust, über der er selbst bei der Kälte dieser Tage nur ein einfaches, wollenes Hemd trug. »Du brauchst dich nicht zu fürchten.«

»Es ist so … so … so«, schluchzte sie. Im Schutz der verrußten Zimmerwände schmiegte sie sich an ihn. Seine Wärme vermochte sie sogar durch ihre Pelerine hindurch zu spüren. Langsam beruhigte sich ihr Herzschlag wieder. »Ich wusste nicht, dass es so schnell und so leicht passieren kann«, gestand sie.

Mit dem Zeigefinger hob Paul ihr Kinn von seiner Brust. »Was meinst du, Liebste?«

Viviana löste sich von ihm. Sie schaute an sich hinab, ihr Blick blieb auf ihrem Bauch haften. Dann, auf der Suche nach den richtigen Worten, irrte ihr Blick im Zimmer umher. Sie wusste von zwei schwangeren Dienstmädchen aus dem Umfeld ihrer Familie, dass diese von ihren Liebsten beschimpft und nicht mehr beachtet worden waren, sobald sich ihre Bäuche gewölbt hatten.

Viviana holte tief Luft. Vielleicht dreißig von den sechzig Minuten blieben ihr noch. Das Feuer erlosch in diesem Moment im Herd. »Ich bin schwanger«, brachte sie kaum hörbar heraus.

Pauls Blick zeigte Verwirrung und glitt von ihrem Gesicht auf ihren Leib. »Du bist ...?«

Ohne das Feuer im Herd war es dunkel im Zimmer. »In mir wächst ein Kind heran«, sagte sie mit zittriger Stimme.

Paul ging an den Herd und schichtete einige Holzscheite aufeinander, als helfe ihm die abgewandte Tätigkeit, die Neuigkeit zu verdauen. »Bist du ganz sicher?«

Viviana nickte beklommen. Als die Blutung zum ersten Mal aussetzte, hatte sie dem noch keine Beachtung geschenkt. Erst nachdem sie zum dritten Mal weggeblieben war, war ihr ihr Zustand klar geworden. Mit einer Schwangerschaft ließen sich auch die Müdigkeit, ihre festeren Brüste und die Übelkeiten der jüngsten Wochen erklären. Die Schwangerschaft hatte das Ende ihrer Kindheit eingeläutet. Sie würde Mutter werden.

»Paul, ich brauche deinen Rat.« Viviana wurde vehementer. »Wir brauchen einen Plan, wie es jetzt weitergehen soll, und das in den nächsten fünfzehn Minuten.« Die Schwangerschaft betraf mitnichten nur sie beide. Deswegen konnte sie auch nicht einfach ins Palais zurückkehren und so tun, als sei nichts geschehen. Als sei die Welt für sie, für ihre Familie und das Privatbankhaus Winkelmann noch in Ordnung.

Paul fuhr sich durchs Haar, in dem noch Staub von der Arbeit hing und es matt schimmern ließ. »Ich wollte mich erst hocharbeiten als Steinmetz, angesehen und gefragt im ganzen Land werden, um dann offiziell um deine Hand anhalten zu können. Ich wollte eine überlebensgroße Marienstatue als Geschenk für deine Eltern ...«

»Wir brauchen *jetzt* eine Lösung, nicht erst in einigen Jahren!«, fiel Viviana ihm aufgeregt ins Wort.

Paul nahm sie bei den Schultern. »Beruhige dich, Vivi. Solange wir uns lieben, wird alles gut. Gleich morgen früh halte ich bei deinen Eltern um deine Hand an.«

»Aber sie werden dich als Ehemann für mich nicht akzeptieren! Zumindest nicht, solange du nur Geselle bist. Wer weiß, ob sie es überhaupt einmal täten. Mama will einen Kommandanten für mich!«

Je aufgeregter Viviana wurde, desto ruhiger sprach Paul: »Weißt du, was ich gerade denke?« Er nahm sie in die Arme. »Da wächst ein Kind in dir, von dir und mir gemacht. Ein Zeugnis unserer Liebe.«

Ein Zeugnis unserer Liebe, hallte es in Viviana nach, während Paul weitersprach: »Vermutlich wird es mein handwerkliches Geschick und deine Neugier und Schönheit haben. Das wäre eine ungewöhnliche Mischung.« Sein Finger hatte eine Haarsträhne gefunden, die sich aus ihrer Frisur gelöst hatte, er spielte damit. »Lass uns wenigstens einen Moment, in dem wir uns über das Kind freuen.« Seine warmen Hände streichelten ihre Wangen.

Wider jede Regel küsste sie ihn, und er erwiderte ihren Kuss, der warme Wellen durch ihren Leib schickte. Sie fühlte sich geborgen bei ihm. Wenn sie so nah bei ihm war, vergaß sie alles um sich herum, sogar für einen Augenblick die ungewollte Schwangerschaft.

»Was sollen wir nun tun?«, flüsterte sie, nachdem sie sich widerwillig von seinen Lippen gelöst hatte. Sie sah nur einen einzigen Ausweg: es wie Romeo und Julia zu halten.

Er streichelte ihren Bauch. »Du solltest es so schnell wie möglich deinen Eltern sagen. Sie sind das eigentliche Problem bei der Sache. Und ich werde alles tun, damit es dir gut geht.«

»Mama und Papa einweihen? So schnell?« Viviana verlor die neu gewonnene Zuversicht auch sofort wieder. Für ihre Eltern hatten Verfehlungen jeder Art in der Familie von Bankdirektor Winkelmann nichts verloren. Das schadete ihrem Ansehen in der Stadt und damit auch den Geschäften des Bankhauses. Seit zwei Generationen wirtschaftete die Bank nun schon erfolgreich. Die Familie war stadtbekannt. Seit zwei Generationen stand der Name Winkelmann weit über Würzburg hinaus für Zuverlässigkeit, faire Handelskredite und für tadelloses Verhalten. Und dieses verband man nicht nur mit dem Direktor des Bankhauses, sondern auch mit dessen Familie, die sechzehnjährige Tochter eingeschlossen.

Viviana sackte zusammen, sodass Paul sie stützen musste. Es war einer der wenigen Momente, in dem sie ihre Fassung verlor. Anmut und Geduld, wurde ihre Mutter nicht müde zu betonen, seien wichtige Voraussetzungen für eine Tochter des gehobenen Bürgertums, um später als Ehefrau und Mutter mit der Verantwortung für den gesamten Haushalt zu einem wertvollen Mitglied der Gesellschaft zu werden. Und in der Töchterschule wurde fleißig daran gearbeitet, sie mit Geduldsübungen wie Sticken genau auf diese Aufgaben vorzubereiten. Über Kunst oder gar Politik, über die Paul gerne erzählte, verlor in der Schule niemand ein Wort.

»Soll ich dich zu deinen Eltern begleiten und dir beistehen?«, bot Paul an und korrigierte: »Euch beistehen? Dir und unserem Kind?« Er lächelte weich.

Viviana schüttelte den Kopf, so verheißungsvoll »unser Kind« auch klang. Im Palais kamen die reichsten Bürger, die Honoratioren und hohen Beamten der Stadt zuerst im Erdgeschoss für Finanzgeschäfte und dann für Feierlichkeiten in der Salonetage darüber zusammen. Ihre Mutter war für ihre exklusiven Diner-Veranstaltungen berühmt. Zu diesen festlichen Abendmahlzeiten wurden ganz nach französischer Art mindestens fünf Gänge gereicht. Es widersprach allen gesellschaftlichen Regeln und Sitten, ihre Eltern darum zu bitten, sie einem einfachen Steinmetzgesellen, der sich nicht einmal das Würzburger Bürgerrecht leisten konnte, zur Frau zu geben.

Viviana begann, durch das kleine Zimmer zu schreiten. *Paul und ich gemeinsam im Palais, das ist nicht die Lösung,* dachte sie als Erstes. *Zumindest nicht jetzt, dazu ist unsere Beziehung noch viel zu frisch.* Kein Mädchen ihres Standes, keine ihrer Freundinnen oder der Fräuleins aus der Töchterschule hatte es bisher gewagt, sich so deutlich unter Stand zu verlieben, geschweige denn voreheliche Zärtlichkeiten auszutauschen. Wäre sie ähnlich mittellos wie Paul, hätte er sie von der Stelle weg heiraten können, und sie wäre mit ihm und ihrem Kind von Baustelle zu Baustelle gezogen, wo auch immer die Kunst ihn hinrief. Aber dank ihrer Eltern war sie nicht mittellos und wie jedes andere Familienmitglied für den tadellosen Ruf der Winkelmanns verantwortlich.

Paul stellte sich ihr in den Weg und ergriff ihre Hände. »Ich möchte, dass du weißt, dass ich dich nie in Schwierigkeiten bringen wollte.« Paul schloss die Augen, als wollte er Tränen der Rührung zurückhalten, während er sprach: »Bevor ich dich traf, gab es für mich nur die Arbeit am Stein. Aber du ... du hast mein Leben verändert. Zum ersten Mal tut es mir leid, dass ich keiner dieser bürgerlichen Gehrockträger bin, die deine Eltern so schätzen. Kein Beamter, kein Arzt oder Kommandant.«

Vermutlich habe ich mich ja gerade deshalb in dich verliebt, dachte Viviana. *Weil du weder ein steifer noch erwartungsvoller, breit gescheitelter Bürgerlicher bist wie all die Herren, die meine Eltern als potenzielle Anwärter auf meine Hand ins Palais einladen.* Erst Paul hatte ihr Würzburg als Ganzes gezeigt. Vor ihm hatte sie ihre Heimatstadt nur von unten und von ihrer hübschen, aufpolierten Seite gesehen. Doch Paul hatte sie sowohl heimlich auf die Türme der Stadt als auch in die ärmlichen, schäbigen Viertel geführt, ihr von seinen Träumen erzählt und davon, wie er mit seiner Kunst die Welt verändern und wildfremde Menschen in ihrem tiefsten Inneren berühren wollte. Ein Lächeln huschte über Vivianas Züge. Ihren ersten Kuss hatte sie von Paul auf dem Turm der Pleicher Kirche Sankt Gertraud erhalten. »Wenn du ein Beamter wärst«, sagte sie nun melancholisch, »wärst du nicht Paul. Du wärst ein anderer Mensch.«

Wie viel Zeit blieb ihr noch bis zum Neun-Uhr-Schlag? Ob ihr Vater schon seine Lektüre beendet und das Herrenkabinett verlassen hatte?

Pauls Liebe zu ihr war ein Teil der Lösung. Den anderen Teil würde sie wohl oder übel mit ihren Eltern ausmachen müssen, daran führte kein Weg vorbei. »Ich muss es ihnen sagen. Besser heute als morgen.« Unbewusst nahm Viviana bei diesen Worten wieder die gewohnte aufrechte Haltung an, als stünde sie bereits im royalblauen Salon vor ihren Eltern, scharf beäugt von der goldgerahmten Ahnin an der Wand. Sie zog ihre Schute auf den Kopf zurück und band sie fester.

Paul kniete vor ihr nieder. »Viviana Winkelmann, ich werde immer für dich und unser Kind da sein.«

»Du bist der Richtige für mich«, flüsterte sie ihm gestärkt von seiner Liebe und seinem Beistand zu.

Doch wollte sie den heutigen Abend überstehen, war es allerhöchste Zeit, in die Hofstraße zurückzukehren.

✳

Kurz darauf saß Viviana wieder in der Mietkutsche und fuhr von dicken Vorhängen von der Würzburger Nachtwelt abgeschirmt Richtung Hofstraße. Vielleicht hätte sie Paul doch mitnehmen sollen? Mit jeder Minute, die er nicht mehr bei ihr war, kehrte die Unsicherheit zurück. Ihr Puls beschleunigte sich wieder.

Um sich von ihren Gedanken an Paul abzulenken, schob sie den schweren Vorhang auf ihrer Seite beiseite. Der Zweispänner verließ gerade die Pleich und bog auf die Untere Promenade ein. Am Wochenende flanierten dort jene Bürger Würzburgs, die es nicht an die vornehmen Diner-Tische des gehobenen Bürgertums schafften. Dazu zählten die besseren Handwerker wie Pauls Meister Gruber sowie die weniger erfolgreichen Kaufleute und unteren Beamten, das »Schergenvolk«, wie ihr Bruder Valentin diese Menschen zu schimpfen beliebte.

Viviana fröstelte, als das Juliusspital auf einmal vor ihr auftauchte. Ein Spital war für sie nichts anderes als ein *Wartesaal des Todes,* der oftmals letzte Aufenthaltsort der Armen. Sie hatte den mächtigen Bau zuvor noch nie genau betrachtet. Einmal war sie Paul ins Spital zum alten Gartenhaus gefolgt und froh gewesen, als sie es wieder verlassen hatten.

Viviana beschaute den Bau, um sich abzulenken. Das Vorderhaus des Juliusspitals zog sich fast die gesamte obere Hälfte der Promenade entlang. Mit seiner zweigeschossigen Front, dem Mansardengeschoss und den vielen großen Fenstern wirkte es wie eine Festung. Viviana wollte den Vorhang schon wieder zuziehen, als ihr Blick auf einer sargähnlichen Kiste vor dem Eingang des Spitals hängen blieb, die gerade von zwei Männern durch das Torgebäude getragen wurde. Gleichzeitig hielt ihre Kutsche, weil mehrere Fußgänger die Promenade querten.

»Eine Totenlade«, flüsterte sie und erschauderte. Sie hatte gehört, dass arme Familien ihre Toten oftmals für Forschungszwecke an das Spital verkauften, damit sie das Geld für die Beerdigung zusammenbekamen. Viviana musste unvermittelt an Irma denken, die früher als Dienstmädchen im Palais gearbeitet hatte. Ihre Mutter war so großzügig gewesen, eine Versicherung beim Dienstboten-Institut für Irma abzuschließen, damit das mittellose Mädchen im Krankheitsfall in einem der Spitäler der Stadt behandelt werden konnte. Vor nunmehr zwei Jahren war Irma im Juliusspital an den Folgen eines Zahngeschwürs gestorben. Damals hatte ihre Mutter ihr strikt verboten, das Mädchen im Spital zu besuchen. Erst jetzt, in diesem Moment, verstand Viviana auch, warum. Das Juliusspital war ein angsteinflößender Ort, aus dem man nicht mehr lebend herauskam, in ihm wurde der Keim des Todes gesät.

Der Arzt der Familie, Doktor Hammerschmidt, hatte ihnen, nachdem Irma gestorben war, erzählt, dass die Kranken, sobald sie das Spital betraten, kein Verfügungsrecht mehr über ihre Körper hätten. Sie würden ab diesem Zeitpunkt nurmehr Objekte für die medizinische Lehre und Forschung sein. Von Professor Kölliker, einem der Spitalsprofessoren, der auch schon Gast an der Tafel ihrer Mutter gewesen war, wusste Viviana außerdem, dass die Kranken den Würzburger Medizinstudenten während der Vorlesungs-, Praktika- und Examenszeit zur Verfügung stehen mussten, weil diese am Juliusspital ausgebildet wurden. Viviana war deshalb froh, dass die Familie Winkelmann sich einen Hausarzt wie Doktor Hammerschmidt leisten konnte.

Ihr wurde übel, als sie nach der Totenlade nun auch noch eine hochschwangere Frau auf das Torgebäude des Spitals zuhumpeln sah. Mit einem Ruck fuhr die Kutsche wieder an. Viviana streckte den Kopf aus dem Fenster, um der Schwangeren nachzuschauen. Ob die Frau und das Kind wenigstens eine kleine Chance besaßen, das Spital lebend zu verlassen? Unvermittelt legte sie die Hand auf den Bauch und strich darüber. Sie war froh, nicht auf den *Wartesaal des Todes* angewiesen und immer warm angezogen zu sein sowie keinen Hunger leiden zu müssen. Dies alles hatte sie in der Nacht mit Paul aufs Spiel gesetzt.

Viviana zog den Vorhang wieder vor das Fenster und klopfte gegen die Kutschwand, damit der Mann auf dem Bock schneller fuhr. Sie wollte weg vom Spital und der Unteren Promenade. Vermutlich war es bereits kurz vor neun Uhr, und ihr Vater beauftragte gerade das Dienstmädchen, den Most zu erwärmen, den er dann immer höchstpersönlich und meist an ihrer Mutter vorbei in ihr Zimmer schmuggelte. Ob er sie verstoßen würde, wenn er von der Schwangerschaft erfuhr? So etwas hatte es in Würzburg schon gegeben.

Allein bei der Vorstellung, ohne ihre Familie leben zu müssen, wurde Viviana ganz beklommen zumute. Mit eiskalten Fingern klammerte sie sich an die Kutschbank. Beschwörend sprach sie ein Gebet zur Herzogin des Frankenlandes, zur heiligen Mutter Maria: »Oh, Mutter der Gnade, der Christen Hort, bist Zuflucht der Sünder, des Heiles Port, Du Hoffnung der Erde, des Himmels Zier, bist Trost der Betrübten, mein Schutzpanier.«

Die Zeilen wiederholend, schaffte sie es bis in die Hofstraße, ohne dass sie vor Angst den Verstand verlor. Sie betrat ihr Zuhause durch den Dienstboteneingang. Nie zuvor war ihr das Palais, das gestern noch ihr friedliches, beschützendes Zuhause gewesen war, so unheilvoll vorgekommen.

Es war mucksmäuschenstill im Haus. Im Empfangsbereich im ersten Obergeschoss des Hauses angekommen, warf sie einen Blick auf die Zimmer, die vom Empfangsbereich abgingen. Sowohl die Tür zum großen Salon mit dem anschließenden Herrenkabinett als auch die zum kleineren, royalblauen Salon waren geschlossen. Noch am Nachmittag war das Haus mit Vorfreude auf Papas Geburtstagsfeier erfüllt gewesen. Ihre Mutter sprach schon seit einigen Tagen darüber, mit welchen Details sie den Jahrestag ihres Gatten auszurichten gedachte.

Bei dem Gedanken an ihre Mutter wurde es Viviana noch einmal mulmiger. Heute Nachmittag hatte Elisabeth Winkelmann noch gestrahlt. Welchen Ausdruck ihr Gesicht wohl annehmen würde, wenn sie von der Schwangerschaft erfuhr? Von dieser Verfehlung, die wie eine Last, wie ein unauslöschlicher Makel auf Vivianas Schultern lastete, der sie von nun an begleiten und für immer ihre Schwachstelle sein würde, die sie auf die Knie zwang.

Verzweifelt presste sie ihre Schute vor die Brust und ging leise die Treppe hinauf. Mit jeder Stufe wurde sie unruhiger, mit jeder Stufe ging sie noch gebückter. Als sie im dritten Obergeschoss angekommen war, schlug die Wanduhr neun. *Das wäre geschafft!*

»Vivi, warum trägst du deine Pelerine im Haus?«

Sie fuhr zusammen. Die Schute fiel zu Boden. Zögerlich wandte sie sich um. Ihr Vater schritt aufrecht und selbstsicher, ganz der erfolgreiche Geschäftsmann, die Treppe hinauf und auf sie zu. Er hielt ein Glas gefüllt mit Most in der Hand.

»Papa, ich … es ist so …«, begann sie und brachte es doch nicht übers Herz, ihrem Vater mitten ins Gesicht zu lügen. Sie hob die Schute auf und drehte sie zwischen ihren Händen, sodass sich die auf ihr befestigten Stoffblumen zu lösen drohten.

Vielleicht war es ja ratsam, zuerst den nachsichtigeren Vater einzuweihen, und nicht beide Elternteile gleichzeitig. »Können wir reden? Allein?« Bang schaute sie zum Orchideenzimmer, in dem sich ihre Mutter um diese Zeit häufig aufhielt.

»Ohne deine Mutter?« Ihr Vater war ihrem Blick gefolgt. »Nun gut, ausnahmsweise«, sagte er schließlich und schritt mit dem Mostglas in der Hand voran in Vivianas Zimmer.

»Was ist passiert, dass du deine Pelerine im Haus trägst?«, verlangte er einmal mehr zu wissen. Sein Ton wurde weicher, als er sie genauer betrachtete: »Du zitterst ja, Vivi. Ist dir kalt? Bist du krank?« Er stellte das Mostglas beiseite, führte Viviana zu ihrem Bett und legte ihr seinen nach Kräutertabak riechenden Gehrock um die Schultern.

»Ich, ich …« Am liebsten hätte Viviana ihm gleich hier und jetzt alles gebeichtet, aber das Wort »schwanger« wollte ihr einfach nicht über die Lippen gehen. Auf der Stirn ihres Vaters zeigten sich nun tiefe Falten, wie immer, wenn er sich Sorgen machte.

»Ich bin … es ist … ich wusste nicht …« Sie nahm mehrere tiefe Schlucke vom Most, als hätte sie den ganzen Tag noch nichts zu trinken bekommen. Dann sagte sie: »Gewissermaßen bin ich wirklich krank«, und trank gleich noch einmal, bevor sie ihm offenbarte: »In mir wächst ein Kind, Papa.«

»Grundgütiger!« Johann G. Winkelmann zog die Hand von seiner Tochter zurück, als hätte sie die Pocken. Sein erschrockener Blick sprach Bände. »Mein kleines Mädchen hat sich einem Mann hingegeben?«

Viviana erhob sich vom Bett. »Es war nur dieses eine Mal, und

Paul ist anders, Papa. Ich liebe ihn«, sagte sie leise, aber voller Überzeugung.

»Bist du dir sicher mit der Schwangerschaft?«, fragte er.

Viviana wollte ihrem Vater nichts von den ausbleibenden Monatsblutungen erzählen. Das war ein Thema, über das man, wenn überhaupt, nur unter Frauen sprach. »Ziemlich sicher«, gestand sie schuldbewusst. Drei Mal war ihre Monatsblutung schon ausgeblieben, die Brüste schmerzten ihr, oft wurde ihr plötzlich übel, und sie war tagsüber oft müde. »Ich weiß nicht, was ich nun tun soll. Aber auf jeden Fall will Paul mir bei allem helfen, soweit es ihm möglich ist. Er übernimmt Verantwortung«, betonte sie.

Johann Winkelmann nahm den Gehrock von den Schultern seiner Tochter und sprach, als hätte er ihr gar nicht richtig zugehört: »Bevor du die Schwangerschaft deiner Mutter beichtest, soll sie Doktor Hammerschmidt erst einmal bestätigen. Ich lasse sofort nach ihm schicken. Elisabeth ist noch bei ihren Pflanzen. Wenn du Glück hast, bleibt sie noch länger dort.«

»Papa?« Viviana trat zu ihrem Vater und umarmte ihn, als sähe sie ihn zum letzten Mal in ihrem Leben. »Es tut mir leid.«

Doch ihr Vater, nun ganz der sachliche Bankdirektor, erwiderte die Umarmung nicht. »Bleib du hier in deinem Zimmer, bis der Doktor kommt!«, sagte Johann lediglich, dann entzog er sich ihrer Umarmung und verließ den Raum.

Eine halbe Stunde später traf der Familienarzt im Palais ein. Viviana hatte den beleibten Mann zuletzt vor zwei Monaten gesehen, als er Großmutter Ernestine neues Digitalis für ihr schwaches Herz verschrieben hatte. Doktor Hammerschmidt trug sein dichtes Barthaar lang und hatte sogar auf seinem breiten Nasenrücken kleine Härchen. Er atmete schwer und geräuschvoll, solange sie ihn kannte. Als angesehener Allgemeinmediziner, und vor allem als der teuerste, ging er bei der Hälfte der Würzburger Bürgersfamilien ein und aus.

Auf seine Anweisung hin urinierte Viviana in ein Fläschchen, danach betrachtete er ihre Augen genauer. Dafür kam er ihr ungebührlich nah. Sein schwerer Atem roch nach Schweinsbraten. Immerhin berührte er sie nicht.

»Zuallererst spiegelt es sich in den Augen einer Frau wider, ob sie befruchtet wurde. Schwangere weisen ungewöhnlich tief liegende Augen auf«, erklärte der Arzt an Johann Winkelmann gewandt, »und die Pupillen werden sehr klein.«

Viviana schaute den Hausarzt sogar noch ängstlich an, als er längst von ihr weggetreten war, ihr Urinfläschchen mit spitzen Fingern in der Hand hielt und es im Licht einer Öllampe beschaute. »Kein Zweifel, weder was den Urin noch was die Augen betrifft.« Er schüttelte den Kopf, dass sein Doppelkinn wackelte.

»Nicht schwanger?«, fragte Johann, und auch Viviana hoffte plötzlich doch noch auf eine Wendung ihres Schicksals. Vielleicht rührte die Übelkeit von verdorbenem Essen her. Aber warum war dann nur sie betroffen, und warum blutete sie schon seit Monaten nicht mehr? Litt sie an einer anderen Frauenkrankheit, die Einfluss auf die Blutung hatte?

»Ich muss Sie enttäuschen, Herr Bankdirektor Winkelmann.« Der Arzt holte Papiere und einen Stift aus seiner Tasche. »Ihre Tochter ist ganz sicher schwanger.«

Johann kniff die Lippen zusammen, als hätte er Schmerzen. So verharrte er auch noch, als er dem Arzt die Frisierkommode als Schreibplatz wies. Der zierliche Damenstuhl verschwand unter dem massigen Hintern von Gregor Hammerschmidt.

Viviana verfolgte das weitere Geschehen hinter einem Tränenschleier und lauschte der schweren Atmung des Arztes, der nur kurz von seiner Schreibarbeit aufschaute: »Seit wann bluten Sie nicht mehr, Fräulein Winkelmann?«

»Seit Februar«, gab sie kleinlaut zurück und war heilfroh, dass sie sich vor ihm nicht frei machen musste.

»Danke, das war es dann erst mal.« Der Doktor hievte sich hoch und überreichte Johann Winkelmann das Rechnungsschreiben.

»Ich bringe Sie noch zur Tür«, bot Johann an.

»Papa?«, rief Viviana ihn zurück, als der Doktor ihr Zimmer bereits verlassen hatte.

Die Hand an der Klinke drehte Johann sich noch einmal um. Der sonst so stattliche, hochgewachsene Geschäftsmann mit einnehmender Ausstrahlung schien Viviana vor lauter Sorge geradezu geschrumpft zu sein. So hatte sie ihn bisher nicht einmal nach einem verlustreichen Geschäft oder nach dem Tod seines hochverehrten Vaters, dem Begründer des Bankhauses Winkelmann, gesehen. »Werdet ihr mich fortschicken?«, wollte sie wissen.

»Rede zuerst mit deiner Mutter, danach entscheide ich«, lautete seine Antwort. Dann zog er die Tür hinter sich zu und ließ Viviana allein zurück.

»Ach Paul, wenn du mir jetzt nur beistehen könntest.« Viviana wollte ihre Knie vor die Brust ziehen, aber mit der steifen Krinoline unter ihrem Rock war das unmöglich. Ihr war zum Weinen zumute, aber wenn sie jetzt schon zusammenbrach, was sollte dann erst werden, wenn sie das Gespräch mit ihrer Mutter suchte? Die eigentliche Herausforderung stand erst noch bevor.

✳

Jeden Erfolg in ihrem Leben hatte Elisabeth Felicitas Winkelmann mit der Anschaffung einer Orchidee gefeiert. Die Orchidee war die exzentrischste Anverwandte des Pflanzenreichs, die exquisiteste aller Duftpflanzen, die Königin der Blumen. Stolz glitt ihr Blick über die kunstvoll geblasenen Exemplare, die auf kleinen Tischen stehend, die lange Wand des Zimmers wie ein Schmuckband zierten. Sieben Orchideen waren es inzwischen, für sieben Triumphe, die sie in den vergangenen zwanzig Jahren mit solch einem Kunstwerk gekrönt hatte. Elisabeth hatte sich für gläserne Exemplare entschieden, weil sie ihre Lieblingspflanze tagtäglich in vollem Blütenstand betrachten wollte. Echte Orchideen blüten jedoch nicht das ganz Jahr über. Zudem galt es als ein Wunder, eine echte Orchidee unter europäischen Licht- und Klimabedingungen am Leben erhalten zu können. Die Anschaffungskosten für eines dieser gläsernen Kunstwerke lagen preislich dennoch kaum unter denen für eine echte Orchidee. Die gläsernen Pflanzen, die in wochenlanger Arbeit aus der Glasmacherpfeife des begabtesten böhmischen Glasbläsers gezogen wurden, fand Elisabeth sogar noch schöner als die echten. Gerade strich sie über die gläserne Blüte der blauen Vanda. An keinem Tag im Jahr verloren ihre Orchideen ihr stolzes Aussehen. Sie glänzten bei Regen und bei Sonnenschein. An keinem Tag wiesen sie auch nur einen einzigen Makel wie blasse Blüten oder graue Blätter auf.

»Guten Abend, Mama«, vernahm Elisabeth die bange Stimme ihrer Tochter hinter sich. Sie nickte zum Zeichen dafür, dass Viviana diesen intimen Raum betreten durfte. Elisabeth duldete nur wenige Personen im Orchideenzimmer. Niemand außer ihr durfte die gläsernen Pflanzen berühren. Abgesehen von der wöchentlichen Reinigung war dem Personal der Zutritt verboten.

Elegant kam Elisabeth in ihrem Promenadenkleid vom Stuhl hoch. Sie trat vor ihre Tochter und küsste sie mütterlich auf die Stirn. »Kannst du nicht schlafen?«

Viviana schüttelte den Kopf. »Ich wollte dich nicht stören. Verzeih.«

Der Schlag der Wanduhr im Salongeschoss zeigte Elisabeth an, dass es bereits elf Uhr war. »Was gibt es Wichtiges? Du weißt doch, dass eine junge Dame zu dieser späten Stunde eigentlich im Bett zu liegen hat. Ich lasse nach Henna rufen, damit sie dir aus den Kleidern hilft.«

»Ich ...«, begann Viviana zögerlich, »ich habe mich verliebt, Mama.«

Elisabeth griff nach den Händen ihrer Tochter. Es war das erste Mal, dass Viviana mit ihr über die Liebe zu einem Mann sprach. »Aber das ist doch eine freudige Nachricht.« Vergeblich suchte sie in den Augen ihrer Tochter nach Begeisterung oder Freude.

In den ersten Monaten ihrer Ehe hatte Elisabeth vor lauter Aufregung, Verliebtheit und Freude zunächst nicht schlafen können. Freude auch darüber, mit Johann Winkelmann den zukunftsträchtigsten und beeindruckendsten Mann ganz Würzburgs für sich gewonnen zu haben. Besiegelt mit einem vierzehnkarätigen Ring aus Roségold und mit Diamanten an ihrem Ringfinger. Bald darauf war ihr eheliches Glück noch von zwei wundervollen Kindern gekrönt worden. Gottes Segen lag auf ihrem Leben.

Elisabeth lächelte über die Aussicht, dass eine baldige Hochzeit die Familie und das Bankhaus einmal mehr in das glänzende Licht der Würzburger Öffentlichkeit rücken würde. »Nun sag mir nur noch, ob es sich um Kommandant von Öllkau handelt oder um den jungen Herrn Wittberger.« Elisabeth schaute ihre Tochter erwartungsvoll an. »Ich würde dir zu Kommandant von Öllkau raten. Er hat noch eine glänzende Karriere vor sich, ausgezeichnete Manieren, und außerdem verkehrt er in königlichen Kreisen. Angeblich berichtet er über polizeiliche Vorkommnisse in Würzburg direkt an den König. Seine Zelebrität wächst mit jedem Tag und ...«

»Ich liebe keinen von beiden!«, fuhr Viviana dazwischen. »Ich habe mich in Paul Zwanziger verliebt.«

Elisabeth merkte auf. Der Name Zwanziger war ihr bisher weder auf einer der erlesenen Tanzveranstaltungen der Harmonie-Gesellschaft noch auf einem der Bälle, den der Verband der Privatbankiers einmal jährlich in Würzburg abhielt, untergekommen. »Ist er von außerhalb?«, fragte sie und wurde langsam unruhig. Sie konnte Viviana ansehen, dass etwas nicht stimmte.

»Paul ist ein ehrlicher junger Mann aus der Pleich und der beste Steinmetz weit und breit«, antwortete Viviana hastig. Jetzt war es endlich heraus. »Er hat die einzigartigen Bildhauerarbeiten am Zeller Tor ausgebessert. Er wird eines Tages sehr berühmt ...«

»Einer aus dem Handwerkerstand?«, unterbrach sie Elisabeth harsch, die vor Empörung das Blut in ihren Pulsadern pochen spürte. »Was hast du dir bloß dabei gedacht?«

Statt zu antworten, senkte Viviana betreten den Blick, was für Elisabeth das eindeutige Zeichen war, dass ihre Tochter nicht log oder sich einen Scherz mit ihr erlaubte.

Sie schob Viviana aus dem heiligen Orchideenzimmer. »Das soll Johann mitanhören!« Aufgebracht schloss Elisabeth ihr Zimmer ab. »Bitte deinen Vater in den royalblauen Salon und schicke unbedingt das Personal zu Bett!«, befahl sie und rauschte an ihrer Tochter vorbei den Flur entlang. »Im Salon entscheiden wir über deine Bestrafung. Ein einfacher Hausarrest wird in diesem Fall ganz sicher nicht genügen.«

✻

Der royalblaue Salon war der kleinere der beiden Salons im Palais und ebenso wie das Orchideenzimmer das Revier ihrer Mutter. Hierhin lud sie ihre Damen und auch Gäste, die von weiter her kamen, ein, um bei einer Tasse indischen Tees Handarbeiten zu verrichten und Neuigkeiten auszutauschen. Dabei war auch Viviana regelmäßig an ihrer Seite. Im royalblauen Salon hatte Elisabeth mit ihrer Tochter geübt, die richtige Haltung zu bewahren und vor allem, worüber Viviana jetzt heftig schlucken musste, junge Herren zu empfangen, die als zukünftige Ehemänner für die einzige Tochter des Hauses aussichtsreich erschienen. Darunter waren auch Kommandant von Öllkau und der junge Herr Wittberger gewesen. Für keinen von beiden hatte sie jedoch große Sympathie empfunden, beide hatten ihr Herz nicht berührt.

Viviana war mit ihrem Vater bereits im Salon, als ihre Mutter erschien. Elisabeth setzte sich nicht wie sonst auf das brokatgesteppte royalblaue Kanapee, von dem der Salon seinen Namen hatte, sondern blieb zwei Schritte davor stehen und schaute auf ihre Tochter hinab. Sie war wie ausgewechselt. Im Schein des Kronleuchters wirkte sie in ihrem Promenadenkleid kühl und unnahbar. Das Kleid betonte ihre schmalen Schultern und ihre jungfräuliche

Taille. Als Elisabeth den Arm nach Johann ausstreckte, trat dieser an ihre Seite.

Viviana stand allein am Fenster.

»Unsere Tochter bildet sich ein, einen Handwerker zu lieben!«, erklärte Elisabeth ihrem Ehemann, wandte sich für den nächsten Satz aber schon wieder Viviana zu. »Und du hast diesen ... diesen«, sie bekam das Wort »Steinmetz« vor Entrüstung offensichtlich nicht über die Lippen, »du hast diesen Handwerker also bereits getroffen, oder weshalb sonst nimmst du an, du seist in ihn verliebt?«

Viviana schaute hilflos zu ihrem Vater. Am besten war immer noch Ehrlichkeit. »Einmal habe ich mich aus dem Haus geschlichen, als ihr verreist wart, und ein anderes Mal habe ich einen Besuch bei Theresa vorgeschoben«, führte sie aus. »Aber die wusste nichts davon«, log sie und fühlte sich dabei so unwohl, dass ihre Kehle eng wurde.

»Du hast uns belogen?«, fragte Johann kopfschüttelnd und leise.

»Es tut mir leid, dass ich euch enttäusche.« Sie kannte die Regeln in- und auswendig, denen sich eine Bankierstochter zu fügen hatte, aber in den Armen von Paul hatten sie keinerlei Bedeutung mehr gehabt.

»Das wird ab sofort ein Ende haben. Du wirst ihn nicht wiedersehen. Das muss dir klar sein!«, ereiferte sich Elisabeth. »Weißt du eigentlich, was es für die Familie bedeutet, hätte man dich mit ihm zusammen gesehen?«

Viviana verstand nur: *Du wirst ihn nicht wiedersehen.* Ein Leben ohne Paul war für sie aber nicht vorstellbar. Er war der einzige Mensch, der sie wirklich verstand. Sie liebte ihn, und er war der Vater ihres Kindes.

»Welche Bestrafung hältst du für angemessen, Johann?«, hörte sie die Stimme ihrer Mutter undeutlich fragen. Die Antwort ihres Vaters verstand sie nicht, stattdessen vernahm sie, wie von einer Geisterstimme gesprochen, nur: *Du wirst ihn nicht wiedersehen. Du wirst ihn nicht wiedersehen.*

»Viviana!«, verlangte Elisabeth. »Hörst du uns überhaupt zu?«

Die straffte ihren Rücken, als sie merkte, dass der strenge Blick ihrer Mutter sie von oben bis unten musterte. »Paul ist ...«, sagte sie dann. »Ich bin ...«

»Ich will diesen Namen nie wieder hören!« Elisabeth hatte sich bereits umgedreht und hielt auf die Tür zu. »Entschuldigt mich jetzt. Ich brauche frische Luft!« Sie hatte die Hand gerade auf die Klinke gelegt, als Johann sie bat: »Bitte bleib! Unsere Tochter hat dir *noch etwas* zu sagen.«

Viviana wurde steif vor Angst, hatte sie doch schon darauf gehofft, mit der Verkündung der Schwangerschaft bis zum morgigen Tag warten zu können, wenn sich ihre Mutter vielleicht wieder etwas beruhigt hätte. Zumal es ihr hier im Salon, unter den Augen der goldgerahmten Urgroßmutter an der Wand, noch schwerer fiel, ihre Verfehlung in Worte zu fassen. Wenn allein schon ein Treffen mit Paul ihre Mutter derart in Rage brachte, wie würde sie dann erst reagieren, wenn sie von der vorehelichen Schwangerschaft erfuhr? Sollten sie die Beichte nicht doch lieber vertagen? Sie alle waren nach dem langen Tag erschöpft und gereizt obendrein.

»Sag es ihr!«, forderte ihr Vater nun streng und unnachgiebig.

Vorsichtshalber, da er schon ahnte, dass die Neuigkeit Elisabeth einen Schlag versetzen würde, führte Johann seine Frau zum Kanapee. Da klopfte es an der Tür, und schon betrat Valentin, ohne eine auffordernde Antwort erhalten zu haben, den Salon. Er erfasste die angespannte Situation sofort, ging zum Tisch vor dem Kanapee und steckte sich leichthin einen Haselnusskeks aus der Kristallschale in den Mund. »Was hat Viviana denn verbrochen, dass ihr noch so spät auf seid?«, fragte er genüsslich kauend.

Viviana hätte ihren Bruder am liebsten fortgeschickt. Bevor Valentin begonnen hatte, sich als aufstrebenden Bankier so wichtig zu nehmen, dass er sie zeitweise wie eine Untergebene behandelte, waren sie einander sehr nah gewesen.

»Soll ich euch lieber alleine lassen?«, fragte Valentin nach einer

Weile, nachdem seine erste Frage nicht beantwortet worden war. »Ich könnte im Kontor schon den Wechselvertrag für die Mainschifffahrts-Gesellschaft aufsetzen.«

Viviana nickte sofort, aber ihr Vater wandte ein: »Du bleibst! Das Problem betrifft uns alle.«

Viviana bemerkte, wie ihre Mutter bei dem Wort »Problem« zusammenzuckte und dass Schweiß auf der Stirn ihres Vaters stand. *Jetzt fehlen nur noch Tante Constanze und Großmutter Ernestine, dann ist die Familie komplett!*, dachte sie nervös. *Und ich werde kein einziges Wort mehr herausbringen.*

Valentin nahm auf einem der brokatgesteppten Stühle gegenüber dem Kanapee Platz und verschränkte demonstrativ die Arme vor der Brust. »Wo also wart ihr gerade stehen geblieben?«

Er benimmt sich, als hätte ihn Papa bereits zum Teilhaber des Bankhauses gemacht, dachte Viviana bitter. Dann nahm sie Haltung an, sah bei ihren nächsten Worten aber keinem Familienmitglied in die Augen, sondern fixierte den Boden, während sie murmelte: »Ich bin schwanger.«

Viviana hörte, wie ihre Mutter nach Luft rang, blickte aber nicht auf.

Lange sprach niemand ein Wort.

Schließlich fand Elisabeth Winkelmann als Erste ihre Stimme wieder: »Du hast dich vor der Ehe einem Mann ...?«, den Rest des Satzes ersparte sie sich und den anderen Anwesenden. Fassungslos und kein bisschen graziös, so wie sonst, schüttelte sie den Kopf.

»Nur ein einziges Mal«, beteuerte Viviana. Paul war sehr behutsam mit ihr gewesen, aber seine Zärtlichkeiten verloren nun, wo sie in Elisabeths kreidebleiches Gesicht schaute, an Wert.

»Das kann nicht wahr sein!«, sagte Elisabeth mit bedrohlich tiefer Stimme. »Einer Winkelmann passiert so etwas nicht! Wozu haben wir so viel Zeit und Geld in deine Erziehung investiert?«

»Doktor Hammerschmidt hat ihre Schwangerschaft bereits bestätigt.« Johanns enttäuschter Blick ruhte vorwurfsvoll auf Viviana und schmerzte diese noch mehr als die harsche Art ihrer Mutter. »Wir sollten gemeinsam überlegen, wie wir den Schaden von der Familie abwenden können«, fuhr er fort, den Blick immer noch unverändert auf seine Tochter gerichtet.

Valentin hingegen schaute beherrscht zwischen seinen Eltern und Viviana hin und her. »Wer weiß außer uns davon?«, fragte er schließlich.

»Ich habe es nur Paul erzählt«, antwortete Viviana bemüht versöhnlich und fügte noch leise an: »Er freut sich auf das Kind.« Sie fühlte Übelkeit in sich aufzusteigen, gleich bekäme sie keine Luft mehr in diesem stickigen Salon.

»Du beliebst zu scherzen, Schwesterchen! Du willst doch nicht allen Ernstes einen Bastard zur Welt bringen. Damit setzt du den Ruf unserer Familie und des Bankhauses aufs Spiel! Und ein Ruf ist bei Weitem schneller ruiniert als wiederhergestellt. Deine Verfehlung würde sich schon bald in den Geschäftszahlen widerspiegeln.« Er erhob sich geschmeidig. »Dies wiederum würde uns über kurz oder lang in den Ruin und die gesellschaftliche Bedeutungslosigkeit treiben. All das hat es in Würzburg schon gegeben, und der Anlass dafür war geringer als ein uneheliches Kind von einem mittellosen Vater. Wir können uns schlichtweg keinen Bastard in der Familie leisten.«

»Ganz genau, einen Bastard wird es in der Familie Winkelmann niemals geben!«, schwor Elisabeth.

»Bastard!«, wiederholte Viviana fassungslos. Das Kind wurde von seinem Onkel und seiner Großmutter bereits als Bastard beschimpft? Sie verurteilten das kleine, hilflose Wesen in ihr, obwohl es noch nicht einmal auf der Welt war?

»Valentin hat absolut recht!«, stimmte nun auch Johann zu, ohne die Feststellung seiner Frau zu kommentieren. »Die Nachricht von deiner Schwangerschaft darf auf keinen Fall nach außen dringen.«

Elisabeth hatte sich mittlerweile wieder einigermaßen gefasst. Sie richtete die Falten am Rock ihres Promenadenkleides, dann straffte sie sich und verkündete: »Viviana sollte, so schnell es geht, Kommandant von Öllkau heiraten. Er wird das Kind als das seine ausgeben. Was denkst du, Johann?«

Der nickte nur gedankenversunken.

Viviana glaubte ihren Ohren nicht zu trauen. Von Öllkau, dieser seltsame Kommandant, der bislang nur über strategische Kriegsführung monologisiert hatte? Der kein bisschen liebenswürdig zu ihr gewesen war oder sich gar für sie interessiert hatte? »Bitte nicht«, war denn auch alles, was sie herausbrachte. Sie musste sich am Fensterbrett abstützen.

Valentin widersprach seiner Mutter nur wenige Sekunden nach ihr: »Von Öllkau ist ein stolzer Mann, der lässt sich keinen Bastard unterjubeln! Da bin ich mir ziemlich sicher.«

»Nun, bislang ist mir noch nie zu Ohren gekommen, dass ein Mann nicht umgedacht hätte, fällt die Mitgift nur hoch genug aus«, erklärte Johann. »Was schlägst du denn als Alternative vor, Valentin, wenn wir den von uns hochgeschätzten Kommandant von Öllkau nicht als Schwiegersohn in Erwägung ziehen sollen?« Er rieb sich das Kinn, als wöge er gerade ein riskantes Kreditgeschäft ab.

Viviana fühlte sich als Zuschauerin eines Bühnenstücks, in dem sie doch die Hauptrolle spielte. Im Schein der vollen Salonbeleuchtung sprachen ihre Eltern und ihr Bruder über ihre Zukunft, als sei sie gar nicht anwesend.

Valentin trat vor Viviana hin und sah sie kühl und unverwandt an. »Wir lassen das Kind heimlich wegmachen«, sagte er entschlossen. Dann wandte er sich wieder seinen Eltern zu. »Der dicke Hammerschmidt weiß doch bestimmt, wie das geht.« Er zog eine Zigarre aus der Innentasche seines Gehrocks und roch genießerisch an ihr.

Niemand erwähnte, was die Bibel zu diesem Thema zu sagen hatte, was Viviana wunderte, denn Gottes Wort fand im Hause Winkelmann sonst stets Gehör. Ihre Familie war katholisch, wie fast alle Würzburger Bürger. In der Bibel, im zweiten Buch Mose, stand geschrieben, dass derjenige, der den Tod eines Fötus im Mutterleib verursachte, die gleiche Strafe zu erwarten hatte wie ein Mörder. Und die Strafe für einen Mörder war der Tod. Viviana begann zu zittern. Sie wollte keine Mörderin sein. »Mein und Pauls Kind soll leben«, sagte sie.

»Ich möchte den Namen Paul nie wieder in meinem Haus hören!«, erinnerte sie ihre Mutter, deren Zornesader an der Schläfe bereits wieder anschwoll. »Das sagte ich bereits! Du hast uns diese Suppe eingebrockt und wirst uns daher auch helfen, sie auszulöffeln!«

Die tiefe, kalte Stimme ihrer Mutter ging Viviana durch Mark und Bein, sodass sie erst nach einem tiefen Atemzug zu antworten wagte: »Ich helfe euch – wenn mein Kind nicht getötet wird.« Sie warf Valentin einen bösen Blick zu, den dieser aber unberührt weglächelte und sich daranmachte, seine Zigarre anzuschneiden.

Elisabeth stand so vornehm vom Kanapee auf, als befände sie sich auf einer großen Gesellschaft. Sie begab sich vor das goldgerahmte Bildnis ihrer Großmutter. Hedwig Maria Ortleb war eine starke Frau in den Wirren der Französischen Revolution gewesen. Stolz überblickte Vivianas Urgroßmutter den royalblauen Salon.

»Es gibt noch eine andere Möglichkeit«, wusste Elisabeth nach einem langen Blick auf Hedwigs Porträt. »Darf ich, Johann?«

Viviana schöpfte Hoffnung.

Ihr Vater nickte ihrer Mutter auffordernd zu. »Was auch immer mit Geld möglich ist, will ich möglich machen«, sagte er noch, bevor Elisabeth ihnen ihre Überlegungen mitteilte. »Es gibt einen geistlichen Orden in der Stadt, von dem ich gehört habe, dass Frauen dort anonym entbinden können. Die Schwangere verschwindet hinter den klösterlichen Mauern, sobald der Bauch nicht länger zu verbergen ist. Nach ihrer Niederkunft werden die Neugeborenen dann an andere Eltern gegeben.«

Viviana beobachtete, wie Valentin nun ebenfalls vor das goldgerahmte Porträt seiner Ahnin trat. »Eine gute Idee. Wir könnten das Ganze mit einem Jahr in der Ferne erklären. Für ein Mädchen von

Stand ist es ja nicht unüblich, sich bei Verwandten im Ausland mit der fremden Sprache und den dortigen Sitten vertraut zu machen.« Er zog an seiner Zigarre.

Johann gesellte sich zu Elisabeth und Valentin. »Wir könnten die Vespuccis in Italien als Alibi hernehmen.«

Wieder stand Viviana abseits von ihnen und allein.

»Die Vespuccis könnten mehr als nur unser Alibi sein«, sagte Elisabeth. »Wir könnten Viviana nach der Niederkunft für einige Monate tatsächlich zu ihnen schicken.«

Johann nickte, erneut in Gedanken versunken. »Niemand wird an unserer Geschichte zweifeln, wenn Viviana in Gesprächen hin und wieder einige italienische Wendungen einstreut und von der Schönheit des Apennins schwärmt.« Er wandte sich wieder Viviana zu. Valentins Zigarrenqualm hüllte ihn ein. »Wirst du dich dem fügen, Viviana?«

Doch schon warf Elisabeth ergänzend ein: »Zu dieser Möglichkeit gehört natürlich auch, dass du diesen Schänder junger Damen nie wiedersehen wirst.«

Viviana musste sich erneut am Fensterbrett festhalten. Die Beine wurden ihr weich und drohten wegzuknicken. Der Salon begann, sich um sie zu drehen. Paul niemals wiederzusehen war unvorstellbar. Ein Leben ohne Paul war kein Leben, sondern nur eine einzige, andauernde Ohnmacht.

»Wir müssen als Familie zusammenhalten.« Johann war der Einzige, der merkte, dass es Viviana nicht gut ging, und nun zu ihr trat. »Es geht nur so«, mahnte er nachsichtiger und stützte sie, indem er sie unter dem Arm fasste. »Vielleicht kommen wir und das Bankhaus dann einigermaßen glimpflich davon.«

Viviana wollte ihre Mutter gerade dahin gehend korrigieren, dass Paul kein Schänder war, als sie glaubte, eine Bewegung in ihrem Bauch zu spüren. Es fühlte sich wie ein zartes Flattern an, wie der erste Flügelschlag eines Schmetterlings. Als wollte ihr Kind mitreden, als wollte es sich ihr vorstellen. Sie fasste sich an den

Unterleib. Das Kind in ihr wollte leben, und wie es aussah, waren eine heimliche Geburt und nicht leibliche Eltern immer noch besser als Valentins Vorschlag der Kindstötung im Mutterleib. Sie musste das Leben ihres Kindes um jeden Preis schützen.

»Ich bin einverstanden«, sagte sie und konnte doch nur daran denken, dass das Ungeborene in ihr in Liebe gezeugt worden war. Es sollte leben und von seinen neuen Eltern geliebt werden, mochte ihr das in diesem Moment auch noch so unglaublich vorkommen. Denn welches Kind wurde schon in einer Familie glücklich, die es verachtete und als Bastard abstempelte!

»Dann lasst uns endlich zu Bett gehen«, sagte Valentin, zog noch einmal an seiner Zigarre und verließ nach einem Nachtgruß den Salon. Elisabeth und Johann folgten ihm kurz darauf ohne ein weiteres Wort.

Viviana sackte auf das royalblaue Kanapee und strich über ihren Bauch. Sie ließ ihren Kopf auf die Brust sinken und ihren Tränen freien Lauf. Zwar hatte ihre Familie sie nicht verstoßen, aber Paul und ihr Kind würde sie hergeben müssen.

Viviana erinnerte sich an die Schwangere, die sie wenige Stunden vorher noch von der Kutsche aus ins Juliusspital hatte humpeln sehen. Immerhin musste sie dankbar dafür sein, dass ihr die Geburt in einem Spital erspart blieb und sie wenigstens in einem Kloster entbinden durfte. Dennoch wollten weder Dankbarkeit noch Erleichterung in ihr aufkommen. Mit dem Zeigefinger, auf dessen Bissspuren Paul vorhin noch zärtlich einen Kuss gedrückt hatte, wischte sie sich die Tränen von den Wangen.

Mit jedem Atemzug wurde die Vorstellung schlimmer, sich nach der Geburt im Oktober von dem kleinen Wesen in ihr verabschieden zu müssen. Am besten wäre es wohl, einfach nicht mehr daran zu denken, aber der kleine Schmetterling in ihr erinnerte sie mit jedem Flügelschlag daran.

***

2

MAI 1850

An vorlesungsfreien Tagen wie dem heutigen wollte er mindestens drei Sektionen schaffen. Rudolf trat vor die Bretterwand, wo er seine Taschenuhr an einen rostigen Nagel gehängt hatte. Die Uhr mit Schildpattüberzug hatte einst seinem pommerschen Großvater gehört. Die filigranen Zeiger zeigten elf Uhr an.

Er lag ausgezeichnet in der Zeit. Vor einer Stunde hatte er bereits den vierten Leichnam des Tages eröffnet. Noch eine Stunde blieb ihm bis Mitternacht. Mondlicht drang durch das große Fenster in das alte anatomische Theater und fiel auf die Sitzreihen der Tribüne, die notdürftig aufgestellten Holzstützen und bis auf den Tisch, auf dem der Selbstmörder lag.

Die äußere Beschau war bereits abgeschlossen, das Hirn seziert und alles Notwendige so weit schriftlich im Sektionsprotokoll festgehalten. Für den Bauchraum und die inneren Organe benötigte er kaum noch mehr als eine Dreiviertelstunde. Danach würde er seiner Verlobten noch schreiben müssen. Seine Rose wurde schnell traurig, wenn sie zu lange nichts vom ihm hörte. Im Sommer sollte ihre Hochzeit stattfinden.

Rudolf trat rechts neben den Toten an den Sektionstisch zurück. Dessen Kopf war nach links geneigt. Er reinigte seine Brille, nahm das Seziermesser und schnitt den Toten vom Kinn bis zur Schambeinfuge am Einschussloch zwischen den Brustwarzen vorbei in einer einzigen Bewegung auf. Je mehr Kraft er dabei anwandte, desto schneller glitt das Messer durch die Haut. Der Schnitt gelang ihm so glatt, wie seine bisherige Kariere verlaufen war – bis zur Entlassung aus der Charité.

Der Abschied von Berlin war ihm nicht schwergefallen, nur Rose hatte viel geweint. Rudolf hingegen hatte sich in der fränkischen Provinzstadt bereits gut eingelebt. Vor einem guten halben Jahr war er als Professor für Pathologische Anatomie an die Julius-Maximilians-Universität berufen worden. In Würzburg ging es kollegialer zu als an der Charité. So viel konnte er schon sagen.

Rudolf eröffnete die Bauchhöhle und prüfte den Stand des Zwerchfells. Dabei fiel ihm im kleinen Becken eine rötliche Flüssigkeit auf. Diese Beobachtung sowie auch die Lage der Organe, sogenannte ungehörige Inhalte in der Bauchhöhle sowie Farbe und Aussehen der Eingeweide notierte er. Ungehörig war, was dort nicht hingehörte. Eiter zum Beispiel war ungehörig. Er lieferte Hinweise auf Krankheiten zu Lebzeiten.

Noch mit dem Schreibgerät in der Hand, schaute er dem Verstorbenen ins gelblich wächserne Gesicht. *Armer Teufel,* dachte er. Der junge Mann war, zehn Tage nachdem er sich mit einem Revolver in die Brust geschossen hatte, gestorben und dem Juliusspital zur Verwendung für wissenschaftliche Sektionen übergeben worden. Der Tote hatte keine Angehörigen, gehabt, die Anspruch auf seinen Leichnam hätten erheben können. Und es war Rudolfs größte Angst, eines Tages so einsam zu enden wie dieser Tote.

Nach der Inaugenscheinnahme der Bauchhöhle widmete er sich jenem Bereich des Leichnams, den die meisten seiner Kollegen fälschlicherweise »Brusthöhle« nannten. Denn der Mensch besaß mehr als nur eine Brusthöhle: Da waren schon einmal die zwei getrennten Brustfellsäcke und demnach auch zwei Brustfellhöhlen, hinzu kam noch die Herzbeutelhöhle. Korrekt sprach man deshalb von der Sektion der »Brusthöhlen«. Der Plural machte den kleinen, aber feinen Unterschied. Und ein anatomischer Pathologe hatte fein zu denken und fein zu arbeiten. Nichts anderes kam für Rudolf infrage.

Die Oberfläche des Brustfells war von einer schmutzig gelblichen Schicht bedeckt. Er prüfte die Pleurasäcke, leicht geronnenes Blut trat aus der Brustkorbvene. Die Ergebnisse notierte er und dachte an Rose, und wie er sie nach ihrer Hochzeit vom Heimweh kurieren könnte. Sie war von äußerst zartem Gemüt, sein Röschen, und er wollte, dass sie glücklich wurde. Glücklich mit ihm, hier in seiner neuen Heimat Würzburg. Rudolf hatte nicht länger in Berlin bleiben können, so sehr Rose ihn auch angefleht hatte. An seinem letzten Geburtstag, dem achtundzwanzigsten, hatten sie sich deswegen unschön gestritten. Und noch immer befand sich Rose in dem Glauben, Berlin nicht für länger verlassen zu müssen.

Er schnitt das übergroße Herz aus dem toten Leib und eröffnete es auf dem Beistelltisch. Die Menge und die Beschaffenheit des noch im Herzen enthaltenen Blutes waren relevant für die Ermittlung von Todesursachen. Aufgeschnitten fand er eine innerlich rot getränkte Haut vor. Die Muskulatur war grau-rot und von auffallend gelben Streifen durchsetzt. Der Tote hatte an einer Herzbeutel- und einer Herzmuskelentzündung gelitten. Noch Schlimmeres vermutete er, im Lungenbereich zu finden, wo die Revolverkugel das meiste Unwesen getrieben hatte.

Während er weitere Schnitte und Protokollierungen vornahm, beschloss er, Rose mit Kutschfahrten durch die fränkischen Weinberge vom Heimweh nach Berlin zu kurieren. Er lächelte. Sein Blick glitt im Halbdunkel über die klapprige Sitztribüne hinweg. Kollege Kölliker, mit dem Rudolf sich diese finstere Spelunke von Gartenhaus hier im Spital teilte, hatte ihm von den Weinbergen und dem fränkischen Silvaner vorgeschwärmt.

Rudolf durchschnitt die Lungenarterien. Die Inhalte der linken Vorkammer und des rechten Ventrikels flossen aus. Nach wenigen weiteren Handgriffen war ihm klar, dass bei dem Verstorbenen auch eine Rippenfellentzündung vorgelegen hatte. Alles Folgen des Schusses durch die Brust. Er zog die Öllampe auf dem Beistelltisch näher heran. Den Bauchraum sezierte er mit Vorliebe. Hoch konzentriert entnahm er die Milz, eröffnete den Magen und machte Präparierschnitte der Leber, die er seine Studenten am Mikroskop untersuchen lassen würde. Wieder notierte er ausführlich, was er sah. Der Magen war gefüllt mit reichlich grüner Flüssigkeit, das Bauchfell entzündet, ebenso das Mittel- und das Rippenfell. Vor seinem Tod musste der Patient an akuter Atemnot gelitten haben.

Sämtliche Harnorgane untersuchte er hintereinander, während die Holzmasten, die die Decke des Gartenhauses stützten, wie Schiffsmasten knarzten. In so mancher Nacht meinte er sogar, die maroden Mauern wanken zu sehen. Das alte Gartenhaus des Spitals war viel zu eng und klein für einen Mann seines wissenschaftlichen Formats. Konnte er sich doch gerade einmal zwischen Tribüne und Seziertisch hindurchzwängen, obwohl er schlank war. In Berlin waren nicht nur die Räumlichkeiten um einiges besser gewesen, sondern auch die finanzielle Ausstattung des Lehrstuhls und die vorhandenen Lehrmittel. Rudolf würde am Spital einige wichtige Dinge ändern müssen! Und dennoch sprach mehr für Würzburg als für die Charité. Das Juliusspital war eine christliche Stiftung. Die Charité hingegen – wie auch die meisten anderen Krankenhäuser auf deutschsprachigem Boden – eine staatliche Einrichtung und dadurch Zwängen unterworfen. Die Wissenschaftler und Ärzte der Charité mussten dem Willen verschiedenster Ministerien zu Diensten sein, was in Würzburg nicht der Fall war. Einzig hier war es ihm deswegen möglich, seine Sektionsfrequenz und die wissenschaftliche Ausbeutung der Leichen überdurchschnittlich hoch zu entwickeln. Nächtelang hindurch. Er hatte sich nicht zuletzt auch deshalb für Würzburg entschieden, weil die Spitalsleitung ihm dreihundert Leichen pro Jahr zugesagt hatte. Wien, Bamberg, Fulda, Hamburg. Sie alle konnten nicht mit Würzburg mithalten!

Aus Reinlichkeitsgründen untersuchte er den Darm als letztes Organ. Der Zwölffingerdarm enthielt gallige, breiige Flüssigkeit. Im Dickdarm waren weiche Kotmassen, er konnte keine pathologischen Veränderungen erkennen.

Nein, er konnte sich nicht beklagen. Inzwischen war Rudolf sogar ausgesprochen froh darüber, dass das Ministerium in Berlin ihn wegen seiner »politisch radikalen Tendenzen« fortgeschickt hatte. Sie würden schon noch sehen! Ein Demokrat bliebe er trotz aller Verweise. Seine Überzeugung, dass die Politik für verschiedene Krankheiten verantwortlich war, weil sie nichts an den schlechten hygienischen und sozialen Verhältnisse änderte, war in ihm genauso fest verankert wie die Exaktheit der Sprache, für den Unterschied zwischen Singular und Plural, zwischen Brusthöhle und Brusthöhlen.

Die Zeiger von Großvaters Taschenuhr zeigten zwanzig Minuten vor Mitternacht an. Rudolf nahm das Gehirn vom Beistelltisch und packte es in den Bauchraum des Toten. So weit es machbar war, sollte kein Mensch – nicht einmal ein Selbstmörder – unvollständig unter die Erde kommen, so hielt man es allerorts.

Er machte sich nun ans Zunähen des Sektionsschnittes und konnte nach wie vor nur daran denken, wie froh er doch war, die staatlichen Fesseln endlich los zu sein. Das Juliusspital bedeutete wissenschaftliche Freiheit für ihn. Auf die kleinste lebende Einheit hatte er es abgesehen, auf die Zelle und ihre Entstehung. Seine ersten, streng geheimen Untersuchungen ließen nichts Geringeres als eine Weltsensation erwarten. Von hier, dem baufälligen alten Gartenhaus, aus, würde er die Sicht auf die Entstehung von Krankheiten radikal ändern. Jetzt musste er nur noch seine traurige Verlobte von Würzburg überzeugen, was eine noch größere Herausforderung war. Denn noch hoffte sie, dass er in ein oder zwei Jahren nach Berlin zurückkehren würde.

Er konnte förmlich spüren, dass ihm hier in Würzburg sein wissenschaftlicher Durchbruch bevorstand, nur war der nicht in einem Jahr zu bewältigen. Aber vielleicht würde in fünf Jahren jeder Deutsche seinen Namen kennen: RUDOLF LUDWIG KARL VIRCHOW.

❊❊❊

3

OKTOBER 1850

Es gibt diesen einzigartigen Schrei, den eine Frau von Tausenden von anderen unterscheiden kann: den Schrei ihres Kindes. Sie vergisst ihn selbst dann nicht, wenn sie ihr Kind nach der Niederkunft kein einziges Mal anschauen, geschweige denn im Arm halten durfte.

Gestern hatte Viviana diesen einzigartigen Schrei von ganz hinten aus dem Klausurtrakt gehört. Über den zugigen Klostergang hinweg war er bis in ihre Zelle gedrungen. Ihr Kind war also noch nicht an Adoptiveltern gegeben worden. Seit dem Schrei wollte sie ihr Kind wenigstens ein einziges Mal sehen.

Beim Geläut der Kirchenglocken richtete Viviana sich unter Schmerzen auf der Holzpritsche auf. Ihr Körper war noch von der Geburt geschwächt. Sie horchte auf die Geräusche draußen im Flur. Schritte entfernten sich. Die Schwestern des Ordens, die Gäste und Schülerinnen begaben sich zum Abendgebet in die Klosterkirche. Als bettlägerige Wöchnerin war Viviana von dieser Pflicht befreit.

Sie schob die Wolldecke beiseite und setzte die Füße auf den kalten Steinboden. Eine Schmerzwelle durchflutete ihren Körper. Seit der Geburt vor vier Tagen litt sie unter Nachwehen. Man hatte ihr, der Nummer fünfzehn, gesagt, dass die Krämpfe bald nachlassen würden. Viviana versuchte, regelmäßig zu atmen, damit der Schmerz verging. Ein und aus. Ein und aus.

Keines der Fräuleins, die mit ihr hier waren, wurde mit seinem Namen angeredet. Wer hier entband, legte seine Identität beim Überschreiten der Pforte ab und nahm sie erst wieder an, wenn der Bauch der Sünde nicht mehr zu sehen war und die Familie das

Mädchen nach der Geburt zurücknahm wie eine reparierte, aufpolierte Gerätschaft. Für Viviana war geplant, dass sie nach der Geburt für einige Wochen nach Italien reisen sollte, damit man auf diese Weise ihre lange Abwesenheit von zu Hause erklären konnte.

Viviana stützte sich an der Pritsche ab und atmete weiter tief ein und aus. Allmählich ließ sich der Schmerz besser ertragen. Ihre Gedanken klärten sich. Die Abendmesse dauerte selten länger als eine Stunde. Das wusste sie mit Sicherheit, weil sie, seitdem sich ihr Bauch unübersehbar wölbte, die Messen täglich mitgefeiert hatte. Bis das Fruchtwasser abgegangen war. Viviana trat von der Pritsche weg. Sie versuchte, sich auf ihre Gedanken und nicht auf die Nachwehen zu konzentrieren. Oberin Ignatia, die Ordensvorsteherin, würde erst nach dem Abendgebet ihren nächsten Rundgang durch die Zellen der gefallenen Mädchen machen. Die Frau in Zelle siebzehn litt unter schlimmen Schmerzen. Sie mussten von Krämpfen oder Anfällen ausgelöst werden, die von herzzerreißenden Schreien begleitet wurden, welche sogar die heilkundige Schwester aus der Messe herbeizurufen vermochten.

Der Schrei ihres Kindes erklang erneut und schmerzte Viviana schlimmer als die Nachwehen. Mit steifen Bewegungen legte sie ihren Krankenkittel ab, stieg in einen Rock und zog ein zartes Unterhemd über ihre prallen, mit Milch gefüllten Brüste. Mit zitternden Händen band sie ihre Schnürstiefeletten und steckte das widerspenstige, gelockte Haar zu einem losen Knoten am Hinterkopf zusammen. Mama würde sie für diese Liederlichkeit tadeln.

»Es gab nie und wird nie einen Bastard in der Familie Winkelmann geben!«, waren Mamas letzte Worte gewesen, bevor sie ihr Vater ins Kloster gebracht hatte. Während der Kutschfahrt hatte er kein Wort mit ihr gesprochen, sondern stumm in irgendwelchen Unterlagen aus dem Bankkontor geblättert. Viviana spürte, wie ihr die Tränen kamen. So viele Monate war sie nun schon von ihrer Familie getrennt. So viele Monate fühlte sie sich schon wie eine Ausgestoßene. Das viele Alleinsein hatte sie ganz lethargisch werden lassen. Allein der Gedanke an ihr Kind hatte sie aufrechterhalten.

Viviana öffnete die Zellentür und spähte in alle Richtungen. Niemand war zu sehen. So gut es mit dem noch nicht verheilten Dammriss möglich war, ging sie zum Ende des Ganges und bog um die Ecke. Dort nahm sie den Schlüssel zur Klausur, der in der Nische mit der Statuette der heiligen Angela lag, heraus.

Etwas zögerlich, weil es strengstens untersagt war, öffnete sie die Tür zum Gebäudetrakt, der allein den Ordensfrauen vorbehalten war. *Verzeihen Sie mir!*, bat sie Oberin Ignatia gedanklich und sprach dann ein Gebet: »Herrin des Frankenlandes, heilige Maria, leuchte hinab allen, die verzweifelt sind und deine Unterstützung brauchen.«

Eine erneute Schmerzwelle ging durch ihren Körper, sodass sie stehen bleiben musste. Ein Warnung Mariens, ihre Familie kein zweites Mal zu enttäuschen? Sie lehnte sich gegen die Klausurwand und holte tief Luft. Sie konzentrierte sich ganz auf ihre Atmung und blendete den Schmerz aus. Nach einigen Atemzügen ging es wieder. Und wieder schrie ihr Kind, als spürte es ihre Nähe.

Mit zusammengebissenen Zähnen schaffte Viviana es bis ans Ende des Klausurganges. Das Blut pochte ihr in den Schläfen, und sie wollte losweinen vor Erschöpfung und Sehnsucht. Nun war der eine einzigartige Schrei ganz nah. Hinter der linken Tür lag ihr und Pauls Kind, welches sie nun gleich sehen und berühren würde.

Sie trat ein. Vier Körbe standen in der dunklen Zelle. Ohne zu zögern, ging sie auf den hintersten unter dem rechten Zellenfenster zu. Die Schreie des Kindes im Korb verstummten, als sie sich näherte. Viviana beugte sich über den Korb und betrachtete den Säugling, der bis zum Hals in eine Decke eingeschlagen dalag. In den Augen des Kindes glitzerten nach dem vielen Schreien noch die Tränen. Es schien die tiefblauen Augen der Winkelmann-Frauen geerbt zu haben, sofern sich die Farbe nicht noch änderte. Ihre

Mutter, Tante Constanze, Großmama Ernestine und sie selbst hatten allesamt tiefblaue Augen.

Viviana war überwältigt. »Ich habe ein Mädchen geboren«, flüsterte sie. Aller Schmerz und alle Verzweiflung waren in diesem Moment vergessen. Sie schlug die Decke beiseite. Im Vergleich zum restlichen Körper schien ihr das Köpfchen ihres Mädchens mit den dunklen Haaren sehr groß, ebenso die Augen mit den langen schwarzen Wimpern. »Du bist wunderschön, kleiner Schmetterling.« Die Säuglingshaut schimmerte porzellanweiß, fast durchsichtig. Die Kleine war zwei Wochen zu früh gekommen.

Viviana lächelte traurig und wickelte das Kind wieder in die Decke ein, im Kloster war es überall zugig. Ganz vorsichtig, als berühre sie einen zerbrechlichen Gegenstand, streichelte sie die Wange ihres Kindes. »Du bist eine echte Winkelmann.« Die Kleine strampelte vor Begeisterung unter der Decke mit den Beinchen. Vivianas Wunsch, ihr Kind einmal in den Armen zu halten, wurde übermächtig. Der Kontakt zwischen Mutter und Kind war streng verboten!

Das kleine Mädchen lächelte, als Viviana es aus dem Korb hob. Zwar war es dunkel in der Zelle, aber Viviana meinte, jede Regung genau zu erkennen. »Meine Tochter«, sagte sie leise, aber voller Stolz. Die Kleine lächelte nur weiter.

Viviana drückte den zarten Körper ihrer Tochter vorsichtig an sich. Wie klein und verwundbar er doch war. Ein bisher ungekanntes Gefühl überkam sie. Noch nie zuvor hatte sie sich einem Menschen derart verbunden gefühlt, noch nie den Wunsch gehabt, jemanden beschützen und immer für ihn da sein zu wollen. Um jeden Preis.

Ein Schmerzschrei aus der Zelle Nummer siebzehn riss Viviana aus ihrer Versunkenheit. Plötzlich war sie unsicher, ob sie ihre Zellentür hinter sich zugezogen hatte. Sie presste sich ihr Kind vor die Brust und ging zum Korb zurück. Sie musste zurück in ihre Zelle, bevor die Oberin ihren abendlichen Rundgang machte. Noch einmal betrachtete sie ihre Tochter. Die schrie wieder, als sie sie zurück in den Korb legte. Es zerriss Viviana das Herz. Sie wollte sie auch nicht hergeben.

Aufgeregt hob sie ihre Tochter wieder aus dem Korb heraus. Viviana wiegte sie, woraufhin das Schreien sofort aufhörte. Unruhig schaute Viviana zur Zellentür, und auf einmal war alles ganz klar und ihre Entscheidung getroffen: Jeden Tag, den die Kleine länger im Kloster blieb, könnte sie von neuen Eltern abgeholt werden. Dann würde Viviana sie nie wiedersehen. Kurz entschlossen wickelte Viviana ihre Tochter in die Decke aus dem Korb, öffnete die Tür und schaute in den Klausurgang. Noch immer war niemand zu sehen und nichts zu hören, selbst die Schreie aus der Zelle mit der Nummer siebzehn waren verstummt.

Mit ihrer Tochter im Arm verließ Viviana die Säuglingszelle. Sie überschlug die ihr noch verbleibende Zeit bis zum Ende des Abendgebets. Mehr als fünf Minuten würden ihr wohl nicht mehr bleiben.

Am Ende des Ganges angekommen, legte sie den Schlüssel für die Klausur wieder in die Nische mit der Statuette der heiligen Angela zurück. Im selben Moment drang auch schon das Orgelstück »Post benedictionem«, das Abschlusslied der Messe, an ihr Ohr.

In der Zelle mit der Nummer fünfzehn zurück, legte sie ihr Kind auf ihr Bett, das überraschenderweise keinen Laut mehr von sich gab. Dann zog sie sich ihre Miederjacke über, stieg in einen zweiten Rock und zerrte ihren Schutenhut aus dem Schrank. Ihre restliche Kleidung, die sie mit ins Kloster gebracht hatte, würde sie zurücklassen müssen. Lediglich die mit Nutria verbrämte Pelerine, den kurzen Umhang, legte sie sich noch hastig um die Schultern und barg ihr Kind darunter. Leise zog sie die Zellentür hinter sich ins Schloss und eilte auf den Ausgang zu.

Im Klosterhof umfing sie eisige Kälte. Sie spürte den Wochenfluss an den Innenseiten ihrer Oberschenkel, während sie auf das Portal des Klosters zuhielt. Zu den Gebetszeiten war das daneben gebaute Wachhäuschen unbesetzt. Gerade wurde die hölzerne Kirchentür geöffnet, die Abendmesse war vorüber. Die Schwestern begaben sich für die abendliche Einkehr in die Klausur zurück.

Hastig schob Viviana den rostigen Riegel des Tors zurück und hoffte, dass der kühle Oktoberwind das Quietschen nicht bis zur Klosterkirche tragen würde. Schritte näherten sich, aber sie blickte sich nicht um. Das Tor sprang auf. Viviana aber zögerte. Was war richtig, was war falsch? Wenn sie jetzt ging, gab es kein Zurück mehr. Nicht ins Kloster, nicht in ihr altes, geliebtes Leben, das sich in der Geborgenheit des Winkelmann'schen Stadtpalais in der Hofstraße abgespielt hatte.

»Es gab nie und wird nie einen Bastard in der Familie Winkelmann geben!«, hörte sie ihre Mutter in der Erinnerung sagen. Auf keinen Fall konnte Viviana mit ihrer Tochter zurück nach Hause, zurück zu ihrer Familie.

»Herrin des Frankenlandes, heilige Maria, leuchte hinab allen, die in Finsternis und im Schatten des Todes sitzen. Zeige mir den richtigen Weg«, bat sie, die zitternde Hand auf dem rostigen Riegel des Portals, als auf einmal Pauls Gesicht vor ihrem inneren Auge auftauchte.

Sie würde von hier fortmüssen, fort mit dem Neugeborenen, damit es bei ihr bleiben konnte. Sie würde zu Paul laufen, zu ihrem Liebsten, zu dem ihr die Eltern den Kontakt verboten hatten. Nachdem er von der Schwangerschaft erfahren hatte, hatte er ihr versprochen, immer für sie und ihr gemeinsames Kind da zu sein. Danach hatten ihre Eltern sie bis zur Überstellung ins Kloster weggesperrt und ihr jeden Kontakt mit Paul strengstens untersagt. Einen einzigen Brief hatte sie kurz nach diesem Verbot noch über ein Dienstmädchen zu ihm schmuggeln können, damit er von der geheimen Geburt und dem Kontaktverbot erfuhr. Sie hatte ihm auch geschrieben, dass sie ihn immer lieben würde und ihn nach der Geburt wiedersehen wollte. Paul hatte vor dem Dienstmädchen wiederholt, was er Viviana schon zuvor geschworen hatte, nämlich immer für sie und das Kind da zu sein. Das war ihr letzter Austausch gewesen.

Viviana zog das Klosterportal zu, schob sich die Schute auf den Kopf und tauchte in den spätherbstlichen Nebelschwaden der Würzburger Gassen im Sander Viertel unter.

Um zu Paul in die Pleich zu gelangen, musste sie die gesamte Stadt durchqueren. Das Viertel lag im nördlichen Teil des alten Würzburgs, in dem sie bislang nur wenige Male gewesen war. Mit ihren Eltern war sie stets nur in den vornehmen Vierteln, in denen morgen die Maskenbälle anlässlich des Maximilians-Festtages stattfinden würden, unterwegs gewesen. Der zwölfte Oktober war der Namenstag des bayerischen Königs Maximilian II., den Würzburgs feine Gesellschaft mit Amüsements beging. Zum ersten Mal seit ihrem vierzehnten Lebensjahr war Viviana bei diesem festlichen Höhepunkt bürgerlicher Kulturfreude nicht dabei.

Ihre Heimatstadt war ihr im Herbst noch nie so kalt vorgekommen wie heute. Die vielen in den Himmel ragenden Kirchtürme schienen ihr wie mahnende Finger. Auf den großen Straßen patrouillierten die Soldaten und Offiziere des bayerischen Königs.

In der Dunkelheit schaffte sie es bis vor zur breiten Domstraße, die sie weiter Richtung Norden, Richtung Paul, passieren musste. Seit dem Brief, den das Dienstmädchen für sie aus dem Palais geschmuggelt hatte, war es ihr unmöglich gewesen, Paul ein weiteres Lebenszeichen zukommen zu lassen. Viviana konnte nur hoffen, dass er den Grund dafür erriet und ihr das lange Schweigen deshalb verzieh.

Wegen der anhaltenden Schmerzen im Unterleib kam sie nur langsam voran. Ihre rechte Hand ruhte schützend auf dem Köpfchen ihrer Tochter. Der Anblick Marias, die beim *Haus zum Hirschen* in eine Nische gemeißelt worden war, machte ihr Mut. Die steinerne Figur hielt das Jesuskind im Arm und trug ein Zepter, sie schaute zuversichtlich in die Ferne. Sie war eine von vielen Hausmadonnen in Würzburg, die Paul allesamt kannte und bewunderte. »Herzogin des Frankenlandes, heilige Maria, verachte mich nicht und stehe mir in dieser schweren Stunde bei«, bat sie hastig.

In der Langen Gasse begann ihre Tochter zu weinen. Viviana zog sich hinter den Stamm einer Pappel zurück. Der Baum hatte den Großteil seines Laubes bereits abgeworfen, es raschelte unter ihren Füßen. Bei seinem Anblick sah sie sich und ihren Vater wieder vor den Wällen der Festungsmauern im Schatten der Pappeln lustwandeln, wie sie es an unbeschwerten Sonntagen früher so gerne getan hatten. Zusammen mit ihm hatte sie fasziniert die Laichzüge der Lachse von der steinernen Mainbrücke flussaufwärts bewundert. Er hatte ihr von den modernen Wissenschaften wie Astronomie und Mechanik im Lesesaal der Harmonie-Gesellschaft erzählt und ihr aus Büchern vorgelesen.

Im kalten Mondschatten der Pappel schlug Viviana ihre Pelerine beiseite, damit sie das Gesicht ihrer Tochter sehen konnte. »Du hast Hunger, meine Kleine, nicht wahr?« Ihre Brüste schmerzten und waren so prall mit Milch gefüllt, als würden sie im nächsten Moment platzen. Im Kloster war es den gefallenen Müttern verboten gewesen, ihre Kinder selbst zu nähren. Intuitiv hielt sie ihrem Kind den Zeigefinger ans Mündlein. Das begann sofort gierig daran zu saugen. Viviana konnte sein Zünglein spüren, es kitzelte an ihrer Fingerspitze. Behutsam schlug sie die Nutria-Pelerine wieder über ihr Geheimnis und setzte ihren Weg mit dem Finger im Mund ihrer Tochter fort.

Auf der Unteren Promenade, der Straße vor der Pleich, drangen aufgeregte Stimmen zu ihr. Viviana schaute um die Hausecke und erblickte einen Offizier, der auf einen Mann einschlug. Eine ärmlich gekleidete Frau stand daneben und beschimpfte ihn. Rohe Gewalt hatte sie auf der Hofstraße nie erlebt. Lediglich wurden dort hin und wieder einige Damen wegen der spitzen Enden ihrer Sonnenschirme ermahnt. Viviana überquerte die Untere Promenade dort, wo der Nebel am dichtesten war.

Als sie die Pleich schließlich erreichte, war sie völlig erschöpft. Der Schritt brannte ihr, und ihre Arme fühlten sich schwer und völlig kraftlos an. In großem Bogen wich sie einem Tierkadaver aus. Unlängst hatte sie die Ordensschwestern davon sprechen hören, dass die Tollwut in Würzburg umging. Stinkender Unrat verdreckte ihre Lederstiefeletten, aber sie durfte nicht länger innehalten.

Paul wohnte im Eckhaus an der Mühlgasse mit Blick auf das Arbeitshaus. Auf dem Gehweg davor waberte dichter Nebel, was das heruntergekommene Gebäude, in dessen Ausfachungen teilweise schon die Füllung aus Lehm und Stroh zu sehen war, gespenstisch wirken ließ und sie an eine Vogelscheuche erinnerte. Weil die Haustür verschlossen war, hob sie ein Steinchen vom Boden auf und warf es gegen das Fenster von Pauls Zimmer im ersten Obergeschoss, das im Dunkeln lag.

Es klirrte, als das Steinchen gegen das Glas traf. »Paul!«, rief sie und schaute sich um, ob sie jemand sah oder gar beobachtete.

Am entfernten Straßenende hörte sie weibliche Stimmen dunkel lachen, eine der Frauen setzte sogar im Gehen eine Flasche an den Mund und trank. Als sie fort waren, schmiss Viviana erneut ein Steinchen gegen die Festerscheibe, traf diesmal aber das Fenster darüber. Kein Wunder, dass sie bei dieser Kälte nicht mehr richtig zielen konnte. Der Nebel kroch ihr unter die Röcke. »Paul, es ist dringend!«, rief sie und wiegte ihr Kind dabei.

»Ruhig, da unne!«, brüllte jemand von oben.

Viviana schaute zu dem Fenster über Pauls Zimmer hinauf. Die breitschultrige Frau, die sich aus ihm beugte, hatte sie schon einmal gesehen, und zwar an jenem Tag, an dem sie hergekommen war, um Paul zu sagen, dass sie schwanger war. Die Frau war vielleicht an die zehn Jahre älter als Viviana, noch keine dreißig, schätzte sie. Sie trug lediglich ein Nachthemd, nicht mal ein Jäckchen bedeckte ihre Schultern. Eigentlich widerstrebte es ihr, die Frau um etwas zu bitten. Dann aber fragte sie dennoch: »Würden Sie Paul Zwanziger zu mir schicken? Er bewohnt das Zimmer unter Ihnen. Bitte, sagen Sie ihm auch, dass ...«, sie zögerte, »... dass Viviana ihn sprechen möchte.« Es fühlte sich gut an, ihren Namen zurückzuhaben. Sechs Monate lang hatte keine der Ordensfrauen ihn in den Mund genommen. Der Name Viviana stammte aus dem Lateinischen und bedeutete »lebendig, lebhaft«. Ihr Vater hatte den Namen für sie ausgesucht.

Die Frau am Fenster ließ sich Zeit mit einer Antwort. Sie spähte die Gasse erst hinauf und dann hinunter. Erst jetzt realisierte Viviana, dass sich ihre Schute unbemerkt gelöst hatte und ihr das Haar liederlich über die Schultern fiel. Auch ihr sonstiger, nicht gerade korrekt zu nennender Aufzug tat sicher das Seine, um die Frau zögern zu lassen. Sagte ihre Mutter nicht immer, dass Kleidung und Frisur der Spiegel der Seele seien, das Abbild der moralischen und sittlichen Grundhaltung eines Menschen? Demnach war Viviana weit gesunken.

»Den Paul Zwanziger hab ich 's letzte Mal vor zwei Monate gesehn«, kam es endlich von oben. »Sein Zimmer is schon lang leer geräumt.«

Paul war nicht da? Aber sein Meister hatte ihn im Herbst für die Verschönerung einer Fassade am Würzburger Marktplatz fest eingeteilt. Von diesem Auftrag hatte ihr Paul lange vorher vorgeschwärmt.

»Sie müssen sich irren!«, rief sie hinauf.

Augenblicklich zog sich die Frau im Nachthemd in ihre Wohnung zurück, und Viviana bekam es mit der Angst zu tun. Wo war Paul nur hin, und wo sollte sie jetzt übernachten? Ihr war eiskalt, und lange konnte sie ihre Tochter nicht mehr warm halten. Sie senkte den Kopf und schloss erschöpft die Augen.

»Du meinst, ich lüch?«, hörte sie da auf einmal eine Stimme neben sich sagen.

Viviana blinzelte gegen das Mondlicht. Die Frau vom Fenster stand jetzt direkt mit einer brennenden Öllampe vor ihr und stemmte einen Arm in die Hüften wie ein Mann.

»Paul würde nicht einfach so verschwinden«, rechtfertigte sich Viviana nach einigem Zögern. »Er ist ehrlich und …«, sie überlegte, was ihn weiterhin von anderen jungen Männern unterschied, »und aufrichtig und zuverlässig.«

Die Frau brummte bei jeder Eigenschaft. Sie schien nicht zu frieren, obwohl sie lediglich ein Nachthemd trug. Das Tuch mit den Fransen, das Viviana an ein Rattenfell erinnerte, hing ihr um die Schultern, das hatte sie damals schon bei sich gehabt.

»Wenn du mir ned glebst, gugge halt selber nach!« Ohne eine Antwort abzuwarten, ging die breitschultrige Frau in das baufällige Mietshaus zurück, der Schlüssel klapperte in ihrer Hand.

Viviana folgte ihr. Der Geruch im Inneren des Hauses erinnerte sie an den von Brackwasser. Ihr Kleines unter dem Umhang fest an sich gedrückt, folgte sie der Frau die schmale Treppe hinauf. Die stoppte im ersten Geschoss des Hauses und wies mit dem Kinn auf Pauls Zimmertür.

Hoffnungsvoll trat Viviana auf diese zu. »Paul, bitte mach auf!« Sie legte ihre Hand auf die Klinke und drückte sie hinunter. Die Tür sprang sofort auf und gab den Blick ins Zimmer frei.

Die Frau im Nachthemd schob Viviana hinein. »Guck hald a mal nach!«

Fremde Wohnräume zu betreten, ohne dass man die Erlaubnis dafür erhielt oder der Hausherr einem voranschritt, verstieß gegen jeden Anstand. Aber das galt für alles, was Viviana in der zurückliegenden Stunde getan hatte. *Gegen jede von Mamas Regeln,* dachte sie.

Die Leere des Raumes zog Viviana hinein. Dort zeugte nichts mehr von Pauls Anwesenheit. Keine Arbeitssachen, kein Geschirr, auch kein Geruch von Mörtel und nassem Stein, der so oft an ihm gehaftet hatte. In der Ecke lag lediglich noch die Strohmatratze, aber ohne Bettzeug oder Decke. Der Anblick von Pauls leerem Zimmer trieb ihr die Tränen in die Augen.

»Unn, isser hier irgendwo? Vielleicht hinerm Herd?«, tönte die

Stimme hinter Viviana. »Das hat noch kenner gewagt, mich a Lüchnerin zu nennen.«

Viviana trat vor die Matratze, kein Paul und keine Nachricht für sie. Überhaupt war es hier drinnen so kalt, als wäre schon seit Monaten nicht mehr angeschürt worden. Vivianas Blick glitt weiter durch das Zimmer, doch da war nichts mehr. »Das kann einfach nicht sein! Paul würde nicht einfach so wegziehen.« Kraftlos sackte sie mit ihrem Kind vor der Brust auf den Boden. Paul war ihre einzige Hoffnung gewesen. Wenn er nicht mehr da war, war alles umsonst gewesen.

»Geh besser wieder hem!« Die Frau im Nachthemd stapfte davon. »Deine Kinner-Frau wartet bestimmt schon auf dich.«

»Ich habe kein Zuhause mehr!« Viviana schaute hinter einem Tränenschleier auf. Sie zögerte, aber schließlich offenbarte sie der Frau ihr Geheimnis: »Ich will sie nicht hergeben«, flüsterte sie und schlug die Pelerine beiseite. Das Köpfchen ihres Kindes kam zum Vorschein.

Die Frau im Nachthemd zog theatralisch die Luft ein. Langsam kam sie wieder näher. »A ledige Mudder?« Hinter vorgehaltener Hand raunte sie Viviana zu: »Einer von dene Stadträte, Magistrat schimpft der sich, hat vor einiche Jahr a mal a Mudder bestraft. Die hat vierzehn Tach Zuchthaus bekommen, weil se des Strafgeld ned bezahle konnt.«

Der Magistrat? Ihr Vater saß im Magistrat. Es war eines der zwei wichtigsten Gremien, die dem Bürgermeister zur Seite standen. Ihre Tochter begann zu greinen.

»Still halt endlich a mal das Kind!«, verlangte die Frau im Nachthemd und wies in die Zimmerecke. Dann ging sie.

Viviana setzte sich mit ihrem Kind auf die Strohmatratze. Obwohl ihr die Augenlider bereits vor Müdigkeit flatterten, beschloss sie, gleich beim ersten Hahnenschrei zu Pauls Meister zu gehen und ihn nach Paul zu fragen.

Viviana legte ihr hungriges Mädchen kurz neben sich, nahm die

Pelerine ab, öffnete ihr Mieder und schob das Unterhemd hoch. Das Kleine fing sofort zu trinken an, als es an ihrer Brust lag. Erst zog es etwas, dann ging es in ein rhythmisches Saugen über. *Jetzt sind wir ganz auf uns gestellt, Mutter und Tochter,* dachte Viviana im fahlen Mondlicht, das durch die Fenster fiel. Sie lehnte sich gegen die Wand und fasste das Händchen ihres trinkenden Kindes. »Ich taufe dich, meinen kleinen Schmetterling, auf den Namen Ella.« Bisher war ihr wundervolles Mädchen lediglich das Kind von Nummer fünfzehn gewesen. »Und mit zweitem Namen sollst du Pauline heißen. Nach deinem Vater, der bald zurück sein wird.«

Unter anderen Umständen wäre die Taufe des Neugeborenen sicher vor dem mit geweihtem Wasser gefüllten Becken des Kiliansdoms und im Angesicht des Herrn Bischof und von Hunderten von Würzburgern zelebriert worden. Und anstatt einer einfachen Decke aus dem Klosterkorb hätte Ella ein Spitzenkleidchen getragen.

Viviana ließ ihren Tränen freien Lauf, als sie an Pauls letzte Worte dachte. *Ich werde immer für dich und unser Kind da sein!* Dann fielen ihr die Augen zu, und sie bekam nicht einmal mehr ein Gutenachtgebet über die Lippen. Mit Ella an der Brust schlief Viviana ein.

✳✳✳

4

OKTOBER 1850

Im Festsaal der Harmonie-Gesellschaft, in dem sich die Mitglieder tagsüber bei der Lektüre von Zeitungen und Büchern trafen, würde in nicht einmal zwei Stunden der Maskenball anlässlich des Namenstages seiner Königlichen Majestät Maximilian II. eröffnet werden. Der Saal mit all seinen Spiegeln, Lüstern und Verzierungen war von verzaubernder Wirkung. Keiner der Offiziere, der Beamten, hohen Geistlichen und Kaufleute der Stadt, der etwas auf sich hielt, wagte es, an diesem Abend unter der großen Kuppel des Harmonie-Festsaales oder an einer der anderen Feierstätten der Stadt zu fehlen.

Elisabeth Felicitas Winkelmann schritt die breite Treppe des Palais zum Empfangsbereich im ersten Obergeschoss hinab. Mit grazilen Fingern hob sie den Überrock ihres Festkostüms gerade so weit an, dass der darunterliegende spitzenverzierte Saum eines der Unterröcke zum Vorschein kam. Sie liebte das Rascheln, das zustande kam, wenn Seide auf Seide rieb. Stufe für Stufe schwebte sie dorthin hinab, wo ihr Ehemann und Sohn, ebenfalls bereits in voller Kostümierung, sie erwarteten. Die Dienerschaft und ihre Schwester Constanze hatten sich hinter den beiden aufgereiht. *Sie bieten mir einen würdigen Empfang,* fand Elisabeth.

Für den Maskenball hatte sie sich ein Kostüm in der Form einer scharlachroten Masdevallia-Blüte anfertigen lassen. Die vielen Lagen ihres Oberrockes überkreuzten sich in blendendem Rot genauso wie die Blütenspitzen der Masdevallia. Passend dazu hatte sie eine verkleinerte Nachbildung dieser zuletzt von ihr erworbenen Glasorchidee an ihrer Augenmaske befestigten lassen. Ihr braunes Haar schimmerte golden im Licht, und ihre Haut war von feinstem rosafarbenem Puder überzogen. Stunden hatte sie mit dem Stubenmädchen oben vor dem Spiegel zugebracht.

Für die meisten Damen der Würzburger Gesellschaft bot der jährliche Maskenball den Reiz, nicht sofort erkannt zu werden. Bei Elisabeth war das anders. Sie wollte erkannt werden, und zwar als die Ehefrau des Bankdirektors Winkelmann, einem der wenigen Männer, dem solche kostspieligen Kostümierungen überhaupt möglich waren. Für gewöhnlich schützte und versteckte eine Maske ihren Träger und gab ihm die Möglichkeit, eine Nacht lang ein anderer zu sein. Aber Elisabeth wollte niemand anders als Elisabeth Winkelmann sein.

Auch in diesem Jahr würde der Maximilians-Tag wie eh und je ablaufen: Erst tafelte man, danach wurde getanzt, und man amüsierte sich im Schutz der Kostümierungen. Es würde eine Nacht berauscht von Champagner und Geheimnissen werden, in der die Luft vor Frohsinn vibrierte und spiegelglattes Parkett zu meistern war. Bei Einbruch der Dämmerung waren bereits Kanonenschüsse von der Festung erklungen, gefolgt vom Glockengeläut unzähliger Würzburger Kirchen.

Für das Bankhaus Johann G. Winkelmann war der Maskenball nicht nur Privatvergnügen, dessen war Elisabeth sich bewusst. Er war vor allem eine Festivität von herausragender geschäftlicher Bedeutung. Einzig und allein für diesen Anlass hatte sie Johann und auch Valentin, dem Husaren und dem Ritter, scharlachrote Manschettenknöpfe aus böhmischem Glas blasen lassen, mit welchem sie den familiären Zusammenhalt auch optisch demonstrieren wollte. Ein wenig bedauerte Elisabeth es, dass Johann sich im Gegensatz zu ihr keine neue Kostümierung hatte einfallen lassen. Denn so wie er, als Husar verkleidet, würde vermutlich ein Viertel der männlichen Bürgerschaft auf der Feier auftauchen. Nacktkleider, Grotesken und geistliche Aufzüge waren verboten, und eine Verkleidung sollte keinen Anstoß zu Begierden geben, ansonsten war alles möglich. Viel lieber hätte Elisabeth ihren Johann als den griechischen Gott des Reichtums, Pluto, gesehen. Aber in Würzburg war nun einmal beliebt, was auch Johann als Husar ausdrückte: Unverfänglichkeit. In den nächsten Stunden würden Bauern, Schäfer und Müller in Dutzenden die Straßen und Ballsäle erstürmen.

Elisabeth ließ sich von Johann am Ende der breiten Treppe in Empfang nehmen. »Du bist schön«, sagte er, während sein schmeichelnder Blick über ihren Körper glitt.

Valentin zollte seiner Mutter wortreich Anerkennung: »Niemand wird noch eine andere Frau beachten, wenn er deiner ansichtig wird, Mutter. Du bist die geheime Waffe des Bankhauses Winkelmann.«

Strahlend drehte Elisabeth sich vor ihrem Mann und ihrem Sohn auf dem blank polierten Marmorboden der Empfangshalle.

»Sehr kostbar, unendlich kostbar«, verkündete Valentin. »Am kostbarsten in ganz Würzburg, ja, sogar im ganzen Königreich Bayern.« Er lachte amüsiert auf.

Der Maximilians-Tag war eindeutig Valentins Lieblingstag im Jahr, das wusste Elisabeth. Und obwohl er zwei Jahre älter als Viviana war, glich er seiner Schwester in solch vorfreudigen Momenten fast wie ein Zwilling. Die gleichen wilden braunen Locken, das gleiche erwartungsvolle Leuchten in den tiefblauen Augen. Elisabeth verbot sich jeden weiteren Gedanken an ihre Tochter. Sie musste sich auf Valentin konzentrieren. »Nicht mehr lange, mein Sohn, und dann wirst du deine eigene Frau in die Harmonie ausführen können«, sprach sie stattdessen lieber die anstehende Hochzeit an. »Dorette Veronica Köppner ist eine ausgezeichnete Wahl.«

»Sie ist die Tochter des Privatbankiers Köppner aus Köln, eine bessere Partie hätten wir kaum finden können«, entgegnete Valentin stolz und erinnerte Elisabeth dabei an ihren Johann in jungen Jahren. An die Zeit, in der er als Privatbankier einen rasanten Aufstieg hingelegt hatte, in der sie kaum einen Abend kein Geschäft zu feiern hatten. Es war ihre schönste Zeit gewesen.

Elisabeth wandte sich an ihre Schwester. »Constanze, würdest du heute etwas früher als gewöhnlich nach Mutter schauen? Vielleicht setzt du dich etwas zu ihr, damit sie nicht so allein ist.« Elisabeth selbst hatte dafür keine Zeit gefunden. Die Vorbereitungen für den Maximilians-Tag waren zu umfänglich gewesen: die kurzfristigen Änderungen an ihrem Kleid beim Residenz-Schneider an der Oberen Promenade, die Entgegennahme der floralen Glaskunst und die besonders aufwendige Körperpflege. »Mutter könnte sich vor das gekippte Fenster setzen und der Musik lauschen. Es werden auch Opernmelodien gespielt«, schlug sie vor. Sogar im zweiten Obergeschoss des Palais, wo Ernestine sich seit dem Tod ihres Mannes vor sechs Jahren das Empire-Zimmer eingerichtet hatte, würde die Musik aus dem Festsaal der Harmonie zu hören sein. Und Ernestine besaß für ihr fortgeschrittenes Alter von vierundsiebzig Jahren noch ein ausgezeichnetes Gehör.

Zur Antwort nickte Constanze freudlos, wie es ihre Art war. Kurz drückte Elisabeth die Hand ihrer älteren Schwester, in der Constanze ihre viel geliebte Taschenbibel hielt. Elisabeth dachte einmal mehr, dass es kaum eine bessere Gelegenheit für Constanze geben würde als den Maskenball, um das witwenhaft straff zurückgebundene Haar einmal zu lockern und ihre ewig schwarze, hochgeschlossene Kleidung zumindest für diesen einen Abend abzulegen. Aber schon vor Jahren hatte Elisabeth es aufgegeben, ihre ältere Schwester zu ein wenig mehr Freude und Ausgelassenheit zu bewegen. »Danke, Constanze. Du bist so wichtig für Mutter.« Noch im gleichen Atemzug ließ Elisabeth sich vom Stubenmädchen die Pelerine umlegen und die Augenmaske reichen. Johann und Valentin bekamen ihre Masken vom Hausdiener ausgehändigt. Es war höchste Zeit aufzubrechen.

Elisabeth liebte es, zu tanzen, sich zu amüsieren und vom bewundernden Getuschel ihrer Damen und deren Gatten umgeben zu sein. Professoren und sogar die Angetraute des bayerischen Innenministers befanden sich unter ihnen. Maria Kölliker, die

Ehefrau des juliusspitälischen Anatomie-Professors Albert Kölliker, hatte angekündigt, der Damenrunde sogar von ihrer Begegnung mit der viel gefeierten königlichen Marie Friederike von Preußen berichten zu wollen. Elisabeth konnte es kaum erwarten.

Bis zum Palais zur Harmonie waren es nur wenige Schritte die Hofstraße hinunter, aber natürlich hatte sie eine Kutsche bestellen lassen. Valentin summte erwartungsvoll einige Takte aus der »Arie der Königin der Nacht« und tippte mit dem Fuß auf dem Boden der Empfangshalle den Rhythmus mit. Constanze hatte sich bereits zurückgezogen, als die Türglocke geläutet wurde.

Hatte sie dem Kutscher nicht schon oft genug gesagt, dass er still vor dem Haus zu warten hatte? Elisabeth mochte es nicht, Anweisungen wiederholen zu müssen.

Der Hausdiener öffnete die Tür nur ein Stück. Sie hörten sein »Sie wünschen?«.

Elisabeth hatte sich gerade bei Johann eingehakt, als sie die Antwort einer älteren Stimme vernahm. »Ein bedauerlicher Vorfall«, hörte sie eine Frau sagen.

»Grundgütiger!« Johann hielt inne, als kenne er die Stimme und wüsste, dass das Auftauchen der Frau nichts Gutes verhieß. »Bringen Sie unseren Gast bitte in den royalblauen Salon!«, befahl Johann dem Hausdiener und reichte ihm seine lederne Husarenmaske. Elisabeth wies ein Dienstmädchen an, den Kutscher um Geduld zu bitten. Ihre Masdevallia-Augenmaske gab sie jedoch nicht mehr aus der Hand.

Kurz darauf waren sie mit der Frau im Ordensgewand im Salon versammelt. Elisabeth nahm neben der Besucherin auf dem royalblauen Kanapee Platz, während die Winkelmann-Herren ihnen gegenüberstanden. Ein Tischlein stand zwischen ihnen, auf dem, wenn Eile es nicht wie in diesem Falle verhinderte, Getränke und kleine Gebäckstücke in einer Kristallschale angeboten wurden.

Elisabeth sah sofort, dass etwas nicht stimmte. Geistliche Kostümierungen waren streng verboten, es konnte sich nur um eine echte Ordensschwester handeln.

»Bitte sprechen Sie, verehrte Oberin Ignatia!«, bat Johann. »Ist etwas mit unserer Tochter geschehen?« Johann und auch sonst niemand in der Familie sprach das Wort »Kind« oder »Geburt« im Zusammenhang mit Viviana laut aus.

Oberin Ignatia rutschte auf dem brokatgesteppten Kanapee unruhig hin und her. »Es ist das erste Mal, dass so etwas passiert ist, Herr Bankdirektor Winkelmann«, eröffnete sie, zögerte aber weiterzusprechen.

Valentin kam direkt zur Sache. »Ist meine Schwester im Wochenbett gestorben?«

Elisabeth sah, wie Johann zusammenzuckte. Sie selbst wusste ihren Schrecken angemessener zu verbergen.

Oberin Ignatia schien jedoch noch immer nach den passenden Worten zu suchen.

»Sagen Sie uns bitte, was genau denn das erste Mal passiert ist«, bat Johann im ruhigen Ton des Bankdirektors, und doch sah Elisabeth, wie feiner Schweiß auf seine Stirn trat.

»Zunächst hat sie ein gesundes Kind geboren«, begann die Geistliche zögerlich. »Viele Tage zu früh.«

Elisabeth gab sich kühl, obgleich unzählige Nadeln in ihr Herz stachen. »Und weiter?«

Oberin Ignatia faltete die Hände ineinander wie zum Gebet. »Die ersten Tage nach der Geburt litt sie unter starken Nachwehen, aber vom Kindbettfieber blieb sie verschont. Natürlich separieren wir die Mütter von den Kindern, damit das Muttergefühl unterdrückt bleibt. Ich erzählte Ihnen damals ja schon davon.« Sie schaute den Hausherrn an.

Johann nickte, und auch Elisabeth erinnerte sich noch gut daran. Johann hatte ihr, nachdem er aus dem Kloster zurückgekommen war, davon berichtet. Gleich nachdem Viviana ihnen ihre Schwangerschaft mitgeteilt hatte, war Johann im Sander Viertel gewesen, um alles Notwendige bezüglich der geheimen Geburt zu besprechen und sich der absoluten Diskretion des Ordens zu versichern. Später dann, als sich Vivianas Bauch sichtbar gewölbt hatte, hatte er sie dorthin gebracht. Der Verwandtschaft, den Bekannten und den Mitgliedern der Harmonie hatten sie die Geschichte von der Bildungsreise ihrer Tochter erzählt. Das bei jungen Damen so beliebte »Jahr in der Ferne« würde Viviana, so erzählten sie, in Italien verbringen. Für ihre Dienste hatten die Ordensschwestern lediglich Geld für den Arzt und die Hebamme von Johann nehmen wollen. Und keinen einzigen Gulden darüber hinaus.

»Am vierten Tag nach der Geburt«, fuhr die Oberin nun fort, »lag sie nach wie vor mit starken Nachwehen im Bett, weswegen wir sie auch nicht mit zur Messe in die Klosterkirche nahmen. Sie muss herausgefunden haben, wo wir ihr Kind versorgten.«

Etwas unelegant wegen des steifen Reifrocks fuhr Elisabeth vom Kanapee hoch. Sie kämpfte damit, ihre Stimme nicht bedrohlich tief, sondern sanft klingen zu lassen, wie es sich für eine Frau ihres Standes gehörte: »Oberin Ignatia, ich darf Sie höflichst darum bitten, weder in unserem Haus und auch sonst irgendwo jemals wieder von dem Kind meiner Tochter zu sprechen. Denn es wird nie das Kind unserer Tochter sein!« Noch bevor Elisabeth diese Worte zu Ende gesprochen hatte, spürte sie, wie sie von der Hand ihres Mannes zärtlich, aber bestimmt auf das Kanapee zurückgedrückt wurde. Johann kannte und wusste nur zu gut, was es bedeutete, wenn ihre Stimme ins Tiefe umschlug. Seine Hand auf ihrer Schulter verhinderte Schlimmeres. Er nahm ihr die Masdevallia-Augenmaske aus den Händen und brachte sie auf dem Tisch in Sicherheit.

Wenn es etwas gab, das Elisabeth verachtete, dann waren es Bastardkinder, das Symbol für den gesellschaftlichen Fehltritt schlechthin. Bastardkinder kamen unter Dienstboten vor, da waren sie sogar eher die Regel als die Ausnahme. Jede bessere Familie wusste dies allerdings zu vermeiden. Noch immer konnte sie es daher nicht fassen, dass dies nun ausgerechnet in ihrem Haus geschehen war. Und dann auch noch ihrer gut behüteten Tochter, die sie für sittsam und klug gehalten hatte. Ihrem eigenen Fleisch und Blut. Etwas von Vivianas Schande konnte Elisabeth auch an ihrem eigenen Leib kleben spüren. Ihre prächtigen Kleider überdeckten das hoffentlich.

Oberin Ignatia erzählte, den Blick starr auf den glänzenden Tisch vor sich gerichtet, weiter: »An diesem vierten Tag benutzte Ihre Tochter, heimlich und gegen jedes Gebot, den Schlüssel zur Klausur. Sie fand«, kurz zögerte die Oberin, »sie fand das Kind, das sie geboren hatte, und flüchtete mit ihm.«

Das kann doch alles nicht wahr sein!, dachte Elisabeth, gab aber keinen Laut von sich.

»Das klingt wie die Erzählung aus einem Abenteuerroman!«, erboste sich Valentin im Kostüm des Ritters. »Wie konnte so etwas passieren?«, fuhr er die Oberin an und fügte, noch bevor er eine Antwort erhielt, hinzu: »Das wird auf jeden Fall ein Nachspiel haben!«

»Wo ist sie jetzt?«, schaltete sich Johann ein und bedeutete seinem Sohn, sich zu beruhigen und seine guten Manieren der Oberin gegenüber nicht zu vergessen.

Oberin Ignatia hob den Blick vom glänzenden Tisch und schaute Johann direkt in die Augen. »Wir wissen es nicht«, gestand sie und fühlte sich sichtlich unwohl dabei. »Wir haben das Kloster und auch das Sander Viertel einen ganzen Tag lang nach ihr abgesucht«, beteuerte sie.

Mit einem raschen Blick forderte Johann Elisabeth auf, ruhig zu bleiben, anstatt die Oberin für alles verantwortlich zu machen.

Johann rann eine Schweißperle die Schläfe hinab. »Dann ist Viviana schon gestern geflohen?«

Oberin Ignatia nickte betreten. »Ja.«

Jetzt konnte Elisabeth nicht länger schweigen. »Warum verständigt man uns erst jetzt? Ein junges Fräulein, noch nicht genesen, ist eine Nacht und einen ganzen Tag alleine unterwegs, weiß Gott, wo, und wir werden in dieser Zeit im Glauben gelassen, alles sei in Ordnung?« Sie griff nach ihrer Masdevallia-Augenmaske auf dem Tisch und umklammerte sie.

»Bei der Suche haben wir auf Gottes Hilfe vertraut. Sechs Schwestern waren unterwegs, und als alle Bemühungen erfolglos blieben, habe ich mich sogleich auf den Weg zu Ihnen gemacht«, rechtfertigte sich Oberin Ignatia.

»Sie haben richtig gehandelt«, beschied Johann, trotz Elisabeths und Valentins empörten Mienen. »Unter den gegebenen Umständen, die äußerste Diskretion verlangten, war es recht, zumindest einen Tag lang auf Gottes Hilfe und Ihre eigenen Anstrengungen zu vertrauen.«

»Aber sie kann jetzt überall sein mit diesem Kind!«, widersprach Elisabeth, was ihr eigentlich nicht zustand. Es gehörte sich nicht, dass eine Frau in Gesellschaft das große Wort führte.

»Noch eine letzte Frage, Oberin Ignatia.« Johann blickte kurz von der Oberin zu Elisabeth, deren Glasmaske in ihrer Hand jeden Moment zu zerbrechen drohte, und wandte sich dann wieder an die Ordensfrau. »Was glauben Sie, wo sich unsere Tochter jetzt aufhält? Wie weit kann sie mit diesen Nachwehen überhaupt kommen?«

Die Angesprochene wiegte grüblerisch den Kopf. »Meine Mitschwestern und ich beten mehrmals am Tag für das Wohl Ihrer Tochter, Herr Bankdirektor Winkelmann. Aber die Nachwehen schwächten sie zuletzt sehr, es wird nicht leicht für sie. Jeden Tag wird es kälter und eisiger draußen. Wir dachten, sie wäre vielleicht bei Ihnen.«

»Nein!«, wusste Elisabeth nur zu antworten. Ihre Tochter würde es niemals wagen, eine solch unverfrorene Tat zu begehen.

»Aber was will sie alleine mit einem Bastard und ohne Geld im Leben?« Valentin begann, unruhig im Salon auf und ab zu gehen. Nervös fingerte er nach einer Zigarre unter seiner Ritterkostümierung. »Sie würde es nicht wagen, in Würzburg mit dem Kind herumzulaufen, sodass jeder ihre Verfehlung sehen kann. Das würde sie uns nicht antun!«

Elisabeth dachte eine Weile nach. »Und wenn doch?«, sagte sie an Johann gewandt. Panik stieg in ihr auf, die sie, so gut es ging, zu unterdrücken versuchte. Viviana konnte starrköpfig sein und impulsiv sowieso, schließlich war sie ihre Tochter.

»Ich denke, wir sollten dieses Gespräch nun innerhalb der Familie fortführen«, entschied Johann gefasst, ganz der diplomatische Geschäftsmann, der er war und den Elisabeth so bewunderte. »Wir danken Ihnen für Ihr Kommen und die Mühen Ihrer Gemeinschaft mit unserer Tochter, Oberin Ignatia.«

Kurz, beinahe respektlos, nickte Valentin der Ordensfrau zu. Elisabeth blieb höflich bei der Verabschiedung.

Oberin Ignatia erhob sich vom Kanapee. »Ich werde für Ihre Familie beten.«

Auch Johann verabschiedete die Oberin und bat darum, Bescheid zu bekommen, sobald neue Informationen über den Verbleib seiner Tochter vorlägen. Oberin Ignatia bestand darauf, zu Fuß zum Kloster zurückzugehen, ohne die ihr angebotene Begleitung des Hausdieners.

Johann kam mit seiner Tonpfeife in den royalblauen Salon zurück. Ein paarmal zog er nachdenklich daran.

Valentin fuhr sich durch das von Makassaröl glänzende Haar. »Verdammt, ist der Irrsinn in Viviana gefahren?« Wütend wischte er sich die fettige Hand am Taschentuch ab.

»Beruhigt euch, bitte!«, bat Johann eindringlich. »Wir müssen mit Bedacht vorgehen, nicht mit Eile.«

»Du hast recht, Johann.« Elisabeths Blick blieb bei diesen Worten auf dem goldgerahmten Porträt ihrer längst verstorbenen Großmutter haften, die hier im Salon zwischen den royalblauen Vorhängen hing. Das Palais war ihr Schutzraum. Es kannte viele Geheimnisse und schwieg darüber. Dem Haus vertraute Elisabeth mehr als jeder ihrer Damen.

Johann legte die Tonpfeife auf den Tisch und richtete sich die Schnüre seines Husarenharnisches. »Ich würde sagen, wir kümmern uns jetzt erst einmal um die Geschäfte des Bankhauses Winkelmann. Um Maskeraden und die Mainschifffahrts-Gesellschaft. Aber gleich morgen werden wir für Viviana beten, und Valentin wird sich auf die Suche nach ihr machen.« Nach diesen Worten bot Johann Elisabeth seinen Arm zum Gehen an.

Elisabeth hakte sich unter. Sie durften kein Risiko eingehen, was Viviana betraf, nicht das geringste. Ihre Zukunft stand auf dem Spiel. Elisabeth hielt sich ihre Maske mit der kunstvollen Orchideenimitation vors Gesicht, dann verließ sie zusammen mit ihrem Mann und ihrem Sohn das Palais.

***

5

OKTOBER 1850

Viviana spürte, wie etwas Zartes, Weiches über ihre Wange strich. Wie der Grashalm von einer Frühlingswiese. Es kribbelte, sodass sie lächeln musste. Das Kribbeln war da, dann kurz weg und gleich darauf wieder da. Sie lag auf dem Rücken, genoss es und fragte sich, wann zum Wecken geklingelt werden würde. Nach dem Klingeln bliebe ihr noch eine halbe Stunde, um sich für das Familienfrühstück zu waschen und sich ankleiden zu lassen. Ob sie für den heutigen Tag lieber eine seiden- oder eine spitzengesäumte Bluse wählen sollte? Sie hatte Appetit auf Aprikosenkonfitüre und Mürbebrezeln. Viviana blinzelte in den neuen Tag hinein, aber schon beim Anblick der verrußten, niedrigen Zimmerdecke über ihr verschwand das wohlige Gefühl. Also war es doch kein Traum gewesen? Die Niederkunft im Kloster, ihre Flucht in der nebeligen Herbstnacht, dann die Frau im Nachthemd und Pauls leere Wohnung. Sie vernahm flinke, kurze Schritte, die sich von ihrem Lager entfernten, während sie weiterhin zur Decke starrte. Eine Tür wurde geöffnet und wieder zugezogen.

Viviana schloss erneut die Augen. Wie sehr wünschte sie sich doch, sie wäre aufgewacht, und Paul und sie lebten gemeinsam mit Ella bei ihrer Familie im Palais in der Hofstraße. Ella? Viviana riss die Augen auf, atmete aber erleichtert aus, als sie ihr Kind in eine Decke eingeschlagen schlafend neben sich fand. Auch um Viviana hatte jemand eine Decke geschlungen, ihr war nicht mehr kalt. Mattes Licht fiel durch das Fenster mit den löchrigen Vorhängen auf die Strohmatratze. Sie versank in Ellas schlafenden Anblick und stellte sich dabei vor, wie ihr Vater den Blick nicht von seiner hübschen Enkelin wenden konnte, wie sogar der blassen Tante

Constanze einmal ein Lächeln um die trockenen Lippen spielte und wie sich ihre Mutter und Großmutter in dem kleinen Wesen wiedererkannten.

Vor Ellas Geburt hatte für Viviana festgestanden, dass die Menschen, die im Palais als Familie zusammenlebten, ewig zusammenhalten würden. Verglich sie ihre Familie mit einem Baum, so waren die Familienmitglieder die Äste und das Palais dessen Wurzel. Doch hier und jetzt allein in Pauls Zimmer fühlte sie sich nur noch wie ein loser Ast, den ein Sturm vom Baum gerissen und davongetragen hatte. Am liebsten hätte sie die Augen vor der Realität verschlossen, aber Ella begann zu greinen.

Ihr Unterleib schmerzte, als sie sich aufsetzte. Sie legte sich ihre Tochter an die Brust. Ella drehte ihre Fäustchen, während sie trank. Nachdem sie satt war und einige Verdauungsgeräusche von sich gegeben hatte, wiegte Viviana sie. Der Strohsack unter ihnen knisterte. Es war schön, seinem Kind beim Schlafen zuschauen zu dürfen. Ella bekam einen zärtlichen Kuss auf ihr Kinngrübchen, wie es auch Paul besaß. Die Augen fielen ihr zu.

Paul! Sie musste unbedingt Meister Gruber nach Pauls Aufenthaltsort befragen. Sie würde zu ihm gehen! Heute war der Tag des Maskenballs, der zwölfte Oktober. Jener Festtag im Jahr, an dem in den besseren Vierteln der Stadt Menschen mit Masken durch die Straßen drängten, und in die Ballsäle. Tiergestalten, Gottheiten und Husaren. Ob ihr Vater sich wieder als Husar verkleiden würde?

Viviana legte Ella beiseite und rappelte sich auf. Sie trug lediglich noch ihre Unterröcke und ihr Unterhemd, obwohl sie sich nicht daran erinnern konnte, die anderen Sachen abgelegt zu haben. Überhaupt, wo waren ihre restliche Kleidung und die Schnürstiefelletten? Als Letztes – und da war sie noch vollständig angezogen gewesen – hatte sie die Frau im Nachthemd gesehen. Hatte die sie etwa bestohlen?

Behutsam nahm Viviana die schlafende Ella auf und stieg durch den engen Hausflur ins nächste Geschoss hinauf. Hoffentlich sähe sie niemand in diesem halb bekleideten Zustand. So hatte nicht einmal ihr Vater sie je zu Gesicht bekommen. Mit den Fingern der freien Hand fuhr sie sich durch ihre widerspenstigen Locken.

Die Tür zur Wohnung, die sich direkt über Pauls Zimmer befand, war nur angelehnt. Viviana bückte sich unter dem niedrigen Türstock hindurch und stand auch schon direkt mitten in der Stube. Eine Fensterluke war die einzige natürliche Lichtquelle im Raum. Ihr Blick streifte einen Ofen, der aus Becherkacheln zusammengemauert worden war. Um ihn herum waren Schnüre gespannt, auf denen Socken, Unterhemden, Windeln und Unterröcke hingen. Jeder, der eintrat, konnte die intime Wäsche sehen. Das wäre unvorstellbar im Palais.

Im schwachen Schein eines rußenden Talglichts saß ein Mädchen versunken am Tisch und war dabei, ein löchriges Tuch zu stopfen. Es schien vollkommen in seine Arbeit vertieft zu sein.

Viviana räusperte sich vornehm. Sie wollte das Mädchen mit den schmalen Zügen nicht erschrecken. Zwei rote Zöpfe hingen ihm über die Schultern. Leuchtend rote Zöpfe. Auf das Hüsteln hin schaute das Mädchen mit offenem Mund zu ihr hin, als sähe es einen Geist. Nadel und Garn sanken in seinen Schoß.

Vorsichtig näherte Viviana sich. Gott sei Dank verdeckte Ella einen guten Teil ihres kaum bekleideten Oberkörpers. Zu deutlich zeichneten sich Vivianas mit Milch gefüllte Brüste unter dem Unterhemd ab, in das, wie in all ihr Weißzeug, ihre Initialen VHW für Viviana Hedwig Winkelmann eingestickt waren. Als Schriftvorlage hatten sie und Großmutter Ernestine gemeinsam die Versalien aus der Hausbibel ausgewählt.

Die Frau, die Viviana gestern einzig in ein Nachthemd und einen Rock gekleidet in Pauls Zimmer geführt hatte, stapfte nun vor den Ofen. Heute trug sie eine leinene Bluse, ein paar graue Röcke und hielt einen Säugling mit kupferrotem Haarflaum auf dem Arm, der Milch ausspuckte.

»Es sind zwar nur die Waise eines Fabrikarbeiters und einer Näherin, aber du solltest dir besser was anziehe«, sagte die Frau übellaunig wie schon zuletzt.

Noch bevor sie nicken konnte, flog Viviana auch schon ihr Volantsrock vom Ofen entgegen. Sie fing ihn auf und zog ihn an, ohne ihre Tochter zuvor abzulegen. In dieser seltsamen Situation wollte sie Ella eng bei sich haben, um sie im Notfall beschützen zu können.

»Ich habe dei Rock gewasche«, sagte die Frau, die sie von Anfang an geduzt hatte, als würden sie sich bereits seit langer Zeit kennen. »Und dei Miederjäckle müsst jetzt auch trogge sein.« Sie deutete auf Schnüre vor dem Ofen.

Umständlich, weil sie Ella immer noch nicht ablegen wollte, zog Viviana sich die ungebügelte Miederjacke über. Das Mädchen am Tisch beobachtete jede ihrer Regungen gebannt.

»Dei Stiefel stehen vorne bei der Dür. Wenke hat se abgebürscht, die ham ganz schön gestunke.«

Gestunken? Jetzt erinnerte sich Viviana wieder. Das musste beim Überqueren der Gosse passiert sein. Es war ihr unangenehm. Überhaupt war ihr alles hier sehr unangenehm. Wenn ihre Mutter sie jetzt sehen könnte, fiele ihr die ungebügelte Jacke neben all dem anderen vielleicht nicht einmal auf.

»Wenke, zeich ihr doch a mal, was du gefunne hast«, sagte die griesgrämige Frau. Mit ihrer Tochter sprach sie nicht so hart wie mit Viviana.

Das Mädchen mit dem Namen Wenke griff hinter sich, erhob sich dann und ging zwei zögerliche Schritte auf Viviana zu. Zaghaft hielt sie ihr die Schute hin. Am liebsten hätte sie sich wohl unter dem Tisch versteckt.

»Die hat vorm Haus geleche«, erklärte Wenkes Mutter. Wenke selbst bekam kein Wort heraus und hielt nur verlegen den Blick gesenkt.

Viviana nahm ihre Kopfbedeckung an sich und schenkte der schüchternen Wenke ein Lächeln, deren Augen, umrahmt von einem Meer aus Sommersprossen, daraufhin aufleuchteten, bevor sie den Blick wieder schüchtern senkte.

»Wie kann ich mich bei Ihnen bedanken?«, fragte Viviana.

Die Frau streckte Viviana die riesige Hand entgegen. »Also erst a mal: Ich bin Magda Vogelhuber! Und des sind mei Kindle Wenke und«, sie deutete dabei auf den Säugling, »der Bruno.«

»Angenehm.« Viviana nickte höflich, aber erst, als Magda Vogelhuber ihre Hand immer noch nicht zurückzog, schüttelte sie diese. Ohne Handschuhe verstieß dies gegen die Regel, mit der sie aufgewachsen war.

»Ich bin …« Sie zögerte und wiegte Ella. Dabei nahm sie Magda Vogelhuber näher in Augenschein, bevor sie voreilig zu viel verriet. Magdas Gesicht war grau und unrein, und anders als bei Wenke, leuchtete ihr Haar nicht kupferrot, sondern in einem faden Rotblond. Es wirkte, als wäre es ausgeblichen, so wie ihre Kleidung.

»Ich bin Viviana«, gab sie schließlich preis.

»Du hast des neulich schon a mal gesacht.« Magda Vogelhuber winkte ab. »Aber besser wär's, du behälst dei Nachname für dich, Mädle, bevor mir hier noch Wurzeln schlage. Und falls du's schon vergesse hast, du hast auch schon a mal gesacht, dass du kei Zuhaus mehr hast.«

»Ich, ich … muss … ich … will«, druckste Viviana herum, »ich werde erst einmal warten, bis Paul zurück ist«, entschied sie und spürte schon wieder Wochenfluss zwischen ihren Beinen.

Magda Vogelhuber ging zum Kachelofen und legte mit Bruno vor der Brust Holz nach. »Es is ned gut zu warte«, sagte sie, während sie mit Holzscheiten und einem Eisenhaken hantierte. »Beim Warte sin zu viele Sache von annere Sache abhängich, die ma selber ned beeinflusse kann«, sagte sie eher zu sich selbst als an Viviana gerichtet. »Kannst dir erst a mal a frisches Leinenduch für dei Wochenfluss nehm. Wenke, geb ihr ens.«

»Ja, Mamilein.« Wenke erhob sich und übergab Viviana ein

Tuch. Wieder, ohne ihr dabei in die Augen zu schauen. Vor Verlegenheit drehte sie sogar den Kopf zur Seite.

Viviana griff nach dem Leinen. »Danke.« Sie drückte Ella an sich. »Ella soll nie auf mich warten müssen«, ergänzte sie die Magda zuvor gegebene Antwort noch, nicht zuletzt, um von ihrem Wochenfluss abzulenken. Hygiene und Damenunterwäsche waren Themen, über die im Palais nicht so offen gesprochen wurde wie hier. Im Palais fiel alles Körperliche unter die Kategorie des »Unaussprechlichen«.

Magda Vogelhuber richtete sich wieder auf. Einer der aufgehängten Unterröcke lag nun über ihrer Schulter und dem Gesicht ihres Kindes, das sich daran aber nicht zu stören schien. »Du hast aber en gude Schlaf«, sagte sie zu Viviana. »Bist gestern Abend ned a mal vom Lärm von den Maskierten aufgewacht. Des hammer bis zu uns in die Pleich gehört.«

Wenke legte sich die Hände auf die Ohren, als wolle sie zeigen, wie unerträglich laut das Treiben und Gejohle gewesen war. Viviana aber realisierte nur, dass der Maskenball bereits gestern Abend stattgefunden hatte, heute bereits der dreizehnte Oktober war und sie damit mehr als einen Tag und zwei Nächte in Pauls leerem Zimmer mit Ella gelegen hatte. Warum hatte sie ihre Kleine dann aber nicht nach Milch schreien hören?

»Zurüg an die Arbeit, Wenke!«, mahnte Magda Vogelhuber ihre Tochter, die ihrer Mutter sofort gehorchte, folgsam wieder am Tisch Platz nahm und die zerschlissenen Ärmelschoner von einer Anzugjacke abzutrennen begann. Magda selbst hantierte vor dem Ofen weiter.

Viviana beobachtete Wenke, die mit geschickten Fingern und einer im Licht blinkenden Hakennadel so schnell arbeitete, als hätte sie noch nie etwas anderes getan. Der Anblick des arbeitenden Mädchens rührte sie.

»Und jetz?«, fragte Magda Vogelhuber mit strengem Blick. »Wo willst du bleibe, bis dei Paul vom Himmel fällt?«

Viviana zuckte mit den Schultern, und nun meldete sich auch die aufgewachte Ella. »In Pauls leerem Zimmer ertrage ich es keinen Tag länger.« Sie wiegte Ella und streichelte ihr Gesichtchen, woraufhin Ella sich beruhigte.

»Bist du aber a Mimösle.« Magda seufzte erst laut, schob Viviana aber schon beim nächsten Atemzug in eine niedrige Kammer, die von der Stube abging.

Neben einem Strohlager standen dort ein Schrank, ein Stuhl mit nur einer Armlehne und auf einem Tischchen eine Waschschüssel samt Wasserkrug. Eine winzige Fensterluke, noch kleiner als die in der Stube, ließ etwas Tageslicht in den Raum.

Magda wies auf das Strohlager, das die gesamte Breite der Kammer einnahm. »Da kannst mit dei Bobelle heut Nacht hierbleibe. Hier isses wärmer als unne. Abba des mach ich nur weche des Kindle.«

Viviana nickte dankbar. Das verschaffte ihr zumindest die Möglichkeit, heute zu Meister Gruber zu gehen und ihn nach Paul zu fragen, anstatt nach einem Bett für die Nacht suchen zu müssen. Zumal sie kein Geld besaß.

»Und mit dem Paul und dem Bobelle«, erkundigte sich Magda noch beim Gehen, »willst dann in Würzburch bleib? Ich meen ja nur, dass der Paul Zwanziger ned grad so a Schnösel is wie du.« Sie strich sich eine Haarsträhne aus dem Gesicht und imitierte tollpatschig ein paar elegante Schritte mit einem imaginären Spazierstock in der Hand. Derart ging sie nach nebenan in die Stube, wo Viviana Wenke kichern hörte, und wieder zurück.

»Paul passt sehr wohl zu mir!«, entgegnete Viviana. Sie bettete Ella aufs Stroh und begann, in der winzigen Kammer umherzugehen, wie sie es immer tat, wenn sie nervös war. Zwei Schritte in die eine Richtung, zwei in die andere – mehr gab der Raum nicht her.

»Suche se nach dir? Oder warum bist so nervös?« Magda stand im schiefen Türrahmen zur kleinen Kammer und lehnte ihren imaginären Spazierstock gegen die Wand.

Viviana wusste nicht, ob man sie suchte, und schon gar nicht, wie es mit ihr und Ella überhaupt weitergehen würde. Nur dass sie nicht aus Würzburg fortwollte. Denn hier war ihre Heimat, in der sie sich sicherer fühlte als in der Fremde, und hier hatte Paul in Anton Gruber einen guten Meister gefunden. Ihre am weitesten entfernte Reise hatte sie an der Seite ihrer Mutter nach München zu einer Orchideenschau geführt. Außerhalb von Bayern war sie noch nie gewesen. Paul hingegen hatte als Steinmetz schon viele ferne Städte bereist, Köln, Amsterdam und sogar Bologna, und dort gearbeitet. Ob er sich in Holland aufhielt, oder in Italien?

»Ich hab ja gleich gewusst, dass an der Sache was faul is«, stammelte Magda, die noch immer unbeweglich unter dem Türrahmen stand. »Ich hab schon mehr im Läbe gesehn als du und geb dir a mal a Rat. Wenn du ned gefunde werde willst, bleib bloß in der Pleich. Hier komme die Schnösel und Wichdichduer nur ganz selten her, außer für ...« Sie grinste schief.

Viviana schüttelte nur den Kopf. »Ich muss unbedingt zu Meister Gruber!«, sagte sie entschlossener. »Sein Haus ist in der Steingasse. Er weiß bestimmt, wo Paul sich aufhält.« Viviana trat vor Magda, die wich aber nicht zur Seite, um sie passieren zu lassen, sondern stellte sich ihr mit dem Kind an der Brust sogar noch in den Weg. »Dann verlass des Haus wenigstens ned durch de Vordereingang. Du bist en neues Gesicht und mit dei vornehme Kleider gugge die Leut erst recht. Wenn du de Hinnereingang genomme hast, geh schräch übern Hof vorbei am Klo.« Magda zeigte hinter sich. »Zwischen der Wohnung von der Familie Heller und wo die wilde Polly wohnt, is 'n Durchgang. Da kommst direkt bis zum Kirchplatz.«

»Danke, Magda«, sagte Viviana aufrichtig und ertappte sich dabei, wie sie, ohne groß darüber nachzudenken, Magda Vogelhuber die nackte Hand hinstreckte.

Doch Magda erwiderte ihre Geste nicht. »Bedank dich ned zu früh. Dein größtes Problem kann ich ned lös. Du hast kei Geld, mit dem du dich und dei Kindle durchbringe kannst, bis dei Retter Paul auftaucht.«

Viviana schaute in das friedliche Gesicht ihrer schlafenden Tochter. »Paul wird wiederkommen. Ganz sicher! Er hat versprochen, immer für mich und unser Kind da zu sein!«

***

6

NOVEMBER 1850

Viviana lag mit Ella im Bett und überlegte einmal mehr, wie es mit ihr und Ella weitergehen sollte. *Paul, wo bist du?*, fragte sie sich in Gedanken immer wieder, immer verzweifelter.

Die letzten Nächte hatte sie kaum geschlafen und tagsüber nur wenig gegessen. Denn auch in den vier Wochen, die sie bereits bei Magda Vogelhuber wohnte und alle sieben Tage bei Meister Gruber vorstellig wurde, hatte ihr dieser nie etwas anderes berichten können, als dass Paul schon vor Monaten seine Werkzeuge eingepackt und um Entlassung gebeten hatte, ohne einen Grund dafür zu nennen. Seitdem hatte der Meister seinen fähigsten Gesellen nicht wiedergesehen. Unter dem Siegel der Verschwiegenheit hatte Viviana Meister Gruber ihren Aufenthaltsort verraten, damit er wusste, wohin er Paul schicken könnte, sollte ihr Geliebter wieder auftauchen.

Im Palais wäre die Wartezeit besser auszuhalten gewesen als hier in der Pleich, aber das Palais existierte nurmehr in ihrer Erinnerung. Dort hatte sie die großflächigen, opulenten Stuckrosetten der Geschossdecken an so manch langweiligem Nachmittag in Gedanken weitergemalt und die schönsten Gemälde in den buntesten Farben daraus gemacht.

»Mir müsse red!« Magda Vogelhuber riss Viviana aus ihren Gedanken. Hatte sie Magdas Klopfen nur überhört?

»Ich kann di ned länger aushalte.« Magdas harter Blick wurde weicher, als er auf Ella fiel. »De Nähaufträche werde immer schlechter bezahlt, des Esse wird jeden Monat teurer.« Magda Vogelhuber blieb vor dem Talglicht stehen, das Viviana auf dem einarmigen Stuhl abgestellt hatte. »Du musst arbeite und Geld verdiene, wenn du hie wohnen blebn willst!«

»Arbeiten?« Viviana richtete sich auf. Als Oberhaupt ihrer kleinen Familie war dies Pauls Aufgabe. So wie es von jeher im Palais gang und gäbe war: Großvater Franz hatte für Großmutter Ernestine mit ihren Kindern gesorgt, ihr Vater wiederum finanzierte mit den Einnahmen aus dem Bankhaus ihre Mutter, Valentin und sie selbst. Ob Meister Gruber ihr morgen endlich von einem Lebenszeichen, vielleicht sogar von einem Brief Pauls berichten könnte? Die Ungewissheit ließ sich weit weniger ertragen als körperlicher Schmerz, und je länger sie anhielt, umso eher führte ein düsterer Gedanke zu einem noch düstereren.

Viviana wurde übel. Zum ersten Mal wagte sie, das Schlimmste zu denken. Was wäre, wenn Paul nicht wiederkäme? Wenn ihn eine Baustelle, irgendwo fern von Würzburg, künstlerisch so in ihren Bann gezogen hätte, dass sie ihn nicht mehr losließe? In der Erinnerung hörte Viviana ihren Geliebten einmal mehr begeistert von Sandstein und Marmor schwärmen. Aber Viviana verstand auch, dass sie ohne Paul auf Magdas Unterkunft angewiesen war, allein schon, damit Ella es warm hatte.

»Wer sollte mich denn beschäftigen?«, antwortete sie schließlich. »Ich bin eine Frau, noch dazu ohne Ausbildung. Auf der Töchterschule haben wir nur gelernt ...« Weiter kam Viviana nicht.

»Geh einfach dorthin, wo sonst niemand hiewill, aber jede Hand gebraucht wird!«, unterbrach sie Magda. »Ins Spital näbean!«

»Das Juliusspital?«, fragte Viviana entsetzt. Das Juliusspital war als *Wartesaal des Todes* verschrien, als letzter Ort für die Ärmsten der Armen. Wer auch immer die Möglichkeit und noch etwas Geld in der Tasche hatte, mied Spitäler und bezahlte einen Hausarzt.

»Schon wieder so zimperlich, des Mimösle?« Magda Vogelhuber rümpfte die Nase. »Lass dir gesacht sei, dass du einfacher und schneller nix finde wirst, um dir und deinem Kindle a Dach überm Kopf zu verdiene. Ich kann dich ned mehr länger umsonst durchfüddern. Als mei Siegfried noch gelebt hat, hat er immer drauf bestande, dass mir die Kammer vermiete.«

Viviana rang mit sich. Sie hatte dem Juliusspital nie wieder näher kommen wollen. Doktor Hammerschmidt, der Hausarzt der Winkelmanns, der die Hälfte der Würzburger Bürgerschaft kurierte, ließ kein gutes Haar an den Spitälern der Stadt. »Ich will aber nicht sterben«, murmelte Viviana und deckte ihre Kleine zu.

»Du sollst doch nur zum Arbeite hin und ned als Patientin«, wiegelte Magda ab, aber Viviana merkte, dass ihr wohl selbst etwas mulmig zumute war, denn sie war noch blasser als sonst. Aber sie fing sich auch schnell wieder. »Ich möcht an halbe Gulde Kostgeld von dir.«

Viviana hatte keine Vorstellung, wie viel ein halber Gulden wert war. Sie hatte noch nie in ihrem Leben gearbeitet, wenn man von Tätigkeiten wie stundenlangem Sticken, Lesen oder dem Ordnen von Vaters Wechselpapieren einmal absah. In ihrer Welt war das Geldverdienen Männersache.

»Wenn du ned arbeite willst, dann geh am beste gleich!«, drängte Magda weiter. »Erst a mal muss ich mei Kindle satt kriegen.«

Viviana konnte Magdas Forderung nachvollziehen. Wenn ihr selbst das Geld ausginge, würde sie es auch zuerst für Ellas Wohl ausgeben, anstatt Fremde damit durchzubringen.

»Aber wie soll ich Ella stillen, wenn ich zum Arbeiten außer Haus muss?« Viviana schaute besorgt zu Ella, die mit einem Zipfel der Bettdecke spielte. »Könnte ich nicht beim Nähen helfen? Sticken kann ich etwas.« In ihrem alten Leben hatte sie Dutzende von Taschentüchern und Weißwäsche mit Initialen und Blumen bestickt, aber wirklich geschickt war sie darin nie gewesen. Zum Sticken gehörte vor allem Geduld, und genau die fehlte Viviana allzu oft.

Magda schüttelte heftig den Kopf. »Die Aufträge reiche kaum für uns. Außerdem sticke mir ned, mir nähe. Da liege Welten dazwische.«

Viviana seufzte, schien es ihr doch unvorstellbar, Ella hier jeden Tag zurücklassen zu müssen.

»Mei Milch reicht auch für zwä Kinner«, bot Magda nun in versöhnlicherem Ton an. Sie klang, als bemitleide sie Viviana. »Wenn du mir im Monat ein Viertel Gulde fürs Stille und fürs Aufpasse gibst, übernähm ich des für dich. Und du kannst ins Juliusspital.«

Widerstrebend kam Viviana mit Ella hoch und strich ihrer Tochter über das Grübchen am Kinn. Pauls Grübchen. Wenn Paul doch nur endlich käme. Sie hatte doch nie gelernt, für sich selbst zu sorgen. Eine Arbeit im Spital würde sie wohl kaum unbeschadet überstehen, nein, das war absolut unwahrscheinlich. Was würde aus Ella werden, wenn sie sich im Spital eine schlimme Krankheit einfing?

Doch Magda verstand ihr Schweigen anders und unterbrach ihre trübe Vorausschau deshalb mit den Worten: »Gud! Dann geh am beste gleich nüber. Und sag denen besser nix von dei Bobelle.« So schnell wie Magda ihr das Kind abnahm, konnte Viviana gar nicht reagieren.

»Außerdem wirds Zeit, dass du dich anners anziehst, wenn du willst, dass dich kenner erkennt«, fuhr Magda fort. »Da, nähm erst a mal des Duch und die Haube.«

Mutlos band Viviana sich Magdas zerschlissenes Schultertuch mit den Fransen über die Miederjacke und bekam eine ähnliche Haube über den Kopf gestülpt, wie sie die Köchin im Palais trug. Sie ließ es geschehen. *Ich tue es für Ella,* sagte sie sich. *Für Ella und um mehr Zeit zu gewinnen, in der Paul aus dem Ausland zurückkommen kann.* Eine Reise aus Holland oder Italien zurück nach Würzburg konnte dauern. Wäre er erst einmal hier, würde sie sich sofort besser fühlen und das Leben nicht mehr so farblos und trist sein.

Wenke war lautlos in die kleine Kammer getreten und starrte Viviana an. In den Händen hielt sie einen Kanten Brot und ein Stück Käse, das sie nach einem Nicken ihrer Mutter zaghaft Viviana übergab.

»Stärk dich aufm Weg noch a mal!«, sagte Magda. »Sonst fällst noch vom Fleisch. Bist eh schon zu mager für enne, die stillt.«

Viviana zögerte. Sie stand mit dem Brot und dem Käse in der Hand einfach da, bis Magda es ihr in die Rocktasche stopfte und sie in die Stube schob. Wenke war bei ihr.

»Warum tun Sie das für mich, Magda?«, fragte Viviana.

Magda schickte Wenke erst zum Arbeiten, bevor sie erklärte:

»Weil jede Mudder a Recht auf ihr Kindle hat und kenner für diesen Wunsch auf der Straße verrecke soll.«

Auf der Straße verrecken? Ihre kleine Ella? Niemals! Lieber würde sie Tag und Nacht arbeiten, um Ella solch ein Schicksal zu ersparen. Eine Nachwehe fuhr durch ihren Körper. Der Wochenfluss war zwar weniger geworden, aber die Wehen hielten weiter an. Viviana fixierte den rußenden Docht des Talglichtes auf dem Stubentisch, während sie mehrmals tief durchatmete, um den Schmerz zu vertreiben.

Es dauerte eine Weile, bis er nachließ. Derweil legte Magda die beiden Kleinstkinder im dritten Zimmer der Wohnung schlafen. Viviana folgte ihr und streichelte Ella über die roten, samtenen Bäckchen. Was für eine Beschäftigung im Spital sprach, war die Tatsache, dass die Zeit dann schneller verging und sie weiterhin hierbleiben konnte.

»Wenn du das nächste Mal die Augen öffnest, bin ich wieder bei dir, mein Schmetterling. Versprochen«, schwor sie Ella unter Tränen.

Es kostete Magda einige Anläufe, Viviana aus dem Schlafzimmer und der Wohnung hinauszubekommen.

Als Viviana sich im Hinterhof des Mietshauses noch einmal umdrehte und zu den Fensterluken von Magdas Wohnung hinaufschaute, sah sie dort zwei kupferrote Zöpfe leuchten. Genauso wie Wenke ihr gerade nachschaute, hatte Viviana ihren Vater früher gerne beim Verlassen des Palais beobachtet. Auf dem Weg zu seinen Geschäftsterminen hatte er sich nach den ersten Schritten auf der Hofstraße oft umgewandt und zu ihr hinaufgeschaut und gewunken. Als hätte er ihren Blick in seinem Rücken gespürt. Manchmal hatte sie sogar geglaubt, er zwinkere ihr zu, obwohl das auf die Entfernung hin kaum zu erkennen gewesen war. Ganz bestimmt würde Ella sie genauso sehr vermissen, wie Viviana ihre Tochter schon jetzt vermisste.

Der schmale Durchgang zwischen der Mietswohnung der Familie Heller und der Wohnung der wilden Polly, von der sie inzwischen wusste, dass sie eine Dirne war, führte Viviana direkt zum Kirchplatz. Das einzige Gotteshaus in der Pleich war der heiligen Gertraud geweiht, der Fürsprecherin für Kranke, Witwen und Pilger. Und für ledige Mütter, hoffte Viviana. Ihr Blick glitt den Turm hinauf. *Dort oben hat mich Paul das erste Mal geküsst,* dachte Viviana wehmütig und ging dann schnell weiter.

Mit der Vorstellung, wie sich die beiden Heiligen Maria und Gertraud schützend über ihre schlafende Tochter beugten, verließ sie den Kirchplatz und steuerte auf das Juliusspital an der Unteren Promenade zu. Die Familie Winkelmann hielt sich bei Spaziergängen, wenn nicht auf dem Pappelweg bei den Festungswällen, dann auf der vornehmeren Oberen Promenade auf, direkt vor der viel gerühmten Königlichen Residenz.

An diesem Montag waren überwiegend Militärs, Dienstboten und Handwerker unterwegs. Viviana hielt den Kopf gesenkt, damit ein Familienmitglied oder ein Bekannter, sollte er sich hierher verirren, sie nicht erkennen konnte. Das Juliusspital lag am oberen Ende der Unteren Promenade. Zuletzt war sie mit der Kutsche an ihm vorbeigekommen, als sie Paul ihre Schwangerschaft gebeichtet hatte. Es war ihre letzte Begegnung gewesen und das letzte Mal, dass sie in seine braunen Augen mit den dichten schwarzen Wimpern gesehen und sein Lächeln aufgesogen hatte.

Zu Fuß und ohne den Schutz einer Kutsche erschien ihr das mächtige Spitalsgebäude heute noch gewaltiger, noch einschüchternder. Widerwillig musterte sie seinen Eingang. Sie fror.

Über dem breiten Torgebäude des Spitals prangte ein übergroßes Relief. Die Figuren wirkten so lebendig, als würden sie jeden

Moment aus dem Stein zu ihr herabsteigen. In der am höchsten, auf einem Podest stehenden Person auf dem Relief erkannte Viviana den stadtverehrten Fürstbischof Julius Echter von Mespelbrunn, der das Spital gegründet hatte und nach dem es auch benannt worden war. Über dem Relief prangte unübersehbar sein Wappen, das so gut wie jedermann in Würzburg kannte, zumal es auch an vielen anderen Würzburger Gebäuden zu sehen war. Es bestand aus einem Geviert, das einen Rechen, eine Standarte und zweimal den Schrägbalken mit drei Ringen zeigte.

Vorsichtig, als stünde sie vor einem Abgrund, machte Viviana einen Schritt auf den Eingang zu. Fast war es so, als ob der Fürstbischof im Relief mit strengem Blick prüfte, wer sein Spital betrat. Eine ledige Mutter hätte er gewiss nicht gutgeheißen. Neben dem Stifter-Bischof standen noch ein Baumeister sowie ihm gegenüber gebrechliche Alte, Zerlumpte und sogar Kinder. Der Fürstbischof verkündete in der Reliefszene wohl gerade die Stiftung des Spitals. Viviana las die Inschrift am unteren Reliefrand: »Das Juliusspital, für Arme, Presshafte und Kranke«. Wieder fror sie, als wäre sie unbekleidet unterwegs. Näher kam man dem Tod in Würzburg nur auf dem Friedhof.

Ein mit Fässern beladener Karren kam auf sie zugerast, und der Fuhrmann schrie ihr von der Pritsche aus zu, zur Seite zu gehen, aber Viviana war so in den Anblick der Gebrechlichen auf dem Relief versunken, dass sie zunächst gar nichts mitbekam und erst im letzten Moment zur Seite sprang. Der Wagen musste scharf bremsen, und der Karrenführer meckerte daraufhin, wie es Magda Vogelhuber nicht besser konnte. Um seinen Flüchen zu entkommen, rettete Viviana sich kurzerhand in das Torgebäude des Spitals.

Das Torgebäude war selbst am helllichten Tag düster. *Bereits hier riecht es nach Tod,* dachte Viviana, auch wenn sie diesen Geruch nicht kannte, weil sie noch nie einen Toten gesehen hatte. Doch einmal hatte sie im Keller des Palais eine tote Ratte gefunden, und da hatte es damals genauso gestunken wie hier. Es kostete sie

Überwindung, weiterzugehen und sich in die Schlange einzureihen, die sich linker Hand vor einem Fenster, über dem das Schild »Pförtner« hing, gebildet hatte. Vor und um sie herum röchelten und spuckten die Menschen angsteinflößender aus als einst Großvater Eduard vor seinem Tod.

Zweimal scherte Viviana aus der Reihe der Wartenden aus, weil sie umkehren und wieder in die Pleich zurückgehen wollte. Aber ohne die Aussicht auf einen Verdienst konnte sie Magda nicht wieder unter die Augen treten. Die Frau hatte sich ihr gegenüber lange genug großzügig gezeigt.

Als Viviana an der Reihe war, fragte der Pförtner sie nach ihrem Eintrittsbillett.

»Ich habe kein Billett, sondern möchte im Spital meine Hilfe anbieten«, antwortete sie ihm betreten mit leiser Stimme.

»Alle Personen, die hineinwollen, benötigen ein Eintrittsbillett, gleichgültig, ob sie gesund oder krank sind«, erklärte ihr der Pförtner, ein älterer Mann in Uniform. Auch verlangte er noch, ihren Namen zu erfahren, während er ein Buch aufschlug.

Viviana spürte, wie sie errötete. »Fräulein Viviana …«, begann sie und schwieg dann.

Der Pförtner setzte die Stiftspitze schreibbereit auf das Papier, dann schaute er auffordernd auf. »Ein Fräulein also … und weiter?« Mit geübtem Blick überschlug er schon die Anzahl der Kranken, die sich hinter Viviana in die Reihe gestellt hatten. Jemand stöhnte auf. »Nun?«

Auch Viviana schaute nun kurz hinter sich. Die Schlange der Wartenden reichte inzwischen bis auf die Untere Promenade. Sie wandte sich wieder dem Pförtner zu, schaute ihm aber nicht in die Augen, als sie eingedenk des Reliefs über dem Spitalseingang antwortete: »Viviana … Bischof. Ich heiße Viviana Bischof.«

Aus dem Augenwinkel heraus sah sie, wie der Pförtner ihren Namen in sein Buch und auf zwei Pappscheine schrieb.

»Na gut, Fräulein Bischof. Das nächste Mal aber lassen Sie mich nicht so lange warten. Hier im Spital ist jede Minute kostbar. Merken Sie sich das.« Er betonte ihren Nachnamen seltsam, aber Viviana achtete nicht weiter darauf, war sie mit ihren Gedanken doch bei seinen letzten Worten: dass jede Minute kostbar war – und damit bei Ella. Wie es ihrer Kleinen wohl erging, ob sie viel weinte? Ob Magdas grobe Art zu sprechen sie erschreckte oder Magdas Milch doch nicht für zwei Säuglinge ausreichte?

Ihre Sorgen wuchsen. Ein so kleines Kind brauchte seine Mutter, und seine Gesundheit war äußerst empfindlich. Mit den vielen hustenden und spuckenden Menschen hinter sich, dachte sie an schlimmes Fieber, an eiternde Geschwüre und an die schreckliche Cholera, die Menschen in ihren Exkrementen liegend innerlich austrocknen ließ. Diese Geißel der Menschheit war jedermann ein Begriff, vom Kind bis zum Greis, von der Näherin bis hin zur Bankierstochter. Zuletzt hatte die Cholera im Frankenland gewütet, ihr Großvater war an der Krankheit gestorben. Viviana war damals acht Jahre alt gewesen und hatte einiges von der Katastrophe mitbekommen. Sie wusste, dass die Jüngsten und Ältesten am empfänglichsten für die Krankheit gewesen waren und gleichzeitig am wenigsten widerstandsfähig gegen sie und dass Mütter sie oft auf ihre Kinder übertrugen. Viviana hielt sich die Enden von Magdas zerschlissenem Schultertuch schützend vor den Mund.

»Führen Sie dieses Billettpaar immer bei sich«, erklärte der Pförtner ihr noch und reichte es ihr. »Das Eintrittsbillett zeigen Sie beim Betreten des Spitals und das Austrittsbillett, wenn Sie unsere Anstalt wieder verlassen. Und beachten Sie, Fräulein Bischof, dass täglich ab ein Uhr mittags, also in einer Stunde, hier im Torgebäude die Armenspeisung mit den Resten der Pfründner-Mahlzeiten stattfindet. In dieser Zeit ist weder der Ein- noch Auslass möglich.«

»Das werde ich.« Zögerlich nahm sie die Billetts entgegen. Auf beiden prangte das Wappen des Fürstbischofs, darunter stand ihr falscher Name. Viviana war, als regierte der Fürstbischof dieses Viertel noch immer – wenn auch vom Himmel aus. Dabei gehörte die Regentschaft der Fürstbischöfe schon seit einem Jahrhundert der Vergangenheit an. Die Zukunft gehörte dem Bürgertum, das sich aus eigener Kraft Wohlstand und Ehre erarbeitete – in dieser Überzeugung war sie erzogen worden. Sie vermisste ihre Familie fast so sehr wie Ella. Sogar Valentin, der zuletzt nur noch an seine Geldschäfte und teure Zigarren gedacht hatte.

Magdas Tuchenden fest vor den Mund gepresst, betrat Viviana den Innenhof des Spitals, der sich unmittelbar hinter dem Torgebäude vor ihr auftat. Die vier Gebäudeschenkel, die den Hof umgaben und ein Rechteck bildeten, wirkten wehrhaft und wie für die Ewigkeit gebaut. *Eine Festung des Todes,* dachte sie, während hungrige Krähen krächzend ihre Kreise über dem Hof zogen. Der Himmel über Würzburg war voller grauer Wolken.

Eine Bauernfamilie schlürfte an Viviana vorbei, allesamt mit von rotem Aussatz bedeckten Gesichtern. Dahinter trieben zwei Männer einen Mann vor sich her, der zu sich selbst sprach. Seine Arme waren ihm auf dem Rücken zusammengebunden, und seine Füße lagen in Ketten. Zwischen den Kranken tauchten immer wieder einheitlich gekleidete ältere Frauen auf. Mit ihren weißen, gestärkten Hauben und den Schürzen erinnerten sie Viviana an den Stand der Dienstmädchen. Unwillkürlich musste sie an Henna denken, die sehr begabt und geschickt im Frisieren und beim Ankleiden gewesen war.

Orientierungslos schaute Viviana sich im Hof um, der Mann mit den rasselnden Ketten, der gerade an ihr vorbeigetrieben worden war, ging ihr nicht mehr aus dem Kopf. Eine Totenlade wurde an ihr vorbeigetragen. Bei einem Springbrunnen setzten sie die Träger ab und pausierten. Vermutlich war der Verstorbene auf dem Weg in den Leichenkeller, wo er aufgeschnitten und Studenten präsentiert werden würde. Doktor Hammerschmidt hatte also recht gehabt. Das Juliusspital war ein Sterbehaus, in dem kranke Arme sogar noch nach dem Tod entwürdigt wurden. Viviana fand das abscheulich, das Leben und den Tod geradezu verachtend.

Plötzlich brach im Hof ein Gejammer und Geschrei los, das sogar noch das Krächzen der Krähen übertönte. Viviana ließ erschrocken Magdas Tuchenden sinken und steckte die Billetts in ihre Rocktasche. Sie wandte sich zum Torgebäude um und wäre am liebsten sofort wieder in die Pleich zurückgegangen, sah von dort aber den Pförtner auf sich zulaufen. »Fräulein Bischof!«, rief er, sprach aber erst weiter, als er vor ihr stand. »Versuchen Sie es in der Apotheke. Die ist dort drüben im Pfründnerbau.« Er wies schräg über den Hof am Springbrunnen vorbei auf einen Arkadengang. »Und halten Sie sich von den Irrenabteilungen fern. Die Patienten dort werden gerne mal handgreiflich und machen manchmal auch, wie Sie hören können, einen schrecklichen Lärm.« Er deutete auf den rechts von ihr gelegenen Gebäudeschenkel der Todesfestung. Viviana nickte und dachte dann an ihre Großmutter Ernestine, die ihr einmal gesagt hatte, dass eine junge Dame viel Mut für die Herausforderungen des Lebens bräuchte und deshalb am besten nicht allzu viel über diese nachgrübeln solle. *Also Augen zu und durch!,* hörte sie ihre Großmutter sagen.

»Zur Apotheke im Pfründnerbau«, wiederholte Viviana die Worte des Pförtners, bedankte sich bei ihm und hielt dann auf den Arkadengang zu. Dort wurde es etwas ruhiger. Sie hatte noch nie eine Apotheke betreten, Arzneien waren den Winkelmanns stets ans Krankenbett gebracht worden. Viviana zog am Glockenstrang.

Nachdem ihr nach dem zweiten Läuten aber immer noch niemand öffnete, obwohl sie Stimmen im Inneren vernahm, trat sie ein, blieb jedoch höflich im Türbereich stehen. Der Geruch von Muskat und Anis stieg ihr in die Nase. Das also war eine Offizin, die hatte sie sich immer anders, vor allem viel schmuckloser vorgestellt. Der gesamte Raum wurde von sanft geschwungenen Schränken mit Vitrinen geziert. Sie sah dunkles Holzschnitzwerk, wohin sie auch schaute. Neben und auf den Vitrinen standen hölzerne Statuetten und kleinere Genien, die das Wappen des Fürstbischofs trugen. Im Gegensatz dazu war die Zimmerdecke, so ähnlich wie die im Palais, von weißem Stuck, so fein wie Zuckerguss überzogen. Die Pracht der Offizin hätte sogar dem prachtvollsten bürgerlichen Salon zur Ehre gereicht.

Erst nach der erlesenen Ausstattung des Raumes fielen Viviana die Herren der Apotheke auf, die hinter einem kunstvollen Tisch in ein Buch vertieft waren. Die beiden schienen sie nicht zu bemerken. Ihre Gesichter waren zur Hälfte von einem hoch aufragenden schmiedeeisernen Tischaufsatz verdeckt, von dem zwei übergroße messingvergoldete Waagschalen hinabhingen.

»Sie müssen sich verlaufen haben. Der Curistenbau ist der über dem Torgebäude!« Der Herr, der dies sagte, trug eine Brille und zeigte, ohne dabei von seinem Buch aufzuschauen, auf die Eingangstür. »Und nun gehen Sie schon, wir haben zu tun!«

»Ich suche nicht die Zimmer der Curisten«, entgegnete sie schüchtern. »Ich möchte zum Apotheker.«

Der zweite, kleinere Herr trat daraufhin zu ihr. »Es tut mir leid«, antwortete er etwas höflicher als sein Kollege. »Wir sind nur befugt, Rezepte von Ärzten, dem Oberaufseher der Inneren Abteilung und dem Obergehilfen der Chirurgischen Abteilung entgegenzunehmen.«

Als Viviana immer noch keine Anstalten machte zu gehen, trat auch der Mann mit der Brille zu ihr. Aber anstatt sie zu begrüßen, öffnete er die Tür und deutete hinaus. »Bitte sehr!«

Viviana wäre nur allzu gern zurück in die Mühlgasse gelaufen, widerstand aber der Versuchung: »Ich bin hier, um meine Hilfe anzubieten.«

Der Unhöfliche schob seine Brille mit dem Zeigefinger auf den Nasenrücken zurück, dann betrachtete er Viviana aufmerksamer. »Unsere letzte Helfnerin hat sich vor einigen Wochen das Läusefieber eingefangen, vermutlich oben in Saal zehn.« Er begab sich wieder hinter den Tisch zu seinem Buch.

»Es ist unwahrscheinlich, dass sie jemals wieder hier arbeiten wird«, sagte der Höflichere, schloss die Tür, reichte seinem Kollegen eine Spanschachtel über den Rezepturtisch und redete ihn dabei mit »Herr Apotheker« an.

»Und wieso glauben Sie, dass Sie die Arbeit einer Helfnerin einfach so übernehmen können?« Der Apotheker griff nach der Schachtel, öffnete sie und schnupperte wie ein Maulwurf hinein.

»Ich kann arbeiten«, trug Viviana vor, als müsse sie sich selbst davon überzeugen.

»Sie können arbeiten, soso«, kommentierte der Apotheker in einem Tonfall, als machte er sich über sie lustig. »Wie heißen Sie?« Er schloss die Schachtel wieder und notierte etwas in seinem Buch.

»Viviana Bischof«, antwortete sie schnell.

»Wie alt sind Sie?«, fragte er, während er seine Feder ins Tintenfass tauchte.

»Siebzehn«, antwortete sie wahrheitsgemäß.

»Und? Sonst noch was?«, wollte der Apotheker mit hochgezogener Augenbraue wissen.

Sie rang um eine Antwort, bis sie schließlich kaum hörbar herausbrachte: »Waise.« Was nicht einmal gelogen war, weil ihre Eltern sie nicht nur weggeschickt hatten, sondern auch nicht mehr für sie da waren.

»Sind Sie der Gendarmerie schon einmal aufgefallen, oder gibt es sonst irgendwelche Vorfälle dieser Art? Hurerei? Diebstähle?«

Viviana war entsetzt, stammten die hiesigen Helfnerinnen etwa aus dem Hurenhaus oder gar dem Gefängnis? Oder wollte der Apotheker sie nur provozieren. Sah sie etwa wie eine Diebin aus? Schließlich antwortete sie: »Nein, ich bin noch nirgendwo unangenehm aufgefallen.« Hoffentlich wurde sie jetzt nicht rot.

»Es ist unverzichtbar, dass sich eine mögliche Helfnerin mit Kräutern auskennt, sonst arbeitet Herr Hauser Sie länger ein, als Sie uns von Nutzen sein können. Und vielleicht überlebt unsere Helfnerin das Läusefieber ja doch.« Der Apotheker schob seine wieder nach unten gerutschte Brille erneut den Nasenrücken hinauf, wie er es vermutlich schon tausendmal gemacht hatte.

»Die Helferin in einer Apotheke«, erklärte nun der freundliche Herr Hauser, »reinigt die Kräuter, hängt sie zum Trocknen auf, wiegt sie und reicht bei der Verfertigung der Medizin die gewünschten Mengen an. Und sie hält die Apotheke sauber und ordentlich.«

Der Apotheker deutete auf den Tisch und befahl: »Wählen Sie von diesen drei Schalen jene aus, die Kampfer enthält, und entleeren Sie sie in die rechte Waagschale.«

Mit zitternden Beinen trat Viviana an den Tisch heran. Sie erkannte sofort, dass in allen drei Schalen getrocknete, zerkleinerte Pflanzenteile lagen, die äußerlich kaum voneinander zu unterscheiden waren. In der linken Schale waren hellgelbe Blütenteile enthalten. Die mittlere Schale war eher blassgrünen Inhalts, und die rechte war vom Farbton her etwas grüner, oder lag das am Licht in der Offizin? Erschwerend kam hinzu, dass Viviana keine Ahnung hatte, wie Kampfer aussah und wofür er verwendet wurde.

Herr Hauser schaltete sich ein, er interpretierte ihr Zögern richtig. »Kampfer ist eine wichtige Droge für die Patienten hier im Spital. Seit Jahrhunderten schon wird er gegen Durchfall, Augenkrankheiten und narkotische Vergiftungen eingesetzt.«

Viviana nickte dankbar für seine Unterstützung. Weil sie aber immer noch nicht wusste, wie getrockneter Kampfer aussah, versuchte sie den Inhalt der Schalen über ihren Duft zu identifizieren und dadurch die Kräuter auszuschließen, die sie kannte, in der Hoffnung, dass der Kampfer dann zwangsläufig übrig blieb. So schnell gedachte sie jedenfalls nicht, vor dem Apotheker klein beizugeben. Gleich ihr erster Griff in die mittlere Schüssel half. Nachdem sie ein paar Krümel mit der Fingerspitze des Mittelfingers aufgepickt und daran gerochen hatte, schob sie das mittlere Schälchen beiseite. »Das ist Salbei.«

Herr Hauser verfolgte ihr Tun, und sogar der Apotheker ließ nun von seinem Buch ab. In der linken Schale roch es nach einem Viviana bekannten Kraut, das aber nicht Kampfer sein konnte, weil ihr der Name ansonsten schon einmal untergekommen wäre. Viviana tippte den Zeigefinger in die rechte Schale, deren Inhalt würzig, scharf und sehr intensiv roch. Konnte das Kampfer sein? Befand er sich überhaupt in einer der Schalen? Zuzutrauen wäre es dem arroganten Apotheker allemal, dass er sie hereinzulegen versuchte. Aber sie hatte keine andere Wahl, als das rechte Schälchen in die Waagschale zu entleeren.

»Glück gehabt.« Der Apotheker klang wenig überzeugt. »Sie haben tatsächlich Kampfer ausgewählt, allerdings einen unentschuldbaren Fehler begangen.«

Viviana hatte schon geahnt, dass sich der Apotheker nicht so leicht geschlagen geben würde.

»Sie sollten niemals wieder, sofern Sie mit Arzneistoffen oder Arzneimitteln in Berührung kommen, mit ungewaschenen Händen hantieren. Das ist hier oberstes Gebot! In jedem Zimmer steht Wasser und liegen Handtücher bereit. Sie sind unbedacht, Viviana Bischof!«

Es war sehr unfreundlich, aber vor allem unhöflich, dass er sie beim Vor- und Zunamen nannte, ohne dabei das höfliche Fräulein voranzustellen, so sehr er mit seiner Anmerkung auch recht haben mochte.

»Und deswegen möchte ich«, hörte Viviana ihn in diesem Moment sagen, »dass Sie zunächst zur Probe arbeiten, bevor ich Sie als Vertretung für die erkrankte Helfnerin anstelle.«

»Nicht jeder Arbeitswillige«, fügte er noch hinzu, »ist fähig, einem Apotheker zu dienen.« Es klang, als hätte ein Minister die Position seines Sekretärs zu vergeben.

Viviana hätte die Hände am liebsten zu Fäusten geballt bei so viel Herablassung, dann wurde ihr jedoch bewusst, dass sie auf die Gunst des Apothekers angewiesen war. Die Arbeit hier war ihre einzige Chance, Ella und sich durchzubringen. Nur dann würde Magda sie nicht fortschicken. Nur dann könnten sie durchhalten, bis Paul zurück war. Noch immer schlief sie schlecht, und Hunger hatte sie schon lange nicht mehr. *Jemanden zu vermissen, hängt nicht davon ab, wie lange man sich nicht gesehen hat, sondern wie tief dieser Mensch in deinem Herzen sitzt.* Ein Spruch, den sie in einem Buch aus dem Lesesaal der Harmonie gelesen hatte. Lange vor der Schwangerschaft und sogar lange bevor sie Paul überhaupt kennengelernt hatte, war das gewesen.

»Sie werden für den Rest des Tages auf dem Kräuterboden helfen«, ordnete der Apotheker an, als wüsste er, dass sie keine andere Wahl hatte. »Erst nach der Probe entscheide ich, ob ich Ihre Hilfe in Anspruch nehme.«

»Den Rest des Tages?«, fragte Viviana bang. Bald würde Ella in der Mühlgasse aufwachen, und sie hatte ihr versprochen, dann an ihrem Bettchen zu sein.

Der Apotheker verschränkte die Arme vor dem Gehrock. »Überfordern Sie unsere Regeln und die Genauigkeit im Apothekenwesen etwa?«

Statt einer Antwort, ging Viviana zu dem Kübel mit frischem Wasser in der Ecke der Offizin, wusch sich darin die Hände und trat dann mit den Worten: »Ich bin zum Probearbeiten bereit«, wieder vor den Apotheker.

Der nettere der beiden Männer trat lächelnd neben sie. »Ich bin Otto Hauser, der Geselle von Herrn Apotheker Carl. Ich bin für die Bestellung der Offizin zuständig und für die Verfertigung aller Rezepte, außer die von Professor von Rinecker. Er lässt seine Medizin ausschließlich vom Herrn Apotheker herstellen. Kommen Sie, Fräulein Bischof, ich zeige Ihnen unseren Kräuterboden.«

Otto Hauser wies ihr den Weg aus der Offizin. Sie durchquerten einen Raum, in dem Viviana wegen der vielen Regale kein Fleckchen Wand mehr ausmachen konnte. »Das ist unsere Materialkammer. Hier verwahren wir Materialien, die es kühl brauchen. Fette, Salben, Öle und Honig zum Beispiel«, bekam sie erklärt. Viviana dachte, dass sie sehr froh war, sich nicht mehr in einem Raum mit Apotheker Carl aufhalten zu müssen. Otto Hauser führte sie die Treppe bis unters Dach hinauf.

Im Kräuterboden war ein Dutzend Schnüre von einer Seite des Raumes zur anderen gespannt. Ganz ähnlich trocknete Magda Vogelhuber ihre Wäsche um den Ofen herum. Hier allerdings hingen keine Windeln, löchrige Socken oder Unterröcke, sondern Kräutersträuße, die die verschiedensten Düfte aussandten.

»Ein guter Teil unserer Heilpflanzen stammt aus dem Spitalgarten.« Otto Hauser deutete mit dem Kinn in die Richtung, in der Viviana den Garten vermutete. »Zusätzlich senden wir wöchentlich Pfründnerinnen des Spitals zum Kräutersammeln in die nähere Umgebung von Würzburg aus. Hier oben, in der trockensten Kammer des Hauses, wird alles aufgehängt, bevor wir es unten weiterverarbeiten.«

Viviana dachte an den Garten im Palais, sie hatte nie auf Kräuter im Garten geachtet. Von jeher waren die gläsernen Orchideen ihrer Mutter der Mittelpunkt allen floralen Schmucks im Palais gewesen. Ob ihre Mutter jemals an sie dachte?

»Bevor die frischen Kräuter aber aufgehängt werden, was Sie gleich übernehmen werden, Fräulein Bischof, prüfe ich sie allesamt. Bitte hängen Sie nur geprüfte Kräuter zum Trocknen auf. Sie erkennen sie daran, dass ich den Hinweis ›inspectus‹ daran befestigt habe. Aktuell dürfte nichts ungeprüft sein.« Aus einem Korb nahm er einen Zettel auf und hielt ihn Viviana hin. Mit Kohlestift war das lateinische Wort für »kontrolliert« darauf geschrieben. »Den Beifuß haben wir vorgestern reinbekommen, der ist rein und gut. Hängen Sie ihn dort auf, wo Platz ist. Gleiches gilt für den Frauenmantel.« Otto Hauser zeigte auf weitere Körbe, »den Fenchel und …«

Doch Vivianas Gedanken weilten einmal mehr bei Ella. Ob ihre Tochter bereits aufgewacht war und die Krähen ebenfalls hören konnte? Sicher würde sie zu weinen beginnen, wenn sie das vertraute Gesicht ihrer Mutter nicht sah. Ihr herzerweichender Schrei war ihr schon im Kloster durch Mark und Bein gegangen. Er hatte sie zu ihrem Kind eilen lassen, während die Ordensschwestern beim Abendgebet in der Klosterkirche gewesen waren.

»Später dann kommt das Wiegen dazu«, hörte sie da die Stimme des Apothekergesellen sagen, »aber das wäre zu viel für heute. Mit dem Aufhängen werden Sie eine Weile beschäftigt sein.«

Viviana verkniff sich einen Seufzer und nickte.

»Aber jetzt muss ich in die Offizin zurück. Dort habe ich noch einen ganzen Stapel Rezeptwünsche zu erfüllen. Die Herren Professoren sind sehr ungeduldige Kunden.« Otto Hauser verließ den Kräuterboden.

Viviana griff nach dem Beifuß, entwirrte die biegsamen Stängel vorsichtig wie teures Garn und hängte einen neben den anderen aufs Seil. Der Geruch der Pflanze erinnerte sie an den Gänsebraten vom letzten Weihnachtsfest. Die Familie hatte im großen Salon des Palais beieinandergesessen und Gänsebraten mit Rotkohl und Klößen gegessen. Vor der Nachspeise hatte Viviana ein Weihnachtsgedicht vorgetragen. Mit »O Nacht des Mitleids und der Güte ...« hatte es begonnen. Papas Augen hatten selbst bei den letzten Zeilen noch auf ihr geruht, so als ahnte er, dass das Schicksal sie eines Tages trennen würde. Zum Weihnachtsfest des Jahres 1849 hatte sie Paul schon gekannt. Wenige Wochen danach war Ella gezeugt worden.

Als Nächstes kam der Frauenmantel an die Reihe. Aber wie sehr Viviana sich auch auf das Rosengewächs zu konzentrieren versuchte, verging die Zeit doch viel zu langsam für sie.

Jede Minute fühlte sich wie eine Stunde an, und eine Stunde wie früher ein ganzer Tag. Viviana hatte gerade die letzten Stängel Fenchel aufgehängt, als der Apotheker und der Geselle den Kräuterboden betraten. Ihr brannten die Hände, und vom vielen Bücken tat ihr der Rücken weh. Außerdem schmerzten ihre Brüste wegen der vielen Milch, die sich in ihnen gesammelt hatte. Das würde sie keinen zweiten Tag durchhalten, und gerade fühlte es sich so an, als bekäme sie jeden Moment eine Nachwehe. Sie hatte ihre Arbeit nicht einmal unterbrochen, um Wenkes Käse und den Brotkanten zu essen.

Die aufgehängten Kräuter inspizierend, schritt Ferdinand Carl an den gespannten Schnüren entlang. »Bei mir werden Arzneien verfertigt, die besser als die aus den Offizinen der Stadtapotheken sind. Ich beabsichtige nicht, dass sich das ändert. Unabhängig davon, welche Helfnerin ich beschäftige.« Der Apotheker schob sich die Brille wieder auf die Nase und wandte sich Viviana zu: »Ich will Ihnen gestatten, morgen wiederzukommen, Helfnerin Bischof. Sie werden monatlich mit einem Gulden entlohnt werden.«

Seine Sätze blieben zunächst unbeantwortet. Viviana konnte es noch gar nicht fassen. Sie sollte tatsächlich eine Arbeit im Juliusspital erhalten? In ihrem bisherigen Leben hatte sie den Spitälern der Stadt niemals Beachtung geschenkt. Sie hatte sie verabscheut und nie betreten wollen. Hier ging man nur zum Leiden und Sterben hin. Viviana wusste nicht, ob sie über die Zusage lachen oder weinen sollte. »Danke«, stammelte sie daher lediglich und verließ erschöpft den Kräuterboden.

Sie hatte Angst vor den nächsten Tagen. War der Apotheker nicht das beste Beispiel dafür, dass die Kälte und Lieblosigkeit des Juliusspitals auch auf die Menschen abfärbten, die in ihm arbeiten? Der Gedanke, dass das Spital auch dahin gehend auf sie einwirken und sie verändern könnte, ließ ihr einen eisigen Schauer den Rücken hinablaufen.

***

7

NOVEMBER 1850

Johann lehnte sich in seinem schweren Lederstuhl zurück und zog an seiner Tonpfeife. Valentin und sein Kontorist gingen im Nebenzimmer die Zahlungsvorgänge der letzten Woche durch. Er selbst dachte über den Kredit für die Würzburger Mainschifffahrts-Gesellschaft nach und stieß den inhalierten Rauch langsam wieder aus. »Viereinhalb Prozent, das ist nicht machbar, für wen auch immer«, redete er mit sich selbst und fixierte dabei einen imaginären Punkt über dem gekämmten Perserteppich vor dem Regal mit den Kontenbüchern. Das Bankhaus Winkelmann war eine Privatbank, es setzte für seine Geschäfte nur das eigene Vermögen ein. Deswegen konnte er auch keinen Kredit unter einem Prozentsatz von fünf Prozent gewähren. Auch nicht für einen so begehrten Kunden wie die Mainschifffahrts-Gesellschaft. Unter fünf Prozent verdiente er nichts mehr. Wenn er jedoch im Fall der Mainschifffahrts-Gesellschaft auf den fünf Prozent beharrte, könnte schnell ein anderes Bankhaus zur Stelle sein und diese billiger bedienen. Das der Familie Hirsch aus der Ebracher Gasse oder die Oppenheims aus Köln zum Beispiel. Die Konkurrenz bei Finanzgeschäften war beträchtlich, ganz zu schweigen von den neuen Hypotheken- und Sparbanken, die zunehmend aufkamen.

Johann stopfte sich die Pfeife neu, erhob sich aus dem Lederstuhl und trat vor die mit dunkelgrünem Samt bespannte Wand gegenüber seinem Schreibtisch. Dort hing das Porträt seines Vaters. Franz Winkelmann war der Begründer des Bankhauses, das seit Jahren mehr als fünfzig Kunden zählte, die meisten davon im Königreich Bayern. Franz Winkelmann war in einfachen Verhältnissen im Hauger Viertel zwischen Handwerkern und Krämern aufgewachsen und zunächst durch den Handel mit Waren aus Übersee und mit Manufakturprodukten zu Geld gekommen, auch mit fränkischen Weinen. Immer öfter hatte sich Franz die Möglichkeit geboten, Geschäfte zu machen, bei denen Kunden dazu bereit waren, für einen Zahlungsaufschub zusätzliches Geld zu bezahlen. In einer Urkunde, dem Wechsel, wurde festgehalten, auf welchen Betrag sich diese Geldsumme belief, die als Einnahme in die Kasse des Bankhauses floss. Über die Jahre hinweg waren die Geschäfte mit Wechseln immer einträglicher geworden, sodass sich Franz schließlich ganz darauf spezialisiert hatte.

Respektvoll schaute Johann zu seinem Vater auf, genau wie in den Zeiten, in denen sie die Geschäfte des Bankhauses noch gemeinsam gelenkt hatten. Er imitierte die Geste seines Vaters, der auf dem Bildnis die linke Hand staatsmännisch in seine Weste unter dem Gehrock geschoben hatte. Sein Vater war sein Vorbild als Privatbankier. Franz' Werte waren Johanns Werte. Sein Vater war davon überzeugt gewesen, dass ein zuverlässiger Kreditgeber seine Geschäftspartner kennen, achten und deren Geschäfte verstehen sollte, weswegen der Kontakt zu und die Gespräche mit den Kunden unerlässlich waren. Und niemals hatte er nach übertriebenem Gewinn getrachtet, stattdessen lieber auf Sicherheit gesetzt. Spekulative Geschäfte waren auch für Johann tabu, weil das Bankhaus Winkelmann seine Geschäfte mit persönlicher Haftung betrieb. Risiken für sein Vermögen bedeuteten auch Risiken für seine Familie und deren Wohlstand, den er unermüdlich zu mehren versuchte. Und mit dem er Elisabeth ihren größten Traum erfüllt hatte: das prunkvolle Palais.

Weil Johann mit den geschäftlichen Grundsätzen seines Vaters immer gut gefahren war, wurde er auch nicht müde, diese an Valentin weiterzugeben. Valentin war sein einziger Sohn, sein Erbe, und er brannte für Geldgeschäfte. Häufig erfasste er ein Zahlenwerk mit nur einem einzigen Blick. Einen verständigeren Nachfolger konnte sich Johann kaum vorstellen. Es war richtig und gut, seinen Sohn so früh zum Teilhaber gemacht zu haben. Seit einer Woche war das auch für jedermann, der das Palais passierte, sichtbar. *Bankhaus Johann G. Winkelmann & Cie.* stand in Sandsteinbuchstaben an der Fassade über den Fenstern im Erdgeschoss geschrieben. Der Namenszusatz *Cie.*, das Kürzel für Compagnie, zeigte an, dass neben der erstgenannten Person noch weitere Teilhaber existierten.

Johann zog an seiner Tonpfeife, die andere Hand steckte nach wie vor in der Weste. Das Bankhaus war für die nächste Generation gerüstet, jetzt mussten nur die Geschäfte wieder besser laufen. Die vergangenen fünf Jahre waren nicht die besten gewesen. Obwohl Johann der Zusammenarbeit mit seinem Sohn positiv entgegensah, hatte vor einer Woche keine rechte Freude in ihm aufkommen wollen. Weder bei Valentins Hochzeit noch bei den sich daran anschließenden Feierlichkeiten anlässlich der Teilhabe seines Sohnes am Privatbankhaus. Auf beiden Veranstaltungen hatte Johann geduldig Fragen über Vivianas »Jahr in der Ferne« beantworten müssen. Seine ersten Sätze handelten dabei stets von der Schönheit des Apennins, von der seine Tochter schwärme, und mit seinen letzten bedauerte er die Erkrankung Vivianas, die diese reiseunfähig gemacht hätte. Wo seine Tochter wohl war? Ginge es ihr gut, lebte sie denn überhaupt noch? Seine Vivi, die schon immer ihren eigenen Kopf gehabt hatte.

Valentins Suche inner- wie auch außerhalb der Stadt, in den Dörfern und Siedlungen hinter den Rebhängen, war erfolglos verlaufen. Johann selbst hatte sich diskret und unter einem Vorwand in seiner Funktion als Magistratsmitglied bei den Gendarmeriestationen nach den jüngsten Verhaftungen erkundigt, aber ohne Ergebnis. Ein bitterer Geschmack stieg ihm die Kehle hinauf.

Es klopfte an der Tür. »Herr Bankdirektor, es ist bereits sieben Uhr. Zeit für das Abendessen, Ihre Gattin lässt nach Ihnen schicken«, erinnerte ihn der Hausdiener taktvoll.

»Ja, danke«, erwiderte Johann geistesabwesend. Er warf einen letzten Blick auf die wachen, klugen Augen seines Vaters in dem goldgerahmten Wandbildnis, dann legte er seine Tonpfeife beiseite, klappte das Kontenbuch auf dem Schreibtisch zu und verließ die Geschäftsräume.

Während er die Treppen hinauf ins erste Geschoss lief, dachte er nicht mehr an seinen Vater oder an die passenden Kreditkonditionen für die Mainschifffahrts-Gesellschaft, sondern einmal mehr an seine verlorene Tochter und wie er sie so häufig nach einem schlechten Traum zurück in ihr Bett gebracht und sie in den Schlaf gewiegt hatte. In diesen Nächten hatte sich Johann als ihr tröstender Beschützer unersetzbar gefühlt. Und jetzt war sie für immer fort – und ihm die Hände gebunden, was ihr weiteres Leben betraf.

***

8

NOVEMBER 1850

Viviana hielt dem Pförtner ihr Eintrittsbillett hin und passierte das Torgebäude des Juliusspitals. Im Innenhof wurde sie vom Krähenchor empfangen. Stöhnen und Verzweiflungsschreie aus den Krankensälen mischten sich unter das Krächzen. Sie heftete den Blick auf das Steinpflaster, um nicht in die leidenden Gesichter der Kranken schauen zu müssen. Sie schaffte es am schnellsten zur Apotheke hinüber, wenn sie die Leidenden ignorierte und das Klirren der Beinfesseln überhörte. Hoffentlich begegnete ihr Professor Kölliker nicht, der ebenfalls in der Hofstraße wohnte, denn er verkehrte im Palais und könnte sie wiedererkennen. Zur Sicherheit überprüfte Viviana den Sitz von Magdas Haube, unter die sie ihr Haar gestopft hatte. Zusätzlich hatte Magda ihr einen derben Rock von sich geliehen. Über ihrer Miederjacke trug Viviana das graue Schultertuch mit den Fransen. Den Blick starr auf den Arkadengang gerichtet, schaffte sie es ohne Auffälligkeiten bis in die Offizin vor den Rezepturtisch.

Otto Hauser empfing sie wohlwollend. Von ihm erfuhr Viviana, dass der Apotheker noch für die nächste Stunde – und nicht nur heute, sondern täglich – abwesend wäre, weil er zu dieser Zeit die Spitalsärzte bei den Visitationen an die Betten der Curisten und Pfründner begleitete, um Arzneiverordnungen aufzunehmen. Vielleicht würde es ohne den Apotheker ein besserer Tag werden als gestern, hoffte Viviana. Ihre Tochter hatte sie erneut wehen Herzens in der Mühlgasse zurücklassen müssen.

Als erste Tat des Tages stellte Otto Hauser ihr in der Materialkammer den Stößer vor. Die Aufgabe des Stößers war es, Kräuter, heilsame Gewürzpflanzen und andere Arzneisubstanzen im Mörser zu zerstoßen. Tagein, tagaus. Viele Arzneien waren auf Ingredienzien in zerstoßener Form angewiesen, weil man nur auf diese Weise an deren wertvolle Wirkstoffe herankam. Viviana erfuhr, dass der Stößer am Vortag ein Fieber auskuriert hatte.

Überall Kranke, dachte Viviana. Wenn doch nur Ella gesund blieb und sie nichts Ansteckendes aus dem Spital mit nach Hause brachte.

Der Stößer war ein stiller, zurückgenommener Mann, der vor einem Mörser saß und mit einem Pistill in der Hand die Wurzeln zermahlte. Seine Reibschüssel war so groß, dass man Ella darin hätte baden können. Das Geräusch, das das Messingwerkzeug im Mörser beim Stoßen erzeugte, ertönte so regelmäßig im Raum wie das Ticken eines Uhrwerks. Klung, klung, klung.

Viviana reinigte ihre Hände im Wasser, legte sich eine Schürze an und zwang sich, ihre Arbeit an der Seite des Gesellen zu beginnen. Während Otto Hauser größere Mengen eines Arzneimittels auf Vorrat herstellte, schaffte Viviana die dafür gewünschten Rohstoffe möglichst schnell herbei. Kleinere Mengen von Rohstoffen wie Fenchel wurden in der Offizin verwahrt, größere Mengen im Materiallager.

Viviana eilte zwischen den Räumen hin und her. In der Offizin glitt ihr Blick über die Vitrinen und die langen Reihen von Schubladen in den geschwungenen Schränken. Sie sah Spanschachteln, Glasschübe, Blechdosen, Irdenware und sogar Porzellangefäße. Jedes Gefäß war beschriftet. Manche waren mit Leder verschlossen, andere mit Wachs- oder Glasdeckeln, oder mit Kork. Klung, klung, klung. Die Zeit verging schneller, wenn man sich viel bewegte.

Otto Hauser erklärte ihr, welche Arzneistoffe für sich allein genommen schon wirksam waren. Er nannte sie Simplica. »Getrockneter Beifuß«, erklärte er ihr, »wie Sie ihn gestern zum Trocknen aufgehängt haben, hilft gegen Verdauungsbeschwerden. Ein Fenchelaufguss gegen Halsschmerzen, und Pfefferminze besänftigt jeden Reizdarm.«

Es schien keine Pflanze zu geben, die der Geselle dem Aussehen nach nicht beschreiben und deren Wirkstoffe er nicht benennen konnte. Es fiel Viviana leicht, sich all das zu merken. In der Töchterschule hatte sie Bibeltexte und Regeln über den Ehegehorsam auswendig lernen müssen. Davon lautete eine: *Mit dem ersten Tage der Ehe beginnt die junge Frau, ihre Bestimmung zu fühlen und zu erfüllen. Neben dem geistigen Umschwung wird auch der Körper unter völlig veränderte Bedingungen gestellt.*

Der Geselle musste seine Erklärungen und die Zubereitung der Arzneimittel regelmäßig unterbrechen, weil mehrere Professoren kamen, Rezepte über den Waagetisch mit den Eisenästen reichten und kleine, gefüllte Gläser mit beschrifteten Zetteln entgegennahmen.

Als der Geselle rote Korallen aus einer der Glasschübe in der Offizin verlangte und Viviana sich auf die Suche danach machte, sah sie den Apotheker Ferdinand Carl an diesem ersten offiziellen Arbeitstag das erste Mal. Er suchte etwas auf dem Rezepturtisch. Viviana hielt kurz inne. »Guten Morgen, Herr Apotheker«, grüßte sie vorsichtig und abwartend.

Er nickte ihr flüchtig zu und verschwand auch schon wieder mit einem Zettel in der Hand in seinem Bureau.

In der kurzen Pause am Mittag konnte Viviana das Spital wegen der Armenspeisung im Torgebäude nicht verlassen. Dabei hätte sie so gerne nach Ella geschaut und ihr die Leinenwickel persönlich gewechselt. So aber musste sie weiterarbeiten. Während nach wie vor das Klung, Klung, Klung erklang, fuhr sie sich mit kreisenden Handbewegungen über die Brust, um den schmerzhaften Druck in ihr loszuwerden.

Gerade hatte sie den ersten Boden in ihrem Leben gekehrt und an die zwanzig Glasgefäße gereinigt, da zog es ein weiteres Mal in ihrem Unterleib, sodass sie sich unwillkürlich krümmte. Glücklicherweise geschah es in einem unbeobachteten Moment. Seit der Geburt war Viviana nicht mehr zu Kräften gekommen. Schon Wochen vor der Niederkunft hatte sie ihren Hunger verloren, und noch immer reichte ihr eine Spatzenportion zum Essen. Magdas Klecks Brei vom Morgen lag ihr wie ein Stein im Magen.

Viviana wollte gerade ein Gebet gegen die Nachwehen zum Himmel schicken, als ihr zwischen den weißen Stuckaturen zum ersten Mal die Deckenbemalung der Offizin auffiel. Flora, die Göttin der Jugend, des Erblühens und des Werdens, prangte dort malerisch eingerahmt vom zuckerweißen Stuck, den sie gestern schon bewundert hatte. Flora bekam von Apoll, dem Gott des Lichts und der Heilung, eine Krone gereicht. Ihr Vater hatte ihr einige Geschichten über die Götter vergangener Zeiten und Kulturen vorgelesen. Auf dem Bildnis über ihr lagen Flora und Apoll eng beieinander, sein Mund war nah an ihrem Hals. Viviana dachte an Paul und wie er ihr auf dem Turm von Sankt Gertraud zum ersten Mal so nahe gekommen war wie Apoll Flora. Es gab kein Viertel in Würzburg, das er ihr nicht gezeigt hatte. Keine figürliche Darstellung, nicht einmal eine einfache gemeißelte Vogeltränke war seinem Blick entgangen. Aber vor allem liebte Paul Hausmadonnen, die in keiner anderen Stadt so zahlreich und so einzigartig waren wie in Würzburg. Seine bevorzugte Madonna befand sich am Haus in der Bronnbachergasse, Ecke Häfnergasse. Sie zeigte die heilige Maria mit freiem, gar nicht leidvollem Blick, und Paul fand, dass sie Viviana ähnelte, weil auch sie so anders sei als alle anderen Frauen, die er kannte. Dieser Vergleich hatte Viviana tief berührt. *Die Erinnerung ist ein Paradies, aus dem man nicht vertrieben werden kann,* dachte sie wehmütig.

Dabei machte ihr ein Gedanke immer mehr zu schaffen. Nämlich der, dass Paul ihr das Füreinanderdasein ja vielleicht nur vorgegaukelt hatte. Womöglich hatte er auf einer Baustelle in Bologna, oder wo auch immer er gerade war, längst eine andere Frau gefunden. Eine, bei deren Eltern er willkommen war?

*

An den folgenden Arbeitstagen bot der Apothekergeselle Viviana immer wieder seine Hilfe an. Während sich Apotheker Carl in der Offizin schweigsam hinter seinen Rezepturtisch oder ins Bureau zurückzog, gab Otto Hauser bereitwillig Auskunft. »Die Arzneien, die wir in Mengen und auf Vorrat herstellen, kommen in die Vorratsgefäße«, erklärte er. Das dumpfe Geräusch des Messing-Pistills vom Stößer untermalte seine Ausführungen. »In den Holzstandgefäßen und Spanschachteln halten wir Kräuter und luftig zu lagernde Substanzen wie etwa Pflasterstangen vorrätig.«

Viviana betrachtete den Gesellen zum ersten Mal genauer. Otto Hauser erinnerte sie an den Kontoristen ihres Vaters, Herrn Umbreit. Beide, Herr Hauser und Herr Umbreit, besaßen eher die zierliche Statur einer Frau, und beide zeigten trotz ihrer jungen Jahre schon Ansätze einer Glatze. Sie gaben sich freundlich und hilfsbereit. Ihr Vater schwor auf die Verlässlichkeit seines Kontoristen.

»In die Blechdosen kommen Teemischungen, und die Irdenware eignet sich am besten zur Aufbewahrung wässriger, öliger, zähflüssiger oder getrockneter Substanzen«, wurde der Geselle nicht müde zu erklären, während Viviana ihm aufmerksam zuhörte, auch wenn sie mit ihren Gedanken oft bei ihrer Tochter war. »Essig, Wein und ähnlich saure Säfte halten wir in Gefäßen aus Steinzeug vorrätig. In die grünen Glasflaschen kommen lichtempfindliche, flüssige Substanzen. Zur Verarbeitung von Substanzen, die mit Metall reagieren, verwende ich Porzellangefäße. Moschus, zum Beispiel, ist ein stark aromatischer Stoff, den ich vor der Abfüllung zunächst in ein Ledersäckchen gebe und erst danach ins Glas.«

In der dritten Arbeitswoche bekam Viviana die Aufgabe übertragen, pulverisierte Muskatnuss mit einer Handwaage in jeweils unzenschwere Portionen abzuwiegen. Die Handwaagen hingen am Rezepturtisch. Der Apotheker hatte die Räumlichkeiten gerade zur morgendlichen Visitation mit den Spitalsärzten verlassen. Der Stößer war im Materiallager mit dem Zerreiben von Eibenrinde beschäftigt. Otto Hauser destillierte im Laboratorium, woher auch der strenge Geruch nach Dung kam. In mehreren Dungkisten hielt er dort Zwischenprodukte seiner Arzneiherstellung mehrere Tage lang konstant warm. So schlimm hatte es in der Hofstraße nie gerochen.

Viviana legte gerade die Muskatnüsse bereit, als ihr Blick am Rezeptformel-Buch hängen blieb, in welchem der Apotheker Carl bei ihrer ersten Begegnung gelesen hatte und das ihm geradezu heilig zu sein schien. Es beinhaltete sämtliche vorzuhaltenden Arzneien, vermutlich auch gegen Frauenleiden. In den vergangenen Nächten hatten Viviana wieder Krämpfe im Unterleib wach gehalten. Weil sie um die Besonderheit des Buches und seines Inhalts von Otto Hauser wusste, schaute sie sich erst noch einmal um, bevor sie es mit zittrigen Fingern aufschlug.

Auf der Titelseite stand geschrieben: *Sammlung der in den Kliniken des königlichen Julius-Hospitals zu Würzburg gebräuchlichsten Rezept-Formeln.* Darunter wurden zwei Verfasser genannt, ein Herr Reuss und der Apotheker Ferdinand Carl.

Mit spitzen Fingern blätterte sie weiter, das Papier war dick und vornehm. Das Buch begann mit den Rezeptformeln für den inneren Gebrauch, vor allem listete es viele Pulver auf. Viviana hatte etwas Latein aus den Büchern im Harmonie-Lesesaal gelernt. Nur wenige Sätze in dem Formelbuch waren in deutscher Sprache verfasst. Viele Wörter kannte sie gar nicht, manche waren sogar in einer dritten Sprache formuliert. Sie blätterte weiter, Pulver reihte sich an Pulver. Pulvis antihelminthicus sollte stündlich in einer Oblate mit Wasser geschluckt werden. Antihelminthicus?

Viviana horchte in alle Richtungen. Aber Otto Hauser schien weiterhin im Labor mit dem Destillieren beschäftigt zu sein, und vom Materiallager kam das regelmäßige Geräusch, das das Pistill im Mörser erzeugte. Klung, klung, klung.

Viviana vertiefte sich in die Rezeptformeln. Manche waren handschriftlich mit einer geschwungenen Schrift ergänzt. Gegen jede Krankheit schien es ein Pulver zu geben, nur nicht gegen Nachwehen. Nirgends war von Partus oder Foetae, der Geburt, oder dem Wochenbett, die Rede. Nein, Moment! Viviana schöpfte Hoffnung. Sie war fast am Ende des Buches angekommen, wo einige vormals leere Seiten handschriftlich beschrieben worden waren. »Post natum«, las sie, also nach der Geburt, hier müsste sie etwas finden. Doch sie hatte Mühe, die handgeschriebenen Wörter überhaupt zu entziffern. Mehrmals fuhr sie mit dem Zeigefinger unter ihnen entlang, als übe sie Lesen. Argentina – das erste Wort ließ sich noch einigermaßen entziffern. Beim zweiten wurde es schon schwieriger, denn die Buchstaben folgten so dicht aufeinander, dass sie sich fast schon überlappten. Das kleine a und das darauffolgende n vermochte sie noch zu erkennen, aber dann schien das Wort eine heillose Ansammlung von geschwungenen Linien zu sein, die sie an die verhedderten Fäden eines Stickgarns erinnerten.

Viviana beugte sich noch dichter über das Buch. »Anf«, versuchte sie das Wort zu entziffern. »Nein, ans...«

Da legte sich eine große, kräftige Hand mit gepflegten Nägeln und weicher Haut auf die Buchstaben und verdeckte sie komplett.

Viviana trat erschrocken einen Schritt vom Rezepturtisch zurück.

»Was tun Sie hier, Helfnerin Bischof?«, verlangte der Apotheker zu wissen.

Auf die Schnelle fiel ihr nicht ein, womit sie ihm ihre ungebührliche Neugierde erklären könnte. Ihren wahren Beweggrund zu offenbaren, erschien ihr zu gefährlich. Andererseits hielt sie den Apotheker aber auch für zu klug, um ihm eine fadenscheinige Notlüge aufzutischen. »Ich war neugierig auf die Rezepte.« Viviana wollte das Buch zuschlagen, damit er die Stelle nicht nachlas, über der sie gerade gebrütet hatte.

Aber Carl war schneller. Ohne seine Hand zwischen den Seiten zurückzuziehen, packte er mit seiner anderen die ihre. Dann zog er das Buch zur Seite und las, was dort geschrieben stand, bevor er aufschaute.

»Magdas Sohn Bruno, das ist die Frau, bei der ich wohne, hat einen trockenen Husten, schon seit vielen Tagen«, trug Viviana vor, was der Wahrheit entsprach. Zum Glück war Wenke bislang davon verschont geblieben. »Ich dachte, ich könnte Bruno helfen, aber es scheint so viele Pulvis zu geben, zum Abführen, bei Verstopfungen, Brechpulver ...«

Er horchte auf. »Sie haben Lateinkenntnisse, Helfnerin Bischof?«

»Einige Wörter, mehr nicht«, wiegelte sie ab und war sofort auf der Hut.

Der Apotheker schob seine Brille den Nasenrücken hinauf. »Die Helfnerin hat sich dem Rezepturtisch nur auf Anweisung zu nähern«, belehrte er sie streng.

»Meine Aufgabe lautete, Muskatnuss in unzensschwere Portionen abzuwiegen.« Sie war also nicht unrechtmäßig am Rezepturtisch gewesen. »Herr Hauser wies mich ausdrücklich dazu an.« Fast wollte sie sich schon dafür entschuldigen, das heilige Buch des Apothekers durchgeblättert zu haben. Dann aber fragte sie leise: »Und der Husten? Was kann man dagegen tun?«

Der Apotheker zögerte, bevor er sagte: »Versuchen Sie Lindenblütenaufgüsse. Aber erst nach Feierabend. Jetzt arbeiten wir!« Ferdinand Carl wandte sich ab und machte sich daran, die Rezeptblätter der morgendlichen Visitationen durchzuschauen.

Viviana wollte sich gerade wieder dem Muskat zuwenden, da vernahm sie die Stimme des Apothekers erneut. »Wo ist es hin?«, murmelte er vor sich hin. »Ich könnte schwören, ich habe es ausgestellt.«

In diesem Moment betrat ein Mann die Offizin, dem Viviana sofort ansah, dass er es gewohnt war, das letzte Wort zu haben. Den Bart über dem ausladenden Kinn trug er länger, als es Mode war. Aus schmalen, eng stehenden Augen erfasste er alles und jeden in der Offizin – auch sie. Sie erstarrte unter seinem examinierenden Blick.

»Professor von Rinecker.« Ferdinand Carl trat dem Professor entgegen, und erst da wandte sich von Rinecker von Viviana ab.

»Herr Apotheker, es ist dringend!« Professor von Rinecker streckte dem Apotheker gleich einen ganzen Stapel Rezepte entgegen.

Kurz gab Ferdinand Carl Viviana noch einen Auftrag. »Ich vermisse das Rezept der Patientin Hopf. Sie gehen jetzt sofort unter Berufung auf mich in den Curistenbau zu den Sälen mit den weiblichen Kranken. Lassen Sie in Saal sechs von der Wärterin danach suchen. Die Curistin Hopf verweigert sich jeglicher Diätetik, und es wäre nicht das erste Mal, dass sie etwas stiehlt. Die Wärterin soll auch unter der Matratze der Patientin nach dem Rezept schauen.«

Viviana erschrak. Sie zu den Kranken? Noch tiefer in den *Wartesaal des Todes* hinein?

Der Apotheker klatschte in die Hände, um sie anzutreiben. »Eile ist geboten, Helfnerin Bischof!«

Irritiert schaute sie zwischen den Herren hin und her. »Natürlich. Ich gehe sofort«, sagte sie, obwohl sie bei diesem Auftrag ein ungutes Gefühl hatte. Doch sie glaubte, dem Apotheker wegen des Rezeptbuchs noch etwas schuldig zu sein. Zudem brauchte sie die Stelle als Helfnerin, damit sie und Ella weiterhin satt wurden und ein Dach über dem Kopf hatten. Sie legte ihre Schürze ab, wusch sich die Hände und verließ die Offizin.

Die Hände in Magdas speckigen Rock vergraben, überquerte Viviana den Innenhof des Spitals. Einige Studenten eilten an ihr vorüber, doch sie hielt den Blick meistens gesenkt. Unter allen Geräuschen und Gesprächen stachen nur die Schreie der Irren hervor. Die Irrenabteilungen, eine für männliche und eine für weibliche Irre, besaßen als einzige Gebäudeteile vergitterte Fenster. Otto Hauser hatte ihr die Krankensäle der Irren als Gefängnisse beschrieben, in die die Tobenden zur Beruhigung hineingezwängt und angekettet wurden. Über Nacht schlief die Wärterin zum Schutz vor den Verrückten in einem Käfigbett.

Den Eingang in den Curistenbau versperrte ihr ein Mann, der kaum größer als der Apothekergeselle war. Er studierte einige zusammengebundene Zettel und war gewiss von höherem Rang. Sie starrte ihn und die rote Schleife um seinen Hals an.

»Fräulein, Sie stehen im Weg! Wo ist Ihre Wärterin?«, fragte er.

»Meine Wärterin?« Viviana wollte gerade zu der Erklärung ansetzen, dass sie gar keine Curistin sei, kam aber nicht mehr dazu.

Eine ältere Frau mit Haube und Schürze lief auf sie zu, ihr Gesicht war rot angelaufen, und sie atmete schwer. »Herr Professor Virchow, kommen Sie schnell, sonst erstickt sie! Die Herren Professoren von Marcus und Textor sind gerade bei einer wissenschaftlichen Vorführung über die Äthernarkose, ich kann sonst nirgendswo einen Arzt finden.«

Professor Virchow trat umständlich um Viviana herum, während er tadelnd sprach: »Wärterin Kasparus, das Wort ›nirgendswo‹ gibt es nicht. Entweder sagen Sie ›nirgendwo‹ oder ›nirgends‹!«

Die Wärterin senkte betreten den Kopf. »Natürlich, nirgends«, wiederholte sie, um ihm nächsten Moment erneut zu mahnen: »Aber die Patientin erstickt gleich!«

»Ich komme, Wärterin Kasparus. Ich komme, selbstverständlich!« Der Professor winkte nach einem Rudel junger Herren. »Student Hold und Student Volkmann, Sie assistieren mir!«

Viviana schaute ihnen nach. Eine Frau erstickte gleich? Nirgendswo und nirgends? Wo war sie hier nur hingeraten? Einmal mehr wünschte sie sich fort aus dem Juliusspital und in die Mühlgasse zu Ella. Dann aber nahm sie ihren ganzen Mut zusammen und hielt auf den Curistenbau zu. Viviana stieg die Stufen der breiten Aufgangstreppe, die tiefer in den *Wartesaal des Todes* führte, mit Bedacht hinauf. Die Wände im Flur waren weiß gestrichen.

»Wo finde ich Saal sechs?«, fragte sie eine Frau in Schürze und Haube, die im zweiten Obergeschoss ein leeres Bett auf Rollen an ihr vorbeischob. Viviana ging neben ihr her. Es roch nach Essig.

»Die Besuchszeiten beginnen erst in einer Stunde«, gab die Frau zurück. »Für Städter sonntags und donnerstags die halbe Stunde vor vier Uhr. Landbewohner lassen wir mittwochs und samstags von ein bis zwei Uhr ein.«

»Ich bin keine Besucherin, sondern komme von der Apotheke«, wollte Viviana gerade erklären, als die Tür neben ihr geöffnet wurde und eine Frauenstimme verlangte: »Reservewärterin Hunger, holen Sie geistigen Beistand!«

»Sofort!«, entgegnete die Angesprochene, rollte das Bett neben Viviana an die Wand und lief los. Im Laufen wandte sie sich noch einmal um: »Saal sechs ist im ersten Obergeschoss.«

Den Flur zurück zur Treppe versuchte Viviana, sich wieder zu beruhigen. Sie spürte ein Schweißrinnsal ihren Rücken hinablaufen, während sie die Krankensäle passierte, Nummer zehn, Nummer neun. Zu dem Geruch von Essig gesellte sich nun auch noch der von Blut. Sie sah eine große, klaffende Wunde vor ihrem inneren Auge und wankte.

Starke Arme kamen ihr zu Hilfe. »Sie werden doch nicht in Ohnmacht fallen, Fräulein.«

Viviana blickte in das Gesicht eines jungen Herrn.

»Wollen Sie sich nicht lieber setzen?«, fragte er und führte sie zu einem Stuhl. Er trug einen guten Anzug mit gestärktem Hemd und eine Ledertasche unter dem Arm.

Viviana wehrte sich nicht. »Ich bin die Helfnerin aus der Apotheke und muss zum Krankensaal sechs. Der Apotheker sucht ein Rezept«, erklärte sie ihm, während sie gleichzeitig den Schmiss an seiner Wange bemerkte.

»Saal sechs, das ist ja ein Zufall. Der liegt in meiner Richtung«, sagte er. »Darf ich Sie begleiten?« Hocherfreut wies er ihr mit einer Geste seiner Hand den Weg. Er war der erste Mensch, dem es offenkundig Vergnügen bereitete, hier im Spital zu sein. Fast war er ihr deswegen unheimlich.

»Ich bin übrigens Hubertus von Hardenberg, Medizinstudent der Alma Julia.« Er half ihr wieder vom Stuhl auf.

Viviana richtete Magdas Tuch zurecht und gab sich einen Ruck. »Es wäre sehr freundlich von Ihnen, wenn Sie mich zu Saal sechs bringen würden.« Der Apotheker wartete sicher bereits auf ihre Rückkehr. Sie wollte ihn heute kein zweites Mal verärgern.

Hubertus von Hardenberg führte sie die Treppe ins erste Obergeschoss hinab. Sein höfliches, entgegenkommendes Auftreten war eine wahre Wohltat. »Die dritte Tür links ist Saal sechs.« Er wies in die Mitte des langen Flures, wo zwei Nachtstühle an der Wand lehnten.

»Vielen Dank für Ihre Mühe, Herr von Hardenberg.« Viviana hatte noch nie mit einem Medizinstudenten gesprochen. Ihre Mutter hatte Juristen und Offiziere als Gesprächspartner für sie bevorzugt.

»Mit dem größten Vergnügen.« Er verbeugte sich vor ihr.

Viviana schoss ein Gedanke durch den Kopf, und sie ergriff die Gelegenheit beim Schopf. »Sagen Sie, ist Ihnen ein Kraut mit dem Namen Argentina ans … bekannt?«

»Sie meinen Argentina anserina?«, wusste er sofort.

»Ja, ich denke, so hieß es«, meinte sie. »Argentina anserina.«

Vor ihrem inneren Auge sah sie wieder die eng gedrängten Buchstabenreihen in der Handschrift des Apothekers im heiligen Rezeptformel-Buch. Argentina anserina.

»Das ist gemeines Gänsefingerkraut. Und wissen Sie noch etwas?«, meinte er begeistert.

»Nein, was denn?«

»Wenn Sie möchten, dürfen Sie mich Hubertus nennen.« Er lächelte übers ganze Gesicht, dann verschwand er hinter einer Tür, über der ein Schild mit der Aufschrift »Pfründner-Aufnahme« hing.

Auf Wiedersehen, fröhlicher Hubertus!, rief sie ihm in Gedanken nach. Dann begab sie sich zu Saal sechs. In ihrem bisherigen Leben hatte sie Höflichkeit immer als eine Selbstverständlichkeit betrachtet, doch im Juliusspital schien sie ebenso wenig vorzukommen wie eine seltene Pflanze.

Viviana holte mehrmals tief Luft und betrat dann zum ersten Mal in ihrem Leben einen Krankensaal. Stöhnen erfüllte den Raum. Viviana zählte zwölf Einzelbetten, die jeweils links und rechts entlang der Längswände standen. Jedem Bett waren ein Uringlas und ein Spuckkasten beigestellt. Wieder roch sie Essig. Eine Curistin röchelte, eine andere atmete mit langen Pausen dazwischen tief ein, und wieder eine andere zog die Luft geräuschvoll durch die Nase ein. Die kranken Frauen wirkten in ihren Spitalshemden fast ebenso uniformiert wie Militärsoldaten.

Viviana tat erste Schritte an den Fußenden der Betten entlang. Auf einer Schiefertafel über dem Bett, das unmittelbar neben der Tür stand, war der Name Irene Blochmüller geschrieben. Die Patientin richtete sich gerade an einem Seil auf. Eine Alberta Schneider und Maria Kuttner lagen rechts von ihr. Unter jedem Namen war noch die Krankheit und darunter die verordnete Arznei vermerkt. Das Tartarus emeticus von Maria Kuttner, ein Brechmittel, kannte Viviana bereits aus der Apotheke. Sie hatte Otto Hauser für dessen Zubereitung destilliertes Aqua Fontis gebracht.

Eine andere Patientin hatte eine Kopfverletzung, die Kranke daneben namens Hopf den Arm bandagiert. Die greise Alberta Schneider rief klagend nach ihren Kindern. Was die Frauen in diesem Saal verband, war die Traurigkeit, die sie ausstrahlten. *Kein Wunder,* dachte Viviana, während sie auf wackeligen Beinen die Betten entlangschritt, *sie befinden sich schließlich im Wartesaal des Todes!* Zudem war es eine unangenehme Prozedur, in einem Krankenhaus behandelt zu werden. Sie riss einen aus dem gewohnten Leben und von seinen Lieben weg. Wer in die Krankenabteilungen aufgenommen werden wollte, musste außerdem ein Reinigungsbad im Badhaus nehmen, alle privaten Dinge abgeben und neuen Regeln folgen.

Viviana entdeckte an der Wand einen Anschlag mit »Verhaltensregeln für die zur Kur Aufgenommenen«. Von verträglichem Benehmen untereinander handelte der Anschlag, von der Befolgung der ärztlichen Anweisungen und der Beachtung der Reinlichkeit. Auch zu Religiosität ermahnte er. Bei Nichteinhalten der Regeln wurden Bettarrest, sofortige Entlassung oder Diätbeschränkungen angedroht.

Eine Wärterin kam – einen Rollwagen schiebend – aus einem Nebenraum. Inzwischen erkannte Viviana die Wärterinnen an ihren weißen Schürzen und gestärkten Hauben. Die Frau fuhr Teller zu dem Tisch, der in der Mitte des Raumes stand und wohl als Esstisch diente. Der Essiggeruch im Raum dominierte sogar den des gekochten Gemüses, der von den Tellern aufstieg.

»Bist du die Neue aus der Apotheke?«, fragte die Wärterin und machte sich daran, der Patientin Schneider an den Tisch vor die Suppenschale zu helfen.

Es hatte sich wohl herumgesprochen, dass sie in der Apotheke arbeitete. Viviana nickte und war zum ersten Mal insgeheim froh, in der Apotheke und nicht in den Krankensälen arbeiten zu müssen. »Der Apotheker Carl schickt mich«, sagte sie. »Er vermisst das Rezept der Patientin Hopf.«

Die Wärterin, eine ältere Frau, griff in ihre Schürze und überreichte Viviana das gesuchte Rezept. »Es war mal wieder unter ihrer Matratze.« Die Wärterin deutete auf Patientin Hopf, die gerade dabei war, ihren Verband zu lösen. Sofort war die Wärterin bei ihr.

Mit einem schnellen »Danke« verabschiedete sich Viviana und eilte aus dem Krankensaal. Sie musste fort von all der Hoffnungslosigkeit, sonst färbte diese vielleicht noch auf sie ab. Sie lief den Flur hinab.

Eine angenehme Stimme ließ sie vor der Pfründner-Aufnahme innehalten. »Maßgebend für den Ruhm eines Krankenhauses ist der Ruf seiner Ärzte – so lautet das Motto unseres Juliusspitals.« War das Professor Kölliker? »Und in diesem Sinne möchte ich mit meiner Vorlesung zur Diagnostik verhindern, dass Sie als medizinische Ignoranten Schaden am Krankenbett stiften.«

Gelächter drang an Vivianas Ohren. Lachen und Fröhlichkeit gab es im Spital also auch!

Die Tür der Pfründner-Annahme stand einen Spalt weit offen. Viviana schob sie noch ein Stück weiter auf, sodass sie in den Saal hineinschauen konnte. Die rechte Hälfte des Raumes nahm eine weiße, rollbare Tribüne mit ansteigenden Sitzreihen ein, auf der sich Studenten drängten, von denen sie lediglich die Hinterköpfe sehen konnte. Die linke Hälfte war mit mehr als zwanzig oder gar dreißig Stühlen bestückt, die dicht an dicht standen und ebenfalls von Studenten besetzt waren. Sie alle schauten nach vorne, zum Professor, dem Viviana an der Tribüne vorbei mitten ins Gesicht sehen konnte. Das war nicht Professor Kölliker.

»Noch bevor der Arzt dem Kranken mit Arzneimitteln und anderen Maßregeln zu Leibe rückt, ist eine ausführliche Diagnostik unverzichtbar. Allein mit dieser setzt sich ein guter Arzt effektvoll gegenüber den akademisch ungebildeten Scharlatanen, Abenteurern und prahlenden Großsprechern ab«, erklärte der Professor mit freundlicher Stimme.

Vivianas Blick verweilte kurz bei Hubertus von Hardenberg, der auf der Stuhlseite des Raumes in der mittleren Reihe saß. Der Auftrag des Apothekers trat in den Hintergrund, zu interessant ging es hier zu.

Der Professor dozierte weiter: »Sobald der Arzt das Krankenzimmer betritt, muss er alle seine Sinne aufbieten. Eine gewisse Feinheit der Sinne gilt als eine der Einstiegsvoraussetzungen für den ärztlichen Beruf. Worauf nun richtet sich die sinnliche Aufmerksamkeit von uns Ärzten, Student Bellmann?«

Viviana trat einen Schritt zurück, damit der Professor, während sein Blick über die Studenten schweifte, sie nicht entdeckte, hörte aber weiterhin zu. Student Bellmann schien gut vorbereitet zu sein, denn er wusste: »Die sinnliche Aufmerksamkeit des Arztes richtet sich auf die Gesichtsfarbe des Patienten, auf Hitze, Puls und Exkremente wie Blut, Stuhl, Urin und Auswurf.«

»Sehr gut, Student Bellmann!«, lobte der Professor, und wieder in freundlichem, fast schon amüsiertem Tonfall. »Es lohnt sich immer, meine Vorlesungen zweimal zu hören.«

Die Studentenschaft lachte, und am lautesten Hubertus von Hardenberg. Und ohne dass Viviana etwas dagegen tun konnte, lächelte sie ebenfalls. Neugierig trat sie wieder in den Türspalt, um sich den Professor etwas genauer anzusehen. Der Mann der Wissenschaft, der seine Studenten so unterhaltsam instruierte, war in einen viel zu großen Gehrock gekleidet. Das Haar trug er in einer kunstvollen Rolle seitlich und an der hohen Stirn nach hinten frisiert. Besonders gefiel ihr aber seine umgängliche Art und wie er nach jeder Frage seinen Studenten mit aufmerksamer Miene zuhörte. Viviana hatte sich einen Wissenschaftler und universitären Unterricht ganz anders vorgestellt. Leise wiederholte sie die Wörter »sinnliche Aufmerksamkeit«. Gefühle und Sinnliches, waren das nicht eher Themen für die Damenrunde ihrer Mutter? Ihre Neugier war geweckt, und ohne lange zu überlegen, und nach einem kurzen Blick in den Flur, ob sie dort jemand sah, schlüpfte sie, als der Professor ihr gerade den Rücken zuwandte, durch den Türspalt in den Raum und dort hinter die weiße Tribüne. Vorsichtig lugte sie um deren Ecke.

»In einem aufmerksamen Gespräch mit dem Patienten erfragen Sie mögliche Ursachen der Krankheit, seine Konstitution, frühere Krankheiten, den Beginn und Verlauf der jetzigen, und vor allem seine genaueren Lebensumstände. Krankheit ist nur allzu häufig die Folge einer falschen Lebensweise. Manches körperliche Übel wird bereits in der Jugend durch falsche Erziehung angelegt. Später mögen Diätfehler, Kummer und drückende Lebensumstände die Gesundheit untergraben, und dann kann ein plötzlicher Schreck, eine Erkältung, eine Unmäßigkeit beim Essen oder Trinken, ja sogar ein zu heftiger Tanz zur Gelegenheitsursache einer akuten Krankheit werden.«

Erschrocken zog Viviana ihren Kopf zurück und lehnte sich mit dem Rücken ans Holz. Schon ein heftiger Tanz konnte Krankheit auslösen? Ihr fielen die Maskenbälle in der Harmonie ein, und sie erinnerte sich daran, wie sie einmal mit ihrem Vater so heftig Polka getanzt hatte, dass ihr schwindelig wurde. Er hatte ihr sofort ein kaltes Getränk bringen lassen, bis sich ihr Herzschlag beruhigt hatte. Als Nächstes fragte sie sich, ob man durch einen Tanz auch die Syphilis bekommen konnte? Die Patienten mit der Franzosenkrankheit wurden in dem Haus hinter der weiblichen Irrenabteilung verwahrt. Kaum einem Patienten stellte man in der Apotheke eine so aussichtslose Prognose aus wie denen, die sich mit dieser Haut- und Geschlechtskrankheit angesteckt hatten.

Erneut lugte sie um die Tribünenecke, dieses Mal noch vorsichtiger.

Der Professor kniff die Augen zusammen, als sein Blick über die hinteren Reihen seiner Studenten glitt. Dann deutete er auf die Stuhlseite. »Student von Hardenberg?«

Hubertus erhob sich, und Viviana musste daran denken, wie selbstsicher er nur wenig zuvor aufgetreten war und wie formvollendet er sie die Treppe hinabbegleitet hatte.

»Student von Hardenberg«, fuhr der Professor fort, »Sie wissen sicher, dass für eine gute Diagnose neben dem Gespräch mit dem Patienten eine körperliche Untersuchung unabdingbar ist.«

»Selbstverständlich, Herr Professor von Marcus«, versicherte ihm Hubertus selbstbewusst, als führe er ein Gespräch unter Kollegen.

»Das dachte ich mir schon. Aber können Sie uns auch erklären, warum so viele Ärzte noch immer die Untersuchung des Leibes scheuen und überwiegend auf die äußere Betrachtung des Kranken vertrauen?«

Hubertus von Hardenberg wusste sofort eine Antwort: »Weil sie sich an den kranken Leuten nicht die Hände schmutzig machen wollen. Weil sie sich ekeln.«

»Ausgezeichnet, von Hardenberg«, entgegnete Professor von Marcus, was die anderen Studenten zu einem Applaus veranlasste.

»Mit Vergnügen.« Von Hardenberg deutete – wie auf einer Bühne – eine galante Verbeugung gegenüber dem Professor und seinen Mitstudenten an, dabei strahlte er über das ganze Gesicht. Viviana, die von seinem Wissen beeindruckt war, musste unwillkürlich lächeln.

»Die meisten meiner Kollegen in ihren Privatpraxen wollen sich nicht auf das einlassen, was die volkstümlichen Heiler und Wundärzte tun: den Kranken anfassen, ihn zurechtbiegen, seinen Auswurf berühren. Und die meisten ekeln sich sogar davor, was noch viel schlimmer ist. Ein dritter Grund, der die Ärzte von einer körperlichen Untersuchung abhält, ist aber auch die Scham der Patienten.«

Scham!, erinnerte sich Viviana. Ihre Mutter pflegte zu sagen, dass Scham und Bescheidenheit der Blütenstaub der Anmut seien.

»Eine körperliche Untersuchung ruft Peinlichkeiten hervor.« Professor von Marcus wurde nicht bescheidener. »Schon der forschende Blick auf den Körper wird besonders von Frauen als eine Verletzung ihrer Intimität empfunden, was es, würden sie sich nicht in einem Spital befinden, auch wäre. Sie, meine Herren, müssen daher verinnerlichen, dass Sie als Arzt Rücksicht auf die Scham Ihrer Patienten nehmen müssen.«

Viviana nickte unvermittelt. Ein einziges Mal hatte Doktor Hammerschmidt sie vor der Feststellung ihrer Schwangerschaft im Palais behandelt. Sie war an Fieber erkrankt gewesen und hatte nur schwer atmen können. Allein schon dass er seine kalten Finger zur Messung ihres Pulses auf die Innenseite ihres Unterarms gedrückt hatte, war ihr unangenehm gewesen. Sie hatte nie von ihm berührt werden wollen und schon gar nicht an den Brüsten oder an der Scham.

»Geben Sie dem Patienten Zeit, sich an den Gedanken einer Untersuchung zu gewöhnen«, führte der Professor weiter aus. Er sprach so verständnisvoll, wie Doktor Hammerschmidt nie gesprochen hatte. »Es erschreckt den Patienten, wenn Sie gleich beim

Eintritt in den Krankensaal auf ihn zustürmen, als würden Sie ihn niedermetzeln wollen, obwohl Sie nur seinen Puls erfühlen möchten. Der rast dann ganz gewiss, aber nicht aufgrund einer Krankheit, sondern vor Angst.«

Viviana sah die Studenten auf den Stühlen einvernehmlich nicken.

»Die folgende Übung führe ich in Erinnerung an meinen verehrten Lehrer Professor Johann Lukas Schönlein vor. Er lehrte hier am Juliusspital, als Sie noch im Schoße Ihrer Mutter heranwuchsen. Inzwischen erfreut er die Studenten der Charité in Berlin und Seine Preußische Hoheit, König Friedrich Wilhelm IV., mit seinem außerordentlichen ärztlichen Können.« Es wurde mucksmäuschenstill, zuerst auf der Tribüne, dann auf den Stühlen. Auch Viviana hielt gebannt die Luft an.

Professor von Marcus gab jemandem, der sich außerhalb von Vivianas Sichtfeld befand, ein Zeichen. Kurz darauf teilte ein Helfer an die Studenten in der vordersten Reihe kleine Gläser aus. Das letzte überreichte er dem Professor selbst, der daraufhin mahnte: »Ekel und Abscheu, so lehrte es mich mein hochverehrter Schönlein, sind am Krankenbett für einen Arzt absolut fehl am Platz!« Professor von Marcus hielt sein Glas, in dem sich eine gelbliche Flüssigkeit befand, wie ein Schnapsglas vor sich, aus dem er jeden Moment trinken würde. »Wir werden im Folgenden den Zuckergehalt des Urins bestimmen.«

Ein Raunen ging durch den Saal. Viviana verfolgte jede Bewegung des Professors. »Benutzen Sie all Ihre Sinne!«, forderte er vehement, aber immer noch gutmütig. »Jede Kleinigkeit kann für eine Diagnose wichtig oder gar ausschlaggebend sein. Honigsüßer Urin deutet auf die Willis-Krankheit, auf Diabetes, hin.«

»Sinnliche Aufmerksamkeit«, wiederholte Viviana leise vor sich hin flüsternd und war noch immer darüber überrascht, dass es in der Wissenschaft auch darum gehen sollte. »Alle Sinne einsetzen: Riechen, Sehen, Schmecken und Tasten. Und Hören nicht zu vergessen.« Gebannt verfolgte sie das weitere Tun des Professors. Der tauchte konzentriert seinen Zeigefinger in sein Uringlas, führte ihn zum Mund und leckte daran.

Viviana verzog das Gesicht. Es war eine abstoßende Vorstellung, Urin zu kosten. Selbst wenn es der eigene wäre. Und dann noch fremder Urin? Nicht vorzustellen! Viviana glaubte, ihren Augen nicht zu trauen. Denn es war geradezu unglaublich, dass die Studenten den Anweisungen des Professors folgten und von der gelben Flüssigkeit kosteten. Aber im Unterschied zu von Marcus, dem nicht der geringste Ekel anzumerken war, taten die Studenten es widerwillig. Das konnte Viviana selbst von ihrem Versteck aus erkennen, denn sie wandten sich mit verzogenen Gesichtern ihren Nachbarn zu. Der Professor schritt vor seinen Studenten auf und ab und beobachtete sie bei der Harnuntersuchung mit einem sichtbaren Schmunzeln.

»Ich darf Ihnen hiermit bescheinigen«, verkündete er schließlich, »dass Sie, verehrte Herren der ersten Reihe, in der Lage sind, Ihren Ekel zumindest ein Stück weit zu überwinden, aber mit all Ihren Sinnen sind Sie meiner Vorführung gerade nicht gefolgt. Ich muss Sie daher dringend bitten, an Ihrer für die Medizin unabdingbaren, genauen Beobachtungsgabe zu arbeiten.«

Viviana verstand nicht, was er damit meinte, und auch die Studenten schauten ihren Lehrmeister fragend an. Sie hatten doch alle zuerst den Finger ins Glas gesteckt und dann auf die Zunge gelegt.

Professor von Marcus wartete, bis sich die Aufregung im Saal legte. Sein Blick glitt über seine Studentenschaft bis zur obersten Reihe der Tribüne hinweg. Dann offenbarte er: »Wenn Sie ganz genau hingeschaut hätten, wäre Ihnen aufgefallen, dass ich den Zeigefinger ins Glas gesteckt, aber an meinem Mittelfinger geleckt habe.«

Lautstarkes Gelächter brach aus, und auch Viviana konnte ein Lachen nicht zurückhalten, erstickte es aber sofort, indem sie sich die Hand vor den Mund legte.

»Und mit dieser Anregung zur Schärfung Ihrer Beobachtungsgabe beende ich diese Vorlesung. Wenn Sie sehen wollen, wie wir für eine gründliche Diagnostik in den menschlichen Körper schauen können, ohne dafür das Skalpell zu benutzen, kommen Sie zu meiner Unterweisung an den kommenden Donnerstagen, die ich am Krankenbett durchführe. Ich bitte um Pünktlichkeit!«

Die Studenten klopften stürmisch Beifall, während Viviana geschwind zur Tür und in den Flur zurückhuschte.

»Hey, was machen Sie da?«, krakelte eine Stimme über den Flur.

»Ich bin neu in der Apotheke und noch etwas orientierungslos im großen Spital«, entschuldigte sie gegenüber der Wärterin ihren unerlaubten Vorstoß.

»Das hier ist die Pfründner-Aufnahme und kein Krankensaal!«, bekam sie erklärt. »Hier finden Vorlesungen für die Studenten statt, zumindest solange wir keine Neuaufnahmen bei den Pfründnern haben.«

Viviana hörte schon, wie die sich lautstark unterhaltenden Studenten auf die Tür zudrängten. »Entschuldigen Sie mich, der Apotheker erwartet mich dringend zurück«, sagte sie daher und eilte davon.

In der Tat empfing sie der Apotheker in der Offizin mit den vorwurfsvollen Worten: »Wo sind Sie so lange gewesen?«

»Ich musste erst nach dem Weg fragen, und dann ist mir schwindelig geworden, sodass ich mich hinsetzen musste«, schwindelte Viviana und überreichte Ferdinand Carl das gesuchte Rezept der Patientin Hopf in der Hoffnung, dass er sich damit besänftigen ließe. »Es steckte unter der Matratze der Patientin, wie Sie es vermutet hatten.«

»Um das herauszufinden, brauchen Sie eine ganze Stunde?« Verständnislos schüttelte er den Kopf. »Und warum ist Ihnen schwindelig geworden?«

»Vor Eile«, beeilte sich Viviana zu sagen. »Jetzt geht es aber wieder.« Sie wollte sich Magdas Tuch fester um die Schultern ziehen, da bemerkte sie, dass es fort war. Zuletzt hatte sie es beim Betreten der Pfründner-Aufnahme gehabt und als der nette Medizinstudent sie über den Flur geführt hatte. Sollte sie es gar im Raum, in dem die Vorlesung stattfand, verloren haben? Dann hätte sie, vorausgesetzt, man könnte es ihr zuordnen, einen Beweis dafür hinterlassen, dass sie gelauscht hatte. Sie musste es zurückholen, aber so schnell ließe der Apotheker sie heute sicher nicht mehr weg. »Ich mache mich sofort an die Arbeit«, versprach sie.

Der Geselle trat hinzu. Bei ihrem Eintreten war er am Rezepturtisch beschäftigt gewesen, hatte gewogen, gemessen und gemischt. »Wir holen den Zeitverlust bestimmt wieder auf«, versicherte Otto Hauser dem Apotheker und lächelte Viviana zu.

Ferdinand Carl schaute zuerst Viviana und dann Otto Hauser eindringlich an. Er überlegte eine Weile. »Keine Arbeit ist gut, die in Eile gemacht wird«, sagte er schließlich und zog sich ins Bureau zurück.

Beim Wiegen des Muskats, das regelmäßige Klung, Klung, Klung des Stößers im Ohr, nahm Viviana sich vor, die Stunde, die sie gerade anderweitig zugebracht hatte, heute Abend länger zu bleiben und sich bei Ferdinand Carl für den unerlaubten Blick in sein Rezeptformel-Buch zu entschuldigen. Danach würde sie nach Magdas Tuch schauen und dann nach Hause eilen. Ihr kleines Mädchen konnte inzwischen schon den Kopf drehen und sie ansehen, wenn sie direkt vor ihm stand. Beim Schlafen waren Ellas Hände zu Fäustchen geballt, und wenn man ihr einen Finger hinhielt, griff sie danach.

Vielleicht wird das Spital für mich ja weiterhin dazugewinnen und ein freundlicherer Ort werden, wenn sich dort nicht nur der Arzt in den Patienten hineinversetzt, sondern ich mich als Helfnerin auch in die Befindlichkeiten des Apothekers, dachte sie bei sich. Die Apotheke des Juliusspitals war schon ein besonderer Ort, anders als die Krankensäle. Und sofern der Apotheker nicht in einem Raum mit ihr war, ließ es sich gut aushalten zwischen Christusdorn, Johanneskraut und Zachariasblume. Es war fast, als wirkten in den Räumen der Apotheke die Kräfte der Heiligen, nach denen so viele Blumen und Kräuter in den Standgefäßen, Schachteln und Schüben benannt waren. Viviana begriff, dass sie an einem Ort arbeitete, an dem nicht die Schönheit der Pflanzen im Vordergrund stand, sondern allein deren Nützlichkeit, nach der sich auch ihr pharmazeutischer Wert bemass. Trotz all ihrer Vorbehalte dem Spital gegenüber gefiel ihr dieser Gedanke. Was heilte, war wertvoll.

Noch am selben Abend erzählte Viviana ihrer Tochter, auch wenn sie wusste, dass diese sie nicht verstand, wie sehr sie sie vermisst hatte und wie ihr Tag verlaufen war. Sie berichtete Ella von der Pfründner-Aufnahme im Juliusspital, und dass sie sich beim Apotheker für den heimlichen Blick ins Rezeptformel-Buch entschuldigt hatte. Danach hatte er ihr ihren ersten Lohn ausgezahlt. Anstatt ihn Magda am Abend in Gänze zu geben, hatte Viviana auf dem Heimweg allerdings bei einer Kräuterfrau noch ein Säckchen getrocknete Lindenblüten und Gänsefingerkraut für zwei Kreuzer erstanden, weil die Spitalsapotheke ihre Medizin nur für Patienten des Hauses anfertigte. Magdas Tuch hatte sie in der Pfründner-Aufnahme nicht gefunden.

Jetzt saß Viviana auf dem Bett und schaute sich um. Langsam gewöhnte sie sich an die Kammer mit dem einarmigen Stuhl, die nicht einmal halb so groß war wie die Dienstbotenkammern in der Mansarde des Palais.

Als Ella die Augen zufielen, sprach Viviana ein Nachtgebet, und nachdem Ella eingeschlafen war, dachte sie erneut über die Vorlesung in der Pfründner-Aufnahme nach. Sie sah wieder die Tribüne vor sich, die vielen Studenten auf den Stühlen und ganz vorne Professor von Marcus stehen und dozieren. Zum ersten Mal hatte sie das Spital in einem anderen Licht gesehen, in einem angenehmen und ansprechenden. Professor von Marcus wollte heilen, er wollte den Patienten nicht ängstigen, sondern ihn verstehen und sich in ihn hineinversetzen, um ihm seine Angst und sein Schamgefühl zu nehmen.

Viviana erhob sich im Nachthemd und schritt barfuß durch die kleine Kammer. Bis heute Morgen hatte sie das Juliusspital nur als einen düsteren, bedrückenden Ort gesehen, der von krächzenden Krähen überflogen wurde. Nun waren die sinnliche Aufmerksamkeit und der freundliche Professor von Marcus dazugekommen. Und Hubertus von Hardenberg, der nette Medizinstudent.

***

9

MÄRZ 1851

Valentin Franz Winkelmann war felsenfest davon überzeugt, dass sich die Zeiten geändert hatten. Dampf, Stahl und die Industrialisierung waren in aller Munde, selbst in Würzburg, wo es bisher erfolgreich gelungen war, die große Industrie und das Massenproletariat außerhalb der Festungsmauern zu halten. Die Textilindustrie wurde als der bisher dominierende Industriezweig vom Bergbau und von der Schwerindustrie abgelöst. Beide Branchen lebten von der Nachfrage des Eisenbahnbaus, wie die Verkäufer von Spaten und Waschpfannen von den Goldgräbern. Der Eisenbahnbau war der führende Wirtschaftsfaktor, eine wahre Goldgrube. Der wichtigste, der größte, der am schnellsten wachsende. Ein temporeiches Geschäft, im Gegensatz zu der eher lahmen Schifffahrt.

Im Unterschied zu seinem Vater war der Verlust der Mainschifffahrts-Gesellschaft als Kunde für Valentin daher ein Geschenk. Mit so etwas Althergebrachtem wie der Schifffahrt ließ sich nicht mehr viel verdienen. Die Zukunft glitt nicht über das Wasser, sondern über Schienen. Dorettes Mitgift von satten zehntausend Gulden war zu einem großen Teil ins Gesellschaftskapital der Bank geflossen. Und zumindest über dieses Zehntel der gesamten Winkelmann'schen Finanzkraft konnte Valentin verfügen. Er hatte es ja »erheiratet«.

Schon seit Tagen gingen ihm Kontokorrentkredite nicht mehr aus dem Kopf. Kontokorrentkredite waren Liquiditätskredite an Industrielle, die viel höhere Zinsen abwarfen und größere Gewinnaussichten boten als Wechsel. Valentin wollte diese Kredite unbedingt anbieten, zumindest mit seinen erheirateten Zehntausend. Um diese Entscheidung gebührend zu feiern, genehmigte er sich einen Schluck vom besten Wein, den der *Stachel-Wirt* auszuschenken hatte, ein Silvaner erster Lage. Die feinsten Weine kelterten zwar die Spitäler der Stadt, allen voran das Juliusspital. Aber an ein Spital oder an seine Krankheit wollte er jetzt nicht denken. Valentin war froh, einmal einen Abend nicht mit seiner Frau zu verbringen, die seine Mutter für ihn ausgesucht hatte. Dorette war die Tochter des Privatbankiers Köppner aus Köln und sehr aufgeregt über ihre Ehe.

»Guck ihn dir an, unseren Bankdirektor Winkelmann junior!«, riss ihn da Edgars Stimme aus seinen Gedanken. »Selbst zwei Monate nach der Hochzeitsnacht denkt er nur an seine Werteste.«

Valentin trank einen Schluck und schaute Edgar, seinen Freund aus Kindertagen, der ihm zusammen mit August am Tisch gegenübersaß, fragend an. »Nun, du hast gerade träumerisch ihren Namen gemurmelt. Deine Glückssträhne hält an, sogar bei den Frauen, die für mich nach wie vor ein Rätsel sind.« Edgar zwinkerte ihm zu, der Abend war schon fortgeschritten.

»Ein Rätsel? Wohl kein sehr schwieriges!« Valentin stellte sein Weinglas ab und schob den leer gegessenen Teller von sich weg. Mit seinen Gedanken war er schon wieder bei den neuen Gewinnaussichten. »Die Zukunft ist voller Möglichkeiten, man muss nur zugreifen«, erklärte er Edgar, dem Sohn seines einstigen Gymnasiallehrers. Valentin hatte als Einziger seiner Freunde das Abitur mit der Note »vorzüglich würdig« bestanden.

»Mutter schwärmt noch heute von deinem rauschenden Hochzeitsfest«, meinte August, trank einen Schluck und fuhr dann melancholisch fort: »Du und Dorette, ihr seid ein so ansehnliches Paar.« August und Edgar waren noch unverheiratet.

Valentin sah die »Frau seines Herzens«, wie seine Mutter sie nannte, für den Bruchteil einer Sekunde vor sich. Dorette war zierlich, hatte ein Stupsnäschen und weiches, blondes Haar. Sie war folgsam in allem, in ihn verliebt und unsicher. Was mehr könnte er sich von einer Ehefrau wünschen?

»Aber seit deiner Hochzeit, und das laste ich dir an, Valentin«, stöhnte August gespielt, »trägt meine Mutter mir regelmäßig vor, endlich auch ein ähnliches Fest im Namen unserer Familie ausrichten zu wollen, am liebsten die Hochzeit meiner Schwester.«

»Aber mit Theresa gestaltet es sich wohl etwas schwieriger als gedacht«, wandte Edgar ein und schmunzelte.

»Theresa hat eben sehr viele«, jetzt musste auch Valentin sich ein süffisantes Lächeln verkneifen, »sehr viele innere Werte.« Alle drei hatten Mühe, nicht lauthals loszulachen. »Sie kann singen«, fügte Edgar belustigt hinzu. »Das ist doch schon mal etwas! Und wunderbar sticken.«

Sie nickten einander zu und tranken. Sie waren zu gut erzogen, um sich offen über die Schwester eines Freundes in einem Weinhaus auszulassen, selbst wenn von diesem einst eine Rebellion ausgegangen war. Im Bauernkrieg im sechzehnten Jahrhundert hatte das Wirtshaus als Treffpunkt gedient, um gegen Adel und Klerus vorzugehen. Aus dieser Zeit rührte auch der Name *Stachel* her. Der Stachel war eigentlich ein Morgenstern, den man während dieser besonderen Zusammenkünfte aus dem Fenster hing, sodass Sympathisanten, die vorübergingen, von dem Treffen erfuhren und dazustoßen konnten.

»Und jetzt erzähl mal, August, was macht deine Essigmanufaktur? Kann dein alter Herr sich endlich von den Geschäften lösen? Lässt er dich endlich mitreden?«, erkundigte sich Valentin.

August lockerte seine Halsschleife. »Na ja ... so einfach ist das nicht.«

Valentin zog eine helle Sumatra aus der Innentasche seines Gehrocks und bot auch seinen Freunden eine an. Beide griffen zu. Der Wirt brachte ihnen eine Gasflamme und einen Bohrer.

Valentin ließ sich beim Anbohren und Entzünden seiner Zigarre Zeit. Er fand, dass seine Freunde viel zu schnell am Rauchwerk zogen, das dadurch viel zu heiß wurde.

Nach den ersten Zügen sagte er: »Verstehe schon, dein alter

Herr zögert noch.« *Der Erfolg wird uns eines Tages trennen,* dachte er, die Mundhöhle voll würziger Kaffee- und Lederaromen. *Wenn meine Krankheit es bis dahin nicht schon geschafft hat.*

Ein junger Mann trat an ihren Tisch. »Sitzt hier nicht der unverkennbare Edgar Altmeyer? Wie lange haben wir uns nicht gesehen, Eddi?«

Valentin stieß den Rauch in Kringeln aus, während er die Situation im Blick behielt. Er musterte den Burschen von oben bis unten. Mit geschwollener Brust stand er da, trug ein schwarzes Jackett und eine Kappe, beides geschmückt mit einem Band in den Farben der *Teutonia*. Er zeigte das breite Lächeln eines Gewinners aus der mittleren Einkommensschicht. Ein feiner Schmiss zog sich kaum sichtbar über seine linke Wange.

Eddi schien es zu dämmern. »Bist du etwa Hubertus, der Sohn von Marianne und Karl in Ansbach?«

»Aber ja!«, entgegnete der. »Ich bin der Junge, mit dem du am Stadtrandweiher heimlich beim Fischen warst.«

Valentin wusste sofort, dass die Eltern des Studenten nicht in der Harmonie-Gesellschaft verkehrten, trotz seines »von« im Namen. Als ordentliches Mitglied wurde nur aufgenommen, wer Stil, Ruf und vor allem Geld besaß. Und dieser Hubertus trug eine abgewetzte Ledertasche unterm Arm, die nicht gerade von überdurchschnittlicher Finanzstärke und noch weniger von gutem Geschmack kündete. Viele »Ballontages« von Familien über Anträge zur Aufnahme in die Harmonie-Gesellschaft endeten mit einer Ablehnung. Ballontages waren stille Abstimmungen mittels weißer und schwarzer Kugeln.

»Darf ich vorstellen?« Edgar wandte sich an Valentin und August und legte seine Sumatra ab. »Mein alter Bekannter: Hubertus von Hardenberg. Bevor wir aus Ansbach hierherzogen, wuchsen er und ich im selben Viertel auf, Haus an Haus. Da waren wir wie alt, Hubertus?«

»Acht oder neun?«, bestätigte der und fügte wenigstens noch

ein rhetorisches »Darf ich?« hinzu, bevor er sich einen Stuhl an den Tisch zog und neben Edgar Platz nahm. Seine abgewetzte Ledertasche warf er auf die Bank neben Valentins Glanzzylinder.

Valentin stellte sich als Bankdirektor Winkelmann vor und lehnte sich erst einmal zurück.

Edgar deutete auf das blau-weiß-goldene Band über dem Jackett von Hubertus von Hardenberg. »Was machst du hier in Würzburg? Bist du etwa beim Corps Franconia untergekommen? Na, erzähl schon!«

Valentin interessierte sich wenig für die Gepflogenheiten der Corps, der Landsmann- und Burschenschaften. Seiner Ansicht nach war es nicht notwendig, sich irgendeiner Gruppe anzuschließen, um Mut zu entwickeln.

»Ich studiere an der Alma Julia«, erklärte Hubertus stolz, »und bin bei der Teutonia.«

»Theologie oder Jura?«, erkundigte sich Valentin distanziert.

»Nichts von beidem«, entgegnete Hubertus von Hardenberg und nahm die Frage als Aufhänger, um von seinem Medizinstudium zu erzählen, bemüht unterhaltsam und mit viel zu vielen Details, wie Valentin fand.

Valentin hörte ihm bald nicht mehr zu. Abwechselnd dachte er an seine Krankheit und die Kontokorrentkredite und zog dabei lange an der Zigarre. Die Sumatra war wie Arznei für ihn. Nicht einmal seinem Vater hatte er erzählt, wie es um ihn stand. Und erführe seine Großmutter davon, würde sie sofort nach dem dicken Hammerschmidt schicken lassen. Valentin hielt nicht viel von Ärzten.

Er wandte sich von den Männern am Tisch ab und nickte der Runde am Nebentisch zu, weil sich darunter auch der zweite Bürgermeister Schwink befand. Als Privatbankier waren Beziehungen genauso wichtig wie Geld. Dank Vaters wöchentlichen Verpflichtungen im Magistrat hatte sich die neue Teilhabe am Bankhaus Johann G. Winkelmann & Cie. längst herumgesprochen.

Valentin begann darüber nachzudenken, wie er seinen Vater

von den Kontokorrentgeschäften überzeugen könnte. Er zog mehrmals hintereinander an der Sumatra und überlegte, den Studenten darum zu bitten, sich wieder zurückzuziehen, kam dieser jetzt doch auch noch auf alte Geschichten aus Ansbach zu sprechen. Seine Anwesenheit hatte die Stimmung am Tisch komplett verändert. Da fiel ihm auf, dass August sich ebenfalls abgewandt hatte und nun zu einem vornehm gekleideten Mädchen am Tisch in der Ecke unter einem hölzernen Wandkreuz blickte. Sie war blond gelockt und schaute ähnlich unschuldig aus wie Dorette. »Soll ich sie dir vorstellen?«, bot er seinem Freund an, weil August sie gar zu sehnsüchtig ansah.

August winkte ab. »Sie ist mit ihrem Vater da. Da lässt sich nichts machen.«

»Und dennoch appetitlich wie ein Pfirsich«, ergänzte Edgar, und auch Hubertus von Hardenberg schwenkte auf das neue Thema um. »Das könnte kompliziert werden«, verkündete der Student der Runde.

Unter den bewundernden Blicken seiner Jugendfreunde begab sich Valentin zum Ecktisch. Zuerst lächelte er den Vater, dann die blond gelockte junge Dame an. Er lächelte und parlierte. Bald darauf war er wieder am Tisch zurück. Valentin ließ seine Freunde einen triumphierenden Moment lang zappeln, bevor er leichthin sagte: »Sie heißt Maria Cosima Luftinger, ist noch unversprochen und besucht die Töchterschule jeden Dienstag und Donnerstag. Und ich weiß auch, welche.«

Hubertus von Hardenberg klatschte anerkennend Beifall.

Allein August blieb skeptisch. »Das haben sie dir einfach so gesagt?«

Valentin ging gar nicht darauf ein. »Wenn du sie ansprechen willst«, fuhr er stattdessen fort, »sei nächsten Dienstag oder Donnerstag um zwei Uhr bei den Ursulinen in Heidingsfeld. Maria Cosimas Gouvernante trifft erst um Viertel nach zwei dort ein.« Natürlich hatte er das alles nicht erst eben im Gespräch erfahren, sondern schon vorher gewusst. Maria Cosima Luftinger ging in die gleiche Töchterschule wie Viviana, aber das verriet er seinen Freunden nicht. Doch als sich Valentin das blonde Mädchen in der Ecke unter dem Holzkreuz nun etwas genauer ansah, ließ ihre Ähnlichkeit mit Dorette unwillkürlich Bilder aus seiner Hochzeitsnacht an ihm vorüberziehen. Er zog lange an seiner Zigarre. Diese angeblich besondere Nacht nach dem rauschenden Fest war anders verlaufen, als sie normalerweise verlaufen sollte.

»Mein Fall ist sie nicht«, gestand Hubertus, warf seine Teutonia-Kappe auf den Tisch und schaute Valentin eindringlich an: »Im Juliusspital gibt es Mädchen, kann ich euch sagen! Viel schöner als die in der Ecke.« Er deutete mit dem Kinn in Richtung Maria Cosima. »Mädchen wie sie, mit feinen Begleitfräuleins, sind ihr ganzes Leben lang viel zu verkrampft.«

Valentin wurde ironisch: »Was für schöne Frauen im Juliusspital meinen Sie eigentlich, Hubertus? Die Trübsinnigen oder die Pockenübersäten?«

»Nichts von alledem, Herr Bankdirektor«, gab Hubertus mit einem breiten Lächeln entspannt zurück. »Die, von der ich spreche, ist die neue Helfnerin in der Spitalsapotheke. Sie hat etwas Besonderes an sich, das ich so noch an keiner Frau gesehen habe. Ihr würdet sie unter einhundert Frauen allein an ihrer Ausstrahlung erkennen.«

Hubertus von Hardenberg klang wie ein schwärmerischer Sechzehnjähriger, fand Valentin, nicht wie ein Mann. Fast erinnerten ihn dessen schmalzige Wörter an seine Schwester, als sie der Familie in genau der gleichen Manier von diesem Steinmetz erzählt und ihre Schwangerschaft gebeichtet hatte.

»Ist alles in Ordnung?« August stieß Valentin an, während Hubertus von Hardenberg das Schwärmen auch auf seine Vorlesungen ausweitete. »Schaust mit einem Mal so verbissen drein, Valentin.«

In Ordnung? Mit ihm war mitnichten alles in Ordnung. Und die Angelegenheit mit seiner Schwester war es auch nicht, woran diese Klosterfrauen eine gehörige Mitschuld trugen! Er hätte sie am liebsten verklagt, wäre die Ursache der Geschichte nicht so prekär und erforderte keine strenge Geheimhaltung.

Valentin hatte lange nicht mehr an Viviana gedacht. Vermutlich hatte sie nach der Flucht aus dem Kloster die Stadt verlassen oder war bei dieser Kälte längst erfroren. Sehr wahrscheinlich würde er sie niemals wiedersehen. Im Palais war Viviana ein Tabu und in seinen ehelichen Gemächern am Sternplatz sowieso, er hatte sich dort noch nicht eingelebt. Dem Haus fehlte der Charakter, den das Palais so überreichlich besaß. »Alles in Ordnung«, log Valentin. »Ich dachte nur gerade, dass die dort drüben ansehnlicher wäre, wenn ihre Nase etwas größer wäre.«

Als »ansehnlich« war Viviana auch immer wieder gelobt worden. Von den Militärs, den höheren Beamten und Kaufleuten, die im royalblauen Salon des Palais um einen Spaziergang, eine Verlobung oder Ähnliches mit Viviana gebeten hatten. Valentins Hand begann zu zittern, seine Krankheit machte sich bemerkbar, und einmal mehr zog er an seiner Sumatra, damit er nicht wirr wurde. Damit er von einem Anfall verschont blieb und niemand etwas bemerkte. Wenn seine Krankheit bekannt würde, würde man ihn isolieren.

Valentins Zorn auf seine unvernünftige Schwester stieg. Viviana hatte gehandelt, als gebe es keine Gesetze und Regeln im Leben, als hätten die Winkelmanns nichts zu verlieren. »Mir reicht es, meine Herren!« Valentin erhob sich, griff nach Zylinder und Gehstock, verabschiedete sich von seinen Freunden und übernahm die Rechnung. Abschließend wünschte er dem zweiten Bürgermeister am Nebentisch noch einen angenehmen Abend, dann trat er in den Winterabend hinaus. Die Märzluft war noch eisig und brannte ihm im Hals. Valentin setzte seinen Glanzzylinder auf und ging zum Marktplatz, wo die Mietkutschen standen. Er sollte sich besser auf die Zukunft des Bankhauses konzentrieren anstatt auf seine Schwester. Es war schon lange her, dass sie einander gut verstanden hatten. Die Zukunft des Bankhauses war seine eigene, die wollte er mitgestalten. Mit mehr als fünf Prozent. Es wurde Zeit, das Bankhaus Winkelmann aus seiner Mittelmäßigkeit herauszuholen und Viviana endlich zu den Akten zu legen.

***

10

APRIL 1851

Seit sechs Monaten arbeitete Viviana nun schon im Juliusspital. Apotheker Carl hatte sich damit einverstanden erklärt, sie weiter als Helfnerin zu beschäftigen, nachdem ihre Vorgängerin das Läusefieber nicht überlebt hatte. Auf Otto Hausers Einwirken hin erhielt Viviana inzwischen sogar den gleichen Lohn wie ihre Vorgängerin, was immerhin einen Viertel Gulden mehr ausmachte. Es war genau der Viertel Gulden, dessen eine Hälfte sie für Kräuter ausgab und die andere zu den Ersparnissen legte. Die waren für Ella bestimmt, und Viviana sammelte sie in dem grauen Leinensäckchen, in dem sie ihre ersten Lindenblüten erstanden hatte. Das Leinensäckchen verwahrte sie unter dem Strohsack ihres Lagers. Die Kraft der Pflanzen war erstaunlich. Seitdem Bruno neben der Muttermilch auch die Lindenblütenaufgüsse trank, stellten sich Anzeichen der Besserung ein, immer seltener hustete er wie ein bellendes Tier. Sie selbst hatte das Gänsefingerkraut von ihren schmerzhaften Nachwehen befreit.

Anfangs war Viviana skeptisch gewesen, wie schnell und ob diese einfachen heimischen Kräuter überhaupt etwas ausrichten könnten. Doktor Hammerschmidt hatte ihnen nie Simplica verabreicht, sondern komplizierte und destillierte Arzneien, für die ihr Vater viel Geld bezahlt hatte. Schubweise litt er an stark juckender Haut, und Großmama Ernestine brauchte regelmäßig Digitalis für ihr schwaches Herz.

Magdas Sohn, der inzwischen acht Monate alt war, hatten aber allein die Lindenblüten geholfen. Neben Ellas Lächeln war es einer der schönsten Momente gewesen, den Jungen nicht mehr husten, sondern lachen zu hören. Und das für ein paar Kreuzer im Monat.

Bruno, aber vor allem die schüchterne Wenke waren Viviana ans Herz gewachsen. Dass die beiden Kinder und Magda an Ellas Seite waren, beruhigte Viviana mit jedem Tag mehr, wenn sie die Wohnung zum Spital verließ.

Allmorgendlich und noch bevor sie ins Spital ging, holte Viviana Wasser am Brunnen, weil sie Magda nicht allein die ganze Hausarbeit machen lassen wollte. Putzen hatte sie inzwischen in der Apotheke gelernt, und zuzupacken außerdem. Im Palais war das Wasser über Leitungen in ihre Bäder geflossen, in der Pleich waren die Brunnen noch nicht einmal mit einer Pumpe versehen. Sie besaßen noch umständliche Ziehvorrichtungen.

Von Anfang an hatte Wenke Viviana beim Wasserholen begleitet. Am ersten Tag war ihr das Mädchen mit dem zu Zöpfen gebundenen kupferroten Haar noch heimlich nachgekommen, am zweiten schon mit weniger Abstand. Und am dritten hatte Viviana sie einfach bei der Hand genommen und war mit ihr zum Brunnen gegangen. Nachdem sie zwei Wochen lang gemeinsam Wasser geholt hatten, hatte Wenke ein erstes Gespräch gewagt. Hinter vorgehaltener Hand hatte sie Viviana anvertraut, dass sie ihr gerne einmal das schöne Prinzessinnenhaar, wie das Mädchen sich ausdrückte, kämmen würde. Als sie mit den Wassereimern zurück in der Wohnung gewesen waren, hatte Wenke ihr verlegen ihren Kamm aus rissigem Holz und mit fünf breiten, grob geschnitzten Zinken präsentiert. Früher hatte Viviana in der mittleren Schublade ihrer Frisierkommode ein halbes Dutzend perlenbesetzter Kämme und Bürsten verwahrt, die aus glänzend poliertem Elfenbein geschnitzt waren. Doch niemals hatte sie auch nur einen davon mit so einem Leuchten in den Augen betrachtet wie Wenke ihr einfaches Exemplar. Magdas Tochter streckte ihr ihren Kamm so beeindruckt entgegen, als befänden sich Edelsteine auf ihm. Am Abend nach der Arbeit im Spital hatte Wenke ihr dann die Haare gekämmt, und wieder hatten ihre Augen dabei geleuchtet und gestrahlt. Im Gegensatz zu ihrem aufgeweckten Bruder war Wenke kerngesund, so mager sie auch war. Wenke benötigte kein Heilkraut.

Viviana erzählte auch Magda von ihrer veränderten Sicht auf die Apotheke und die Kräuter, die nach Heiligen benannt worden waren. Magda war zwar nebenbei immer mit etwas anderem beschäftigt – beruhigte eines der Kinder, nähte Kleider um, kochte Essen und, und, und –, setzte sich zwischendrin aber immer wieder zu ihr an den Tisch, schob ihre Bluse hoch und legte Bruno an die Brust. Mit Ella im Arm wandte Viviana sich schamhaft ab.

»Kannst wieder gugg«, brummte Magda. »Hab des Hemd wieder drübergezoche.« Aber erst wenn Magda sie etwas fragte, wie zum Beispiel: »Und für alles is a Kraut gewachse, sagst du?«, erzählte Viviana weiter.

»Oder eine Mixtur, ein Destillat oder ein Wundpflaster, und die Apotheke hält es bereit«, erklärte sie und streichelte dabei Ellas Arm, die hoch konzentriert mit ihren Füßen spielte.

Erst vor wenigen Tagen hatte ihre Tochter entdeckt, dass sie auch Füße besaß, die sie seitdem gerne festhielt oder sich auch in den Mund steckte. Wenke und Bruno hatten sich mit Ella angefreundet, und Ella sah den beiden Größeren bei allem fasziniert zu und versuchte, sie mit den Möglichkeiten einer Halbjährigen nachzuahmen. Wenn sich die anderen unterhielten und lachten, lachte und quiekte auch Ella vor Freude mit und schlug ihre gespreizten Hände aneinander.

Ella, ihr Schmetterling, war der offenkundige Beweis dafür, dass Viviana damals im Kloster richtig gehandelt hatte.

Jede Nacht, jede Morgenstunde, bevor sie zur Arbeit ging, und jeder Abend gehörten nur ihr und Ella. Seitdem Viviana und Magda beschlossen hatten, im Fall einer Befragung durch die bayerische Gendarmerie Ella als Magdas Kind auszugeben, konnte Viviana sich in der Pleich mit ihrer Tochter frei bewegen, ohne Angst haben zu müssen, als ledige Mutter bestraft zu werden. Die Pleich, diese kleine Stadt in der Stadt, die so anders war als die gutbürgerlichen Viertel und deswegen so unendlich weit weg vom Palais in der Hofstraße, war ein Sammelsurium von Gerüchen, wie es Viviana sonst nur in der Apotheke kannte. Die Pleich war das komplette Gegenteil der reinen, gepflegten Hofstraße, in der es keine übel riechende Gosse, keinen Dreck und keine Kadaver gab. So manche Senkgrube, die man in der Pleich »Klo« nannte, quoll über, und ihr Inhalt lief teilweise bis in die Gassen. Wenn Viviana sich und Ella dann die Nase zuhalten musste, waren dies Momente, in denen sie sich in ihr altes Zuhause zurücksehnte. Doch ansonsten nahm ihre Familie in ihren Gedanken zunehmend weniger Raum ein.

Das Juliusspital hingegen immer mehr. Sie dachte an die trostlosen Krankensäle mit den vielen Armen, über deren Hoffnungslosigkeit das ansonsten ansprechende Gebäude mit seinem Innenhof samt Springbrunnen nicht hinwegtäuschen konnte. Viviana jedenfalls dachte oft, dass sich die Patienten in ihren Betten gegenseitig beim Sterben zusahen. Oder aber auf jeden Atemzug des Bettnachbarn lauschten, nur um sich zu vergewissern, dass dieser noch lebte. Allein der Gedanke daran machte sie traurig, ebenso wie der an Paul, von dem es nach sieben Monaten immer noch kein Lebenszeichen gab. Schon seit Wochen betrachtete Viviana keine der Hausmadonnen mehr, die es auch in der Pleich gab. Denn sie erinnerten sie nur allzu sehr an den Geliebten und an den Bruch seines Versprechens. Er hatte immer für Ella und sie da sein wollen.

Eben hatte sie sich noch über die Wirksamkeit ihrer Lindenblütenaufgüsse gefreut, nun weinte sie heillos ob Pauls Verlust.

Viviana legte Ella beiseite und drückte das nasse Gesicht ins Bettzeug. Erst als sie keine Tränen mehr hatte, richtete sie sich wieder auf. Doch nun wurde ihr zu allem auch noch schlecht. Zu dem einarmigen Stuhl schaffte sie es nicht mehr, sondern übergab sich neben ihm auf den Boden.

»Warum weinst du?« Wenke stand in die Tür und hatte ebenfalls Tränen in den Augen.

»Warum weinst denn du?«, wich Viviana der Frage der Sechsjährigen aus, reinigte ihre Mundwinkel und schämte sich gleichzeitig für das Erbrochene auf dem Boden.

»Weil du so traurich bist«, sagte Wenke und schluchzte. »Gell, bei uns gefällt's dir ned?«

Viviana wischte das Erbrochene, so gut es ging, mit einem Tuch aus ihrer Rocktasche auf, dann sagte sie: »Komm her.« Sie klopfte auf ihre Strohmatratze und wischte sich die Tränen von den Wangen. »Manchmal bin ich einfach traurig, weil ich Paul und meine Familie vermisse, weißt du.«

Wenke schmiegte sich an sie. »Wenn ich traurich bin, hilft mir das Kämme«, flüsterte sie Viviana ins Ohr. »Wenn ich dich kämm, gehts a weng besser. Mamilein mag's auch, wenn ich sie kämm.«

Viviana musste über Wenkes Angebot lächeln. »Meinst du wirklich?«

Wenke erhob sich, nahm Viviana genauso an der Hand, wie Viviana es einst mit ihr gemacht hatte, um zum Wasserholen zu gehen, und führte sie an den Stubentisch. Ella ließen sie in der Kammer zurück.

Wenke holte ihren Holzkamm, derweil löste Viviana ihr Haar am Hinterkopf, sodass es ihr frei über den Rücken fiel.

»Bist mit de Kragen fertich, Wenke?«, wollte Magda wissen. Sie war aus der Küche zu ihnen gekommen und wies auf die Näharbeit auf dem Tisch.

Wenke zeigte sie ihr, und Magda blieb nur, ihre Tochter für die Feinheit der Stiche zu loben. Wenn Magda ihre Kinder anschaute, kam der weiche Kern, der hinter ihrer rauen Fassade steckte, deutlich zum Vorschein.

Versunken kämmte Wenke Strähne für Strähne von Vivianas Haar. Der Mund stand ihr dabei offen. Nach einer Weile erkundigte sie sich vorsichtig: »Immer noch traurich?«

»Schon etwas weniger«, sagte Viviana und lächelte, was Wenke erst richtig anspornte und sie schüchtern zurücklächeln ließ.

Es ist doch ein wahres Wunder, wie viel Wärme und Liebe so ein kleines Mädchen zu geben hat, das sonst nichts besitzt. Magdas Tochter war ein so feinfühliges, liebevolles Geschöpf gegenüber allem und jedermann, dass Viviana sie dafür bewunderte.

Sie war es einfach, ohne jemals eine Vorlesung darüber gehört zu haben.

Nachdem ihr Haar gründlich gekämmt war, ging Viviana in ihre Kammer zurück, wo Ella, vom friedlichen Mondlicht beschienen, ruhig schlafend auf dem Bett lag. Viviana musste beim Anblick ihrer Tochter lächeln und hörte in Gedanken wieder die freundliche Stimme von Professor von Marcus, als stünde er vor ihr. Schon seit Nächten träumte sie den gleichen Traum, in dem er vorkam und der im Flur vor der Pfründner-Aufnahme begann. Dort hörte sie eine angenehme Stimme hinter einer Tür, öffnete sie und trat ein. Im Raum dozierte Professor von Marcus über die sinnliche Aufmerksamkeit, und Viviana und die anderen Studenten lachten über seine Urinvorführung. Kein einziges Geräusch entging ihm in ihrem Traum, wie neulich auch. In Vivianas Traum waren sowohl Fräulein als auch Herren bei der Vorlesung anwesend, und niemand störte sich daran.

✳

In der Realität konnte Viviana jedoch keine Vorlesung von Professor von Marcus mehr belauschen. Denn seitdem sie auf der Suche nach dem Rezept der Curistin Hopf eine ganze Stunde fortgeblieben war, hatte der Apotheker sie zu keiner weiteren Besorgung mehr ins Spital geschickt. Einmal noch hatte sie den Professor zusammen mit seiner Frau den Hof des Spitals überqueren sehen, aber ansonsten verblasste die Erinnerung an seinen Auftritt in der Pfründner-Aufnahme. Stattdessen musste sie mit Otto Hauser vorliebnehmen, der Viviana immer öfter zur Seite stand. Er wusste nichts von sinnlicher Aufmerksamkeit.

»Wir haben genau darauf zu achten, die Gefäße richtig zu verschließen«, erklärte ihr der Geselle am fünften Mai, dem fünfundvierzigstem Geburtstag ihres Vaters, dem sie an seinem Ehrentag so gerne gratuliert und ihn umarmt hätte.

Es war Viviana unangenehm, als Otto Hauser ihr die Korkenzange mit dem zusammengepressten Korken in die Hände legte, dabei seine Hände um die ihren schloss und dann zudrückte. Die Zange führte den zusammengepressten Korken in den Hals eines braunes Standgefäßes ein, wo er nach dem Lösen der Zange wieder seine ursprüngliche Form annahm und den Gefäßinhalt dadurch dicht verschloss. Doch danach gab er ihre Hände längst noch nicht frei, auf seinen Wangen erschienen rote Flecken.

Als er sie schließlich doch noch losließ, legte Viviana rasch die Korkenzange auf den Tisch zurück und fragte nach den Abgabegefäßen. Die Abgabegefäße waren bauchige oder eckige kleine Flaschen, bei deren Verkorkung sie dem Gesellen in Zukunft zur Hand gehen sollte, ebenso wie bei deren Beschriftung mittels Anbindesignatur, den sogenannten Arzneifähnchen.

Das Arzneifähnchen war ein beschrifteter Papierstreifen und gehörte an jede auszugebende Arznei. Um Irrtümer zu vermeiden, enthielt es den Namen des ordinierenden Arztes, das genaue Datum und den Namen des Patienten sowie die Nummer des Krankensaales, in dem er behandelt wurde.

In den Folgewochen verkorkte und verschloss Viviana Hunderte von Abgabegefäßen und half dem Gesellen beim Abgleich der Rezepte mit den Arzneifähnchen. Zwischen dem Beschriften und dem Verkorken der Flaschen brachte Viviana die frischen Kräuterlieferungen auf den Boden und hängte sie dort zum Trocknen auf. Manchmal kam Otto Hauser ihr hinterher und führte seine Erklärungen auf dem Trockenboden fort. Sie hörte ihm aufmerksam zu.

Inzwischen verging die Arbeitszeit im Vergleich zu ihren ersten Tagen im Spital immer schneller. Vielleicht weil sie mittlerweile das Gefühl hatte, dass Ella in ihrer Abwesenheit in der Mühlgasse gut aufgehoben war. Das kleine Mädchen konnte sogar schon die ersten Laute von sich geben. Ella wiederholte am liebsten mem-mem-mem und dadada. Auch gelang es ihr, nach Gegenständen zu greifen. Mal nahm sie diese in die rechte, mal in die linke Hand, oder auch in den Mund. Ella nahm derzeit fast alles in den Mund, was sie zu greifen bekam. Vivianas Haare beim Einschlafen, die Binsen auf dem Fußboden, Stoffreste von Wenkes Näharbeit und einmal sogar einen Fingerhut.

Allabendlich reinigte Viviana die Apotheke, wobei die Flora im Deckengemälde der Offizin ihr Tun genauso zu beobachten schien, wie die goldgerahmten Ahnen im Palais es getan hatten. In der Offizin, allerdings nur wenn der Apotheker anwesend war, hielt der Geselle sich mit seinen Erklärungen zurück.

Mit Beginn des Sommers nahmen die Rezepte derart überhand, dass sie auf die Entscheidung des Apothekers hin Nachtschichten einlegen mussten. Viviana bedauerte jede Nacht, in der sie nicht zusammen mit Ella einschlafen konnte. Jede Nacht, in der Ella Magdas und nicht ihre Milch trank, die immer weniger wurde.

Bei einer dieser Nachtschichten kippte sie fast um vor Erschöpfung, sodass der Apotheker sie für eine Pause an die frische Luft schickte. Otto Hauser empfahl ihr den Spitalgarten, der um diese Zeit leer und zum Atemschöpfen am besten geeignet war.

Schon die ersten Schritte auf dem mit Kieselsteinen bestreuten Weg taten ihr gut. Der Spitalgarten mit seinen Zier- und Kräuterbeeten und akkurat geschnittenen Hecken wirkte, als wäre er einst für einen Herzog angelegt worden. Obstbäume, immergrüne Eichen und Ahorne verströmten ihren Duft. Tagsüber nutzten die Curisten und Pfründner den Garten für erholsame Spaziergänge, streng nach Geschlechtern getrennt. Den Frauen gehörte die linke Gartenhälfte, den Männern die rechte. Nur auf dem Mittelweg und am Springbrunnen hielten sich gezwungenermaßen beide Geschlechter auf. Doch zu dieser späten Stunde war nicht einmal eine Maus zu sehen.

Sie atmete mehrmals tief ein und aus. Ellas Gutenachtlied kam ihr in den Sinn. *Ade zur guten Nacht! Jetzt wird der Schluss gemacht.* Sie summte es leise vor sich hin, während sie ihren Blick zum Gartenhaus und Holzhof schweifen ließ, wo die Irren und Fallsüchtigen Holz hauen und sich danach zum Transport wie die Ochsen auf dem Feld vor Karren spannen lassen mussten. Zu dieser Zeit schlug allerdings niemand mehr Holz, und keine Kette klirrte. Sterne glitzerten am Himmel. Es war angenehm still, nicht einmal die Krähen meldeten sich. Warum war sie hier eigentlich noch nie spazieren gegangen?

Ihr Blick glitt über die Spitalmauern, der Turm von Sankt Gertraud wirkte im Licht des Vollmonds wie ein Scherenschnitt. Sankt Gertraud und der Gedanke an Paul und seine Küsse waren eins, aber sie verdrängte ihn sofort wieder.

Am Brunnen bog sie rechter Hand ab und ging auf das Gartenhaus mit den zwei Kuppeltürmen zu. Es war ein graziles Gebäude, das wie ein Pavillon anmutete und in das sich die besseren Kreise an heißen Sommertagen mit einem guten Buch, einem Schoppen Wein oder für eine gepflegte Konversation zurückzogen. Ein Sommerhaus mit gelb-weißer Fassade.

»Fräulein Bischof, sind Sie da?«, zerstörte Otto Hausers Stimme die friedliche Ruhe in diesem Moment jäh. In der Pleich antworteten ihm die Hunde sofort mit einem Jaulkonzert. »Wo sind Sie? Ich würde Sie gerne ein Stück begleiten.«

Instinktiv ging Viviana um das Gartenhaus herum, sodass der Geselle sie nicht entdecken konnte. Sie wollte noch etwas für sich sein.

»Fräulein Bischof, ist Ihnen etwas passiert? Ich kann Sie nirgendwo sehen.«

Viviana ging weiter um das Gebäude herum, denn Otto Hauser näherte sich ihrer Position auf dem Kiesweg. Das Knirschen der Steinchen unter seinen Schuhen wurde lauter. Sie war auf der Rückseite des Gartenhauses angekommen und sah eine Tür vor sich. Kurz entschlossen öffnete sie sie, trat ein und zog sie leise wieder hinter sich ins Schloss.

Obwohl die ersten Sommertage schon recht warm waren, strömte ihr im Innern des Hauses noch Kälte entgegen. Der Geruch von faulem Fleisch stieg ihr in die Nase, es stank nach alten Küchenabfällen. Viviana schaute sich um. Das helle Mondlicht fiel durch das große Fenster und beschien notdürftig aufgestellte Holzstützen, die, als müssten sie das Gartenhaus vor dem drohenden Einsturz bewahren, bis unter die Decke reichten. Der Raum wurde von einer Bretterwand in zwei Hälften geteilt. Links lagerte Brennholz, rechts stand eine Sitztribüne, ähnlich der weißen Tribüne in der Pfründner-Aufnahme. Nur wirkte sie klappriger. Am Fuß der Tribüne entdeckte Viviana einen ungewöhnlichen Tisch. Er besaß in der Mitte ein Loch, eine Art Abfluss. Unter dem Tisch stand ein Eimer. *Ein Seziertisch!,* schoss es ihr durch den Kopf. Auf ihm öffnete man vor Studenten wie Hubertus von Hardenberg die Körper der Verstorbenen.

Sie war in ein anatomisches Theater geraten! Viviana spürte, wie sich die Härchen an ihren Unterarmen aufstellten. Sie hatte noch nie einen Leichnam gesehen. Sie kannte nur die Totenladen, die im Spital regelmäßig über den Hof getragen wurden und bei deren Anblick sie regelmäßig den Kopf abwandte. Auch nachdem Großvater Franz im Palais seinen letzten Atemzug getan hatte, war er sogleich unter Ausschluss der Damen vom Bestatter eingesargt und abgeholt worden. Auf eine Aufbahrung im Haus hatte die Familie bewusst verzichtet.

Sie trat an den Seziertisch. Seziert wurde vor allem in den Wintermonaten, in denen sich die Körper wegen der Kälte nicht so schnell zersetzten, das wusste sie von Otto Hauser. Im Sommer wurden den Studenten nur Skelette gezeigt und präparierte Körperteile besprochen. Im Halbdunkel schaute sie die Tribüne hinauf. Die Umrisse dreier Sitzreihen waren gut zu erkennen. Siebzig oder achtzig Studenten kamen hier unter. An einer Deckenstütze vorbei bestieg sie die Tribüne, wie neulich in ihren Träumen, und setzte sich in die hinterste Reihe. Viviana ließ sich elegant nieder, entsprechend der Regel der Töchterschule, nach der graziöse Bewegungen für eine Dame oberstes Gebot waren.

Fast glaubte Viviana schon, Professor von Marcus würde jeden Moment vor die Tribüne treten und über sinnliche Aufmerksamkeit dozieren. Stattdessen hörte sie eine aufgebrachte Stimme sagen: »Glauben Sie tatsächlich, dass ein Ungleichgewicht der vier Körpersäfte die Ursache für eine Krankheit ist? Dann habe ich den falschen Mitarbeiter eingestellt, Herr Doktor Staupitz!«

Die Stimme kam aus dem rechten Seitenflügel des Gartenhauses. Viviana stieg die Tribüne hinab, zwängte sich vorbei am Seziertisch, ohne ihn zu berühren, und ging der Stimme nach.

Auch im rechten Seitenflügel waren Stützpfeiler aufgestellt. Doch der faulige Geruch ließ etwas nach. Durch eine von zwei Türen fiel Licht in den Flur, und die aufgebracht klingende Stimme war nun laut und deutlich zu vernehmen. »Herr Staupitz, vergessen Sie die Humoralpathologie auf der Stelle, oder verlassen Sie mein Bureau! Humoralpathologen sind ein einziger Hemmschuh für meine Forschung. Die Vier-Säfte-Lehre gehört auf die Müllhalde der Geschichte.«

Viviana blieb eine Armlänge vor dem Raum mit dem Licht stehen. Die Aufschrift auf dem Schild an der Tür bestätigte ihre Vermutung: *Herr Rudolf Virchow, Professor für Pathologie und Pathologische Anatomie.* Auf dem Türschild gegenüber stand: *Herr Alfred Kölliker, Professor für Anatomie* geschrieben. Hier also arbeitete ihr Nachbar aus der Hofstraße. *Mein ehemaliger Nachbar,* korrigierte sie sich in Gedanken und war froh, dass es in Professor Köllikers Bureau dunkel war.

Viviana stellte sich vor, wie Professor Virchow gerade mit seiner roten Seidenschleife um den Hals – Otto Hauser behauptete, dass Virchow Demokrat sei – vor seinem Mitarbeiter stand und diesen wie ein Vater den Sohn maßregelte. Oder wie ihre Mutter das Hauspersonal im Palais. Sie würde den Professor sofort wiedererkennen, mit seinem hohen Stirnansatz und dem gescheitelten blonden Haar.

»Ich glaube nicht an das Ungleichgewicht der Säfte als Ursache einer Krankheit«, hörte sie nun eine zweite Stimme sagen, die wohl niemand anders als dem von Professor Virchow mit »Herr Doktor Staupitz« Angeredeten gehören konnte. »Ich meinte nur, dass wir bald wissenschaftliche Beweise für die Abkehr von der Humoralpathologie benötigen!« Doktor Staupitz sprach kühl und distanziert, ganz anders als Virchow, der vor lauter Leidenschaft für seine Sache förmlich überschäumte.

Doch der antwortete nun ebenfalls ruhiger und angenehmer als zuvor. »Das wird doch wohl mit dreihundert Leichen pro Jahr zu machen sein. Mit dieser Zahl quantifizierte Kollege Kölliker jedenfalls einst die materielle Ausstattung des Instituts mir gegenüber. Und ich bin vor allem wegen dieser Zahl nach Würzburg gekommen.«

Viviana wurde fast übel, als sie sich dreihundert tote Menschen auf einem Haufen vorzustellen versuchte. Dreihundert einzelne Leidensgeschichten. Dreihundert Menschen, die man nicht hatte heilen können. Mindestens dreihundert Hinterbliebene, denen ein geliebter Mensch genommen worden war. Sie mochte noch nicht einmal daran denken, wie es wäre, wenn man ihr nur einen ihrer Lieben nähme. Ella, Magda, Wenke, Bruno, auch ihre Eltern oder Valentin. Ob ihre Eltern noch gesund waren? Wenn sie ihren Vater doch wenigstens ein Mal aus der Ferne sehen könnte.

Professor Virchows Ton wurde wieder eifriger, als er sagte: »Die Geschwindigkeit des wissenschaftlichen Fortschritts nimmt exponentiell zu. Deswegen sollten wir uns beeilen. In der Mitte des vorigen Jahrhunderts kannte die Zoologie gerade einmal etwas mehr als sechshundert Tierarten. Heute, hundert Jahre später, sind allein viermal so viele Arten von Schlupfwespen bekannt!«

Viviana wusste zwar nicht, was »exponentiell« bedeutete, erschloss sich den Sinn des Wortes aber aufgrund der nachfolgenden Sätze Virchows.

»Wenn wir Ihre These beweisen können, wird sich der Blick aller Christenmenschen auf Krankheiten grundlegend verändern«, sagte Doktor Staupitz unverändert kühl. Viviana stellte sich den zu der emotionslosen Stimme dazugehörigen Mann vor, der bestimmt noch steifer war als Kommandant von Öllkau und einen strengen Blick und eine grimmige Miene besaß. *Professor Virchow und Doktor Grimmig*, dachte sie fast schon amüsiert.

»Die göttlich fixierte Ordnung mit der heiligen Zahl vier, die sich in der Vier-Säfte-Lehre des Körpers widerspiegelt, die Maßzahl des göttlichen Weltenbauers in Bezug auf das Wohlbefinden des Menschen, all das gäbe es dann nicht mehr«, führte Professor Virchow weiter aus. »Der Mensch würde bis in seine kleinste Einheit naturwissenschaftlich erklärbar werden. Nichts Unerklärliches, kein Wunder der Schöpfung bliebe dann noch übrig.«

Jetzt schlug Viviana entsetzt das Kreuzzeichen. Das war Gotteslästerung! Am liebsten hätte sie sofort Professor von Marcus nach seiner Meinung gefragt, was aber unmöglich war. Erstens durfte nicht herauskommen, dass sie dieses Gespräch belauscht hatte, und zweitens würde man ihr, einer einfachen Helfnerin, solch eine Frage sowieso nicht beantworten.

»Erst mit dem Beweis, wodurch Krankheiten wirklich verursacht werden, trägt mein Institut mit Berechtigung den Namen ›Pathologie‹ – die Lehre von den Krankheiten und den daraus entstehenden Veränderungen im Körper«, trug Professor Virchow so überzeugend vor, als stünde er vor Hunderten von Zuhörern.

Als würde ihn diese Aussicht wenig bis gar nicht bewegen, erwiderte Doktor Staupitz lediglich distanziert: »Dieses Mal werde ich mich nicht umsonst bemühen, Sie beim Beweis Ihrer These zu unterstützen.«

Viviana konnte es nicht fassen. Was war das nur für ein blutleerer Mensch, den weder eine Gotteslästerung noch ein veränderter Blick auf Krankheiten aus der Reserve zu locken vermochten?

»Erstens, mein lieber Staupitz, meinen Sie sicherlich, dass Sie sich nicht umsonst, sondern vergeblich bemühen würden. Und zweitens hat noch kein wissenschaftlicher Mitarbeiter unter meiner Führung versagt.«

Schwang in Virchows letzten Worten eine unverhohlene Drohung mit? Viviana, der das Gespräch immer unangenehmer wurde, obwohl sie Professor Virchows Behauptungen fesselten, wandte sich zum Gehen.

»Maßgebend für den Ruhm eines Krankenhauses ist der Ruf seiner Ärzte«, hörte sie Doktor Staupitz noch sagen, bevor Virchow ihn unterbrach. »Und damit unser Ruhm sich mehren möge, kümmern Sie sich am besten gleich noch um den Antrag für ein zweites Mikroskop, Ihr Mikroskop, Herr Staupitz. Eines mit dreihundertfacher Vergrößerung!«

Verwirrt zog Viviana sich zurück. Sie lief durch den Garten und sprang dann die Stufen zum Pfründnerbau hinauf, in dessen Erdgeschoss sich die Apotheke befand. Was, wenn das Ungleichgewicht der vier Körpersäfte tatsächlich nicht für den Ausbruch einer Krankheit verantwortlich war? Doktor Hammerschmidt war von der Vier-Säfte-Lehre überzeugt. Und was würde die katholische Kirche zur These des Professors sagen?

✳

Das Kirchenhaus von Sankt Gertraud bestand aus einem Raum und einem kleinen Chor vornan. Anders als in jeder anderen Kirche Würzburgs, die Viviana kannte, gab es hier keinerlei Prunk oder goldenen Schmuck an den Wänden, keine Nebenaltäre und bunt verglasten Fensterrosetten. Nur vereinzelt standen Grabplatten vor den Wänden. Ein ehrlicheres Gotteshaus im Sinne von schlicht hatte sie noch nie betreten. Paul hatte es ihr einst gezeigt und mit ihr über die Menschen fantasiert, die einst mit dieser Kirche verbunden gewesen waren.

Beim Anblick des ersten einfallenden Morgenlichts war Viviana, als wolle der Allmächtige seine Gläubigen mit Lichtfingern durch die Spitzbogenfenster hindurch berühren und ihnen beistehen. Trotz der anstrengenden Nachtarbeit, von der ihr alle Glieder schmerzten, schritt sie den Mittelgang ehrfürchtig zum Chor vor. Magdas Haube hielt sie vor der Brust, ihr Haarknoten hatte sich gelöst. Vermutlich sah sie liederlich aus.

Vor den Altarstufen fiel sie auf die Knie. Anstatt die Mutter Gottes darum zu bitten, ihr Paul doch endlich zurückzubringen, bat sie diese um Verzeihung für ihr unziemliches Interesse an der Medizin und der Wissenschaft. Paul jedenfalls war gestorben für sie! Auch wenn sie noch immer keinen Appetit hatte und er sich weiterhin in ihre Träume schlich, musste sie ihn endlich vergessen.

Gerade einmal sechs Stunden war es her, dass Professor Virchow und sein Mitarbeiter Doktor Grimmig über die Ursache von Krankheiten und die Geschwindigkeit gesprochen hatten, mit der die Wissenschaft voranschritt. Würde mehr Wissen auch mehr Heilung und damit mehr Hoffnung für die Kranken bedeuten? Und dann war da immer noch die interessante Vorlesung von Professor von Marcus über Diagnostik, die ihr nicht mehr aus dem Kopf ging und sie wie Paul in ihre Träume hinein verfolgte.

Das erste Mal seit ihrer Flucht aus dem Kloster dachte Viviana über ihre Zukunft nach. Anders als bisher ging es dabei nicht darum, wie sie die nächsten Wochen oder Monate mit Ella überstehen könnte und woher das Essen oder die trockenen Anziehsachen kämen. Sie dachte um Jahre voraus. Vor ihrem inneren Auge sah sie Ella zu einem echten Winkelmann-Mädchen heranwachsen. Schon jetzt war ihr die Kleine mit den glänzenden braunen Löckchen und den tiefblauen Augen äußerlich ungemein ähnlich. Und was war mit ihr selbst? Was durfte sie für ihre Zukunft fordern, und würde sie es eventuell auch ertragen, ihre Familie in der Hofstraße niemals wiederzusehen? Wie lange noch würde Otto Hauser ihr geduldig das Apothekenwesen erklären, während der Apotheker ihr aus dem Weg ging? Nach ihrer Rückkehr aus dem Garten hatte der Gehilfe sie besorgt in der Apotheke empfangen. Erst als sie ihm gegenüber wiederholt betont hatte, dass sie einfach nur die frische Luft genossen habe, die ihr gutgetan hätte, ließ er von ihr ab und widmete sich wieder seinen Rezepten.

Ob sie eines Tages heiraten würde? Aber welcher Mann nahm schon eine ledige Mutter zur Frau. Welche Möglichkeiten im Leben gab es denn überhaupt für eine wie sie? Nüchtern betrachtet: keine, die ihr gefiel, solange sie sich an die Regeln für großbürgerliche Fräulein hielt. Und wenn nicht? Da gab es schon mehrere Möglichkeiten.

Bereits beim »Amen« erhob Viviana sich und setzte Magdas Haube wieder auf. Sie wollte ihre Tochter nicht länger warten lassen.

*

»Wieso gugst so nachdenklich?«, empfing Magda sie zurück in der Wohnung.

Viviana hatte gerade noch nach der schlafenden Ella gesehen und sich dann ohne ein Wort an den Tisch in die Stube gesetzt.

Magda saß ihr gegenüber und stopfte im Licht einer rußenden Unschlittlampe Strümpfe. »Schaust aus, als ob du im Bergwerk Kohle geschleppt hättst, und nervös bist für zwä. Willst ned lieber a Stund ins Bett?«

Viviana schüttelte den Kopf. »Ich würde sowieso nicht schlafen können.« Ihr Fuß tippte im Rhythmus ihres Herzschlags auf dem Boden. »Sag mal Magda, wusstest du, dass das mit der Wissenschaft eine sehr rasante Sache ist?«

»Wisseschaft?« Magda rümpfte die Nase. »Du mänst des Gschwätz von die Oberklugen?« Sie schob Viviana Nähzeug und ein Hemdchen von Ella hin, in dem ein Loch so groß wie ein Auge prangte.

Aber Viviana fehlte die notwendige Ruhe für die Näharbeit, sie würde das später erledigen. »Stell dir vor, dass man vor einhundert Jahren lediglich von sechshundert Tierarten wusste, während man heute allein schon viermal so viele Arten von Schlupfwespen kennt. Ist das nicht unglaublich spannend?«

Magda stach mehrmals flink hintereinander in den löchrigen Strumpf. »Und diese Wisseschaft hast aus'm Juliusspital? Was nütze diese unendlich viele Arten von Schlupfwespe, wenn die Leut dort doch nur sterbe tun?« Sie schob das Nähzeug noch weiter zu Viviana hinüber, bis an die Tischkante.

»Professor Virchow hat gesagt …«, wollte Viviana fortfahren, da wandte Magda sich demonstrativ von ihr ab und vertiefte sich angestrengt in ihre Näharbeit, so als sticke sie an einer komplizierten, kunstvollen Verzierung und nicht am Loch eines Kinderstrumpfes.

»Magda, bitte!« Viviana legte ihre Hand auf Magdas Unterarm. »Ich habe sonst niemanden, mit dem ich darüber reden kann.« Wie gerne hätte sie doch ihrem Vater von all dem, was sie in dieser Nacht erfahren hatte, erzählt, im Herrenkabinett und mit dem Duft seines Kräutertabaks in der Nase. *Er hätte sich bestimmt nicht von mir abgewandt,* dachte Viviana und bedauerte einmal mehr, ihn verloren zu haben.

Magda zögerte, nickte ihr dann aber zu, wenn auch mit verkniffenem Gesicht.

Viviana berichtete ihr nun, was sie im Gartenhaus gesehen und gehört hatte. »Der Zufall hat mich ins anatomische Theater getrieben. Ich wollte eigentlich nur etwas frische Luft schnappen. Dabei habe ich sie belauscht, Professor Virchow und diesen Doktor Staupitz.«

Magda war entsetzt. »Frische Luft in an Raum, wo an Leichen rumgeschnippelt wird? Heiliges Blechle!«

Mahnend legte Viviana den Zeigefinger auf die Lippen, wegen

der schlafenden Kinder nebenan. »Magda, vielleicht war meine Anwesenheit in genau diesem Moment gar kein Zufall, sondern Vorsehung.« Im Flüsterton erzählte sie weiter: »Wenn du Professor von Marcus von der sinnlichen Aufmerksamkeit hättest sprechen hören, wärst du bestimmt nicht so negativ.«

»Ich bin ned negativ, sondern realistisch!«, brummte Magda.

Aber Viviana war nun nicht mehr zu bremsen. »Für eine gute Diagnose ist es wichtig, dass man all seine Sinne einsetzt: das Riechen, Sehen, Schmecken, Tasten und das Hören. Magda, auch davon handelt Wissenschaft.« Sie schilderte ihr auch die unterhaltsame Urinprobe und wollte schon ein Glas holen, um sie nachzustellen, als Magda ihr Nähzeug ablegte, sich erhob und die Stube verließ.

Zu Vivianas Überraschung kam sie aber schon kurz darauf wieder an den Tisch zurück und hielt ihr die *Neue Würzburger Zeitung* vor die Nase. Viviana kannte die Tageszeitung. In den vergangenen Wochen hatte sie immer wieder einmal ein Exemplar in einem Lädchen im Grabenberg, wo die Spitalsstudenten Zeitungen und Bücher kauften, erstanden. Der Laden befand sich zwar außerhalb der Pleich, aber nur einen Katzensprung vom Spital entfernt. Viviana war stets mit gesenktem Blick, die Schute tief ins Gesicht gezogen, dorthin und wieder zurück geeilt, da die Gefahr, von Bekannten ihrer Familie erkannt zu werden, auch nach so vielen Monaten immer noch gegeben war. Seit einiger Zeit hatte sie sogar das Gefühl, beobachtet zu werden. Oder war es nur Einbildung, weil sie überarbeitet war? »Du hast eine Zeitung gekauft?«, fragte sie nun, weil sie Magda noch nie hatte lesen sehen.

»Die iss mir gestern auf der Straß entgechegefloge, als ich den Herrn Mautz seine geflickte Hos zurückgebracht hab.« Magda deutete auf das Deckblatt. »Zeitungspapier ist gud zum Anzünden des Herdfeuers.«

Viviana griff nach der Zeitung und las die Schlagzeile, auf der ein dicker Fußabdruck prangte:

Ihre Augen flogen nur so über die Zeilen hinweg. Der Artikel berichtete über ein Fräulein Roswitha Höpfer, das beim Akademischen Senat der Universität Würzburg angefragt hatte, als Hörerin zu Vorlesungen an der Staatswissenschaftlichen Fakultät zugelassen zu werden. Ihr Antrag war unter der Bedingung angenommen worden, dass der lehrende Professor dafür ebenfalls seine schriftliche Erlaubnis gäbe. Und zwar für jedes einzelne Semester. Was der Professor unglaublicherweise sogar getan hatte. An dieser Stelle angelangt, hielt Viviana inne und schaute Magda fragend an, so als wolle sie sich von ihr die Nachricht noch einmal extra bestätigen lassen. Der Redakteur des Artikels betonte, dass dieser Fall des Fräulein Höpfer eine Ausnahme sei und kein Freischein für neugierige Weiber. Denn jungen Frauen, so führte er weiterhin aus, fehle es unter anderem an der nötigen Vorbildung für ein Universitätsstudium, wie es junge Herren durch das Abitur nachwiesen. Soweit Viviana den Redakteur verstand, war es weder in Bayern noch in Österreich, in Preußen oder sonst einem Staat auf deutschem Boden erlaubt, dass Frauen das Abitur ablegten. Mädchen- und Töchterschulen durften kein Frauenabitur anbieten, weil Frauen nicht für die Universität, sondern für ihre zukünftigen Aufgaben als Hausfrau, Mutter und Gattin vorbereitet werden sollten. Davon war auch Fräulein Kiesewetter felsenfest überzeugt gewesen. Nicht umsonst hatte ihr diesbezüglich ständig repetierter Spruch gelautet: *Er denkt, bevor er fühlt, sie fühlt, bevor sie denkt.*

»Das ist unglaublich, Magda! Eine Frau darf Vorlesungen hören. Ganz offiziell!«

Magda nickte widerwillig. »Es is ned nötich, dass du dich heimlich an die Professoren ranschleichst, und des auch noch da, wo Leichen gefleddert werde.«

»Aber ...«, hob Viviana mit der Zeitung in den Händen an, kam aber nicht weit, weil Magda sie unterbrach. »Versprich, dass du so

Gefährliches ned wieder machst. Die entlasse dich dafür, wenn des rauskommt.«

Aber Viviana schüttelte den Kopf. Sie wollte mehr über Medizin wissen und herausfinden, was genau die Humoralpathologie war. *Magda schert sich also nur um die Miete, die ich ihr in diesem Fall dann nicht mehr zahlen könnte,* dachte sie enttäuscht. Doch einmal mehr überraschte Magda sie: »Mach des ganz oder gar ned, Herr Gott noch a mal!«, schimpfte sie. »Und dann ohne Lauschen, ganz wie sich's gehört.«

Viviana schaute Magda verdattert an. »Du meinst, ich soll auch so einen Ausnahmeantrag stellen?«

»Wenn du dann endlich mit dem ganze Gebabbel von die Oberklugen aufhörst – ja«, murmelte Magda.

Viviana ließ Magdas Worte auf sich wirken und kam zu dem Schluss, erst einmal Wasser holen zu gehen. Was sie jetzt brauchte, war Ruhe, sie musste sich das Ganze erst einmal gründlich durch den Kopf gehen lassen.

***

11

JULI 1851

Viviana musste ihre Entscheidung über den Ausnahmeantrag zunächst verschieben, weil kurz nach Erscheinen des Zeitungsartikels über die Ausnahmehörerin Roswitha Höpfer die Krätze nach Würzburg gekommen war. Eine Erkrankung, die die Haut zwischen Fingern und Zehen, in der Achselgegend und im Genitalbereich befiel und vermutlich von reisenden Handwerkern eingeschleppt worden war. Die Erkrankten mussten sich ständig kratzen, die Haut schuppte stark und bildete Knötchen, Krusten und Furunkel. In der Apotheke stellten sie gegen die Krätze, wegen der immer mehr Menschen ins Juliusspital kamen und um Behandlung baten, eine Salbe her, die mit dem Öl des Teebaums zumindest gegen die Entzündungen wirkte. Zudem Tinkturen aus abgeseihtem Walnussschalenwasser, die auf die befallenen Hautpartien aufgetragen wurden. Der Stößer kam mit der Bearbeitung der Teebaumwurzeln kaum noch hinterher. Und weil die Spitalsapotheke auch noch das städtische Waisenhaus und das Arbeitshaus mit Arzneien versorgte, war die Arbeit bald kaum mehr zu schaffen.

Vivianas Körper fühlte sich abends ganz steif vor Anstrengung an, wenn sie neben Ella im Bett lag und sogar noch vor ihrer Tochter einschlief. Einen solchen Erschöpfungszustand hatte sie im Palais nicht gekannt. Ob das Dienstpersonal sich manchmal auch so müde und am Ende seiner Kräfte gefühlt hatte? Darüber hatte sie früher nie nachgedacht, doch wenn sie sich jetzt besann … hatte sie Henna vor allem vor dem großen Diner öfter einmal gebeugt gehen gesehen, und die Köchin hatte verbundene Hände gehabt.

An dem Tag, an dem Ella das erste Mal weder Magdas noch Vivianas Milch trinken wollte, sondern nur mit Pfefferminztee und

Apfelmus satt zu bekommen war, traf Viviana in einer leeren Offizin ein. Das war ungewöhnlich für einen Mittag in Zeiten der Krätze. Viviana hatte sich seit ihrer Nachtarbeit gerade einmal ein paar Stunden ausruhen können, um dann nach der Mittagsstunde wieder ihren Dienst anzutreten. Auf dem Rezepturtisch fand sie mehrere Kisten gefüllt mit Abgabefläschchen vor, allesamt mit vollständig beschrifteten Arzneifähnchen. Sie war schon mittendrin in der Überprüfung der Offizinvorräte, als der Apotheker erschien.

»Bitte erledigen Sie die heutige Auslieferung«, wies er sie an.

Viviana erschrak, was dem Apotheker wohl nicht entging. Sie sollte wieder zu den trostlosen Kranken gehen?

»Es geht nicht anders, Herr Hauser ist schon mit den ersten vier Kisten unterwegs. Und ich muss die neuen Rezepte entgegennehmen. Professor von Rinecker hat sich für dreizehn Uhr angekündigt.«

Viviana nickte zögerlich. Der Apotheker hatte das erste Mal »bitte« zu ihr gesagt, und er sah müde aus. Ferdinand Carl besaß anscheinend nicht einmal mehr die Kraft, seine Brille mit dem Zeigefinger wieder nach oben zu schieben. Viviana wechselte einen kurzen Blick mit Flora an der Decke, dann nahm sie die erste Kiste vom Tisch.

Zuerst brachte sie Arzneigläschen in die Abteilung mit den weiblichen Irren, dann in die Poliklinik und ins Isolierhaus. Eine Kiste mit Pflastern gehörte ins Badehaus. Professor von Textor von der Chirurgischen Klinik und auch seine wissenschaftlichen Mitarbeiter schauten sie argwöhnisch an, weil sie es vermutlich nicht gewohnt waren, dass ihnen eine Helfnerin Medikamente übergab. Viviana versicherte ihnen, dass sämtliche Arzneien von Otto Hauser verfertigt und geprüft worden seien. Der letzte Schwung Abgabefläschchen musste in Krankensaal vier.

Zu ihrer Überraschung fand sie dort Professor von Marcus vor. Er stand am Bett eines Patienten, umringt von seinen Studenten, die seine Ausführungen so konzentriert verfolgten, dass sie gar nicht bemerkten, dass Viviana sich mit ihrer Arzneilieferung näherte. Sie standen um das Krankenbett des Patienten Mepfert herum, wenn die Angaben auf der Schiefertafel stimmten. Hubertus von Hardenberg war nicht unter ihnen, was Viviana bedauerte. Denn ihm hatte sie es zu verdanken, dass sie Magdas Schultertuch zurückbekommen hatte. Er hatte es gefunden, als das ihre wiedererkannt und es ihr zusammen mit einer Rose in die Apotheke gebracht, die sie allerdings wegen der eventuellen Schädlinge, die der Blume anhaften konnten, nicht hatte behalten dürfen. Otto Hauser hatte die Rose im Vorbeigehen misstrauisch beäugt.

»Ich warne vor einer allzu theoretischen Medizin, die über Tierexperimenten und Leichenobduktionen die Kranken vergisst.«

Erneut fesselte Professor von Marcus' Stimme Viviana vom ersten Satz an. »Kommen wir also zum praktischen Teil der Diagnostik. Es gibt Untersuchungsmethoden, die es dem Arzt ohne Skalpell und Operation ermöglichen, Läsionen und Verletzungen im Inneren des Körpers zu diagnostizieren. Ich demonstriere Ihnen heute jene zwei, die vor allem zur Erkennung von Brustkrankheiten angewendet werden: die Perkussion und die Auskultation. Das Abklopfen und das Abhören des Patienten.«

Nahezu geräuschlos gelang es Viviana, die Kiste mit den Arzneifläschchen abzustellen.

»Bei der Perkussion der vorderen Thoraxhälfte lassen Sie Ihren Patienten im Bett sitzen, den Kopf aufrecht halten und die Oberarme gegen den Rücken bringen«, erklärte Professor von Marcus. »Bei der Perkussion des Rückens bitten Sie ihn, sich nach vorne zu neigen, die Oberarme eng an die Brust heranzuziehen und den Rücken zu krümmen.«

Patient Mepfert tat genau das.

»Schauen Sie ganz genau hin, wie ich die Körperoberfläche abklopfe. Meine Finger versetzen dabei das darunterliegende Gewebe in Schwingung. Der sich daraus wiederum ergebende unterschiedlich ausfallende Schall lässt Rückschlüsse auf das jeweils untersuchte Organ zu«, sagte der Professor. Es wurde mucksmäuschenstill im Saal.

Durch einen Sichtspalt zwischen zwei Studenten konnte Viviana einen Blick auf seine Hände erhaschen. Die Finger der linken Hand waren durchgedrückt und bewegten sich über den Rücken, während er mit dem mittleren Finger der rechten Hand beständig auf den straff gespannten Mittelfinger der linken Hand klopfte und lauschte. Obwohl der Professor sehr behutsam vorging und Viviana sein Tun interessiert verfolgte, war es ihr unangenehm, der Untersuchung des Patienten beizuwohnen. Das also hatte der Winkelmann'sche Hausarzt mit »Gefangene der Wissenschaft« gemeint, wenn er davon gesprochen hatte, dass die Kranken im Spital vor den Augen der Studenten untersucht und dadurch körperlich enteignet würden.

Dennoch konnte sie nicht wegschauen. Je länger sie Professor von Marcus' Ausführungen folgte, umso überzeugter war sie außerdem, dass der Unterricht am Krankenbett den Patienten gar nicht weiter störte. Herr Mepfert wirkte geschwächt, aber Anzeichen von Scham konnte sie nicht an ihm ausmachen. Weder wurde er rot, noch wandte er den Kopf ab oder senkte den Blick.

»Wie der Rücken, muss auch die Brust langsam und sanft abgeklopft werden.« Professor von Marcus half dem Patienten auf und stellte sich vor ihn. »Nur bei beleibten Patienten müssen wir etwas kräftiger klopfen. Lassen Sie den Patienten ganz normal Luft holen, dann aber die eingeatmete Luft zurückhalten.«

Viviana sah die von Altersflecken bedeckten Professorenhände behutsam auf eine Stelle der unbehaarten Brust seines Patienten klopfen. Sie vollzog seine Bewegungen an ihrem eigenen Brustkorb nach, spannte die Finger der linken Hand an und klopfte mit dem Mittelfinger der rechten darauf. Es war gar nicht so einfach, die Handhaltung des Professors nachzumachen.

»Bei gesunden Menschen ist der natürliche Brustton zu hören. Von diesem muss das ärztliche Gehör den widernatürlichen Ton unterscheiden, der entweder höher oder matter ausfällt.« Professor von Marcus' Blick glitt über seine Studenten, und er horchte sehr aufmerksam zu ihnen hin. »Student Gratzinger, bitte tun Sie es mir gleich, und beschreiben Sie uns, was Sie hinter Patient Mepferts Brust hören.«

Viviana betrachtete ihrerseits den Professor, der wie schon zuletzt seinen viel zu weiten Gehrock und das Haar in einer schwungvollen Welle aus dem Gesicht frisiert trug, so als sei seit seiner Vorlesung in der Pfründner-Aufnahme kein einziger Tag vergangen. Nun schaute er in ihre Richtung. Zu ihrem Glück trat Student Gratzinger genau in diesem Moment vor den Patienten, woraufhin der Professor den Kopf wandte und sich auf ihn konzentrierte.

»Der Perkussionsschall hängt allein davon ab, wie viel Luft oder andere Gase im jeweiligen Organ enthalten sind. Als Arzt müssen Sie den hellen und den dumpfen, den vollen und den leeren, den tympanitischen und den nicht-tympanitischen und zuletzt den hohen und den tiefen Perkussionsschall voneinander unterscheiden können.«

Tonlos wiederholte Viviana die vier Schallpaare und notierte in ihren Gedanken das Gehörte auf Papier. *Meine erste Vorlesungsmitschrift*, dachte sie und fühlte vor Aufregung ein Kribbeln unter ihren Fußsohlen.

Nach dem Abklopfen beschrieb der Student den Ton, den er gehört hatte, als matt, was Professor von Marcus zufrieden bestätigte. Viviana las auf der Kreidetafel, dass Gerald Mepfert an einer Staublunge litt. Die Studenten halfen ihm zurück ins Bett.

»Eine weitere Möglichkeit, ohne ein Skalpell in den Körper des Patienten zu schauen, ist das Abhören, auch Auskultation genannt.« Professor von Marcus tastete nach der Patientendecke und zog sie Gerald Mepfert bis an die Schultern. Die Studenten führten ihren Professor nun an das nächste Krankenbett. Viviana nahm die Arzneikiste auf und folgte der Gruppe.

Professor von Marcus begrüßte den Patienten im Nachbarbett

freundlich und bat ihn um sein Einverständnis, seinen Studenten anhand der Untersuchung, die er nun an ihm vornehmen wolle, zu erklären, wie sie vorzugehen hatten. Als dieser nickte und sein Hemd öffnete, fuhr von Marcus fort: »Indem ich mein Ohr direkt an die Brust des Patienten lege und nacheinander verschiedene Stellen untersuche, kann ich nicht nur die Natur und Intensität der im Körperinnern vorkommenden Geräusche von Herz und Atmung unterscheiden, ich identifiziere auch sehr präzise den Sitz der Organe.« Er kam wieder hoch. »Student Weber, Sie pressen Ihr Ohr auf den Brustkorb des Patienten und sagen uns, ob Sie Nebengeräusche ausschließen und was Sie überhaupt hören.«

Bevor der zögerliche Student zur Tat schreiten konnte, kam jedoch von einem anderen die Frage: »Herr Professor, wie geht das Ohranlegen bei Patienten, die täglich Schäufele und Bratensoße essen oder bei Frauen wegen der ... na ja ... Sie wissen schon.« Der Student rang peinlich berührt um Worte.

Hubertus von Hardenberg, dachte Viviana, hätte das Wort bestimmt ausgesprochen. Und ebenso tat es der Professor: »Mit ›na ja, Sie wissen schon‹, meinen Sie die Brüste einer Frau, Student Müller?«

Student Müller schluckte erst, dann nickte er vorsichtig.

»Wenn Ihnen das Wort ›Brüste‹ unangenehm ist, nennen Sie das Körperteil doch einfach bei seinem lateinischen Namen: Mamma. Sollten Sie dagegen das lateinische Wort für Busen, mit dem eigentlich die Vertiefung zwischen den Brüsten einer Frau bezeichnet wird, einmal benötigen, so lautet es: Sinus mammarium sive Sulcus intermammarius.«

Einige Studenten grinsten, während von der linken Seite des Krankenbetts gefragt wurde: »Würden wir uns bei direktem Körperkontakt mit den Patienten denn aber nicht mit Krankheiten wie der Krätze anstecken? Sowohl bei der Perkussion als auch bei der Auskultation?«

»Sehr aufmerksam von Ihnen, Student Weber. Und weil Sie recht haben mit Ihrer Vermutung, bin ich umso glücklicher, dass der französische Arzt René Laënnec vor mehr als dreißig Jahren ein Instrument erfand, das sowohl Ihre als auch meine diesbezüglichen Probleme beseitigt: das Stethoskop! Als ein instrumentelles Artefakt übernimmt das Stethoskop eine vermittelnde Instanz zwischen der Brust des Kranken und dem Ohr des Arztes. Es macht die anatomische Innenwelt des Patienten außerhalb des Sektionssaales verfügbar und ist damit für den Arzt, was das Teleskop für den Naturforscher ist.«

Viviana musste sich auf Zehenspitzen stellen, um das besagte Gerät sehen zu können. Es war aus Holz, keinen ganzen Fuß lang und ähnelte einer Flöte, die am unteren Ende in einen Trichter überging. Professor von Marcus hielt es in die Höhe und gab es dann einem Studenten, damit es innerhalb der Gruppe umhergereicht werden konnte. Womit es aus Vivianas Blickfeld verschwand.

»Hat jemand ein Blatt Papier zur Hand?«, fragte der Professor.

Er bekam etwa ein Dutzend gereicht, und erst an der Art, wie er unfokussiert danach griff, merkte Viviana, dass er kurzsichtig sein musste. Sie hätte dieses Stethoskop gerne einmal in den Händen gehalten. Wie schwer es wohl war?

Unter verwunderten Blicken rollte Professor von Marcus nun das ihm gereichte Papier zusammen, setzte es auf die Brust des Studenten neben sich und lauschte durch es hindurch. »Das erste Stethoskop war nichts anderes als ein zusammengerolltes Stück Papier, mit dem Laënnec probierte, ob er damit besser hören könnte, nachdem er bei der Untersuchung einer jungen Frau aus Schicklichkeit Distanz halten musste, was damals noch üblich war. Dabei erinnerte er sich an ein allgemein bekanntes akustisches Phänomen, dass das Kratzgeräusch am Ende eines Baumstammes über viele Meter hinweg am anderen Ende sehr genau, ja sogar verstärkt zu hören war, was ihn zum Zusammenrollen eines Papieres brachte. Das Stethoskop ermöglicht es uns, Geräusche im Inneren des Körpers deutlicher zu vernehmen, als es beim Anlegen des Ohrs möglich ist. Die Hörbarmachung insbesondere feinerer Geräuschvarianten geschieht durch die Übertragung des Schalls durch die Luft. Deswegen sind Stethoskope hohl.« Der Professor winkte mit der Hand und bekam schließlich sein hölzernes Stethoskop zurück. Er ging zur Demonstration über: »Das Hörrohr wird so leicht wie eine Schreibfeder gehalten. Ich setze es auf der Brust des Kranken auf. Im Normallfall sollte der Patient sitzen, nicht liegen. Das Abhorchen wird dadurch erleichtert, dass ich ihn dazu anhalte, schneller zu atmen.« Er bat den Patienten, etwas schneller zu atmen und dabei den Kopf von ihm abzuwenden, damit sein Ausatmen keine störenden Nebengeräusche verursachte.

Viviana verfolgte fasziniert, wie der Professor das Gerät daraufhin auf die Brust des Patienten setzte.

»Bei der Auskultation der Lunge geht es um die Atemgeräusche, die durch das Ein- und Ausströmen der Luft verursacht werden. Wir haben hier einen Patienten mit krankem Bronchialsystem vor uns. Aus der Anatomievorlesung von Professor Kölliker wissen Sie gewiss noch, dass wir die Luftwege in der Lunge als das Bronchialsystem bezeichnen. Das System sieht aus wie ein auf dem Kopf stehender Baum. Der Stamm des Baumes ist die Luftröhre, und von ihr gehen die Luftwege wie Äste ab, die sich zahlreich verzweigen. An den Zweigen wiederum wachsen in kaum vorstellbarer Anzahl Früchte, die Lungenbläschen. Rund um die Lungenbläschen bildet sich ein Netz aus feinsten Blutgefäßen, das sogenannte Kapillarnetz. Hier findet der Gasaustausch in der Lunge statt, hier wird der Sauerstoff aufgenommen. Zusammen bilden Kapillaren und die dreihundert Millionen Lungenbläschen eines Erwachsenen eine respiratorische Oberfläche von mehr als einhundert Quadratmetern, meine Herren. Würden Sie sämtliche Oberflächen der Bläschen und Kapillaren aus beiden Lungenflügeln auf dem Boden nebeneinander auslegen, reichte keines Ihrer Studentenzimmer aus, sie zu beherbergen. Es sei denn, Sie wohnten wahrhaft gräflich in einer Villa von der Größe eines Tennisfeldes.«

Viviana drückte sich die Hand vor den Mund, damit ihr kein Ausruf des Erstaunens entschlüpfte so wie einigen Studenten. Es war unvorstellbar für sie, wie diese Millionen Bläschen in ihre Lunge passen sollten.

»Student Wenzl, Sie legen mein Stethoskop nun an den Patienten Oberkürschner an und sagen mir, was Sie hören.«

Student Wenzl ging in die Knie, setzte das Stethoskop auf die Brust des Patienten, wodurch Viviana lernte, wo die Lunge im Körper lag, und horchte angestrengt in das Rohr hinein. Es sah aus, als belauschte er jemanden.

»Ich höre seinen Herzschlag ganz deutlich«, verkündete Student Wenzl begeistert.

»Na, darüber sind wir aber froh«, witzelte der Professor, und sogar der Patient lachte mit. »Alles andere hätte mich beim Zustand des Patienten doch sehr überrascht. Jetzt beschreiben Sie uns bitte noch seine Atemgeräusche.«

Student Wenzl setzte das Hörrohr erneut an und lauschte angestrengt. Er zog die Augenbrauen hoch, seine Augen weiteten sich. »Ich höre es da drinnen wild rasseln«, sagte er nach einer Weile und schaute den Patienten betroffen an.

»Gut gehört«, lobte der Professor. »Das typische Rasseln bei der Bronchienkrankheit wird durch den allzu zähen Schleim hervorgerufen, der sich in den Bronchien befindet und sich beim Ein- und Ausatmen bewegt. Ein gesunder Patient weist weniger und vor allem zähflüssigeren Schleim auf, der deswegen auch nicht rasselt. Der zähe Schleim des Kranken löst sich nicht gut, und der Patient hustet wie ein bellender Hund. Wer kann weitere Symptome der Bronchienkrankheit nennen?«

Viviana musste an Magdas Sohn Bruno denken. Er hatte wirklich gebellt wie ein Hund, bevor sie ihm regelmäßig den Lindenblütenaufguss zu trinken gegeben hatte. Sie wünschte sich, solch ein hölzernes Hörrohr auch bei Bruno einsetzen zu können. Denn sein Husten war noch nicht endgültig besiegt, sondern vor einer Woche erneut ausgebrochen.

»Weitere Symptome sind«, sagte ein Student, der sich außerhalb Vivianas Sichtweite befand, dessen Stimme ihr aber aus der Vorlesung in der Pfründner-Aufnahme bekannt vorkam, »Husten mit grünlichem Auswurf. Sofern sich der Schleim schlecht löst, wird der Husten sehr anstrengend, und hinter dem Brustbein empfindet der Patient Schmerz. Fieber und Mattigkeit kommen hinzu.«

Genauso war es bei Bruno gewesen.

»Sehr gut, sehr gut, die Herren Studenten. Wie nun behandeln wir die Bronchitis von Herrn Oberkürschner?«

Viviana hockte sich vor die Arzneikiste und schaute, ob es ein Abgabefläschchen für den Curisten Oberkürschner gab, konnte aber keines finden. Die Studentenschaft schien um eine Antwort verlegen.

»Reichlich Flüssigkeit, um den Schleim zu verdünnen«, erklärte Professor von Marcus, und die Studenten schrieben mit. »Außerdem Inhalationen mit Salzwasser und tägliche Promenaden an der frischen Luft in unserem herrlichen Spitalgarten. Vor allem sollte der Bronchienkranke viel schlafen. Bei chronischer Bronchitis hilft auch das Hochlagern des Oberkörpers, weil der hartnäckige Schleim so besser abgehustet werden kann. Sie sehen, meine Herren, dass nicht für alle Krankheiten eine Mixtur aus der Apotheke notwendig ist, was mich zu unserem unerwarteten Besuch führt. Fräulein Bischof, sind Sie das?«

Viviana erstarrte zur Salzsäule, als die Studenten dem Blick des Professors folgten und sich nach ihr umdrehten. Ihre Reaktionen fielen sehr unterschiedlich aus. Manche Studenten grinsten schief, andere lächelten verwegen. Wieder andere starrten sie an wie eine Jahrmarktsattraktion. Professor von Marcus musste sie bei der Abgabe von Rezepten in der Apotheke gesehen und auch ihren Namen mitbekommen haben. »Ich bringe die Arzneien, die Sie bestellt haben, Herr Professor«, sagte sie kleinlaut.

»Wie ich bemerkt habe, waren meine Ausführungen von Interesse für Sie«, sagte Professor von Marcus mit einem feinen Lächeln um die Mundwinkel herum.

Viviana nickte, und erst als sie sich daran erinnerte, dass er sehr kurzsichtig war, antwortete sie »sehr sogar«. Einige Studenten wandten sich daraufhin von ihr ab.

Doch Professor von Marcus ließ sich nun vor sie hinführen. Zögerlich folgte ihm die Studentenschaft.

»Ich glaube, der Sohn meiner Vermieterin hat die Krankheit, die Sie gerade beschrieben haben: die wiederkehrende Bronchienkrankheit«, fügte Viviana nun mutig hinzu, weil Brunos Gesundheit ihr am Herzen lag.

»Beschreiben Sie mir die Farbe seines Auswurfs beim Husten«, bat der Professor, was einigen Studenten zu missfallen schien, denn sie folgten dem Gespräch demonstrativ desinteressiert, und einige sahen sogar zornig aus.

»Grünlich«, wusste Viviana. »Bisher hatte ich ihm gegen den Husten Lindenblütentee gekocht, was ihm auch half, aber inzwischen bellt der Kleine schon wieder wie der Hund, von dem Sie gerade sprachen.«

Jemand bellte nun tatsächlich, andere lachten. *Sie lachen über mich,* war sich Viviana sicher.

Doch als der Professor zum Sprechen ansetzte, endete das Lachen abrupt. »Sehr gut beobachtet, Fräulein Bischof. Grünlicher Auswurf, also. Hat er Fieber?«

»Ja«, gab sie kleinlaut zurück, weil einige Studenten jetzt tatsächlich feindselig dreinblickten. Der Kreis aus männlichen Studenten schloss sich enger um sie.

»Sie haben auch meine Anweisung über die Behandlung mitverfolgt?«, wollte der Professor wissen.

»Viel trinken, frische Luft, Inhalationen mit Salzwasser und viele Stunden Schlaf, Herr Professor«, zählte sie auf.

»Dann sagen Sie das Ihrer Vermieterin. Und wir übernehmen jetzt die Arzneien, die ich bestellt habe.«

Viviana nickte bescheiden. »Vielen Dank, Herr Professor.« Sie suchte ihm die Arzneien zusammen, für die er als ordinierender Arzt auf dem Fähnchen vermerkt war. Dann verließ sie den Krankensaal vier wieder.

Viviana hatte kaum den Innenhof erreicht, als sie bereits daran dachte, zukünftig einen Teil ihres monatlichen Lohns für ein Hörrohr zurückzulegen. Es würde eine Weile dauern, bis sie das Geld zusammenhätte, aber das Kribbeln in ihren Fußsohlen sagte ihr, dass es eine gute Investition sein würde, trotz der Feindseligkeit einiger Studenten. Wie sich wohl Hubertus von Hardenberg in dieser Situation ihr gegenüber verhalten hätte?

Die Medizin wollte ihr einfach nicht mehr aus dem Kopf gehen, sie war wie eine Fliege, die sich nicht mehr verscheuchen ließ. Jetzt hatte sie sich doch eben zu Lernzwecken tatsächlich kranke, halb entblößte Männer angesehen. Die Demonstration am Krankenbett war also gar nicht so verwerflich, wie Doktor Hammerschmidt immer behauptet hatte. Im Gegenteil, denn durch sie würden mehr gute Ärzte ausgebildet und mehr Kranke geheilt werden. Mehr Menschen kämen aus dem Spital wieder gesund nach Hause, anstatt auf einer Totenlade in den Leichenkeller gebracht zu werden. Es bestand mehr Hoffnung für die Patienten im *Wartesaal des Todes*, wenn die Wissenschaft Krankheiten besser verstand.

Zu gerne würde Viviana dabei helfen, und der Ausnahmeantrag, um als Hörerin zu Vorlesungen zugelassen zu werden, wäre der erste Schritt in diese Richtung. Es war nur folgerichtig, dass sie die Entscheidung darüber nicht länger vertagte.

✳✳✳

12

JULI 1851

Ernestine Viktoria Hebestreit gewöhnte sich zunehmend an das Geräusch, das entstand, wenn Wein in ein Glas gegossen wurde. Sie nahm das langstielige Glas vom bronzenen Tablett und ließ sich damit auf ihrem Fauteuil nieder. Als sie sich dort bequem eingerichtet hatte, bat sie das Dienstmädchen, das Tablett und die Weinkaraffe auf das Tischchen neben ihr zu stellen und sie dann allein zu lassen.

Kaum waren die Schritte des Mädchens hinter der Tür verklungen, nahm Ernestine einen langen Schluck und seufzte. »Ach Eduard, es wird schlimmer.« Eduard hatte ihr verstorbener Ehemann geheißen, mit dem sie mehr als dreißig Jahre verheiratet gewesen war. Sie hatten Respekt voreinander gehabt, die Grundlage jeder gelungenen Ehe. Und sie hatten gewusst, welche Themen es miteinander zu vermeiden galt. Eduard Hebestreit war ein zurückgezogener, schweigsamer Mann gewesen. Einzig in den langen Nächten, in denen er mit Johann im Herrenzimmer gesessen, aber nicht einen Schluck Alkohol angerührt hatte, war er etwas gesprächiger geworden. Eduard hatte nie getrunken.

Bis zum Sarg höre man nicht auf zu lernen, pflegte ihre Verwandtschaft in Italien, die Vespuccis, stets zu sagen. Ernestine stimmte dem zu, mit jedem Schluck mehr. Wenn Eduard noch leben würde, könnte er sie jetzt auf andere Gedanken bringen und den Wein später aus dem Zimmer bringen lassen. Der Alkohol war nicht gut für ihr schwaches Herz, früher hatte sie nur sehr selten getrunken.

Es klopfte an der Tür, und es folgten die Worte: »Mutter, darf ich eintreten?«

Ernestine richtete sich im Fauteuil auf und prüfte den Sitz ihrer

Rüschenbluse. Sie trug ihr graues Haar zu einer Krone aufgesteckt. Es passte gut zur goldenen und bronzefarbenen Möblierung ihres Zimmers und den gestickten Lilien auf allen Stoffbezügen. Bronzene Lampenständer und Kronleuchter glänzten um sie herum. Alles Objekte, die zu jener Zeit besonders gefragt gewesen waren, in der Eduard und sie geheiratet hatten, zu jener Zeit, als Kaiser Napoleon sein Empire geschaffen hatte.

»Bitte, Kind, komm herein«, ließ sie verlauten.

Elisabeth trat ein. Stolz, vornehm und schön. Wenn Ernestine ihre Tochter betrachtete, führte ihr diese stets das eigene Alter vor Augen. Obwohl sie sich sehr ähnlich sahen und Elisabeth ein Abbild Ernestines war, als diese sich im gleichen Alter befunden hatte wie ihre Tochter jetzt, unterschieden sie sich inzwischen deutlich voneinander. Ernestines einst braunes, kräftiges Haar war ergraut, ihre Haut nicht mehr glänzend und straff wie die ihrer Tochter. Ihre Hände waren mit störenden Altersflecken übersät. Sie mochte sich nicht mehr im Spiegel anschauen. Frisieren ließ sie sich nur noch mit dem Blick zur Wand.

»Begleitest du mich auf einen Nachmittagstee in die Harmonie, Mutter?«, fragte Elisabeth.

Ernestine nickte, wobei ihr der Kopf schmerzte. Hatte der Wein etwa gekorkt? »Ich begleite dich, Elisabeth«, antwortete sie trotz des plötzlichen Unwohlgefühls.

»Dann lass ich unsere Sonnenschirme bringen,« bestätigte Elisabeth und verließ das Empire-Zimmer wieder mit gewohnt elegantem Schritt.

Ernestine hatte zugesagt, obwohl sie das Glas aus- und am liebsten noch ein weiteres getrunken hätte. Aber wenn sie abgesagt hätte, bestünde die Gefahr, dass ihre Tochter sich Sorgen um sie machte und sie im Auge behalten würde.

Elisabeth dachte in der Kutsche auf dem Weg zur Harmonie zunächst nicht an das Befinden ihrer Mutter. Ihre Gedanken waren bei Viviana. Elisabeth versuchte, die ständigen Nadelstiche in ihrer

Brust zu vertreiben, die mit jeder Erinnerung an ihre Tochter heftiger wurden.

Als die Kutschtür vor der Harmonie geöffnet wurde, hatte sie die Gedanken an Viviana mit den Bildern einer scharlachroten Masdevallia verdrängt. Diese Orchidee war einzigartig, nichts konnte ihre Schönheit schmälern und sie in ihrem Wachstum behindern, nicht einmal, wenn man den Baum umstürzte, auf dem sie wuchs.

Die Harmonie war für Elisabeth der geselligste Zufluchtsort in Würzburg außerhalb der eigenen vier Wände, der Ort ehrenwerter Unterhaltung und Unterhaltungen. Zusätzlich zum Maskenball am Maximilians-Tag fanden dort jährlich jeweils drei Konzerte in der Advents- und in der Fastenzeit statt, ansonsten noch Sommerbelustigungen mit Tanzamüsement. Die Gedenkmünze, die anlässlich der Einweihungsfeier des Harmonie-Gebäudes vor mehr als fünfundzwanzig Jahren geprägt worden war, war ihrem Schwiegervater Franz J. Winkelmann auf seinen ausdrücklichen Wunsch hin mit ins Grab gegeben worden. Die Harmonie verkörperte anschaulich, was Würzburgs stolze Bürgerschicht erreicht hatte. Es war eines der wenigen Gebäude der Stadt, in dem sogar die Flure beheizt wurden.

Elisabeth schritt neben ihrer Mutter das kuppelüberwölbte Treppenhaus hinauf. Im ersten Obergeschoss befand sich neben dem Eingangszimmer zum Deponieren der Hüte und Schirme, neben dem Fest- und dem Speisesaal auch das Konversationszimmer. Im zweiten Obergeschoss war der Lesesaal. Johann hatte seine Kinder schon in ihren jüngsten Jahren mit ins Lesezimmer vor den Schrank mit den Konversationslexika genommen und ihnen vorgelesen. Ehrfürchtig hatten die Kinder seinen Worten gelauscht. Die Nadeln stachen tiefer in Elisabeths Herz. Viviana hatte schon als Fünfjährige schreiben lernen wollen. Und Johann hatte ihr diesen außergewöhnlichen Wunsch natürlich durchgehen lassen.

Als Elisabeth an der Tür des atemberaubenden Festsaales vorbeiging, nach dessen Vorbild sie den großen Salon im Palais hatte einrichten lassen, wurden die Ballnächte der Vergangenheit wieder in ihrer Erinnerung lebendig. Ihr scharlachrotes Masdevallia-Kleid war zuletzt vielfach bewundert worden. Im Schutz der Maske hatte man ihr wie einer Unverheirateten Avancen gemacht. Der Festsaal war ein herausragendes Beispiel dafür, dass nicht nur Kleidung, sondern auch Räumlichkeiten die Persönlichkeit ihrer Besitzer widerspiegelten. Obwohl das Stadthaus der Familie Kölliker direkt neben der Harmonie lag, also in allerbester Lage, war Elisabeth stolz darauf, dass ihr Palais die Wohnstätten aller Professoren der Stadt bei Weitem an Erlesenheit und Ausgewogenheit übertraf. Die Lobeshymnen der Besucher auf ihr Zuhause bewiesen es.

Elisabeth und Ernestine betraten das Konversationszimmer. Die Blicke der Anwesenden fielen auf sie, die Gespräche wurden leiser. Ungefähr die Hälfte davon waren zeitungslesende Herren. Man nickte ihnen über den Zeitungsrand hinweg zu. Die Tische vor den Fenstern waren für die Damen reserviert. Elisabeth und Ernestine zogen ihre parfümierten Handschuhe aus und ließen sich, nicht ohne die anwesenden Damen höflich zu grüßen, am mittleren der Damentische nieder. Elisabeth bestellte für sich und ihre Mutter einen First Flush Darjeeling. Sie begannen eine Konversation in gefälligem Plauderton, nippten an den zarten Porzellantassen und ließen ihre Blicke durch den Raum gleiten.

Mit gesenkter Stimme befragte Ernestine ihre Tochter über die Geschäfte ihres Ehemannes sowie Valentins junge Ehe, und fortwährend lächelten sie dabei einander als auch die anderen Anwesenden im Konversationszimmer an. Elisabeth beantwortete die Fragen ihrer Mutter die Bank betreffend im Flüsterton und mit solidem Wissen. Schon von jeher war sie eine aufmerksame Zuhörerin gewesen, wenn Johann über Geschäftliches sprach. Und dennoch schweiften Elisabeths Gedanken immer wieder ab. Sie rechnete nach, wann sie und Johann zuletzt wirklich leidenschaftlich miteinander verkehrt hatten. Es lag viele Wochen zurück. Dabei sehnte sie sich nach seiner körperlichen Aufmerksamkeit. Während sie einer Erinnerung ihrer Mutter an ihren Vater lauschte, nahm sie sich vor, zukünftig mehr nach ihrer Mutter schauen zu lassen. Es machte sie stutzig, dass Ernestines geliebter Fauteuil mit den lederüberzogenen Armlehnen, einst Eduards Sitzmöbel im Kontor, seit einiger Zeit nicht mehr wie früher vor dem Fenster, sondern vor der Wand stand. Normalerweise hatte Ernestine die Aussicht nach draußen immer genossen, nun blickte sie stattdessen auf die mit Lilien gemusterte Tapete.

Im weiteren Verlauf ihres Gesprächs tauschten sie sich noch über die Themen aus, die derzeit in anderen Salons die Runde machten. Elisabeth wusste einem Gerücht nach, dass Professor von Marcus, der am Juliusspital großes Ansehen genoss, angeblich adoptiert sein sollte. Was für eine schreckliche Geschichte! Und Ernestine hatte schon vor Wochen gehört, dass die Frau des Bürgermeisters einen Gymnasiasten als Liebhaber hätte. Nicht auszudenken so etwas!

Nachdem sie ihren Tee getrunken und bezahlt hatten, erhoben sich Elisabeth und Ernestine wieder. Aufmerksam schritten sie auf den Ausgang zu und bekamen im Eingangsbereich ihre Sonnenschirme vom Harmonie-Diener zurückgereicht. Im Konversationszimmer sprach niemand mehr.

Eigentlich hätte Elisabeth froh darüber sein müssen, dass sie niemand nach der Gesundheit ihrer Tochter im fernen Italien befragt hatte. Denn jedes Mal, wenn sie die Geschichte vom »Jahr in der Ferne« vortrug, bestand auch die Gefahr, der Lüge überführt zu werden. Schon die kleinste Unstimmigkeit war verdächtig.

Doch in diesem Moment spürte Elisabeth, dass mit der Ruhe im Saal etwas nicht stimmte. Es gab Ruhe und ... Ruhe. Und die gesamte Zeit zuvor war zum ersten Mal auch niemand auf einen kurzen Plausch an ihren Tisch gekommen. Stattdessen hatte man ihnen immer wieder verstohlene Blicke zugeworfen. Gesehen hatte sie diese zwar nicht, aber sehr wohl gespürt. Schließlich hatte sie auf der Töchterschule und nach ihrer Hochzeit gelernt, Blicke wie

Berührungen zu fühlen. Manche streichelten, andere verletzten. Die von gerade eben schmerzten.

Als sie unter der mächtigen Kuppel das Treppenhaus hinabschritten, dachte Elisabeth, dass sie heute nicht einmal der Zauber der Harmonie beruhigen konnte. In ihren Schläfen pochte es, sie spürte ihren Puls in den Unterarmen rasen. Ein untrügerisches Zeichen dafür, dass Unruhe in ihr aufkam. Auf anhaltende Unruhe folgte oft Wut. Wut war ihre größte Schwäche, wie Johann sie gerne mahnte.

In aufrechter Haltung bestieg sie die Kutsche, doch sogar außerhalb des Harmonie-Gebäudes spürte sie noch immer Blicke auf sich ruhen. Ob die Leute etwa ahnten, dass etwas mit ihrer Geschichte über das »Jahr in der Ferne« nicht stimmte?

Elisabeth sah ihre scharlachrote Masdevallia in Gedanken welken, obwohl sie aus Glas war. Aber sich jetzt aus der Gesellschaft zurückziehen? Obwohl ihr genau danach war, würde sie damit die offenkundig kursierenden Vermutungen der Leute nur bestätigen – so war es schon bei den Montibauers und noch schlimmer bei den Backwebers gewesen. Sich zurückzuziehen wie ein verletztes Reh käme einem Eingeständnis gleich, was wiederum zu noch verletzenderen Blicken führen würde.

Als sie das Palais wieder betraten, hatte sich ihre Unruhe noch einmal verstärkt. Sie musste sich unbedingt wieder beruhigen, und dafür gab es nur einen Ort. Nicht einmal eiskaltes Wasser könnte jetzt noch helfen. Das Dienstmädchen nahm ihnen die Sonnenschirme und Pelerinen ab. Der Hausdiener überbrachte Elisabeth eine Nachricht von Johann. Doch bevor sie diese las, wies sie das Personal noch für das Abendessen und die Vorbereitung des morgigen Tages an. Dann entschuldigte sie sich bei ihrer Mutter und ließ nach Constanze schicken. Constanze war die Einzige, deren Gegenwart Elisabeth in solchen Momenten zu beruhigen vermochte. Constanze und die gläsernen Orchideen.

Johann schrieb ihr, dass er es aufgrund einer Magistratssitzung heute nicht zum Abendessen nach Hause schaffen würde und sie ohne ihn essen sollten. Früher hatte er ihr noch Liebesbriefe überreichen lassen. Erst jetzt, nachdem sie keine mehr erhielt, wusste sie diese wirklich zu schätzen.

Elisabeth hob ihre Röcke an und stieg die Treppe ins zweite Obergeschoss hinauf zu den Privaträumen der Familie. Dort befanden sich ihr und Johanns Schlafzimmer, Constanzes und Ernestines Räumlichkeiten sowie ein Toilettenraum. Die Zimmer der Kinder befanden sich im dritten Obergeschoss, darüber kam nur noch die Mansarde mit den Betten des Gesindes.

Aus dem doppelten Boden ihrer Schmuckkassette, die auf dem Nachttisch stand, holte Elisabeth einen Schlüssel und barg ihn einen Moment vor der Brust. Dann rauschte sie wieder aus ihrem Zimmer zurück in den Flur und die breite Treppe hinauf in das dritte Obergeschoss. Auf der letzten Stufe verharrte sie. Hier hatte Valentin bis zu seiner Hochzeit und Viviana bis zur Unterbringung im Kloster gewohnt. Jetzt waren beide fort. Seit mehr als einem halben Jahr standen ihre Zimmer nun schon leer. Elisabeth hatte sie seitdem nie wieder betreten. Vielleicht aus Angst, die Nadelstiche in ihr Herz könnten sie sonst niederringen.

Der Schlüssel wurde warm in Elisabeths Hand. Sie schritt auf die dritte Tür der Etage zu, ihren heiligen Raum, ihre Kapelle. Als sie den Schlüssel im Schloss umdrehte, kam Constanze gerade die Treppe hinauf, wie immer in einem schwarzen, hochgeschlossenen Kleid und der Taschenbibel in ihren Händen. Im reinweißen Orchideenzimmer wirkte ihre Erscheinung fehl am Platz, und doch gab es niemanden, den Elisabeth länger darin geduldet hätte als ihre Schwester.

Von der Sommerhitze war es warm in dem lang gestreckten Zimmer, aber das störte Elisabeth nicht. Bevor sie das erste Kunstwerk eigenhändig darin aufgestellt hatte, hatte Johann noch zwei zusätzliche Fenster einbauen lassen, damit mehr Licht in den Raum fiel. Die Wände des Orchideenzimmers waren mit Seide bespann, die ebenso wie die zugezogenenen Vorhänge vor den Fenstern reinweiß waren, die Farbe der Unschuld. Elisabeth zog sie nie zurück. Dergestalt gefiltert, gefielen ihr Licht und Helligkeit am besten. Dann war selbst gleißendes Sonnenlicht weicher und glitzerte, Wintergrau wurde aufgehellt.

Der Anblick der Orchideen, von denen eine jede für einen Triumph in ihrem Leben stand, beruhigte sie. Bisher war ihr im Leben noch immer alles geglückt und stets gut ausgegangen. Oft sogar noch besser als erwartet.

Elisabeth und Constanze nahmen auf den zwei Polsterstühlen mitten im Raum Platz. Sie waren ebenfalls mit weißem Stoff bespannt, nichts sollte von den Farben der Orchideen ablenken. Elisabeth fühlte sich wie der helllichte Tag im Vergleich mit Constanze in ihrem schwarzen, hochgeschlossenen Kleid und dem streng zurückgebundenen Haar. Sie beide waren genauso verschieden wie die scharlachrote Masdevallia ganz rechts und die weiße, zuckersüß duftende Neofinetia falcata ganz links in ihrer Sammlung. Letztere hatte Elisabeth zur Geburt Valentins, des Stammhalters und nächsten Würzburger Privatbankiers aus dem Hause Winkelmann, anfertigen lassen. Valentin kam ganz nach ihr, schon immer hatte er öfter als Viviana ihre Nähe gesucht. Vielleicht rührte dies daher, dass Viviana genauso impulsiv und eigensinnig war wie sie.

Elisabeth ließ ihren Blick durch das Zimmer gleiten. Die gläsernen Kunstwerke präsentierte sie Gästen nur selten und wenn, dann nur einzeln im großen Salon, dessen Spiegel ihre Schönheit noch vervielfachten.

Langsam beruhigte sie sich wieder. Doch ihren Blick ließ sie weiterhin auf der scharlachroten Masdevallia ruhen. Diese war der jüngste Zugang in ihrer Sammlung. Doch nun sah alles danach aus, als wäre ihr Erwerb, nur wenige Tage vor Vivianas Geburt, das einzige Mal, dass sie etwas zu früh gefeiert hatte. Schon bei Vivianas Geburt hatte sie gehofft, in ihrer hübschen Tochter ein Abbild ihrer selbst heranzuziehen, das ihre Werte übernahm. Das hatten sie mit der Anschaffung gefeiert. Es war so ärgerlich, dass sie dann bei Vivianas Beichte der Schwangerschaft zu vorschnell geglaubt hatte, den Ausrutscher so einfach übergehen zu können, damit ihre Tochter wieder zu ihrem Abbild wurde! Nicht in Albträumen hätte Elisabeth zu träumen gewagt, dass auf die heimliche Geburt solch ein großes Zerwürfnis folgen würde, das ihr ihr Mädchen nahm.

Die scharlachrote Masdevallia war so groß, wie ihr Enkelkind es mit seinen inzwischen zehn Monaten sein musste, sofern es noch lebte. Ihre Masdevallia war großblättrig und besaß drei üppige Blüten, deren Spitzen sich überkreuzten. Das seidige Licht schimmerte verführerisch auf ihren gläsernen, in langen dünnen Spitzen auslaufenden Blütenblättern.

Elisabeth griff nach Constanzes Hand und hielt sie fest. »Vivianas Fehltritt ist noch nicht überstanden«, sagte sie leise.

Auf Constanzes Gesicht zeigte sich keine Regung, nicht einmal ihre Lippen zuckten, aber mit ihrer anderen Hand streichelte sie nun die Elisabeths. Die Berührung ihrer viele Jahre älteren Schwester tröstete diese wie schon zur Zeit ihrer Kindheit, in der sie – mehr noch als die Worte der Mutter – Constanze allein mit ihren warmen Händen beruhigt hatte.

Constanze schlug ihre Taschenbibel auf und las darin. Elisabeth ging dazu über, ihre blaue Vanda zu bewundern. Die gläserne Pflanze war blauer, als ein Himmel es jemals sein konnte, und mit einem Hauch Gewitterlila vermischt.

Es kam einem Glücksspiel gleich, echte Orchideen zu erstehen. Elisabeth hatte es kurz nach ihrer Hochzeit versucht, die inzwischen fünfundzwanzig Jahre zurücklag. Sie war damals achtzehn und Johann sechsundzwanzig gewesen. Johann hatte eigens einen mit ihm befreundeten Privatbankier in Rio angeschrieben, der ihm aus den Sendungen der Orchideen-Expedition Manchester ein Exemplar versprochen hatte – für einen Betrag, der dem Jahressalär eines Zwickschneiders entsprach. Der Preis für die Königin der Düfte war deswegen so hoch, weil Orchideen nicht in großen Mengen gezüchtet werden konnten. Selbst den besten Gärtnern war es lediglich gelungen, sie durch Teilung oder Ableger zu vermehren. Wie so zahlreiche andere Orchideensendungen hatten die Exemplare der Expedition Manchester die lange Seereise nach Europa jedoch nicht überstanden. Johann musste sie trotzdem bezahlen, was Elisabeths Begeisterung für diese Pflanzen aber nicht verringert hatte. Im Gegenteil.

»Wir werden ein Diner im Palais geben, wie schon lange keines mehr in Würzburg gegeben wurde«, verkündete Elisabeth nun erwartungsvoll mit Blick auf die blaue Vanda. Deren zwei Dutzend Blüten hatte der Glasbläser traubenförmig angeordnet. Ihr schmales Laub wand sich elegant und lebensecht. Die Pflanze strahlte nicht nur Schönheit, sondern auch Kraft aus.

»Wir werden all unseren Gästen vor Augen führen, dass wir nichts zu verbergen haben. Wir werden großzügig und charmant sein.« Elisabeth bat um die Taschenbibel. Sie schlug das Buch auf, überflog einige Seiten und las schließlich laut aus dem Lukas-Evangelium vor: *Ich aber sage euch, die ihr zuhört: Liebt eure Feinde, handelt gut an denen, die euch hassen, segnet, die euch verfluchen, betet für die, welche euch schmähen.*

Constanze nahm Elisabeth das Buch aus der Hand, blätterte ihrerseits darin und reichte es ihrer Schwester mit einem auffordernden Blick auf einen Absatz wieder zurück. Constanze war, seit Elisabeth denken konnte, stumm, verständigte sich anderen gegenüber aber mittels Gesten oder Bibelversen, die sie ihnen unter die Nase hielt. Constanze ging täglich zur Frühmesse in den Kiliansdom, Elisabeth nur an Sonntagen.

Constanzes Zeigefinger mit dem abgekauten Nagel deutete auf die Passage: *Redet nicht widereinander, Brüder. Wer wider seinen Bruder redet oder seinen Bruder ächtet, redet wider das Gesetz und richtet das Gesetz. Du aber, wer bist du, der du den Nächsten richtest?*

Elisabeth nickte zustimmend. Üble Nachrede war etwas, was man im Hause Winkelmann nicht tat und noch weniger schätzte.

Constanze begab sich vor die Neofinetia falcata vor dem linken Fenster. Elisabeth beobachtete, wie ihre Schwester über das gläserne Laub der Neofinetia falcata fuhr, ohne es zu berühren. Niemand durfte die Orchideen berühren. Zu zerbrechlich waren die Kunstwerke.

Begleitet vom Rascheln ihrer Röcke erhob sich Elisabeth und begab sich hinter ihre Schwester, um sie zu umarmen. Sie war nun wieder ganz sie selbst. »Anlässlich unseres Diners werde ich eine neue Orchidee blasen lassen und das Kunstwerk nach dem Hauptgang im großen Salon präsentieren. Ich werde ein Odontoglossum in Auftrag geben!« Zuletzt waren für nur einen einzigen echten Stängel eines Odontoglossums umgerechnet vierzigtausend Gulden auf einer Versteigerung in London gezahlt worden.

Elisabeth lächelte zum ersten Mal an diesem Tag aus tiefem Herzen, während sie ihre Schwester umschlungen hielt. Das Diner würde aufwendig werden und seine Vorbereitung sie und Constanze viel Zeit und Konzentration kosten. Aber das kam Elisabeth zupass. Würde es doch helfen, Viviana aus ihren Gedanken und ihrem Herzen zu vertreiben.

Ein zweiter aufwühlender Gedanke erfasste sie. Sie würde ein Odontoglossum mit schwarzen Blüten blasen lassen und nach dessen Präsentation den Tod ihrer Tochter im fernen Italien bekannt geben. Danach wäre die Angelegenheit ein für alle Mal durchgestanden. Es musste endlich ein Schlussstrich her! So sehr es auch wehtat.

***

13

OKTOBER 1851

Viviana saß mit Magda und Wenke am Stubentisch. Das Mädchen war mit seinen Nähsachen auf den wackeligen Hocker an der Stirnseite des Tisches ausgewichen und wieder einmal damit beschäftigt, zerschlissene Ärmelschoner von nur halb zerschlissenen Kleidungsstücken abzutrennen.

Schon eine Weile hatte Viviana in der aktuellen Ausgabe der *Neuen Würzburger Zeitung* gelesen. Auf Seite zwölf blieb ihr plötzlich die Luft weg, als sie in einer Anzeige der Rubrik »Bekanntmachungen« ihren Namen las:

Am 5. September nachmittags um Viertel vor vier Uhr entschlief nach schmerzvollen Tagen, aber gestärkt durch die Tröstungen unserer heiligen Religion in ihrem neunzehnten Lebensjahr unsere innigst geliebte Tochter und Schwester, Viviana Hedwig Winkelmann.

Indem wir diesen schmerzlichen Verlust zur Kenntnis unserer Verwandten und Freunde bringen, empfehlen wir die Verblichene deren frommem Andenken und uns selbst deren fortdauerndem Wohlwollen.

Kurz vor Ellas erstem Geburtstag am morgigen Tag war Viviana also ganz offiziell von ihrer Familie für tot erklärt worden. Es gab kein Zurück mehr ins Palais! Es dauerte eine Weile, bis die Tränen kamen, dafür kamen sie umso heftiger. Sie weinte laut, dann leise. Sie schluchzte, bis sie keine Luft mehr bekam. Es war ihr gleichgültig, ob Magda und die Kinder sie so sahen. Steif saßen die beiden neben ihr und wussten nicht recht, wie sie sich verhalten sollten.

Viviana weinte lange und bitter. Vor ihrem geistigen Auge sah sie die Verwandtschaft und die Freunde bei ihrer Beerdigung in Trauer vereint vor der Familiengrabstätte stehen, was für eine verlogene Veranstaltung! Warum ließ ihr Vater das zu? Allerdings war er schon lange nicht mehr ihr Beschützer. Nicht einmal mehr ein normaler Vater war er noch, seit dem vergangenen Jahr.

Als kaum Zehnjährige hatte sie die Beerdigung ihres Großvaters miterlebt. Bestattungen im Hause Winkelmann lebten von der Entfaltung gesellschaftlichen Prunks, und so hatte man sich damals mit großem Geleit an dem gusseisernen Geländer vor dem Grab zusammengefunden. In langen Reden hatte man ihres Großvaters gedacht und sein Leben wie das eines Märtyrers Revue passieren lassen. Sein geschlossener Sarg war mit Blumen geschmückt und die Familiengruft beräuchert worden.

Durch ihre Tränen hindurch versuchte sie, die geheuchelten Worte der Anzeige noch einmal zu lesen, aber die Buchstaben verschwammen ihr vor den Augen. Bei der Vorstellung, dass ihre Familie wissentlich einen leeren Sarg in die Erde hinablassen würde, weinte sie wieder heftiger.

»Jetzt klapp des Käsblatt doch endlich a mal zu! Is doch alles nur Geschmier!«, verlangte Magda, ohne auf Vivianas Gefühlsausbruch weiter einzugehen. »Ich hab gedacht, du wolltest ei Brief schreib!« Magda hielt Viviana ein grobes Küchentuch hin. Aber ihre mitleidige Geste linderte deren Schmerz nicht im Geringsten.

Dennoch schaute Viviana auf und griff nach Magdas Tuch, die so besorgt und kummervoll aussah, dass ihr bleiches Gesicht fast wie das einer Toten wirkte. Schon seit Wochen machte sie einen erschöpften Eindruck, weshalb Viviana sie vor zwei Tagen auch zu einem Spaziergang auf der Unteren Promenade genötigt hatte. Viviana hatte dabei ihr lockiges Haar unter einer einfachen Haube versteckt und niemandem ins Gesicht geschaut, und auch Ella hatte eine Haube aufbekommen. Zumindest für die Dauer des Spaziergangs hatte Magdas Gesicht wieder etwas mehr Farbe bekommen. Zu diesem Zeitpunkt hatte Vivianas Familie ihre Todesanzeige vermutlich schon aufgegeben, während sie insgeheim noch auf eine Versöhnung gehofft hatte. Ihre Familie, von der sie stets Ehrlichkeit gelehrt worden war! Sie tupfte sich die Wangen mit Magdas Küchentuch ab und schluchzte noch einmal auf.

»Wenn de noch länger wardst, trocknet dir noch die Tinte ei«, drängte Magda weiter. Tintenfass und Feder hatten sie sich vom Nachbarn zwei Häuser weiter geborgt. Für nur einen einzigen Brief lohnte die Anschaffung eigener Schreibutensilien nicht.

Viviana schob die Zeitung mit der Todesanzeige beiseite und schaute auf das Blatt vor sich, das sie bereits mit

Antrag an den Akademischen Senat der Universität zu Würzburg

überschrieben hatte. Doch jetzt, nachdem sie offiziell für tot gehalten wurde, fühlte sich Viviana so leer und kraftlos, dass sie nicht mehr wusste, wozu sie dieses Schreiben überhaupt noch verfassen sollte. »Es macht doch alles keinen Sinn!«, meinte sie tonlos, worauf ihr Magda die Feder aus der reglosen Hand nahm und sie ins Tintenfass tauchte.

»Sach bloß, du zweifelst daran, dass dei Kindle bei mir gud aufgehobe is?«

Viviana legte ihre kalte Hand auf Magdas. »Ich weiß nicht, in wessen Obhut ich Ella in meiner Abwesenheit lieber wüsste.« Seitdem sie hier zur Untermiete wohnte, hätte sie nicht gedacht, dass sie dies je einmal sagen würde.

Magda brummte etwas, das Viviana nicht verstand. Aber es war ein höheres Brummen, das sie ausschließlich in verlegenen Momenten, oder wenn sie gerührt war, von sich gab. Magda erhob sich mühsam vom Tisch und schlurfte zum Ofen, vor dem einige Unterröcke auf Schnüren trockneten.

Viviana ging zu ihr und half, Holz nachzulegen. »Ich mach das schon. Du schonst mal einen Tag lang deinen Rücken.«

Magda winkte jedoch ab. »Dei Tees und Kräutermittel bringe uns a paar zusätzliche Münze ein. Irgendwie komme mir schon über die Rund, wenn du studierst.« Sie schaute Viviana dabei nicht an, tat geschäftig.

»Magda, ein Leben ohne meine Familie kann ich mir nicht vorstellen, auch wenn sie mir aufgrund ihrer Kaltherzigkeit immer fremder wird. Mich um diesen Antrag beim Senat zu kümmern, dafür habe ich keine Kraft mehr.«

»Du und kei Kraft? Das ich ned lache! Stell den Antrag, Mädle. Dann seh mir weiter.«

Vivianas Vorschlag, heilende Tees für die Nachbarschaft zu kochen, um etwas dazuzuverdienen, hatte Magda längst für gut befunden. Viviana stellte die Tees her, und Magda verkaufte sie von der Wohnung aus. Von den gekauften Kräutern war bisher immer eine anständige Portion übrig geblieben. Und wenn der Bedarf der Nachbarn größer würde, könnte Viviana an den Sonntagen welche sammeln gehen, so hatte sie es zumindest, bevor sie die Todesanzeige entdeckte, geplant gehabt. Das wäre auch gleich eine willkommene Möglichkeit, die Pleich einmal zu verlassen, vielleicht sogar die Stadt, um mit Ella zum *Letzten Hieb* zu wandern. Der *Letzte Hieb* war eine Ausflugsgaststätte mit Tischen im Freien und einem Felsenkeller, der auch in der kälteren Jahreszeit sehr beliebt war.

»Dass du Bruno mit seine Hustenkrankheit geholfe hast, hat sich rumgesproche«, fuhr Magda fort. »Die Frau Sterzing von gecheüber hat auch schon na dir gefracht.«

Viviana dachte daran, wie sie Brunos Oberkörper zum Abhusten entweder aufgerichtet oder ihn oftmals auch vor das offene Fenster geführt hatte, damit er viel frische Luft einatmete. Zusätzlich hatte sie Magda noch dazu angehalten, ihrem Jüngsten mehr als sonst zu trinken zu geben, damit sich der Schleim in Brunos Bronchien verdünnte.

»Was kannst schon verliere?«, hakte Magda nach, während sie die Holzscheite im Ofen mit dem Eisenhaken zurechtschob. Dabei schaute sie kurz über die Schulter zu Viviana. »Nichts!«, meinte sie dann, als Viviana nicht antwortete.

Die schüttelte nun den Kopf. »Du hast bisher noch kein gutes Haar am Juliusspital und den ›oberklugen‹ Ärzten gelassen, und jetzt soll ich ihre Vorlesungen besuchen?«

In diesem Moment kam Ella auf Viviana zugestolpert, beide Arme erhoben und mit einem Lächeln auf dem noch verschlafenen Gesicht. Die braunen Löckchen hingen ihr in die Stirn, und ihre tiefblauen Augen strahlten. Sie trug ein aus Stoffresten genähtes und viel zu langes Nachthemd, das Wenke ihr geschenkt hatte. Über kurze Distanzen lief sie schon ziemlich sicher und auch ohne Hilfe, obwohl sie jeden Moment über das lange Nachthemd zu stolpern drohte. Magda eilte in die Küche.

Viviana ging in die Knie, breitete ihre Arme aus und fing ihre Tochter kurz vor dem unvermeidlichen Fall auf.

»Mein kleiner Schmetterling, du musst vorsichtiger beim Laufen sein, sonst verletzt du dich noch«, sagte Viviana mit vom Weinen kratziger Stimme.

»Du solltest mache, was mein Mamilein sagt«, riet Wenke ihr und legte sich die kupferroten Zöpfe auf den Rücken zurück. »Ich würde gerne a mal eine echte Ärztin kämme.«

Sie, eine echte Ärztin? Wohl eher ein armes Mädchen ohne Kraft, schon bevor sie Vorlesungen hören durfte. Gestern noch war Viviana so sicher gewesen, dass sie lernen wollte, was bei einer Verletzung zu tun sei. Sie wollte erkennen, wann ihre Lieben krank wären, und wissen, wie ihnen zu helfen war. Sie wollte auch anderen Kranken Hoffnung geben, bei ihren direkten Nachbarn angefangen. Sie wollte mehr über Diagnostik erfahren, den Demonstrationen und Vorlesungen von Professor von Marcus folgen, ohne sich verstecken oder schämen zu müssen. Sie wollte wie jeder andere Student Fragen stellen und mit dem Stethoskop am Patienten das Abhorchen üben können. Sie drückte Ella fester an sich. Doch seitdem sie ihre Todesanzeige gelesen hatte, wusste sie gar nichts mehr. Das Verhalten ihrer Familie erschütterte sie zutiefst, es stellte all die Grundwerte, die man sie im Palais gelehrt hatte: Ehrlichkeit, Nächstenliebe und vor allem die Fähigkeit zu verzeihen und zu vergeben, infrage.

Viviana kam aus der Hocke hoch, während Wenke einen neuen Stapel halb zerschlissener Jacketts heranschaffte, vor sich auf den Tisch legte und sich von Neuem an die Arbeit machte. Ella strampelte sich aus der Umarmung frei.

Viviana hatte schon heimlich geübt, das Stethoskop richtig zu halten. Gerade wieder wollte sie die Finger ihrer linken Hand zum Perkutieren anspannen. »Schallgeräusche auseinanderhalten«, murmelte sie dabei Professor von Marcus' Anleitung leise vor sich hin.

»Tante Viviana, was is des, en Schallgeräusch?«, fragte Wenke und lugte um den Stapel Nähware herum. Vom Sommer waren die vielen Sommersprossen in ihrem Gesicht noch goldbraun, bald würden sie wieder verblassen.

Viviana nahm ihre Tochter auf den Arm und setzte sich mit ihr an den Tisch. »Das sind Geräusche, Wenke, die unsere Organe erzeugen, weil sie Luft und Gase enthalten«, erklärte sie. »Ich stelle mir Schallgeräusche wie das Rauschen des Meeres oder wie hohe und tiefe Flötentöne vor.«

Wenke versuchte, mit einem Pfiff den Klang einer Flöte zu imitieren, was ihr aber nicht gelang. Verlegen zog sie sich wieder hinter ihrem Stapel Nähsachen zurück.

»Als Arzt muss man den hellen und den dumpfen, den vollen und den leeren, den tympanitischen und den nicht-tympanitischen und zuletzt den hohen und den tiefen Perkussionsschall voneinander unterscheiden können. Das ist wichtig, um nicht die falsche Krankheit zu diagnostizieren«, erklärte Viviana mehr sich selbst, das Unschlittlicht vor dem Stapel Jacketts fixierend. In der Familiengruft erlosch die Ölflamme nie, dafür sorgte der Hausdiener.

Magda war zurück am Tisch. »Du weißt fei schon viel zu viel, um ned an derer Universität zu gehe!«

Viviana würgte einen Kloß im Hals hinunter. »Du meinst, ich soll wirklich? Obwohl ich für tot erklärt wurde und schon unter der Erde liege?«

Magda strich sich eine blassrote Haarsträhne hinters Ohr und seufzte aus tiefstem Herzen. »Sonst nimmt die ewiche Schwärmerei vom Heilen nie a End! Selbst wenn du trauerst, sprichst immer wieder von das Dagnostivieren, oder wie des heesst!«

Viviana wandte sich an Ella. »Was meinst du, mein Schatz, soll ich?«

Ella schaute sie aus kugelrunden Augen an, dann zeigte sie mit ihrem kleinen Zeigefinger auf das Papier. Natürlich konnte Ella nicht wissen, was ihr Wink auf das Papier für Veränderungen nach sich zog. Aber Ella, davon war Viviana überzeugt, konnte spüren, was sie spürte. Wenn sie traurig war, tröstete Ella sie, indem sie sie mit ihren winzigen Fingerchen streichelte. Als Viviana ihr neulich ganz übermütig vom Stethoskop erzählt hatte, war ihr sogar gewesen, als hätte ihre Tochter zustimmend gelächelt.

Entschlossen nahm Viviana die Schreibfeder auf. »Dann also doch!« Während sie schrieb, strampelte Ella begeistert mit ihren Beinchen gegen die Sitzbank.

Viviana formulierte den Antrag sehr förmlich und längst nicht für jedermann verständlich, wie sie mittlerweile wusste. Aber so und nicht anders hatte man sie in der Töchterschule nun einmal gelehrt, ein offizielles Schreiben zu verfassen.

Im Halbdunkel eines mageren Unschlittlichts listete sie ihre Vorbildung anhand der vier Klassen auf, die sie auf der Töchterschule absolviert hatte – als sie noch lebendig gewesen war. Unterrichtet worden war sie in Rechnen, Deutsch, Religion und Französisch, ebenso im Handarbeiten, Zeichnen und in Konversation. Auch deutsche Schriftsteller wie Schiller und von Eichendorff hatte sie gelesen. Und im Konversationsunterricht das *Bildungsbuch für Deutschlands Töchter*.

Zu ihrer Vorbildung gehörte neben dem Besuch der Töchterschule auch ihre Tätigkeit als Helfnerin in der Apotheke des Spitals unter der Leitung von Ferdinand Carl. Ihr Wissen über die Wirkung vieler Kräuter und deren Lagerung und Verarbeitung zu Arzneien könnte ihr niemand mehr nehmen. Sie tauchte die Feder ein letztes Mal ins Tintenfass und gab am Ende des Antrags die Adresse der Spitalsapotheke für das Antwortschreiben des Senats an. Denn in der Pleich verschwanden öfter mal Briefe, und außerdem würde sie die Antwort im Spital noch ein paar Stunden schneller in den Händen halten als am Abend, wenn sie nach einem anstrengenden Arbeitstag in Magdas Wohnung zurückkehrte.

Viviana faltete den Brief unschlüssig zusammen und band dann einen von Wenkes Zwirnen darum, weil sie sich Kuverts nicht leisten konnten. Ella krabbelte derweil von der Sitzbank unter den Tisch, wo sie gelbe Stofffetzen und Fadenreste vom Boden aufsammelte. Sie liebte alles, was gelb war.

Viviana zog sich einen zweiten, warmen Rock über. Wieder kamen ihr die Tränen, sie ließ sie laufen. Um ihre Schultern legte sie sich Magdas Tuch. Das lockige Haar stopfte sie unter eine Haube. Einige Strähnen fielen ihr ins Gesicht und wurden nicht zurückgestrichen, was die verstorbene Viviana Winkelmann nie zugelassen hätte.

Es würde der erste Gang Viviana Bischofs zum Akademischen Senat der Universität Würzburg werden. Aus Gesprächen der Studenten am Spital wusste sie, dass der Senat sein Bureau in der Neubaugasse an der Grenze zum Sander Viertel hatte.

∗

In der Stadt herrschte an diesem sonnigen Oktobertag reges Treiben. Für den vornehmen Teil der städtischen Bevölkerung, der fern des Spitals und der Pleich wohnte, begannen dieser Tage die Vorbereitungen für den Maskenball am Maximilians-Tag. In der Pleich ging es unverändert nur ums Sattwerden und ums Überleben. Inzwischen kannte Viviana dort jede noch so enge Gasse und jedes der gedrungenen Häuser. Mit Magda war sie auf dem Weg zum Markt sogar schon an der Ecke vorbeigekommen, wo Frauen ihre Körper anboten und verkauften.

Viviana ging nicht auf direktem Weg in die Neubaustraße, sondern am Main entlang. Aus den Schornsteinen der Häuser stieg Rauch in den hellblauen Himmel. Vor ihrem inneren Auge sah sie ihren Sarg in die Erde sinken und hörte einen der Dompfarrer sprechen.

Als sie gerade in die Neubaustraße einbiegen wollte, rief jemand nach ihr. »Fräulein Viviana?«

Hubertus von Hardenberg kam ihr nach.

Viviana steckte den Brief, den sie eben noch in der Hand gehalten hatte, in ihre Rocktasche.

Er deutete eine Verbeugung vor ihr an, als wüsste er, welcher Familie sie entstammte. Er trug seine Kappe mit dem blau-weiß-goldenen Band der Teutonia, unter seinem Arm klemmte die Ledertasche, die sie schon kannte. »Schön, Sie so unverhofft wiederzusehen.« Er wurde beschienen von goldener Herbstsonne. »Der Apothekergeselle schaute ziemlich schief, als ich zuletzt nach Ihnen fragte.« Hubertus stockte. »Ihre Augenlider sind ja ganz gerötet. Haben Sie etwa geweint?«, erkundigte er sich.

Viviana wiegelte ab. »Da war nur eine Fliege, die mir ins Auge geflogen ist«, meinte sie spontan und hoffte eine Sekunde später, dass er nicht fragen würde, wie das Tier denn gleich in beide Augen gekommen sei. Aber er gab sich mit ihrer Antwort zufrieden.

»Machen Sie einen Spaziergang?« Er schaute zur Festung auf der anderen Mainseite, blinzelte in Richtung Himmel und ließ seinen Blick über die fernen Weinberge gleiten.

»Ich bin auf dem Weg zum …«, Viviana hielt inne und musterte den Medizinstudenten von der Seite. Ob sie Hubertus von ihrem Brief an den Senat erzählen sollte? Rein äußerlich betrachtet war er das genaue Gegenteil von Valentin. Das gelockte Haar ihres Bruders war genauso braun wie ihres, die Augen tiefblau. Von dem Tag an, an dem Valentin im Bankkontor ihres Vaters mitgearbeitet hatte, war er immer verbissener geworden, seine Gesichtszüge härter. Hubertus hingegen war blond, glatthaarig und besaß hellgrüne Augen. Aber vor allem strahlte er Unbeschwertheit und Fröhlichkeit aus und war freundlich und höflich. Anders als Valentin behandelte er sie nicht von oben herab.

Dennoch entschied Viviana sich dafür, besser vorsichtig zu sein und den Ausnahmeantrag ihm gegenüber nicht zu erwähnen. »Wie waren Ihre Vorlesungen heute, Hubertus?«, fragte sie, um das Gespräch von ihrem Spaziergang auf ein unverfänglicheres Thema zu lenken.

»Ich habe heute Professor von Rineckers Vorlesung zur Klinischen Pharmakologie besucht«, berichtete er und bedeutete ihr, dass sie doch ein Stück gemeinsam gehen könnten. »Wissen Sie, Viviana, Professor von Rinecker ist ein ausgezeichneter Lehrer.«

»Klinische Pharmakologie?«, wollte Viviana wissen. »Die Lehre von der Wirkung der Substanzen im menschlichen Organismus?«

Hubertus hakte sich wie selbstverständlich bei ihr ein. »Ja, woher kennen Sie den Begriff?«

»Aus der Apotheke.« Viviana ließ seine Nähe zu, fand sie sogar angenehm und tröstlich. »Und mein Eindruck ist, dass bei vielen Heilmitteln die Erfahrungen über ihre Anwendung, den Gebrauch und sogar den Nutzen fehlen. Herr Apotheker Carl kritisierte vor seinem Gesellen oftmals, dass viele Ärzte die Regeln für die Verordnungen und Rezepturen selber komponieren und dann an den Kranken ausprobieren würden, wie viel sie ihnen von diesem und jenem Mittel geben müssen.«

Hubertus hielt sie fester am Arm. »Aber das ist ja gerade das Anziehende an der ärztlichen Kunst, dass sie so ganz ohne feste und allgemeingültige Basis, Regel und Ordnung dasteht, dass jeder Arzt seine Kranken behandeln kann, wie es ihm beliebt. Davon ist Professor von Rinecker überzeugt!«

Viviana sah bei der Nennung des Professors wieder den strengen Mann mit dem langen Bart vor sich in der Apotheke stehen, dessen Luchsblick nichts und niemand entging. Dass er ein bewundernswerter Lehrer war, konnte sie sich bei ihm von allen Spitalsprofessoren am allerwenigsten vorstellen.

»›Gäbe es ein corpus materiale medicinae‹, pflegt Professor Rinecker zu sagen, also feste Regeln, wonach jeder Arzt seine Kranken unfehlbar kurieren könnte, ›dann wäre er beileibe kein Arzt geworden‹. Denn das wäre dann genauso, wie in einer Fabrik zu arbeiten, immer wieder die gleichen Gedankengänge, die gleichen Handgriffe. Wie langweilig.« Hubertus winkte ab.

Aber so kann kein Arzt den andern zur Rechenschaft ziehen, da man sich auf keine Behandlungsweise einigen muss, jede richtig oder falsch sein und jeder auf eigene Faust kurieren kann, wie er will, schlussfolgerte Viviana für sich selbst. *Der macht dies, der andere jenes. Nur was hilft wirklich?*

»Aber mit diesen medizinischen Dingen will ich Sie nicht weiter langweilen«, unterbrach Hubertus Viviana in ihrer Grübelei. »Darf ich Ihnen stattdessen etwas Privates verraten, Fräulein Viviana?«

»Etwas Privates?«, meinte sie und hätte lieber mehr aus seiner Pharmakologie-Vorlesung erfahren. Denn seine Frage ließ sie sofort an Paul denken, an ihre privaten Gespräche, an seine Küsse. Warum nur konnte er nicht endlich tot für sie sein, so wie sie es für ihre Familie war. Doch zumindest hielten die Erinnerungen an ihn sie nicht mehr nächtelang wach, und ihr Appetit war ebenfalls zurückgekommen.

Hubertus blieb nun stehen und wandte sich ihr zu. Seine grünen Augen leuchteten leidenschaftlich, während er ihr gestand: »Die Pharmakologie ist eine spannende Wissenschaft, aber mein Herz gehört einer anderen Disziplin.«

»Der Chirurgie?«, fragte sie und hatte sofort Professor von Textor vor Augen. Chirurgen waren die blutigsten Ärzte. Von Textor, sagte man, brauche für die Amputation eines Beines nicht einmal eine Minute. Viviana hoffte so sehr, dass Hubertus sich nicht dem Absägen von Gliedmaßen verschrieben hätte.

Im gleichen Moment befreite er sie auch schon von ihrer Befürchtung: »Mein größtes Interesse gilt der Kinderheilkunde.«

»Das freut mich, Hubertus.« Von Otto Hauser wusste Viviana, dass Professor von Rinecker nicht nur einen hartnäckigen Kampf für den Fortschritt auf dem Gebiet der Pharmakologie sowie der Haut- und Geschlechtskrankheiten ausfocht, sondern sich ebenso beharrlich für das Wohl der Kinder einsetzte, was so gar nicht zu seinem strengen Äußeren passte. Ella hätte bestimmt Angst vor dem Professor, so verbissen und einschüchternd, wie er immer schaute.

»Kinder sind nämlich keine kleinen Erwachsenen«, erklärte Hubertus ihr. »Sie sind Kinder. Das macht einen großen Unterschied. Sie haben ihre eigenen Krankheiten und sind deshalb auch spezielle Patienten. Wir Kinderärzte müssen ihnen vor allem ihre Ängste nehmen.«

Viviana ahnte, wovon er sprach. Die Trennung kranker Kinder von ihren Eltern und Geschwistern, ihre Unterbringung in der Separat-Anstalt stellte noch einmal ganz andere Anforderungen an einen Arzt. Ein Blick in Hubertus' freundliches Gesicht reichte außerdem, um sich vorstellen zu können, dass er Kindern ihre Ängste nahm.

»Kinder haben eine ganz eigene Vorstellung von der Welt, ein Kinderarzt muss sich da hineindenken können«, sprach Hubertus weiter. »Bei Kindern sind Schmerzen nur sehr schwer zu lokalisieren. Oft reden sie von Bauchschmerzen, obwohl es die Lunge oder etwas anderes ist, was eigentlich kränkelt.«

»Ihre Passion für die Kinderheilkunde ist bemerkenswert«, gestand sie und spürte, wie sie errötete – trotz ihrer trüben Stimmung, und obwohl sie nicht wusste, wie ihr Leben weitergehen sollte.

Er strahlte sie an. Dann wurde sein Blick zärtlich und weich.

Worauf Viviana sofort ihren Arm zurückzog und einen Schritt zurücktrat.

Hubertus beließ es bei dem größeren Abstand. »Für mich ist es eine Ehre, die Kinderheilkunde ausgerechnet hier an der Alma Julia zu studieren. Unsere Separat-Anstalt ist die erste Universitäts-Kinderklinik überhaupt. Nur in Würzburg werden Kinder separat und anders als Erwachsene behandelt. Nur hier gilt die Kinderheilkunde als eine eigene medizinische Disziplin mit eigenen Krankensälen, was weder an der Charité noch in Bamberg oder Wien der Fall ist. Ich möchte eines Tages der beste Kinderarzt Frankens sein.«

Viviana gefiel, wie hingebungsvoll er von seinen Zielen und den Jüngsten der Gesellschaft sprach. Und dass er den von ihr geschaffenen Abstand zwischen ihnen akzeptierte. Sie wollte nie wieder auf einen Mann hereinfallen oder sich von der Leidenschaft, mit der er sprach, beeindrucken lassen. So nämlich hatte es mit Paul begonnen. Am Tag ihres Kennenlernens hatte er zu ihr über Einfühlungsvermögen und die Liebe zum Stein gesprochen. *Vermutlich,* dachte sie, *bin ich viel zu leicht zu begeistern, das ist mein Fehler. Und Paul viel zu unzuverlässig.* »Ich muss mich nun verabschieden. Ich will noch etwas beim Pförtner abgeben.« Sie wies auf das Universitätsgebäude in Sichtweite.

»Das ist schade, aber natürlich möchte ich Sie nicht unnötig aufhalten.« Hubertus verbeugte sich vor ihr. Dann gingen sie jeweils in eine andere Richtung davon.

Viviana war sich nicht sicher, ob sie es sich nur einbildete oder ob er ihr wirklich noch nachgerufen hatte: »Ich möchte wieder mit Ihnen spazieren gehen.«

Herbstblätter flogen um ihre Stiefeletten auf den letzten Schritten zum Ziel. Was wäre, wenn sie ihm ihre Familie einfach verschwieg? Wenn sie für immer so tun würde, als gäbe es ihre Vergangenheit in der Hofstraße nicht? Dann würde sie auch weniger weinen müssen. Aber wäre sie dann einen Deut besser als ihre Familie? Noch mehr Lügen?

Der Pförtner nahm ihren Brief entgegen und versicherte ihr, ihn für sie beim Senat abzugeben.

Auf dem Weg zurück erkannte Viviana ein neues Problem, das sich in ihrer aktuellen Situation, verbunden mit dem Antrag, ergab. Wenn sie die Erlaubnis für die Vorlesungsbesuche tatsächlich erhielte, müsste sie unbedingt verhindern, dass sie ebenfalls auf einem dieser neumodischen Fotos in einer der Würzburger Zeitungen auftauchte. Ihre Familie, die sie morgen vor den Beamten, Honoratioren und sonstigen ehrbaren Bürgern Würzburgs zu Grabe zu tragen gedachte, würde ihren guten Ruf verlieren, wenn herauskäme, dass Viviana, anstatt in einem Grab zu liegen, munter in einem Hörsaal saß. Und obwohl ihre Familie sie totgesagt hatte, wollte sie das Zerwürfnis mit ihr nicht noch schlimmer machen.

*

Viviana ging nicht direkt in die Pleich zurück, sondern entschied sich für einen kurzen Besuch im Lädchen im Grabenberg. Auch an den Sonntagen wurden hier bis mittags Zeitungen, Bücher und Vorlesungsmanuskripte, weiterhin Stifte mit bleiernen Minen und anderes Schreibzeug für Studenten angeboten. Viviana mochte den kleinen Laden, roch es in ihm doch nach altem und neuem Papier, was sie an die vielen Bücher im Herrenkabinett ihres Vaters erinnerte.

Viviana bekam das letzte Exemplar von *Über die Entwicklung und den gegenwärtigen Standpunct der Medicin, Eine einleitende Vorlesung zur medicinischen Klinik,* das von Karl Friedrich von Marcus, Königlich Bayerischer Hofrat, ordentlicher Professor der Medizin, Oberarzt des Juliusspitals und Ritter des Zivildienst-Ordens der bayerischen Krone, verfasst worden war. So stand es auf dem Deckblatt der mit weißen Fäden zusammengehaltenen Papiersammlung geschrieben. Das Manuskript war ihr beim letzten Zeitungskauf schon ins Auge gefallen.

Für den Senat, der sich, wie ihr der Pförtner erklärte, aus den Professoren aller Fakultäten zusammensetzte, wollte sie vorbereitet sein. Falls der Senat ein Aufnahmegespräch verlangte, so wie es bei der Töchterschule der Fall gewesen war, würde sie sich mit diesem ersten Manuskript weiteren Stoff aneignen können. Viviana presste sich das Manuskript vor die Brust, ging an Studenten vorbei zur Ladentür und kam dort unerwartet vor Otto Hauser zum Stehen.

»Fräulein Bischof«, begrüßte er sie mit einem Lächeln, das anders als das von Hubertus war. Es schien ihr schwer, ja schwermütiger und nicht so leicht wie Hubertus' Lächeln zu sein.

Noch nie hatte sie den Gesellen außerhalb der Spitalsapotheke und ohne Apothekerkittel gesehen. Er wirkte nervös und weniger sicher als an seinem angestammten Wirkungsort.

»Guten Tag, Herr Hauser«, entgegnete sie nur und schickte sich an, an ihm vorbeizugehen.

»Sie hier?« Sein Blick ruhte auf dem Manuskript vor ihrer Brust, was ihr unangenehm war.

Er war ein Mann und stand somit für all das, was sie und auch Fräulein Höpfer ein Stück weit zu überkommen versuchten: nämlich dass das Wissen der Menschheit ganz allgemein von Frauen ferngehalten wurde.

»Ja, ich kaufe mir immer mal wieder eine *Neue Würzburger Zeitung* hier«, sagte sie ihm und verdammte in Gedanken die Ausgabe mit ihrer Todesanzeige, weil sie ihre Familie nicht zu verdammen wagte. Etwas verloren schaute sie sich nach der Tageszeitung um, obwohl sie genau wusste, wo der Stapel lag.

»Die lese ich auch gerne«, beeilte sich Otto Hauser, ihr zu bestätigen. Er richtete seinen Blick von ihrem Manuskript nun wieder auf ihr Gesicht.

»Aber jetzt muss ich weiter«, fügte Viviana schnell noch hinzu. »Ich wünsche Ihnen noch einen schönen Tag.« Sie lächelte höflich, trat an ihm vorbei und verließ den Laden.

Viviana ging den Grabenberg bis zum Dominikanerplatz vor, bekam aber mit jedem Schritt ein schlechteres Gewissen. Der Apothekergeselle war stets geduldig und umgänglich mit ihr. Er hatte es nicht verdient, dass sie ihn so kurz angebunden abfertigte. Auf keine ihrer Fragen über Diätetik oder Rezeptkunst hatte er bisher ausweichend oder gar nicht antworten wollen. Hin und wieder half ihr Otto Hauser sogar auf dem Kräuterboden. Einmal, während einer Nachtschicht, hatte er ihr sogar anvertraut, dass seine Schwester vor vielen Jahren im Epileptikerhaus des Spitals untergebracht gewesen war. So etwas verschwieg man in besseren Schichten eher.

Viviana stoppte. Sollte sie nicht zumindest den netten Otto Hauser in ihr Vorhaben einweihen, der ihr gegenüber immer offen und freundlich gewesen war? Aber was würde werden, wenn er ihren Wunsch nicht verstand? Viviana war hin- und hergerissen, unentschlossen blätterte sie im Manuskript herum. Bis ihr Blick an einer Textstelle hängen blieb: *Die große und zugleich erste Anforderung, welche die Menschheit an die Medizin macht,* las sie beeindruckt, *besteht darin, dass sie nicht allein die so verschiedenen Leiden richtig erkennt und bestimmt, sondern auch Leiden abwendet, vollkommen beseitigt und wenigstens lindert.*

Viviana war gerade am Ende des Satzes angekommen, als sie ein lautes Wiehern, hektische Hufschläge und laute Rufe hörte. Dann wurde ihr schwarz vor Augen.

✳

Als sie wieder zu sich kam, schmerzten ihr alle Glieder. Lag sie jetzt wirklich in einem Sarg? Ihr Arm schmerzte, als steckte eine Axt darin, und ihr linker Knöchel brannte wie Feuer. Außerdem tat ihr der Steiß weh. Sie tastete nach dem Manuskript, bekam es aber nicht zu fassen.

Viviana öffnete die Augen. Ein fremder Mann und Otto Hauser waren über sie gebeugt. Ihr besorgter Gesichtsausdruck ließ nichts

Gutes erahnen. Neben sich hörte Viviana Pferde schnauben, aber sie konnte den Kopf nicht drehen, zu sehr schmerzte jede Bewegung. Was war passiert? Warum lag sie in der Gosse?

Ein dritter Mann tauchte hinter den zwei besorgten Männern auf. Er trug einen Glanzzylinder, wie ihn ihr Bruder besass. Auch sein Gesicht sah dem Valentins zum Verwechseln ähnlich, die tiefblauen Winkelmann-Augen, die gerade Nase und der dunkle Haaransatz. Dazu noch der kurze, perfekt gestutzte Bart und der abschätzige Gesichtsausdruck. Sie musste vor Schmerz fantasieren.

»Können Sie sich bewegen, Fräulein Bischof?«, fragte Otto Hauser, sein Gesicht kam näher und verdeckte den Mann mit dem Glanzzylinder.

Der Apothekergeselle half ihr, sich aufzusetzen. »Bewegen Sie sich ganz langsam.« Sie spürte seine Hand auf ihrer schmerzenden Schulter. Hinter ihrem Rücken hörte sie, wie der dritte Mann die umstehenden Menschen wegscheuchte. Schlussendlich musste auf seinen Befehl hin auch Otto Hauser beiseitetreten.

»Kutscher, machen Sie sich zurück auf Ihren Bock!«, rief der Mann gerade. »Lassen Sie mich das hier alleine regeln!«

Je länger Viviana ihn beobachtete, desto sicherer war sie sich. Ihr Blick klärte sich, sein viel geliebter Glanzzylinder aus langflorigem Samt war unverwechselbar. Auch die typische Beule unter dem Gehrock, die von seinen Zigarren in der Innentasche herrührte. Die befehlsgewohnte Stimme war der letztendliche Beweis. »Valentin«, flüsterte Viviana und erhob sich unter Schmerzen. Otto Hauser wollte sie stützen, aber Valentin stellte sich ihm in den Weg und drohte ihm.

»Steig wieder ein, Dorette!«, befahl Valentin einer zierlichen Frau, die neben der Kutsche stand. Sie beobachtete das Geschehen aus sicherer Entfernung, der Schrecken stand ihr ins kindliche Gesicht geschrieben. »Das hier ist nichts für zarte Gemüter!«, setzte Valentin noch hinzu.

Dorette folgte der Anweisung mit gesenktem Blick.

Er ist verheiratet, dachte Viviana. Der weißgoldene, breite Ring an seinem Finger war unübersehbar. Dorette war ihre Schwägerin. Viviana beobachtete, wie Dorette die Kutsche wieder bestieg. Sie war hübsch und von anmutiger Zierlichkeit, das blonde Haar fiel ihr über den Ohren gelockt aus der Schute.

Erst als Dorette die Kutschtür hinter sich zugezogen hatte, richtete Valentin das Wort an Viviana: »Wie konntest du uns das nur antun?!« Sein Blick glitt über Magdas graues Schultertuch mit den Fransen hin zu Vivianas besudelten Röcken. Auch beim zweiten Versuch Otto Hausers, ihr zur Seite zu stehen, hielt er den Apothekergesellen mit dem Gehstock zurück.

»Vielleicht verstehst du es, wenn du eines Tages selbst Kinder hast«, antwortete sie um Fassung bemüht.

»Mit deiner Selbstsucht hast du unseren Ruf aufs Spiel gesetzt! Es wird Zeit, dass wir dich endlich beerdigen. Für uns existierst du schon lange nicht mehr!«

Viviana spürte, wie ihr die Kehle eng wurde. Sie hatte nicht vorgehabt, die Familie in Schwierigkeiten zu bringen. Trotz aller Lügen, und obwohl sie sie ganz offensichtlich nicht mehr liebten.

Valentin trat ganz nahe an sie heran. Sein Gesicht war vor Abscheu fast zu einer Grimasse verzogen. »Verschwinde aus der Stadt!«, herrschte er sie an, als könne er über sie verfügen. Seine tiefblauen Augen funkelten vor Zorn. »Ansonsten sorge ich dafür, dass du deines Lebens nicht mehr froh wirst!« Er stieß sie grob in die Seite, dann ging er zur Kutsche zurück.

Viviana taumelte benommen. Noch mehr als der Zusammenstoß mit der Kutsche oder sein Rempler schmerzten sie seine Worte. Er hatte sich nicht einmal nach seiner Nichte oder ihrem neuen Leben erkundigt, obwohl sie Geschwister waren.

Otto Hauser war sofort wieder an Vivianas Seite und stützte sie, aber sie sah fassungslos hinter Valentin her, der sich in die Kutsche setzte und keinen einzigen Blick mehr für sie übrig hatte. Sein Auftritt passte so gut zu der kalten Todesanzeige, was ihr einmal mehr das Herz brach.

Doch sie konnte jetzt nicht aus der Stadt fort, da sie vielleicht bald vom Senat die Zusage für die Gasthörerschaft erhalten würde. Fort von Magda, fort von ihrer neuen Familie? Viviana hob ihr besudeltes Manuskript aus dem Gassenschlamm auf. Nein, sie würde seiner Drohung nicht nachgeben, sondern hierbleiben. In Würzburg lag ihre Zukunft. In Würzburg lag die Zukunft der Medizin.

✻✻✻

MIT
VERSTAND

14

JANUAR 1852

Auf Gott, unseren König und das Vaterland!«, brachte Karl Friedrich von Marcus den Trinkspruch aus, und bis auf Rudolf Virchow wiederholten ihn die versammelten Kollegen mit erhobenen Krügen. »Auf Gott, unseren König und das Vaterland!«

Letzterer entschied sich für: »Auf die Demokratie, die Zelle und das Vaterland!«

Dann stießen die Professoren die schäumenden Bierkrüge aneinander und tranken mit Durst und Genuss.

Karl mochte die allmonatlichen Rauchbierabende im Bierkeller im Sander Viertel. Es war eine gesellige, zuweilen auch unterhaltsame Runde, in der es früher, solange Kollege Virchow noch nicht dabei gewesen war, nicht nur um Medizin gegangen war. Einmal monatlich saßen sie am Stammtisch des Bierkellers. Nur zu dieser Gelegenheit, zu ihrem Rauchbierabend, kam Karl in den Genuss der dunklen, untergärigen Bierspezialität, deren Malz geräuchert worden war. Seine Frau Nannette bevorzugte eher einen Silvaner aus der Kelterei des Juliusspitals.

Zu Karls Linker saß der Anatom Albert Kölliker, ihm gegenüber der Chirurg Cajetan von Textor und Franz von Rinecker, was Karl mit Erstaunen zur Kenntnis nahm. Denn soweit er wusste, saß von Rinecker schon seit Tagen und Nächten an der Antwort auf die derzeit am eindringlichsten diskutierte Streitfrage der aktuellen Syphilis-Forschung: nämlich ob die Syphilis, wenn sie sich bereits über die Blut- und Lymphwege im gesamten Körper ausgebreitet hatte, auch auf andere Menschen übertragbar war. Man nannte die Krankheit in diesem Verlaufsstadium die »konstitutionelle Syphilis«.

An der Kopfseite des Tisches und in Karls unmittelbarer Reichweite trank Rudolf Virchow, der die Rauchbierrunde heute mit erwartungsvollen Worten eröffnet hatte. »Meine Herren«, hatte er gesagt und seine rote Seidenschleife dabei zurechtgerückt. »In unserer intimen Runde möchte ich Ihnen eröffnen, dass ich dabei bin, dem Geheimnis des Wunders Mensch auf die Schliche zu kommen. Die Zellforschung ist für dieses Wunder maßgeblich und wird nicht mehr lange eine Domäne der Botanik sein. Nein! An meinem Pathologischen Institut wächst sie zu einer eigenen medizinischen Wissenschaft heran.«

Auch Karl hatte hochachtungsvoll applaudiert. »Maßgeblich für den Ruhm eines Krankenhauses ist der Ruf seiner Ärzte«, hatte er Virchows Verkündung kommentiert, während sich der Geschmack des Rauchbiers in seiner Mundhöhle ausbreitete. Karl hatte seinem möglichen Ruhm als Forscher andere Dinge vorangestellt. Zum Beispiel seine Spaziergänge mit Nannette und seine Patienten.

»Die Studentenzahlen unserer Medizinischen Fakultät steigen mit jedem Semester. Schon bei der Einschreibung, wenn die Herren Studiosi noch nicht einmal das Grundlegendste gehört haben, fragen sie nach den Virchow'schen Mikroskopierkursen«, berichtete Franz von Rinecker mit dem unverwechselbaren Rinecker-Stolz in der Stimme. »Wir sind auf dem besten Weg, die Juristische Fakultät ein für alle Mal an Ruhm und Ehre zu übertrumpfen. Dreihundert Studenten sind allein für die Medizin immatrikuliert, und das hat bei einer Gesamtstudentenzahl von siebenhundert viel zu bedeuten!«

Karl nickte dem Kollegen, den er nicht nur als Bamberger Rauchbierexperten, sondern auch als Leiter der Berufungskommission der Medizinischen Fakultät schätzte, beeindruckt zu. Von Rinecker war ein Verwaltungsgenie, ein ausgezeichneter Mediziner für Kinderkrankheiten, für Dermatologie, Psychologie, Pharmakologie und für Augenheilkunde. Ein Vielfachbegabter. Sein Einsatz für die neue Separat-Anstalt für kranke Kinder war bewundernswert. Hinzu kam, dass ihre beiden Ehefrauen so manchen Nachmittag, über eine Stickerei gebeugt, zusammen verbrachten, was Karl gefiel, weil seine Nannette auf diese Weise gelegentlich von ihren Sorgen um ihn abgelenkt wurde.

Franz von Rinecker griff Virchows Ankündigung nun auf. »Mein verehrter Rudolf«, sagte er und erhob dabei seinen Rauchbierkrug, »dann wird es höchste Zeit, dass du uns und unseren Studenten Einsicht in deine Forschungsergebnisse gewährst. Wann dürfen wir mit einem Vortrag im Rahmen unserer Physikalisch-Medizinischen Gesellschaft rechnen, vielleicht schon im April?« Erst im vergangenen Jahr war Rudolf Virchow zum Vorsitzenden der Physikalisch-Medizinischen Gesellschaft gewählt worden. Eine Vereinigung, die den Austausch naturwissenschaftlich geprägter Forscher untereinander förderte.

»Sehr bald, sehr bald«, erwiderte Rudolf Virchow und winkte der Bedienung, die nächste Runde zu bringen. »Ich denke lediglich noch über den richtigen Zeitpunkt nach«, versicherte er und trank. »Aber der Vortrag wird auf jeden Fall stattfinden, bevor wir unsere *finstere Spelunke* für immer verlassen werden.«

Karl hörte Virchows Schnupftabakdose aufschnappen und lächelte. Mit »finsterer Spelunke« spielte der Kollege einmal mehr auf das marode Gartenhaus im Spital an, das er sich mit Kölliker und von Textor teilte.

Albert Kölliker nickte bierselig. »Es sieht ganz danach aus, als würden wir schon im kommenden Jahr in helleren Räumen untergebracht werden.« Er sprach ein leises, gutes Hochdeutsch, aus dem Karl kaum mehr das harte Schweizerdeutsche »chh« heraushörte. Zumindest nicht in überfüllten Bierkellern.

»Ein Argument mehr, mein lieber Rudolf, den Ruf nach Zürich nicht anzunehmen«, sagte von Rinecker in vertrauterem Ton, aber nicht ohne Ernst. Rinecker sprach nie ohne Ernst, selbst wenn er begeistert war.

Karl presste seine Augenlider zusammen, um etwas schärfer zu sehen. Er beobachtete, dass von Rineckers Blick länger auf Virchow ruhte, den von Rinecker trotz vieler Widerstände wegen dessen anrüchiger, revolutionärer Vergangenheit nach Würzburg geholt hatte. Wenn Karl richtig informiert war, hatte Virchow während der Märzrevolution von 1848 für liberal-demokratische Reformen in Berlin gekämpft, und er nahm Begriffe wie »Volksgesundheit« und »öffentliche Gesundheitspflege« in den Mund. In Bayern waren solche Äußerungen nicht nur revolutionär, sondern geradezu unvorstellbar. Eine Gruppe Studenten kam an ihrem Tisch vorbei und grüßte ehrerbietig.

»Du hast also von Zürich gehört, hmm?« Rudolf Virchow nahm einen Schluck Rauchbier, dann senkte er den Blick gedankenversunken auf die rot karierte Tischdecke. »So schnell kann ich Rose einen erneuten Umzug aber nicht antun. Zwar geht es ihr seit der Geburt des Kindes besser, aber frei von ihren Gemütsverstimmungen ist sie auch in Würzburg nicht.« Er schaute wieder auf. Am Ecktisch brüllte jemand nach Nachschub. »Zudem gilt es, die wenigen vielversprechenden Studenten noch das mikroskopische Denken zu lehren. Im Herbst bekomme ich zwei weitere Mikroskope geliefert. Für die meisten Herren ist es mit der Mikroskopie wie mit einer fremden Sprache, die man zwar spricht, während man aber weiterhin in der eigenen Sprache denkt. Das muss doch wenigstens den Klügsten auszutreiben sein! Ohne dabei einen Erfolg errungen zu haben, verlasse ich Würzburg auf keinen Fall!«

Mit Ausnahme des Kollegen von Textor, des Dienstältesten in der Runde, hörte Karl die Kollegen erleichtert ausatmen. Er selbst hielt nicht viel vom Mikroskop, aber das brauchte er ja nicht offen kundzutun. Wichtiger für den Ruf der Alma Julia und des Spitals war, dass Virchow länger blieb und weiterhin Studenten anzog. Er führte das große Erbe von Karls verehrtem Mentor Johann Lukas Schönlein fort, der seinerzeit das Juliusspital zum begehrtesten Lehrkrankenhaus weit und breit gemacht hatte.

Alles entwickelt sich hervorragend, dachte Karl. *Alles – bis auf mein eigenes Befinden.* Sein linkes Auge war fast erblindet, und auch mit dem rechten stand es nicht zum Besten. An manchen Tagen half nicht einmal mehr das Einglas beim Studium der medizinischen Journale, sodass er auf Nannette als Vorleserin zurückgreifen musste. Lange würde er die Demonstrationen am Krankenbett nicht mehr durchführen können, was ihm ausgesprochen leidtat. Karl war davon überzeugt, dass der praktische Unterricht das Wichtigste für die Studenten war. Er führte seinen trüben Blick zum Rauchbierkrug, während Kollege Virchow weiter über das Mikroskop fabulierte.

Ein Jahr war inzwischen vergangen, seitdem über Karls zunehmende Kurzsichtigkeit im *Volksboten* zu lesen gewesen war. Ein Redakteur hatte gefordert, dass er wegen seiner Augenkrankheit den Posten als Oberarzt am Juliusspital aufgeben solle, weil Karl die Kranken im Bett schon nicht mehr sah. Als direkte Reaktion auf den Artikel im *Volksboten* hatten seine Studenten ihm einen Brief geschrieben, in dem sie ihn gebeten und darin bestärkt hatten weiterzumachen. Denn ansonsten, so der Inhalt des Briefes, würde die feindliche Denunziation ihren Zweck erfüllen und würden sie einen großen Verlust erleiden. *Allverehrter Lehrer und Freund!* hieß es in dem Brief weiter. *Nehmen Sie als Ersatz für die Kränkungen Ihrer Feinde die Liebe und Achtung Ihrer Freunde.* Bei diesen Zeilen waren nicht nur Nannette die Tränen gekommen.

»Da wäre noch eine Sache!«, hob von Rinecker wieder an. »Die Sache mit dem Antrag, der im vergangenen Jahr beim Senat eingegangen ist. Man verlangt ein Votum von uns, weil wir als Mediziner zuallererst davon betroffen sind.« Franz von Rinecker hatte die versammelten Kollegen vorab bereits über den ungewöhnlichen Sachverhalt in Kenntnis gesetzt. »Bitte eröffnen Sie mir Ihre Gedanken, werte Kollegen.«

Zunächst einmal tranken sie, um noch etwas Zeit zum Nachdenken zu haben. Karl wusste bereits, was er von der Sache hielt, aber es gab ein ungeschriebenes Gesetz in ihrer Runde, wer als Erster das Wort ergreifen durfte.

»Ich sehe die weibliche Sittlichkeit aufs Äußerste gefährdet, sollten wir diesem Antrag stattgeben«, begann Rudolf Virchow erwartungsgemäß. »Die feinen und zartbesaiteten Gemüter würden doch gar nicht ertragen, geschweige denn nachvollziehen können, was wir lehren. Mein Röschen hat sogar Angst vor dem Mikroskop, oder besser gesagt: Furcht«, korrigierte er sich selbst, was Karl bei seinem jungen, viel gerühmten Kollegen nur sehr selten erlebte. Ob es an der heiklen Thematik lag? Immerhin ging es um das weibliche Geschlecht. Bisher waren Frauen stets abseits der Hörsäle im sicheren Zuhause geblieben, ja regelrecht verwahrt worden – wenn er an so manchen Ehemann aus der Nachbarschaft dachte.

»Es macht schon einen enormen Unterschied, ob wir über die Genitalien eines Mannes vor einer ungebildeten Frau dozieren oder dies vor einem medizinkundigen, männlichen Studenten tun!«, vernahm Karl von Virchow. »Und stellen Sie sich vor, welch maliziöse Blicke untereinander getauscht und was für Zoten gerissen werden würden, wären bei solchen Demonstrationen Herren und Damen gleichzeitig anwesend. Dann ginge jeder wissenschaftliche Ernst an der Sache verloren!«

»Zudem würde jeder Kranke, ja jeder Mann, den ich kenne, die Untersuchung durch eine Frau als Zumutung empfinden. Davon bin ich überzeugt«, führte der greise Cajetan von Textor mit brüchiger, altersgeplagter Stimme aus.

Trotz gesundheitlicher Einschränkungen – und darin ähnelten sie sich nur zu sehr – konnten sie beide, von Textor und er, sich nicht vom Juliusspital und von der Universität lossagen. Von Textor war einer der ersten Mutigen gewesen, die Äthernarkose bei einer chirurgischen Operation einsetzten, und er hatte die Wundarznei zu einer Kunst gemacht. Seitdem war der Kollege allerdings chronisch unzufrieden mit sich, den Patienten und der Spitalverwaltung, was Karl sehr bedauerte.

»Sie denken also nicht, dass Frauen zu wissenschaftlichen Konkurrenten für Männer werden könnten?«, fragte Karl in die Runde. Da er als Sehbehinderter immer mal wieder von den Kollegen bemitleidet wurde, würden sie ihm einen provokanten Beitrag am ehesten verzeihen.

»Im Gegenteil, mein lieber von Marcus«, widersprach ihm Virchow, und tatsächlich meinte Karl, so etwas wie Mitleid aus seiner Stimme herauszuhören. »Frauen würden das Niveau des Universitätsstudiums deutlich senken. Sie sind dem Manne geistig klar unterlegen. Einer solchen Fehlentwicklung der Gesellschaft, die ein Frauenstudium ganz sicher mit sich führen würde, kann man nur mit einer ausnahmslosen Eintrittsverweigerung für Frauen in die Welt der Wissenschaft entgegentreten. Nach wie vor! Auch wenn die Staatswissenschaftler das anders sehen.«

Karl war nicht davon überzeugt, dass die Schöpfung die für ein Wissenschaftsstudium notwendigen Qualitäten bei Frauen nicht angelegt hatte. Einen Ausnahmeantrag zu stellen verlangte gerade das, was man bisher nur Männern zuschrieb: Mut. Und warum sollte das beim Intellekt nicht ähnlich sein?

»Wer sollte sonst außerdem unsere Kinder erziehen und den Haushalt leiten?«, fragte Virchow in die Runde, diesmal mit leiserer Stimme. »Und all die Tränen vergießen«, fügte er noch hinzu und nahm dann zuerst eine Prise Schnupftabak, bevor er vor sich hinsprach: »Ich wünschte wirklich, Rose würde weniger weinen, auch unseres Kindes wegen.«

So viel Emotion von dem sonst so harten Virchow machte Karl ganz verlegen. Er nippte unschlüssig am Rauchbier, obwohl er spürte, dass ihm davon schon die Beine schwer wurden.

Im nächsten Moment fand Rudolf Virchow wieder zur gewohnten Selbstsicherheit zurück. »Frauen fehlt es an geistiger Kraft, Logik und Selbstständigkeit. Zudem an der Fähigkeit, Zusammenhänge zu erfassen und sich rasch zu entschließen. Mit Gemütsinteressen, Liebestätigkeit und Nachahmung ist aber keiner

Wissenschaft geholfen. Weib bleibt Weib. Und Mann muss Mann bleiben, bis in die allerletzte Zelle!«

Karl wandte sich an Albert Kölliker, der neben ihm saß. Er hatte den ruhigen Schweizer als einen freundlichen Kollegen kennengelernt, der nie ausfallend wurde, stets beherrscht und besonnen blieb. Allerhöchstens gab er mal einen klangvollendeten Schweizer Jodler von sich.

»Nichts steht dem Weibe weniger als das chirurgische Messer«, ereiferte sich da von Textor, als sei das Hören einer Vorlesung für Frauen das Allerletzte und etwas, was es unbedingt zu verhindern gälte. Von den Nebentischen zogen Rauchwolken zu ihnen herüber.

Damit stand das Votum der Medizinischen Fakultät eigentlich fest. Was Karl aber nicht so einfach durchgehen lassen wollte. Er hob zu einem neuerlichen Einwurf an: »Ist es nicht die Pflicht eines jeden Wissenschaftlers, sich Neuem gegenüber offen zu zeigen? Viele der für uns heute so wichtigen Erfindungen und Entdeckungen konnten nur gemacht werden, weil das Bisherige infrage gestellt wurde. Nehmen wir nur die Entdeckung der Milchstraße vor einhundert Jahren durch Thomas Wright.« Am liebsten hätte Karl die bahnbrechende Evolutionstheorie von Charles Darwin gleich noch mitaufgezählt. Doch die lag erst sechs Jahre zurück, und im katholischen Bayern hätte ihre Erwähnung nur wenig Erfolg, wenn nicht gar Widerstand gezeitigt. Karl erinnerte sich an die Fotografie, die seine Nannette und ihn zeigte und die auch erst dank der Erfindung der fotografischen Technik möglich geworden war. Also noch eine Entdeckung, bei der jemand von einer althergebrachten Vorstellung losgelassen und dadurch etwas Neues, Nützliches ermöglicht hatte. Die Fotografie von Nannette und ihm stand auf der Kommode im Salon. Leider konnte er sie mit jedem Jahr, das verging, weniger gut sehen. Aus zusammengekniffenen, halb blinden Augen schaute er von seinem Krug auf. »Ich kenne schon einige recht kluge Frauen«, führte er an, »die vielleicht sogar für die Wissenschaft geeignet wären, weil sie weniger begriffsstutzig als so manch einer meiner Studenten sind. Zumindest in der Gynäkologie könnten sie ...«

»Was reden Sie da, von Marcus!« Virchow stellte seinen Rauchbierkrug mit einem Knall auf die Tischplatte, was Karl in seiner Einschätzung bestätigte, dass Allwissenheit nicht einmal dem medizinischen Zugpferd des Juliusspitals gut anstand.

»Ich rede lediglich davon, was ich beobachtet habe«, rechtfertigte er sich. »Immer wieder erlebe ich bei weiblichen Patienten, dass sie allein aus Scham eine körperliche Untersuchung ablehnen. Bei einer Ärztin würde dagegen wohl so manch gynäkologische Diagnose fundierter ausfallen, weil diese Scham wegfallen und die Untersuchung stattfinden würde.«

Rudolf Virchow schüttelte vehement den Kopf. Ihm genügten die Beobachtungen eines halb blinden Mediziners nicht, ihm konnte man nur mit Beweisen kommen, am besten unterm Mikroskop, womit Karl in diesem speziellen Fall aber nicht dienen konnte. Obwohl er allein auf weiter Flur argumentierte, dachte er nicht daran, vorschnell aufzugeben. Es war wichtig, dass sie die Sache von allen Seiten betrachteten. »In den Vereinigten Staaten von Amerika sind weibliche Gynäkologie-Studenten keine Ausnahme, sie werden an Frauen-Colleges unterrichtet. In der Schweiz sind Hörerinnen sogar an Universitäten zugelassen.« Er wandte den Kopf zu Albert Kölliker in der Hoffnung auf Unterstützung. Immerhin war der Schweizer Kollege oftmals für eine Überraschung gut. Hatte es Karl doch überrascht zu hören, dass Kölliker ein leidenschaftlicher Turner war, ein wahrer Virtuose an Reck und Barren.

Aber mit einer Überraschung würde es an diesem Abend wohl nichts werden. Denn Albert Kölliker trank nur gedankenversunken – wenn er das richtig erkannte – an seinem Rauchbier und sagte kein Wort. Der Zigarrennebel war dichter geworden. Virchow schnupfte erneut Tabak.

»Würde man in Amerika unsere Debatte führen, wäre das, als diskutierte man über die allgemeine Wehrpflicht, ja, als diskutierte man eine Selbstverständlichkeit!«, führte Karl vehementer aus, sodass sogar Kölliker von seinem Rauchbierkrug aufschaute. Wäre Karl vertrauter mit Albert Kölliker gewesen, hätte er dem Anatomen schon längst empfohlen, sein Licht im direkten Vergleich mit Rudolf Virchow weniger unter den Scheffel zu stellen. Albert Kölliker war der wohl akribischste und schreibfleißigste von ihnen. Die Studenten waren nicht nur wegen seines Wissens, seines athletischen Körpers und seiner schönen Gesichtszüge von dem Schweizer angetan, sondern auch wegen seiner offenen Umgangsart. Kölliker lud seine Studenten regelmäßig in seinen Salon ein.

Anstatt des Schweizers antwortete Virchow: »Wir haben nicht für die Vereinten Staaten von Amerika zu entscheiden, sondern für eine katholische Universität im Königreich Bayern und für das ruhmreichste unter den deutschen Spitälern, dessen langer wissenschaftlicher Tradition wir verpflichtet sind. Deutsche Universitäten sind und bleiben Männeruniversitäten!« Im Nebenraum johlten Studenten im Rauchbierrausch.

»Wollen wir zur Mehrung des Ruhms nicht den besten Nachwuchs für unsere Forschung und für die Patienten haben?« Karl erfühlte eine Bierpfütze neben seinem Krug. »Und wer die Besten sind, ist nicht bewiesen. Ich denke über Vor-Examina für Frauen nach, und dass wir lediglich jene als Hörerinnen zulassen könnten, die die Vor-Examina mit der Note eins abschließen.«

Zu Karls Freude spann Albert Kölliker das Gedankenexperiment nun weiter: »Damit gäben wir den Damen die Möglichkeit, durch Fleiß auszugleichen, was wir Männer ihnen an überlegener Geistesfähigkeit voraushaben.«

Karl nickte gleich mehrmals, so wie es sonst nur seine Studenten taten, wenn sie einen komplizierten diagnostischen Sachverhalt endlich durchdrungen hatten. »Übrig blieben dann nur die allerfähigsten weiblichen Studenten. Alles in allem würde dies bedeuten, dass wir in unseren Hörsälen zusätzlich ein paar fähige Frauen und ein paar unfähige Studenten weniger ausbilden müssten. Und meine Herren, von Letzteren gibt es weiß Gott nicht wenige. Das wissen Sie so gut wie ich.« Was hätte Karl jetzt nur dafür gegeben, den Blick Virchows gestochen scharf zu sehen.

Doch dem kalten Tonfall seiner Antwort nach zu schließen, musste er eisig sein. »Jetzt wollen wir also allen Ernstes noch Weiber als Studenten zulassen? Sie womöglich noch ans Mikroskop oder an den Seziertisch stellen? Nur über meine Leiche!«, erboste sich Virchow.

Karl spürte einen Speicheltropfen auf seiner rechten Wange, schmunzelte aber dennoch. *Nur über meine Leiche!* Ein passenderes Schlusswort für einen pathologischen Anatomen konnte er sich nicht vorstellen. Sein gesunder Menschenverstand sagte ihm, dass es nun genug war und er Virchow besser nicht weiter provozierte, weil dies Auswirkungen auf den Zeitpunkt seiner Emeritierung haben könnte und weil er seine Position bereits zur Genüge klargemacht hatte. Es gab zudem schon genug Stimmen, die ihn – angeblich wegen seiner Augen – am liebsten bei Nannette zu Hause sehen wollten.

»Man wird uns auslachen, die Alma Julia auslachen!«, behauptete Virchow nun. »Und das alles wegen eines Weibes aus der Pleich, ist das nicht das ärmste Viertel in ganz Würzburg? Wer ist die Antragstellerin überhaupt?«

So viel Entrüstung in der Stimme seines Kollegen hatte Karl zuletzt gehört, nachdem die große Bretterwand im Gartenhaus eingestürzt war. Dass moderne Wissenschaftler in ein so marodes Gebäude gesetzt wurden, hatte Rudolf Virchow als geistige Kurzsichtigkeit bezeichnet und betont, dass es das in Berlin an der Charité nicht gegeben hätte.

»Die Antragstellerin ist Fräulein Viviana Bischof«, wusste Karl und wischte sich die feuchten Fingerspitzen an dem sauberen Tüchlein ab, das ihm Nannette jeden Morgen in die Innentasche seines Gehrockes steckte. Aber nicht einmal sie wollten seine fünfzigjährigen Augen noch gut erkennen.

»Wer sind überhaupt ihre Eltern, dass sie ihr die Dreistigkeit eines Antrages an den Akademischen Senat erlauben? Kennt jemand die Familie Bischof? Sind sie Mitglieder der Harmonie-Gesellschaft?«

Bei dem Wort »Harmonie-Gesellschaft« aus Virchows Mund erinnerte Karl sich an den großen Harmonie-Ball vor wenigen Wochen, auf dem Virchow mit seiner Ehefrau Rose die ersten Stunden des neuen Jahres 1852 tanzend und heiter verbracht hatte. Nannette hatte das für ihn gesehen, die ihm auch erzählt hatte, dass zu manch ihrer Stickrunden sogar die traurige Rose kam, wenn auch selten.

»Fräulein Viviana Bischof ist Helfnerin in der Spitalsapotheke«, klärte Karl seine Kollegen auf und nahm gleich zwei Schlucke auf den Schock, den er ihnen mit seiner Antwort verpasste.

»Eine Helfnerin?«, wiederholte Rudolf Virchow ungläubig.

»Meine Herren, bei einer so entscheidenden Angelegenheit bestehe ich darauf, Ihre Voten einzuholen. Professor Schleich, der Senatsvorsitzende, hat mir sein Votum bereits kundgetan«, ergriff nun Franz von Rinecker das Wort und bestellte auch gleich die nächste Rauchbierrunde, bevor Karl ablehnen konnte. »Alle Fakultäten stimmen ab, wobei unser Votum, weil wir von dem Antrag direkt betroffen sind, doppelt zählt.«

Der Senat setzte sich aus den Professoren aller Fakultäten zusammen. Karl wäre nur zu gerne Mäuschen bei den anderen Abstimmungen gewesen. Er konnte sich nur schwer vorstellen, dass die Theologen oder Juristen unvoreingenommener argumentierten als sie hier. Doch er war anderer Meinung. *Wir sind nicht nur verantwortlich für das, was wir tun, sondern auch für das, was wir nicht tun!*, dachte er ganz im Sinne von Molière, dem berühmten französischen Komödiendichter.

»Hand hoch, wer der ausnahmsweisen Zulassung der Hörerin Viviana Bischof zustimmen würde«, bat Franz von Rinecker, bevor die nächsten Krüge gebracht wurden.

Karl wusste, wie Gehröcke und Hemden raschelten, wenn sich Arme hoben. Und er hörte nichts dergleichen. Sie waren fünf Herren, auf ein Remis würde es heute Abend nicht hinauslaufen. *Meine akademische Karriere liegt hinter mir,* dachte er. Außer ein paar Jahre im Kreis seiner Studenten hatte er nichts mehr zu verlieren, was seine widerspenstigen Augen ihm nicht schon zuvor genommen hätten.

Er hob daher als Erster seine Hand, dann horchte er hoch konzentriert in die Runde.

***

15

APRIL 1852

Das Kuvert war aus erlesenem Büttenpapier. »Post vom Senat?«, fragte Viviana und nahm den Brief von Magda entgegen. Es wunderte sie, dass der Brief in der Mühlgasse abgegeben worden war, hatte sie doch die Adresse der Spitalsapotheke als Absender angegeben. Mehr als ein halbes Jahr lag ihr Antrag an den Senat nun schon zurück. Vor lauter Ungeduld hatte sie zuletzt sogar Fräulein Höpfer kontaktiert, die ihr erzählte, dass sie nur zwei Monate auf eine Antwort hatte warten müssen. Sie hatte Viviana vom Wissenszuwachs vorgeschwärmt und vom schönen Gefühl, die Zukunft ein Stück weit mitverstehen und mitgestalten zu können. Aber auch von hämischen und verachtenden Blicken hatte das Fräulein berichtet, sobald es den Hörsaal betrat, um dann an einem Tisch hinter einem Paravent, getrennt von den männlichen Studenten, Platz zu nehmen.

Viviana würde auch mit einem separaten Tisch zufrieden sein.

Die Beschäftigung mit der Medizin lenkte sie vom schäbigen Verhalten ihrer Familie ab, die aufgegebene Todesanzeige hatte sie noch längst nicht überwunden. Sie konnte es einfach nicht akzeptieren, dass ihre Familie eine Versöhnung für immer und ewig ausschloss. Am liebsten hätte sie sie zur Rede gestellt, wusste aber, dass dies rein gar nichts gebracht hätte. Vermutlich würde es ihre Familie, vor allem ihren Bruder, nur noch mehr aufstacheln. Womöglich käme er dann noch in die Mühlgasse und zerrte sie aus der Stadt oder tat Ella etwas an. Wenn Valentin richtig wütend wurde, konnte er unberechenbar sein. Und so nutzte sie, anstatt Valentins Unberechenbarkeit zu provozieren, die wenigen freien Stunden, die sie hatte und in denen Ella bereits schlief, um sich für eine mögliche Anhörung vor dem Senat vorzubereiten.

In Professor von Marcus' Manuskript mit dem Titel *Über die Entwicklung und den gegenwärtigen Standpunct der Medicin* las sie nun jeden Abend und lernte dabei, dass die Medizin in den letzten Jahrzehnten große Fortschritte gemacht hatte. Vor allem was die diagnostische Treffsicherheit unter Einbezug neuester physikalischer, chemischer Erkenntnisse und der Vergleichenden Anatomie für die medizinische Wahrheitsfindung betraf. Unbefangenheit, geistige Freiheit und Wahrheitsliebe hätten den Arzt zu führen, auch davon schrieb Professor von Marcus. Woraus Viviana schloss, dass die Wahrheit anscheinend nicht nur für ihre Familie eine Herausforderung darstellte! Ebenso wichtig waren laut dem Professor aber auch Fleiß, der durch beständige Übung und Beobachtung, also durch Erfahrung, bereichert werden musste. All dies sei neben der Begeisterung notwendig, um ein guter Arzt zu werden. Was letztendlich das Ziel eines jeden Mediziners sein sollte.

Unter den erwartungsvollen Blicken von Ella, Wenke und Bruno riss Viviana nun ungeduldig das Kuvert auf. Sie zog ein seidenmattes Papier aus ihm heraus und entfaltete es mit schwitzigen Fingern, um gleich darauf heftig zu schlucken. Denn am oberen Rand schimmerte das Signet des Bankhauses Winkelmann: Es zeigte die in eine Münze eingeprägte Stiftskirche des Hauger Viertels, in dem ihr Großvater väterlicherseits aufgewachsen war, und den Merkurstab als Symbol des Handels, weil das Bankhaus mit Handelskrediten Geld verdiente. Darunter stand von geschwungenen Linien gekrönt: *Johann G. Winkelmann & Cie.*

»A Dienstmädle hat mir den Brief gäbe und nur dein Vorname genannt, sonst nix«, hörte sie Magda sagen, und dass sie gerade in dem Moment von einer Kundin zurückgekommen sei, der sie einen Stapel Hemden ausgebessert habe.

»Vater schreibt mir?«, fragte Viviana verwundert, ohne den Blick vom Signet zu nehmen. Der Geruch von Kräutertabak stieg ihr in die Nase, und der Geschmack von süßem Most breitete sich auf ihrer Zunge aus. Im nächsten Moment roch sie aber auch Erde und feuchten Stein, wovon es in der Familiengruft viel gab.

»Vater, Vater«, wiederholte Ella plappernd.

Magda nahm die Kleine hoch, obwohl Bruno seine Arme ebenfalls nach ihr ausstreckte. »Kommt Kinner, mir schäle uns in der Küche en Apfel. Ich hab Hunger wie a Wildsau.«

»Mama traurig?« Ella reckte ihre Ärmchen in Vivianas Richtung.

»Ella kann helfen, Äpfel zu schäle. Die isst die Mama gerne«, erklärte Magda dem Kind, und auch Wenke half, Ella vom Gang in die Küche zu überzeugen.

Viviana zog sich in ihre Kammer zurück. »Vater, hast du uns also doch nicht ganz vergessen?«, flüsterte sie vor sich hin. Vor zwei Jahren hatte sie ihn das letzte Mal gesehen. Wie konnte es sein, dass er einerseits als Familienoberhaupt ihre falsche Beerdigung zu verantworten hatte und ihr andererseits nun schrieb?

Aber der Brief enthielt gar kein persönliches an sie gerichtetes Schreiben, sondern nur eine Geldanweisung, die sie auf dem Königlich Bayerischen Postamt in Gulden eintauschen konnte. Die Anweisung lautete über zwanzig Gulden. So viel verdiente sie als Helfnerin in der Spitalsapotheke im ganzen Jahr nicht, und auch Magda und die Kinder kamen in guten Jahren mit ihren Näharbeiten nicht auf einen solchen Verdienst.

Viviana strich über die Unterschrift ihres Vaters. Die Buchstaben waren klein und spitz. *Genauso klein und spitz schreibt er auch immer lange Zahlenreihen in seine Kontenbücher,* dachte sie wehmütig. *Der förmlichen Geldanweisung fehlt jedes persönliche Schreiben. Vater, wie geht es dir? Willst du die Beerdigung wiedergutmachen? Und dich wieder mit mir versöhnen? Wenn es so wäre, würde ich dir gerne von meinem Antrag an den Akademischen Senat erzählen. Du hast die Fähigkeit, selbst in der schwierigsten Lage ruhig zu bleiben und der Familie zu zeigen, dass du alles im Griff hast, dass alles gut werden wird und es immer einen Ausweg gibt, aus jeder noch so verfahrenen Situation.*

Nachdenklich schaute sie auf das Kuvert. Weder war es adressiert noch mit einer Briefmarke oder einem Stempel versehen. Ihre Familie wusste also, wo sie wohnte, und bestimmt auch, dass Ella bei ihr war. Wie sonst hätte eines der Dienstmädchen Magda Vogelhuber finden können?

Nachdem Vivianas ärmliche Kleidung beim Kutschunfall deutlich auf die Pleich als ihren Wohnort hingewiesen hatte – nirgendwo sonst in Würzburg waren die Leute so farblos und einfach gekleidet –, war es vermutlich nicht allzu schwer gewesen, sie ausfindig zu machen. Die Pleich war nicht groß, hier kannte jeder jeden und war dankbar für eine Münze, die er im Gegenzug für eine Information oder die Nennung eines Namens zugesteckt bekam.

Nun bereute Viviana jenen Tag vor drei Jahren, an dem die erste Fotografie von ihr gemacht worden war, weil diese – anders als ein Familienporträt an der Wand im Salon – einfacher herumgezeigt werden konnte. Doch Valentin, dass wusste sie, würde ihren Verbleib in Würzburg nicht so einfach hinnehmen. Er hatte ihr nicht umsonst gedroht, sollte sie die Stadt nicht verlassen, wie er es gefordert hatte. Sie musste sich vor ihm in Acht nehmen. Noch immer sah sie sein zorniges Gesicht vor sich. Und wütend war er immer, wenn die Dinge nicht so liefen, wie er es wollte. Vielleicht hatte ihr Vater Valentin ja sogar verboten, sich ihr zu nähern, anders konnte sie es sich nicht erklären, dass er ihr nicht erneut gedroht oder sie fortgejagt hatte.

Viviana legte den Briefumschlag unter ihr Kissen. *Verschwinde aus der Stadt!* Valentins Worte hatten jeden Gang außerhalb der Pleich zu einer Zerreißprobe gemacht. Wie eine gesuchte Kriminelle hatte sie sich zuletzt durch die halbe Stadt zum Sitz des Senats geschlichen, um bei dessen Pförtner nachzufragen, ob er ihren Brief auch wirklich abgegeben hätte, was dieser ihr versicherte.

In Gedanken ging sie zum hundertsten Mal jeden einzelnen Satz ihres Antrages durch und konnte an keinem etwas Verfängliches finden. Sie war Magda dankbar dafür, dass sie sie dazu gedrängt hatte, den Antrag zu stellen. Aber warum dauerte die Entscheidung in ihrem Fall so lange?

✻

Am Folgetag, an dem sie im Auftrag des Apothekers einen Botengang zu Professor von Rinecker in die Poliklinik in der Oberen Wallgasse erledigte, traf Viviana Hubertus wieder. Er strahlte, als er sie sah, und lud sie für den Abend ein.

Viviana zögerte zuerst, sagte dann aber doch zu, ihn in eine der studentischen Weinstuben zu begleiten. Wäre dies doch eine willkommene Ablenkung vom ewigen Warten auf den Senatsbescheid und ständigen Grübeln über die Absichten ihres Vaters. In Hubertus' Gegenwart fühlte sie sich wohl, er war anders als Otto Hauser, anders als Paul. Nach der Arbeit schaute sie schnell nach Ella, sprach sich mit Magda ab und ging dann in die Weinstube, wo Hubertus ein Glas Silvaner für sie bestellte.

»Wie kommen Sie mit Ihrem Studium voran, und wie geht es den kranken Kindern in der Separat-Anstalt?«, erkundigte sich Viviana noch vor dem ersten Schluck. Hubertus war, was sie so gerne sein wollte: ein Vorzeigestudent der Medizin.

Hubertus erzählte ihr von seinen Fortschritten im Studium. Oft sprach er sie an diesem Abend auch mit ihrem Vornamen an. »Viviana, Sie sollten wissen …«, oder »Viviana, das ist mir sehr gut gelungen«. *Er ist so selbstsicher wie Valentin, aber weniger manipulativ,* dachte sie. Außerdem sprach er ihren Namen so wohl- und angenehm weich klingend aus.

Mehr als einmal musste sie sich jedoch dazu ermahnen, sich nicht allzu interessiert an seinen Ausführungen zu zeigen, um ihn nur ja nicht merken zu lassen, wie gerne sie Vorlesungen hören würde, wenn sie nur dürfte.

Hubertus senkte seine Stimme, um bedeutungsschwer zu eröffnen: »Professor von Rinecker schreibt gerade Medizingeschichte, Viviana.«

Viviana ließ diesen Satz eine Weile auf sich wirken. Das erste Mal seit dem Erscheinen der Todesanzeige kribbelte es wieder unter ihren Fußsohlen. Sie zweifelte nicht daran, dass der leidenschaftliche Hubertus mit dem blonden Haar und den hellgrünen Augen eines Tages einer der besten Kinderärzte Frankens sein würde, weil er von den Besten lernen durfte. So streng oder tadelnd die Professoren auch schauen mochten, begeisterten sie dennoch ihre Studenten. Aber nicht nur Wissen, Fleiß und Erfahrung, sondern auch Begeisterung machten einen guten Arzt aus, wie sie mittlerweile wusste. Denn so stand es in Professor von Marcus' Manuskript geschrieben.

»Und wissen Sie was? Zukünftig darf ich die Separat-Anstalt mit voranbringen, an der Seite von Professor von Rinecker! Ist das nicht wunderbar?« Hubertus strahlte übers ganze Gesicht.

»Er hat Sie ...?« Viviana stockte der Atem vor Begeisterung. Sie hätte ihm am liebsten applaudiert, wie seine Kommilitonen damals in der Diagnostikvorlesung, verkniff es sich aber.

»Ja, und Ihnen wollte ich es als Erster sagen.«

Viviana lächelte. Ihr wurde warm, vielleicht ein Zeichen, dass sie sich an Hubertus' Seite wohlfühlte.

Hubertus rutschte auf der Bank näher an sie heran. »Seit gestern bin ich offiziell Doktorand von Professor von Rinecker an der Separat-Anstalt. Alle Prüfungen sind bestanden!«

Wenn er so strahlt und so leidenschaftlich über seine medizinische Zukunft spricht, ist er ausgesprochen anziehend, dachte Viviana bei sich und sagte dann: »Ich gratuliere Ihnen zu diesem Erfolg.« Sie stellte sich vor, wie es wäre, leicht über Hubertus' Schmiss an der linken Wange zu streicheln. Ob er dort besonders empfindlich war? Doch sie hielt sich mit Berührungen zurück. Den Fehler, den sie mit Paul gemacht hatte, wollte sie nicht wiederholen. Ihr nächster Mann musste geduldiger sein und vor allem verantwortungsvoller. Er sollte für Kinder da sein und nicht vor ihnen weglaufen, sobald sie auf der Welt waren. Sie hatte schon immer eine ausufernde Fantasie gehabt. Versuchte sie doch gerade verwegen weit in ihre Zukunft zu schauen.

Wenn Hubertus an ihrer Seite wäre, hätte sie wohl auch die Gewissheit, dass Ella nie an einer Kinderkrankheit sterben würde; wollte er doch der beste Kinderarzt Frankens werden. Und so wie Hubertus über Kinder erzählte, hätte er auch Verständnis für die vielen Fragen ihrer Tochter. Mama, warum ist der Himmel blau? Warum schlafen Menschen auf der Straße, wo dort doch gar kein Stroh liegt und kein Bett steht? Warum gehen so viele Menschen zu den Engeln, wo du arbeitest? Gibt es bei den Engeln auch süßen Most?

Viviana erhob ihr Weinglas und prostete Hubertus zu. »Ich wünsche Ihnen alles Gute für Ihre Arbeit in der Separat-Anstalt.«

Sie trank einen Schluck. Hubertus war so hungrig auf das Leben, auf Menschen und die Medizin. Das hatte sie noch nie so erlebt und empfand es als wohltuend. Er war ein Sonnenschein von einem Mann.

»Sobald ich mein Promotionsexamen abgelegt habe, würde ich gerne meine eigene Praxis für die Kleinsten unter den Kranken und Presshaften eröffnen.«

»Sie wollen das Spital verlassen, Hubertus?«, fragte sie überrascht. Wissenschaft war nur an einem Spital mit einer großen Anzahl an Patienten, einer ungeahnten Bandbreite an Krankheiten und Krankheitsverläufen und den zugehörigen Sektionen möglich.

»Zuallererst möchte ich viele Kinder heilen«, bestätigte er ihr und nickte gleichzeitig zwei Männern zu, die ebenfalls die Farben der Teutonia trugen und am Nachbartisch Platz nahmen. »Ich möchte, dass Kinder aus ganz Franken zu mir in die Praxis kommen.«

Das sah sie nun ganz anders als Hubertus. Wenn Frauen studieren dürften, würde sie heilen *und* forschen. Denn nur die Wissenschaft ermöglichte es, immer mehr Krankheiten zu verstehen und zu heilen.

»So nachdenklich?« Hubertus legte seine Hand auf die ihre.

Sie ließ es zu. Sie suchte noch nach den richtigen Worten, als er mit der freien Hand in seine Ledertasche fasste und etwas daraus hervorholte. »Ich habe ein kleines Geschenk für Sie.« Er hielt ihr einen in Seidenpapier eingeschlagenen Gegenstand hin. »Ich bin sicher, es steht Ihnen hervorragend, Viviana.«

Das Papier knisterte, als sie das Geschenk entgegennahm. Sie schlug es auf. »Ein Sonnenschirm?« Es war ein zarter, kurzstieliger Schirm mit einem kleinen, grünlich glänzenden Dach. »Das ist ein sehr vornehmer Sonnenschirm«, rang sie sich ein Kompliment ab.

»Nicht wahr?« Hubertus nickte begeistert. »Ich dachte mir, dass Sie Ihr hübsches Gesicht vor der Sonne schützen sollten.«

»Oh, gewiss«, sagte sie daraufhin nur, weil es sie nachdenklich stimmte, dass ihm vornehme Blässe offenkundig so wichtig war. Einmal davon abgesehen, dass das kleine Dach des Schirmes kaum größer als ein Taschentuch und damit mehr modisches Accessoire als Sonnenschutz war. Über ein Hörrohr hätte sie sich mehr gefreut.

»Ich möchte wissen, was Sie denken«, sagte er, als Viviana den Schirm beiseitelegte. Er streichelte ihre Fingerknöchel.

Sie genoss seine Zärtlichkeit. »Ich dachte gerade daran, wie vielen kranken Kindern Sie helfen werden, Hubertus.« Das war zumindest, was ihr vor der Übergabe des Geschenks durch den Kopf gegangen war.

»Ich überlege gerade, in meiner Promotion den Stickhusten näher zu untersuchen.«

»Den Stickhusten?«, fragte sie nach.

»Das ist ein keuchender, schwerer Husten«, begann er ihr zu erklären, woraufhin sie den Sonnenschirm schnell vergaß. »Von manchen Medizinern wird er deshalb auch Keuchhusten genannt. Viel mehr Kinder könnten ihn überleben, würde er nur rechtzeitig erkannt und behandelt werden. Professor von Rinecker hat mir dieses Thema vorgeschlagen.« Er nahm ihre Hand vom Tisch auf. »Nach dem Abschluss meiner Promotion möchte ich auch heiraten und eine Familie gründen. Sie wissen, wie sehr ich Sie schätze, Viviana.« Gekonnt küsste er ihre Fingerspitzen, aber sie entzog ihm ihre Hand und griff, um ihn nicht allzu sehr zu kränken, nach ihrem Weinglas, führte es zum Mund und trank einen Schluck. So schnell durfte sie sich nicht noch einmal verlieben! Sie wechselte das Thema. »Stimmt es, was man sich von Professor von Rinecker erzählt? Ich meine damit seine Impfexperimente gegen die Syphilis«, fügte sie erklärend hinzu. Unter den Wärterinnen und Studenten wurde viel geredet, und nicht alles entsprach der Wahrheit, wie Viviana inzwischen mitbekommen hatte. Auf diese Weise hatte sie zudem erfahren, dass sich die Herren Professoren jedes Jahr am Maximilians-Tag zum Professorenschnaps in der Pfründner-Aufnahme trafen, und auch, wer von ihnen dann am eifrigsten becherte. Und zuletzt eben, dass Professor von Rinecker wegen seiner Impfexperimente strafrechtlich belangt werden könnte.

»Was erzählt man sich denn über ihn, dass Sie sich Ihren schönen Kopf darüber zerbrechen?«, fragte Hubertus und sah sie beunruhigt an.

»Dass er Probleme wegen seiner Impfversuche bekommen und man ihn anklagen könnte«, entgegnete sie und wusste selbst nicht, was sie von der Angelegenheit halten sollte. Auch für Otto Hauser gab es kein interessanteres Thema mehr als die Syphilis-Impfungen, und vor wenigen Tagen hatte sich sogar der sonst so stille Apotheker nach dem diesbezüglichen Stand der Dinge erkundigt. Die Impfungen, so schien es Viviana anhand der Berichte des Gesellen, waren von Rineckers bisher größter wissenschaftlicher Versuch auf dem Gebiet der Haut- und Geschlechtskrankheiten. Er wollte nichts Geringeres, als den großen Syphilis-Forscher Philippe Ricord in Paris widerlegen. Von Rinecker untersuchte mit seinen Impfexperimenten die konstitutionelle Syphilis. Viviana hatte bislang nicht einmal gewusst, dass es die konstitutionelle Syphilis überhaupt gab. Für den Nachweis der Übertragung von Mensch zu Mensch hatte Professor von Rinecker seinen Probanden ein Sekret aus der Aknepustel eines syphilitischen Kindes geimpft. Nun warf man ihm vor, er hätte sie damit in Lebensgefahr gebracht.

Viviana umschloss ihr Weinglas mit beiden Händen. »Was würde dann aus der Separat-Anstalt, wenn Professor von Rinecker ins Zuchthaus käme?« Bei der Vorstellung, tagelang in eine düstere, kalte Zelle gesperrt zu werden, fühlte sie sich sofort an ihre Zeit im Kloster erinnert und an die Grabkammer, von der sie seit der Todesanzeige träumte. Viviana fröstelte allein bei dem Gedanken daran.

»Das wäre unvorstellbar!« Hubertus nahm einen langen Schluck vom Wein, als könne er den Gedanken an eine mögliche Verhaftung damit fortspülen. »Professor von Rinecker würde niemals einen Probanden in Lebensgefahr bringen. Aber sagen Sie mir bitte, Viviana«, er zögerte, »wieso beschäftigen Sie die Impfversuche von Professor von Rinecker?«

»Mich interessiert die Medizin«, gestand sie leise, was Hubertus zu irritieren schien. Denn er betrachtete sie eine Weile eindringlich, wechselte dann das Thema und erzählte von seinen Eltern in Ansbach. Als er dann auch noch auf seinen Wunsch, ihre Eltern kennenzulernen, zu sprechen kam, lenkte sie ihrerseits vom Thema weg und befragte ihn zu Würzburg. Die Wahrheit über ihre Familie wollte sie ihm ersparen. Vorerst zumindest.

※

Das Laboratorium mit seinen rußgeschwärzten Wänden und den vielen empfindlichen Gerätschaften war für Viviana der interessanteste Ort der Apotheke. Früher waren hier chemische Demonstrationen abgehalten worden. In ihrer Fantasie tauchten deshalb Studenten um sie herum auf und drängten sich an die Destillationsaufbauten auf den Öfen. Viviana vernahm im Geiste, wie ein Professor über die chemischen Reinheits- und Identitätsprüfungen der als Heilmittel eingesetzten Stoffe und über den Weingeist dozierte. In Wahrheit waren es jedoch Otto Hausers Ausführungen, die sie hörte.

Sobald Viviana sich unbeobachtet fühlte, stellte sie – ebenfalls in ihrer Fantasie – dem Professor an der Destillationsapparatur eine Frage, kam mit den anderen Studenten ins Gespräch und tauschte sich mit ihnen über Vorlesungsnotizen aus. Einmal erwischte sie sich, wie sie dabei Hubertus' Namen vor sich hin sprach.

»Viviana, würden Sie Holz nachlegen?« Otto Hausers Stimme holte sie aus ihren Gedanken. Der Geselle legte seine Hand fürsorglich auf ihre Schulter, beinahe wie ein Vater, und deutete zur bereits geöffneten Tür des Ofens, auf dem sie über freiem Feuer destillierten. Zwei weitere Öfen dienten der Sandbad- und der Wasserbaddestillation.

»Ich war nur kurz …«, wollte sie ihm erklären, aber da lächelte er auch schon verständnisvoll und meinte nur: »Ist schon gut.« Er war, wie schon so oft in den letzten Wochen, nachsichtig mit ihr.

Während sie mehrere Holzscheite nachlegte, hoffte sie auf die beruhigende Wirkung des Zedernholzöls, das seinen würzigen Geruch bereits im ganzen Raum verströmte. Es war eines der ätherischen Öle, welches sie über freiem Feuer durch Wasserdampfdestillation der Zedernholzspäne gewannen. Neben seiner beruhigenden Wirkung half das Öl auch, den in der Lunge vorhandenen Schleim zu verflüssigen, was den Bronchienkranken des Juliusspitals das Abhusten erleichterte.

Mit einem Scheit in der Hand dachte Viviana, dass sie dem kleinen Bruno beim nächsten Anfall der Bronchienkrankheit auf jeden Fall ein oder zwei Tropfen Zedernholzöl ins Gurgelwasser geben wollte. Professor von Marcus' Hinweise damals, als Viviana Zeugin seiner Demonstration am Krankenbett geworden war, hatten Bruno zwar schnelle Linderung verschafft, aber die Krankheit kam dennoch regelmäßig zurück.

Viviana sog den Geruch des Öls tief ein, während ihr Blick der Form des Schnabels, dem langen Glasrohr des Destillierhelms, hinab folgte. In ihm verflüssigten sich die Dämpfe, um dann im nächsten Schritt als Kondensat in den Auffangkolben zu tropfen. Heraus kam ein Destillat von einem schönen, hellen Gelb, dessen Farbe an Rapshonig erinnerte. Auch wenn sie schon häufiger beim Destillieren geholfen hatte, war der Vorgang jedes Mal immer wieder hochinteressant zu verfolgen.

Viviana schaute Otto Hauser an, glaubte sie doch, seinen verträumten Blick auf sich gespürt zu haben. Oder hatte der Geselle nur die gläserne Apparatur geprüft? Sie schenkte ihm ein freundliches Lächeln, weil er nicht so streng und so verschlossen wie der Apotheker war, sondern ein Mensch, mit dem man komplikationslos zurechtkam. In den Wochen nach dem Kutschunfall hatte er sich noch mehr um ihr Wohlbefinden bemüht als zuvor und ihr heimlich sogar eine Salbe aus Brennnessel- und Arnikatinktur sowie Kampfer für ihr schmerzendes Fußgelenk angefertigt und geschenkt.

Zum Dank war sie dafür seinem Wunsch nachgekommen, ihn in der Mittagspause auf einen Spaziergang im Spitalgarten zu begleiten. Ihr Interesse am Spital war ihm aufgefallen, sodass er sie im Anschluss gleich noch etwas herumgeführt hatte, unter anderem auch an der Separat-Anstalt für kranke Kinder in der Oberen Wallgasse vorbei. Dort, so hatte er ihr erklärt, hielt Professor von Rinecker im Erdgeschoss auch den poliklinischen Unterricht ab, die ursprünglichste Form des ärztlichen Unterrichts. Jeder Kranke der Stadt konnte in den poliklinischen Behandlungsraum kommen und wurde dann vor den Augen der Medizinstudenten untersucht, ohne erst die komplizierte Aufnahmeprozedur des Spitals durchstehen zu müssen. Während dieses Spaziergangs hatte Otto ihr anvertraut, dass er in wenigen Jahren selber Apotheker sein würde und schon bald genug Geld für seine Zukunft zusammengespart hätte. Als sie auf dem Rückweg das Gartenhaus passierten, schaute Viviana durch die großen Fenster des Gebäudes hindurch und meinte, die Umrisse der Tribüne im anatomischen Theater und die Holzstützen zu erkennen.

Bisher war Otto Hauser so diskret gewesen, sie zu dem Unfall mit der Kutsche nicht weiter zu befragen. Genauso wenig hatte er den Umstand, dass eine Helfnerin wie sie einen vornehmen Herrn kannte, der sich einen Glanzzylinder leisten konnte, jemals zur Sprache gebracht. Auch daran dachte Viviana in diesem Moment im Laboratorium.

»Fräulein Bischof, mich beschäftigt etwas. Ich ... na ja ... es ist so ...«, begann Otto Hauser ausgerechnet in diesem Moment im Angesicht der dampfenden Apparatur, vor sich hin zu stammeln. Nervös strich er mit den Händen über seinen Kittel. Ein Scheidetrichter fiel zu Boden.

Viviana wurde nervös, forderte er jetzt doch noch eine Erklärung zu dem Vorfall ein? Klung, klung, klung, drang es dumpf durch die Türritzen des Materiallagers zu ihnen. Sie hob den Trichter auf und verstaute ihn umständlich in einer Kiste im Regal neben dem Eingang, um Zeit zu gewinnen. Danach machte sie sich sogleich an das Sortieren der Scheren und die Reinigung der Gießform für Stuhlzäpfchen. Als es nichts mehr gab, was sie sortieren oder reinigen konnte, und Otto Hauser sie anschaute wie eine Erscheinung, bat sie: »Ich möchte nicht über damals sprechen.«

Er antwortete sofort: »Das möchte ich auch nicht. Sprechen wir über die Zukunft, über unsere Zukunft.« Er machte einen Schritt auf sie zu. »Ich habe mich in Sie verliebt, Fräulein Bischof, und möchte, dass Sie meine Frau werden.« Er lächelte sie scheu an.

Viviana wusste nicht, wie ihr geschah. Verliebt ... seine Frau werden? Sie wich ihm und einer Antwort aus, indem sie zur Samenpresse hinüberging.

Doch er folgte ihr, bis sie mit dem Rücken an der Wand neben der Presse stand.

»Wenn wir erst verheiratet wären, bräuchten Sie hier nicht mehr zu arbeiten. Sie haben so wunderschöne, filigrane Hände, die könnten Sie dann schonen.«

Bevor Viviana sichs versah, fasste er nach ihrer Linken und

drückte einen Kuss darauf. Seine Lippen waren feucht und klebrig. Hubertus' Handkuss hatte sich viel angenehmer angefühlt.

»Ich möchte Sie an meiner Seite haben, ohne den ganzen Schmutz und den Gestank der Apotheke. Ohne dass Studenten oder wollüstige Pfründner Ihnen nachschauen«, gestand er.

Viviana entzog ihm ihre Hand. »Ich möchte Sie nicht heiraten«, erklärte sie ihm ohne Umschweife schonungslos.

Worauf Otto Hausers Gesichtsausdruck allerdings nur noch zärtlicher wurde. »Ich kann Ihre Liebe doch spüren«, sagte er. »Wollen Sie mir Ihre Liebe nicht auch gestehen?«

Viviana schüttelte den Kopf und wollte an ihm vorbeigehen, aber da umschlangen sie seine Arme wie die Eisenstäbe der Käfigbetten der Verrückten in der Irrenabteilung.

»Schon von Beginn an war etwas Besonderes zwischen uns. Erinnern Sie sich, wie Sie mein Lächeln vom ersten Tag an erwiderten? Wie verträumt Sie noch heute jeder meiner Erklärungen lauschen?«

Viviana holte tief Atem und musste sofort von der mit Zedernholzöl geschwängerten Luft husten. Niemals hätte sie solche Gedanken hinter Ottos Entgegenkommen vermutet.

»Und unsere Spaziergänge erst. Wir lieben uns, da bin ich ganz sicher!«, drängte er und schlang seine Arme noch enger um sie. »Erhören Sie mich, liebstes Fräulein Bischof. Darf ich Sie endlich Viviana nennen?«

»Lassen Sie mich bitte los!« Sie versuchte, sich aus seiner Umklammerung zu befreien, aber er hielt sie mühelos in Schach. »Bitte, Herr Hauser!«

Er blieb ruhig. »Erst, nachdem Sie mich geküsst haben, Viviana!« Noch immer lächelte er.

»Niemals!«, presste sie hervor, aber beim nächsten Atemzug spürte sie schon seine feuchten Lippen auf den ihren. Sie würgte vor Ekel.

»Was soll das werden?«, schallte in diesem Moment die Stimme des Apothekers durch das Laboratorium. »Geselle Hauser? Helfnerin Bischof?«

Otto Hauser wich wie ein geschlagener Hund zurück. Mit der Zunge leckte er sich über die Lippen, als wolle er selbst den letzten Rest vom Kuss noch auskosten.

Viviana wäre vor Scham am liebsten im Boden versunken.

Der Apotheker betrachtete sie beide und schob sich die Brille mit dem Zeigefinger den Nasenrücken hinauf. »Geselle Hauser«, sagte er nach einer Weile, »Ihr Destillat wird gerade unrein! Ich bin nicht davon ausgegangen, dass ich Ihnen noch sagen und darauf achten muss, dass Sie die Temperatur ständig kontrollieren müssen. Sie haben das doch bereits hundertmal gemacht!« Dann wandte er sich an Viviana. »Sie, Helfnerin Bischof, nehmen sich sofort der neuen Kräuterlieferungen an und reinigen die Teetonnen im Kräuterboden.«

Viviana nickte betreten und verließ das Laboratorium.

Als sie oben im Kräuterboden angekommen war, ließ sie sich in der Ecke, wo Brennnessel und Giersch aufgehängt waren, an der Wand hinab auf den Boden gleiten. Wie hatte sie nur so blind sein und seine ständigen Aufmerksamkeiten als freundliche Gesten verstehen können? Ausgerechnet sie, die sich seit der Vorlesung von Professor von Marcus in sinnlicher Aufmerksamkeit üben wollte, hatte sich wie ein blindes Huhn verhalten! Wie naiv sie doch gewesen war. Und das nicht erst seit der Todesanzeige, die sie eine Weile keinen klaren Gedanken mehr hatte fassen lassen.

Mit einem Schürzenzipfel wischte sie sich über die Lippen. Sie war überzeugt, dass sie Otto Hausers feuchte Lippen noch wochenlang auf den ihren spüren würde. Viviana zog die Knie vor die Brust und legte ihren Kopf darauf. Sie fühlte sich beschmutzt.

＊＊＊

16

Als der zweite Sommer mit Ella anbrach, hatte der Akademische Senat immer noch nicht auf Vivianas Antrag geantwortet. Lediglich ein weiterer Brief ihres Vaters mit abermals zwanzig Gulden war ihr übergeben worden. Einen Teil davon hatte sie für ein eigenes Bett mit kuscheligem Federbett für Ella, Bruno und Wenke ausgegeben und es an sonnigen Sonntagen zur Tradition gemacht, die gesamte Rasselbande im *Letzten Hieb* auf eine große Kanne Most und ein Stück Strudel einzuladen. Für Wenke wollte Viviana noch eine besonders hübsche Nähnadel erstehen, und für sich selbst hatte sie ein gebrauchtes Stethoskop gekauft, mit dem sie sich fortan der gesunden Lungengeräusche aller Kinder im Haushalt versicherte.

Magda selbst verweigerte jede Untersuchung, so sehr Viviana auch versuchte, sich in sie hineinzuversetzen, und sogar in deren Dialekt mit ihr redete. Es machte Spaß, einige Worte auf die weiche Würzburger Weise auszusprechen. *Die Magda sollt sich schon a weng kümmer, dass sie gsund bleibt. Wenigstens der Kinner wegen.* Aber Magda blieb hartnäckig. *Hardnägich.*

Indem Viviana die Kinder abhörte und abklopfte, festigte sie ihr Wissen zur Auskultation und zur Perkussion. Der Schall, der beim Perkutieren von der Lunge eines gesunden Erwachsenen ausgesandt wurde, tönte tiefer als bei gesunden Kindern, und doch durften bei beiden niemals nur hohe Töne zu hören sein. Dies könnte auf die Infiltration einer Lungenspitze, auf Tuberkulose, hindeuten, so hatte sie es neulich im Lädchen im Grabenberg in einem Buch gelesen. Zum Glück war dies bei Bruno nicht der Fall. Der Wälzer über klinische Diagnostik, der im Lädchen im Grabenberg mit fünf

Exemplaren zu einem eindrucksvollen Stapel aufgetürmt war, ließ sich außerdem detailliert über das Erkennen von Tonreihen und Schallwechseln aus. Als Viviana bei klangbeherrschenden Tönen angekommen war, hatte ein Student sie so grob angerempelt, dass das Lehrbuch fast zu Schaden gekommen wäre. Der junge Herr Weber, der auch bei der Demonstration des Stethoskops und der Perkussionsmethode dabei gewesen war, hatte es ihr förmlich aus den Händen gerissen und das gute Stück anschließend für sich erstanden.

Die Antwort des Senats ließ weiterhin auf sich warten, und seit dem Vorfall mit Otto Hauser bat sie der Apotheker immer wieder einmal um Unterstützung und ließ sie in seiner unmittelbaren Nähe arbeiten. Er war wieder mehr in der Offizin, und sie leistete ihm Handreichungen und füllte das Rezept-Journal aus.

Otto Hauser war hingegen seltener in der Offizin als früher, viele Stunden verkroch er sich im Laboratorium und nannte sie auch wieder »Fräulein Bischof«. Vier Wochen nach dem Vorfall bat er Viviana um Verzeihung. Dabei lächelte er so traurig, dass sie ihm einfach verzeihen musste. Er behauptete, überarbeitet gewesen zu sein. Sie einigten sich darauf, den Vorfall auf sich beruhen zu lassen und nicht weiter zu erwähnen.

Seit dem Vorfall beim Destillieren erklärte Otto Hauser ihr nichts mehr, und Viviana stellte auch keine Fragen mehr. Es war gut, dass sie sich miteinander arrangierten, ansonsten wäre die Arbeit unerträglich gewesen. Die Arbeit, die sie auf keinen Fall verlieren durfte. Nicht nur wegen des Verdienstes, sondern auch, weil es sonst keine Möglichkeit mehr für sie gäbe, etwas über Medizin zu erfahren.

Eine weitere Möglichkeit, neues medizinisches Wissen zu erwerben, bot sich Viviana erst wieder, als der wissenschaftliche Mitarbeiter von Professor Virchow, Doktor Staupitz, in der Offizin auftauchte. Stolz und steif trat er an den Rezepturtisch, hinter dem der Apotheker seiner Arbeit nachging. »Guten Morgen«, grüßte er weder höflich noch freundlich.

Viviana war gerade dabei gewesen, eine der messingvergoldeten Handwaagen zu reinigen, an der noch Reste pulverisierter Nelken hafteten. Sie ließ die Waage sinken. So treffend hatte sich noch keine ihrer Vermutungen bestätigt. Genauso wie Doktor Staupitz nun der Haltung und dem Aussehen nach vor dem Rezepturtisch stand, hatte sich Viviana damals im Gartenhaus den zu der Stimme dazugehörenden Menschen vorgestellt. Genau deswegen hatte sie ihn beim Lauschen auch »Doktor Grimmig« getauft. Mit steifem, sogar leicht nach hinten geneigtem Oberkörper stand er da wie ein selbstsicherer Zinnsoldat. Sein unbeteiligter Blick und seine leicht nach unten gezogenen Mundwinkel ließen sein Gesicht grimmig wirken. Vermutlich zuckten die Letzteren höchstens gerade einmal, während andere Leute schon längst lauthals lachten. Sein Haar reichte ihm fast bis auf die Schultern, sah aber sehr gepflegt aus und schien im Gegensatz zu dem Valentins auch ohne glänzende Pomade zu liegen. Sein Seitenscheitel war akkurat gezogen. Die Koteletten an den Seiten waren perfekt und kürzer gestutzt als bei den meisten Männern. Er war um einen ganzen Kopf größer als Professor Virchow. Eigentlich entsprach Doktor Staupitz' Erscheinung genau dem, was Vivianas frühere Freundinnen als stattliches Mannsbild bezeichnet hätten, wäre da nicht das Steife, Überhebliche an ihm gewesen. Woran Theresa und Katharina-Marie aber keinen Anstoss genommen hätten, da sie zurückhaltendere, unaufdringlicher auftretende Männer nicht mochten.

»Professor Virchow lässt fragen, ob Sie heute Abend auch zu seinem Vortrag kommen werden?«, fragte Doktor Staupitz den Apotheker. Er stand mit vorgerecktem Kinn da, als hätte ihn der bayerische König höchstpersönlich gesandt. »Professor Virchow wird der Welt den Stand seiner neuesten Forschung um acht Uhr im Saal der Harmonie-Gesellschaft verkünden. Es ist ein Vortrag im Rahmen der Physikalisch-Medizinischen Gesellschaft. Es werden Mediziner und Studenten aus ganz Bayern erwartet.«

Etwa über den Menschen, der bis in seine kleinste Einheit hinein naturwissenschaftlich erklärbar und kein Wunder der Schöpfung war? Viviana starrte Doktor Grimmig erschrocken an, die Waage in einer Hand, das Reinigungstuch in der anderen. »Aus ganz Bayern?«, rutschte es ihr vor Verwunderung heraus, dabei hatte sie Doktor Grimmig überhaupt nicht ansprechen wollen.

Sein selbstsicherer Blick traf sie und ruhte lange auf ihr. Kühl und steif.

Viviana senkte den ihren schließlich auf die Waagschale, so unangenehm war ihr der seine.

»Ich werde es leider nicht schaffen«, antwortete Apotheker Carl. Er füllte Ringelblumensalbe in Abgabegefäße, während er sprach. »Drücken Sie bitte Herrn Professor Virchow mein tiefes Bedauern aus. Doch schon morgen früh erwartet man mich für eine Apotheken-Sondervisitation in Nürnberg, wo es um Betrug geht und eine zweite, gutachterliche Meinung von mir erwartet wird. Dafür muss ich bereits heute Abend anreisen.«

»Dann bleibt mir nur noch«, sagte Doktor Staupitz und übergab mit steifer Geste ein Rezept, »mir im Auftrag von Professor Virchow zwei Fässer Branntwein für unsere neuen Feuchtpräparate aushändigen zu lassen.«

Auf den Wink des Apothekers hin holte Viviana aus dem Materiallager zwei Branntweinfässer, die laut Beschriftung aus der Destillation vom Januar stammten, und stellte sie vor Doktor Grimmig hin, ohne ihn dabei anzuschauen.

Er bedankte sich dafür beim Apotheker und verließ zusammen mit dem Stößer, der ihm beim Tragen half, die Offizin.

Doktor Staupitz ist ein stolzer Gockel!, dachte Viviana. Schlimmer noch als Kommandant von Öllkau, den ihre Mutter als Anwärter auf ihre Hand bevorzugt hatte, weil er ausgezeichnete Manieren besaß und eine glänzende Karriere vor sich hatte. Als Kompaniekommandant des Königlich Bayerischen Gendarmeriekorps war er der oberste Befehlshaber für polizeiliche Aktivitäten und

Überwachungen in Würzburg, was Viviana für keine angenehme Arbeit hielt. Doch Kommandant von Öllkau hatte im Gegensatz zu Doktor Staupitz bei der Begrüßung wenigstens zu lächeln vermocht.

✻

Zuerst beschmunzelte Viviana ihren Einfall, zog ihn dann aber doch wieder in Betracht, und sah am Ende in ihm sogar die einzige Möglichkeit, die Harmonie zu betreten. Kaum dass die Tür der Offizin hinter Doktor Grimmig wieder ins Schloss gefallen war, hatte Viviana bereits entschieden, dass sie als zukünftige Hörerin von Vorlesungen Professor Virchows Vortrag nicht verpassen durfte. Doktor Grimmig hatte von Medizinern und Studenten gesprochen, die am Abend in die Harmonie kämen. Ihren Eltern oder Valentin würde sie dort also ganz sicher nicht begegnen. Allein schon deswegen nicht, weil sie sich ja noch im Trauerjahr befanden! Noch immer war sie verbittert, wenn sie an die Lügengeschichte dachte, noch immer träumte sie regelmäßig, dass sie bei lebendigem Leib in der Familiengruft eingesperrt wurde.

Viviana erklärte Magda ihren Plan, die daraufhin das Gesicht verzog, als zwänge man sie dazu, saure Zitronen zu essen. Viviana war überzeugt, dass ihre Vermieterin sie für verrückt hielt, aber kurz darauf stand Magda mit einem Berg Anziehsachen vor ihr. »Des is die Sonntagskleidung vom Siechfried«, sagte sie und warf Viviana die Kleidungsstücke nacheinander zu.

Siegfried, Magdas verstorbener Ehemann, den sie nur selten erwähnte, hatte anscheinend gerne Braun getragen. Er war noch vor Brunos Geburt beerdigt worden. Viviana fing jedenfalls ein braunes Paar Hosen auf, ein ebenso braunes Anzugjackett und ein hellbraunes Hemd, an dessen Kragen seitlich eine ebenfalls braune Halsbinde angenäht worden war. Die Kleidungsstücke rochen verstaubt. »Du bist die Beste, Magda!«

Inzwischen war es sieben Uhr. Nur in Unterhemd und Unterrock bekleidet, brachte Viviana Ella in ihre Kammer. Ella hatte gerade von Wenke einen einfachen Steppstich gezeigt bekommen. Ihr nicht einmal zweijähriger Engel mit einer Nadel in der Hand? Wenke arbeitete mit dem Geschenk Vivianas: einer blauen Nadel, auf die Wenke wegen der leuchtenden Farbe besonders stolz war.

»Ella, heute Abend muss ich noch einmal ins Spital. Magda bringt dich dann ins Bett, ja?«

»Kein Schlafen?« Obwohl sich Ellas Augen mit Tränen füllten, nickte sie brav. Das braun gelockte Haar stand ihr wild vom Kopf ab. Je länger es wurde, desto schwerer ließ es sich bändigen. So war es bei Viviana als Kind auch gewesen.

»Mama a weng müd?«, fragte Ella, und Viviana wurde es eng ums Herz, als sie bei Ella den Zungenschlag der Familie Vogelhuber erkannte: »A weng müd?« *Ein bisschen müde?* Kinder sprachen nach, was sie von den Menschen hörten, mit denen sie die meiste Zeit verbrachten. Wehmütig streichelte sie Ella über ihr Kinngrübchen, Pauls Grübchen.

»Mama will lernen, wie die vielen kranken Menschen wieder gesund werden.« Viviana drückte ihr starkes Mädchen ganz fest. »Ich habe dich sehr, sehr lieb.« Sie war so dankbar für Ella. Zumal sie davon überzeugt war, dass sie selbst als kleines Kind nicht so einsichtig gewesen war. Ihre Tochter entdeckte jeden Tag neue Wörter, die sie zu Zwei- oder Dreiwortsätzen kombinierte. Zurzeit trank sie ausschließlich Pfefferminztee und gierte nach Apfelschnitzen, die sie wie Blumen stolz in der Hand hielt, bevor sie in ihr feuchtes Mündchen wanderten. Ella war gesund und fröhlich, es stand gut um ihre Tochter, trotz ihres ungewöhnlichen Starts ins Leben. Ella war der Beweis dafür, dass die Lebenswaage von Gott im Gleichgewicht gehalten wurde. Auf schlechte Tage folgten stets auch gute. Auf eine Todesanzeige folgte hoffentlich eine Zusage vom Senat.

Viviana nahm sich vor, so schnell nicht wieder abends außer

Haus zu gehen. Wenn sie heute Nacht zurückkam, wollte sie der schlafenden Ella leise erzählen, was Professor Virchow so Wichtiges verkündet hatte.

»Ella auch lieb«, antwortete die Kleine und reichte Viviana eines der Arzneifähnchen, die in der Apotheke ausgemustert worden waren und die Viviana ihr als Spielzeug mitgebracht hatte. Ella hatte den Papierstreifen zu einem Ring geformt und die Enden mit ihren kleinen Fingern so verdreht, dass sie zusammenhielten. »Mama lieb.«

Viviana nahm den Ring entgegen und steckte ihn sich an den linken Daumen, für den der Ring immer noch zu groß war, was sie sich aber nicht anmerken ließ. Zwar hatte sie ihre Eltern, den Bruder und ihre Großmutter für immer verloren, aber ganz ohne Familie war sie dennoch nicht.

Ella klatschte vor Begeisterung in die Hände, sodass Bruno in die Kammer gestürmt kam. Er bestaunte den Ring und zog Ella dann mit zu den anderen an den neuen Stubentisch, den Viviana trotz Magdas Protest für die Freundin erstanden hatte. Viviana lehnte sich gegen den Türrahmen und schaute sich in der Stube um. Sie erschien ihr mittlerweile gar nicht mehr so ungemütlich und gedrungen wie bei ihrer Ankunft. Der neue Tisch war stabil und bot allen mehr Platz. Um ihn herum standen gepolsterte Stühle mit Armlehnen, weil Magda und Wenke doch tagein, tagaus darauf saßen und nähten. Aber dass die Stube gemütlicher geworden war, lag nicht an den neuen Möbelstücken, sondern an den Menschen, die den Raum mit ihrer Herzensgüte und Wärme erfüllten.

Viviana löste sich vom Türrahmen und ging in ihre Kammer zurück. Sie war nicht müde, wie Ella vermutet hatte. Im Gegenteil. Seitdem sie am Vormittag von Virchows Vortrag erfahren hatte, war sie hellwach. Sie band sich mit einem länglichen Leinentuch die Brüste flach und verknotete es auf dem Rücken. Eine schmerzhafte Prozedur wie früher, wenn man ihr das Korsett zu besonderen Anlässen besonders eng in der Taille, bis kurz vor der Atemnot, geschnürt hatte. Darüber zog sie Siegfrieds Hemd, und danach kam die Hose dran, als sei es das Normalste der Welt, in die Sachen von Magdas verstorbenem Mann zu schlüpfen. Andererseits war sie darin geübt, sich zu kostümieren. Solange sie zurückdenken konnte, war der Maximilians-Tag für sie schöner als Ostern und Weihnachten zusammen gewesen. Ihre liebste Kostümierung war die einer Taube. Die meisten Komplimente jedoch hatte sie für die Darstellung des Frühlings bekommen.

»Und?«, wollte Magda vom Tisch in der Stube aus wissen, als Viviana sich gerade die Halsbinde am Kragen feststeckte.

Ein fremdes Gefühl war das, so viel Stoff zwischen den Oberschenkeln zu haben und ein viel zu weites Oberhemd zu tragen, das nichts mehr von ihren abgebundenen Brüsten erkennen ließ.

»Es muss irgendwie gehen«, sagte sie und ging in die Kammer zurück.

Kurz darauf reichte Magda ihr durch den Türspalt hindurch eine Kopfbedeckung. Es kostete Viviana etwas Zeit, ihre üppige Haarpracht unter die Kappe mit dem schwarzen, ledernen Schirm zu stopfen. Aber heute Abend durfte sie keine einzige Locke verraten! Die Kappe war für den Abend bestens geeignet, denn sie ähnelte den Kopfbedeckungen der Studenten im Spital, nur wies sie keinerlei Farbe einer Burschen- oder Landsmannschaft auf, weder auf dem Kopfteil noch auf dem Schild. Sie passte Viviana gut, sodass sie sich schon ein bisschen wie ein echter Student fühlte.

Magda bekam einen Lachanfall, als sie die kleine Kammer auf Vivianas Ruf hin betrat und die Tür hinter sich schloss. Viviana hatte Magda zuvor noch nie richtig lachen gehört.

»Gehe ich etwa nicht als Student durch?«, fragte Viviana irritiert. Sie konnte Kinderhände gegen die andere Seite der Tür pochen hören, ließ die Tür aber geschlossen. Besser, die Kleinen sahen sie nicht in diesem Aufzug. Das verwirrte sie nur.

Magda brauchte etwas Zeit, um sich zu beruhigen. »Ich fress an Besen, wenn du damit durchkemmst!«

»Sie müssen mich unbedingt reinlassen.« Viviana drehte nervös Ellas Papierring an ihrem Daumen. »Alles andere wäre eine Katastrophe.« Sie stopfte eine widerspenstige Locke unter die Kappe.

»So a feins Gesicht wie du hat ke Student in ganz Würzburch.« Magda hob Vivianas Kinn mit ihren verhornten Fingerkuppen an und musterte ihr Gesicht. »Aber, du hast fei recht. Wenn's so voll wird, wie du denkst«, sagte Magda, »obwohl ich noch nie von dem Virchow kört hab, dann gehst in der Masse unter. Darfst dich nur ned absetze.«

Viviana drehte ihr Gesicht zur Seite. »Mich wird schon keiner als Frau erkennen, weil alle nur auf Professor Virchow schauen.« Außerdem hatte sie wegen Otto Hausers Übergriff bei der Herzogin des Frankenlandes noch etwas gut.

Magda verschwand und kam mit einem Paar Herrenschuhe und einem Stumpen zurück. »Du riechst noch zu stark nach Frau, des müsse mir auf jede Fall ändern.« Sie zündete die kurze, dicke Zigarre an und reichte sie Viviana.

Nach einem kurzen Zögern zog Viviana daran und hustete, was sie aber nicht davon abhielt, weiterzurauchen. Der unangenehme Rauch kratzte im Hals, dennoch schluckte sie ihn hinunter.

Die Schuhe von Magdas Mann waren ihr ein gutes Stück zu groß, und sie musste deren Spitzen erst mit Papier ausstopfen und ein paar Schritte in der kleinen Kammer tun, um sich an sie zu gewöhnen.

»Du musst a weng mehr männlich und selbstsicher lauf.« Magda wedelte mit ihren riesigen Händen jede Menge Stumpenqualm zu Viviana hinüber. »So is fei besser. Bin trotzdem ned scharf drauf, an Besen zu fresse, auch wenn die Gelbwurst vom Metzger Potzel hinterm Arbeitshaus sicher ned besser schmeckt.«

Viviana drückte Magda, die gar nicht wusste, wie ihr geschah. »Was würde ich nur ohne dich tun?!« Kurz darauf entließ sie Magda aber schon wieder aus der Umarmung, weil sie spürte, dass es der Freundin unangenehm war. Und doch hatte sie Magdas hohes, gerührtes Brummen gehört.

»Am Wochenende kümmere ich mich um die Kinder«, versprach Viviana. »Dann ruhst du dich mal aus. Vielleicht könnte ich uns vom neuen Geld auch ein Dienstmädchen anstellen.«

»Ausruhe? Ich? Und noch a fremdes Weib hier?« Magda schüttelte den Kopf. »Ich mache jetzt mit die Kindle in der Küch Abendbrot. Dann kannst unbemerkt abhaue.«

»Ich schaue nach meiner Rückkunft noch mal nach Wenke«, versprach Viviana. Denn zum ersten Mal, seitdem sie bei den Vogelhubers wohnte, hustete nun auch Wenke. Das Mädchen war zwar von schmaler Statur und wirkte wenig kraftvoll, war bisher aber als Einzige noch nie krank gewesen.

Schon seit dem Wasserholen vor einer Woche, zu dem Wenke noch darauf bestanden hatte, sie zu begleiten, kochte Viviana dem Mädchen mit den kupferroten Zöpfen Lindenblütenaufgüsse. Wenke hatte es ihr mit dem schönsten schüchternen Lächeln von ganz Würzburg gedankt.

Durch das Stethoskop hatte Viviana beim Husten feine Rasselgeräusche in Wenkes Brustraum gehört, die jedoch im Ruhezustand wieder verschwanden, was auf eine Erkältung schließen ließ. Es war ein schönes Gefühl, sich um einen Kranken kümmern und das Stethoskop verwenden zu können. Und auch beim Perkutieren vermochte Viviana die Schallgeräusche zunehmend besser voneinander zu unterscheiden. Nach weiteren drei Tagen war Wenkes Körper heiß geworden, aber Fieber war nicht ausgebrochen. Anderen Kindern in der Pleich erging es ähnlich. Magda hatte darauf bestanden, dass Wenke trotzdem weiterhin nähte. Schließlich brauchten sie das Geld, und schon die neuen Betten hatte Magda von Viviana nur unter Klagen angenommen. Und gestern hatte sich Viviana wegen Wenke das erste Mal mit Magda gestritten, dabei hatte sie diese lediglich dazu bringen wollen, Wenke für eine zuverlässige Diagnose in die Poliklinik des Juliusspitals mitnehmen zu dürfen. Doch Magda hatte sich mit Händen und Füßen dagegen gewehrt, nicht zuletzt deshalb, weil ihre Schwester im Spital nicht vom Fleckfieber geheilt worden war. Wer einmal das Juliusspital betrat, davon war Magda überzeugt, kam dort niemals mehr heraus. In einem Haus voller Krankheiten konnte man einfach nicht gesund werden!

Heute in der Früh nun hatte der Armenarzt eine Grippe an Wenke diagnostiziert, die wohl aus ihrer Erkältung erwachsen war. Solange Wenke nicht glühend heiß wurde, riet er, solle man geduldig ihre Genesung abwarten und ihr hustenlindernde Aufgüsse bereiten. Viviana war zum Ausgleich nach der Arbeit mit Ella und Wenke spazieren gegangen, frische Luft tat vielen Patienten gut. Dabei hatte Wenke keinen Moment ihre Hand loslassen wollen.

Viviana verließ die Wohnung mit einem schlechten Gewissen ihrer Patientin Wenke und auch Ella gegenüber. Zuerst steuerte sie durch die Höfe des Viertels auf Sankt Gertraud zu. Am Portal der Kirche zögerte sie. Die schmucklose, einfache Kirche war ihr Ort der Ehrlichkeit, sie konnte ihn nicht in dieser Maskerade betreten. Also ließ sie die Klinke wieder los, trat einige Schritte zurück und sprach ein Gebet. In Männerhosen bat sie die Herzogin des Frankenlandes für die nächsten Stunden um ihren Beistand und den Allmächtigen um Vergebung für ihre Verkleidung.

Auf dem Weg zur Harmonie korrigierte Viviana ihren grazilen Gang noch ein paarmal. Von ihrer Mutter und in der Töchterschule hatte sie gelernt, ihre Silhouette beim Gehen so schmal wie möglich zu halten, indem sie die Arme eng am Körper führte und keine weit ausholenden Schritte machte. Valentin hingegen lief breitbeinig, bewegte die Arme schwungvoll und stützte gerne einmal, sobald er zum Stehen kam, einen Arm in die Hüfte, was eine breite Silhouette ergab.

Auch ihren Blick musste sie ändern! Als Mann, als Student, musste sie fremden Menschen direkt in die Augen schauen und zum Gruß nicken. Sie durfte ihre Lider nicht brav gesenkt halten, auch das feine stetige Lächeln um die Mundwinkel war überflüssig. *Was das feine Lächeln betrifft, ist meine Mutter die unangefochtene Königin,* ging es Viviana durch den Kopf. Selbst nach mehrstündigen Kaffeevisiten und am Ende eines langen Tages trug sie es unverändert perfekt in ihrem makellosen Gesicht. So unbeweglich, als wäre es in Porzellan gegossen, fiel ihr auf, wahrscheinlich weil sie selbst seit Monaten nicht mehr auf ihre Haltung achtete. Was nichts anderes hieß, als dass ihr Gesicht das widerspiegelte, was sie gerade empfand: Freude, Ärger, Erschöpfung, Begeisterung oder Traurigkeit.

Breitbeinig und mit langen Schritten ging Viviana nun die Theaterstraße hinauf. Mit jedem Schritt schlug ihr Herz vor Aufregung schneller. Ellas Ring ließ sie in der Hosentasche verschwinden, damit sie ihn nicht versehentlich zerriss. Vor Anspannung ballte sie die Hände zu Fäusten.

Die Harmonie befand sich in der Hofstraße Nummer drei. Das Gebäude besass eine Durchfahrt für Kutschen, damit die Gäste im Trockenen vor der Haupttreppe aussteigen konnten.

Eine Weile verfolgte sie, wie eine Kutsche nach der anderen vorfuhr, ihre Insassen ausstiegen und in das Gebäude strömten. Schließlich mischte auch sie sich unter die Studenten und hielt ebenfalls auf die Blütenpracht am Treppengeländer zu. Rote und weiße Ranunkeln wanden sich hundertfach um das Geländer herum. Zu einem voluminösen Bouquet gebunden, hatten diese Blumen alljährlich den Esstisch im Palais geziert.

Der Harmonie-Diener war heillos damit überfordert, jeden Einzelnen vor dem Treppenaufgang zu prüfen. Viviana nutzte diesen Umstand und gelangte, ohne ihm einen falschen Namen angeben zu müssen, so in das Gebäude. Es war lange her, dass sie die Harmonie betreten hatte. Ihre Mutter und Großmutter Ernestine hatten sie zuletzt auf einen Darjeeling in das Konversationszimmer mitgenommen. Zu dieser Zeit war Viviana, ohne es selbst zu wissen, schon schwanger gewesen. Und hätte ihr damals jemand gesagt, dass sie zwei Jahre später in der Pleich wohnen würde, eine Tochter besäße und das Gebäude einmal als Mann betreten würde, hätte sie ihn wider jede Anstandsregel schallend ausgelacht.

In der Eingangshalle vor dem Festsaal schob sie sich mit der Masse durch die zweiflügelige Tür, die weit offen stand und die Besucher gleich im Dutzend verschluckte. Studenten, die sie an ihren Schirmkappen mit den unterschiedlichsten Verbindungsfarben erkannte, ebenso wie Herren im Alter ihres Vaters, die beim Betreten des Festsaals ehrfürchtig den steifen Zylinder abnahmen.

Immer wieder grüßten sich Menschen, und dann stand Viviana plötzlich neben Doktor Hammerschmidt, dem beleibten Hausarzt der Winkelmanns. Sie erkannte ihn sofort, nicht zuletzt an seinen schweren Atemgeräuschen. Seit sie regelmäßig das Auskultieren übte, hatte sie ein besonderes Gehör für die Atmung entwickelt. Ob der Hausarzt möglicherweise Probleme mit der Lunge hatte? Damit er sie nur ja nicht erkannte, stützte Viviana ihre Arme in die Hüften und trat unauffällig an ihm vorbei weiter nach vorne.

Als Viviana den eindrucksvollen Festsaal schließlich von seinem rechten Rand aus bewundern konnte, war seine vordere Hälfte schon mit Zuhörern gefüllt. Der Saal war das Herzstück des Gebäudes, das wohl jeden, der es betrat, verzauberte. Unter der Kuppel war eine mit lichtgrauem Marmor, Rosetten und vielen Bildern verzierte Kassettendecke angebracht, die sich über den gesamten Saal spannte. Die Brüstungen waren mit vergoldeten Arabesken geschmückt. Gesimsträger waren mit vergoldetem Laub verziert und von einer vergoldeten Perlenschnur umfasst. Spiegel mit vergoldetem Rahmen hingen vor den weiß marmorierten Wänden. Vor jedem Spiegel brannten Kerzen. Gold, golden, goldener. Kristallene Lüster unterstützten die Kerzen auf den riesigen Ständern dabei, selbst die schwärzeste Nacht noch tageshell zu erleuchten. Das genaue Gegenteil von der Pleich.

Viviana hatte einen Platz vor einem der Spiegel gefunden. Wohin sie auch schaute, sah sie nur Männer. Zu ihrer Erleichterung kam ihr außer Doktor Hammerschmidt, der nun in sicherer Entfernung ein ganzes Stück weit hinter ihr stand, sonst niemand bekannt vor.

Um Viviana herum kam man miteinander ins Gespräch, als wäre das Interesse an der Medizin ein unsichtbares Band, das alle zusammenschweißte. Es war ein schönes Gefühl, dazuzugehören und bald offiziell eine von ihnen zu sein, wenn auch vorerst nur als Hörerin.

Als Hörerin würde es ihr zwar nicht erlaubt sein, einen Abschluss in Medizin zu machen, Prüfungen abzulegen und was sonst noch für eine Approbation notwendig war, aber es wäre ein Anfang. Wenn doch nur das endlose Warten auf eine Antwort vom Senat endlich ein Ende hätte!

Die Türen wurden geschlossen und die Beleuchtung gelöscht. Die schönen Erinnerungen und das vertraute Gefühl, das sich immer eingestellt hatte, sobald sie den Festsaal der Harmonie betrat, bewirkten, dass ihre Aufregung sich ein wenig legte. Doch so lichtleer wie heute hatte sie den Festsaal noch nie erlebt, was nur gut war, denn die Dunkelheit bot ihr Schutz. Wirklich hell war es nur noch vorne auf dem Podest, um das herum sich einige breitschultrige Studenten wie Schutzmänner postiert hatten. Unter ihnen befand sich auch Hubertus, der wie viele seiner Kommilitonen die Farben der Teutonia an der Kappe trug. Aber diesmal war Vivianas erstes Gefühl nicht Erschrecken wie bei Doktor Hammerschmidt, sondern Freude. Ihr Herz machte sogar einen Satz.

Viviana schaute zur Linken des Podests. Dort standen ältere Herren, unter denen sie im schwachen Licht die Professoren von Rinecker, von Marcus und Kölliker ausmachte. Sie fragte sich, wer von den Professoren es ihr wohl erlauben würde, ihre Vorlesungen zu besuchen. Professor Kölliker hieß es, sei äußerst wohlwollend seinen Studenten gegenüber, ihn würde sie gerne einmal vortragen hören. Professor von Marcus sowieso. Als sie Professor von Rinecker jedoch genauer betrachtete, lief ihr wie beim ersten Sehen ein kalter Schauer über den Rücken. Mit seinem gestriegelten, viel zu langen Kinnbart und seinen eng stehenden Augen, die alles und jeden im Saal zu mustern schienen, wirkte er auch heute wie ein Luchs, dem nichts entging. Aber trotz all ihres Unbehagens Professor von Rinecker gegenüber: Hubertus lernte viel von ihm, und darauf kam es an.

Je aufmerksamer sie den Gesprächen um sich herum lauschte, desto öfter vernahm sie von Rineckers getuschelten Namen. Gut erzogen, wie sie war, wagte Viviana aber nicht, sich umzudrehen, um die Sprechenden in direkten Augenschein zu nehmen. Stattdessen lauschte sie möglichst unauffällig weiter. Man unterhielt sich über die zurückliegende März-Sitzung der Physikalisch-Medizinischen Gesellschaft, auf der Professor von Rinecker von seinen Impfexperimenten berichtet hatte. Viviana erfuhr Näheres über die Probanden, die mit dem Syphilis-Virus geimpft worden waren, um auf diese Weise zu erfahren, ob die Krankheit von Mensch zu Mensch übertragbar war. Sie war ganz Ohr, war doch ein entfernter Verwandter der Winkelmanns an dieser Krankheit gestorben. Sogar in der Apotheke und im Spital waren die Impfexperimente in aller Munde gewesen, und auch Hubertus hatte sich deswegen besorgt gezeigt.

Beim ersten Probanden, »dem übereifrigen Doktor Reubold«, musste Professor von Rinecker mit der Spitze einer Lanzette Syphilis-Eiter unter die Oberhaut des linken Oberarms eingebracht haben, wobei Doktor Reubold ihm seine Not mit seiner wissenshungrigen Ehefrau klagte, und dass es kaum auszuhalten sei, wenn sie ihn ausfrage. Der dritte Proband, so verstand Viviana die beiden Herren hinter ihr, war wohl ein Knabe aus dem juliusspitälischen Siechenhaus gewesen, der an unheilbarem Veitstanz, der Gehirnkrankheit Chorea, litt.

Viviana zuckte wider Willen zusammen. Von Rinecker hatte ein Kind mit der Lustseuche infiziert? Nie würde sie Ella, auch wenn ihre Tochter kopfkrank wäre, den Qualen einer solchen Seuche aussetzen. Auch nicht für die Wissenschaft und die Hoffnung der ganzen Welt auf die Heilung schlimmer Krankheiten.

Viviana hätte den Herren hinter sich gerne noch länger zugehört, gerade waren sie zu den Heilmethoden der konstitutionellen Syphilis übergegangen. Doch bei der Jodkalikur angekommen, verstummten sowohl sie als auch der Rest der Anwesenden schlagartig, denn Professor Virchow hatte das Podest betreten. Er trug das blonde Haar wie mit dem Lineal gescheitelt, eine Brille mit kleinen Gläsern und hatte wie immer eine rote Schleife um den Hals. »Hochansehliche!«, hallte seine Stimme durch den Festsaal.

Viviana konnte hören, dass seine kraftvolle Stimme sogar den Kristallbehang des Kronleuchters über ihr zum Zittern brachte.

»Aus dem Anlass, die Wissenschaft der Medizin weiter voranzutreiben, hat die Physikalisch-Medizinische Gesellschaft erneut zu einer Abendveranstaltung geladen«, begann er. Im Licht der Kerzen wirkte seine Haut fahl. »Auch im Namen meiner Kollegen bedanke ich mich für Ihr zahlreiches Erscheinen.« Virchow nickte bei diesen Worten allerdings nur Professor von Rinecker zu. »Gleichzeitig möchte ich Sie auch auf die wegweisenden Publikationen unserer Gesellschaft hinweisen. Sowohl meinen Vortrag heute Abend als auch die herausragenden Forschungsergebnisse meiner Kollegen können von Ihnen in gedruckter Form erworben werden. Mir ist sehr daran gelegen, dass sich unsere Physikalisch-Medizinische Gesellschaft auch nach außen einem großen Wirkungskreis erschließt. In einem ersten Schritt haben wir heute Abend deshalb nicht nur Mitglieder, sondern auch naturwissenschaftlich Interessierte eingeladen. Unser Ziel ist es, die gesamte Medizin und die Naturwissenschaften zu erforschen. Wir wollen niedergelassene Ärzte zu wissenschaftlicher Tätigkeit anregen und Studenten die Möglichkeit geben, die Forschung ihrer Lehrer zu verfolgen.«

Stürmischer Beifall brandete auf, und Viviana klatschte mit, laut und grob, kein bisschen elegant.

»Das Pathologische Institut der Universität Würzburg mit mir als seinem Leiter hat sich der Naturwissenschaft verschrieben. Ich habe es mir zur Aufgabe gemacht, Krankheiten zu lokalisieren, um sie heilen zu können«, fuhr Professor Virchow fort. »Und zwar frei von Spekulationen allein durch die wissenschaftliche Methode des Beweises, mittels einer großen Anzahl von Sektionen. Meine Aufmerksamkeit gilt dabei nicht der Mischung der Körpersäfte, sondern allein der Zelle!«

»Die Zelle«, wiederholte Viviana leise. Aber was genau war eine Zelle?

»Seit der ersten mikroskopischen Darstellung der Zelle sind zwei Jahrhunderte vergangen.« Professor Virchow wies auf ein großes, aufgespanntes Bild, das von Doktor Grimmig gerade neben das Podest geschoben wurde.

Viviana blickte wie gebannt auf die Abbildung. Vor einem schwarzen Hintergrund schwebten lauter kleine helle, unregelmäßig geformte Gebilde, die sich miteinander zu einem größeren, ebenfalls unregelmäßigen Gebilde verbanden.

»Der brillante Wissenschaftler Robert Hooke legte vor zweihundert Jahren dünne Schnitte von Kork unter das Mikroskop und entdeckte in ihnen Kammern. Diese nannte er ›Zellen‹, weil ihr Aussehen ihn an die Zellen in einem Kloster erinnerte. Hooke hatte damit die Pflanzenzelle entdeckt oder, genauer gesagt, die Zellwände auf den Korkschnitten. Erst zweihundert Jahre später erkannte Matthias Schleiden, dass sich in Pflanzenzellen entscheidende biologische Vorgänge abspielen, sie also mehr als ein Transportkanal für Pflanzensäfte sind. Theodor Schwann übertrug die Ergebnisse Schleidens dann auf tierische Zellen, ging aber weiterhin davon aus, dass Zellen nicht aus zellulärem Material entstehen würden.« Der Professor machte eine bedeutungsschwere Pause, bevor er fortfuhr: »Nun wage ich, Rudolf Ludwig Karl Virchow, zu behaupten, dass Zellen nicht aus fremdem Material entstehen. Würden wir auf der alten Lehrmeinung beharren, wäre das so, als behaupteten wir, Mäuse würden aus Schmutz entstehen und nicht aus dem Material ihrer Eltern.«

Das Publikum lachte amüsiert auf, Viviana aber starrte weiter das Zellbild auf der Leinwand an. Die Korkzelle sah unglaublich aus, sie war riesig, und doch sprach Virchow von etwas, das man nur mit einem Mikroskop sehen konnte, dieser perfekt polierten Messinggerätschaft vorne auf dem Tisch.

»Nun gehe ich so weit, die Forschungsansätze von Schleiden und Schwann auf den menschlichen Organismus zu übertragen und zu erweitern. Ich werde in der nächsten Zeit an die hundert Präparate erstellen, um dem Geheimnis der menschlichen Zelle auf die Spur zu kommen, Hochgeachtete. Meine These lautet, dass Zellen nur aus Zellen entstehen können, indem sie sich teilen und dann heranwachsen.«

»Alles Hirngespinste!«, stammelte der Herr neben Viviana. Dem Alter nach war er kein Student mehr, sondern ein niedergelassener Arzt oder naturwissenschaftlicher Beamter.

»Warum Hirngespinste?«, fragte sie mit tiefer Stimme zurück. Dabei begegnete sie dem Mann mit festem Blick, den Arm in die Hüfte gestemmt.

»Weil Zellen aus Blastem entstehen, nicht aus anderen Zellen!«, bekam sie ganz selbstverständlich erklärt.

Sie fühlte sich schrecklich dumm in diesem Moment. »Natürlich, Blastem.« Sie wollte gleich morgen herausbekommen, was Blastem war.

Je länger Professor Virchow vorne referierte, desto dringender wollte sie auch in seinen Vorlesungen Gasthörerin werden.

»Sollte sich meine These bestätigen, würde dies bedeuten, dass eine Krankheit weder ein fremdes Wesen von außen ist noch – wie die Humoralpathologie behauptet – in den Körpersäften sitzt, sondern einzig und allein in der Zelle!«

»Eine Sensation wäre das!«, rief jemand nach vorne. Einige Studenten applaudierten. Schräg hinter sich hörte Viviana jemanden würgen, als wären ihm die Worte Virchows buchstäblich im Halse stecken geblieben. Professor Virchow musste eine ganze Weile warten, bis wieder Ruhe im Saal einkehrte. Der Professor war Viviana unheimlich, und doch kribbelten ihre Fußsohlen bei dem Gedanken, wie anders die Welt wohl wäre, sollte er seine These beweisen können. Sie sah noch kein scharfes Bild dieser neuen Welt vor sich, aber sie sich vorzustellen war bei Weitem interessanter, als sich noch länger über ihre Familie den Kopf zu zerbrechen.

»Durch meinen Beweis würde gleichzeitig die Annahme widerlegt werden, dass Krankheiten von Gott in die menschlichen Säfte gegeben worden sind.« Vor allem ältere Herren schüttelten verständnislos den Kopf. Einer machte sogar das Kreuzzeichen. Der Mann neben Viviana drängelte sich Richtung Ausgang.

Eine ganze Stunde dozierte Professor Virchow noch über Bindegewebszellen, über Zellkerne, -teilungen und endogene Zellen. Der Hälfte seiner Ausführungen konnte Viviana nicht folgen, weil ihr die wissenschaftlichen Grundlagen dafür fehlten.

»Ich plane, die Theorie der freien Zellenbildung in Blastem für menschliche Zellen ein für alle Mal zu widerlegen und eine ganz neue Sichtweise auf die Entstehung von Leben zu beweisen! Und mit diesem Versprechen bedanke ich mich für Ihre Aufmerksamkeit. Bleiben Sie gesund!« Der Schlussapplaus kam vor allem von begeisterten Studenten und von Professor von Rinecker, der nun auf das Podest stieg und sich offiziell für den Beitrag seines Kollegen bedankte. Danach kündigte er die nächste Veranstaltung der Gesellschaft an und schickte die Versammelten nach Hause. Der Harmonie-Diener entzündete die Kerzen vor den Spiegeln.

Die ersten Zuhörer drängten aus dem Festsaal, allen voran die Studenten. Vermutlich wollten sie die Weinstuben Würzburgs erstürmen, berauscht von der Zelle als einer sich selbst erschaffenden Einheit. Im allgemeinen Gedränge hatte Viviana Mühe, sich weiterhin an der Saalseite zu halten, ohne von der Menge Richtung

Ausgang mitgerissen zu werden. Dort verharrte sie, bis der Saal fast leer war. Wieder fiel ihr Blick auf das funkelnde Messingmikroskop auf dem Podest. Sie vergaß die heilige Maria und die gotteslästerliche Theorie Virchows und malte sich stattdessen aus, wie es wohl in fünfzig Jahren wäre, wenn es keine Krankheiten mehr gäbe, weil alle Krankheiten unter dem Mikroskop erforscht worden wären.

»Glauben Sie auch, dass das alles Hirngespenste sind?«, fragte sie da eine Stimme von der Seite.

Viviana fühlte sich zuerst gar nicht angesprochen. Erst als ihr jemand auf die Schulter tippte, wandte sie sich um. Sofort sprang ihre Hand an ihre Kappe, um zu prüfen, ob ihr Haar noch vollständig darunter verborgen war.

Genauso steif und stolz wie an diesem Morgen stand Doktor Staupitz vor ihr. »Was halten Sie von der soeben erläuterten neuen Auffassung einer Zelle?«, hakte er in kühlem Ton nach.

Sie war so erschrocken, dass er sie ansprach, dass sie zuerst einmal kein Wort herausbekam. Warum suchte Doktor Grimmig das Gespräch mit ihr? Viviana wurde nervös. »Es klingt unglaublich«, antwortete sie zögerlich, fühlte sich in ihrer Rolle als Mann aber zu einer längeren und dezidierteren Aussage genötigt. »Auf jeden Fall möchte ich erst einmal den Beweis für diese These abwarten.« Sie verschränkte demonstrativ die Arme vor dem Oberkörper.

Wie am Morgen in der Apotheke schaute er sie länger an. Diesmal war es leicht, seinem festen Blick standzuhalten. Während sie einander ansahen, herrschte für mehrere Sekunden Stille zwischen ihnen. Anders als Viviana es erwartet hatte, schien Doktor Grimmig nun derjenige zu sein, der nervös wurde. Er schaute verunsichert in den Spiegel, der direkt hinter ihr an der Wand hing.

»Was stehen Sie hier noch rum, Staupitz!« Professor Virchow trat mit einem Mal zu ihnen. »Es gibt noch viel zu tun!«

Viviana erstarrte, als der Professor sie und ihren braunen Aufzug in Augenschein nahm, und Doktor Grimmig erging es wohl ähnlich. Denn er nahm sofort wieder Haltung an und verschränkte die Arme abwehrend vor der Brust.

Professor Virchows klare Augen erforschten Vivianas Gesicht. »Habe ich Sie nicht schon einmal gesehen?«

»Bestimmt nicht!«, schwor sie mit bemüht tiefer Stimme und kämpfte dagegen an, sittsam die Lider zu senken. Gleichzeitig versuchte sie, eine noch selbstbewusstere Haltung einzunehmen, indem sie den Rücken durchstreckte und das Kinn emporreckte. Genauso wie es Doktor Staupitz tat.

Der kam ihr überraschend zu Hilfe. »Mein Cousin dritten Grades ist heute erst aus Nürnberg angereist«, sagte er auf seine kühle, desinteressierte Art. Einmal noch, ganz kurz, blickte er irritiert in den Spiegel hinter Viviana. »Nicht wahr, Joseph?«

Cousin dritten Grades? »Ich bin irritiert«, rutschte es ihr heraus. »Sie, Ihr Vortrag eben ... Herr Professor Virchow«, versuchte sie abzulenken.

»Sie können nicht von mir irritiert sein«, antwortete Professor Virchow spitzzüngig.

In Viviana zog sich alles zusammen. Sie war aufgeflogen! Vorsichtig schaute sie zu Doktor Staupitz neben ihr, dessen Gesicht keine Regung zeigte. Stolz und steif stand er da, als hätte er ihr nicht noch soeben aus der Klemme helfen wollen.

»Irritieren leitet sich von dem lateinischen Wort ›irritare‹ ab und bedeutet so viel wie ›reizen‹«, führte Professor Virchow aus. »Ihre Haut kann gereizt respektive irritiert sein, wegen eines Wespenstiches zum Beispiel. Aber nicht wegen dem, was ich vorgetragen habe. Die Verrohung unserer Sprache tut mir in der Seele weh! Wer nicht an seiner Sprache arbeitet, arbeitet auch nicht an seinen Gedanken.« Professor Virchow wandte sich wieder seinem wissenschaftlichen Mitarbeiter zu. »Ich erwarte Sie zur nächsten vollen Stunde im Institut, Doktor Staupitz. Wir haben ein Versprechen an die Menschheit einzulösen.« Er richtete sich die rote Halsschleife, dann hielt er auf den Ausgang zu. Doktor Staupitz folgte seinem

Vorgesetzten. Aber nicht, ohne sich noch einmal flüchtig in ihre Richtung gedreht zu haben. Viviana wusste nicht zu sagen, ob er zu ihr oder in den Spiegel hinter ihr geschaut hatte.

Als beide nicht mehr zu sehen waren, seufzte Viviana vor Erleichterung tief auf. Professor Virchow hatte sie also doch nicht wiedererkannt, das war gerade noch einmal gut ausgegangen. Aber was war das eben mit Doktor Grimmig gewesen?

Auf dem Rückweg in die Pleich blieb sie vor dem Portal des Spitals stehen. Der Curistenbau ragte massig und breit vor ihr auf. Er sah heute anders aus als damals, als sie das Spital zum ersten Mal betreten hatte. Freundlicher, kein *Wartesaal des Todes* mehr, sondern ein Ort der Hoffnung. Krähen flogen über den Bau hinweg, sie machten Viviana keine Angst mehr. Die Vögel waren nicht länger die Vorboten des Todes für sie, sondern eine der lernfähigsten Vogelarten. Das hatte sie in einem Botanikbuch im Lädchen im Grabenberg gelesen. Die Tiere waren lediglich neugierig, wenn sie über das Spital flogen und das dortige Geschehen beäugten. Und ihr Gekrächze war ihre Sprache, in der sie sich miteinander unterhielten. Waren ihre Vogelkinder erst einmal geschlüpft, versorgte der Vater sowohl seine Partnerin als auch die Jungvögel treu und ergeben. *Eine schöne Vorstellung*, dachte Viviana, und ihre Gedanken wanderten unwillkürlich zu Hubertus von Hardenberg. Als einer der Ersten hatte er den Festsaal verlassen und die Studentengruppe angeführt. Sie war erleichtert, dass er sie nicht bemerkt, erkannt und zur Rede gestellt hatte. Unter anderen Umständen hätte sie ihrem Wunsch nach einem Gespräch mit ihm nur allzu gern nachgegeben.

In der Pleich angekommen, bestieg sie den Turm von Sankt Gertraud zum ersten Mal wieder, seitdem Paul verschwunden war. Hier oben hatte sie ihren ersten, überwältigenden Kuss von ihm erhalten. Viviana stellte fest, dass sie diese Erinnerung nicht mehr schmerzte.

Die Stadt zeigte sich ihr in einmaliger, nächtlicher Schönheit. Hier und da blitzte eine Straßenlaterne auf. Mondlicht funkelte auf den zahlreichen Turmspitzen der Stadt, und der Fluss hob sich geheimnisvoll vom dahinterliegenden dunklen Marienberg ab. Von irgendwoher erklangen Gesänge. Vielleicht von den Virchow-berauschten Studenten. Viviana dachte an die große Korkzelle. Zu gerne würde sie mehr über die Zelle erfahren und am liebsten gleich morgen früh durch ein Mikroskop schauen. Die Zukunft der Medizin und damit die der Menschheit war so vielversprechend.

Ihre Fußsohlen kribbelten vor freudiger Erwartung. Sie roch den betörenden Duft der wilden Tulpen, die zwischen den Rebhängen wuchsen, und dachte dabei, wie viel es doch noch zu ergründen gab. Den Worten des Professors zu lauschen und sich dabei nicht verstecken zu müssen, war berauschend gewesen, auch wenn sie es in viel zu großen Schuhen getan hatte. Sie fühlte sich quicklebendig, und vielleicht war die Medizin ja ihr Weg in ein neues Leben, ohne Träume, in denen sie leblos in einer Gruft lag und eingesperrt war. Medizin verstehen zu lernen bedeutete, den menschlichen Körper in seiner Außergewöhnlichkeit zu begreifen und mit dem Wissen darum Gutes zu tun. Was konnte ihr denn Besseres passieren, als hier in Würzburg von den besten Wissenschaftlern dazu angeleitet zu werden?

Viviana holte Ellas Papierring aus der Hosentasche, schob ihn über den Daumen und dachte: *Ella und ich, wir haben doch eine erwartungsvolle Zukunft vor uns.* Bei der Vorstellung, dass ihrer Tochter diese neue Welt ebenso offenstünde wie ihr, wurde ihr ganz leicht ums Herz. Sie würde davon profitieren, wenn die Medizin Fortschritte machte und Krankheiten erforschte. Kein Kind sollte vor Schmerzen weinen müssen, erst recht nicht, wenn sein Leben ohne Mutterwärme in einem Kloster begonnen hatte.

Nur auf Doktor Grimmig würde Viviana achtgeben müssen, der wohl als Einziger ihre Kostümierung durchschaut hatte. Doch warum war er dann so nervös gewesen?

✳✳✳

17

JULI 1852

Dorette Veronica Winkelmann weinte bitterlich in ihr Taschentuch. Sie wusste nicht, was sie vergessen oder falsch gemacht hatte. Hatte sie doch in jeder Hinsicht nach den Belehrungen ihrer Mutter gehandelt. Ob es an ihrem Zittern lag? Es war ihr unmöglich, die Hüften und auch die Beine ruhig zu halten, wenn sich ihr Ehemann für den monatlichen Beischlaf zu ihr legte. Mutter hatte gesagt, dass es völlig genüge, sich ihrem Mann in körperlicher Nacktheit zu zeigen und dabei die Beine etwas zu öffnen. Der Rest käme dann von alleine. Aber der Rest kam nicht, nicht in ihrer Ehe.

Aufgelöst erhob sich Dorette vom Bett und zog ihren seidenen Morgenmantel über. Sonnenstrahlen fielen durch den Schlitz der Fenstervorhänge und auf ihr weiches blondes Haar. Sie war verunsichert. Irgendetwas stimmte nicht mit ihr. Sonst würde sie sicher nicht so oft alleine aufwachen. Beim gestrigen Beischlaf hatte Valentin ihr das Schlafkleid nicht einmal bis über den Bauch hinaufgeschoben. Ob ihm ihre Brüste zu klein waren?

Schon länger weinte sie regelmäßig, weil die Bilanz ihrer zwei Ehejahre so ernüchternd war. Erst ein- oder zweimal war es überhaupt dazu gekommen, dass Valentin ein Kind mit ihr hätte zeugen können. Die anderen Male waren es nur umständliche Versuche gewesen. Dabei sehnte sie sich so sehr nach einem Kind, einem mit Valentins einnehmendem Lächeln, seinem braun gelockten Haar und seiner unvergleichlichen Art, die Menschen für sich einzunehmen. Einem, das – wenn ihr Ehemann im Bankkontor war – an ihrer Seite weilte. Das jede Nacht neben ihr einschlief und aufwachte. Das Ehebett mit den fein ziselierten Bronzebeschlägen auf glänzendem Mahagoniholz, das Hochzeitsgeschenk ihres Vaters, verschwamm vor ihren tränenüberfüllten Augen.

Solange sie es nicht einmal schaffte, in Valentin ausreichend Liebeskraft zu erwecken, fühlte sie sich unzulänglich. Dabei lag es womöglich nicht allein an ihr. Valentin verhielt sich unruhiger als noch zu Beginn ihrer Ehe. Er war schneller aufgeregt, und manchmal, wenn er meinte, sie sehe es nicht, wirkte er fahrig, fast wirr. Wirr wegen der vielen komplizierten Bankgeschäfte, die ihn von ihr fernhielten, vermutete sie.

Die Abende, die er in der Hofstraße arbeitete, die Nächte, die er fortblieb, wurden mit jedem Ehemonat mehr. Er machte es für sie, das wusste sie und wollte es deswegen auch ertragen. Nur fiel es ihr unendlich schwer. *Valentin, du bist die Liebe meines Lebens,* dachte sie zwischen Schluchzern und schloss den Sichtspalt im Vorhang des Schlafzimmerfensters wieder. Sie wollte nicht auf den Sternplatz hinabblicken müssen und Valentin fortfahren sehen. Ohne ihren Ehemann war das Haus leer und kalt wie ein Grab.

Dorette schnäuzte in ihr Tüchlein. Sie war so wütend auf sich selbst, weil sie nicht schwanger wurde. Wie sollte sie ihr Versagen ihren Eltern oder noch schlimmer ihrer Schwiegermutter erklären? Sie wusste, dass Elisabeth Winkelmann zu höflich war, um sie vor Ablauf des zweiten Ehejahres auf den ausbleibenden Kindersegen anzusprechen. Zwei Jahre gab man den Paaren meistens, das war auch in Köln so gewesen. Davor taten heimliche Blicke auf den schmal bleibenden Leib ihren Dienst.

Ob Dorette ihre Schwiegermutter um Rat fragen sollte, ganz vertraut im royalblauen Salon, unter Frauen? In der Würzburger Gesellschaft gab es mehrere Ehefrauen, die sich mit ihren Schwiegermüttern gut verstanden. Allen voran die Schweizer Familie Kölliker, in der die Mutter des Professors gerade Latein lernte, um Seite an Seite mit ihrer Schwiegertochter den Enkelkindern bei den Schulaufgaben zu helfen. Von den Hellwigs hieß es, dass die Schwiegermutter sich vor allem um das Wohl ihrer Schwiegertochter kümmere. Ob Elisabeth das eines Tages auch für sie täte? Latein lernen oder Erfrischungen für sie bestellen?

Kurz schöpfte Dorette Hoffnung, aber gleich darauf erinnerte sie sich wieder an das Problem der Winkelmanns. Sie wusste nicht, worum es sich bei dem, was ihre Schwiegerfamilie ihr gegenüber als »das Problem« bezeichnete, handelte, aber es musste etwas Schwerwiegendes sein und mit dem Tod von Valentins Schwester zu tun haben. Vor Valentin durfte Dorette das Wort »Schwester« jedenfalls nicht in den Mund nehmen.

Zu gerne hätte sie erfahren, was die Familie so sehr belastete, die seit einigen Monaten oft schreckhaft reagierte, zum Beispiel sobald an der Tür zum Palais geläutet wurde. Ein Enkelkind würde wieder mehr Licht in das Leben der Winkelmanns bringen, den Bankdirektor, ihren Schwiegervater, wieder fröhlicher machen. Seit sie zur Familie gehörte, war Johann Winkelmann beständig wortkarger und dünner geworden, Monat für Monat. Für die Veränderung des Äußeren hatte Dorette einen guten Blick.

Vielleicht könnten Elisabeth und sie ja Freundinnen werden. Dorette bewunderte ihre Schwiegermutter und wünschte, die eigene Mutter hätte etwas mehr von deren Grazie und Intellekt besessen. Und von Elisabeths Geschmack, die das einzigartige Palais so stilvoll und viel beachtet eingerichtet hatte.

Dorette rief nach ihrem Stubenmädchen, damit es ihr für die Tagestoilette das Batistjäckchen mit den Pagodenärmeln bürstete und ihr dann beim Schnüren half.

Trotz der hochsommerlichen Hitze bat sie das Mädchen, ihr das Korsett noch enger als sonst zu schnüren. Sie wollte für Valentin zierlich sein, zierlichst. Ein Mann sollte die Taille einer Frau mit seinen Händen umfassen können, bei Elisabeth war das möglich. Dorette wollte das auch bald hinbekommen und ließ sich deshalb Woche für Woche etwas enger schnüren.

Das Mädchen frisierte ihr das Haar am Hinterkopf zu einem Haarknoten. Am Vorderkopf fiel es ihr, zunächst von einem Mittelscheitel geteilt, dann zu Korkenzieherlocken gedreht, über die Ohren. Der Scheitel wurde von Perlen verziert, deren Klemmen unter den Löckchen verschwanden. Valentin mochte Perlen, und Elisabeth auch.

Bevor Dorette das Haus am Sternplatz verließ, faltete sie ihr Tüchlein noch fein säuberlich zusammen und verstaute es in ihrem Taschenbeutel. Niemand sollte bemerken, dass sie Kummer hatte, vor allem nicht das Gesinde. Sie war die Tochter eines der angesehensten Privatbankiers in Köln und die Ehefrau des Direktors des schon sehr bald führenden Privatbankhauses von ganz Mainfranken. Das Bankhaus *Johann G. Winkelmann und Cie.* verdiente endlich so gut, wie Valentin es sich erträumt hatte. In dieser für ihren Ehemann so wichtigen Zeit durfte Dorette keine Schwäche zeigen.

✳✳✳

18

OKTOBER 1852

An einem sonnenverwöhnten Donnerstag überreichte der Apotheker Carl kurz vor Arbeitsschluss Viviana das Antwortschreiben des Senats. Sie war gerade dabei gewesen, Arzneifähnchen mit Rezepten abzugleichen. Der Geselle und der Stößer waren nebenan in der Materialkammer. Klung, klung, klung, kam es von dort.

Vivianas Hände zitterten, als sie den Brief mit ihrem Namen entgegennahm. Die Schrift war schnörkellos. Wenn der Apotheker über ihren Antrag informiert worden war, so ließ er es sich nicht anmerken. Kurz hatte er das Kuvert betrachtet und sich dann an die Anfertigung von Rezepten gemacht.

Viviana wollte den Brief ungestört lesen, und so ließ sie das Schreiben unter der Schürze in ihre Rocktasche gleiten. Sie ertastete Ellas Papierring darin, den sie nach wie vor bei sich trug. Der Brief des Senats enthielt ihre Zukunft. Er fühlte sich schwer in ihrer Rocktasche an, schwerer als die Säckchen, die sie regelmäßig bei der Pleicher Kräuterfrau kaufte.

Bei der weiteren Arbeit war Viviana unkonzentriert und musste das korrekte Rezept mehrmals neben das zugehörige Fähnchen am Abgabegefäß halten, um es Wort für Wort zu vergleichen. Als endlich auch das letzte Fähnchen doppelt kontrolliert war, legte sie ihre Schürze ab, warf sich Magdas Schultertuch um und begab sich in den Spitalgarten.

Vor dem Brunnen angekommen, holte sie den Brief aus der Rocktasche und drehte ihn in den Händen. So lange hatte sie auf die Antwort gewartet. Die Herbstsonne streichelte ihre Wangen, als sie das Kuvert mit dem Daumen am Falz öffnete. Während sie das Schreiben entfaltete, schickte sie ein Stoßgebet zur Herzogin des Frankenlandes. Dann flogen ihre Augen von Zeile zu Zeile.

Der Brief des Akademischen Senats war schnell gelesen, weil das Papier nur zur Hälfte beschrieben war. Viviana rang nach Luft, als sie die letzten Sätze las.

... müssen wir Ihnen mitteilen, dass die von Ihnen angefragte Gasthörerschaft für Vorlesungen der Medizinischen Fakultät nicht gestattet werden kann. Unter anderem fehlt Ihnen das Abitur als Zulassungsvoraussetzung.

Viviana starrte lange auf die Worte »nicht gestattet«. Wie konnte das sein? Nach so langer Wartezeit doch eine Absage?

»Bin ich so viel ungeeigneter als die jungen Männer vom Gymnasium?«, fragte sie erst leiser, dann noch einmal lauter.

Zwei Wärterinnen, die mit einer Gruppe männlicher Syphilitiker spazieren gingen, blickten zu ihr herüber. Lärmende Geisteskranke und Abscheu erweckende Kranke wie die Syphilitiker durften ihre Erholungsstunden im Garten erst nach allen anderen Patienten, am frühen Abend, antreten.

Viviana fixierte den Brief wieder. Das »nicht gestattet« stand immer noch da, und unterzeichnet war er von Herrn Professor Schleich, dem Vorsitzenden des Senats. Ihr wurde es flau im Magen, als müsse sie sich übergeben. Womöglich hatte Professor Virchow sie nach seinem Vortrag doch erkannt und sich deswegen im Senat gegen sie – eine Frau in Männerkleidern – ausgesprochen. Sie sollte zu ihm gehen, vielleicht könnte sie ihn noch umstimmen, und er wiederum weitere Professoren. Alle hörten auf ihn, die Studenten besuchten seine Vorlesungen noch zahlreicher als die von Professor von Marcus. Viviana bog auf den Weg zum Gartenhaus ein. Sogar in der Pleich war der pathologische Anatom einigen bekannt, weil er mit einem Zeitungsredakteur darüber gesprochen hatte, dass man bei den Armen viele Krankheiten auch dadurch besiegen könne, dass man ihre Lebensbedingungen verbesserte. Vivianas Schritt wurde schneller, ihr auf das Gartenhaus gerichteter Blick entschlossener. Warum durfte sie, die sich für die Medizin mehr begeisterte als so manch müder Student, nicht auch die Vorlesungen hören? Wenigstens dabei sein wollte sie. Sie hatte ja nicht darum gebeten, Prüfungen ablegen zu dürfen. Sie würde auch mehr bezahlen als die männlichen Studenten, wegen der Kosten für die Trennwand und den Extratisch.

Vor dem Gartenhaus stoppte sie so abrupt, dass sie sich unabsichtlich in die Unterlippe biss. Professor Virchow würde sie als Unwissende ja doch nur spitzzüngig des Gartenhauses verweisen. *Nicht umsonst, sondern vergeblich!,* erinnerte sie sich. *Nicht nirgendswo, sondern nirgends!* Und wie irritiert sie war! Am liebsten hätte sie ihm den Senatsbrief vor die Füße geworfen, selbst wenn sie ihn bald zum Stadtheiligen erheben würden. Und dieser Professor Schleich vom Senat würde sie ebenso wenig ernst nehmen. Vor Wut knüllte sie den Brief zusammen und stopfte ihn zurück in die Rocktasche. Der Senat hatte seine Entscheidung gefällt, und die war gegen sie ausgefallen. Ob es in Würzburg weitere Frauen gab, die sich medizinisches Wissen aneignen wollten?

»Warum so traurig?«, empfing Hubertus von Hardenberg sie mit seiner Ledertasche unter dem Arm, als sie zurück in die Apotheke gehen wollte. Er war in einen dunklen Anzug mit gestärktem Hemd gekleidet und hatte sich zu ihrer Begrüßung galant verbeugt. »Sie sind hübscher, wenn Sie sich freuen, Viviana.«

Wieder sprach er ihren Namen so weich und wohlklingend wie beim letzten Mal aus.

»Guten Abend, Hubertus«, begrüßte sie ihn. Zuletzt hatte sie seinen Namen immer wieder vor sich hin gesprochen, wie ein Gedicht. Einmal hatte sie sogar davon geträumt, sie könnten das erste Würzburger Ärzte-Ehepaar werden. Viviana zog das zerknüllte Schreiben wieder aus ihrer Rocktasche und hielt es ihm vor die Nase.

Hubertus entfaltete das Knäuel und erkannte im Briefkopf das

Siegel der Universität. »Der Akademische Senat hat sich an Sie gewandt?«

»Ich habe mich an den Senat gewandt!«, entgegnete Viviana aufgebracht. »Ich träume davon, eines Tages selbst zu heilen«, verriet sie ihm und sah sich an der Seite von Professor von Marcus Patienten begutachten und Rezepte diktieren.

»Sie möchten Wärterin werden? Ist es das, was Sie mir sagen wollen?«, fragte Hubertus verwundert, anstatt das Schreiben des Senats zu lesen. Sein Blick haftete auf Viviana. »Wärterin? Nein, ich möchte Ärztin werden!«, entgegnete sie überzeugt.

Hubertus' freudiger Blick wurde von einem Moment zum anderen ernst. »Das wäre nicht der passende Beruf für die Frau eines angesehenen Kinderarztes. Warum wollen Sie überhaupt arbeiten, Viviana? Meine zukünftige Frau wird sich um das Wohl unserer Kinder kümmern und dem Haushalt vorstehen.«

»Warum sollte eine Frau keine gute Ärztin sein und gleichzeitig nicht ebenso wie ihr Ehemann arbeiten können?«, fragte Viviana laut und verzweifelt, obwohl die Wärterinnen eh schon zu ihnen herüberstarrten. »Sie arbeiten doch auch daran, Ihren Traum zu verwirklichen. Das ist doch nichts anderes.«

Er schüttelte den Kopf. »Natürlich ist das etwas anderes. Ich bin ein Mann. Sie sind eine Frau!«, entgegnete er scharf, wurde im nächsten Moment aber wieder zärtlicher. »Noch dazu eine sehr schöne, die ich begehre, weil sie so außergewöhnlich ist. Bitte überdenken Sie Ihren Wunsch noch einmal, Sie sind für etwas anderes bestimmt, Viviana.«

Viviana kam nicht mehr dazu, ihm zu antworten.

»Ich muss jetzt los«, meinte er, hob ihre Hand an, küsste ihre Fingerspitzen, machte auf dem Absatz kehrt und ging strammen Schrittes davon.

Während Hubertus kleiner und kleiner wurde, ließ sie ihren Tränen freien Lauf. Es war so ungerecht! Hubertus lag falsch, und der Akademische Senat war genauso fehlgeleitet in seinem Urteil. Mit einem Mal schien ihr ihr Leben wieder so ausweglos wie vor und nach ihrer Flucht aus dem Kloster, wie beim Lesen der Todesanzeige. Sollte ihr das Leben denn wirklich nichts anderes zu bieten haben als einen Platz an der Seite ihres Ehemannes, dessen Kinder sie großzog und dessen Haushalt sie vorstand?

Viviana sank neben einem Baum auf den Boden. Sie hatte erwartet, dass Hubertus sie nach der Absage des Senats trösten, dass er sie verstehen würde, weil er das Gleiche wollte und die gleiche Leidenschaft für die Medizin empfand wie sie. Doch sie hatte sich in ihm getäuscht. Und sie hatte sich und ihre Kräfte wohl überschätzt. Alleine schaffte sie das alles nicht. Sie war zu schwach für ein Leben als Ärztin.

Viviana wurde kalt im Schatten unter dem Baum, das Gartenhaus wurde trügerisch friedlich von der Sonne beschienen. Sie presste den Rücken gegen die harte Baumrinde, die sich durch den Stoff hindurch schmerzhaft in ihre Haut bohrte.

Sie musste reden, sich jemandem anvertrauen, alleine mit ihrer Enttäuschung und Wut hielt sie es keine Stunde länger aus. Zuerst fiel ihr Magda ein. Aber die Freundin war schon seit Tagen völlig ausgelaugt von den Näharbeiten. Vorgestern war sie in der Küche sogar beim Kartoffelschälen eingeschlafen. Und neben Magda gab es nur noch eine einzige Person in dieser Welt, die sie womöglich verstand. Heute war der zweite Donnerstag im Monat, das passte.

Viviana rappelte sich wieder auf, dann ging sie los, erst langsam, dann schneller. Sie lief quer durch den Garten, die Treppen zum Pfründnerbau hinauf und durch den Innenhof. Der Wind blies ihr die Tränen von den Wangen. Mit wehenden Röcken rauschte sie an Professor Kölliker und an Hubertus vorbei. Sie konnte spüren, dass sie die Köpfe wandten und ihr nachschauten. Noch im Laufen zeigte sie dem Pförtner ihr Ausgangsbillett und eilte die Untere Promenade nicht wie sonst hinunter, sondern hinauf.

***

19

OKTOBER 1852

Die untergehende Herbstsonne tauchte das vielgeschossige Haus in ein weiches Licht. Das Palais hatte lange Zeit mehrere Generationen unter seinem Dach vereint und war ein Ort des familiären Zusammenhalts gewesen. Es wirkte so friedlich wie früher.

Viviana betrat das Palais über den Dienstboteneingang. Kaum hatte sie die ersten Schritte getan, tauchten Bilder der Vergangenheit vor ihr auf. Sowohl von den schönen Momenten als auch von jenem Tag, an dem sie sich von ihrer Familie mit Ausnahme von Valentin verabschiedet und ins Kloster gegangen war.

Die Dienstbotentreppe führte vom Kontorgeschoss ins erste Obergeschoss und lag direkt neben der Küche, in der sie es klappern hörte, jemand hantierte dort mit Geschirr. Sie suchte hinter einer Kommode Deckung und lugte von dort aus in den Flur. Dass die meisten Einrichtungsgegenstände im Palais dem Geschmack ihrer Mutter entsprachen, war ihr früher gar nicht aufgefallen. Elisabeth Winkelmann liebte kräftige Farben und üppige Blumendekorationen, die Floristin kam wöchentlich ins Palais. Scharlachrot und Tulpenblattgrün waren die vorrangigen Farben, und überall funkelten Messing und Silber, so wie die silbernen Knöpfe der Nussbaumkommode, neben der sie hockte. *Alles trägt die Handschrift meiner Mutter,* dachte sie, einzig der schlichte, helle Marmorboden des Flures beruhigte ihre Augen.

Als die Küchentür geöffnet wurde, drückte Viviana sich noch tiefer in ihr Versteck, ihr Puls beschleunigte sich.

Der Hausdiener und die Köchin sprachen über die Essensplanung der kommenden Woche und gingen dabei Richtung Treppe, die in die oberen Geschosse führte. Ob das Personal sie verraten würde, wenn es sie entdeckte? Konzentriert verfolgte Viviana, wie die Schritte und Stimmen der beiden immer leiser wurden, die anscheinend bis in die Mansarde unter dem Dach stiegen.

Viviana wartete noch eine Weile. Dann spähte sie zu den Salontüren. *Das Schlimmste wäre jetzt,* dachte sie aufgeregt, *wenn sich Valentin hier im ersten Obergeschoss aufhalten würde.* Aber weder sein geliebter Glanzzylinder noch sein Gehstock hingen an der Garderobe.

Das erste Obergeschoss des Palais war der öffentliche Bereich des Hauses, hier wurden Gäste in den Salons empfangen und bewirtet und Zigarren und Pfeife im Herrenkabinett geraucht. Schon früher war Viviana – das Herrenkabinett ihres Vaters ausgenommen – am liebsten in der zweiten und dritten Etage gewesen, wo es friedlicher zuging. Dort waren die privaten Räume der Familie, zu denen normalerweise weder Gäste noch Fremde Zutritt hatten. Im Herrenkabinett, auch daran erinnerte sie sich noch, weil sie manchmal gelauscht hatte, hatten ihr Großvater Eduard und ihr Vater nächtelang zusammengesessen, erzählt, gelacht und auch manchmal länger miteinander geschwiegen.

Viviana horchte nach oben in den zweiten Stock. Aber alles war ruhig, und auch durch die Türritzen der Salons fiel kein Licht in den Flur. Wenn Valentin im Haus wäre, hätte sie ihn längst gehört. Und ihre Mutter und Großmutter waren früher stets jeden zweiten Donnerstag im Monat zum Bridgeabend zu den Sennbacher Witwen gegangen und hielten dies, wie es aussah, auch heute noch so. An der steifen Regelmäßigkeit im Haus Winkelmann vermochte nicht einmal der Tod eines Kindes etwas zu ändern.

Wie eine Diebin betrat Viviana auf Zehenspitzen den großen Salon, in dem sich ihre Familie zu den immer gleichen Zeiten zu den Mahlzeiten versammelt hatte. Punkt acht Uhr morgens war die Frühstücksglocke erklungen, und es war aufgetragen worden. Kaffee, herrlich duftende Tees, Weizenbrot, süße Kringel, zarter Schinken. Danach war Viviana entweder in die Höhere-Töchter-Schule kutschiert worden, oder sie hatte mit ihrer Mutter im royalblauen

Salon Damenbesuch empfangen. Keine Minute später als zwölf Uhr war die Familie zum Mittagessen zusammengekommen. Danach hatten die Frauen des Hauses entweder das Personal angewiesen, dessen Arbeit kontrolliert, Handarbeiten erledigt oder außerhalb des Palais, in anderen Bürgerhäusern oder in der Harmonie gleichgesinnte Damen getroffen.

Der große Salon war der aufwendigste Raum im ganzen Haus. Nur das Orchideenzimmer war noch teurer ausgestattet. Es roch nach Bohnerwachs im Salon, das Parkett unter Vivianas Füßen fühlte sich so glatt wie eine Eisbahn an. Sie vermied den Blick auf das Familienporträt, das ihre Eltern umringt von Constanze, Valentin, Viviana selbst und Großmutter Ernestine zeigte und zwischen den Spiegeln hing. Obwohl sie all den Prunk nur im Halbdunkel sah, die Umrisse der aufwendigen Rosengestecke auf dem Tisch, die stoffreichen Vorhänge und die vielen Lüster, wurde ihr beinahe übel.

Sie dachte an Magda und wie die Freundin und Wenke tagein, tagaus um ihr Überleben kämpften. So wie Magda lebten die meisten Patienten im Spital, die Dienstleute und einfachen Handwerker, die Tagelöhner und Alten. Kein Tag verging für sie leichthin und von der Last der Arbeit unbeschwert.

Vivianas Ziel war die Tür zum Herrenkabinett am Ende des großen Salons. Erst jetzt zog sie sich Magdas Haube vom Kopf und schüttelte ihre Lockenpracht, die ihr bis zur Hüfte hinabreichte. Langsam schritt sie an der langen Tafel entlang. Der Parkettboden knarzte, etwas Licht drang durch den unteren Türspalt des Herrenkabinetts in den Salon. Viviana hatte das Kabinett als einen Raum voller Bücher und mit ihrem Vater in seinem Ledersessel mittendrin in Erinnerung. So hatte sie ihn lange gesehen – bis zum Erscheinen ihrer Todesanzeige. Warum nur hatte er sie aufgegeben?

Als Viviana am Kopfende des langen Tisches angelangt war, vernahm sie auf einmal die Stimme des Hausdieners. »Hast du die Tür zum großen Salon offen gelassen, Henna?«

Viviana konnte gerade noch unter den Tisch krabbeln, bevor jemand den großen Salon betrat. Unter dem Tisch war der Geruch nach Bohnerwachs besonders stark. Schritte näherten sich. Sie starrte auf ein Paar Lederschuhe.

Der Hausdiener trat an den Tisch heran.

Viviana wagte nicht, sich zu bewegen.

Über ihr wurde der Blumenschmuck auf der Tafel gerichtet. Blätter raschelten, und jemand positionierte eine Vase neu.

»Das muss der gnädige Herr gewesen sein«, gab das Stubenmädchen zurück. Ihre Füße steckten in dunklen Pantoffeln.

Die üppigen Vorhänge erhielten unter Hennas geschickten Händen einen eleganten Schwung.

»Ungewöhnlich. Der gnädige Herr schließt gewöhnlich alle Türen. Er verschwendet kein Heizgeld«, wunderte sich der Hausdiener und trat, eine Stuhllänge von Viviana entfernt, vor die Tür des Herrenkabinetts.

Sie hörte es klopfen, die Tür wurde geöffnet. »Wünscht der gnädige Herr Bankdirektor noch einen Cognac zum Abend?«

Der Geruch von Kräutertabak strömte bis zu Viviana. Sie sog ihn ein wie frische Atemluft, obwohl sie wütend auf ihren Vater war. Ihr schneller Puls beruhigte sich jedoch, als sie die tiefe, weiche Stimme ihres Vaters hörte. »Nein, danke. Ich benötige auch sonst nichts mehr«, sagte er und schickte den Hausdiener fort.

Kurz darauf war Viviana wieder allein im großen Salon mit dem riesigen Familienporträt. Erst nachdem die Schritte im Flur verklungen waren, kroch sie unter dem Tisch hervor. Sollte sie es wirklich wagen?

＊

Johann Winkelmann war in das Studium der Kontenliste des Tages vertieft. Das neue Geschäft mit den Kontokorrentkrediten verlangte die tägliche Prüfung aller Zahlungen und der Gesamtliquidität. Mit der Vergabe von Kontokorrentkrediten räumte das Privatbankhaus Winkelmann vornehmlich Industriellen die Möglichkeit ein, kurzfristige Liquiditätslücken zu schließen. Der Zinssatz für Kontokorrentkredite lag deutlich über einem Jahreszins von fünf Prozent. Bisher war dies ein einträgliches Geschäft für das Bankhaus, weil sie die damit verbundenen Risiken täglich überwachten. Allerdings hatte Valentin wegen der verlockenden Gewinnaussichten mehr Kontokorrentkredite bewilligt, als sie tatsächlich herauslegen konnten. Es klopfte zaghaft.

Johann zog an seiner Tonpfeife und schaute zur Tür: »Ich bin beschäftigt.« Valentin hatte die zusätzlichen Kontokorrentkredite vergeben, ohne sich zuvor mit ihm abgesprochen zu haben. Johann war deshalb verärgert. Denn würden alle Kunden das Kontokorrentgeld gleichzeitig in Anspruch nehmen – was bei solchen Geschäften zwar selten vorkam, aber dennoch nicht ausgeschlossen war –, überstiege das die liquiden Möglichkeiten des Bankhauses bei Weitem.

Es klopfte erneut, diesmal kräftiger. »Ich wünsche, nicht gestört zu werden!«, bat Johann nun mit Nachdruck und konzentrierte sich wieder auf die Liquiditätssalden.

Knarzend wurde die Tür geöffnet. Johann schaute auf, die Tonpfeife fiel ihm aus dem Mund und kam klackernd auf dem Boden auf. Er benötigte zwei Atemzüge, um sich zu fangen. »Grundgütiger.« Ohne den Blick von Viviana zu nehmen, kam er aus dem Sessel hoch. Er musste sich räuspern, um seine Stimme wiederzufinden. »Bist du es wirklich?«

Viviana nickte etwas verlegen. »Ist Mutter beim Bridge?«

»Wie eh und je«, antwortete er und betrachtete sie dabei gründlich. Sein Mädchen hatte sich verändert. Sie sah erwachsener aus. Zu gerne hätte er ihre Hand genommen, nur um sich zu vergewissern, dass sie tatsächlich vor ihm stand, dass er nicht halluzinierte wegen des Stresses mit den Kontokorrentkrediten.

»Geht es dir gut?« Ihm fiel auf, wie schnell sie atmete. Ihr Blick fiel auf die Tonpfeife auf dem Boden.

Es dauerte einen Moment, bis sich auch Viviana wieder so weit gefasst hatte, dass sie ihm von ihrer Anstellung als Helfnerin in der Apotheke des Juliusspitals erzählen konnte.

Meine Tochter im Spital?, dachte Johann besorgt, weil dort auch so gefährliche Seuchen wie die Syphilis und die Cholera grassierten. Und hatte sich Doktor Hammerschmidt, der kein gutes Haar an Spitälern ließ, nicht erst letztens sehr zweifelhaft zu den mysteriösen Impfexperimenten von Professor von Rinecker geäußert?

»Ich bin hier, weil nur du mich verstehst«, unterbrach sie seine Gedanken. »Und weil ich mit dir über meine Beerdigung sprechen möchte! Aber zuerst über meine Zukunft.« Und dann berichtete sie ihm von ihrem Antrag unter dem Namen Viviana Bischof beim Akademischen Senat.

Johann erfasste den Inhalt ihres Berichts zeitverzögert. Hatte er das gerade richtig verstanden, dass seine Tochter Medizinvorlesungen besuchen wollte, und das unter falschem Namen? Dass sie sich damit an den Akademischen Senat der Universität gewandt hatte? Seine Kleine? Und immer wieder dachte er: Vivi lebt, das ist das Wichtigste.

Viviana sah ihm seine Verwirrung offensichtlich an. »Vieles hat sich verändert in meinem Leben, seitdem ich ... du weißt schon«, sagte sie.

Und Johann wusste genau, wovon sie sprach. Viele Abende hatte er mit Elisabeth und Valentin darüber diskutiert, was sie hätten anders machen müssen, damit alles besser gekommen wäre. Nun stand Viviana nach zwei Jahren wieder vor ihm und sprach wie eine erwachsene Frau zu ihm. Sie war erstarkt, das konnte er deutlich sehen, auch wenn sie verzweifelt schien. Die getrockneten Tränen auf ihren Wangen und die Unruhe, mit der sie sprach, zeugten davon.

»Ist es gerecht, dass sie mir die Hörerschaft nur deshalb verweigern, weil ich eine Frau bin?«, fragte sie. »Ich möchte deine ehrliche Meinung hören. Du wusstest früher immer, was in einer schwierigen Situation zu tun ist.«

Johann hatte schon immer eine tiefe Verbundenheit zu seiner Tochter gefühlt, und es tat gut, sie wiederzusehen. »Gerecht ist es nicht unbedingt«, kommentierte er zunächst genauso sachlich, wie er auch zu seinen Kreditnehmern sprach, »aber ihre Begründung – dein fehlendes Abitur – ist nicht aus der Luft gegriffen. Ein Studium verlangt eine Vielzahl an Vorkenntnissen und Fähigkeiten im Logischen, im Textstudium, in der Allgemeinbildung und so weiter und so weiter. Valentin hatte ein strenges Pensum auf dem Gymnasium zu absolvieren.«

»Aber wie sollen Frauen diese breite Bildung denn überhaupt erhalten, solange in Gymnasien nur Knaben zugelassen sind!«, ereiferte Viviana sich und begann, vor der Bücherwand auf und ab zu gehen.

Johann beobachtete sie dabei, nicht zuletzt, weil er sich ihren Anblick und ihre Lebendigkeit einprägen wollte. »Anscheinend ist die Gesellschaft noch nicht bereit, von Frauen belehrt zu werden«, dachte er laut. Vor diesem Abend hatte er über diese Fragestellung noch nie nachgedacht. Über Frauen, die Männerdinge tun wollten. In seinem persönlichen Umfeld und innerhalb der Familie hatte das bislang nie eine Rolle gespielt.

Viviana raufte sich im Gehen die Haare. So leidenschaftlich war sie ihrer Mutter sehr ähnlich. »Früher, vor hundert Jahren, durften Frauen noch studieren«, sagte sie. »Das weiß ich von Fräulein Höpfer. Was war damals anders, Vater?«

In diesem Moment sah er sie wieder als kleines Mädchen vor dem Bücherschrank in der Harmonie stehen und hörte, wie sie von ihm Erklärungen verlangte und Latein lernen wollte. Früher hatte sie ihn liebevoll »Papa« genannt.

»Jede Zeit hat ihre eigenen Regeln, und jede Zeit bringt ihre eigenen Ängste hervor«, antwortete Johann zu seiner eigenen Überraschung entgegen seiner bisherigen Einstellung. Für einen Privatbankier existierten Ängste nicht, nur Risiken. Und die konnten abgesichert werden.

Viviana blieb stehen und schaute ihn mit ihren großen tiefblauen Augen fragend an: »Du meinst, die Herren des Akademischen Senats haben Angst vor Frauen?« Gemeinsam fuhren sie zusammen, als der Gong der Wanduhr im großen Salon ertönte.

Johann wartete den letzten Schlag ab, dann antwortete er: »Vielleicht haben sie Angst, dass auch Frauen eines Tages bedeutende Entdeckungn machen und sie damit ihre bislang exklusiven Positionen verlieren könnten.« Johann versuchte, sich Frauen als Bankdirektoren vorzustellen, aber es gelang ihm nicht. Seltsamerweise war das bei Vivianas Wunsch, Vorlesungen zu besuchen, nicht der Fall. Seine Fantasie zeigte ihm ein ziemlich scharfes Bild davon, wie sie in einem Vorlesungssaal saß und den Worten eines Professors lauschte. Sein Mädchen war schon immer neugierig gewesen, es begriff schnell und besaß zudem die Fähigkeit, sich stundenlang auf eine Sache konzentrieren zu können. Zumindest wenn es nicht gerade um Handarbeiten oder das Spiel auf der Querflöte ging.

Viviana hielt vor ihm an, die Haube wie eine Zigeunerin in das Rockgummi gesteckt. »Stell dir vor, dass man mit einem Stethoskop eine Krankheit im Inneren des Körpers diagnostizieren kann, ohne den Kranken aufschneiden zu müssen. Und im Institut von Professor Virchow versucht man zu beweisen, dass menschliche Zellen eben nicht aus Blastem bestehen.« Johann dachte, dass Viviana schon immer eine Kämpferin gewesen war, genau wie Elisabeth, und wie sehr er sie vermisst hatte. »Blastem?«, fragte er nur.

Ihre Augen leuchteten auf, als sie ihm erklärte: »Blastem ist ein formloser, flüssiger Stoff, der aus den Blutgefäßen austritt. Das weiß ich aus einem Anatomiebuch des Lädchens im Grabenberg.«

Johann musste schmunzeln, und fast schmerzten ihm die Wangen davon, weil er so lange nicht mehr geschmunzelt hatte.

»Die meisten Menschen glauben, dass sie schon alles wissen, dabei gibt es noch viel, viel mehr über unseren Körper zu erfahren. Die Wissenschaft schreitet exponentiell voran«, versicherte Viviana ihm.

»Du sprichst ungewöhnliche Worte.« Johann überlegte eine Weile, ob er ihr den nächsten Gedanken wirklich mitgeben sollte. Schließlich hatten sie sie offiziell beerdigt, und Elisabeth wäre strikt dagegen, wenn er sich dahin gehend äußerte. Aber nun war Viviana hier bei ihm und die Sache damit eine andere. Johann war hin- und hergerissen. Er stand von seinem Sessel auf, trat einen Schritt auf seine Tochter zu und schaute sie an. In diesem Moment wusste er, dass die vorgespielte Beerdigung ein Fehler gewesen war. »Es gibt Alternativen, um doch noch Medizin studieren zu können«, begann er. »Einer unserer Kreditnehmer berichtete mir mal von Colleges für weibliche Studenten in den Vereinigten Staaten von Amerika.« Johann sprach leise und mit gedämpfter Stimme, wie er es tat, wenn es in Geschäften um so prekäre Dinge wie unangenehme Konditionen oder Nebenabreden ging.

»Aber am Juliusspital sind die besten Lehrer!«, widersprach Viviana eindringlich. »Bei Professor von Marcus will ich lernen und außerdem weiterverfolgen, wie die Sache mit Professor Virchows Beweisführung bezüglich der Zellen ausgeht.«

Nun stürzten auf Johann Bilder ein, in denen seine Tochter wieder im Palais wohnte und unter seinem Schutz lebte. Es war, als bekäme er als Vater, als ihr Beschützer, eine zweite Chance. Als dürfte er alles wiedergutmachen. Im Gegensatz zu den vielen Diskussionen, die er mit Elisabeth und Valentin geführt hatte, spürte er in diesem Moment, dass sie drei als Familie und Elisabeth und er als Eltern versagt hatten.

Johann versank in Gedanken. Grundsätzlich war er ein positiv denkender Mann, zwar konservativ, aber im Vergleich zu den meisten Würzburgern eher mäßig katholisch. Und dennoch waren ihm beide Kinder entglitten, sogar Valentin, der früher stets zu ihm aufgeschaut hatte. Als Mitinhaber des Bankhauses machte sein Sohn Geschäfte, die so risikoreich waren, dass sich der Firmengründer im Grab drehen würde, wüsste er davon. Valentin war mit einem erheblichen Teil des Bankvermögens nicht nur in das Geschäft mit

Kontokorrentkrediten, sondern auch in das schwer abschätzbare sogenannte Gründungsgeschäft eingestiegen. Das waren Geschäfte mit neu gegründeten Unternehmungen, vornehmlich aus dem Bahnsektor, dem Maschinenbau und der Stahlfabrikation, die sich noch nicht bewährt hatten. Der Gewinn für die Bank war hier genauso vage wie bei einem von Elisabeths Kartenspielen, nur dass Valentin dabei den Besitz der Familie riskierte. Aber solange Valentin damit erfolgreich war, lief jeder Widerspruch Johanns, jeder Versuch der Rückbesinnung auf die sicheren Wechselkredite, mit denen das Bankhaus Winkelmann groß geworden war, ins Leere. Johann fasste sich an die linke Seite, seit einiger Zeit hatte er krampfartige Schmerzen im Brustkorb. Er ließ sich wieder in den Sessel sinken.

»Vater, was ist mit dir?« Viviana kniete besorgt vor ihm nieder.

»Ein bisschen zu viel Arbeit und Aufregung im Kontor«, log er.

»Lass dir morgen von Henna Ginseng aus der Apotheke holen. Als Aufguss zubereitet, beruhigt das besser als jeder Cognac«, empfahl sie und ergriff seine Hand.

»Es geht schon wieder«, wiegelte Johann ab und umfasste ihre Hände mit den seinen. Das tat ihm gut, und auch die Krämpfe nahmen langsam ab. »Es tut mir leid«, sagte er schließlich.

Doch Viviana schien unschlüssig zu sein, ob sie ihm die Beerdigung verzeihen sollte oder nicht. Auf ihrem Gesicht spiegelten sich zwar die unterschiedlichsten Gefühle, aber sie sagte kein Wort.

»Es tut mir sehr leid«, murmelte Johann da ein paarmal vor sich hin, dann schaute er wieder zu Viviana. Jetzt war der Moment gekommen, in dem sie ihm ihre ganze Enttäuschung, ihre Wut und ihren Schmerz entgegenschleudern durfte. Sie waren unter sich. Er sah, dass sie immer noch hin- und hergerissen war. Doch schließlich trat Mitleid in ihren Blick, als sie sagte: »Ich sollte besser wieder gehen.«

Johann war von ihrer Antwort überrascht, gleichzeitig aber auch wieder nicht. Er wusste, dass er nie wieder ihr Beschützer sein könnte, nach allem, was er ihr angetan hatte. Sie war nicht mehr seine kleine Vivi und er nicht mehr der von ihr bewunderte, allwissende Vater. Seine Tochter befand sich nun auf Augenhöhe mit ihm. »Pass gut auf dich auf, Vivi. Versprichst du mir das?«, fragte er niedergeschlagen.

»Das tue ich allein schon wegen Ella. Sie ist mir das Allerwichtigste im Leben«, antwortete sie bestimmt.

»Ella?« Johann ahnte, dass es sich dabei um seine Enkelin handelte. »Wenn sie nach ihrer Mutter kommt, muss sie ein wundervolles Mädchen sein«, meinte er und kam aus dem Sessel hoch.

»Für sie lege ich einen guten Teil des Geldes aus den Geldanweisungen beiseite«, ließ ihn Viviana noch wissen.

»Aus welchen Geldanweisungen?«, fragte Johann irritiert, dann horchte er auf. Waren da nicht gerade Schritte im großen Salon zu hören gewesen? Auch Viviana hielt inne und blickte erschrocken zur Tür.

Erst als sich länger nichts regte und er ihr zunickte, fragte sie leiser: »Wie geht es Mutter und Großmama Ernestine?«

Johann zögerte, seine Tochter zu belügen. »Mach dir keine Sorgen um sie, sie kommen zurecht«, sagte er, anstatt davon zu sprechen, wie sehr sich Elisabeth und er voneinander entfernt hatten und dass Ernestine trank.

»Stellst du mir meine Enkelin eines Tages vor?« Johann lächelte bei diesem Gedanken und beobachtete, wie Viviana auf seine Frage hin in ihrer Rocktasche nach etwas suchte. Sie zog einen Papierring hervor und steckte ihn ihm an den Finger. »Deine Enkelin hat ihn gebastelt, aus einem ausgemusterten Arzneifähnchen. Sie hat bestimmt nichts dagegen, dass ich ihn ihrem Großvater schenke.«

Johann strich mit dem Zeigefinger vorsichtig über das Papierkunstwerk. »Ich würde Ella gerne kennenlernen«, sagte er so leise und zaghaft, wie er es nie wagen würde, mit einem Kunden oder mit Valentin zu sprechen. »Kommst du nächsten Monat wieder?

Am zweiten Donnerstagabend im November?«, fragte er hoffnungsvoll.

Viviana zögerte erst, dann nickte sie und schmiegte sich an seine Brust. Er schloss die Arme um sie. Lange standen sie so, ohne ein Wort zu sagen, und hielten einander fest.

·:·

Elisabeth war bester Laune. Sie stieg aus der Kutsche, und noch bevor sie die Glocke läuten konnte, hatte der Hausdiener ihr auch schon die Eingangstür geöffnet. Sie ließ sich die Pelerine abnehmen, dann schritt sie durch den Salon zum Herrenkabinett. Sie öffnete die Tür. »Johann, du ahnst gar nicht, wie schnell wir die Witwen Sennbacher heute Abend ...« Elisabeths Stimme erstarb, und sie musste Halt am Türrahmen suchen, als sie sah, dass Johann nicht alleine war. Alle Freude über ihren Sieg beim Bridge wich aus ihrem Gesicht, nicht einmal mehr höflich lächeln konnte sie.

Viviana löste sich von Johann. »Guten Abend, Mutter.«

Elisabeth brauchte etwas, um die Situation in all ihrer Absurdität zu begreifen. Dann aber ließ sie den Türrahmen los, nahm wieder Haltung an und sagte kühl: »Wie siehst du nur aus? Die Haare ganz zerzaust und Röcke, als kämst du gerade von den Waschweibern.«

»Bitte rege dich nicht auf«, bat Johann. »Unsere Tochter hat schon genug durchgemacht.«

»Und wir etwa nicht?«, entfuhr es Elisabeth unkontrolliert. Mit entschlossenen Bewegungen zog sie sich die Handschuhe von den Fingern. »Wir haben unsere Tochter beerdigt, hast du das etwa vergessen? Wie sollen wir das hier jemandem erklären?« Elisabeth sah, wie ob ihrer Worte ein entsetzter Ausdruck auf Vivianas Gesicht trat.

Doch Johann kam Viviana zu Hilfe. »Unserer Tochter geht es den Umständen entsprechend gut, und sie möchte Medizin studieren.

Hier in Würzburg bei Professor von Marcus.« Bei diesen Worten nahm er Viviana bei der Hand, gleichzeitig schüttelte er über Elisabeths Verhalten den Kopf. »Die Beerdigung war ein Fehler. Und es ist nicht gut, wenn wir weiterhin so tun, als lebte sie nicht mehr. Unser Enkelkind lebt ebenfalls, es heißt Ella.«

Elisabeth hasste es, wenn Johann mit Kopfschütteln auf sie reagierte, so als redete sie wirres Zeug. Wut stieg in ihr auf. Und natürlich wusste sie, dass ihre Tochter noch lebte. Valentin war nach dem Kutschunfall so aufgewühlt zu ihr gekommen, dass Constanze sie sogar vor der Zeit aus dem Orchideenzimmer geholt hatte.

Elisabeth war mit ihrem Sohn in den royalblauen Salon gegangen, nachdem sie Dorette vertröstet und in die Kutsche zurück zum Sternplatz gesetzt hatte, um ihn wieder einigermaßen zu beruhigen, obwohl dies eigentlich die Aufgabe seiner Ehefrau gewesen wäre. Sie hatte der unerfahrenen Dorette wahrlich noch viel beizubringen, aber dafür hätte sie erst Zeit und Nerven, wenn die Sache mit Viviana ausgestanden war.

Elisabeth wandte sich wieder ihrer Tochter zu. Als sie Johann aus dem Augenwinkel heraus zum Sprechen ansetzen sah, kam sie ihm zuvor und sagte zu Viviana: »Du musst verrückt geworden sein!« Es fiel Elisabeth nicht leicht, ihrem eigenen Fleisch und Blut solche Worte an den Kopf zu werfen, aber eine Winkelmann lief nicht in den Sachen einer Bettlerin durch die Hofstraße, und sie trat die Würde der Familie auch nicht mit Füßen!

»Viviana ist nicht verrückt«, entgegnete Johann prompt. »Vielleicht sollten wir eher bei uns selbst ...« Er sprach nicht weiter, aber allein seine Andeutung brachte Elisabeth noch mehr in Rage. Provokationen führten selten zu Versöhnungen. Schon lange hatte ihr Ehemann bei einer Meinungsverschiedenheit nicht mehr nach der Krücke der Provokation gegriffen. In Diskussionen war er stets besonnen und sachlich, eine Eigenschaft, die Elisabeth an ihm schätzte. In der Vergangenheit war es vor allem diese Fähigkeit gewesen, die ihre Ehe zusammengehalten hatte. Mit seiner ruhigen, klugen Art brachte Johann Verständnis für die unterschiedlichsten Menschen und Probleme auf. Nur nicht für ihres! Am liebsten hätte sie ihm, was allerdings unmöglich war, den Mund verboten.

»Wir?«, entrüstete sich Elisabeth. »Sind wir mit einem Bastardkind aus dem Kloster geflohen und haben es dann auch noch gewagt, als eine Winkelmann in der Pleich zu wohnen?« Viviana hatte nicht nur ein uneheliches Kind ausgetragen, sie zog nun zu allem Übrigen auch noch die Aufmerksamkeit der Öffentlichkeit auf sich, indem sie Medizin studieren wollte. Das war ein Skandal! Bibeltexte sowie Bücher über Ehegehorsam und Kindererziehung sollte sie lesen, aber keine über Medizin. Dafür waren Männer wie Doktor Hammerschmidt da.

»Aber sie ist unsere Tochter, Elisabeth«, sagte Johann nun wieder versöhnlicher. »Vielleicht haben wir das zu lange vergessen.«

Viviana schaute verunsichert von Johann zu Elisabeth. Die spürte in ihrem Herzen viele Nadelstiche. Deshalb wagte sie es auch nicht, bei ihren folgenden Worten ihren Ehemann oder gar Viviana anzuschauen: »Nach dem Auftritt, den sie sich hier und heute geleistet hat, ist sie nicht länger meine Tochter.« Viviana war die schlimmste Enttäuschung ihres Lebens. »Und ich werde nicht davor zurückschrecken, diese Wahrheit jedem zu sagen, der meint, Viviana begegnet zu sein.«

Viviana stieß einen Schreckensschrei aus.

»Das wirst du nicht tun!«, verlangte Johann.

Es war das erste Mal in ihrer Ehe, dass Elisabeth sich einem Wunsch ihres Mannes widersetzte. »Mit der Scham, ganz Würzburg mit der Beerdigung eine Lüge aufgetischt zu haben, müssen wir leben. Aber ich trage nicht länger mit, dass Viviana ihr Leben verpfuscht und das unsere gleich mit. Medizin studieren? Das ist absurd!«

Dabei hatte vor neunzehn Jahren mit dem Geburtseintrag ins Familienbuch der Winkelmanns alles so vielversprechend begonnen. Schon im Alter von drei Jahren hatte Elisabeth ihre Tochter das erste Mal zum täglichen Benimm-Unterricht in den kleinen Salon zitiert. Sie hatte wirklich alles Menschenmögliche für eine aussichtsreiche Zukunft Vivianas getan.

Elisabeth straffte erneut ihren Körper. Sie durfte nicht aufgeben, auch nicht unter den widrigsten Bedingungen. Ohne steten Lebenswillen würde keine Orchidee überleben. In Gebirgen und Wäldern von todbringender Flora und Fauna umringt, wuchsen ihre Lieblingspflanzen auf den Ästen oder Stämmen von Bäumen, wobei sie ihre Wurzeln in die feuchten Ritzen der Rinde schlugen. Sie holten sich das Wasser, das sie zum Leben und Wachsen benötigten, außerdem aus der Luft und vom herabrieselnden Regen. Kurz gesprochen: Sie nutzten ihre Umwelt optimal für sich aus.

»Geh jetzt, Viviana!«, befahl Elisabeth und wies in Richtung Haustür. Ihr ausgestreckter Arm zitterte dabei. »Hier im Palais möchte ich dich nie wiedersehen.«

Viviana wollte schon gehen, da stellte sich ihr Johann in den Weg. Dann sagte er in einem Tonfall, der keinen Widerspruch zuließ, zu Elisabeth: »Es ist unser gemeinsames Heim. Doch ich bestimme, wer es betritt und wer nicht!«

»Du bist der Hausherr, das stimmt«, erklärte Elisabeth mit tiefer, bedrohlicher Stimme nach einigem Zögern, »aber was die Schädigung unseres Rufs und den der Bank angeht, habe ich durchaus ein Wort mitzureden. Zumal ich auch für unseren abwesenden Sohn spreche, der Anteile an diesem Bankhaus hält, und unser aller Existenz vom Ausgang dieser Geschichte abhängt!« Elisabeth fragte sich in diesem Moment, ob sie Johann überhaupt noch liebte.

»Ich wollte der Familie nie schaden!«, beteuerte Viviana, Tränen traten ihr in die Augen. »Ich gehe jetzt besser.«

Zögerlich und ohne den vorwurfsvollen Blick von Elisabeth zu nehmen, gab Johann ihr den Weg frei.

Viviana zog ihre Haube aus dem Rock und verließ das Herrenkabinett.

Elisabeth beobachtete durch die offen stehende Tür den Gang ihrer Tochter durch den großen Salon. Das goldgerahmte Familienbildnis über der Tafel zeugte von besseren Zeiten. Viviana war damals, als der Maler ins Palais gekommen war, zwölf Jahre gewesen. Elisabeth ging noch weiter in die Vergangenheit zurück, bis zur Geburt ihrer Tochter oben im Schlafzimmer. Als sie Viviana damals das erste Mal in den Armen gehalten hatte, hatte sie ihrem wunderschönen Mädchen versprochen, immer für es da zu sein. Komme, was da wolle. Bei diesem Gedanken wurden Elisabeths Augen feucht.

＊

Kurz vor zehn Uhr war Viviana in der Mühlgasse zurück. Das Wiedersehen mit ihren Eltern hatte sie so aufgewühlt, dass sie zuvor noch einmal quer durch die ganze Stadt gelaufen war, um sich wieder zu beruhigen. Da war auf der einen Seite die Wiedersehensfreude ihres Vaters und auf der anderen der unversöhnliche Zorn ihrer Mutter. Doch obwohl sie ihre Mutter für immer des Hauses verwiesen hatte, war der Besuch im Palais nicht umsonst gewesen. Das war einer der vielen Gedanken, die Viviana durch den Kopf gingen, als sie die Wohnung in der Mühlgasse betrat.

Dort fand sie Wenke verschwitzt im Bett vor, und Magda mit besorgtem Gesicht danebensitzen. »Seit a Stund schütteln sie schlimme Hustenanfälle. Mei Kindle hustet bis zum Erbreche.«

Tatsächlich wurde Wenke, wenn sie hustete, dabei ganz blau im Gesicht und würgte ein glasiges Sekret hervor. Und wenn sie nicht hustete, holte sie laut keuchend und mit herausgestreckter Zunge Luft.

»Schau doch, ihr hängt Spucke aus'm Mund. Mei Gleine is sogar zu kraftlos zum Schlucke«, klagte Magda, als erlitte sie selbst die von ihr beschriebene Not. In ihrer Hilflosigkeit raufte sie sich die Haare und wischte sich sogar ein paar Tränen aus den Augen.

Wenke dagegen lächelte schwach, als sie Viviana erkannte, und zeigte ihr den Holzkamm, den sie in der Hand hielt. Doch schon wurde ihr Körper von einem neuen Hustenanfall geschüttelt. Wieder lief ihr Gesicht, weil der Husten so lange anhielt, bläulich an. Die Krankheit gefährdete ihre Atmung. Ihre Atmungsversuche, das Ringen nach Luft waren grausam mitanzusehen. Viviana hätte am liebsten den Blick abgewandt, aber das hätte Magda und auch Wenke nur noch mehr verängstigt. Eine Ärztin durfte sich nicht von ihren Patienten abwenden, sie musste sie beruhigen und vor allem handeln!

Während Magda das Erbrochene neben dem Bett aufwischte, wärmte Viviana Wenke die Hände, indem sie diese zwischen den ihren rieb, und fühlte ihren schwachen Puls. Wenke versuchte, erneut zu lächeln, aber es gelang ihr nicht mehr. Die Hustenanfälle schüttelten ihren mageren Körper, und wieder bekam sie lange keine Luft.

Viviana führte das Unschlittlicht nahe an Wenkes Kopf und nahm nun Einblutungen in den Augen des Mädchens wahr, die bislang nicht da gewesen waren. Magda stand hinter ihr und trat unruhig von einem Bein aufs andere.

»Das ist mehr als eine Grippe«, schloss Viviana ihre erste Beschau. »Sie muss ins Juliusspital. Sofort!«

Doch Magda stellte sich wie eine Schutzwand vor die Schlafzimmertür. »Niemals!«

»Ohne eine gute Diagnostik, die nur im Spital möglich ist, finden wir nicht heraus, welche Krankheit Wenke hat und welche Arznei sie zum Gesundwerden braucht.« *Wenn ich doch nur schon mehr über die Symptome der verschiedensten Krankheiten wüsste, könnte ich ihr vielleicht helfen!,* dachte sie insgeheim.

»Ich geb das Lebe von meiner Tochter ned weg!« Magda schüttelte aufgelöst den Kopf. »Wer einmal ins Spital nei geht ...«

Viviana wartete das Ende des altbekannten Satzes gar nicht erst ab. »Das ist Unsinn!«, sagte sie, überdachte aber im nächsten Moment ihre Erwiderung und verlegte sich auf eine andere Methode. Sie versuchte, wie es Professor von Marcus seinen Studenten geraten hatte, sich in Magda und ihre Ängste hineinzuversetzen. Als Patient gab man sein Leben in fremde Hände, das stimmte. Ein Klinikaufenthalt bedeutete auch Kontrollverlust und Abhängigkeit, was so gar nicht zu Magda passte und zu dem, was sie sich für ihre Familie wünschte.

Viviana fiel auf die Schnelle nur noch ein einziges Argument ein, das für das Juliusspital sprach. »Wenn Wenke hierbleibt, ist sie nicht nur medizinisch schlecht versorgt, sie könnte auch Bruno oder Ella anstecken. Willst du die Kleinen, die ohnehin anfälliger für Krankheiten sind, dieser Gefahr aussetzen?«

Magda brummte etwas, das Viviana nicht verstand, trat dann aber von der Tür weg. Aber nach wie vor machte Viviana Angst in Magdas sonst so kämpferischen Zügen aus.

Mit fahrigen Bewegungen zog Magda der schwachen Wenke einen Rock über das Nachthemd und legte ihr ein Tuch um die Schultern. Obwohl Wenke in einen Dämmerzustand verfallen war, hielt sie ihren Kamm noch immer in der Hand. Liebevoll flechtete Magda Wenkes kupferrotes Haar zu Zöpfen, damit es ihr nicht mehr im Gesicht klebte. Dann hievte sie ihr schmales Mädchen aus dem Bett und übergab es Viviana.

»Ich leg des Lebe meiner Tochter in deine Händ«, sagte Magda mit brüchiger Stimme.

Viviana wusste um die außergewöhnliche Situation.

»Ich werde gut auf sie aufpassen«, versprach sie. Sie wollte sich dafür einsetzen, dass der beste aller Kinderärzte, Professor von Rinecker, sich Wenkes annahm. »Sie wird leben«, versicherte sie. »Im Spital wird sie leben.«

»Mamilein«, stöhnte Wenke kraftlos. Das kupferrote Haar klebte ihr auf der Stirn und an den Schläfen.

Magda griff nach Wenke, als hätte sie es sich gerade noch einmal anders überlegt. Erst als Bruno neben sie trat und sie am Rock zog, ließ sie ihre Hand wieder sinken. Zum Abschied wollte sie Wenke noch einmal auf die Stirn küssen, aber Viviana hielt sie auf Abstand. »Vielleicht ist Wenke ansteckend. Wir sollten besser auf Nummer sicher gehen.« Viviana dachte an die Nachbarskinder, die ebenfalls schon seit Wochen husteten. Eine schlimme Vorahnung überkam sie, ohne dass sie diese jedoch in die korrekten medizinischen Worte hätte fassen können.

»Bist du sicher, dass du uns nicht in die Separat-Anstalt begleiten willst?«, fragte Viviana an der Wohnungstür mit Wenke auf dem Arm. Inzwischen war auch Ella hinzugekommen, die das Geschehen aufmerksam verfolgte.

Magda schüttelte den Kopf: »Der *Wartesaal fürn Tod* is nix für mich.« Viviana hatte ihre tatkräftige Freundin noch nie so hilflos gesehen. »Und nix für mei Wenke«, fügte sie hinzu.

Viviana verstand Magdas Sorgen, hatte sie doch selbst einmal genauso über das Juliusspital gedacht. »Bitte beobachte, ob die Kleinen ähnliche Symptome wie Wenke zeigen. Sollte dies der Fall sein, separiere sie in meiner Kammer«, wies sie Magda an und verließ dann mit Wenke auf dem Arm die Wohnung. Jetzt ging es um Leben oder Tod.

*

Die Separat-Anstalt für kranke Kinder befand sich in dem Gebäude, in dem auch der poliklinische Unterricht abgehalten wurde. Bald würde es Mitternacht schlagen. Auf der Unteren Promenade waren Gendarmen unterwegs. Aber Viviana war nicht wegen der uniformierten Männer beunruhigt, sondern wegen Wenke, die bei jedem Hustenanfall zu ersticken drohte. Obwohl das Mädchen kaum mehr als Haut und Knochen war, musste Viviana immer wieder anhalten, um kurz zu verschnaufen. Wenke wurde unruhiger, ihr Betthemd war zwar durchgeschwitzt, aber ihre Füße waren trotz der dicken Wollsocken eiskalt.

»Tante Viviana, mir is angst und bang«, flüsterte Wenke halb wach, halb weggetreten, als die Separat-Anstalt in Sicht kam. Krähen krächzten über ihnen.

»Ich bin bei dir«, versuchte Viviana, sie zu beruhigen, und drückte Wenke, die ihren Kamm nicht loslassen wollte, noch enger an sich. Ihre Arme fühlten sich so schwer wie Blei an. Weit käme sie nicht mehr.

Auf der Höhe der juliusspitälischen Kelterhalle brachte ein neuer Hustenanfall des Mädchens sie zum Stehen. Viviana konnte, außer Wenke festzuhalten, rein gar nichts für sie tun. *Es ist, als müsste ich gefesselt gegen einen Vollbewaffneten zum Kampf antreten,* dachte sie. Erst als der Anfall vorbei war, ging sie weiter.

Die Tür der Poliklinik war verschlossen. Wenke hustete unaufhörlich, streckte dabei die Zunge heraus und spuckte auch Sekret aus.

Um sich bemerkbar zu machen, trat Viviana mit dem Fuß gegen die Tür, weil sie keine Hand frei hatte. »Wir brauchen Hilfe!«, rief sie laut, nachdem sich eine Weile nichts regte. Wo war Professor von Rinecker, wenn man ihn brauchte?

Da tauchte ein Gendarm neben ihr auf. »Das ist nächtliche Ruhestörung!«

»Das ist ein Notfall, ein ansteckender!«, erklärte Viviana und drehte sich wieder zur Tür der Poliklinik, die soeben geöffnet worden war.

Viviana wich zurück. Warum war Hubertus hier und nicht Professor von Rinecker? Eigentlich hatte sie ihn vorerst gar nicht wiedersehen wollen, weil er am Nachmittag so abweisend auf ihren Antrag reagiert hatte.

»Nach zehn Uhr darf ich niemanden mehr einlassen«, sagte Hubertus.

Es war ihr unangenehm, Hubertus von Hardenberg um etwas bitten zu müssen. »Auch nicht im Falle einer Epidemie?« Viviana schaute von ihm zu Wenke, die wie aufs Stichwort schrecklich zu husten begann.

Hubertus zögerte, bevor er sagte: »Sie müssen aber mit mir vorliebnehmen. Professor von Rinecker ist schon bei seiner Familie und erst morgen wieder hier.«

Viviana hatte schon davon gehört, dass besonders fähige Doktoranden sehr früh eigene Patienten betreuen durften. »Hauptsache, Wenke geht es bald besser«, antwortete sie.

Hubertus schickte den Gendarmen fort und wies mit einer Kopfbewegung ins Hausinnere. »Wir bringen sie in den Untersuchungssaal der Poliklinik.«

Wir? Ein Wir *gibt es eigentlich nicht mehr,* dachte Viviana. Doch das enttäuschende Gespräch im Spitalgarten war jetzt völlig unwichtig.

Hubertus rollte eine Liege heran und nahm Viviana die schlaffe Wenke ab, um das Mädchen darauf abzulegen. Viviana folgte den beiden in einen kahlen Saal, wo tagsüber der poliklinische Unterricht abgehalten wurde. Ein paar Stühle standen herum, und in der Mitte war ein Untersuchungstisch abgestellt, auf den Wenke nun umgebettet wurde. Doch Viviana fühlte sich selbst dann noch wie in einer Höhle, als Hubertus zwei Öllampen angezündet und diese auf den Untersuchungstisch gestellt hatte.

»Seit wann hustet sie?«, wollte er wissen und begutachtete dabei das blasse Gesicht des Mädchens.

»Seit vier Wochen. Aber erst seit Kurzem mit seltsam herausgestreckter Zunge.« Viviana richtete der unruhigen Wenke das Schultertuch, damit sie nicht fror, und strich ihr zur Beruhigung über die magere Hand mit dem Kamm zwischen den Fingern. »Der Armenarzt hat eine Grippe diagnostiziert, aber der Husten lässt sich seit Wochen nicht therapieren. Ich habe es mit Lindenblütenaufgüssen probiert.«

Der Doktorand, den Viviana als ersten Mann nach Paul wieder in ihr Herz gelassen hatte, leuchtete Wenke mit einem Licht in den Rachen und drückte ihre Zunge mit einem flachen Holzstab hinunter. Er ging äußerst behutsam mit seiner Patientin um, gestand sich Viviana ein, obwohl er kein Kompliment verdient hatte.

»Seit zehn Tagen hustet sie farbloses Sekret aus«, berichtete sie weiter. »Ihre langen Hustenanfälle gehen mit Krämpfen einher, und sie läuft vor Atemnot blau an.« Vorsichtig warf auch sie einen Blick in Wenkes Rachen.

»Gibt es weitere Krankheitsfälle in ihrem Umfeld?«, wollte Hubertus, ganz auf seine Patientin konzentriert, wissen.

»Mehrere Nachbarskinder sind womöglich auch betroffen.«

Er horchte Wenkes Brustraum ab. Viviana beobachtete genau, wie er das Stethoskop aufsetzte, und streichelte Wenkes Hand dabei. Wenke hatte die Augen geschlossen und winselte nach ihrer Mutter. Es fiel ihr schwer, seine Anweisungen zum Atmen zu befolgen.

»Der Husten durchbricht ihren Schlaf?«, versicherte er sich.

Viviana nickte. »Mehrmals in der Nacht. Und schauen Sie ihre Augen an, ich habe darin Blut entdeckt.«

Hubertus schaute Viviana halb verwundert, halb skeptisch an, bevor er die Einblutungen prüfte. »Ist die Patientin Ihre Tochter?« Er streichelte Wenke die magere Wange.

»Die Tochter meiner Vermieterin, ein herzallerliebstes Mädchen«, antwortete Viviana.

Wenke wimmerte. »Tante Viviana, ich will nicht sterben.«

»Das wirst du nicht«, beruhigte sie Hubertus. »Ich bin Arzt und helfe dir, wieder gesund zu werden.« Er lächelte Wenke an.

Hubertus von Hardenberg wird eines Tages ein guter Arzt sein, dachte Viviana, während sie seine medizinischen Handgriffe genau im Blick behielt. Er arbeitete konzentriert und wirkte souverän dabei. Das tat gut bei aller Aufregung. Wenke war Teil ihrer neuen Familie, und Hubertus wäre es fast geworden.

Viviana dachte daran, wie ihre Mutter ihr vor wenigen Stunden mit ausgestrecktem Arm die Haustür gewiesen hatte. Sie trat einen Schritt von der Liege zurück und schaute in den dunklen Raum, damit Hubertus nicht sehen konnte, dass ihr Tränen in die Augen traten. Warum nur konnte ihre Mutter nicht akzeptieren, dass sie sich für einen anderen Weg entschieden hatte als den, den man für sie vorgesehen hatte? Wenkes Krächzen unterbrach sie in ihren Gedanken. Viviana ergriff die Hand, die das Mädchen nach ihr ausstreckte.

Als Wenkes Untersuchung abgeschlossen war, nahm Hubertus Viviana beiseite. »Das Mädchen hat Stickhusten«, erklärte er im unzweifelhaften Tonfall eines erfahrenen Arztes. »Bis Professor von Rinecker morgen meine Diagnose bestätigen kann, werde ich die Kleine hoch in einen der Kindersäle legen, sie aber in einer Ecke von den anderen separieren.«

»Ist der Stickhusten lebensgefährlich?«, fragte Viviana leise. Die Kehle wurde ihr eng bei der Vorstellung, Magda keine gute Nachricht aus dem Spital überbringen zu können.

»Die meisten Kinder überleben ihn«, erklärte Hubertus. »Aber dafür gibt es keine Garantie.« Er unterstrich, dass Stickhusten ansteckend sei und es an ein Wunder grenze, dass Viviana noch nicht hustete.

»Danke für Ihren späten Einsatz, Hubertus«, sagte sie ein wenig widerwillig, nachdem er sie heute so sehr verletzt hatte. »Ich werde die Kosten morgen an der Spitalskasse begleichen.«

Hubertus nahm Wenke auf den Arm und trug sie hinauf in den Kindersaal. Viviana hielt dabei Wenkes Hand und trug den Kamm bei sich, den Wenke nicht länger halten konnte.

Hubertus weckte die Wärterin des Kindersaales, die im Mittelbett neben dem Tisch schlief, und ließ sie eines der Betten frisch beziehen. Eine spanische Wand wurde aufgestellt, um Wenke in der linken Fensterecke von den restlichen Patienten zu separieren.

Viviana deckte Wenke zu, setzte sich an ihr Bett und hielt ihr die Hand, bis die kleine Patientin kraftlos einschlief. Viviana nickte kurz darauf ein. Die Erschöpfung ließ sie in einen tiefen Schlaf fallen.

*

Ein Poltern riss Viviana aus dem Schlaf. Mit halb geöffneten Augen fuhr sie hoch. Irgendwo am anderen Ende des Saales war etwas zu Bruch gegangen, eine Wärterin schimpfte.

Ihr gegenüber saß Professor von Rinecker auf der Bettkante. Zwischen ihnen lag Wenke. Sie hustete nicht mehr.

»Fräulein Viviana Bischof?«, fragte er.

Sie nickte. »Ja, Herr Professor von Rinecker.« Ihr fiel auf, dass er sie das erste Mal, seitdem sie ihn kannte, nicht mit den Augen eines Luchses anschaute. Er hielt Wenkes linke Hand, Viviana war über deren rechter eingeschlafen.

»Es tut mir leid, dass wir Wenke nicht helfen konnten«, sagte er und sah dabei ehrlich traurig aus.

Viviana sprang erschüttert ans Kopfende des Kinderbettes. »Nein, nicht Wenke!« Wenkes Sommersprossengesicht war bleich, und der Mund stand ihr halb offen. Ihre roten Zöpfe waren so ordentlich über ihre Schultern drapiert, als läge sie schon in einem Sarg.

»Das kann nicht sein!«, rief Viviana verzweifelt. Wenke war so ein besonderes Kind. *So besonders schüchtern, liebevoll, fleißig, besorgt,* schoss es ihr durch den Kopf. »Sie hatte ihr ganzes Leben noch vor sich. Warum haben Sie sie nicht gerettet?«

»Weil es nicht in meiner Macht stand. Ich konnte nichts mehr für sie tun. Es tut mir leid um das Mädchen. Sie starb an körperlicher Schwäche, Luftnot und einer Insuffizienz der Atemmuskulatur.« Fast sprach er in vertraulichem Ton zu ihr.

Viviana traten Tränen in die Augen, und für einen Moment meinte sie, es ginge Professor von Rinecker ähnlich. Doch als sich ihre Blicke trafen, wandte er sich gleich wieder ab und machte das Kreuzzeichen. Nun lag auch wieder der luchsartige Blick in seinen Augen, mit dem er den kleinen Saal überblickte, als dürfte ihm kein Atemzug seiner kleinen Patienten entgehen.

»Sie ist vor einer Stunde entschlafen«, sagte er und begab sich mit den Worten: »Ich lasse den Spitalgeistlichen kommen«, zu den anderen Kindern der Separat-Anstalt.

Viviana erinnerte sich daran, wie Wenke sie das erste Mal schüchtern angelächelt hatte, wie sie ihr das Haar gekämmt und wie sie vereint jeden Morgen zum Wasserholen gegangen waren. Wenke war ein Teil ihrer neuen Familie, sie war unersetzbar. Sie war wie eine zweite Tochter für sie gewesen. Wenke hatte sich nie beklagt, trotz der harten Arbeit, die ihr Magda anstelle einer unbeschwerten Kindheit geboten hatte.

Viviana weinte zum zweiten Mal innerhalb kurzer Zeit heftig. Sie klammerte sich schluchzend an den Bettpfosten und fragte die Herzogin des Frankenlandes in bitterem Ton, was das Mädchen nur getan hatte, dass Gott es so früh hatte sterben lassen. Viviana verstand die Welt nicht mehr.

Unter Tränen zog sie Wenkes Holzkamm aus ihrer Rocktasche, entflocht der Toten die Zöpfe und kämmte ihr das Haar.

Sie konnte nicht sagen, wie lange sie so dasaß und Wenkes langsam erkaltende Hand hielt. Ihre Tränen waren auch dann noch nicht getrocknet, als sie den Kamm neben Wenke legte und der Wärterin Bescheid gab, dass sie nun die Mutter der Verstorbenen holen ginge.

※

Magda sackte vor dem Ofen zusammen, als Viviana ihr die Todesnachricht überbrachte. »Ich wusst's«, murmelte sie, »dass des Spital de Tod bringt und nichts als de Tod!«

Viviana wollte Magda aufhelfen, aber die schüttelte ihre Hand ab. In der Apotheke hatte sich Viviana für diesen Tag entschuldigt. Sie wollte Magda beistehen, auch wenn der Apotheker ihr dafür den Lohn kürzte. »Wir müssen ins Spital, Magda. Der Spitalgeistliche ist gerade bei Wenke. Er reicht ihr die Sterbesakramente.«

Magda weinte in sich zusammengesunken. Bruno und Ella kamen zu ihr und drückten sie, aber Magda schüttelte sogar die Kinder ab. »Ich verfluch des Juliusspital!«

Viviana wusste, dass sie ihr Versprechen an Magda nicht gehalten hatte. Sie hatte zugesagt, dass Wenke leben würde, weil sie fest davon überzeugt gewesen war. Warum gab es noch keine Medizin gegen den Stickhusten? Hatte Hubertus ihn nicht in seiner Doktorarbeit erforschen wollen? Es brauchte also noch viel mehr Wissenschaftler, damit nicht mehr so viele Kinder sterben mussten! *Allein bekommen die Männer das anscheinend nicht hin! Es braucht Frauen in der Medizin,* dachte sie verbittert, während sie sich unter Tränen mit Wenkes Holzkamm das Haar kämmte.

*

Die Tage nach Wenkes Tod waren schwer zu ertragen. Nichts ging Viviana mehr leicht von der Hand, die Welt schien ihr ein grauer, unfreundlicher Ort zu sein. Die Familie im Palais trat hinter ihrer Trauer um Magdas Tochter zurück.

Am ersten Freitag nach Wenkes Tod bat Ferdinand Carl Viviana kurz nach Arbeitsbeginn in sein Bureau. »Haben Sie mir etwas zu sagen?«, fragte er sie.

Viviana war gerade dabei gewesen, sich ihre Schürze umzubinden. Nun hielt sie inne. Was sollte sie ihm denn sagen? Sie hatte sich in der Apotheke nichts zuschulden kommen lassen. Auch wenn sie in den letzten Tagen mit den Gedanken oft bei der toten Wenke und der trauernden Magda gewesen war. Viviana hatte um Wenkes unversehrten Leichnam kämpfen müssen. Tote, die vier Stunden nach der Todesnachricht nicht abgeholt wurden, gehörten der Pathologie. *Wegen der dreihundert Leichen, die man ihm versprochen hatte, war Professor Virchow schließlich nach Würzburg gekommen!* Viviana hatte vom Spital Wenkes Nachthemd und ihre Strümpfe zurückbekommen. Ihre Kleidung und der Holzkamm waren alles, was ihnen von dem lieben Mädchen mit den kupferroten Zöpfen und den goldbraunen Sommersprossen geblieben war. Viviana hatte ihre Ersparnisse für Wenkes Sarg und den Pastor am

Grab ausgegeben. Sie konnte den Gedanken, versagt zu haben, einfach nicht abschütteln. Der Verlust war für die gesamte Familie unerträglich, sogar Ella und Bruno sprachen kaum noch. Aber zum Glück hatten sie sich nicht angesteckt. Wenke war nicht das erste Kind, das Magda zu Grabe trug. Zwei Jungen waren Wenke schon vorangegangen.

Nun stellte sich Apotheker Carl wie an ihrem Probearbeitstag mit verschränkten Armen vor Viviana hin. »Wie wäre es zum Beispiel mit der Information gewesen, dass Sie eine Tochter haben?« Er trommelte mit seinen Fingern auf den linken Unterarm.

Viviana schoss das Blut in die Wangen. Woher wusste er das?

»Oder Ihr Nachname mitnichten Bischof ist, Helfnerin Winkelmann?«

Sie rang erschrocken die Hände. »Das ist eine komplizierte Geschichte.«

»Sie nennen die Wahrheit eine komplizierte Geschichte? Sie werden meine Apotheke auf der Stelle verlassen!«

Erst die Absage des Senats, dann Wenkes Tod und die Beerdigung und jetzt das? Viviana spürte, wie die letzte Kraft aus ihr herausfloss.

»Sie haben nicht nur mich lächerlich gemacht, Sie haben den Ruf der besten Apotheke der Stadt gefährdet!«

Klung, klung, klung.

»Ich habe jeden Tag nach bestem Wissen und Gewissen gearbeitet«, brachte sie zu ihrer Verteidigung hervor, wusste aber, dass er im Grunde recht hatte. Sie war unehrlich gewesen. Dabei war Viviana Bischof längst ein Teil von ihr.

»Nach bestem Wissen und Gewissen gearbeitet? In einer Apotheke reicht das nicht. Ledige Mütter ohne Meldung zu beschäftigen ist ein Straftatbestand!«

»Das wusste ich nicht«, sagte Viviana mit Bedauern. Aber das strenge Gesicht des Apothekers verriet ihr, dass er seine Meinung nicht ändern würde.

»Fräulein Winkelmann, verlassen Sie meine Apotheke!«, sagte er noch, dann wandte er sich um und begann wild in seinem Rezeptformel-Buch zu blättern.

Schwerfällig, als klebte Pech an ihren Schuhen, verließ Viviana das Bureau des Apothekers.

Viviana fühlte sich wie betäubt. Von jetzt an durfte sie nicht nur das Palais, sondern auch die Apotheke nicht mehr betreten. Damit besaß sie auch keine Legitimation mehr, sich in der Nähe der Studenten und Professoren im Juliusspital aufzuhalten. Das kam zu Wenkes Verlust und der Absage des Senats noch dazu. Die Kämpferin in ihr war niedergerungen.

***

20

NOVEMBER 1852

Nachdenklich legte Franz von Rinecker seine Feder auf die gläserne Schreibgarnitur zurück. Emotionale Nähe zu einem Patienten stand einem Mediziner bei der Arbeit im Weg. Das wusste er natürlich. Wenn der Kranke dann auch noch aus der eigenen Familie stammte, war es besonders schwierig, den gebotenen emotionalen Abstand einzuhalten. Wenn sein kleiner Franz, sein Sophiechen und seine Therese litten, wenn sie durch Krankheiten in frühen Jahren schon schwer für das weitere Leben belastet wurden, litt auch er. Von seinem jüngsten Sohn Eugen gar nicht zu reden. Sein Blick glitt zum Fenster und nach draußen, wo Regen in Strömen niederging.

Franz' Vorliebe galt der Kinderheilkunde. Sein Herz schlug besonders für die empfindlichsten Wesen der Gesellschaft. Aber nicht nur die Kinderheilkunde faszinierte ihn, gerade beschäftigten ihn viele Gedanken zur Arzneimittellehre. Die nämlich war immer noch ein einziges Chaos aus einer Unzahl von Arzneistoffen, aus Meinungen und Thesen sowie aus voreiligen Schlussfolgerungen. Sogar die besten Werke, darunter die *Materia Medica,* erinnerten noch an die dunkle und mystische Sprache vergangener Jahrhunderte.

Franz drängte es, dies zu ändern, vielleicht kämen Mediziner dann seltener in die Bedrängnis, Emotionen wie Angst unterdrücken zu müssen, weil noch mehr Patienten geheilt werden konnten. Doch selbst wenn sich die besten Pharmakologen für ein solches Unterfangen zusammenschließen würden, schien ihm dieses noch immer eine Herkulesaufgabe zu sein. Es war eine solch umfassende Aufgabe, dass er dafür mehrere Leben bräuchte. Vielleicht zwei, nein drei oder vier.

Eugen, dachte er nur und sah zu, wie die Regentropfen an der Fensterscheibe hinabrannen.

Es klopfte an der Tür auf die Kölliker-Art, die ersten Takte der Zürich-Hymne. Tam, tam, to, tali.

Franz löste den Blick vom Fenster. »Treten Sie ein, verehrter Kollege.« Er wies auf den Besucherstuhl vor dem Schreibtisch.

Kölliker nahm Platz und legte seine Blattsammlung ab.

Franz erkannte die Papiere sofort wieder. »Welche Anmerkungen darf ich aufnehmen?«, fragte er. Erst vorgestern hatte er dem Kollegen sein Manuskript mit der geplanten Rede für die Novembersitzung der Physikalisch-Medizinischen Gesellschaft übergeben und ihn um eine kritische Rückmeldung gebeten. Franz schätzte Köllikers fächerübergreifenden, klaren Blick. Er zündete die Öllampe neben der Tür an. Es war ein düsterer Tag, wie es ihn sonst im sonnenverwöhnten Würzburg selten gab.

Albert Kölliker tippte auf die Blattsammlung auf dem Schreibtisch. »Gute Arbeit, Herr Kollege. Die Worte sind treffend gewählt, und Sie haben fundierte Schlussfolgerungen gezogen.«

Franz nahm wieder am Schreibtisch Platz. Dankend nickte er. Er hatte nicht nur Virchow, sondern auch Kölliker nach Würzburg geholt. Einmal mehr dachte er, dass es eine ausgezeichnete Wahl gewesen war. Mit Kölliker hatte die neue Glanzzeit der Medizinischen Fakultät und des Juliusspitals begonnen. Trotz seiner Heimatverbundenheit hatte Kölliker dem Angebot – Zugriff auf ein Drittel aller Leichen zu bekommen – nicht widerstehen können. Nur hatte er sich erbeten, das Schweizer Bürgerrecht zu behalten. Auch Virchow hatte Franz mit der Anzahl der zur Verfügung stehenden Leichen ködern können, und Kölliker hatte zwischen ihnen vermittelt.

Eine Medizinische Fakultät mit den passenden Forschern zu besetzen, die richtigen Gleich- und die befeuernden Gegengewichte zu finden, war keine triviale Angelegenheit. Dank ihm gab es für jedes Fach einen tüchtigen, fähigen Lehrkörper, der seine Arbeit mustergültig versah. Zumindest diesbezüglich hatte er sein ursprüngliches Ziel erreicht, was er weder von seiner Syphilis-Forschung und noch einmal weniger von der Arzneimittellehre behaupten konnte. Kurz glitten seine Gedanken zurück zu Eugen, seinem Jüngsten. Und dann zu den toten Kindern, die ihm in den zurückliegenden Wochen in der Separat-Anstalt an Keuchhusten gestorben waren. Viviana Bischof, die Antragstellerin des Höreringesuchs, war die Angehörige einer der Toten gewesen. Für einen Moment hatte sie, aber vor allem das tote Mädchen, ihm leidgetan. Aber schon im nächsten Moment, in dem er sich vergegenwärtigt hatte, dass sie als Frau ihre Grenzen auf Kosten des Spitals weit überschritt, war sein Mitgefühl mit ihr erloschen. Franz war überzeugt, auch weiterhin gegen den Antrag einer weiblichen Prätendentin stimmen zu müssen. Frauen gehörten nun einmal in die friedliche Umgebung eines warmen Hauses.

»Wenn ich es richtig verstanden habe, ist es wohl so, dass erstens die konstitutionelle Syphilis im Mutterleib auf das Ungeborene übertragen werden kann«, nahm Albert Kölliker das Fachgespräch auf. »Zweitens haben Sie den neuerlichen Beweis für die grundsätzliche Übertragungsfähigkeit der angeborenen Syphilis, die vom Sprachrohr der Venerologie, Philippe Ricord, bis heute geleugnet wird, erbracht. Sie haben anhand von Übertragungsexperimenten in Form von Impfungen bewiesen, dass die Syphilis auf verschiedenen Infektionswegen von einem Individuum zu einem anderen gelangen kann. Nach einer Impfung haben Sie jeweils überprüft, ob syphilitische ›Erscheinungen‹ aufgetreten sind.«

Franz nickte. Ihm war es nicht nur wichtig, wissenschaftlich korrekt vorzugehen und sämtliche Ergebnisse detailgetreu festzuhalten, er wollte ebenso, dass die Mitglieder der Physikalisch-Medizinischen Gesellschaft seinen Worten folgen konnten. Denn nur wenn neue Erkenntnisse verstanden wurden, konnten sie auch verbreitet und angewendet werden.

»Sie belegen die Übertragungsfähigkeit der konstitutionellen

Syphilis an drei Probanden. An zwei Männern und einem Knaben«, fuhr Kölliker fort, »und das, wie gesagt, mittels Impfungen. Und schließlich beweisen Sie, dass die konstitutionelle Syphilis nur dort übertragen wird, wo der Organismus noch intakt ist, wo dieser also nicht schon mit dem Syphilis-Virus infiziert war, weswegen wiederum alle Impfversuche, die man an einem bereits davon Befallenen vornimmt, ohne Aussage sind. Aus diesem Grund sind auch Ricords Beweise der Nichtansteckung zwischen Menschen nichtig.«

Franz nickte. Die letzte Feststellung war entscheidend, denn der große Ricord ignorierte bisher sämtliche Beweise, die bezüglich der Übertragungsfähigkeit der Syphilis im zweiten Stadium, der konstitutionellen Syphilis, bereits erbracht worden waren – zuletzt auch die des großartigen Johann Waller in Prag. Ricord war also überzeugt, dass die fortgeschrittene Syphilis nicht mehr ansteckend war. Dabei war das Gegenteil der Fall! Das Virus sprang besonders oft von Ammen auf Säuglinge, von Ärzten auf Hebammen über und übertrug sich über gemeinsam genutztes Geschirr von Infizierten und Kranken. Die wissenschaftliche Ignoranz des Franzosen war Franz zutiefst zuwider.

»Der gute Ricord sollte sich nach der Veröffentlichung dieses Beitrags warm anziehen!« Kölliker lachte ansteckend.

Und Franz lachte sogar mit.

»Wenn ihn Ihre Experimente nicht endgültig zum Umdenken bewegen, sollte mich das schon sehr wundern. Ein Wissenschaftler seines Formats schneidet sich doch sonst ins eigene Fleisch.«

Albert Kölliker sprach lauter als sonst, weil der Regen so laut gegen die Schreibe prasselte. Wie lange das dünne, alte Fensterglas ihm noch standhalten würde?

»Eine Forschung ohne Eitelkeiten!«, forderte Franz und musste unwillkürlich an seinen Kollegen und Freund Virchow denken, mit dem er gerne Spaziergänge durch die fränkische Landschaft unternahm. Virchow war nicht uneitel, was die Präsentation seiner Forschungsergebnisse betraf. Der Festsaal der Harmonie war dafür gerade gut genug. Er bevorzugte ein gänzlich anderes Vorgehen als der Kollege Kölliker, der schon lange vor Virchow von der *Theorie der freien Zellenbildung* abgewichen war. Bereits im vergangenen Jahr hatte der Schweizer von Zellteilungen anstatt von der Zellbildung aus Blastem gesprochen, dies aber nicht wortreich vor der Physikalisch-Medizinischen Gesellschaft verkündet. Ebenso war Kölliker derjenige gewesen, der in der Geschichte des Spitals und der Universität die ersten mikroskopischen Übungen abgehalten hatte, wovon aber kaum jemand sprach, weil Kölliker das als ordentlicher Professor der Anatomie für selbstverständlich erachtete.

Genauso wenig wie Franz eine Dominanz der Wissenschaft über die Praxis zuließ, genauso sehr galt es, die Vorherrschaft eines einzigen Faches wie der Pathologie über die anderen zu verhindern. Kölliker war Virchow in jeder Hinsicht gewachsen. Der Schweizer war der beste Mikroskopist, den es auf deutschem Boden gab. Niemand sonst, auch Virchow nicht, konnte Kölliker auf dem Gebiet der Gewebelehre das Wasser reichen. Niemand wusste derart viel über Gewebe und Organe wie er. Keiner hatte es so früh gewagt wie er, die Existenz von einzelligen Tieren zu postulieren. Kölliker war der Erste gewesen.

Franz war überzeugt, dass es bezüglich der Zelltheorie zwischen Virchow und Kölliker noch einmal spannend werden würde. Die Pathologie gegen die Anatomie! Genauso fruchtbar war es auch geplant gewesen. Virchow besaß eine übermenschliche Energie, mit der er seine Ziele verfolgte. Kölliker neben Genauigkeit und Genius zudem jovialen Charme; beide deckten ein unglaubliches Wissensspektrum für Universität und Spital ab und dienten als dessen Aushängeschild.

»Es gibt an Ihrem Vortrag nur eine einzige Sache ...«, Kölliker zögerte, »die kritisch werden könnte.«

Franz beugte sich auf seinem Stuhl vor. »Welche Sache wäre das?«

Kölliker rieb nachdenklich seine Fingerspitzen aneinander. »Jene unschöne Sache, die schon nach Wallers Impfexperimenten für Aufruhr sorgte und die ich Ihnen bereits zu Beginn des Jahres zu bedenken gab.«

Johann Waller hatte Findelknaben mit konstitutionell syphilitischem Eiter und Blut inokuliert. Franz hatte diese Versuche genauestens verfolgt. Wallers erfolgreiche Experimente waren von der medizinischen Presse als verbrecherisch bezeichnet und zerrissen worden, weil Waller für seine Versuche unmündige Kinder und sozial abhängige Spitalpatienten benutzt hatte. Sogar das Einschalten der Staatsanwaltschaft war gefordert worden. Franz war dankbar, dass sein Kollege das Thema anschnitt, damit er es ein für alle Mal ausdiskutieren konnte.

»Nun, das ist auch keine einfach zu beantwortende moralische Frage«, fuhr Kölliker mit der ihm typischen Vorsicht fort. »Auch in den Salons der Stadt und bei den niedergelassenen Ärzten ist es inzwischen ein Thema.«

»Ich weiß, ich weiß. Draußen zerreißt man sich den Mund über meine Impfungen. Aber sie tun es nur, weil sie nicht verstehen, was ich da mache und warum ich es mache.« Franz war überzeugt, dass die Wissenschaft in den letzten Jahrzehnten einen gewaltigen Umschwung erfahren hatte, in dessen Folge sie nun dabei war, in eine neue Phase ihrer Entwicklung einzutreten. Und dafür waren Experimente an Menschen unumgänglich. »Mit meinen Versuchen habe ich wichtige Erkenntnisse gewonnen, für die Syphilislehre, für die gerichtliche Medizin und die Sanitätspolizei. Um die Unversehrtheit meiner Probanden zu wahren, bin ich mit größtem Bedacht vorgegangen, niemals leichthin und nie ohne sorgfältige Überwachung.«

»Deswegen lediglich drei Probanden?«, fragte Kölliker nach.

»Genau, deswegen nur drei.« Waller in Prag hatte fünf inokuliert. Vermutlich wäre es bei weniger Probanden auch zu weniger Aufregung gekommen, ganz sicher allerdings zu weniger Erkenntnissen. »Meine Probanden haben nicht mehr als eine kleine Narbe an der Impfstelle zurückbehalten. Ich kann alle Vorwürfe der Inhumanität und der Immoralität zurückweisen!« Und doch hoffte Franz im Namen der Wissenschaft, dass es in seinem Fall gar nicht erst so weit wie bei Waller kommen würde. Es gab zu viele kranke Kinder, die auf ihn als Arzt angewiesen waren. Nicht auszudenken, was es für diese bedeuten würde, nähme man ihn in Gewahrsam. Von der schlechten Propaganda einmal ganz abgesehen. Die Alma Julia und das Spital standen im Zenit ihres Ruhms, nicht zuletzt dank des medizinischen Unterrichts durch untadelige Professoren. *Maßgebend für den Ruhm eines Krankenhauses ist der Ruf seiner Ärzte.*

»Sie sind also gegen entsprechende Vorwürfe gewappnet, das ist gut«, sagte Kölliker, und damit schlossen sie das Thema ab.

Im Folgenden sprachen sie noch über Köllikers jüngste Forschungsreise nach Süditalien, die dieser, wie Franz erfuhr, lediglich mit der Absicht angetreten hatte, vergleichende anatomische Untersuchungen über Seetiere anzustellen. Und dass er mit einem einzigartigen Bericht über den Ausbruch des Ätna zurückgekehrt war. Franz hörte von Feuersäulen und vom rot glühenden Schein über dem langsam vorrückenden Lavastrom, der die Nacht erhellte. Das lenkte ihn von Eugen ab und von seinen Gedanken über den unverfrorenen Antrag Viviana Bischofs, die ihm gegenüber zudem unangemessen selbstsicher am Krankenbett aufgetreten war. Hatte sie auf sein »Fräulein Viviana Bischof?« doch frech nur mit einem *»Ja, Herr Professor von Rinecker«* geantwortet. Als seien sie Kollegen oder beide männlichen Geschlechts. Frauen hatten blumiger oder wenigstens mit einem höflichen »Guten Tag, sehr verehrter ...« zu antworten.

Am Ende musste Franz sogar herzlich über den Bericht seines Kollegen lachen. Kölliker beschrieb die Begutachtung von Lavahaufen als ein schauerlich schönes Schauspiel, bei dem er und seine Reisebegleiter überlegt hätten, sich ihre Zigarren mittels eines

Verlängerungsholzes an einem Haufen noch glühender Lavabrocken anzuzünden.

Franz empfahl dem Kollegen, seine Beobachtungen und Erlebnisse während des Ätnaausbruchs zu veröffentlichen, schließlich sei dies ein einmaliges Ereignis im Leben eines Menschen. *Entdecke viel und rede darüber!* Draußen donnerte es.

Abschließend versicherten sie sich noch der gegenseitigen Freude auf den nächsten Rauchbierabend, wobei Kölliker – bereits im Stehen – noch erwähnte, dass er seinen neuen Vorrat an süffigem Hürlimann-Bier seinen Rauchbierkollegen nicht allzu lange vorenthalten wolle. Außerdem gedachte er in diesem Jahr, die Spirituosen für den Professorenschnaps am Maximilians-Abend zu stellen. Jedes Jahr war ein anderer aus ihrer Professorenrunde dafür verantwortlich und wählte den Schnaps nach seinem Geschmack aus.

Als die Schritte des Kollegen im Flur verhallten, beschloss Franz, seinen Entwurf für den Vortrag zu den Syphilis-Experimenten auch noch dem Kollegen Virchow zur Prüfung vorzulegen. Vorsicht war besser als Nachsicht.

Bevor er aber zu Virchow ging, machte er sich erst noch daran, die nächste Sitzung der Berufungskommission vorzubereiten. Er wollte niemals wieder unvorbereitet sein, was dem Beruf des Arztes allerdings widersprach, wie er sehr wohl wusste. Es war die Quadratur des Kreises. Im Fall von Eugen war er unvorbereitet gewesen, was er sich niemals würde vergeben können.

***

21

MÄRZ 1853

Ernestine Viktoria Hebestreit machte es sich im Fauteuil ihres längst verstorbenen Ehemanns bequem und wiegte den Wein in ihrem Glas. »Ach, Eduard!«, seufzte sie und nahm einen Schluck von dem roten Wein. »Lügen ist moralisch verwerflich«, erzählte sie ihm, und dennoch tat auch sie es mehrmals am Tag. Hier mal ein geschwindeltes Kompliment über das angeblich so hübsche Blumengesteck oder das gerüschte Tageskleid einer der Harmonie-Damen, und dort mal eine kleine Verdrehung der Tatsachen zu ihren Gunsten. »Leichte Lügen« nannte Ernestine diese Lügen und pflegte mit ihnen Momente der Freude zu schenken. Wenn man anderen eine Freude machte, fügte man sich leichter in die Gesellschaft ein.

Jede Lüge wog. Das gut gemeinte Kompliment etwas weniger, die Lebenslüge über die angeblich tote Tochter dafür aber umso mehr. Viel mehr sogar. »Schwere Lügen« wuchsen zu ganzen Lügengebäuden heran. Und das Fatale an Lügengebäuden war, dass je schwerer die Lüge war, auch die Konsequenzen bei ihrem Auffliegen, der Druck, sie aufrechtzuerhalten, proportional zunahmen. Und der Rückbau des Lügengebäudes immer schwieriger wurde. Eine Lüge führte schnell zu einer nächsten, und Lügengebäude wurden gerne eng aneinandergebaut. Im schlimmsten Fall riss dann ein Lügengebäude das andere mit sich. Ernestine nahm einen weiteren Schluck vom Wein und ließ ihn am Gaumen kreisen. Dunkle Wolken trieben auf das Palais zu, Ernestine konnte sie in der Ferne bereits sehen.

Elisabeth hatte ihr viel zu lange die Wahrheit über Viviana verschwiegen. Ihr schwaches, alterndes Herz hin oder her. Dafür schluckte Ernestine doch schließlich ihr Digitalis, damit sie solche Dinge verkraften konnte. Und jetzt lebte Viviana also doch noch!

Erst vor einer Woche hatte Elisabeth ihr reinen Wein eingeschenkt. Sie hatte Ernestine von Vivianas Besuch im Palais in zerlumpter Kleidung erzählt und von der Geburt ihrer Urenkelin im Kloster. Aber alles wusste sie längst noch nicht, davon war Ernestine felsenfest überzeugt und trank. Es war kompliziert. Sie selbst hatte Elisabeth gelehrt, dass es Fragen gab, die nicht gestellt werden durften. Aus Respekt vor dem anderen. Es gab Dinge, die auch innerhalb der Familie ein Geheimnis bleiben mussten. Nicht einmal Eduard hatte alles von ihr gewusst. Und ganz sicher hüteten die Mauern des Palais nicht nur ihr Geheimnis. Vertrauten sie einander noch? Vertrauen war wie eine Brücke aus Glas. Wurde man einmal als Lügnerin enttarnt, wurde an den hundert vorangegangenen Wahrheiten ebenfalls gezweifelt. Am liebsten hätte Ernestine jetzt Constanze in den Arm genommen. Constanze war Eduards Augenstern gewesen.

Ernestine trank gleich mehrere Schlucke hintereinander, als sei der Wein verdünntes Bier. Den Spätburgunder mit dem klangvollen Namen »Ewig Leben« hatte ihr Valentin zum jüngsten Geburtstag geschenkt. Ihr unglücklicher Enkel, so viel bekam sie dann doch noch mit.

Ernestine strich über die Armlehne von Eduards Fauteuil und schaute auf die Lilientapete an der Zimmerwand. Sie wollte nicht mehr aus dem Fenster schauen, sich selbst in keiner Scheibe mehr spiegeln. Und ewig leben wollte sie sowieso nicht. Womöglich holte sie der Allmächtige ja schon bald zu sich, schließlich waren genug ihrer Bekannten bereits vor ihrem siebenundsiebzigsten Lebensjahr unter die Erde gekommen.

Nie zuvor hatte sie sich so schwach gefühlt. Ernestine hoffte so sehr, dass es Viviana in der Pleich besser ging als ihr. Sie goss sich das dritte Glas des Abends ein. Sie hatte es so satt, die Fragen der werten Gesellschaft zu beantworten.

»Es wird immer schlimmer, Eduard!« Ernestine fuhr mit dem Rotweinglas in der Hand so schwungvoll durch die Luft, dass der Wein fast herausgeschwappt wäre. Sie schaute sich im Zimmer um, als sähe sie die glänzenden Verzierungen und polierten Möbel, die Löwenfüße, Adler und Viktorien zum ersten Mal. Die rehbraunen schweren Vorhänge mit den goldenen Lilien und das Parkett gingen ineinander über. Es war, als glitten die Lilienköpfe von den Stoffen auf den Boden und wieder zurück.

Ernestine hatte Mühe, sich auf dem glatten Boden noch halbwegs gerade auf die Tür zuzubewegen. Ein Schluck vom »Ewig Leben« half, und die handgestickten Lilienblüten auf den Vorhängen sammelten sich vor ihren Füßen zu einem Teppich. Derart gestärkt, erreichte sie schließlich den Flur. Das dritte Glas Wein und die Lilien hatten sie trotz ihrer Schwäche kühn gemacht.

Im Flur trat sie vor Constanzes Zimmer, das sich direkt neben dem ihren befand. Wie immer war es ruhig hinter der Tür ihrer Tochter, das Zimmer war karg wie eine Klosterzelle eingerichtet. Keine einzige Blüte und/oder Vergoldung. Ernestine legte ihre Hand auf die Türklinke. Sie konnte spüren, wie sich diese unter ihrer Hand erwärmte. Bevor sie sie jedoch herunterdrücken konnte, fiel etwas auf der anderen Seite der Tür zu Boden.

Sofort wich Ernestine von der Tür zurück. War das Constanzes Taschenbibel? Zur Beruhigung trank sie. Der Wein tat gut, er half mehr als hundert respektvolle Worte. Ernestine brauchte Trost und Erleichterung. Ob die gläsernen Kunstwerke im Orchideenzimmer ihr genauso viel Kraft schenken würden wie Elisabeth? Sie kicherte bei dieser Vorstellung wie ein junges Mädchen. Aber hieß es nicht: Versuch macht klug?

Ernestine betrat das Schlafzimmer ihrer Tochter, das gleich neben dem Constanzes lag. Elisabeth und Johann waren bei der Familie Kölliker zum Diner geladen und vor zehn Uhr sicher nicht zurück. Das Gesinde hatte diesen Abend frei. Ernestine scherte sich nicht darum, was die Dienstboten in ihrer unbezahlten Zeit trieben, das war früher anders gewesen und ein schlechter Ruf der Dienstboten noch auf die Herrschaft zurückgefallen.

Aus dem doppelten Boden der Schmuckkassette im Nachttisch holte Ernestine den Schlüssel hervor. Dann verließ sie das Schlafzimmer wieder und ging langsam zur Treppe im Flur. Hier und da flog eine Lilie an ihr vorbei. Dank der Führung des Geländers stand sie bald im dritten Obergeschoss, eine Öllampe brannte im Flur. Der Spätburgunder schmeckte noch immer gut und hatte noch nicht den alkoholischen Geschmack, der für sie das untrügliche Zeichen von Trunkenheit war.

Ernestine benötigte eine Weile, um das Orchideenzimmer aufzubekommen. Zunächst schien der Schlüssel viel zu groß für das winzige Schloss zu sein. Irgendwann passte er wider Erwarten, und die Tür ließ sich öffnen. Sie griff sich die Öllampe auf der Mahagonikommode im Flur. Es war März und schon seit Stunden dunkel draußen. Sogar von der Schwelle aus meinte sie, die Präsenz von Elisabeth und Constanze im Raum spüren zu können. Ihr vom Wein unscharfer Blick wollte alles erfassen und in sich aufnehmen.

Als die vornehme Gattin eines Bankdirektors hatte sie nie mehr als die standesgemäße Nähe zu ihren Kindern zugelassen. Heute bereute sie, dass sie sich aus den Gefühlswelten ihrer Mädchen ausgesperrt hatte. Einen First Flush Darjeeling in der Harmonie mit Elisabeth zu trinken, war schon das Höchste der Gefühle, im besten Fall kam von Elisabeths Seite noch Mitleid wegen ihres Alters hinzu. Das nannte man in ihrer Familie Zuneigung.

Zögerlich betrat Ernestine Elisabeths intimstes Reich. In der linken Hand hielt sie das Rotweinglas, das nur noch ein Viertel voll war, in der rechten die Öllampe. Deren unnatürlich gelbliches Licht glitt über die seidenbespannten Wände und Vorhänge und ließ die Stoffe vergilbt und gar nicht mehr rein wirken.

Ernestine stellte die Öllampe vor den Polsterstühlen ab und nahm einen langen Schluck. Dann trat sie neben die blaue Vanda vor dem mittleren Fenster des Salons und berührte die gläserne

Blume. Deren filigraner, langer Spross, die mittig gefalteten Blätter sowie die großen Blüten und Farben sah Ernestine nur verschwommen, als wollte die Vanda ihre ganze Pracht und Schönheit vor ihr verbergen. Als verweigerte sie sich ihr, weil sie hier heimlich eingedrungen war.

Ernestine hätte nicht zu sagen vermocht, wie lange sie vor jeder einzelnen Orchidee stand, diese betrachtete und Revue passieren ließ, zu welchem Ereignis Elisabeth die jeweilige Orchidee im großen Salon präsentiert hatte. Zuletzt war das schwarze Odontoglossum zur Sammlung dazugekommen. Mit dem Odontoglossum hatte die Familie Vivianas vorgetäuschten Tod begangen. *Viviana und Elisabeth, Elisabeth und Constanze,* dachte sie und fühlte sich mehr denn je alt, kraftlos und allein. Sie trank das letzte Viertel Rotwein in einem Zug aus. Sie hatte ehrliche Tränen am Grab ihrer Enkelin vergossen.

Die nächsten Schritte wankte sie mehr, als dass sie ging, an den Heiligtümern ihrer Tochter vorüber, die auf gläsernen Tischen standen, welche für sich gesehen schon Kunstwerke waren. Vom schwarzen Odontoglossum bis zur weißen Neofinetia falcata und dem gelben Bulbophyllum, das sie fast mit dem rechten Arm gestreift hätte.

Dann fuhr sie noch mal herum. Am Ende der Reihe, neben dem Odontoglossum war noch Platz für einen weiteren Tisch. »Für einen neunten gläsernen Tisch«, flüsterte sie vor sich hin.

Auf einmal wurde es Ernestine in der Brust eng. Schwer atmend schaffte sie es noch bis zur Tür des Orchideenzimmers. Sie wollte sie gerade abschließen, als ihr das Weinglas aus der Hand glitt und klirrend auf dem Boden zersprang. Ernestine wurde übel, sodass sie sich vornüberbeugen musste. Sie übergab sich unschön und war überzeugt, dass ihr schwaches Herz seine Arbeit jetzt endgültig einstellen würde. *Ich komme zu dir, Eduard.* Der Druck in der Brust nahm zu und schmerzte immer heftiger.

Ernestine kam hart auf dem Boden auf und lag mit dem Kopf im

Erbrochenen. So sollte das Gesinde sie nicht sehen. »Constanze!«, rief sie. Lilien flogen auf sie zu, und kurz darauf meinte sie, Constanzes Stimme zu hören. Rein und klar. *Constanze, deine Stimme habe ich zuletzt gehört, als du vierzehn Jahre alt warst und noch keine schwarzen Kleider getragen hast,* dachte Ernestine noch, oder hatte sie die Worte laut ausgesprochen?

Aber nicht Constanze, sondern ein aufgeregtes Dienstmädchen beugte sich über sie. Sie erkannte nicht mehr, welches der Mädchen es war. »Verehrte Frau Hebestreit, Sie sind ja ganz bleich, und Sie haben Rotweinflecken auf Ihrer Bluse.«

Direkt neben ihr stank es erbärmlich. Sie fühlte sich plötzlich hellwach – ihre letzte scharfe Geistesregung, bevor sie vor ihren Schöpfer trat.

Das Dienstmädchen lief die Treppe hinauf und rief den Diener aus der Mansarde herbei, der sofort zur Stelle war. Beide trugen sie keine Dienstkleidung mehr. Es musste schon spät sein.

Etwas blendete Ernestine schrecklich, aus den Lilien wurde grelles Licht. Sie konnte ihre Augen nicht länger offen halten. Ihre Lider waren bleischwer, in ihrer Brust stach es.

Der Diener schickte das Dienstmädchen nach dem Hausarzt, das bekam Ernestine noch mit. Er selbst wollte ihr Digitalis holen.

✳✳✳

22

MAI 1853

Der Stickhusten hatte sich epidemisch in der Pleich ausgebreitet. Ein Dutzend Kinder hatte keuchend glasigen Schleim ausgehustet, aber auch Erwachsene hatten sich angesteckt.

Der Verlust ihrer Tochter hatte Magda verändert, er hatte sie härter gegenüber Bruno und Ella und gegenüber Viviana werden lassen. Nicht mit Worten, aber mit Blicken und ihrer zurückgenommenen Art gab sie Viviana die Schuld an Wenkes Tod. Früher war Magda roh und laut gewesen, aber dennoch von verborgener Herzlichkeit. Heute sprach sie kaum noch ein Wort, brummte nicht einmal mehr vor sich hin. An manchen Tagen saß sie stundenlang am Tisch in der Stube und starrte auf Wenkes blaue Nähnadel vor sich. Als würde ihre Tochter dadurch wieder lebendig werden.

Viviana wusste, dass sie als Ärztin dem Tod tagtäglich begegnen würde, kam aber seit Monaten nicht einmal über eine einzige Tote hinweg. Ihr Leben bestritt sie mit einem Teil des Geldes aus den Bankanweisungen.

Nur Ella zuliebe hatte sie sich an ihrem zwanzigsten Geburtstag zu einer Wanderung zum *Letzten Hieb* aufgerafft. Doch in ihren Gedanken war sie wieder bei jenem Abend gewesen, an dem sie Magda davon überzeugt hatte, dass Wenke im Spital überleben würde, während sie Ella eine einfache Haube aufsetzte und Bruno, der unbedingt mitwollte, den braunen Filzhut seines verstorbenen Vaters. Ella war inzwischen zweieinhalb Jahre, Bruno knapp drei.

Neben Wenke vermisste Viviana auch die Arbeit in der Apotheke und den Essiggeruch in den Räumen des Spitals. Vom Fenster ihrer Kammer aus hatte sie auch an diesem Morgen, wie schon an vielen Tagen zuvor, nach den Krähen Ausschau gehalten, die sie früher beim Betreten des Spitals mit einem Krächzen begrüßt hatten. *Alles ist verloren,* dachte Viviana. *Wenke, die Gasthörerschaft und die Arbeit als Helfnerin in der Apotheke.* Einzig ihren alten Namen hatte sie wieder zurück: Viviana Winkelmann.

Viviana und die Kinder verließen die Stadt über einen Umweg durch das Rennweger Tor. Sie mied den direkten Weg durch die Hofstraße, wo die Eingangstür zum Palais für sie nun endgültig verschlossen blieb. Dennoch wollte sie den zweiten Donnerstag im Oktober in Erinnerung behalten. Ihr Vater hatte ihr zugehört, als sie ihm von ihrem Studienwunsch berichtet hatte, und nicht abwertend reagiert. Sein Haar war grauer geworden, und insgesamt war er ihr dünner vorgekommen als früher, aber für den Moment ihrer Umarmung hatte sie das Familiendrama vergessen. Dann war ihre Mutter dazugekommen.

Die Kinder stimmten ein fröhliches Lied an. »Fuchs, du hast die Gans gestohlen.« Sie hatten die Stadt bereits hinter sich gelassen und stiegen eine Anhöhe hinauf. Pappelsamen begleiteten ihre Wanderung wie Schneeflocken, aber Viviana hatte nach diesem unglücklichen Frühjahr keinen Blick dafür. Bruno und Ella dafür umso mehr: Auf der Suche nach der größten Samenflocke fingen sie die flauschigen Gebilde mit den Händen ein und zeigten sie einander. Deswegen brauchten sie auch dreimal so lange, um zum Felsenkeller hinaufzugelangen.

Viviana erklärte den Kindern, dass die Pappelsamen »Sommerschnee« hießen und ein Ersatz für den Winterschnee seien, der bei so viel Sonne und Wärme wegschmelzen würde. Wenn Viviana ihre unbekümmerte Tochter sah, musste sie oft an Wenke denken. Kinder sollten Pappelsamen fangen und nicht im Bett eines Spitals sterben.

Das letzte Stück des Anstiegs wollte Ella getragen werden, und Viviana war ganz außer Atem, als sie ihr Ziel endlich erreichten. Am *Letzten Hieb* tranken Ausflügler Bier aus Seideln. Die Kinder setzten sich auf die linke Bank eines Holztisches, Viviana ließ sich ihnen gegenüber nieder. Draußen, im Freien, war es angenehmer als im kühlen Felsenkeller drinnen. Apfelblüten wirbelten durch die Luft, die Sonne verzog sich hinter einigen Wolken.

Bei einem Glas süßem Most bot sich ihnen ein herrlicher Blick über Würzburg, auch wenn es Viviana schwerfiel, ihn unbeschwert zu genießen. An den Turmhelmen der Kirchen hing das Sonnenlicht, und Sankt Gertraud in der Pleich wirkte zurückgenommen, obwohl sie wie ein aufgestelltes Schwert aus dem Viertel herausragte. Gleich daneben trat der eindrucksvolle Bau des Juliusspitals deutlich hervor. Oder lag das an Vivianas verzerrter Wahrnehmung? *Erscheint uns das größer und wichtiger, wonach wir uns sehnen?*

Früher war ihr Würzburg wie ein ins Tal gewachsenes Paradies vorgekommen. Mittlerweile fielen ihr vor allem die engen Gassen und Plätze auf, die vom Wallgürtel und von den Festungsmauern umgeben wie eingesperrt wirkten. Sogar die Pappelallee, die sich vor dem Festungswall vom Pleichacher bis zum Rennweger Tor entlangzog, schien ihr schmaler zu sein als sonst. Seit den Verlusten der letzten Monate meinte Viviana, Würzburg nicht einmal mehr riechen zu können, weder den Main mit seinen Lachsen noch den Duft der wilden Tulpen.

Nachdem Bruno sein Glas geleert hatte, stimmte er ein Geburtstagslied für Viviana an. Ella sang mit und wackelte dazu mit dem Kopf. Ihr brauner Schopf, in dem sich mehrere Apfelblüten verfangen hatten, sah wie gepunktet aus. Ihre widerspenstigen Locken reichten ihr mittlerweile bis auf den Rücken. Die beiden Kinder hatten das Lied noch nicht zu Ende gesungen, da küsste Viviana erst Ella und dann auch Bruno über den Tisch hinweg auf die Stirn. Beide ließen sich in ihrem beschwingten Vortrag aber nicht beirren.

»Was für hübsche Kinder Sie haben«, sagte da eine ältere Frau, die an ihren Tisch herangetreten war und Ella über den Lockenkopf strich. Die Frau trug ein vornehmes, graues Tageskleid. Eine Farbe, die vor allem ältere Witwen nach dem Trauerjahr bevorzugt anlegten. Eifrig winkte sie ihre Begleiterin herbei. »Gretchen, schau dir doch diese bezaubernden Kinder an und die blauen Augen des Mädchens.«

Ellas Augen weiteten sich, als ihr der kirschgroße Rubinring am Mittelfinger der Frau ins Auge stach.

»Guten Tag«, sagte Viviana nur, wurde weiterhin aber kaum beachtet.

Die ältere Dame beugte sich zu Ella hinab, wie ein Arzt über einen Patienten. Ihr Sonnenschirm beschattete die hellen Gesichter der Kinder. Mit einem Mal schauten beide Damen von Ella zu Viviana. Mit Argusaugen musterten sie nun Vivianas Gesichtszüge, als betrachteten sie sie unter dem Mikroskop.

Viviana war sich ziemlich sicher, dass sie gerade die Witwen Sennbacher vor sich hatte, mit denen ihre Mutter jeden zweiten Donnerstag im Monat Bridge spielte.

»Sie sind doch die Tochter von Bankdirektor Winkelmann!«, fiel der ersten Witwe auf. Sie trat sofort vom Tisch zurück, und die zweite folgte ihrem Beispiel.

»Bankdirekor Dinkelmann«, wiederholte Ella, die die Wörter »Bankdirektor« und »Winkelmann« noch nie gehört hatte.

Bruno lachte über die langen, seltsamen Wörter aus Ellas Mund, und Ella lacht mit. »Grüß Gottle, ich bin der Bruno«, stellte sich der kleine Junge vor. »Und des is Ella.« Er sprach ausgenommen gut für sein Alter.

Freudig hielt Ella den Witwen ihre Hand mit den Pappelsamen hin. »Schnee für den Sommer«, weihte sie die Damen ein.

Die Witwen würdigten die Samen keines Blickes, was Ella dazu brachte, ihre kleine Hand noch weiter in Richtung der Witwen auszustrecken. Die aber wichen vor ihr zurück, als hätte sie eine ansteckende Krankheit.

»Unbestritten ein Abbild ihrer Mutter!«, sagte die Witwe, die als Erste an den Tisch getreten war, und wies mit dem ausgestreckten Zeigefinger auf Ella. »Ein Abbild auch von Frau Bankdirektor Winkelmann! Zumindest den Gesichtszügen nach«, befand die zweite mit einem Blick auf Viviana und führte ihre Hand erschrocken vor den Mund. Bestürzt, fast angeekelt, glitt ihr Blick dann an Vivianas farbloser Leinenbluse bis zu den einfachen Röcken hinab. »Fräulein Winkelmann, schämen Sie sich nicht, Ihrer Mutter eine derartige Schande zu bereiten? Sie sogar dazu zu bringen, eine Beerdigung vortäuschen zu müssen?«

Ein Windstoß blies die Samen aus Ellas Hand.

»Dazu dann noch solch unstandesgemäße Kleidung und dieses Kind ohne Vater!« Nun benutzte auch die zweite Dame ihren ausgestreckten Zeigefinger und deutete auf Ella wie auf eine Angeklagte. »Wie schrecklich!«

Über kurz oder lang hat es ja einmal zu einem solchen Zusammentreffen kommen müssen, dachte Viviana, obwohl sie sich darüber ärgerte, dass die zwei Damen ihre Nasen in fremde Angelegenheiten steckten und obendrein noch so unverfroren über sie urteilten. Vermutlich hatte ihre Mutter nach Vivianas Besuch entschieden, die Lüge über ihren vorgetäuschten Tod zu lüften, und diesen als den einzig möglichen Ausweg aus der Misere dargestellt, der ihnen möglich gewesen war.

Zum Glück bemerkten die Kleinen nicht, was gerade vor sich ging, denn sie hatten sich erneut ans Aufsammeln der Pappelsamen gemacht. Viviana hatte vom Verhalten der Witwen nun endgültig genug, und obwohl sie ihren Most noch nicht ausgetrunken hatte, erhob sie sich. Nur mit Mühe konnte sie ihren Zorn verbergen. »Wenn die verehrten Damen uns jetzt bitte entschuldigen. Ich wünsche Ihnen noch einen angenehmen Tag.« Sie rief die Kinder zu sich und stapfte durch das hohe Gras davon.

Sie war nicht in der Stimmung, noch weiteren Witwen aus der gehobenen Gesellschaft zu begegnen. Es war daher besser, etwas abseits des Hauptpfades zurückzugehen. Es gab noch einen anderen Weg, der nördlich am Hügelkamm entlangführte. *Und dieses Kind ohne Vater,* kam ihr die Bemerkung der älteren Witwe wieder in den Sinn. Was nahmen sich diese alten Schachteln überhaupt heraus, derart über Ella zu richten? Den Witwen wäre es sicher lieber gewesen, Viviana wäre tatsächlich beerdigt worden. Viviana war fassungslos über so viel Ignoranz. Wie konnte sie Ella nur für den Rest des Lebens vor solchen Frauen beschützen? Vor so viel Oberflächlichkeit?

Den Hügelkamm entlang trug sie ihre Tochter wieder. Bruno ging sehr ausdauernd für sein Alter neben ihr her, er war sehr zäh. Ella fragte sie, warum die eine Frau denn ein Auge an der Hand gehabt habe. Viviana erklärte ihr, dass das vermeintliche Auge ein Rubinring gewesen sei und Ella davor keine Angst haben müsse. Um die Kinder und sich selbst von den zwei Witwen abzulenken, stimmte sie erneut »Fuchs, du hast die Gans gestohlen« an. Sie strich Ella über ihr Kinngrübchen, Pauls Grübchen. *Und dieses Kind ohne Vater.*

Nach einer halben Stunde wurden Viviana die Arme schwer. Seitdem sie nicht mehr in der Apotheke arbeitete, hatten ihre Kräfte nachgelassen. Das morgendliche Wasserholen war keine große körperliche Belastung und ohne Wenke sowieso trostlos. Viviana half Magda zwar mehr im Haushalt, um sie zu entlasten, aber so anstrengend wie in der Apotheke war die Arbeit nicht. An manchen Tagen kam Magda nicht mehr hoch, sodass Viviana auch einfachere Nähereien übernahm.

Die nächste Sitzgelegenheit gab es erst auf halber Höhe den Hügel hinab. Doch Viviana sah schon aus der Ferne, dass die Bank bereits besetzt war. Bruno lief dennoch darauf zu, als der einzige Mann in der Runde fühlte er sich wohl dazu verpflichtet, ihnen Platz zu verschaffen. So war es in der Pleich üblich. Nach der aufreibenden Begegnung mit den Sennbacher Witwen wollte Viviana aber nur noch in ihre kleine Kammer zurück.

Bruno fragte den Mann auf der Bank, ob sich die erschöpfte Mama von Ella neben ihn setzen dürfe.

»Bruno, stör den Herrn nicht«, bat Viviana und ging an der Bank vorbei, »wir schaffen es auch ohne Pause nach Hause.«

Doch schon hielt sie eine freundliche Stimme auf. »Guten Tag, Fräulein Bischof.«

Viviana wandte sich um und erkannte ihn sofort: Professor von Marcus! Wie im Spital trug er auch heute einen viel zu weiten Gehrock und das Haar in einer schwungvollen Rolle aus dem Gesicht frisiert. Er schien ein phänomenales Gedächtnis für Stimmen zu haben. War er etwa ohne Begleitung hier heraufgekommen?

»Ich bin allein hier«, erklärte er ihr, als hätte er ihre Gedanken gelesen. »Heute habe ich mich vom Nachbarsjungen hinaufbringen lassen. Meine Frau opfert schon genug Zeit für mich.«

Viviana grüßte höflich, war aber zu verdattert, um auf seine nette Begrüßung hin noch weitere Worte an ihn zu richten.

Professor von Marcus horchte in ihre Richtung. »Wie geht es Ihnen?«, fragte er.

Viviana überlegte, ob sie sich bei ihm dafür entschuldigen sollte, dass sie den Ruf der Spitalsapotheke geschädigt hatte. Alle Patienten des Juliusspitals sowie sämtliche Professoren und Wundärzte waren auf die Arzneien der Apotheke angewiesen.

»Das letzte Mal waren sie aber bei Weitem nicht so stumm, sondern sehr aufmerksam«, sagte er und lächelte dabei.

Kurz dachte sie wieder an seine Demonstration im Krankensaal, bei der er auch die Perkussion und Auskultation erläutert hatte. Viviana wollte ihm nicht sagen, wie schlecht es ihr ging. »Würde man sämtliche Oberflächen der Bläschen und Kapillaren aus den Lungenflügeln auf dem Boden nebeneinanderlegen, reichte kein Studentenzimmer aus, sie zu beherbergen. Es sei denn, jemand wohnt in einer Villa von der Größe eines Tennisfeldes«, antwortete sie daher in Erinnerung an seine Demonstration. War er doch derjenige, der ihr Interesse an der Diagnostik geweckt hatte.

Die Sonne kam hinter den Wolken vor. Ella machte sich aus Vivianas Armen frei und setzte sich wie Bruno ins Gras neben die Bank.

»Wie lauten die vier Perkussionsschallpaare?«, fragte von Marcus sie, als befänden sie sich im Vorlesungssaal.

Viviana konnte alle vier korrekt aufzählen. Sie fügte zudem noch an, was sie im Lädchen im Grabenberg über die Interpretation der Schallpaare gelernt hatte. Einen Lehrer zu haben, und sei es auch nur für ein paar Augenblicke auf einer Parkbank unterhalb des *Letzten Hieb,* tat gut. Darüber vergaß sie sogar ihren Groll gegen die Sennbacher Witwen.

»Sie haben ein gutes Gedächtnis«, lobte er sie.

»Ich vermisse die Arbeit in der Apotheke und die Zeit im Spital«, gestand sie. Noch vor zweieinhalb Jahren hatte sie nur widerwillig und aus der Not heraus einen Fuß in das Krankenhaus gesetzt.

Professor von Marcus nickte. »Wie geht es dem Sohn Ihrer Freundin mit seiner chronischen Bronchitis?«

Sie lächelte, weil er sich seinerseits noch daran erinnerte. »Er sitzt gerade zu unseren Füßen, und es geht ihm gut.«

Mit zu Schlitzen verengten Augen, da er seine Augengläser offenbar nicht dabeihatte, schaute Professor von Marcus zu Bruno hinab.

»Nachdem ich seinen Oberkörper während der Hustenanfälle hochgelagert habe, damit er den hartnäckigen Schleim besser abhusten konnte, wurde es besser. Außerdem habe ich ihn ermutigt, viel zu trinken, und Spaziergänge mit ihm unternommen. Sein letzter starker Hustenanfall liegt ein ganzes Jahr zurück. Aber dafür ...«, Viviana stockte. Sie wollte Professor von Marcus nicht mit ihren Sorgen belästigen.

»Aber dafür?«, beharrte er.

»Bruno«, sagte sie, worauf der Junge sofort zu ihr aufschaute. »Hast du schon die wilden Tulpen dort entdeckt?« Sie zeigte an eine lichte Stelle am Hang, wo das einzige Tulpenbüschel weit und breit stand.

Bruno nickte, und Ella sagte gleich: »Ich auch, ich auch!« Die

Kinder brauchten keine zweite Aufforderung, Ella hatte ihre müden Beine schnell vergessen.

Viviana beobachtete die Kleinen eine Weile, wie sie die Tulpen beschauten und so vorsichtig berührten, als wären sie wie die Orchideen ihrer Mutter aus Glas geblasen. Vor ihnen hatte sie nicht über die tote Wenke sprechen wollen. Bruno war ein starker, mutiger Junge, aber sobald Wenkes Name fiel, weinte er. Es fiel ihm auch schwer, ohne sie einzuschlafen. Und Magda war oft so traurig, dass Bruno dies spürte.

»Blumen sind etwas Schönes. Meine Frau Nannette liebt Rosen«, sagte Professor von Marcus und blickte in Richtung der Kinder. Ella und Bruno schauten sich die Blütenblätter der Tulpen gerade von unten an. Ella kniete dafür vornübergebeugt, mit dem Kopf nur knapp über dem Boden.

»Rosen sind genauso unterschiedlich wie wir Menschen, keine gleicht der anderen«, sagte er. »Seit wir verheiratet sind, bringe ich Nannette jede Woche eine Rose mit, und noch nie habe ich zweimal hintereinander die gleiche Farbe ausgesucht.« Er räusperte sich, als wäre es ihm peinlich, darüber zu sprechen: »Seit drei Jahren muss ich allerdings, was die Farben angeht, auf den Blumenhändler vertrauen. Die Netzhaut meines linken Auges ist inzwischen so löchrig wie ein Sieb. Doch wir sind bei Ihnen stehen geblieben. ›Aber dafür ...‹ waren Ihre letzten Worte«, nahm er den Faden wieder auf.

Viviana brauchte eine Weile für eine Antwort, weil seine Worte sie aufgewühlt hatten. Dass er so schlecht sah, tat ihr ausgesprochen leid. Schließlich führte sie ihr »Aber dafür« aus. Sie erzählte ihm von Wenkes Stickhusten und ihrem Tod in der juliusspitälischen Separat-Anstalt für kranke Kinder. Vor allem aber beschrieb sie ihm ihre Enttäuschung darüber, dass sie das Unglück nicht hatte verhindern können. »Ich möchte niemals wieder jemanden sterben sehen«, gestand sie, nachdem auch er so offen zu ihr gesprochen hatte.

Professor von Marcus sagte ernster: »Als Arzt muss man lernen, den Tod zu akzeptieren. Auch wenn es sich bei den Verstorbenen um Menschen handelt, die einem am Herzen liegen. Krankheiten kommen oft unverhofft und heftig, gegen sie ist selbst der beste Arzt machtlos.«

»Sie haben sicher schon viele Menschen beim Sterben begleitet, nicht wahr?«, wollte Viviana wissen.

Professor von Marcus nickte. »Doch noch herausfordernder als die Sterbenden sind die verzweifelten Angehörigen. Ein guter Arzt oder eine gute Ärztin sollte nicht zögern, auf die Trauernden zuzugehen, anstatt sie aus Unsicherheit zu meiden.«

Eine gute Ärztin? Er bezieht die weibliche Form mit ein? »Das Sterben mitansehen zu müssen, ist vermutlich schlimmer, als selbst zu sterben«, überlegte Viviana weiter.

»Das Leben ist ein Geschenk«, sagte er, »auch wenn es oft nicht danach aussieht.«

Viviana lächelte. Er spitzte die Ohren.

»Sie sollten öfter lächeln«, sagte er dann.

»Sie können das hören?«, fragte sie und lächelte dabei erneut.

»Mehr oder weniger. Seitdem ich Arzt und damit unweigerlich vom Tod umgeben bin, nehme ich Augenblicke bewusster wahr. Auch sind meine anderen Sinne dadurch geschärfter.«

Das ist ein Gedanke voller sinnlicher Aufmerksamkeit, fand Viviana. »Sollte ein Arzt versuchen, sich gegen den Tod zu verhärten?«

»Ich spreche für jeden meiner Patienten, um den es schlimm steht, ein Gebet.« Er schaute sie mit seinen trüben Augen an. »Meine Gebete helfen mir, mich nicht zu verhärten. Die Medizin braucht Menschlichkeit, nicht Härte.«

Das gefiel Viviana. Sie dachte an Ella. Ihre Tochter war so ein lebensfrohes, neugieriges Mädchen. Solche oberflächlichen Frauen wie die Sennbacher Witwen konnten ihm gar nichts anhaben!

Hoffentlich würde Ella sehr, sehr alt werden, sodass Viviana ihren Tod nicht mehr erleben müsste. Das Gleiche wünschte sie sich für Bruno.

»Ein guter Arzt sollte sich niemals an den Tod gewöhnen, sonst nimmt er ihn zu leicht«, sprach Professor von Marcus weiter.

»Sie sind die erste Person, die ganz normal mit mir über Medizin redet«, gestand sie und spürte, dass seine Worte ihr neuen Mut machten. Ihr Blick glitt über das Würzburger Häusertal, das zu ihren Füßen lag. Die Wolken warfen Schatten auf das grüngraue und stumpfrote Steinmeer der Stadthäuser und Kirchen.

Eine Weile schwiegen sie. Viviana beobachtete, wie Ella und Bruno die Tulpen bestaunten, der Frühlingswind trieb ihre Worte den Hang hinab.

»Darf ich Sie etwas fragen, Fräulein Bischof?« Professor von Marcus horchte zu ihr hin.

Viviana nickte zuerst, weil sie vergaß, wie schlecht er sah, und schickte dann noch ein »Ja« hinterher.

»Sie können doch Latein lesen, nicht wahr?«

»Nicht fehlerfrei, aber für die Arbeit in der Apotheke reichte es immer.«

»Ich könnte Ihre Hilfe gebrauchen«, sagte er.

Viviana stockte der Atem. »Meine Hilfe?«

»Ihnen ist sicher nicht entgangen, dass mich meine Augen gelinde gesagt *etwas* einschränken. Zu den Vorlesungen und Demonstrationen begleiten mich bereits meine Studenten, aber im Bureau könnte ich Unterstützung gebrauchen. Ich suche jemanden, der mir aus Fachjournalen vorliest, in Latein und Deutsch, der mir bei Handreichungen hilft und mich auf den einen oder anderen Gang durchs Spital führt. Ich möchte meiner Frau, die mir bisher vorgelesen hat, zukünftig mehr Zeit außerhalb des Spitals gönnen. Denn sie träumt eigentlich davon, eine Altardecke mit einem Marienemblem zu besticken, und der Hauptaltar in der Marienkapelle ist doch recht breit. Dazu bedarf es viel Zeit. Das Geschick meiner Nannette beim Handarbeiten ist mit dem der begabtesten Studenten der Chirurgischen Klinik durchaus vergleichbar«, schwärmte er.

Viviana erhob sich angetan. Zurück ins Spital? Noch dazu bei Professor von Marcus? Ihr nächster Gedanke ließ sie allerdings jäh wieder auf die Bank zurücksinken. »Ich glaube, dass meine Person im Spital nicht gern gesehen wäre. Meine Unterstützung würde Sie nur in Schwierigkeiten bringen, Herr Professor.«

»Das ist nett von Ihnen, dass Sie so besorgt um mich sind. Umso berechtigter erscheint mir mein Anliegen. Ich halte Sie für fähig genug, mich an den Nachmittagen im Spital zu unterstützen. Diesen letzten Wunsch wird mir die Verwaltung wohl kaum abschlagen.«

»Mama, Mama!« Ella kam auf Viviana zugerannt. »Eine Amsel!«, jauchzte sie. Sie zeigte auf den weit vorragenden Ast einer Tanne hinter den Tulpen, auf der sich der Vogel niedergelassen hatte. Bruno stand dicht vor dem Baum und wagte keine Regung, aber auch er strahlte unter dem braunen Filzhut seines Vaters über das ganze Gesicht, weil die Amsel so dicht vor ihm nicht Reißaus nahm.

»Die Amsel mag Bruno, weil er ein Naturfreund ist«, erklärte Viviana, nahm Ella auf den Schoß und küsste sie auf den Kopf. Sie wandte sich wieder an Professor von Marcus. »Sie wissen, dass ich eine ledige Mutter bin und auch nicht vorhabe zu heiraten?« Sie drückte Ella an sich, die noch immer gebannt auf die Amsel blickte.

»Wenn Sie mir zu Hause vorlesen, was auch vorkommen könnte, können Sie Ihre Tochter mitbringen«, schlug Professor von Marcus vor. »Nannette liebt Kinder.«

»Außerdem heiße ich mit richtigem Namen Winkelmann«, führte sie weiter aus. Sie wollte ihre zweite Chance nicht mit einer Lüge beginnen, so sehr Viviana Bischof auch ein Teil von ihr geworden war.

»Das habe ich schon im Spital gehört. Also, werden Sie mich im Spital fortan unterstützen, Fräulein Winkelmann?«

»Ich würde Ihnen sehr gerne vorlesen«, antwortete Viviana wie aus dem Revolver geschossen. Sie brauchte keine weitere Bedenkzeit, vor allem aber wollte sie nicht, dass Professor von Marcus es sich vielleicht noch einmal anders überlegte. Es würde nicht leicht werden, ans Juliusspital zurückzukehren. Als Lügnerin abgestempelt, hatte sie es verlassen. Aber noch einmal schwerer wäre es, nicht dorthin zurückzukehren und die Krähen auch weiterhin nur aus der Ferne über dem Hof kreisen zu sehen. Sie wollte mittendrin sein, und nun bot sich ihr die Möglichkeit dazu, diesmal ohne falschen Namen, und ohne Ellas Existenz verschweigen zu müssen. »Sogar sehr, sehr gerne«, bekräftigte sie noch einmal.

Professor von Marcus erhob sich, an seinem Gehrock hingen Apfelblüten. »Gut, dann hätten wir das geklärt.«

Sie vereinbarten Vivianas Erscheinen gleich für den nächsten Nachmittag.

Viviana überlegte kurz, ihm die Apfelblüten genauso abzuzupfen wie ihre Mutter ihr früher irgendwelche Fusseln, aber das schien ihr dann doch nicht angebracht zu sein. Sie erhob sich ebenfalls.

»Vorlesen, vorlesen!«, quietschte Ella auf Vivianas Arm. »Mama hat Schedoskop«, sprudelte sie hervor und imitierte Viviana, wie sie Bruno abhorchte. Dazu ballte sie ihre kleinen Hände zu Fäusten, setzte sie wie zu einem Hörrohr aufeinander und horchte dann mit ihrem Ohr daran.

»Ein Schedoskop für die Brust?«, fragte Professor von Marcus. Mit zusammengekniffenen Augen versuchte er, Ella zu erkennen.

»Es ist nur ein gebrauchtes Stethoskop«, wiegelte Viviana ab. »Aber für eine Anfängerin ausreichend.«

Er lächelte angetan. »Und wenn Sie mir jetzt die Freude machen würden, mich noch bis zum Residenzplatz Ecke Kapuzinergasse zu begleiten, wäre ich Ihnen sehr dankbar, Fräulein Winkelmann.« In Vatermanier hielt er ihr den linken Arm hin, damit sie sich bei ihm einhakte.

Viviana rief Bruno zu sich, und gemeinsam führten sie Professor von Marcus in die Stadt hinab. Mit ihm an ihrer Seite überquerte sie das erste Mal seit drei Jahren wieder die Obere Promenade und den Residenzplatz, wo die feinsten Bürger der Stadt flanierten. Sie sah spitzenverzierte Sonnenschirme von der Art, wie Hubertus ihr einen geschenkt hatte. Sie hörte das Rascheln der Seidenröcke im Frühlingswind und ging aufrecht an der Seite des Professors, die Kinder an der anderen Hand. Am Ende bat er sie noch, seiner Nannette niemals zu verraten, dass er den Weg von seiner Bank nicht mehr alleine hinabgefunden hätte.

✳

Das Bureau von Professor von Marcus befand sich im Westflügel des Spitals, im ersten Obergeschoss des Curistenbaus, auf der Seite der weiblichen Patienten. Anlässlich ihrer erneuten Anstellung erhielt Viviana vom Pförtner auch ein neues Ein- und Austrittsbillett. Darauf stand nun »Viviana Winkelmann« geschrieben, und dass sie für Professor von Marcus arbeitete. Behutsam wie andere Leute ihre Einladungen zu teuren Diners verwahrte sie beide Billetts in ihrer Rocktasche.

Ihre zweite Chance im Spital begann mit dem Diktat eines Schreibens. Zu ihrer Überraschung tat von Marcus dem König von Bayern darin seinen Entschluss kund, sich von der Professur der Medizinischen Klinik und der damit verbundenen Oberarztstelle entbinden lassen zu wollen. Viviana erfuhr auf diese Weise, dass höchste Entscheidungen in Spital und Universität seiner Königlichen Hoheit Maximilian II. vorgelegt werden mussten, der nach Fürstbischof Julius Echter als der zweite Stifter der Universität galt. Seinen Rückzug begründete Professor von Marcus mit seiner zunehmenden Erblindung. Mehr als zwanzig Jahre war er Professor der Medizinischen Klinik gewesen. Viviana schrieb die Worte schweren Herzens nieder.

Professor von Marcus sprach aber auch davon, weiterhin Unterricht erteilen zu wollen, und er war zuversichtlich, dass ihm dies auch gestattet werden würde. In der Lehre wollte er sich auf psychiatrische Demonstrationen und auf Vorlesungen über die Geschichte der Medizin konzentrieren. Unabhängig davon verlangte es ihn danach, sich nach wie vor weiterzubilden. Die erste Lektion, die Professor von Marcus Viviana auf ihrem Weg mitgab, handelte davon, dass es für einen guten Arzt immer etwas zu lernen gab, gleichgültig, in welchem Alter er sich befand. Und so las sie ihm in den ersten Tagen ihrer neuen Anstellung aus den verschiedensten Journalen vor, wovon es keines im Lädchen im Grabenberg zu kaufen gab. Ihn interessierten viele Fachgebiete. Mal waren die Texte in Deutsch und mal in Latein verfasst. Immer öfter begann Professor von Marcus nach einer solchen Vorlesestunde auch über das Gelesene zu sinnieren. Er lobte »Virchows Blatt«, wie er es nannte, das *Archiv für Pathologische Anatomie und Physiologie,* das Professor Virchow mitgegründet hatte und dessen Herausgeber er war.

In ihrer ersten Woche las Viviana über die Erblichkeit des Wahnsinns, ein Artikel, den Professor von Marcus gleich drei Mal hören wollte, nebst allen Fußnoten. In der zweiten Woche ging es in einem anderen Artikel um Analysen von Hundeblut und Sarcinen, kokkenförmige Bakterien, die in Zellpaketen zusammenlebten. Immer öfter sprach der Professor mit ihr auch über Zellen und Blastem. »Trotz meiner anfänglichen Skepsis glaube ich inzwischen«, sagte er ihr, »dass die Arbeit mit dem Mikroskop, das auch noch die kleinsten, bislang nicht wahrnehmbaren Objekte für das menschliche Auge sichtbar macht, immer wichtiger für die Medizin werden wird. Dass das wissenschaftliche Experiment als Methode zum Erkenntnisgewinn weiter auf dem Vormarsch ist und der gesamten Medizin ein naturwissenschaftlicher Umbau bevorsteht.«

Viviana verstand, dass wer heilen wollte, auch forschen sollte, und für die Forschung viele Patienten beobachtet und untersucht werden mussten. Nur durch die Zusammenarbeit von Spital und Universität, von Krankenfürsorge und medizinischer Wissenschaft, war erfolgreiche Forschung in Würzburg möglich. Eine Krankheit, die heute geheilt werden konnte, war gestern erforscht worden. Und Forschung konnte nicht in den Privatpraxen, wie Doktor Hammerschmidt eine führte, betrieben werden. Dazu kamen in diese entschieden zu wenige Patienten mit den gleichen Symptomen, darüber hinaus verschlossen sich die Privatärzte nur allzu oft gegenüber neuen Erkenntnissen. Das Juliusspital mit seiner großen Anzahl von Ärzten, Wärterinnen und Patienten besaß demgegenüber ganz andere Möglichkeiten, verschiedenartige Krankheitsverläufe täglich, ja sogar stündlich, zu beobachten und daraus zu lernen.

»Das ist nicht mehr meine Zeit«, gestand ihr Professor von Marcus, »eine Zeit, in der das schärfste Sehen kleinster Teilchen solch einen außerordentlichen Stellenwert erhält.«

Zuletzt hatte Viviana ein Mikroskop beim Vortrag von Professor Virchow gesehen. Es hatte im Festsaal der Harmonie vorn auf dem Tisch gestanden. Weil sie das polierte Messinggerät damals nur aus der Ferne gesehen hatte, hatte sie kurze Zeit später die Abbildung in einem Buch zurate gezogen. Wenn sie es richtig verstand, schaute man am oberen Ende durch ein Okular mit mehreren hintereinanderliegenden gekrümmten Glaslinsen. Fiel dann das von einem sich am Boden befindlichen Spiegel gebündelte Licht von unten auf das eingespannte Forschungsobjekt, wurde dieses aufgrund der Lichtbrechung an den Linsen vielfach vergrößert.

»Es könnte aber Ihre Zeit werden«, sagte Professor von Marcus und machte Viviana damit nicht nur ein weiteres Mal Mut, sondern bestärkte sie zudem in ihrer Meinung, dass die Universität und das Juliusspital auch Orte für Frauen waren.

Ihre Nachmittage bei Professor von Marcus waren zeitlich strikt geregelt. Anders als der Apotheker verlangte Professor von Marcus nie Nachtarbeit von Viviana, dennoch bekam sie doppelt so viel bezahlt wie zuvor. Wenn sie nach dem Mittag im Bureau eintraf, ging es stets mit Schreibarbeiten los, dann las sie dem Professor vor. Und danach führte sie ihn zu anderen Räumen oder erledigte

Botengänge für ihn, die Viviana in den folgenden Wochen mit jedem Teil des Juliusspitals vertraut machten. Manches Mal folgten die Krähen ihr über den Hof. Bevor Nannette von Marcus ihren Mann abends abholen kam, begleitete Viviana den Professor oft noch in die Spitalskirche, wo er Gebete für seine schwer kranken Patienten sprach. Es war berührend, ihm dabei zuzusehen. Mit geschlossenen Augen murmelte er ihre Namen, erklärte dem Allerhöchsten ihre Leiden und bat um deren Heilung oder Linderung durch diese Diät oder jene Kur und Arznei.

Nach zwei Monaten kannte Viviana einige seiner Patienten allein aus seinen Gebeten. Manchmal erzählte er ihr von ihnen, und sie richtete dann neben ihm in der Spitalskirche Fürbitten an die Herzogin des Frankenlandes. Für die Patienten und Pfründner wurde jeden Morgen und Abend eine Messe gelesen. *Die Medizin braucht Menschlichkeit, nicht Härte.*

Nie schickte der Professor Viviana in die Apotheke. Selbst als es Herbst wurde, sah Viviana Otto Hauser und den Apotheker immer nur aus der Ferne. Sie glaubte, dass sie ihr auswichen, so wie es auch die wissenschaftlichen Mitarbeiter von Professor von Marcus taten. Sämtliche männlichen Studenten und Lehrenden am Spital schienen zu wissen, dass sie als Frau in ihre Hörsäle hatte eindringen wollen. Und es noch immer wollte! Sogar das weibliche Krankenwartpersonal tuschelte hinter ihrem Rücken. Für die Frauen im Spital war sie vermutlich die Verrückte mit dem Bastardkind, die sich mit Lügen das Vertrauen des Apothekers erschlichen und nun den blinden von Marcus überrumpelt hatte. Die allgemeine Ablehnung tat ihr weh, und es betrübte sie, dass sich offenkundig niemand die Mühe machte, ihre Beweggründe und die Wahrheit zu erfahren. Professor von Marcus bildetete die einzige Ausnahme davon.

Mit jedem weiteren Tag, an dem Viviana an der Seite von Professor von Marcus wirkte, wurde ihr bewusst, dass sich die Medizin in viele unterschiedliche Bereiche aufteilte und es nicht nur die Diagnostik gab. Bald kam sie sich ein wenig lächerlich vor, weil sie mit ihrem gebrauchten Stethoskop und den Kräutertees geglaubt hatte, heilen zu können. Dabei war dies nur ein Tropfen auf dem heißen Stein, und es gehörte weit mehr dazu. Mehr Wissen, Jahre des Studiums und der Erfahrung sowie einige Leichensektionen.

Viviana schluckte stets, wenn das Gespräch auf Sektionen kam. Erst gestern hatte Professor von Marcus erneut gesagt, dass das »Nachgucken beim Kranken« für die Therapiefindung unerlässlich sei. Er meinte damit, dass man Erkenntnisse aus der sezierten Leber eines verstorbenen Alkoholikers ziehen und diese dann auf alkoholkranke, heilbare Patienten anwenden musste. Er sprach von klinischen Befunden, die mit pathomorphologischen Befunden post mortem verglichen werden sollten. Die Beschau der Toten half vor allem, die Krankheitsverläufe an den Organen besser zu verstehen.

Vivianas Respekt und Bewunderung für Medizinstudenten und Doktoranden wie Hubertus von Hardenberg, denen man schon sehr früh Verantwortung in der Poliklinik übertrug, wuchs. Doch auch wenn sie Hubertus' Befähigung anerkannte, ging sie ihm seit ihrer enttäuschenden Diskussion und Wenkes Tod aus dem Weg.

Bald gab Professor von Marcus Viviana Medizin-Journale zum Lesen mit nach Hause. Wie beiläufig erzählte er ihr von den Heilungsfortschritten seiner Patienten, von denen sie die Curistin Caroline Hopf schon seit ihren ersten Tagen in der Apotheke kannte. Das Dienstmädchen war zum dritten Mal im Spital und versteckte inzwischen nicht mehr nur Rezepte, sondern auch alles andere, was ihr in die Hände fiel. Zuletzt sogar eine eingeschleuste Mehlspeise, die durch Mutterkorn vergiftet gewesen war. Das Mutterkorn war ein schmarotzender Pilz, der sich auf Getreideähren setzte. Familie Hopf hatte Brot von ihrem befallenen Roggen gebacken, weil sie nichts von der giftigen Wirkung des Mutterkorns gewusst hatte.

Viviana war gerade mit Professor von Marcus am Arm auf dem

Weg in die Spitalskirche, als ihr Blick im Flur des Curistenhaus durch die offen stehende Tür von Saal elf und dort auf einen länglichen Tisch fiel, an dem zwei Kranke saßen und aßen, die Wärterin stand am Bett dahinter und hielt die schlaffe Hand einer Patientin, während sie ein Gebet sprach.

Viviana konnte auf der Schiefertafel über dem Bett den Namen Caroline Hopf lesen und war von der liebevollen Geste der Wärterin gerührt.

Curistin Hopf verstarb trotz doppelter Gebete am ersten Septembertag des Jahres 1853. Ihr Leichnam wurde für Professor Virchow freigegeben. Weil die einzige Angehörige, die die Mutterkornvergiftung in der Familie überlebt hatte, bei der Toten noch ein Gebet für deren Heimgang sprechen wollte, begleitete Professor von Marcus am Arm einer seiner Assistenten die Angehörige in das Leichenzimmer der Neuen Anatomie.

Viviana war erleichtert, dass der Professor nicht sie darum gebeten hatte. Im Leichenzimmer wurden sämtliche Verstorbenen in den ersten Stunden nach ihrem Tod verwahrt, gleichgültig, ob sie für die Einsargung sofort in den Leichenkeller kamen oder noch den Umweg über den Seziertisch der Professoren Kölliker oder Virchow nahmen. Das Leichenzimmer wurde im Winter geheizt, zur Nachtzeit von Öllichtern erleuchtet und von einer Leichenwärterin beaufsichtigt, die auch dort schlief. Die Wärterin hatte die Leichname stündlich zu beschauen und von jeder wahrgenommenen Veränderung, die auf ein Wiedererwachen hindeutete, umgehend den verantwortlichen Arzt in Kenntnis zu setzen, der auf einem Zettel am Fuß des Patienten vermerkt war.

All dies hatte Professor von Marcus Viviana nach seinem Gang in den Leichenkeller erzählt.

Tags darauf bat er sie, sein Einglas, das er wohl bei der Toten vergessen hatte, zurückzuholen. »Die nächste Sitzung, die meine unbedingte Anwesenheit erfordert, beginnt Schlag vier Uhr, Fräulein Winkelmann.«

Viviana fuhr zusammen. Das war in einer Stunde. Zu den Sitzungen mit anderen Universitätsprofessoren und Gesprächen mit dem Oberpflegeamt nahm der Professor stets das Einglas mit sich, vermittelte dies doch nach außen hin den Eindruck, dass er besser sehen konnte, als es der Fall war.

Nun stand ihr also doch der erste Gang ins Leichenzimmer bevor. Immerhin hatte Professor von Marcus drei Monate damit gewartet. Und ihr war, als lausche er jetzt, nach seiner Bitte, besonders aufmerksam in ihre Richtung. Viviana biss die Zähne zusammen und sagte schließlich: »Sehr wohl, Professor von Marcus.«

Seit sie für den Professor arbeitete, war Viviana überall auf dem Spitalsgelände gewesen. Im Epileptikerhaus, in der Poliklinik, den Irrensälen und im Pfründnerbau, im Spitalgarten und in der Anstalt für Haut- und Geschlechtskrankheiten. Bis auf die wechselnden Patienten hatte sich jedoch wenig geändert. Allein bei den Pathologen und Anatomen gab es Neuigkeiten. Professor Virchow und Professor Kölliker arbeiteten nicht mehr im Gartenhaus, sondern mittlerweile in der Neuen Anatomie. Professor Textor war anderweitig untergekommen. Die Neue Anatomie war ein weitaus größerer, hellerer Bau, in dem es weder nach vergammeltem Fleisch noch nach fauligem Holz roch, auch musste seine Decke nicht mehr mit Holzstützen vor dem Einsturz bewahrt werden.

Im Flur der Neuen Anatomie angekommen, klopfte sie an das erstbeste Bureau.

Drinnen rief daraufhin eine Stimme: »Wer stört?«, die Viviana merkwürdig bekannt vorkam. Vorsichtig, als könnten ihr schon durch den Türspalt hindurch die Leichen entgegenfallen, öffnete sie widerwillig die Tür und trat ein.

Doktor Staupitz stand mit dem Rücken zu ihr an einem Tisch, auf dem sich die Messer zu einem Berg auftürmten. Er schliff gerade eines davon an einem Wetzstahl und stand sogar beim Messerschleifen noch stolz und kerzengerade da. Solche Menschen wie ihn sah sie am liebsten nur von hinten. Aber sie musste nach wie vor vorsichtig bei ihm sein, hatte er doch offensichtlich ihre Verkleidung nach Virchows Rede in der Harmonie durchschaut.

Erst auf den zweiten Blick fielen Viviana die Vitrinen an den Wänden des Bureaus auf. In ihnen sah sie mit Organen gefüllte Gläser, eines neben dem anderen. Viviana trat vor die Vitrine gleich rechts neben der Tür. Auf dem Glas im obersten Fach war Nephritis parenchymatosa chronica vermerkt. So sah also eine aufgeklappte Niere mit einer chronisch verlaufenden Entzündung aus. Sie war in eine farblose Flüssigkeit eingelegt. So etwas hatte sie noch nie gesehen.

»Sie sind zu spät für das Präparier-Kolleg, das ist seit einer Stunde vorbei!«, sagte Doktor Staupitz kühl, und ohne sich zu ihr umzudrehen, sodass Viviana gar nicht anders konnte, als ihn in ihren Gedanken weiterhin Doktor Grimmig zu nennen. Obwohl er ihr beim Vortrag der Physikalisch-Medizinischen Gesellschaft unverhofft beigestanden hatte. Er war eben schwer einschätzbar und unberechenbar.

»Die nächste Präparate-Schau beginnt morgen früh um sieben Uhr, seien Sie wenigstens dann pünktlich!«, fügte er tadelnd hinzu und schliff das Messer unbeeindruckt weiter. Sein schulterlanges Haar trug er diesmal mit einer Schleife zu einem Schwanz zusammengebunden, wie es zu Mozarts Zeiten noch Mode gewesen war.

Soweit Viviana die Gläser in der Vitrine überschaute, wiesen alle Präparate krankhafte Veränderungen auf. Die Sammlung ließ sich betrachten wie ein geöffnetes Lehrbuch der Pathologie. Viviana fragte sich, wie wohl eine Lunge mit der Bronchienkrankheit oder Stickhusten als Präparat aussah. Und ob man die vielen Millionen Lungenbläschen unter dem Mikroskop sehen könnte? Der Harnblasenstein in einem Glas mit Drehverschluss war jedenfalls so rund und braun wie eine faustgroße Haselnuss. Auf dem Glas daneben handelte es sich laut Beschriftung dagegen um einen entzündeten Herzbeutel.

Das Wetzgeräusch verstummte.

»Bitte schließen Sie die Tür, es zieht!«, verlangte Doktor Staupitz und begann, die Messer der Größe nach zu sortieren.

Noch immer hatte er sich nicht zu ihr umgedreht. Viviana folgte seiner Aufforderung und fragte sich dabei, wem der kranke Herzbeutel entnommen worden war. Patientengesichter zogen an ihrem inneren Auge vorüber.

»Ich helfe Professor von Marcus mit einigen Verrichtungen, ich schreibe und erledige Aufträge für ihn«, erklärte sie Doktor Staupitz schließlich, weil sie möglichst schnell das Einglas holen und dabei einem »Sie wieder im Spital?« seinerseits zuvorkommen wollte, wie es bereits Professor von Rinecker und auch der alte Textor ihr gegenüber geäußert hatten.

Doktor Staupitz drehte sich ihr zu.

Fast war Viviana geneigt, ihre Arme wie beim letzten Mal in der Harmonie herausfordernd vor ihrer Brust zu verschränken. Als Erwiderung auf so viel männliche Selbstsicherheit.

»Sie?«, sagte er, und dieses Mal klang seine Stimme fast weich. Was ihm anscheinend sofort auffiel und wohl unangenehm war. Er wandte sich wieder seinen Messern zu. »Wie geht es Professor von Marcus?«, wollte er in gewohnt kühlem Tonfall wissen.

Viviana trat näher. Denn hinter Doktor Staupitz zogen Gläser mit Teilen von Wirbelsäulen ihre Aufmerksamkeit auf sich. Mit schiefen, angebrochenen und löchrigen Wirbeln. Die Präparate waren jeweils mit dem lateinischen Namen des Organs, der Diagnose, dem Geschlecht und dem Alter des Patienten beschriftet. Jedes hatte eine Nummer. Sie überflog die Gläser in der Vitrine, keine Nummer war doppelt vergeben. »Professor von Marcus sucht sein Einglas und glaubt, es im Leichenzimmer verloren zu haben«, antwortete sie ihm, ihren Blick auf die Präparate hinter ihm gerichtet.

Erst als es laut klirrte, ließ sie vom Anblick der Präparate ab. Doktor Staupitz machte aus dem großen Haufen Messer drei kleine. Die Messer sahen sehr verschieden aus.

Sie trat näher, um die Unterschiede genauer in Augenschein nehmen zu können. »Sind das Messer, mit denen man Menschen aufschneidet?« Das letzte Wort des Satzes blieb ihr beinahe im Hals stecken. Sie konnte sich nicht vorstellen, wie diese Schneidewerkzeuge durch die Haut fuhren.

Doktor Staupitz fixierte die Messer, und Viviana war, als sei er geradezu froh darüber, sie nicht anschauen zu müssen. Er sortierte die Messer und sah dabei bleich und streng aus. »Ja, das sind Messer, mit denen Professor Virchow bei der Sektion arbeitet.«

»So viele? Und diese drei Haufen, wozu ...?«, Viviana hielt inne. Immerhin war es nicht Professor von Marcus, der ihr hier gegenüberstand und ihrem Interesse für die Medizin freundlich gesinnt war. Doktor Staupitz war Professor Virchows Mitarbeiter, der, sofern er einmal einen guten Tag hatte, vielleicht nicht ganz so grimmig dreinschaute wie sonst.

Viviana wollte gerade ihre Frage nach dem Einglas wiederholen, da kam ihr Doktor Staupitz zuvor: »Professor Virchow arbeitet bei den Sektionen mit drei verschiedenen Messern«, sagte er und schaute sie dabei kurz an. »Mit einem gewöhnlichen Präpariermesser, mit dem eigentlichen Seziermesser und einem verstärkten Knorpelmesser.«

Viviana trat verwundert, dass sich Doktor Staupitz Zeit für Erklärungen nahm, näher an den Tisch.

»Das Knorpelmesser verwenden wir für alle gröberen Arbeiten, wie das Trennen von Knorpeln und für die großen Haut-, Muskel- und Gelenkschnitte.« Er nahm ein weiteres Messer zur Hand und legte es auf den kleinsten der drei Haufen. Dabei fiel Viviana auf, wie groß seine Hände waren. Groß und schlank.

»Das Seziermesser«, er fasste dabei nach einem anderen Messer, »benutzen wir für die Zerlegung der großen Eingeweide und für Hautschnitte, das Präpariermesser für die feineren Teile wie Gefäße und Nerven. Weil die großen Eingeweide das Hauptobjekt der pathologischen Sektion sind, ist das Seziermesser unser Hauptinstrument.« Er sagte dies so unbewegt, als wäre es nichts Besonderes, Leichen zu eröffnen.

Die scharfe Klinge des Seziermessers blitzte im Licht der Bureaubeleuchtung auf. Es hatte einen ungewöhnlich breiten Rücken, als bräuchte man sehr viel Kraft bei seiner Handhabung. Sowohl die Klinge als auch der Griff waren länger, dicker und breiter als beim Präpariermesser. Der kräftige Griff erinnerte Viviana an Magdas Brotmesser, sie hatte sich Sezierinstrumente zarter vorgestellt.

Doktor Staupitz reichte ihr das Seziermesser, nicht mehr ganz so steif, wie sie es bisher von ihm gewohnt war. An seiner Schläfe sah sie eine schnell pochende Ader. Sie fasste nach dem Seziermesser und hielt es wie eine Schreibfeder. *Es ist noch warm von seiner Hand, aber unsere Hände haben sich nicht berührt,* dachte sie und merkte, wie sie bei diesem Gedanken errötete.

Doktor Staupitz nahm ein weiteres Messer auf. Mit je einem Messer in der Hand standen sie einander nun gegenüber, umgeben von Organpräparaten und Gewebeschnitten.

Er straffte sich, bevor er fragte: »Haben Sie schon einmal gesehen, wie man ein Präparat herstellt?«

Wie denn?, dachte sie verzweifelt, wenn man mich nicht einmal als Hörerin zu Vorlesungen zulässt. Nach wie vor spürte sie den Drang, Ärztin werden zu wollen. Sie nahm sich vor, Roswitha Höpfer noch einmal zu kontaktieren. Ihr hatte man die Gasthörerschaft an der Staatswissenschaftlichen Fakultät gestattet. Womöglich wusste sie ja Rat, was Viviana tun konnte, um sich ihren Traum doch noch zu erfüllen.

»Nein, ich habe noch nie gesehen, wie man ein Präparat herstellt«, entgegnete sie. Doktor Staupitz war ein Mann und damit vom Geschlecht derer, die ihr den Zutritt zu den Hörsälen verboten hatten. Auch wenn er gerade überraschend bereitwillig Sezierinstrumente mit ihr besprach.

»Die Technik des pathologischen Schneidens ist eine andere als beim Herstellen eines Präparats. Beim Präparieren setzt man kurze, feine Schnitte.« Er fuhr mit der Hand durch die Luft, um ihr diese Art von Schnittführung zu zeigen. Vielleicht auch um zu sehen, ob er ihr damit Angst machen konnte. »Bei einer Sektion allerdings würde man mit solchen Schnitten das Organ zu sehr beschädigen. Zudem würde die Sektion viel zu lange dauern. Bei pathologischen Sektionen setzen wir große, totale Schnitte.« Er blieb auf sichere Distanz zu ihr, obwohl Viviana zu spüren glaubte, dass ihm ihre Anwesenheit nicht mehr ganz so unangenehm war.

Sie hielt ihr Messer noch immer in der Luft, so als wolle sie im nächsten Moment einen Brief damit öffnen.

»Für eine pathologische Sektion nimmt man den Messergriff in die volle Hand. Wenn ich den Arm ausstrecke, ist die Klinge die Verlängerung meines Armes.« Steifen Schrittes trat er neben sie, drückte ihr das Seziermesser fester in die Hand und umschloss ihre Finger mit den seinen. Die Berührung irritierte ihn wohl, er errötete und ließ sie auch sofort wieder los.

Viviana konzentrierte sich auf das Messer in ihrer Hand.

»Die Schneidebewegung führe ich mit dem ganzen Arm aus, der dafür gelockert werden muss. Der Ellbogen darf dabei nicht an den Körper gedrückt werden, damit der Arm maximale Bewegungsfreiheit nach vorne und nach hinten hat.« Er führte es ihr vor. »Sezieren ist eine Kunst«, sagte er leise.

Sie lockerte ihren Arm für die Kunst.

»Mit dieser Technik ist es nicht schwer, zu Beginn der Sektion die Haut des Rumpfes durch einen einzigen Längsschnitt vom Kinn bis zur Schambeinfuge zu durchtrennen.« Er tat, als würde er einen zwischen ihnen liegenden Leichnam der Länge nach aufschneiden. »Mit der gleichen Technik zerlegt man auch mit nur einem einzigen Schnitt eine Lunge von der Spitze bis zur Basis in zwei Hälften.«

»Eine Lunge ... mit nur einem einzigen Schnitt ... in zwei Hälften«, wiederholte sie gefesselt. Von Professor von Marcus wusste

Viviana, dass ärztliche Kunst in der Chirurgie vor allem auch handwerkliches Geschick erforderte, beim Beinsägen zum Beispiel.

»Mit dem Seziermesser schneidet man eher ziehend. Das Messer sollte auf keinen Fall in die Haut gedrückt, sondern zügig hindurchgezogen werden.« Mit der Spitze des Seziermessers zog er einen einzigen, langen Schnitt durch den imaginären Leichnam. Dabei sah er ganz und gar nicht wie ein grober Handwerker aus. Sondern wie ein Arzt, der schon Hunderte Tote vom Kinn bis zur Schambeinfuge aufgeschnitten hatte. Er führte das Messer mit Perfektion und Gefühl. »Nur so wird der Schnitt glatt. Glatte Schnitte sind wichtig, denn auf einer gequetschten oder zerrissenen Schnittfläche lassen sich kleinere Erweichungs- oder Verhärtungsherde schwerer nachweisen. Und genau darum geht es in einer Sektion, um das Auffinden von krankhaften Veränderungen. Eine gequetschte Schnittfläche ist unbrauchbar für die Betrachtung und führt nicht selten zu Fehlinterpretationen.«

Viviana nickte und ließ das Seziermesser sinken.

Doktor Staupitz war ihr ein Rätsel. Erst gab er beim Vortrag der Physikalisch-Medizinischen Gesellschaft vor, sie sei Joseph, sein Cousin dritten Grades, und jetzt sprach er mit ihr über die Kunst des Sezierens. Mehr noch, er übte mit ihr, wie man die Messer korrekt benutzte. Sie schaute zu ihm auf, weil er um einen ganzen Kopf größer als sie war. Sie wollte hinter seinen Grimm und Stolz schauen, traf aber nur auf einen in sich gekehrten Blick. Seine Koteletten an den Wangen waren akkurat getrimmt, er war wohl ein Perfektionist, auch beim Sezieren.

»Können Sie bitte nach Professor von Marcus' Einglas schauen?«, bat sie ihn, weil es ihr nun doch zu viel und die Zeit knapp wurde. Warum tat er das alles?

Doktor Staupitz wirkte, als hätte sie ihn aus einem Traum gerissen. »Sein Einglas?«

»Er war gestern im Leichenzimmer, dort muss er es irgendwo abgelegt haben. Könnten Sie ohne mich …«

Doktor Staupitz betrachtete Viviana versunken, dann nickte er und verließ steif den Raum.

Eine Viertelstunde später drückte Doktor Staupitz ihr die Sehhilfe von Professor von Marcus in die Hand. »Bitte schön«, sagte er und ließ die Kette mit dem Einglas in Vivianas Hand gleiten, ohne sie dabei zu berühren.

Viviana bedankte und verabschiedete sich und verließ die Neue Anatomie. Sie musste sich beeilen, Professor von Marcus wartete sicher schon auf sie. Erst im Garten merkte sie, dass sie noch das Seziermesser in der Hand hielt.

Dieses Mal betrat sie das Pathologie-Bureau ohne Vorwarnung. Doktor Staupitz stand noch immer an derselben Stelle wie zuvor und schaute auch immer noch mit dem gleichen verwirrten Blick auf die Tür.

Sie legte das Messer auf den richtigen Haufen und ließ ihn, ihrerseits nun völlig irritiert, mit dem Wort »Entschuldigung« zurück.

***

23

JULI 1853

Johann blätterte im Kontenbuch vor und zurück. Das Signet des Privatbankhauses schimmerte auf jeder Seite als Wasserzeichen durch die Buchstaben- und Zahlenkolonnen hindurch. Die Seiten waren aus dickem Papier und so vornehm wie die Namen, die sich darauf versammelten. Im Kontenbuch waren die Konten sämtlicher Kunden alphabetisch aufgelistet. Abzulesen waren der aktuelle Kontostand, der Zeitpunkt der Zahlungsverpflichtung sowie Vermerke zu Zins- und Sonderabreden und gestellte Sicherheiten. Für die tägliche Liquiditätsvorschau übergab ihm sein Kontorist die Summenlisten, die ihm aufzeigten, an welchem Tag mit welchen Ein- und Auszahlungen zu rechnen war. Das ersparte Johann das lästige Durchgehen der Einzelkonten. Illiquidität bedeutete das Ende einer jeden Bank.

Allmählich gewöhnte Johann sich an das kurzlebige, aufregende Geschäft mit den Kontokorrentkrediten, weil er die bedrohlichsten Risiken, die sich daraus ergaben, dank seiner Liquiditätsvorschau im Blick zu haben glaubte. Er nahm einen Schluck vom Ginsengtee, den er seit einiger Zeit regelmäßig trank, nicht wegen dessen beruhigender Wirkung, sondern weil er ihn an Viviana erinnerte.

Lange schon hatte Johann nicht mehr nach den Einzelkonten geschaut, weil das Kontoristenarbeit war. Doch jetzt blieb er beim Buchstaben S wie Siegfried hängen. Valentin persönlich hatte den ungewöhnlichen Kredit ins Kontenbuch geschrieben. Der Kredit stach wegen seiner für das Bankhaus einmaligen Besicherung heraus. Es gab nämlich keine, Valentin hatte einen Blankokredit ausgereicht.

»Grundgütiger!«, entfuhr es Johann. Geldgeschäfte ging man im

Hause Winkelmann nie ohne ein Mindestmaß an Absicherung ein. Mehrmals fuhr Johann mit dem Finger über die Notizen zu den Nebenabreden. Nur das Wort »Hausbau« war notiert worden. Mehr nicht, nicht einmal eine Grundschuld war als Sicherheit eingetragen worden. Das kam verschenktem Geld gleich, auch wenn der Kreditnehmer Professor Schleich war. Normalerweise verlieh das Bankhaus Winkelmann kein Geld an Privatleute. Ihre Kunden waren Kaufleute, Industrielle und der Bayerische Staat. Hier stimmte etwas ganz und gar nicht.

Johann schaute vom Kontenbuch auf und zu Valentin hinüber. Im vergangenen Jahr hatte sein Sohn und Teilhaber darauf bestanden, seinen Schreibtisch ihm gegenüber, direkt unter das Bildnis seines Großvaters, vor die mit dunkelgrünem Samt bespannte Wand zu stellen. Früher hatte Valentin neben der Tür gesessen. Als Johann seinen Erben nun mit seinem in Gold gerahmten Vater verglich, fand er, dass die beiden immer weniger gemein hatten.

»Du hast Professor Schleich von der Universität einen Kredit gewährt?«, fragte er sachlich. Johann wollte nicht wie der ständig mahnende und kritisierende Seniorpartner klingen. Denn Valentin war reizbarer als früher, und Johanns Bedenken hatten in den letzten Monaten immer wieder zum Streit zwischen ihnen geführt.

Valentin kramte in einem Papierstapel. »Ja«, antwortete er nach einer Weile, ohne aufzuschauen. Als wären Privatkredite für sie ein gängiges Geschäftsgebaren.

Johann trank vom Ginsengtee, um Valentin Zeit für eine Erklärung zu geben. Doch nach zwei langen Schlucken war noch immer nur das Rascheln von dickem Kontenpapier zu hören. »Warum einen Blankokredit und noch dazu für den Bau eines Wohnhauses?«

»Weil er mich darum gebeten hat.« Mit fahrigen Händen zog Valentin einen Vertrag aus dem Papierstapel und schaute auf. »Er ist ein einflussreicher Mann, mein Entgegenkommen wird sich an anderer Stelle für uns auszahlen.«

Johann kannte die meisten Würzburger Universitätsprofessoren, weil sie Mitglieder der Harmonie-Gesellschaft waren. Bei der letzten Neujahrsfeier hatte er Professor Virchow und seine junge Ehefrau kennengelernt, die beiden hatten die halbe Nacht durchgetanzt. Professor Schleich von der Theologischen Fakultät hatte neben Professor von Rinecker gesessen. Unter den Professoren waren die Medizinprofessoren die finanzkräftigsten.

Johann dämmerte etwas, aber zunächst wollte er den Geschäftsvorfall klären. Eines nach dem anderen, sagte er sich, in der Ruhe liegt die Kraft. »Du weißt, dass dieses Vorgehen unseren Regeln zuwiderläuft? Wir verleihen kein Geld, ohne dass uns dafür Sicherheiten gestellt werden. Bei einem Hausbau liegt die Grundschuld als Sicherheit doch auf der Hand. Ich verstehe dich nicht.«

»Die Zeiten haben sich geändert«, gab Valentin lapidar zurück.

Johann deutete auf das goldgerahmte Porträt hinter seinem Sohn. »Vater hätte das nicht gemacht.« Und ein solches Geschäftsgebaren auch nicht bei seinem Teilhaber geduldet, davon war er überzeugt.

»Wenn wir in den letzten zwei Jahren allein nach Großvaters und deinen Werten gehandelt hätten, würde unser Gewinn auf meinen Schreibtisch passen«, entgegnete Valentin.

Johann beobachtete, wie sein Sohn noch einmal fahriger in den Kontenpapieren wühlte, als ob ihm seine unruhigen Hände nicht schon längst aufgefallen wären. Valentins Entscheidungsgewalt war gewachsen im Bankhaus, weil die von ihm eingefädelten Geschäfte mittlerweile den Großteil der Gewinne ausmachten. Das stimmte, aber deswegen würde Johann sich noch lange nicht aufs Abstellgleis schieben lassen.

»Manche Risiken lohnt es, ohne Sicherung einzugehen. Dann bleibt am Ende mehr für uns übrig!«, sagte Valentin heftiger.

Johann besaß viel Geduld, jetzt allerdings musste er sich darum bemühen, nicht laut zu werden. Es gab kein einziges Gesprächsthema mehr, bei dem sein Sohn nicht unbelehrbar und rechthaberisch auftrat. »Allerdings gelingt das nicht immer«, entgegnete er noch immer in ruhigem Ton, der im Gegensatz zu Valentins auffahrender Art stand, »die Märkte können launisch sein.« Johann erhob sich aus seinem Ledersessel und trat vor den Schreibtisch seines Sohnes. Er stützte sich mit den Fäusten am Rand auf. »Wo du gerade von Risiken sprichst. Wir sollten unsere Kreditrisiken insgesamt mehr streuen und nicht nur auf die Eisenbahn setzen. Momentan hängt der überwiegende Teil unseres Geldes vom Erfolg der Eisenbahnfahrt und der Eisenbahnzulieferer ab.«

Valentin sprang auf, ging zum Regal mit den Kontenbüchern der vergangenen Geschäftsjahre und blätterte ziellos darin herum. »Wir haben auch in junge Industrieunternehmen investiert, die nicht nur für den Eisenbahnbau zuliefern«, widersprach er erwartungsgemäß.

Dass die anderen Industrien für Valentin mehr oder weniger ein Zugeständnis gewesen waren, wusste Johann nur zu gut. Die größte Hoffnung setzte sein Sohn auf die Eisenbahn. Sie hatten das längst diskutiert. In spätestens drei Jahren sollte der Bahnhof in Würzburg fertig gebaut sein. Vorbild für das Eisenbahnnetz in Bayern und im Deutschen Bund war England, wo sich das Schienennetz von London aus sternförmig übers gesamte Land erstreckte. Aber bis das Gleiche im Königreich und im Deutschen Bund geschafft wäre, würde es noch Jahrzehnte dauern, hatte Valentin zuletzt erklärt, Jahrzehnte, in denen das Bankhaus gut mitverdienen würde.

»Wir steuern gerade auf die besten Bedingungen im Bankenmarkt seit Jahrzehnten zu«, war Valentin überzeugt. »Eine wachsende Industrie trifft auf einen äußerst flüssigen Kapitalmarkt. Nie zuvor verfügte das Privatbankhaus Winkelmann über so viel Vermögen, auch nicht unter Großvater!«

»Was aber ist, wenn die in Massen produzierten Industriewaren sich nicht so gut verkaufen wie erhofft?« Johann ging in der modernen Wirtschaft einiges zu schnell. Er war in der behäbigsten Bürger- und Beamtenstadt von ganz Europa aufgewachsen. Würzburg und seine Entscheider hatten noch nie einen Hang zu expansiver Dynamik besessen, das hatte ihn geprägt. »Im Sprint sieht man weniger als beim Spaziergang.«

Valentin setzte sich wieder und fingerte eine Sumatra aus der Innentasche seines Gehrocks. »Mensch und Industrie lechzen nach Massenware und gutem Stahl. Nach Reisen mit immer noch höherer Geschwindigkeit und nach der schnelleren Verfügbarkeit von Gütern, vom Baltikum bis an den Ammersee. Es wird noch viele Jahre so weitergehen und sogar noch besser laufen!«

Das schrieben auch die Wirtschaftsmagazine und Zeitungen, musste Johann sich eingestehen, und auch immer mehr finanzkundige Mitglieder der Harmonie-Gesellschaft teilten diese Überzeugung. Entweder war dies einfach nicht mehr Johanns Zeit, oder er brauchte inzwischen einfach länger, um sich auf Neues einzulassen und einzustellen. Immerhin hatte er sich schon mit dem Kontokorrentgeschäft abgefunden. »Lass uns deine und meine Vorstellungen doch unter einen Hut bringen«, schlug er deswegen versöhnlich vor. »Ich bin verantwortlich für die Kontokorrentkredite, für die Gemeinschaftskredite mit dem verschwägerten Privatbankhaus Köllner und für das Wechselgeschäft. Und da verlange ich Sicherheiten. Du steuerst das Gründungsgeschäft nach deinen Vorstellungen.«

»*Allein* nach meinen Vorstellungen!«, stellte Valentin klar.

Johann nickte. »Und nun noch mal zu Professor Schleich.«

Valentin erhob sich und stützte sich ebenfalls mit den Fäusten auf die Schreibtischplatte. »Vergiss den alten Schleich, das war ein Gefälligkeitskredit, so was muss auch mal möglich sein. Oder willst du mir etwa sagen, dass du das noch nie gemacht hast?«

Johann überlegte, dann antwortete er: »Bei Professor Schleich liegt der Fall doch etwas anders.«

Valentin lächelte breit, wohl über Johanns indirektes Eingeständnis, ebenfalls schon einmal einen solchen Kredit vergeben zu haben.

»Professor Schleich ist, wenn ich mich recht erinnere«, fuhr Johann fort, »der Vorsitzende des Akademischen Senats der Würzburger Universität.« Johann sah wieder den leidvollen Gesichtsausdruck seiner Tochter vor sich, weil sie wegen der Absage des Senats enttäuscht gewesen war.

»Lass uns lieber hierüber reden!« Valentin streckte Johann einen Stapel mit Verträgen entgegen, gut erkennbar am Signet auf dem Deckblatt und am roten Siegel des Hausnotars Augspurg. Mit der anderen Hand drehte er in atemberaubender Geschwindigkeit eine Sumatra zwischen den Fingern.

Johann nahm die Papiere entgegen, jedoch ohne sie zu lesen. »Gehe ich recht in der Annahme, dass der unbesicherte Gefälligkeitskredit an den Senatsvorsitzenden mit dem Hörerinnengesuch deiner Schwester zusammenhängt?« Johann wurde eindringlicher. »Valentin, sie ist deine Schwester!«

Valentin schlug mit der Faust auf den Tisch. »Wenn der Senat ihren Antrag genehmigt hätte, wäre es doch nur noch eine Frage der Zeit gewesen, bis jemand in Fräulein Bischof die Tochter des erfolgreichsten fränkischen Bankiers wiedererkannt hätte. Mit diesem lächerlichen Antrag hat Viviana riskiert, dass unsere Familie und alles, was ihr, du und Großvater, im Leben erarbeitet habt, zum Gespött der Gesellschaft wird! Der Kredit und damit der Einfluss Schleichs auf die Ablehnung des Antrags war die Gelegenheit, unseren Ruf zu wahren. Du sprichst doch die ganze Zeit von Risikominimierung!«

»Aber ich will Risiken nicht auf diese Weise minimieren, und dein Großvater hätte das ebenfalls nicht gutgeheißen«, sagte Johann, der seine Aufregung nicht länger verbergen konnte. »Grundgütiger, wir sind eine Familie!« Zu seinem Bedauern war ihm das viel zu spät wieder eingefallen.

Als wolle er sagen »Eine Familie? Wie lächerlich!«, verschränkte Valentin die Arme vor der Brust. »Du meinst also, wir hätten sie«, sie beide wussten, wer mit Valentins »sie« gemeint war, »in die

Würzburger Hörsäle gehen und unseren Namen vor aller Welt durch den Dreck ziehen lassen sollen? Und das nur wegen ihres weiblichen Starrsinns? Obwohl ein akademisches Studium die edelsten Seiten der weiblichen Natur verletzt: die Barmherzigkeit, die Schamhaftigkeit und die Unterordnung? Oder was würdest du sagen, wenn Mutter plötzlich bei deinen Geschäften mitreden wollte? Warum kann Viviana nicht ein bisschen mehr wie Dorette sein und jede andere normale Frau? Brav und folgsam!«

Johann schätzte es, dass sich Elisabeth für das Bankhaus interessierte, immerhin verstand sie seine Interessen und Beweggründe für vielerlei private Entscheidungen dadurch besser. Aber von einer Mitsprache war sie weit entfernt. Ganz abgesehen von der Tatsache, dass sie seit Monaten kaum noch miteinander redeten.

Johann trat von Valentins Schreibtisch zurück, nachdenklich rieb er sich den Kinnbart. Es herrschte so viel Unruhe und Ungesagtes zwischen ihm und seinem Sohn. »Es gibt bei den Frauen auch Ausnahmen«, sagte er nach einer Weile wieder ruhiger. »Und Viviana ist eine Ausnahme. Sie war schon immer wissenshungrig und klug. Genauso klug wie du.«

Valentin schnaubte verächtlich. »Und du meinst, dass Großvater *das* gutgeheißen hätte?«

»Die Zeiten haben sich geändert«, entgegnete Johann nun seinerseits. »Da stimme ich dir zu.«

»Für uns Privatbankiers werden die Zeiten härter und damit auch unser Geschäftsgebaren. Wir müssen uns auf unsere Geschäfte konzentrieren«, drängte Valentin. »Der neue Vertrag mit der Mayer-Montan-Aktiengesellschaft sieht vor, dass wir uns mit achtzigtausend Gulden in Aktien engagieren. Der Börsengang wird vereinbarungsgemäß ein Jahr nach Vertragsunterschrift vollzogen werden. Dann verkaufen wir wie gewohnt. Ich rechne dabei mit mindestens einer Verdoppelung unserer Einstiegssumme. Bitte unterschreibe bis morgen, sonst kommt die Königliche Nürnberger Bank zum Zug.« Bei Einzelgeschäften, die mehr als ein Zehntel der

Geldmittel des Bankhauses beanspruchten, war es Vorschrift, dass beide Teilhaber unterzeichneten.

Johann mutmaßte, dass Valentin ihn mit diesem provokanten Geschäft auch von dem Thema Viviana ablenken wollte, aber unkommentiert wollte er das neue Gründungsgeschäft nicht lassen. »Achtzigtausend Gulden? Das ist ein Viertel unseres Vermögens. Du willst wirklich noch weiter ins Risiko gehen?«

Valentin lächelte breit, obwohl seine Hände zitterten. »Höheres Risiko, größere Gewinnaussichten. Eben sagtest du noch, dass ich das Gründungsgeschäft allein nach meinen Vorstellungen führen darf. Wenn es so weiterläuft wie bisher, werden wir bald zu den reichsten Bürgern Würzburgs zählen. Mutter wird begeistert sein, wenn wir endlich auf ›Die Rangliste‹ kommen, und Großmutter auf ihre alten Tage hin vielleicht ebenfalls. Wer weiß, ob der nächste Herzanfall noch lange auf sich warten lässt.«

Johann fragte sich, was sie mit all den neuen Gewinnen dann eigentlich noch kaufen wollten. Und was Ernestine betraf: Gesundheitlich war es wirklich nicht gut um sie bestellt, viel Zeit bliebe ihr nicht mehr. So freudlos Ernestines Leben auch verlaufen sein mochte, Johann fiel – bis vor vielleicht einem Jahr – keine einzige Begebenheit ein, bei der sie nicht auf ihre äußere Erscheinung geachtet hätte. Doch er hatte schon einige Monate vor ihrem Herzanfall Anzeichen der Vernachlässigung an ihr ausgemacht.

»Ich habe uns gerettet, unsere Familie, unser Vermögen. Ohne mich hättest du nicht einmal Mutters letzte Orchidee bezahlen können, diese hässliche mit den schwarzen Blättern.« Valentin pochte fordernd auf den Schreibtisch. »Durch meine Neuausrichtung des Bankhauses bist du überhaupt erst in die Lage versetzt worden, ihr, ohne mit der Wimper zu zucken, mindestens fünf Glasblumen aus der Portokasse kaufen zu können. Ist das denn gar nichts wert in deinen Augen, muss das alles hinter den Wünschen meiner Schwester zurücktreten?«

Damit hatte Valentin recht, gestand sich Johann ein. Er seufzte wie ein alter Mann. Die Wechselgeschäfte des Bankhauses waren weiterhin rückläufig, die Gewinne daraus ebenfalls, aber sie waren überschaubar im Risiko. Wie lange würde er wohl brauchen, um sich auch noch an die Gründungsgeschäfte zu gewöhnen? Sein Sohn und Teilhaber überrannte ihn. »Doch, es ist etwas wert«, gab er zurück. »Du machst gute Arbeit. Aber du wirkst sehr nervös auf mich, schon seit Monaten. Soll Doktor Hammerschmidt dich mal untersuchen?«

»Mir geht es gut, und überlass die Geschäfte mit den hohen Risiken mir«, entgegnete Valentin, als sei er und nicht sein Vater der erfahrene alte Bankier. »Außerdem wäre es hilfreich, wenn du dich als Mitglied des Magistrats vehementer für die Entfestigung Würzburgs einsetzen würdest.« Würzburg wurde auf dem Gebiet des Handels und der Industrie sogar von kleineren Städten überflügelt, weil die gesamte Stadt als Festung eingestuft war. Aus diesem Grund war eine bauliche Ausdehnung bisher unmöglich gewesen. Die Befestigungsanlagen mitsamt dem Mauergürtel durften nicht durchbrochen und auf ihrem noch vor dem Graben liegenden Schussfeld, dem Glacis, keine festen Bauten errichtet werden, weil diese den Angreifern ansonsten Deckung gegeben hätten. »Erst dann kann der Festungsgürtel endlich weggerissen werden, und die Stadt darf weiterwachsen. Mehr Industrie wird sich ansiedeln. Noch mehr finanzierungshungrige Industrie!«, betonte Valentin.

Es stimmte Johann traurig, dass sein Sohn ihn nicht näher an sich heranließ, aber er nickte. Wenn sich endlich mehr Industrie in und um Würzburg ansiedelte, würden vielleicht auch wieder mehr Wechsel gefragt sein. Seine guten alten Wechsel. Er traute seiner Heimatstadt mehr als nur den Acker- und den Weinbau zu.

»Danke, Vater«, sagte Valentin nun ebenfalls versöhnlich. »Wir stehen nach wie vor auf derselben Seite des Mains, nur an unterschiedlichen Uferstücken. Jede Generation hat ihren eigenen Uferabschnitt.«

Johann lächelte traurig. Er dachte, dass die neue Zeit dann eigentlich auch dazu bereit sein sollte, so wissenshungrige Frauen wie Viviana an den Universitäten zuzulassen. Seine kleine Vivi.

Valentin zündete sich eine Sumatra an und bot auch Johann eine an. Um des lieben Friedens willen griff er zu. Valentin trat neben ihn auf den Perserteppich. Rauchend betrachteten sie den goldgerahmten Gründer des Bankhauses. Valentin zog oft und schnell, Johann auf der Suche nach Entspannung langsam.

Die Kontortür wurde geöffnet, und Dorette trat, gefolgt von Elisabeth, ein.

Mit einem »Liebster« auf den Lippen stürzte sie in ihrem blassgrünen Krinolinenkleid auf Valentin zu und umarmte ihn, so gut ihr das mit ihrer steifen und ausladenden Garderobe möglich war. Johann roch den zarten Veilchenduft an seiner Schwiegertochter, den auch Elisabeth früher oft benutzt hatte.

Valentin schob Dorette von sich weg, Rauch waberte zwischen ihnen. »Der neue Vertrag mit der Mayer-Montan-Aktiengesellschaft wartet. Was gibt es denn so Dringendes, das nicht bis zum Abendessen warten kann?«

»Wir bekommen ein Kind«, verkündete Dorette Valentin so laut und freudig, dass es alle hören konnten. »Endlich ein Enkel für meine lieben Schwiegereltern.« Dorette strahlte Johann und Elisabeth glücklich an.

Elisabeth nickte daraufhin lobend wie eine Lehrerin, aber ansonsten schien sie in Johanns Augen mit ihren Gedanken woanders zu sein. Etwas, worüber sie nicht mit ihm reden wollte, schien sie schon seit Wochen zu beschäftigen. Seit dem Herzinfarkt ihrer Mutter war Elisabeth nicht nur nachdenklicher, sondern auch in sich gekehrter. Wahrscheinlich litt sie mit ihrer Mutter, von der Doktor Hammerschmidt gesagt hatte, dass es ihr wie vielen anderen Menschen nach einem Infarkt ginge und sie der Melancholie verfallen sei. Ernestine redete nur noch das Nötigste und saß wie abwesend in ihrem Zimmer, sogar die Mahlzeiten wünschte sie alleine vor der Wand im Fauteuil ihres verstorbenen Eduard einzunehmen, den Johann als Menschen sehr geschätzt hatte. Das alles kam zu ihrer äußerlichen Vernachlässigung noch hinzu. Doch sie trank wenigstens nicht mehr, auch nicht heimlich, was gut war. Eduard hatte Johann in einer ihrer Nächte im Herrenkabinett einmal gestanden, dass sein Vater alkoholsüchtig gewesen sei und seine Mutter volltrunken geschlagen habe, was Eduard als Kind unter Tränen mitansehen musste. Nie würde er deswegen einen Tropfen Alkohol anrühren und seine Lieben ebenfalls vor solch einem Schicksal bewahren wollen.

Johann beglückwünschte das junge Ehepaar und korrigierte sich gedanklich, dass schon bald nicht sein erstes, sondern sein zweites Enkelkind geboren werden würde. Die kleine Ella, deren Papierring er in seinem Gehrock bei sich trug, wollte er unbedingt kennenlernen. Aber Viviana war seit ihrem Besuch im letzten Oktober nicht wieder im Palais gewesen. »Wann ist es denn so weit?«, fragte er.

»In sieben Monaten ist das junge Familienglück perfekt.« Dorette weinte Tränen der Freude. »Doktor Hammerschmidt hat es gerade bestätigt.« Sie tupfte sich vornehm mit der Fingerkuppe die Tränen von den Wangen.

»Wie wäre es, wenn wir darauf mit einem Glas Champagner anstoßen?«, fragte Elisabeth in die Runde.

Die Winkelmanns verließen das Kontor und stiegen die Treppe zu den Wohngeschossen des Palais hinauf.

Elisabeth hätte eigentlich die Geburtsfeier ihres Enkelkindes planen sollen, sie hatte auch schon über die Gästeliste sinniert. Aber seit Wochen beschäftigte sie eine andere Sache weitaus mehr: Constanze war also nicht immer stumm gewesen. Elisabeth war sehr verwirrt gewesen, als sie den diesbezüglich verräterischen Satz ihrer Mutter aus dem Munde des Stubenmädchens erfahren hatte. Haarklein hatte ihr dieses die Geschehnisse am Abend von Ernestines Herzanfall vor vier Monaten geschildert, als sie gegen zehn Uhr vom Diner bei den Köllikers zurückgekehrt waren.

Elisabeth hatte dem Dienstmädchen verboten, es jemals jemand anderem gegenüber zu erwähnen. Bei der Vorstellung, die Stimme ihrer geliebten Schwester vielleicht einmal zu hören, waren ihr Freudentränen über die Wangen gelaufen. Endlich wieder ein Lichtblick im Familienleben der Winkelmanns! Die Stimme ihrer Schwester war ihr kostbarer als die teuerste Orchidee. Außerdem wäre Constanzes wiedergefundene Stimme auch ein Grund für eine neue, die neunte Orchidee. Die kostbarsten Orchideen im fernen Japan wurden von Netzen aus Gold und Silber geschützt, und wer die Genehmigung erhielt, sie zu betrachten, musste eine Papiermaske über Mund und Nase legen, damit sein Atem die Pflanzen nicht schädigen oder gar zerstören konnte. Constanze würde sie nie enttäuschen, deshalb war sie für Elisabeth auch so kost- und unverzichtbar.

Elisabeth war neben Johann in der Salonetage angekommen. Seit dem Herzinfarkt schwieg Ernestine, was Constanze betraf, und Constanze äußerte sich nicht einmal mit einem Bibelvers über ihre verlorene Stimme. *Wer wenig sagt, sieht viel,* grübelte Elisabeth, anstatt ihr Glück über Dorettes Schwangerschaft zu zeigen. Was hatte nur dazu geführt, dass Constanze ihre Stimme verloren hatte? Elisabeth liebte ihre Schwester, und die Vorstellung, Constanze wieder sprechen zu hören, war einfach wunderbar. Das war ihr wichtiger als Dorettes kindliches Glück.

Valentin hingegen trat, nachdem der Champagner im großen Salon ausgeschenkt und angestoßen worden war, ans Fenster. *Warum lässt mich Vater nicht einfach machen? Und dann noch diese Fragen zu dem Kredit an Professor Schleich! Und warum dreht sich immer alles um meine Schwester, verdammt noch mal!* Ihm reichte es mit Vivianas Eskapaden. Nach dem Kutschunfall hatte er ihr geschworen, dass sie ihres Lebens nicht mehr froh werden würde, sollte sie in Würzburg bleiben. Zu dumm nur, dass seine Mutter darauf bestanden hatte, dass er sich von Viviana fernhielt, um nicht noch mehr Staub aufzuwirbeln. Ein Eklat in der Öffentlichkeit musste um jeden Preis vermieden werden. Im Grunde aber brachte ihn etwas ganz anderes zur Weißglut: Viviana versuchte im Gegensatz zu ihm, ihre Träume zu leben.

Dorette war noch immer außer sich vor Freude, ihre hohe Stimme überschlug sich fast und schmerzte Valentin in den Ohren. »Ich weiß schon, wie unser Kind heißen soll, nämlich Valentin, und welche Kleidchen ich ihm besticken werde«, schwärmte sie.

Erst gestern Abend hatte Valentin einen weiteren Anfall auf dem Weg zum Sternplatz gehabt. Die Tage nach einem Anfall waren immer die schlimmsten, er befand sich im Krieg gegen seinen eigenen Körper. Und sein elender Zustand machte ihn unausstehlich anderen gegenüber. Während des Gesprächs mit seinem Vater hatte er sich immer gemahnt, nicht an den Anfall, sondern nur an die Geschäfte zu denken. Aber wie sollte das gehen, wenn er dabei Schmerzen hatte, als wühlte gerade ein Untier in seinem Gedärm. Zudem wurde seine andauernde Unruhe mit jedem Anfall unerträglicher.

Ohne Luft zu holen, erzählte Dorette gerade: »Er soll eine Wiege mit Batisthimmel bekommen, ein Schaukelpferd und …« Valentin hörte einfach nicht mehr hin. Stattdessen blickte er nervös zu seinem Vater. Er hatte noch viel mehr Geschäftsideen, von denen er ihn überzeugen wollte, aber nicht mit Worten, sondern mit Zahlen. Mit Gewinnen, das war einfacher, als sich mit einem Bankier, der noch vom alten Schlag war, zu streiten. Am liebsten hätte Valentin seinen alten Herrn wegen seiner übertriebenen Vorsicht offen belächelt, aber das ginge zu weit. Denn wahrscheinlich war sein Vater die einzige Person im Palais, die ihn trotz seiner Krankheit nicht einweisen lassen würde. Außerdem schätzte er ihn nach wie vor wegen seines diplomatischen Geschicks und seiner nützlichen wie notwendigen Kontakte zu den alteingesessenen Würzburgern, zu den Honoratioren und zum ersten und zweiten Bürgermeister. Ein Privatbankier war eine unumgängliche Vertrauensperson sowohl für die Industrie als auch für die Kapitalgeber. Noch genoss sein Vater mehr geschäftliches Vertrauen als er. Außerdem lenkten ihn allein die Geschäfte und vielleicht noch die Zigarren von seiner Krankheit ab.

»… und nur die besten Erzieher suche ich für unser Kind«, drang Dorettes unerträgliche Stimme wieder an Valentins Ohr. »Nicht wahr, Liebling?«, rief sie zu ihm hinüber.

»Nur das Beste für meinen Sohn«, sagte Valentin und hob sein Glas wie in einem schlechten Theaterstück erfreut in die Luft. »Auf die nächste Generation der Winkelmann-Privatbankiers!«, toastete er und wandte sich auch schon wieder ab. Das Gespräch mit seinem Vater beschäftigte ihn. *Das Gründungsgeschäft ist mit Abstand am einträglichsten,* sinnierte Valentin. Für ihn war es aber fast schon wieder zu langweilig, zu wenig intellektuell herausfordernd. Was könnte danach noch kommen? Die meisten alten Privatbankiers schreckten vor risikobehafteten Geschäften zurück. Kein Wunder, dass sich die vielen neuen Aktienbanken deshalb immer mehr vom Kuchen des Kreditgeschäfts abschnitten und die Stücke für die Privatbankiers immer kleiner wurden. Würden sie in den kommenden Jahren nichts riskieren, spräche in fünfzig Jahren niemand mehr vom Privatbankgeschäft. Davon war Valentin überzeugt. Sie mussten wachsen, sich mit anderen Privatbankhäusern verbünden und neue Geschäftsfelder wie das Gründungsgeschäft besetzen. Er wollte nicht nur in Ledersesseln sitzen, Wechsel ausstellen und nutzlose Papiere mit endlosen Zahlenreihen füllen, er wollte kämpfen und entscheiden. Er war der Kämpfer in der Familie, seitdem er dreizehn war, seit seinem ersten Anfall.

Deshalb war das Gründungsgeschäft wie für ihn gemacht. Es lief zwar nach dem ewig gleichen Modell ab, aber die Inhalte variierten, sodass es spannend und herausfordernd blieb und stets einen Kitzel bot. Das Bankhaus Winkelmann gründete ein Industrieunternehmen neu, wie im Falle der Mayer-Montan-Aktiengesellschaft, oder wandelte junge Firmengründungen in Aktiengesellschaften um. Dafür erhielt das Bankhaus Aktien zu einem niedrigen Preis, was ihnen neben voraussichtlich hohen Gewinnen auch eine erhebliche Mitsprache bei den Geschäftsentscheidungen sicherte. In den ersten Monaten nach der Gründung sammelte Valentin für die neue Aktiengesellschaft zunächst bei Anlegern Kapital ein. Wenn die Anteilspapiere dann spätestens ein Jahr danach an der Börse gehandelt wurden, verkaufte er die vom Bankhaus gehaltenen Aktien mit einem außerordentlichen Gewinn, fünfzig Prozent waren dabei eher die Untergrenze.

Bei dem Gedanken an einen derart hohen Gewinn schoss Valentins Puls nach oben. Genau wie vorhin, als ihm sein Vater vorgeschlagen hatte, wegen seiner ständigen Unruhe Doktor Hammerschmidt kommen zu lassen. Doch niemals durfte er einen Arzt an sich heranlassen. Noch mehr Unruhe stieg in ihm auf. Er spürte, dass er den großen Salon mit giftiger Nervosität füllte. Dem Raum mit den Spiegeln blieb nichts verborgen. Am liebsten hätte er sich jetzt maskiert, um ein anderer zu sein. Doch der Maximilians-Tag war noch fern.

Beim Anblick Dorettes, die ihn mit hoffnungsfrohen Augen an Johann vorbei anhimmelte, dachte Valentin, wie froh er doch war, dass sie endlich schwanger geworden war. So bald musste er also nicht mehr intim mit ihr verkehren. Das war gut, denn er war verliebt – nur nicht in sie.

***

24

NOVEMBER 1853

Seit Wochen schon war es dunkel, wenn Viviana das Juliusspital verließ. In den kalten Monaten des Jahres kamen vermehrt Arme mit Erfrierungserscheinungen ins Spital. Und eine solche Eiseskälte wie in diesem November hatte es in Würzburg noch nie gegeben. Im Torgebäude blickte sie in eingefallene, graue Gesichter. Am Hals eines Mädchens meinte sie, einen rotfleckigen Hautausschlag zu erkennen, ein Hinweis auf Hungertyphus. Die ersten Toten lagen bereits im Leichenzimmer der Neuen Anatomie. Hungertyphus verbreitete sich besonders schnell in Haushalten, in denen die Wäsche nicht regelmäßig gewechselt und gewaschen wurde. Wie in der Pleich zum Beispiel. Aus diesem Grund hatte Viviana bereits vor Wochen begonnen, Ella und Bruno täglich auf Anzeichen der todbringenden Krankheit zu untersuchen.

Viviana zeigte dem Pförtner ihr Austrittsbillett und verabschiedete sich von Professor von Marcus, der sich am Arm seiner Frau aus dem Spital führen ließ. Gerade noch hatte sie Nannette von Marcus versprechen müssen, alsbald wieder eine ihrer Lesestunden im Salon der von Marcus abzuhalten. Vor wenigen Tagen hatte Viviana dort aus dem *Archiv für Anatomie, Physiologie und Wissenschaftliche Medicin* vorgelesen, während Nannette Ella das begonnene Altartuch mit dem Marienemblem gezeigt und sie mit Gebäck gefüttert hatte. Solange es Mandelkekse gab, ließ sich Ella geduldig jede Stickerei erklären. Der Professor hingegen hatte etwas geistesabwesend gewirkt und war immer wieder in Gedanken versunken.

Viviana zog ihr Schultertuch mit den Fransen enger, Wenke hatte es ihr vorletzten Winter mit ausrangiertem Leinen verstärkt. *Ach, Wenke!*, dachte Viviana. Die Trauer hielt Magda weiterhin am

Boden. Bruno schlief nach wie vor schlecht, und Magda wurde mit jedem Tag kurzatmiger, langsamer und mied Viviana immer noch. Kein Gespräch ließ sie zu, schon gar keine Aussprache. Magda hatte sich wie ein Nager in seinen Bau zurückgezogen.

Professor von Marcus hatte Viviana gesagt, dass das Leben ein Geschenk sei. Es sei zu kurz, um Groll zu hegen, stattdessen solle man jeden Augenblick auskosten. Wie gern hätte Viviana auch Magda davon überzeugt, aber ihre Freundin wandte sich jedes Mal wie zufällig ab, sobald Viviana die Stube betrat. Sie hatte eine Annäherung mit stimmungsaufhellenden Aufgüssen versucht, die sie Magda an den Tisch brachte, wenn diese bis spät nach Mitternacht ihre Näharbeiten verrichtete. Seit Wochen kochte Viviana Zitronenmelissenblätter aus. Am Abend getrunken, half der Kräutersud beim Einschlafen, er beruhigte und löste Krämpfe und bekam auch das Herz noch freudig. Fünf Wochen hintereinander entgegnete ihr Magda, wenn sie ihr den Becher hinhielt, nur, dass sie nicht durstig sei. Doch trotz ihrer ständigen Verweigerung ließ es sich Viviana nicht nehmen, ihr den Aufguss nach wie vor anzubieten. So schnell gab sie nicht auf! Da war sie hartnäckig.

Nicht weit vom Eingang des Spitals entfernt, steuerte Viviana auf zwei Frauen zu, die immer wieder zu ihr herschauten. Die pelzverbrämten Gestalten waren im Licht der Straßenlaterne gut zu sehen. Viviana winkte ihnen zu. Die Frauen mussten schon länger in der eisigen Kälte auf sie gewartet haben.

»Guten Abend, Fräulein Winkelmann!«, rief ihr die vordere Dame in einem auffällig roten Kleid zu. Das Rot erinnerte Viviana an die Farbe von Professor Virchows Halsschleife. Sie erkannte Roswitha Höpfer, das Fräulein, das staatswissenschaftliche Vorlesungen hören durfte und das Viviana schon einmal kontaktiert hatte, sofort wieder. Sie bemerkte aber auch, dass Fräulein Höpfer sich verändert hatte. Sie wirkte noch selbstbewusster als bei ihrer ersten Begegnung und senkte den Blick selbst dann nicht, wenn Herren an ihr vorübergingen. Auch trug sie keinerlei Kopfbedeckung, die züchtig ihr wildes, zu Löckchen gedrehtes und auf Schulterhöhe geschnittenes Haar verbarg.

»Guten Abend, Fräulein Höpfer«, entgegnete Viviana.

»Bitte sagen Sie nur Roswitha zu mir«, bot ihr diese an und streckte ihre Hand zur Begrüßung aus.

Viviana schüttelte sie erfreut. »Schön, Sie wiederzusehen.«

»Sie haben um ein erneutes Treffen gebeten, und da Sie mir schrieben, dass Sie täglich bis sechs Uhr im Juliusspital arbeiten, dachte ich, ich fange Sie gleich hier ab.« Roswitha war eine ungewöhnlich hochgewachsene Frau, die selbst Viviana um Haupteslänge überragte. Bei ihrer ersten Begegnung war Roswitha züchtiger gekleidet gewesen. Sie kam ihr jünger vor als zuletzt, Viviana schätzte sie auf Mitte zwanzig.

»Ach ja, und das ist Ursula, eine gute Bekannte.« Roswitha deutete auf die Dame, die, bis zur Hüfte in eine Silberfuchs-Pelerine gehüllt, einen halben Schritt hinter ihr stand. Es war ungewöhnlich, dass sie ihr nicht auch mit Nachnamen vorgestellt wurde. Zudem kam es Viviana so vor, als verstecke Ursula sich hinter Roswitha. Sie war ordentlich frisiert, klein und weniger auffällig gekleidet. Viviana nickte der guten Bekannten von Roswitha freundlich zu.

Ursula lächelte zögerlich.

»Ich bin Viviana«, stellte Viviana sich vor, wandte sich aber gleich wieder Roswitha in ihrem roten Kleid zu, bei deren Anblick sie sich schlecht angezogen fühlte. Trotz des Geldes ihres Vaters hatte sie sich bisher keines der modernen Krinolinenkleider gekauft. Obwohl sie an manchem Tag gerne ein schönes Kleid getragen hätte. Doch in Leinen und Baumwolle und vor allem ohne Korsett ließ es sich einfach bequemer arbeiten, und Professor von Marcus hatte auch noch nie andere Kleidung von ihr verlangt. Statt auf edle Stoffe achtete Viviana daher genau wie Magda eher auf robuste Nähte.

Sie blies sich in die kalten Hände, um sie etwas zu erwärmen. »Gehen wir ein Stück?«

Die Frauen hatten noch keine fünf Schritte auf der Unteren Promenade getan, da sagte Viviana: »Der Senat hat mir vor einem Jahr die Gasthörerschaft untersagt, aber ich kann mich nicht damit abfinden. Gibt es noch einen anderen Weg, auf dem ich die Erlaubnis doch noch bekommen kann?« Kleine Atemwolken kamen aus ihrem Mund und stiegen in die Luft.

»Das möchte ich nicht hier auf der Straße besprechen, dafür ist es zu wichtig«, sagte Roswitha, nachdem sie sich kurz umgeschaut hatte. »Würden Sie uns begleiten?«

Viviana wollte gerne, zögerte aber. »Ich möchte meine Tochter nicht länger alleine lassen.«

»Dann treffen wir uns später«, beschloss Roswitha und ließ keine Widerrede zu. »Ist Ihnen acht Uhr recht?« Ihre Locken fielen ihr ins Gesicht, ohne dass sie sie zurückstrich.

Doch Viviana konnte gar nicht so schnell antworten, wie Roswitha schon bekannt gab: »Dann also um acht Uhr im *Augustinerbäck* in der Maulhardsgasse!«

Das lag nur einen Katzensprung von der Unteren Promenade entfernt. »Das sollte zu schaffen sein«, sicherte sie daher zu. Um acht Uhr lag Ella für gewöhnlich im Bett. An den dunklen Tagen des Jahres fielen ihr oft schon vor sieben Uhr die Augen zu. Viviana würde ihrem Schmetterlingsmädchen versprechen, sich später in der kleinen Kammer an sie zu kuscheln und sich in ihre Träume zu schmiegen.

Nach einer kurzen Verabschiedung machten die Damen kehrt und wurden bald darauf vom Nebel auf der Unteren Promenade verschluckt.

✻

Punkt acht Uhr betrat Viviana das *Augustinerbäck*, wohl wissend, dass Ella zu Hause selig schlummerte. Ausnahmsweise durfte sie bei Bruno im Bett schlafen.

Viviana war nie zuvor in einem Bäck, einer Weinstube für arme Leute gewesen. In Bäcken war es erlaubt, die eigene Brotzeit mitzubringen, und man bekam dafür sogar noch Teller und Besteck gereicht. Dem Wirt war es vor allem wichtig, seinen Wein zu verkaufen.

»Viviana, hier!«, rief Roswitha und winkte sie an ihren Tisch in der Mitte des Raumes.

An den anderen Tischen rundherum erkannte Viviana einige Pleicher Gesichter wieder, auch Medizinstudenten verkehrten hier. Die Bäckstube war rappelvoll, manche Gäste tranken sogar im Stehen, was im *Römischer Kaiser* oder *Zum Hirschen* nie vorgekommen wäre. Dichtes Stimmengewirr erfüllte den Raum.

Viviana musste sich zwischen den anderen Tischen hindurchdrängeln, um zu Roswitha und Ursula zu gelangen. Und kaum dass sie an dem zerkratzten Holztisch Platz genommen hatte, wurde ihr auch schon ein Schoppen Silvaner hingeschoben. »Wir waren so frei.« Roswitha deutete auf das bis an den Rand gefüllte Weinglas und lächelte breit. »Es gibt etwas zu feiern.«

»Dann gehen Ihre Studien also gut voran?«, fragte Viviana begeistert. Wenigstens einer von ihnen war es vergönnt, die Universität besuchen zu dürfen.

Roswitha blickte kess in die Runde, ihr gekürztes, lockiges Haar stand ihr gut, fand Viviana. Sie sah so erfrischend eigensinnig aus.

»Ich habe viel gelernt. Über Politische Theorie, Soziologie und Vergleichende Regierungslehre, vielleicht aber noch mehr über die angeblich klügere Hälfte unserer Gesellschaft.« Roswitha deutete dabei mit der Hand in den Raum, wo die Männer im Stehen tranken und wie Frauen miteinander tratschten.

Viviana musste an Hubertus von Hardenberg denken. Sollte sie ihn zur Rede stellen? Womöglich war ja alles nur ein Missverständnis gewesen, und sie hatte ihn nur falsch verstanden. Sie hatte sich in den aufstrebenden Kinderarzt verliebt, in Ellas Beschützer vor einem viel zu frühen Tod, und es genossen, wenn er ihr von seinen medizinischen Beobachtungen erzählt hatte. Sie sehnte sich nach Nähe zu einem Mann.

Roswitha hob ihr Glas. »Ich darf Ihnen, Viviana, und dir, Ursula, verkünden, dass ich seit gestern keine Vorlesungen mehr hören darf.«

Viviana schlug entsetzt die Hand vor den Mund. »Aber warum denn?«

Weniger feierlich führte Roswitha aus: »Mein Antrag war an die Bedingung geknüpft, dass der lehrende Professor die schriftliche Erlaubnis erteilen müsse, was der neue per se nicht tun will. Außerdem ließ mich der Senatsvorsitzende wissen«, dabei warf sie Ursula bei dem Wort »Senatsvorsitzender« einen Blick zu, den Viviana nicht zu deuten wusste, »dass ich sowieso schon mehr als genug Zeit über den Büchern verbracht hätte.« Fröhlich stieß sie ihr Glas gegen das Ursulas und trank.

Viviana verstand nicht, warum Roswitha über diese unschöne Überraschung gar nicht wütend war. Sie selbst nippte nur an ihrem Wein, und ähnlich bedrückt wie sie schien auch Ursula zu sein, die unruhig um sich schaute. Viviana fiel Ursulas goldener Ehering am Ringfinger auf, in den ein Kranz aus kleinsten Brillanten eingearbeitet war. Ob ihr Ehemann wusste, dass sie gerade in einem Bäck verkehrte? Um nichts in der Welt konnte sich Viviana Ursula mit einer Brotzeit in der Hand vorstellen, so wie es die Herren an den Nachbartischen hielten.

»Bin ich etwa daran schuld?«, fragte Viviana bedrückt. »Wollte der Senat, nachdem er mir abgesagt hat, auch keine andere Frau mehr an der Universität haben?«

»Das glaube ich nicht, und es spielt auch keine Rolle.« Roswitha strich sich ihre widerspenstigen Locken aus dem Gesicht. »Viel wichtiger ist, dass mir mein Rausschmiss aus dem Hörsaal erst die Augen geöffnet hat.«

Die Augen geöffnet, für was?, fragte sich Viviana im Stillen. *Für etwas, das ich längst am eigenen Leib erfahren habe? Dass es für*

Frauen unüberwindbare Grenzen gibt? Das hätte ich ihr auch sagen können.

Roswitha lächelte spöttisch. »Der Rausschmiss hat mir vor Augen geführt, dass wir um unsere Rechte betrogen werden.«

Viviana verschluckte sich am Wein und musste erst husten, bevor sie fragen konnte: »Wen meinen Sie mit ›wir‹?«

»Bevor wir Mann oder Frau sind, sind wir doch in erster Linie einmal Mensch, nicht wahr?« Roswitha nickte ihren beiden Begleiterinnen auffordernd zu, sodass ihre Löckchen mitwippten.

Alle drei hatten sich mittlerweile nach vorne gebeugt und waren mit den Köpfen über der Mitte des Tisches zusammengekommen. Viviana und Ursula schauten sich an und nickten dann zustimmend.

Roswitha nahm einen weiteren Schluck vom Silvaner und senkte die Stimme. »Der Mensch ist sein eigener Schöpfer, und erst der Verstand vollendet das Schöpfungswerk. Wir Frauen sind Menschen, wir haben ein Recht auf Gelehrsamkeit!«

Ein Recht auf Gelehrsamkeit. Viviana wiederholte die Forderung in Gedanken, sie klang zu schön, um wahr zu sein.

Zum ersten Mal ergriff nun Ursula das Wort. Und sie schien ungeübt darin zu sein, ihre Stimme zu erheben: »Mein Ehemann will eine Frau, die alles erträgt. Die allein schon deswegen glücklich ist, weil er mit ihr zufrieden ist. Eine Ehefrau nach seinem Geschmack, die sich stets seinen Wünschen und Launen anpasst.«

Viviana konnte spüren, wie unwohl sich Ursula bei diesen Worten fühlte.

»Mein Ehemann hat aufgrund seines Berufes viele Termine außer Haus. Ich aber bleibe in unserem neuen Heim allein zurück«, sagte sie mit ihrer hohen Stimme.

Viviana schüttelte verständnislos den Kopf. Sie war so froh, jeden Tag das Haus verlassen zu können. Zum ersten Mal dachte sie, dass die Pleich, im übertragenen Sinne, gar nicht so beengend war.

»Erst seine Liebe, so glaubt er, befähigt mich dazu, alle Aufgaben als Hausfrau, Mutter und Gattin mühelos und anmutig zu erfüllen.« Tränen stiegen in Ursulas Augen, ihre Stimme brach.

»Die heutige Ehefrau ist ohne Bildung und steht im Schatten ihres Mannes«, fuhr Roswitha leidenschaftlich fort. »Ihre Ausstattung an kostbarer, modischer Garderobe, ihr Müßiggang, ihre Teilhabe am vornehmen Kulturleben, all dies demonstriert einzig und allein, was der Mann ihr ermöglicht hat. Nicht, was sie selbst zu ersinnen und zu erfahren imstande ist. Wir Frauen haben ein Recht, unseren Geist zu bilden, weil wir Menschen sind.«

Viviana fiel auf, wie einige Herren Roswithas rotes Kleid musterten, an ihren Worten aber nicht interessiert zu sein schienen. »Wenn es aber unser Recht ist, stünde es dann nicht im Gesetz festgeschrieben?«, fragte Viviana.

»Haben Sie das Neue Testament gelesen?«, kam es nun vehementer von Roswitha zurück.

»Hin und wieder lese ich Ella vor dem Abendgebet daraus vor.«

»Dann kennen Sie die Geschichte der Geschwister Martha und Maria, die in Bethanien wohnten? Sie hatten die Ehre, Jesus bei sich zu Gast zu haben. Bei einem seiner Besuche setzte Maria sich zu seinen Füßen, um seinen Worten zu lauschen. Sie hatte Interesse an seinen himmlischen Lehren. Aber Martha wollte, dass ihre Schwester ihr bei der Hausarbeit und beim Dienen half. Und was antwortete Jesus daraufhin?«

»*Martha, du machst dir viele Sorgen und Mühen*«, zitierte Viviana aus dem Lukas-Evangelium, und Ursula fiel mit ein: »*Aber nur eines davon ist notwendig. Maria hat den guten Teil gewählt, der wird ihr nicht genommen werden.*«

Viviana verstand. Jesus hatte Martha damit zu verstehen gegeben, dass ihm zu dienen, nicht die einzige Ausdrucksform der Liebe zu ihm war. *Austausch und eigene Gedanken sind also nicht nur im Falle Jesu erlaubt,* dachte sie weiter, *sondern auch im Falle der Familie und der Gesellschaft.* So konnte man die Bibelstelle auch interpretieren.

»Wenn es in der Bibel erlaubt ist, braucht es kein weltliches Gesetz. Verstehen Sie?« Roswitha schaute Viviana tief in die Augen. »Ich möchte den männlichen Entwurf für mein Leben hinter mir lassen und selbst für mich entscheiden dürfen. Ich möchte für das Recht der bürgerlichen Frau auf Bildung kämpfen!«

»Mit Waffen?«, fragte Viviana sofort zurück. Sie musste an den Degen tragenden Kommandanten von Öllkau denken und wie dieser ihr einst beim Sonntagsspaziergang vom Krieg vorgeschwärmt hatte. Wie war ihre Mutter nur jemals auf die Idee gekommen, sie mit solch einem Mann verheiraten zu wollen!? Das war ihr heute noch unbegreiflicher als damals.

»Natürlich mit Waffen und mit euch beiden an meiner Seite!«, antwortete Roswitha.

Ursula und Viviana tauschten einen unentschlossenen Blick.

»Unsere Waffen sind unser Verstand, und unsere Stärke ist, dass *Mann* uns unterschätzt, weil wir Frauen sind«, erklärte Roswitha und hob bei dem Wort »Mann« den Zeigefinger, nachdem sie einen langen Schluck vom Silvaner genommen hatte. Die Gläser von Viviana und Ursula waren noch so gut wie voll.

»Während der Revolution von 1848 und 1849 gab es schon einmal mutige Frauen, die sich für mehr Bildung und bessere Arbeitsbedingungen von Arbeiterinnen einsetzten«, fuhr Roswitha fort. »Aber nachdem die Revolution verloren war, verstummten sie. Versammlungen wurden verboten, die alten monarchischen Strukturen blühten wieder auf. So ist es bis heute geblieben.«

Viviana dachte sofort an Ella. »Ich möchte meine Tochter nicht in Gefahr bringen«, sagte sie und fragte sich insgeheim, ob das hier schon eine politische Versammlung war.

»Wir würden doch auch für unsere Töchter kämpfen. Für deren Recht auf Gelehrsamkeit«, drängte Roswitha. »Ist es das nicht wert, etwas dafür zu wagen? Wenn es uns gelingt, könnten unsere Mädchen eines Tages sogar studieren.«

Viviana war überwältigt von der Vorstellung, dass sich ihre wissbegierige, begeisterungsfähige Tochter zukünftig den Wissenschaften zuwenden dürfte. Dass sie an der Seite eines Professors nicht wie sie schief angeschaut werden würde und mehr Freiheiten hätte, ohne dafür gesellschaftlich geächtet zu werden. Das war, als entschnürte man Frauen aus ihren viel zu engen Korsetts. Als bekäme ein ganzes Geschlecht endlich wieder Luft und dürfte frei atmen.

»Kommt, ich zeige euch was!« Roswitha bezahlte für die Runde und führte sie aus dem *Augustinerbäck* hinaus ins Freie. Dort winkte sie eine Kutsche heran, während die Kälte Würzburg fest im Griff hielt.

Sie fuhren über den Marktplatz, durch die Domstraße und über die steinerne Mainbrücke, ohne ein einziges Wort miteinander zu sprechen. Roswitha war in Gedanken versunken, saß aber kerzengerade in der Kutsche. Viviana gingen dagegen immer wieder die Worte »ein *Recht* auf Gelehrsamkeit« durch den Kopf.

Die Kutsche hielt im Mainviertel, das wegen seiner schönen Kirche und des Frauen-Zuchthauses bekannt war. Viviana war unheimlich zumute. Am Zeller Tor, das sich nicht weit von hier befand, hatte sie Paul kennengelernt.

»Vertrauen Sie mir«, verlangte Roswitha, als sie Vivianas beunruhigten Blick Richtung Zeller Tor bemerkte, und schritt couragiert auf ein mehrstöckiges Backsteinhaus zu, als führte sie eine Armee zum Sieg. Die Festung throhnte über dem Mainviertel wie eine Wächterin.

Im Haus angekommen, gingen sie mehrere Stufen hinab und wieder hinauf, durchquerten Flure und Räume. Große und kleine, hohe und flache. Viviana war überzeugt, aus diesem Labyrinth allein nicht wieder herauszufinden. Es war eiskalt, sogar noch kälter als draußen, wo im Fluss schon die ersten Eisschollen trieben. Zudem roch es feucht und modrig.

In einem Saal aus dunklen Backsteinen begann Roswitha, ein Feuer zu schüren. Sie deutete auf eine Handvoll alter Sessel, die in der Mitte um einen Tisch standen. »Dieser Saal könnte zu unserem Treffpunkt werden.«

Es staubte, als Viviana Platz nahm. Handarbeitszeug, eine Schale mit Glasperlen und eine Garnkiste lagen auf dem Tisch. Im Licht des wachsenden Feuers schimmerten bunte Handarbeitsnadeln, wie sie für Stick- und Perlenarbeiten verwendet wurden. Viviana musste an die blaue Nähnadel denken, die Wenke so gern benutzt hatte.

Roswitha nahm eine einzige Perle aus der Schale, legte sie in ihre Handfläche und zeigte sie den beiden Frauen. Die Perle schimmerte dunkelgrün wie die Hoffnung und wie der Main, wenn die Sonne den Fluss erwärmte. »Das ist eine einzige Perle. Sie steht für eine einzelne Frau.« Roswitha legte zwei weitere Perlen dazu, die in ihrer Hand schon etwas mehr wogen. »Jetzt sind es drei Perlen, drei bürgerliche Frauen mit dem Wunsch nach Bildung.«

Viviana nickte und beobachtete, wie Roswitha wieder und wieder in die Schale griff, bis ihre Hand bald voller grüner Perlen war. »Wenn wir uns zusammenschließen, können wir etwas erreichen. Wir müssen allen Frauen klarmachen, dass ihr bürgerliches Gefängnis eine Idiotie ist, sie ein Recht auf Bildung haben und wir vereint dafür kämpfen können.«

Aus dem Augenwinkel heraus sah Viviana, wie Ursula neben ihr mehrmals schwer schluckte und ihre Hände sich in der Silberfuchs-Pelerine verkrampften.

»Keine Frau sollte darum betteln müssen, Vorlesungen hören zu dürfen«, fuhr Roswitha in härterem Ton fort. »In den Vorlesungen sollte sie nicht getrennt von den männlichen Studenten hinter einem Paravent sitzen müssen, wie an einem Katzentisch, als wäre sie eine Aussätzige.«

Viviana dachte, dass sie auch mit einem Katzentisch vorliebnehmen würde. Aber dabei immer wieder hämische und verachtende Blicke im Hörsaal auf sich zu spüren, durfte kein Dauerzustand bleiben. Das würde sie Ella gerne ersparen. Und falls sie tatsächlich das Recht auf Bildung hatten, wäre noch viel mehr möglich.

»Wir sollten die Argumente der Männer gegen die Bildung der Frau widerlegen können«, brachte Ursula zurückhaltend vor.

»Denn sobald ein Geschlecht dem anderen unterstellt ist, zieht das untere das obere zu sich hinab.«

Viviana lauschte gebannt und versuchte, nicht an Hubertus von Hardenberg zu denken, sobald das Gespräch auf das Thema Partnerschaft kam.

»Mann und Frau hängen voneinander ab«, führte Ursula mutig aus und zog sich ihren Ehering vom Finger. »Deshalb ist es falsch, die Frau nur als ein sinnliches Spielzeug des Mannes zu verstehen.« Ihr Blick verlor sich im knisternden Kaminfeuer. »Das Glück des einen hängt vom anderen ab, und nur gemeinsam und auf Augenhöhe können Eheleute miteinander glücklich werden.«

Viviana sah im Lichte des Feuers, wie Ursula vor Aufregung errötete.

»Zwei gebildete Menschen sind wie Stein und Stahl. Sie schlagen Funken und bilden einen Feuerstrom, sie stellen die höchste Form der Vereinigung dar.« Ursula umschloss ihren Ehering bei diesen Worten so fest mit der Faust, dass ihre Knöchel weiß hervortraten. Wie eine Traumwandlerin erhob sie sich und sprach sehnsuchtsvoll: »Ehepartner sollten Ratgeber füreinander sein, sich schätzen und gemeinsam über die Erziehung der Kinder entscheiden, über religiöse Fragen, Naturansichten und Politik.« Ihre Stimme wurde härter. »Steht in der Ehe einer unter der Herrschaft des anderen, kann keine Liebe gedeihen. Einem Herrn kann man dienen, und man kann ihn achten, aber nicht lieben.« Erschöpft setzte sich Ursula wieder in ihren Sessel.

Mit ungewohnt sanfter Stimme ergänzte Roswitha: »Die Frau ist nicht um des Mannes willen da und auch nicht umgekehrt. Sie sind einer um des anderen willen erschaffen, im gleichen Verhältnis zueinander.«

»Das klingt schön.« Viviana dachte nun doch an Hubertus und fragte sich, was sie ihm bedeutete und ob er sich vorstellen könnte, mit ihr ein Leben zu führen, in dem keiner über dem anderen stand.

»Um dafür zu kämpfen, ist es nie zu spät!«, sagte Roswitha nun eindringlich. Sie schnitt das Ende einer Zigarre ab, entzündete sie und rauchte sie, als wäre sie ein Mann – breit zurückgelehnt in ihrem Sessel.

»Ich glaube«, richtete sich Roswitha nach einer Weile wieder auf, »Männer haben Angst davor, dass wir sie eines Tages übertrumpfen und ihnen Vorschriften machen könnten. Sie haben Angst, dass wir sie dann zur Rechenschaft ziehen für all die Ungerechtigkeiten, die sie uns erleiden ließen.«

Viviana nickte unvermittelt. Auch ihr Vater hatte von der Angst der Männer vor den Frauen gesprochen.

Roswitha holte aus einer Schublade im Tisch drei Stoffsäckchen hervor und befüllte sie mit den Perlen, die sie zuvor in ihrer Hand gehalten hatte. Viviana und Ursula erhielten je eines davon. Das dritte war für Roswitha selbst bestimmt. Viviana beobachtete, wie sie die Perlen durch den Stoff hindurch befühlte und ihre Gesichtszüge sich dabei verhärteten.

»Ich bin nicht stark genug, um dafür zu kämpfen«, gestand Viviana. Es war ihr unangenehm, dies zugeben zu müssen, aber sie wollte ehrlich gegenüber den beiden Frauen sein. Roswitha lehnte sich gegen das Wissensmonopol der Männer auf und Ursula gegen die Ungerechtigkeit des Ehejochs.

»Sie und nicht stark genug?«, erboste sich Roswitha. Ihr Kleid raschelte, als sie sich aufrichtete. »Sie sind allein gegen den Senat ins Feld gezogen. Sie waren die erste Frau, die dies an der Würzburger Universität im Bereich Medizin gewagt hat! Und das nennen Sie nicht stark genug? Und was ist mit Ihrer persönlichen Entscheidung, sich von Ihrer Familie zu trennen, von der Sie mir schrieben, gegen jede Regel der ach so werten gutbürgerlichen Gesellschaft?«

»Im Kampf«, fiel Ursula gleich mit ein, »ist es möglich, ungeahnte Kräfte zu entwickeln.« Ihre Augen sprühten geradezu vor Tatendrang.

Viviana drehte ihr Säckchen nervös in den Händen. »Die Männer in der Medizin wissen so viel. Sie sind nicht nur klug, sondern auch stark und dominant, so beherrschend.« Sie dachte dabei an Virchow und von Rinecker. »Gegen sie haben wir keine Chance. Sie verändern mit ihrer Forschung die Welt.«

»Und genau das könnten wir auch, Viviana, wenn man uns nur in die Hörsäle ließe!«, insistierte Roswitha und legte die Zigarre ab. »Sind Sie dabei?«

Ursula nickte, beide Frauen richteten nun ihren Blick erwartungsvoll auf Viviana. Das Feuer im Kamin war fast heruntergebrannt, es tanzten nur noch wenige Schatten an den Backsteinwänden.

Viviana war unschlüssig. Sie hatte ihrer Familie schon genug Sorgen bereitet. Und überhaupt, würde Professor von Marcus sie deswegen nicht womöglich fortschicken? Es war eine Sache, dass er sich von ihr vorlesen ließ und erklärungsfreudig war, aber eine Frau zu beschäftigen, die für ihr Recht auf Bildung kämpfte, war noch einmal etwas anderes.

»Was ist nun?«, insistierte Roswitha. »Kämpfen Sie mit uns? Sie sind stark, Sie passen so gut zu uns.«

Viviana wollte nichts überstürzen. »Geben Sie mir noch etwas Zeit«, bat sie schließlich. »Ich muss noch darüber nachdenken.«

Roswitha und Ursula schauten einander an, als vermochten sie es, sich nur mit Blicken zu verständigen. Schließlich sagte Roswitha: »In einer Woche treffen wir uns wieder hier, dann teilen Sie uns Ihre Entscheidung mit, einverstanden?«

Viviana nickte und versprach, den Ort ihres Treffens geheim zu halten. Falls sie jemand gesehen hatte, würde sie behaupten, sie sei mit den beiden Frauen zum Handarbeiten zusammengekommen. Roswitha drückte ihre Zigarre aus und reichte Ursula ein besticktes Deckchen, das sie zu Hause vorzeigen konnte.

Als sie den Saal verlassen wollten, reichte Roswitha Viviana noch ihr Perlensäckchen. »Vergessen Sie es nicht. Sie haben es auf dem Tisch liegen lassen.«

Roswitha führte Viviana und Ursula durch das Labyrinth an Fluren und Räumen zurück auf die breite Burkhardsgasse.

Der Nebel hatte sich mittlerweile verzogen, und die nächste vorbeifahrende Kutsche war die ihre. Während der Fahrt hingen alle drei ihren Gedanken nach. Zurück auf der Unteren Promenade verabschiedete Viviana sich mit einem herzlichen »Danke« von den Frauen, die sich ihr rückhaltlos offenbart hatten. Sie war die zurückhaltenste von ihnen gewesen.

Ihr weiterer Gang durchs nächtliche Würzburg führte Viviana in die Bronnbachergasse, Ecke Häfnergasse. Seit ihrer Flucht aus dem Kloster hatte sie die einzigartige Madonna am Eckhaus gemieden, weil sie deren Anblick zu sehr an Paul erinnerte. Paul hatte einst gemeint, Viviana ähnele der steinernen Figur mit ihrem gar nicht leidvollen, freien Blick. Nager huschten über die Gasse. Viviana schaute zur Madonna hinauf. *Herzogin des Frankenlandes,* sagte sie stumm, *was soll ich tun? Jetzt sind es schon drei bürgerliche Frauen, drei Perlen, mit dem Wunsch nach Bildung. Wenn wir uns zusammenschließen, können wir vielleicht etwas erreichen.*

Für Viviana hatte sich mit dem heutigen Abend im Mainviertel etwas verändert. Mit Roswitha und Ursula waren ihr zum ersten Mal Frauen begegnet, die die gleichen Gedanken und Wünsche hegten wie sie. Sie war also doch nicht verrückt! Manchmal hatte sie das fast schon geglaubt.

Eine Weile verharrte sie noch vor der Madonnenfigur. Erst als ihr die feuchte Kälte unter dem Rock die Beine hinaufkroch und ihre Oberschenkel zitterten, ging sie zurück in die Mühlgasse.

☼

Es war düster im Haus. Vor der Wohnungstür angekommen, hörte Viviana unter ihrem Fuß etwas rascheln. Sie bückte sich und bekam ein paar Papierseiten zu fassen, deren Inhalt sie im Dunkeln nicht lesen konnte. Sie schloss die Tür auf und trat in die Stube. Es war so ruhig in der Wohnung, und es war ungewöhnlich, dass Magda um diese Zeit nicht mehr nähte. Aber wenn Viviana es sich recht überlegte, war Magda in den letzten Wochen auch schon an anderen Abenden früher als sonst in ihrem Schlafzimmer verschwunden.

Viviana schaute ins Schlafzimmer, Ella schlief in Brunos Armen. Magda lag mit geschlossenen Augen daneben.

Viviana legte die Papierseiten auf den Tisch in der Stube neben einen Stapel mit Stoffresten. Das rote Säckchen mit den Perlen stellte sie daneben. Ob eine Frauenbewegung die althergebrachte Ordnung der Geschlechter in der Gesellschaft wirklich verändern könnte?

Viviana entzündete ein Talglicht und ließ sich erschöpft auf der schmalen Bank vor dem Ofen nieder, der noch nicht ausgekühlt war. Sie lehnte ihre Rücken daran. Langsam fand die Wärme in ihren Körper zurück. *Zwei gebildete Menschen sind wie Stein und Stahl, sie schlagen Funken und bilden einen Feuerstrom, sie stellen die höchste Form der Vereinigung dar.* Sie hatte auch etwas Neues über die Liebe erfahren. Ursula hatte in Worte gefasst, was sie geahnt hatte. *Steht in der Ehe einer unter der Herrschaft des anderen, kann keine Liebe gedeihen. Einem Herrn kann man dienen, und man kann ihn achten, aber nicht lieben.* Kommandant von Öllkau wäre ihr Herr geworden, aber niemals mehr als das. Und Hubertus?

Als Nächstes fiel ihr Blick auf die Papierseiten aus dem Hausflur. Eine Stiefelette hatte einen dunklen Abdruck darauf hinterlassen. Es waren drei Blätter, die mit einem dünnen Strick zusammengebunden waren. Sie waren an der inneren Längsseite zerfetzt, jemand musste sie aus der ursprünglichen Bindung herausgerissen haben. Im Schein der Öllampe las sie das Deckblatt: *Deutsche Frauen-Zeitung.* Unter dem Titel stand: *Dem Reich der Freiheit werb ich Bürgerinnen!*

Wer hatte ihr diese Seiten vor die Tür gelegt, wer wollte, dass sie diese Seiten las? Ein Zettel mit einem Hinweis lag nicht bei. Ihr fielen nur Roswitha oder Ursula ein, aber die hätten ihr die Zeitung gerade eben auch geben können. War es ein Versöhnungsangebot von Hubertus? Wollte er sich auf diese Weise vielleicht für seine unbedachten Worte entschuldigen? Viviana zog das Öllicht näher zu sich heran und betrachtete das Deckblatt genauer. Unter dem Motto *Dem Reich der Freiheit werb ich Bürgerinnen!* las sie das Vorwort, in dem behauptet wurde:

Die Geschichte der Zeiten, und die heutige ganz besonders, lehrt: daß diejenigen auch vergessen wurden, welche an sich selbst zu denken vergaßen! Wir wollen unser Teil dadurch verdienen, daß wir nicht vereinzelt streben nur Jede für sich, sondern vielmehr Jede für Alle. Wohl auf, meine Schwestern, helft mir zu diesem Werk!

Viviana blätterte die Seite um. Die Rückseite zeigte das Bild einer Frau im Profil. Sie hatte ein freundliches Gesicht, und ein zufriedenes, feines Lächeln umspielte ihre Lippen. Die Frau hieß Dorothea Christiane Erxleben, wie darunter geschrieben stand. Auf der Folgeseite war die Geschichte der Porträtierten zu lesen.

Viviana erfuhr, dass Dorothea zu Beginn des achtzehnten Jahrhunderts als Tochter eines Arztes in Quedlinburg geboren und an der Seite ihres älteren Bruders in Naturwissenschaften, Sprachen und Medizin zu Hause unterrichtet worden war. Sie durfte den Vater bei seinen Krankenbesuchen begleiten, und sie hörte hin, wenn er ihren Bruder auf das Studium der Medizin vorbereitete. Dorothea liebte Latein, Botanik und Anatomie. *Ob sie auch die drei verschiedenen Seziermesser gekannt hat?* Vivianas Gedanken glitten kurz zu Doktor Staupitz, und wie bereitwillig er ihr die Unterschiede zwischen den Messern erklärt hatte. Zwischen steifen Gesten hatte er ihr immer wieder einmal kurz in die Augen gesehen und war sogar errötet.

Dorothea Erxleben lernte außerhalb des universitären Hörsaals genauso wie Viviana, und sie wagte es schließlich sogar, ein Gesuch an den Preußenkönig Friedrich II. zu richten, der ihr erlauben sollte, das medizinische Examen ablegen zu dürfen, die Promotionsprüfung. Der König gestattete es ihr dann auch. Viviana war fasziniert von der Frau, die für ihren Wunsch zu heilen, bis zum König gegangen war. Als Dorotheas Vater und ihre Brüder in den Krieg mussten, führte sie die väterliche Praxis weiter, bis sie diese schließlich ganz übernahm. Sie heiratete, erzog zeitweise neun Kinder und sah sich wegen vieler Verleumdungen schließlich dazu genötigt, ihr Doktorexamen zu machen, das sie mit größter Belobigung abschloss. Dorothea Erxleben war die erste Frau, die in Preußen offiziell als Ärztin arbeiten durfte und nebenher auch noch Mutter und Hausfrau war. Damit endete der Artikel.

Viviana blätterte zu der Zeichnung zurück und schaute sich die Frau im Profil noch einmal genauer an. Es irritierte sie, dass Dorothea Erxleben nicht den auf Frauenbildnissen üblichen romantisch verklärten Blick zeigte, sondern wach und klug, selbstsicher und positiv nach vorne schaute. Ähnlich wie Roswitha vorhin, aber friedlicher. *Unsere Waffen sind unser Verstand, und unsere Stärke ist, dass Mann uns unterschätzt, weil wir Frauen sind,* hörte sie Roswitha in ihren Gedanken wieder sagen, als säße sie neben ihr auf der Ofenbank. Bei der Vorstellung, wie Professor von Rinecker wohl auf die eigensinnige Frau im roten Kleid reagieren würde, musste Viviana lächeln. Sie wünschte von Rinecker diese Begegnung von Herzen.

Viviana erhob sich angetan. Vor hundert Jahren hatte es also schon eine Frau gegeben, der es gelungen war, Ärztin zu werden. Gewiss hätte sich Dorothea Erxleben nicht von der Absage des Senats entmutigen lassen. *Ein Recht auf Gelehrsamkeit,* hallte es in ihr nach.

Ihre Hand fuhr zum Säckchen auf dem Tisch, mit den Fingern ertastete sie die Perlen durch den Stoff hindurch. Dorothea war damals allein gewesen. Viviana hingegen hatte die Möglichkeit, vereint mit Gleichgesinnten zu kämpfen. Für sich und für alle Frauen, die bildungshungrig waren. Sie war bereit dafür.

***

MIT
GEFÜHL

25

FEBRUAR 1854

Valentin saß an seinem Schreibtisch im Kontor. Er kaute immer heftiger. Wie gut, dass sein Vater sich bereits in den Feierabend verabschiedet hatte. Valentins Kiefer arbeiteten wie eine Maschine in einer der jungen Fabriken, die er mit Kapital ausgestattet hatte, dabei aß er gar nichts. Er schmeckte seine Krankheit. Sobald es süßer als Rosinen und gezuckerte Früchte schmeckte, wusste er, dass er den Kampf gegen den Ausbruch des nächsten Anfalls verloren hatte. Er war dann ein anderer Mensch, ohne sich dafür eine Maske aufsetzen zu müssen. Es passierte am Tag Mariä Lichtmess um Punkt sieben Uhr abends, dass Valentin nicht mehr Herr seiner Sinne war. Er musste fort aus dem Kontor und fort aus der Stadt, damit man ihn nicht in diesem Zustand sah.

Es war längst dunkel in der Hofstraße. Valentins Hände zitterten, als er eine Kutsche bestieg. Er verließ Würzburg durch das Sander Tor, vorbei ging es an dem Kloster, das schwangere Unverheiratete aufnahm. Die Kutsche kämpfte sich durch kniehohen Schnee, jetzt kam es auf jede Sekunde an.

»So mach er doch schneller!«, rief er und schlug mit der Faust gegen die Kutschwand. Sie fuhren Richtung Südosten. Sein Schutzhaus war eine Hütte am Rücken der Rebhänge vor Randersacker. In der heruntergekommenen Hütte vermutete niemand einen Kranken, der sich vor Gott und der Welt verbarg. Die Hütte verschwand beinahe hinter knorrigen Efeuranken und wurde nur während seiner Anfälle von ihm aufgesucht, er hatte sie gepachtet. Seine Familie wusste nichts davon, genauso wenig wie sie etwas von seiner Krankheit ahnte. Sie kannte ihn schon lange nicht mehr.

In Momenten wie diesen war Valentin heilfroh, noch nicht Vater zu sein, denn es hieß, dass sich seine Krankheit von Generation zu Generation übertrug. Dorette hatte ihr erstes Kind wenige Wochen nach der Verkündung ihrer Schwangerschaft verloren. Seit Weihnachten bedrängte sie ihn nun wegen einer neuen. Es war geradezu bemitleidenswert, wie sie nur in ein Leibchen gekleidet vor ihn trat und ihn darum bat, sie zu begatten. Die Ehe mit Dorette war nicht sein Traum. Fast hasste er sie für ihren Liebreiz und die Inbrunst, mit der sie an den altmodischen Lehren seiner Großmutter von Ehe und Liebe festhielt. Genauso wenig wollte er, dass sie weiterhin wegen des toten Kindes weinte, was sie fast immer tat, wenn er sie abwies.

Noch bevor die Kutsche vor der Hütte zum Stehen kam, riss Valentin die Kutschtür auf. Er beorderte sie für Mitternacht zurück. Seine Kiefer mahlten, der süße Geschmack auf seiner Zunge war kaum noch auszuhalten. Er spie aus, noch während er auf die Hütte zulief. Beinahe riss er die Tür beim Öffnen aus den Angeln. Im Inneren der Hütte roch es modrig, und es war kalt, doch ihm war siedend heiß. Ruhelos schritt er in dem niedrigen Raum umher, gleichzeitig horchte er auf jedes Rascheln, das von draußen zu ihm hereindrang. In diesem Zustand war er nur hier drinnen sicher. Er warf seinen Glanzzylinder in die Ecke.

Dann endlich, keine Sekunde zu früh, stand er vor ihm: Clemens! Sie waren Verbündete. Denn sie waren beide der Anziehungskraft des Gliedes verfallen und litten an der Krankheit, Männer zu lieben. Beim Anblick seines Geliebten in den engen Hosen und der straff sitzenden Uniform wurden Valentin die Beine weich. Schwindel und Erregung stiegen ins Unermessliche, als er zu Clemens stürzte. Der Rausch des Verlangens ließ ihn sogar den Verlust aus dem Geschäft mit der Mayer-Montan-Aktiengesellschaft vergessen. Valentins Blut kochte, als sich Clemens' Lippen auf die seinen pressten. Fordernd schob er seinem Liebhaber die Zunge in den Mund. Sein Schnauzbart kitzelte.

»Endlich«, brachte Clemens zwischen ihren Küssen hervor. »Endlich wieder.«

Valentin wurde heiß und kalt. Er spürte es in seinen Armen, in seinem Bauch, in seiner Zunge und in seinem Glied, das sich aufgerichtet hatte und nach Clemens verlangte. Clemens' Zärtlichkeiten und seine fordernden Berührungen ließen Valentins Gliedmaßen vor Lust zittern, seine Familie war weit fort. Er hasste und vergötterte seine abartigen Triebe. Einerseits schenkten sie ihm unglaubliche Wonnen, andererseits ließ seine bigotte Familie und ganz Würzburg Männer wie Clemens und ihn nicht zu, sondern steckte sie in Irrenhäuser.

Ohne voneinander abzulassen, als drohten sie, ansonsten für immer voneinander getrennt zu werden, legte Valentin seinen Rock und Clemens seine Uniform ab. Clemens war makellos schön, allein schon sein muskulöser Oberkörper, weiß wie Meißener Porzellan, auf dem kein Haar störte, war eine wahre Augenweide.

Seinen ersten Anfall, damals war er dreizehn gewesen, hatte Valentin ebenfalls wegen eines schönen Offiziers bekommen, auf einem Ball in der Harmonie. Erregt und verstört zugleich war er in die Hofstraße zurückgelaufen und hatte sich dort in einer Ecke seines Zimmers befriedigt, bis der Samen sein festliches Hemd genässt hatte. Danach hatte er vor Scham geweint, denn die kleinste Andeutung oder gar Vermutung einer sexuellen Perversion hatte im Königreich Bayern unumkehrbare Folgen. Päderasten wurden weggesperrt, und man entzog ihnen das Bürgerrecht. Päderastie wurde der Sodomie zugeordnet, womit die Männerliebe und die Kopulation mit Vieh auf ein- und derselben Stufe standen.

Valentin taumelte einen Schritt zurück und genoss den Anblick seines Geliebten. Vor Erregung bekam er kaum noch Luft. Die Kälte tat ihm gut, Eisblumen hingen an den Fensterscheiben. Sie lächelten sich fiebrig vor Gier an. Dann zog Clemens Valentin wie einen Soldaten, der ihm unterstand, wieder zu sich heran. Sie rieben sich bis zur Ekstase aneinander. Der erste Höhepunkt bahnte sich an. In diesem Moment fühlte sich Valentin nicht krank, sondern erfüllt. Für die Dauer ihrer Zusammenkunft war er mit seiner unbezwinglichen Neigung versöhnt.

Eine Stunde später lagen sie Arm in Arm, ihre Körper nass geschwitzt, auf dem Bett. Clemens hatte eine alte Decke über sie geschlagen und strich Valentin zärtlich über die Brust.

Valentin träumte davon, seine Neigung offen leben zu dürfen. Aber das war wohl noch viel unrealistischer, als dass Viviana eines Tages Ärztin werden würde. Dass ihr das gelang, würde er zu verhindern wissen. Nach allem, was seine Schwester der Familie angetan hatte, besaß sie einfach nicht das Recht, ihren Traum zu leben, während er an dem seinen zu scheitern drohte.

Valentin schaute sehnsuchtsvoll zu Clemens. Die Tage nach dem Anfall, die Tage der Sehnsucht und Verzweiflung und größtmöglichen Zerrissenheit, würden die Hölle werden. Und in dieser Verfassung müsste Valentin seinem Vater den Verlust mit der Mayer-Montan-Aktiengesellschaft beibringen. Johann war dagegen gewesen, alles auf ein einziges Pferd zu setzen, mehrmals hatte er ihn vor dem risikoreichen Gründungsgeschäft gewarnt.

***

26

FEBRUAR 1854

Viviana wollte die Dinge selbst in die Hand nehmen, anstatt noch länger zu warten. Sie war nicht nur bereit, für die Frauenbildung aktiv zu werden, sondern wollte auch in Sachen Liebe einen Schritt vorwärts machen. Magda hatte ihr einst gesagt, dass Warten nicht gut sei. Dass beim Warten zu viele Dinge von anderen Dingen abhängig wären, die man selbst nicht beeinflussen könne. Und Viviana wollte nicht länger darauf warten, dass Hubertus den ersten Schritt zur Versöhnung tat. Immerhin hatte er ihr die *Frauen-Zeitung* vor die Wohnungstür gelegt.

Und so hielt sie nun mit einem Lächeln auf den Lippen auf den Bierkeller im Sander Viertel zu, in dem sich die Burschen der Teutonia regelmäßig trafen und feierten. In einer ihrer Gespräche hatte Hubertus einmal erwähnt, dass er dort so gut wie jeden Montagabend anzutreffen sei. Von Professor von Marcus wusste sie außerdem, dass er sich dort gerne mit Professorenkollegen zum Rauchbierabend traf.

Viviana hatte ihren besten Rock angezogen und ihr Haar am Hinterkopf sogar zu einem recht schmuckvollen Knoten gebunden, wobei ihr das Vorderhaar an den Seiten über die Ohren fiel. Es war lange her, dass sie ihr Haar derart frisiert hatte.

Dicke Rauchwolken und ein scharfer Alkoholgeruch drangen Viviana schon vor der Tür des Bierkellers in die Nase. Gesänge erklangen wie bei einem Gelage. Beherzt öffnete sie die Tür. »Hey, schönes Mädchen«, sprach einer sie an, der schon nicht mehr geradeaus schauen konnte.

Sie schlängelte sich an ihm vorbei und ging die Treppen in den Keller hinab. Der war so überfüllt, dass sie kaum einen Meter weit schauen konnte. Bierkrüge krachten aneinander. Jemand machte den Vorsänger, andere sangen nach. Doch Hubertus konnte sie nirgends entdecken. Auch einige Frauen waren hier, amüsierten sich und tranken ungeniert. In einer von ihnen erkannte Viviana die wilde Polly aus der Pleich, die dort einsame Herren hinter roten Samtvorhängen empfing. Es war sehr heiß im Keller.

»Ich suche Hubertus von Hardenberg«, sagte sie einem, der ihr weniger betrunken als die anderen vorkam. Ein Schmiss zierte seine Wange, der wohl so etwas wie ein Brandzeichen für Studenten sein musste. Denn wohin sie auch schaute, sah sie vernarbte Wangen.

»Am Stammtisch, wo sonst.« Der Student zeigte in die Ecke des Bierkellers. Dabei fiel Viviana auf, dass Hubertus' Schmiss feiner verwachsen war als der des Studenten vor ihr.

Sie schob sich weiter durch die schwitzende, feiernde Menge. Die meisten Burschenschaftler trugen die Farben der Teutonia. So also feierte eine Burschenschaft: mit viel Hitze und viel Alkohol.

Es war so laut, dass es unmöglich war, ein vernünftiges Gespräch zu führen, stellte Viviana fest und überlegte, ob sie Hubertus, sobald sie ihn gefunden hätte, deshalb nicht besser vor die Tür bitten sollte. Sie hatte Mühe, sich zwischen den singenden Teutonianern hindurchzukämpfen. Bier schwappte auf ihren Rock, unzüchtige Kommentare folgten. Die Luft war zum Schneiden dick und ließ sich kaum einatmen. Aber das hielt sie nicht auf.

Hubertus, formulierte sie in ihren Gedanken zur Probe, *in den letzten Wochen habe ich oft an Sie gedacht. Das Geschenk der Frauen-Zeitung war eine wundervolle Idee.* Nach diesen Worten wollte sie erst einmal abwarten, was er erwidern würde. Sie verstand seinen Wunsch nach einer gesellschaftsfähigen Ehefrau inzwischen besser. Sie wollte ihm sagen, dass sie eine gesellschaftsfähige Ehefrau werden konnte – auch als Ärztin, weil es nämlich bald normal sein würde, Frauen zum Studium zuzulassen. Roswitha, Ursula und vielleicht schon bald Hunderte von Frauen kämpften dafür. Das war doch ein weit vielversprechenderer Ausblick als noch vor Wochen.

Der Stammtisch in der Ecke des Bierkellers war voll besetzt, ein Student saß gedrängt neben dem anderen, und sogar einige Frauen hatten noch Platz gefunden. Als sie den Rücken einer Frau sah, die auf dem Schoß eines Mannes saß, den sie ungeniert und innig küsste, drehte sie sich weg. Wo nur war Hubertus?

»Ich suche den Doktoranden Hubertus von Hardenberg!«, rief sie über den Tisch.

»Na, da sitzt er doch!«, wies ein Student zum Kopfende des Stammtisches und bot ihr mit der anderen Hand seine Zigarre an.

Viviana brannten die Augen vom Qualm. »Hubertus?«, rief sie durch die Rauchwolken hindurch.

Die Frau, von der Viviana eben nur den Rücken gesehen hatte, drehte sich um. Ihre Bluse war nicht mehr vollständig zugeknöpft. Und hinter der Frau, Schenkel auf Schenkel, kam nun zu ihrem Entsetzen Hubertus zum Vorschein. Seine Hand lag noch auf ihrer Brust. »Meint sie dich, Hubi?«, fragte die Frau ihn.

Als Hubertus Viviana erblickte, zog er seine Hand sofort zurück. »Vi, Vi...viana«, stotterte er. »Was machen Sie denn hier?«

Viviana bekam nun endgültig keine Luft mehr. »Bis eben habe ich Sie noch gesucht«, sagte sie und fächerte sich Luft zu. Sie kam sich betrogen und dumm vor.

Er sprang auf und schob das Mädchen mit der halb offenen Bluse beiseite.

»Auf Wiedersehen!« Viviana machte kehrt und drängelte sich durch die Menge zurück in Richtung des Ausgangs. Sie brauchte frische Luft! Sie öffnete den kunstvollen Knoten, ihr Auftritt war lächerlich gewesen.

Auf der Straße holte Hubertus sie ein. Er musste sie am Arm festhalten, damit sie nicht einfach weiterlief. »Viviana, ich wusste nicht, dass Sie mich wiedersehen wollten«, sagte er in weichem Tonfall.

Viviana wandte sich ihm zu. Er trug hohe Stiefel, dazu eine Pluderhose und eine verzierte Uniformjacke mit den Farben der Teutonia. Anscheinend war er in der Burschenschaft aufgestiegen. Zorn kam in ihr auf, aber nicht auf ihn, sondern auf sich selbst. Weil sie sich zum zweiten Mal den falschen Mann ausgesucht hatte. »Ich habe oft an Sie gedacht, Hubertus. Aber Sie haben sich bereits anderweitig umgesehen.«

»Das mit Katharina ist nichts Ernstes. Das müssen Sie mir glauben, Viviana«, bat er sie.

»Weiß Katharina das auch?«, fragte sie schnippisch und machte sich mit einem Ruck von ihm los. Dabei schwor sie sich, dass er der letzte Mann gewesen war, auf den sie sich eingelassen hatte. Eines wollte sie aber noch wissen: »Warum haben Sie mir die *Frauen-Zeitung* mit dem Artikel über Dorothea Erxleben geschenkt?«

»Dorothea wer?«, fragte er nur. »Ich habe Ihnen keine Frauen-Zeitung geschenkt. Warum sollte ich das tun?«

Entsetzt sah sie ihn an. Damit wurde ihr Erscheinen im Bierkeller ja noch einmal unsinniger und lächerlicher. »Sie sind ein Weiberheld, Hubertus!« Vermutlich ebenso wie Paul einer war. Dass sie aber auch immer wieder auf den gleichen Typus Mann hereinfiel. Aber wer hatte ihr dann die *Frauen-Zeitung* vor die Wohnungstür gelegt?

»Ein Weiberheld, meinen Sie also? Und ich denke, dass Sie bei Ihren so modernen Ansichten von der Zukunft der Frau einem Mann auch ein modernes voreheliches Verhalten zugestehen sollten!«, antwortete er voller Überzeugung.

»Modern bedeutet für mich, dass Mann und Frau die gleichen Rechte haben«, hielt sie ihm entgegen. Einige Passanten drehten sich schon nach ihnen um. »Was – um auf Ihre Forderung Bezug zu nehmen – implizieren würde, dass Sie mir solche Zärtlichkeiten, wie Sie sie gerade ausgetauscht haben, mit einem anderen Mann ebenfalls zugestehen würden, solange wir nicht verheiratet sind!«

Hubertus von Hardenberg schluckte, als müsste er eine Kröte hinunterwürgen.

»Sehen Sie!«, entgegnete Viviana prompt. Ursulas Worte kamen ihr wieder in den Sinn: *Die Frau ist nicht um des Mannes willen da und auch nicht umgekehrt. Sie sind einer um des anderen willen erschaffen, im gleichen Verhältnis zueinander.*

»In der Liebe mache ich keine Kompromisse!«, stellte sie in einem Ton fest, den sie von Roswitha übernommen hatte. Ella hatte nur den ehrlichsten und aufrichtigsten, den liebevollsten Vater der Welt verdient, der sie wie seine eigene Tochter betrachtete und nicht als uneheliches Kind. Solch ein Vater könnte und würde Hubertus aber nie sein. Das wurde Viviana in diesem Moment auf der viel befahrenen Sanderstraße schlagartig klar. Hubertus von Hardenberg war vor allem auf seinen eigenen Vorteil bedacht. Da war nichts *mit gleichen Verhältnissen zueinander.* Mit hoch erhobenem Kopf ging sie davon.

»Meine Eltern hätten eine ledige Mutter sowieso nicht akzeptiert!«, rief er ihr wütend nach. »Noch dazu eine mit Hirngespinsten!«

»Das sind keine Hirngespinste!«, rief sie zurück. »Vielleicht eines Tages, wenn Sie in Ihrer Kinderpraxis sitzen, Doktor von Hardenberg, werden Sie das noch erleben!«

***

27

MÄRZ 1854

Karls Gedanken entfernten sich gerade von den Berichten des Kollegen Virchow, als Franz von Rinecker schwer atmend an den Stammtisch im Bierkeller trat. Es war das erste Mal, dass von Rinecker verspätet zur Runde kam. Mit zu Schlitzen verengten Augen schaute Karl durch die Rauchwolken zu ihm auf, um wenigstens die Umrisse des Kollegen ausmachen zu können.

»Verzeihen Sie, werte Kollegen«, sagte von Rinecker, und Karl glaubte zu sehen, wie der Kollege allen nacheinander zunickte. Erst dem alten von Textor, dann ihm selbst, Kölliker und zuletzt Virchow. »Diese gerichtliche Untersuchung hat mich allzu lange aufgehalten. Die Staatsanwaltschaft Würzburg hat sich wenig einsichtig bezüglich meiner Argumente für ein modernes, wissenschaftliches Handeln gezeigt.« Er setzte sich neben Rudolf Virchow, der gerade dabei gewesen war, von seinen Mikroskopierkursen zu schwärmen.

Karl hörte, wie von Rinecker dem Kollegen Virchow auf die Schulter klopfte, wohl damit der fortfuhr und Franz nicht weiter über die gerichtliche Untersuchung, die gegen ihn angeordnet worden war, berichten musste. Karl wollte sich lieber nicht ausmalen, was es persönlich und wissenschaftlich bedeuten würde, sollte von Rinecker tatsächlich verurteilt werden. Seine Verurteilung würde den Ruf der Alma Julia und des Juliusspitals schwer beschädigen. Außerdem wusste Nannette aus den gemeinsamen Stickrunden mit Frau von Rinecker, dass der Kollege auch wegen seines Sohnes Eugen schon seit Monaten eine schwierige Zeit durchmachte. Eine schlimme Sache war das, Karl wollte sich nicht ausmalen, wie er sich fühlen würde, wäre ihm das Gleiche passiert.

Rudolf Virchow schien kurz zu überlegen, ob er von Rinecker auf die gerichtliche Untersuchung ansprechen sollte, Karl überlegte in die gleiche Richtung – beide entschieden sich aber dagegen. Virchow schwärmte lieber weiter vom Mikroskop. »Denken Sie sich nur einen Augenblick an die Stelle eines Astronomen, pflege ich meinen Kursteilnehmern immer zu sagen. Der Astronom ist ja in allem das Umgekehrte von einem Biologen. Wie die Biologie mikroskopisch, so ist die Astronomie teleskopisch. Was würde man heutzutage von einem Astronomen sagen, der kein Teleskop zu handhaben verstände? Oder vielmehr, wie könnte man überhaupt nur jemanden als einen Astronomen bezeichnen, der nicht die sorgfältigste Erforschung des Himmels mithilfe seiner Vergrößerungsgläser angestellt hätte!«

»Allerdings kann man Sonne, Mond und Sterne auch mit bloßem Auge sehen«, warf Karl ein und nippte mit unschuldigem Ausdruck am Rauchbier.

»Aber bekommt man nur die entfernteste Vorstellung von dem Wesen dieser Dinge, wenn man sich auf die Betrachtung mit bloßem Auge beschränkt, verehrter Kollege?«, entgegnete Virchow gutmütig, fast mitleidig, wie Karl fand. »Der Astronom löst die Dinge in eine große Anzahl teleskopischer Bilder auf und sieht dadurch mehr als der einfache Betrachter. Derselbe Mond, dieselben Sterne werden für ihn dadurch zu etwas ganz Besonderem. Und genauso löst sich unter dem Mikroskop des Pathologen alles in kleinste Elemente auf.«

Albert Kölliker, der Karl gegenübersaß, fiel in Virchows Schwärmerei mit ein. »Und diese kleinen Elemente besitzen einen so feinen Bau, in den eine deutliche Einsicht ohne mikroskopische Anschauung ganz und gar unmöglich wäre.« Wie zur Unterstützung seiner Aussage hieb er den Bierkrug kräftig auf den Tisch.

Auch in Karls Vorlesungen berichteten die Studenten über die Mikroskopierkurse. Wenn Karl es richtig verstanden hatte, waren die Mikroskope auf Wägelchen montiert und wurden auf Schienen von Teilnehmer zu Teilnehmer geschoben. Ein Spektakel sondergleichen, das einmal zu erleben, er dem Fräulein Winkelmann von ganzem Herzen wünschte.

»Auf den Siegeszug des Mikroskops, auf die Universität Würzburg und das Juliusspital!«, sagte Franz von Rinecker mit getragener Stimme. »Die herausragenden Mikroskopierkurse festigen den allerbesten Ruf unserer Medizinischen Fakultät. Aktuell werden wir diesbezüglich lediglich von Wien und Prag übertroffen.«

Karl hoffte, dass das auch noch lange so bleiben würde, weil die vielen Studenten Würzburg zu einer jungen Stadt machten. Und Jugend erfrischte. Falls von Rinecker allerdings verurteilt werden würde, wäre ihr guter dritter Platz im europäischen Universitätsgerangel dahin.

Sie stießen mit ihren Krügen an.

»Darauf, dass wir das wissenschaftliche Zentrum der deutschen Medizin bleiben! Auf Gott, unseren König und das Vaterland!«, sagte Karl, bevor sie noch alle in schwere Grübeleien verfielen.

Erwartungsgemäß konterte Kollege Virchow: »Auf die Demokratie, die Zelle und das Vaterland!«

Sie nahmen lange Schlucke vom Rauchbier. Karl hatte seinen Krug kaum abgesetzt, als Virchow auch schon fortfuhr, seine jüngsten Fortschritte zu verkünden. Er sprach von Bindegewebszellen, über Kernteilung und von seiner Beobachtung der Leberfunktion. Als gäbe es nur diese eine Wahrheit, trug er vor, dass Knorpel- und Knochenmark und die Knochenhaut ohne freie Zellteilung entstünden, ohne Blastem. Rudolf Virchow war das Musterbild eines überzeugenden, leidenschaftlichen Wissenschaftlers.

Karl lächelte zwar weiter in Richtung des Kollegen, seine Gedanken verließen aber einmal mehr den medizinischen Themenkreis. Nun dachte er an Nannette und ihr Altartuch mit den Marienemblemen in der Marienkapelle auf dem Marktplatz. Die heilige Messe, bei der ihre kostbare Handarbeit erstmalig den Altar geschmückt hatte, war erhebend gewesen. Fräulein Winkelmann und die kleine Ella hatten sie begleitet.

»Eine Zelle braucht kein Blut, um tätig zu sein«, hörte er zwischendurch Virchow sagen. Bestimmt hatte er beim Gedanken an Nannette für seine Kollegen gerade wie ein rührseliger Alter ausgesehen.

»An der Beweiserbringung dafür arbeite ich mit Hochdruck, die notwendigen Präparate sind im Begriff des Entstehens«, verkündete Virchow. »Das Mikroskop ist meine reformatorische Waffe!«

Karl stellte sich den Kollegen Virchow als Reformator mit schwarzer Schaube, Barett und einer Bibel in der Hand vor. Jetzt lächelte er nicht mehr rührselig, sondern amüsiert. Jede Zeit brachte ihre eigenen Reformatoren hervor. Er selbst wollte keiner mehr sein, lieber fütterte er Kinder wie Ella Winkelmann mit Gebäck und sang Lieder mit ihnen. Und Karl wollte wissbegierige Studenten die Kunst der Medizin lehren. Sterben wollte er noch nicht, nicht bevor er Nannette noch einmal richtig gesehen hatte. Da war er störrisch wie ein Esel.

»Verehrter Rudolf, wann dürfen wir mit einer Präsentation deiner Ergebnisse rechnen?«, fragte Franz von Rinecker.

Karl wusste sofort, worauf die Frage abzielte. Beim letzten Rauchbierabend hatte Virchow angedeutet, dass seine Frau immer öfter von ihrer Sehnsucht nach Berlin spräche. Seitdem bangten alle, dass der renommierte Kollege, dem das Wohl seiner Frau sehr am Herzen lag, dorthin zurückziehen könnte. Karl dachte an Rose Virchow, die, seitdem sie vor mehr als einem Jahr zum zweiten Mal Mutter geworden war, allmählich immer mehr aufzublühen schien. Zumindest war das Nannettes Eindruck. Manchmal beklagte sich Rudolf bei seinen Kollegen, dass er viel zu oft mit Rose zum Tanzen gehen müsste, weil sie das am glücklichsten machte.

»Eine gute Weile wird es noch dauern«, antwortete Virchow

Eine gute Weile sind wie viele Jahre, vier oder fünf?, überlegte Karl. Mindestens fünf sollten es schon noch werden, damit der Kollege wenigstens die Dekade in Würzburg vollbekam. Karl wusste, dass es dem Kollegium – trotz aller Ruhmesaussichten –

nicht ganz ungelegen käme, wenn Virchow mit den Zellforschungen nicht gar so schnell vorankam und Rose noch weitere Kinder entbinden würde, die man doch nirgends besser aufziehen konnte als im ruhigen, unstreitbaren Würzburg, mit seinem einzigartigen Juliusspital im Herzen. Das Renommee der Charité in Berlin blieb weit hinter dem von Würzburg zurück, Karl betrachete seine Dienstjahre am Juliusspital rückblickend als die beste Wahl. Er hätte sich kein geeigneteres Lehrkrankenhaus für die Universität vorstellen können, auch wenn Virchow nicht müde wurde, regelmäßig die Vorteile der Charité hervorzuheben. Wie die meisten anderen Krankenhäuser auf deutschsprachigem Boden war die Charité in Berlin aber staatlich und dadurch Zwängen unterworfen. Anders als das Spital musste die Charité dem Willen verschiedenster Ministerien zu Diensten sein, zudem die Ausbildung preußischer, vor allem praktischer Militärärzte sicherstellen. Alles Hemmschuhe für einen ambitionierten Wissenschaftler. Das Juliusspital war als einziges Großkrankenhaus frei von diesen Fesseln. Wien, Bamberg, Fulda, Hamburg – sie alle standen wissenschaftlich hintenan. Einzig und allein in Würzburg war es Virchow möglich gewesen, seine Sektionsfrequenz und die wissenschaftliche Ausbeutung der Leichen zur Gewinnung von Forschungsergebnissen so fabelhaft zu entwickeln. Außerdem herrschten in Berlin anscheinend nicht die gleiche Zwanglosigkeit und der kollegiale Austausch unter Professoren wie hier in Würzburg. So hatte es Karl zumindest gehört. Bei dem Gedanken, dass König Maximilian II. von Bayern seiner Bitte um Emeritierung nachgekommen war, drohte er, wieder melancholisch zu werden. Nur einen einzigen Monat stünde er der Medizinischen Klinik noch vor.

»Vorbei ist das Zeitalter der Hypothesen und Analogien, es gelte die Beobachtung!« Albert Kölliker prostete mit seinem Krug in die Runde. Er war der Spaßvogel unter ihnen, ihm konnte niemand die gute Laune verderben. Sie tranken Rauchbier und ließen sich die

Krüge nachfüllen. Virchow schnupfte Tabak, Karl konnte es an den Schnupfgeräuschen hören.

»Das Rauchbier hier ist fast so gut wie Ihr Hürlimann-Bier und Ihr Enzianschnaps von der Maximilians-Nacht, verehrter Kollege«, sagte der alte Textor, der sich an den vergangenen Abenden eigentlich nur noch zu Themen des guten Geschmacks geäußert hatte. Von Textors Studentenzahlen gingen stark zurück, und schon seit einiger Zeit war er oft krank und musste vertreten werden, sowohl in den von ihm betreuten Kliniken als auch bei den Operationskursen an der Übungspuppe und an Patienten. Karl hatte den Eindruck, dass Cajetan eigentlich nur noch am Leben und am Spital blieb, weil er auf seinen Ritterschlag, auf seine Berufung zum Königlichen Geheimen Rat, wartete. Bevor das nicht geschehen war, würde der zähe Textor einfach nicht sterben. Was den Starrsinn anging, nicht sterben zu wollen, bevor ihnen ihr letzter Wunsch nicht erfüllt worden wäre, waren sie sich ähnlich.

Die Stimmung in der Runde lockerte sich weiter auf. Für An- und Entspannungen hatte Karl ein gutes Ohr entwickelt. Von Kollege von Rinecker ging noch Anspannung aus. Von Rineckers Vortrag über die Impfexperimente bei der Physikalisch-Medizinischen Gesellschaft und seine schriftliche Veröffentlichung über die Lustseuche lagen nun mehr als ein Jahr zurück. Er hatte sein Vorgehen und seinen wissenschaftlichen Aufsatz damals vorab mit Kölliker und Virchow besprochen, und beide hatten ihn darin bestärkt, diesen zu veröffentlichen. Kein Proband war zu Schaden gekommen. Und sogar der große Philipp Ricord in Paris schien sich langsam an den Gedanken zu gewöhnen, dass die konstitutionelle Syphilis ansteckend war. Ein großer Erfolg und gleichzeitig eine unglaubliche Kurzsichtigkeit der Würzburger Gerichtsbarkeit, deren Stadt in den modernen Wissenschaften führend war!

Während Karl gedankenversunken am Bier nippte, führte Albert Kölliker eine Anekdote über die Fettorgane von Mäusen aus und ging dann zum Sekret der Schleimhaut der Vagina über, um schließlich bei der Verrichtung der Milz anzukommen. Alle lachten herzlich. *Kölliker ist ein glänzender Unterhalter,* dachte Karl einmal mehr. Sogar der alte Textor hatte bei der Erzählung laut nach Luft geschnappt. Am meisten hatten sich jedoch Kölliker und Virchow amüsiert.

Eigentlich wäre es das Beste, dachte Karl, *wenn die beiden Kollegen ihre Untersuchungen zur Entstehung der Zelle in einer gemeinsamen Theorie zusammenbrächten.* Zumal sich die beiden in der Neuen Anatomie schon so gut arrangierten, wie man hörte. Und letztendlich baute ein Teil von Virchows Arbeit auf Köllikers Erkenntnissen über die Zellteilung auf. Köllikers Theorie trug den Namen *Cellular-Physiologie.* Sie handelte von der Zelle als der anatomisch und physiologisch kleinsten Einheit und der organischen, eigenständigen Grundform allen Lebens. Nach Köllikers bisherigen mikroskopischen Untersuchungen sah es ganz danach aus, dass es in der menschlichen Milz, den Lymphdrüsen und in den Darmlymphen nicht zur Zellbildung aus Blastem kam, wohl aber noch in einzelnen Geweben. Karl wusste, dass Kölliker darüber im engen Austausch mit Virchow stand, der das Gleiche gerade bei Bindegewebszellen untersuchte.

»Wie arbeitet es sich denn mit dem Fräulein Winkelmann?«, wurde Karl da plötzlich mit leicht spöttischem Unterton von Franz von Rinecker aus seinen Gedanken gerissen.

»Ist das die Dame, die sich unter falschem Namen in der Spitalsapotheke verdingte? Die ledige Mutter?«, wollte der alte Textor wissen.

»Nun, zunächst einmal ist sie eine kluge junge Dame«, korrigierte Karl und lauschte in die Runde. »Und das ist nicht die schlechteste Voraussetzung für das Muttersein.«

Karl hörte, dass Virchow beim Schnupfen innehielt. Kölliker trank, und von Rinecker trommelte mit den Fingerkuppen auf den Tisch. »Sie stellt sich sogar besser an als die meisten meiner Studenten«, sagte Karl auch auf die Gefahr hin, dass Kollege Virchow gleich in sein längst überholtes Gezeter ausbrechen würde. Aber zu seiner Überraschung sagte dieser kein Wort. Oder wurde Karl jetzt auch noch taub? »Sie hätte das Zeug zu einer guten Ärztin, einer wahren Ärztin aus Leidenschaft. Sie will die Medizin nicht um des Ruhmes willen lernen.«

Nach diesem Satz ließ sich in der Runde kein einziges Geräusch mehr vernehmen. Wohl nur aus Mitleid wegen seiner Augen fuhren die Kollegen Karl nicht heftig an. Oder gaben sie sich gerade irgendwelche Handzeichen, die er nicht sah? Virchow bestellte Rauchbier nach, und so lange, bis ihnen das Bier serviert wurde, schwiegen sie weiter.

Er sollte jetzt wohl besser aufhören, das Fräulein Winkelmann zu loben, sonst würden seine Kollegen am Ende noch glauben, er habe sich in sie verguckt. Dabei war Nannette sein Ein und Alles. Bis man ihn mit den Füßen voran aus seinem Heim trug, wollte er keine Nacht mehr ohne sie einschlafen. Karl entschied sich, seine Mission mit Fräulein Winkelmann lieber im Stillen weiterzuführen, und vielleicht gelänge es ihm ja noch, dabei den Kollegen Kölliker miteinzubinden. Er hatte da schon so eine verrückte Idee. Karl wusste um die Wertschätzung Köllikers für seine belesene, gebildete Mutter, deren Interessen weit über das Handarbeiten und die Haushaltsführung hinausgingen und die mehrere Sprachen fließend beherrschte. Und schließlich hatte der Schweizer beim positiven Votum über die Ausnahmegenehmigung für das Fräulein Winkelmann ebenfalls die Hand gehoben. Karl beschloss, den Anatomen endlich einmal zu Nannette und sich nach Hause einzuladen.

»In der Harmonie bin ich dem Privatbankier Winkelmann bereits begegnet. Ein kluger und charismatischer Mann.« Rudolf Virchow wandte sich an Albert Kölliker. »Sie kennen die Winkelmanns näher?«

Kölliker antwortete leise: »Die Familie ist ins Gerede gekommen. Gerüchte über Liquiditätsengpässe und das unerklärliche Verhalten der Tochter machen die Runde. Dennoch sind sie nette Nachbarn.«

Karl war Kollege Kölliker dankbar dafür, dass dieser mit seiner Anwort die Gerüchteküche nicht weiter befeuerte.

Der alte Textor bestellte Birnenbrand für die Runde, und man kam auf den Anschluss Würzburgs an das Eisenbahnnetz zu sprechen. In wenigen Monaten wäre die Strecke von Bamberg nach Frankfurt durchgängig befahrbar. Thematisch passend dazu unterhielt Albert Kölliker die Runde mit einer Anekdote über seine jüngste Bahnfahrt, für die er lediglich noch einen Fahrschein für die dritte Klasse ergattert hatte. In dem offenen Wagen hatte er sich wie auf dem Außensitz einer Postkutsche gefühlt. Angeblich war es so stürmisch gewesen, dass ihm beinahe die Kleider vom Leib gezerrt worden wären.

Allein von Rinecker konnte heute nicht so unbeschwert wie sonst über die bunten Beschreibungen seines Kollegen lachen, wie Karl deutlich heraushörte. Wahrscheinlich machte ihm neben allem anderen nach wie vor die Befürchtung zu schaffen, dass Rudolf Virchow Würzburg vorzeitig verlassen könnte. Blieb nur zu hoffen, dass er den Kollegen doch noch davon überzeugen könnte, dass Würzburg zur Verkündung und zur weltweiten Verbreitung seiner *Cellular-Pathologie* die dafür geeignete große Bühne bot.

***

28

JULI 1854

Es war ihre erste Begegnung in Sankt Gertraud. Viel Licht war um sie herum. Viviana senkte den Kopf und flüsterte: »Ich erfahre viel über den menschlichen Körper von Professor von Marcus.«

»Das ist ausgesprochen nett von ihm«, antwortete Johann und hatte doch nur Augen für die kleine Ella, die neben ihm in der Kirchenbank saß und gerade groß genug war, um über die Vorderbank zum Altar blicken zu können.

Viviana sog den Duft ihres Vaters ein, der wie immer nach Kräutertabak roch. Diesen Duft hatte sie nicht vergessen, auch wenn sie bereits den vierten Sommer in der Pleich wohnte. Sankt Gertraud war ihr Ort der Ehrlichkeit, das ungeschminkteste Gotteshaus von Würzburg, und darum prädestiniert für ein Wiedersehen mit ihrem Vater.

Die Tür hinter ihnen wurde geöffnet und schlug kurz darauf wieder zu. Ein älterer Mann verließ das Gotteshaus, niemand außer ihnen war mehr da. Viviana hatte an manchen Tagen immer noch das Gefühl, beobachtet zu werden.

»Was in den Atemwegen und im Herz-Kreislauf-System passiert, weiß ich inzwischen auch, und seit zwei Wochen reden wir über den Bauchraum, die Harnwege und die ...«, Viviana spähte durch das Spitzbogenfenster zu ihrer Linken dem Sommerlicht entgegen und sagte dann: »... über die Geschlechtsorgane.«

Johann hüstelte indigniert.

»Im Krankensaal eins liegt ein Patient mit ...« Viviana stockte erneut, sie wollte ihren Vater nicht weiter in Verlegenheit bringen. »Ach, was erzähle ich dir von mir und den Kranken. Bitte berichte mir, wie es dir und der Familie geht.« Die erste halbe Stunde ihres Treffens hatte sie ihm bereits von der preußischen Ärztin Dorothea Erxleben vorgeschwärmt, von der sie noch immer fasziniert war.

Doch Johann lächelte weiter nur seine Enkelin an, die konzentriert ein Gebet vor sich hin sprach und dabei ihre Augenlider fest zusammenpresste. »Sie ist genau wie du, als du in ihrem Alter warst«, sagte er und strich über die Tasche seines Gehrocks, in der er den Papierring aus dem Arzneifähnchen bei sich trug, wie er Viviana erzählt hatte.

»Aber von dir hat sie die Geduld mitbekommen«, stellte Viviana fest. »Sie ist ein fröhliches Mädchen und gesund obendrein.«

»Du kannst wohl an nichts anderes mehr als an Krankheiten und ihre Heilung denken, hm?«

Viviana zuckte mit den Schultern. Ebenso wenig wie Dorothea Erxleben wollte ihr die Zelle, dieses erstaunliche Gebilde, wieder aus dem Kopf gehen. Nachdenklich schaute sie auf das Blumengesteck auf den Altarstufen, das vom Sonnenlicht beschienen in den schönsten Farben leuchtete.

»Ich treffe mich seit einiger Zeit mit zwei starken Frauen«, verriet Viviana ihrem Vater, was auch der Grund dafür gewesen war, warum sie ihn schriftlich um dieses Treffen gebeten hatte. Ohne Absender hatte sie den an ihn persönlich adressierten Brief in den Briefkasten des Bankhauses geworfen, den ihr Vater persönlich zu leeren pflegte. »Ich mag Roswitha und Ursula.«

Johann streichelte Ella die Wange, während er ihr aufmerksam zuhörte.

»Sie sind überzeugt, dass wir Frauen ein Recht auf Bildung haben«, fuhr Viviana fort und holte dabei das Perlensäckchen aus ihrer Rocktasche. »Wir wollen mehr Frauen davon erzählen.« Sie strich über das rote Säckchen mit den Perlen darin. »Es fühlt sich gut an, mit seinen Wünschen nicht länger alleine zu sein.«

Johann schaute vom Perlensäckchen zu Viviana. »Ist das dieselbe Roswitha, die staatswissenschaftliche Vorlesungen hören durfte? Es stand damals groß in der Zeitung.«

Viviana nickte. »Ja, aber inzwischen wurde es ihr wieder untersagt. Weshalb Roswitha nun auch fest entschlossen ist, für ihr und das Recht aller Frauen auf Bildung zu kämpfen«, entgegnete Viviana und erinnerte sich wieder an den Satz im Vorwort der *Frauen-Zeitung*:

Die Geschichte der Zeiten, und die heutige ganz besonders, lehrt: daß diejenigen auch vergessen wurden, welche an sich selbst zu denken vergaßen!

Johann wiegte bedenklich den Kopf. »Wenn das dem Magistrat zu Ohren kommt, könnte euch das als politische Versammlung ausgelegt werden, und darauf steht Zuchthaus, Vivi. Hier geht es nicht um ein Kavaliersdelikt.«

Er nannte sie noch immer »Vivi«, obwohl sie schon lange nicht mehr seine kleine Tochter war und er ihr zudem seinen Schutz und seine Unterstützung, als sie diese am nötigsten brauchte, versagt hatte.

»Ich werde vorsichtig sein«, versprach sie und ließ das Perlensäckchen zurück in ihre Rocktasche gleiten. »Allein schon wegen Ella. Aber auch für Ella. Vielleicht wird sie ja eines Tages studieren und zuvor auf eine Schule mit Gymnasialkursen für Frauen gehen können, um endlich die Zugangsvoraussetzungen für ein Studium zu erfüllen.« Viviana wandte sich an ihre Tochter. »Ella, sag deinem Großvater, was du schon alles über die Herzogin des Frankenlandes weißt.«

»Die Herzogin des Frankenlandes«, begann die Dreieinhalbjährige daraufhin mit ihrer kindlichen Stimme und schaute ihren Großvater aus großen Augen an, »wurde von Gott auserwählt, seinen Sohn zu gebären. Eine solche Ehre wurde nicht einmal den Engeln zuteil.«

»Sie stellt so viele Fragen, manchmal kann ich gar nicht alle beantworten«, berichtete Viviana weiter.

Johann lächelte. »Ebenfalls genau wie du.« Erneut hustete er. Diesmal allerdings nicht verlegen, sondern als litte er an Atemnot.

Viviana sah ihren Vater besorgt an und suchte nach äußerlichen Symptomen, die auf eine Krankheit hinwiesen. Er sah sehr müde aus, und er hatte mehr und tiefere Falten im Gesicht als früher. Im Vergleich zu ihrem letzten Gespräch saß er auch weniger aufrecht, als hätte er steife Glieder oder einen schmerzenden Rücken. Zu gerne hätte sie ihn nach eventueller Antriebsarmut, Libidoverlust und Schlafstörungen befragt, aber das schien ihr an diesem Ort unpassend zu sein. »Hast du Schmerzen?«, fragte sie deshalb nur.

»Mach dir keine Sorgen, es geht mir gut. Lass uns lieber über meine Enkelin sprechen.« Sein Tonfall ließ keinen Widerspruch zu.

»Falls doch, sprich bitte mit Doktor Hammerschmidt darüber. Sonst mache ich mir Sorgen. Ehrlich gesagt, siehst du gar nicht gut und längst nicht mehr so gesund aus wie bei meinem Besuch im Palais.«

»Das ist meinem fortschreitenden Alter geschuldet«, erwiderte er ihr mit einem müden Lächeln. »Und nun zurück zu Ella.«

Viviana zögerte, seinen Husten so einfach abzutun. Das hatte der Armenarzt bei Wenkes Stickhusten auch getan, und die Folgen waren verheerend gewesen. Sie hatte das Gefühl, dass nunmehr sie auf ihren Vater aufpassen müsste, und nicht mehr er auf sie.

»Mama?«, meldete sich Ella auf einmal zu Wort. »Warum sagst du zu Großvater ›Vater‹?«

Viviana zog Ella zu sich auf den Schoß und drückte sie an sich. »Weil er mein Vater ist und dein Großvater.«

Die Kirchentür wurde geöffnet und fiel gleich darauf wieder krachend ins Schloss.

»Was ist ein Vater?«, fragte Ella.

Vivianas Blick fiel auf Ellas Kinngrübchen.

Johann half ihr mit einer Antwort. »So etwas wie eine zweite Mama, nur eben ein Mann, der das Geld zum Leben verdient.«

»Ein Mann? Ist Bruno auch ein Mann?«, fragte Ella mit leuchtenden Augen und offensichtlich erfreut über diese Aussicht.

»Bruno wird ein Mann sein, wenn er einmal groß ist«, sagte Viviana und erklärte ihrem Vater kurz, wer Bruno war.

»Darf ich vor zum Altar und Blumen gucken?«, fragte Ella und verschwand, sobald Viviana genickt hatte.

»Sie spricht schon sehr gut für ihr Alter«, bemerkte Johann nicht ohne Stolz. Er schob die Hand in die Weste, als stünde er vor dem goldgerahmten Porträt seines Vaters und imitierte dessen Geste.

»Ich lese ihr viel vor«, sagte Viviana und schaute ihren Vater länger an. Er schien ihr um Jahre gealtert.

Johann schmunzelte. »Etwa aus Medizinbüchern?«

»Nicht nur aus Medizinbüchern«, gestand sie, weil er mit seiner Frage durchaus richtiglag, und musste lächeln. »Wie geht es dem Bankhaus und im Palais?«

»Großmama Ernestine hatte einen Herzinfarkt, von dem sie sich nur langsam erholt. Constanze und deine Mutter bekommen sie kaum noch aus Eduards Fauteuil.«

»Das tut mir aufrichtig leid. Gegen die Melancholie nach einem Herzinfarkt könnte ihr ein Aufguss aus Johanniskraut, Passionsblume und Baldrian helfen. Trinkst du noch Ginsengtee?«

»Hin und wieder«, sagte Johann. »Und er tut mir gut.«

»Und gegen deinen Husten hilft Zwiebelsaft«, riet sie noch.

»Bitte lass uns nicht länger über Krankheiten reden«, bat er wieder ernst, im Ton des Geschäftsmanns.

»Also reden wir über Gesundheit. Ist Constanze noch gesund?«

Johann nickte knapp. »Sie tröstet deine Mutter, die den Abschied von ihrer Mutter herannahen sieht. Es ist nicht gerade leicht für Elisabeth.«

Viviana konnte sehen, wie sich der Blick ihres Vaters nach diesen Worten verfinsterte. »Meinst du, dass Mutter Ella auch mögen würde?«, fragte sie vorsichtig. Trotz allem, was Elisabeth ihr angetan hatte, wollte sie Ella ihre Großmutter nicht vorenthalten.

Sie schauten beide zu Ella, die am Blumengesteck vor dem Altar roch und die Gewächse ganz genau begutachtete. *Wie eine Botanikerin,* dachte Viviana und wurde dennoch traurig. Ella war ein unbekümmertes Mädchen, das nichts von der Ablehnung seiner Großmutter ahnte.

»Deine Mutter braucht noch etwas Zeit, denke ich«, sagte Johann.

Viviana schluckte ihre Enttäuschung hinunter. Insgeheim hatte sie gehofft, dass Elisabeth ihr inzwischen wieder besser gesinnt wäre. »Und im Bankhaus?«

»Lass uns nach Ella schauen«, sagte er gleichzeitig und erhob sich von der Kirchenbank. Einen kaum hörbaren Seufzer, der dem Bankhaus galt, konnte er dann aber doch nicht zurückhalten.

Viviana griff nach dem Arm ihres Vaters und hielt ihn zurück. »Ich bin erwachsen. Du kannst offen mit mir reden!«, forderte sie und senkte ihre Stimme erst, nachdem sie bemerkt hatte, dass ein älterer Herr einige Reihen hinter ihnen Platz nahm. »Ich bin kein kleines Mädchen mehr«, sprach sie leiser, aber nicht weniger vehement, »das die Wahrheit nicht verträgt!«

Er zögerte, dann küsste er sie auf die Stirn. »Du wirst immer mein kleines Mädchen bleiben«, sagte er ihr. »Trotzdem will ich ehrlich zu dir sein. Wir haben Probleme im Kontokorrentgeschäft, trotz meiner Liquiditätsplanung. Zu viele Kreditnehmer verlangen gleichzeitig das ihnen zugesagte Geld. Ich muss hohe Beträge teuer borgen. Ein erhebliches Negativgeschäft ist das, und ein Verlust in Valentins Gründungsgeschäft hat die Situation noch zusätzlich verschlimmert. Noch kann ich das Gesinde im Palais bezahlen, aber ich weiß nicht, wie lange noch.«

»So schlimm steht es?«, fragte Viviana entsetzt. »Du brauchst mir kein Geld mehr zu schicken, wenn es so schlecht um die Bank steht«, beeilte sie sich, ihm zu versichern.

Ihr Vater schaute sie mit großen Augen an und hob bereits zu einer Antwort an, als er es sich offensichtlich anders überlegte und resigniert den Kopf schüttelte, ohne weiter auf ihr Angebot einzugehen. »Valentin ist mir vollkommen entglitten und damit auch die Bank«, sagte er stattdessen mit weicher, tiefer Stimme. »Niemals habe ich nach übertriebenem Gewinn durch spekulative Geschäfte getrachtet, immer auf Sicherheit gesetzt. Elisabeth würde den Niedergang des Bankhauses nicht überleben.«

Viviana sah, wie sich der früher stets so klare Blick ihres Vaters im Nichts verlor.

»Ich weiß nicht, ob das Bankhaus noch zu retten ist«, sagte er noch.

Viviana wurde von einer bösen Vorahnung heimgesucht, vor ihrem inneren Auge begann sich der steinerne Schriftzug des Bankhauses *Johann G. Winkelmann & Cie.* über den Kontorfenstern aufzulösen. Um das Bild zu vertreiben, meinte sie: »Komm, lass uns nach vorne gehen. Ich möchte für dich und Valentin beten.«

Johann folgte Viviana vor zum Altar. Kaum hatten sie ihr Gebet gesprochen, kam Ella in ihrem gelben Sommerkleidchen neben sie gehüpft. »Gott ist ein gerechter Richter, der das Gute belohnt und das Böse bestraft«, erklärte sie ihrem Großvater, an ihren Fingern klebte Blütenstaub. »In Gott sind vier Personen, sagt Mama immer: der Vater, der Sohn, der Heilige Geist und der Arzt der Seele.«

Johann lächelte über seine reizende Enkelin und versuchte, die Gedanken an das niedergehende Bankhaus beiseitezuschieben. Wenn er daran dachte, dass Valentin den Verlust mit der Mayer-Montan-Aktiengesellschaft mit neuen, noch riskanteren Gründungsgeschäften auszugleichen gedachte, wurde ihm eh nur übel. Was im neuen Jahr schon häufiger vorgekommen war. Er war zutiefst beunruhigt und fand einfach keinen Frieden mehr.

Obwohl Professor von Marcus seit mehr als drei Monaten nicht mehr der Medizinischen Klinik vorstand, kam er weiterhin jeden Morgen ins Spital. Am Nachmittag las Viviana ihm vor, führte ihn durch den Spitalgarten, in die Kirche oder zu Kollegen. Professor von Marcus saß nun länger als früher in den Bureaus seiner Kollegen, um das jüngst in Medizin-Journalen Gelesene mit ihnen zu diskutieren. Um jeden Preis wollte er vermeiden, dass sein Hirn nicht mehr genug geistige Nahrung bekam, wenn es schon so schlecht um seine Augen stand. Viviana war aufgefallen, dass der Professor zudem trauriger wirkte als früher und auch nicht mehr so oft lächelte. Fast hätte sie ihn schon gefragt, ob sie etwas für ihn tun könne, wagte es dann aber doch nicht, weil es zu persönlich war.

Der Tag, an dem er sich seit Längerem wieder so gut gelaunt wie eh und je vorlesen ließ und diskutieren wollte, war ein warmer Julitag. Von einer Stunde auf die andere war er erneut schwungvoll und bester Dinge. Er bat Viviana, ihn in die Neue Anatomie zu begleiten. Eben noch hatten sie über chronische Harnwegsbeschwerden und Inkontinenz geredet.

»Möchten Sie, dass ich dabeibleibe, Herr Professor?«, fragte sie, als sie vor dem Bureau von Professor Virchow angekommen waren. Auf dem Weg durch den Spitalgarten hatte er über verschiedene Blumen und ihre Düfte gesprochen. Sie reichte ihm sein Einglas.

»Heute nicht, Fräulein Winkelmann«, sagte er, und Viviana wollte schon erleichtert ausatmen, als er noch hinzufügte: »Wenn Sie allerdings so nett wären, mir derweil für meine morgige Demonstration das Präparat eines Harnblasensteins bei Doktor Staupitz zu holen, wäre ich Ihnen sehr dankbar.« Er drückte sein Einglas vors linke Auge.

»Natürlich«, erwiderte sie, obwohl ihr allein schon beim bloßen Gedanken daran nicht wohl war. Doktor Grimmig hatte sie bereits so gut wie vergessen gehabt.

Professor von Marcus wurde von seinem Kollegen in Empfang

genommen, und kurz darauf stand Viviana allein im Flur, der auch zum Leichenzimmer hinabführte. Doktor Staupitz war für sie noch immer schwer zu durchschauen. Als sie das letzte Mal im Präparierzimmer gewesen war, hatte er zunächst mit ihr gesprochen, als wäre sie einer seiner minderbemittelten Studenten. Dann wiederum hatte er sich die Zeit genommen, ihr die verschiedenen Messer zu erklären.

Widerwillig ging sie nach unten. Eigentlich wäre sie weit besser beraten, wenn sie alles Private während ihrer Arbeit jedermann gegenüber außen vor ließe, sogar gegenüber Professor von Marcus. Dorothea Erxleben hatte dies sicherlich auch so gehalten, musste sie auf dem Weg zu ihrem Promotionsexamen doch mit Dutzenden von grimmigen Herren auskommen, erinnerte Viviana sich. In der *Frauen-Zeitung* hatte sie gelesen, dass Dorothea von drei namhaften Quedlinburger Ärzten der medizinischen Pfuscherei beschuldigt und beim Stiftshauptmann angezeigt worden war. Die kluge Frau hatte die gegen sie vorgebrachten Vorwürfe zu widerlegen verlangt, mit ihrem Fachwissen zu den Vorwürfen Stellung bezogen und zudem angeboten, sich von den drei besagten Ärzten auch darüber hinaus fachlich prüfen zu lassen, was diese jedoch ablehnten. Dorothea war schließlich von der Anklage freigesprochen worden. Vermutlich waren eher Neid und Konkurrenzdenken der Grund für die vorangegangenen Anschuldigungen gewesen. Viviana schlussfolgerte jedenfalls aus Dorotheas Geschichte, dass sie keinen Neid und keine Missgunst heraufbeschwören durfte. Vor allem aber wollte sie, wie die Ärztin aus dem achtzehnten Jahrhundert, Vorbehalte gegen sich mit Wissen widerlegen. *Um dazu in der Lage zu sein, werde ich allerdings noch viel mehr lesen und lernen müssen als bisher,* dachte sie auf dem Weg zu Doktor Staupitz.

Viviana klopfte an die erste Tür des Flures, hinter der sie den Doktor einst vor dem Messerhaufen angetroffen hatte. Sie wartete erneut auf ein »Wer stört?«, wurde stattdessen aber von einer freundlichen Stimme mit Schweizer Akzent hereingebeten. Professor Kölliker!

Viviana war erleichtert darüber, dass ihr Doktor Grimmig anscheinend erspart blieb. Doch dafür würde sie nun dem Professor, mit dem ihre Eltern privat verkehrten, zum ersten Mal nach ihrem Weggang aus der Hofstraße wieder Auge in Auge gegenüberstehen. Zwar bestand die Gefahr, dass er sie wiedererkannte und verraten könnte, nicht mehr, denn alle Welt wusste inzwischen, dass sie die Tochter von Johann G. Winkelmann war. Aber es fühlte sich trotzdem seltsam an.

Professor Kölliker schaute von einem Aktenstapel auf. »Wie kann ich Ihnen helfen?«

Im Namen von Professor von Marcus bat Viviana ihn um den präparierten Harnblasenstein.

»Ich denke, den hat Doktor Staupitz an sich genommen«, sagte Professor Kölliker ins Studium seiner Akten versunken.

Also werde ich doch noch zu Doktor Grimmig gehen müssen!, dachte sie wenig erfreut über diese Aussicht. Sie wollte sich schon bedanken und die Tür wieder hinter sich schließen, als Professor Kölliker ihr anbot, sie zu Doktor Staupitz zu begleiten.

»Kommen Sie, ich bringe Sie zu ihm, dann kann ich dort gleich die Sektionsakte Billroth an mich nehmen«, meinte er und erhob sich, ohne ihre Antwort abzuwarten.

Viviana folgte ihm durch den Flur und in den Keller hinab bis vor das Leichenzimmer. Diesen Ort kannte sie nur aus Erzählungen. Hier wurden sämtliche Verstorbenen in den ersten Stunden nach ihrem Tod verwahrt. Albert Kölliker spazierte so gelassen hinein, als sei es das Normalste der Welt, von lauter Verstorbenen umgeben zu sein.

Das Leichenzimmer war eher ein Saal als ein Zimmer, mit grauen Wänden und zwei Dutzend Tischen. *Der Tod macht alle Menschen gleich, und er ist grau, nicht schwarz*, dachte Viviana, denn im gesamten Raum war keine andere Farbe als Grau zu sehen. Sie hielt sich die Hand vor die Nase. Hier drin roch es aufdringlich, stechend säuerlich und süßlich zugleich. Sie versuchte, ausschließlich durch den Mund zu atmen.

Die Leichenwärterin begrüßte Professor Kölliker, ohne dafür ihre Arbeit zu unterbrechen. Nacheinander schlug sie die grauen Laken von den Gesichtern der Toten und hielt ihre angefeuchtete Hand vor deren Mund.

Viviana sah ihr dabei aufmerksam zu. Wie oft es wohl vorkam, dass Menschen fälschlicherweise für tot gehalten wurden, aber noch lebten?

»Kommen Sie bitte, Fräulein Winkelmann«, bat der Professor.

»Natürlich«, antwortete ihm Viviana und verließ hinter ihm, an einem Stapel übergroßer Tragekörbe vorbei, das Leichenzimmer.

Sie gingen einen Gang entlang, in dem es mit jedem Schritt noch kälter wurde, als es eh schon war.

Schließlich betraten sie einen kleinen Raum, dessen Boden gefliest war und in dem sich als einziger Einrichtungsgegenstand ein langer Tisch samt einem Beistelltisch befand. Auf dem Beistelltisch schimmerte eine Sammlung von Seziermessern, von Meißeln und Hämmern. Auch ein Maßband, eine Schöpfkelle, Scheren, Nadeln und eine Säge lagen bereit. Auch in diesem Zimmer war alles in Grau gehalten, nüchtern und streng.

»Doktor Staupitz, ich bin wegen der Akte Billroth hier. Ist sie das?« Professor Kölliker nahm Papiere aus einem Fach des Beistelltisches heraus. »Und das Fräulein Winkelmann möchte Sie in einer anderen Angelegenheit sprechen.«

Viviana wollte schon einwerfen, dass nicht sie, sondern Professor von Marcus etwas von Doktor Staupitz wollte, als ihr Blick auf den Toten fiel, der zwischen ihr und Doktor Staupitz auf dem Tisch lag. Er war wie die anderen Verstorbenen im Leichenzimmer mit einem nebelgrauen Tuch bedeckt. Durch einen Lichtschacht fiel nur wenig Tageslicht in den Raum, das zudem nicht bis zum Tisch mit dem Toten reichte. Eine Öllampe auf dem Beistelltisch warf Licht auf die Umrisse seines Oberkörpers.

Als Viviana wieder aufschaute, war Professor Kölliker bereits verschwunden. Doktor Staupitz zog sich gerade einen grauen Kittel an, von denen in etwa ein halbes Dutzend an eisernen Haken hinter ihm an der Wand hing.

»Professor von Marcus bittet Sie um das Harnblasenstein-Präparat«, sagte sie, was hier unten irgendwie unwichtig klang – im Angesicht eines toten Menschen.

Statt einer Antwort nahm Doktor Staupitz einen Kittel vom Haken und reichte ihn ihr um den Tisch. »Jeder hier drin muss ihn tragen!«, verlangte er, als sie zögerte.

Viviana zog sich den Kittel über, der ihr viel zu groß war. Jetzt war auch sie nebelgrau. Sie konnte die stechende Luft schmecken und glaubte, diese schon als Belag auf ihrer Zunge zu spüren.

Doktor Staupitz zog sich die Handschuhe über, dann hielt er ihr Klemmbrett, Papier und Stift hin. »Würden Sie bitte so gut sein?« Seine Hand zitterte ein wenig.

Sie zögerte. »Aber ich bin nur wegen des Harnblasensteins gekommen, weil Professor von Marcus ...«

Doktor Staupitz straffte sich, dann unterbrach er sie: »Das Protokollieren ist Professor Virchow sehr wichtig, ohne Mitschrift ist eine Sektion wertlos. Danach kümmern wir uns um den Harnblasenstein für Professor von Marcus.«

Viviana griff zögerlich nach dem Klemmbrett.

Doktor Staupitz trat an die rechte Seite des Toten. Ohne Vorwarnung zog er das graue Tuch vom Leichnam.

Viviana zuckte zusammen. Vor ihr lag rücklings ein toter Mann. Er war nackt, und an seinem linken großen Zeh hing ein Zettel. Sie musste sich zwingen hinzuschauen. Vor Doktor Staupitz wollte sie sich nicht die Blöße geben, ihr Unbehagen einzugestehen. Und nichts anderes fühlte sie gerade. Denn mit dem Leichnam hatte der Tod auf einmal ein Gesicht bekommen, ein gelbstichig wächsernes.

Sie hatte das unangenehme Gefühl, durch ihre Anwesenheit ungebeten in die Privatsphäre des Verstorbenen einzudringen.

»Zwingen Sie sich dazu, ganz normal zu atmen«, riet ihr Doktor Staupitz.

Viviana hatte gar nicht gemerkt, dass sie schnell und flach geatmet hatte, so gebannt war sie vom Anblick des Leichnams gewesen. »Bitte sagen Sie mir seinen Namen nicht«, bat sie, während ihr Blick über den Sektionstisch glitt. Er war gekachelt, von einem breiten Randstreifen umschlossen, der wohl ein Herunterfallen oder Überlaufen verhindern sollte, und fiel zur Mitte hin ab.

»Bei dem Toten handelt es sich um keinen Patienten des Spitals, wir kennen seinen Namen und seine Herkunft daher nicht. Er wurde tot hierhergebracht, die Todesursache ist unbekannt. Deswegen ist sein Totenzettel unausgefüllt.« Er zeigte auf den großen Zeh des Verstorbenen. »Wenn ich Ihnen noch einen Rat geben darf, denken Sie nicht darüber nach, wer er ist und wie viele Menschen um ihn trauern könnten. Konzentrieren Sie sich auf die anatomischen Sachverhalte. Bekommen Sie das hin?« Er schaute ihr kurz in die Augen, als wolle er sich vergewissern, dass es ihr gut ging und sie nicht ohnmächtig werden würde.

Viviana nickte knapp.

»Jede Obduktion beginnt mit der äußeren Beschau des Toten«, begann Doktor Staupitz. »Wir werden die Vorder- und die Rückseite des Körpers betrachten. Auch die Körperöffnungen müssen genau inspiziert werden. Der Tote liegt auf dem Rücken, deswegen beginnen wir mit der Vorderseite.«

Viviana sah wieder die tote Wenke vor sich liegen. Nachdem das Mädchen die Sterbesakramente erhalten hatte, war es auf eine Trage gelegt und ins Totenzimmer gebracht worden. Dabei hatte sie an Wenkes Beinen bläulich violette Totenflecken entdeckt. Woran der Mann vor ihr wohl gestorben war?

»Bei dem Leichnam handelt es sich allem Anschein nach um einen ungefähr vierzig- bis fünfundvierzigjährigen Mann, kräftig gebaut und mit schwachem Fettpolster«, stellte Doktor Staupitz mit seiner kühlen Doktorenstimme fest, und Viviana schrieb mit.

Als Nächstes beobachtete sie, wie er die Haut am Bauch des Toten zwischen die Finger nahm und überprüfte. Wieder erschien die tote Wenke vor Vivianas innerem Auge und wieder musste sie sich abwenden, damit ihr die Tränen nicht ausgerechnet vor Doktor Staupitz kamen. Gerade vor ihm wollte sie nicht als zartbesaitete Frau dastehen.

»Die Farbe des Körpers ist blass, am Unterleib grünlich. Schwacher Leichengeruch, Totenstarre der Extremitäten«, sprach er unbeeindruckt.

Wieder schrieb Viviana mit und versuchte gleichzeitig das, was er sagte, an dem Leichnam zu erkennen.

»Schreiben Sie eigentlich alles mit, was ich diktiere?«, fragte er und schaute konzentriert vom Leichnam zu ihr auf. »Professor Virchow legt größten Wert auf die Vollständigkeit der Dokumentation.«

Viviana nickte, und ihr Magen knurrte, was ihr unangenehm war.

Doktor Staupitz erklärte in das Knurren ihres Magens hinein: »Beim Menschen setzt die Totenstarre bei normaler Temperatur in häuslichen Räumen nach ein bis zwei Stunden an den Augenlidern ein, nach zwei bis vier Stunden folgen die Kaumuskeln und kleinen Gelenke. Danach versteifen Hals, Nacken, und so geht es immer weiter hinab. Nach einem weiteren Blick zu ihr deutete er mit dem behandschuten Finger körperabwärts. »Nach sechs bis zwölf Stunden ist die Leichenstarre voll ausgeprägt, was hier der Fall ist. Aufgrund von Zersetzungsvorgängen im Inneren des Körpers beginnt sie sich, spätestens achtundvierzig Stunden nach Eintritt des Todes, wieder zu lösen. Häufig schon nach einem Tag.«

Viviana nickte erneut und war froh, ihren Blick wieder auf das Papier am Klemmbrett senken zu können.

»Sagen Sie mir, was Sie an seinem Kopf sehen«, forderte er sie auf.

Zögerlich schaute Viviana auf. Sie sollte, nein durfte, über das Protokollieren hinaus an der Sektion mitwirken? Und das ganz ohne den Druck, den sie verspürt hätte, würde die Sektion in einem Vorlesungssaal vor einem Professor und Dutzenden Studenten stattfinden? Niemand hörte oder sah sie hier unten. Niemand bemerkte ihre Unsicherheit und ihr Zögern, von dem undurchschaubarsten Mitarbeiter des Juliusspitals einmal abgesehen.

Viviana straffte sich, wie es Doktor Staupitz so oft tat, und führte ihren Blick auf den Verstorbenen.

»Sie können für die Beschau ruhig noch näher an den Seziertisch herantreten. Näher beim Toten sehen Sie besser«, sagte Doktor Staupitz und winkte sie heran. Dabei berührte er sie fast.

Viviana wagte sich einen halben Schritt vor. »Ich sehe Blut auf der linken Gesichtshälfte bis zum Ohransatz, bis an den Tragus heran«, stellte sie fest und merkte, wie ihr der Gestank im Raum zu schaffen machte und ihr übel wurde. Der Tragus war die knöchelartige Erhebung vor dem Eingang des äußeren Gehörgangs des Ohres, auf dem bei vielen Menschen ein Haarbüschel wuchs. »Blut ist auch in den Nasenlöchern und auf den Lippen.«

Doktor Staupitz nickte, aber ob er mit ihren Aussagen zufrieden war, konnte sie seinem konzentrierten Gesichtsausdruck nicht entnehmen. »Notieren Sie bitte Folgendes: Das Gesicht, namentlich die linke Seite bis zum Ohr hin, und der Bart sind vielfach mit angetrocknetem Blut beschmutzt, am stärksten die Nasenlöcher und Lippen. Die Nasenöffnungen weisen, außer dem erwähnten Blut, keine Fremdkörper auf.«

Viviana kam kaum mit dem Schreiben hinterher.

»Eine braunrote, trockene pulverige Substanz, welche nach links hin in größere, zusammenhängende Plättchen von getrocknetem Blut übergeht, bedeckt den Hals und die obere Brustgegend. Das Kopfhaar ist reichlich, lockig, lichtbraun, von zahlreichen grauen Haaren durchzogen. Der Bart voll, Kinn- und Backenbart sind stark entwickelt und von rötlich brauner Farbe. Die Augenbrauen sind dicht und ebenso wie die Augenwimpern von dunkler graubrauner Farbe. Die Augenlider halb geschlossen.« Doktor Staupitz spreizte die Augen des Toten nacheinander auf. »Die Iris ist graublau, die Augäpfel prall, die Hornhäute durchsichtig.«

Langsam verstand Viviana, was Doktor Staupitz unter einer vollständigen Sektionsdokumentation verstand. Im Protokoll wurden sämtliche Informationen für die wissenschaftliche Aufarbeitung konserviert.

»Der Mund und die Zahnreihen sind leicht geöffnet. Die Zunge liegt hinter den Zähnen und ist ebenso wie der Gaumen mit Blut bedeckt.«

Auf Doktor Staupitz' Geheiß hin leuchtete Viviana dem Toten mit der Öllampe in die Ohren, dann notierte sie das Gehörte. »Äußere Ohren ungemein groß, das linke dunkelbraunrot, Ohröffnungen leer.«

»Der Hals ist ohne erkennbare Veränderungen«, merkte sie an, und als wäre ihre Zuarbeit hier unten das Normalste der Welt, nickte Doktor Staupitz. Viviana war sich nicht sicher, aber ganz kurz hatte es fast so ausgesehen, als freue er sich über ihren Wortbeitrag. »Die Hände sind groß, die Nägel lang und bläulich«, fuhr er fort.

Viviana stand nun, genauso wie Doktor Staupitz auf seiner Seite des Sektionstisches, direkt neben den Händen des Toten.

»Unter den Rändern sehe ich dicken schwarzen Schmutz.« Er zeigte ihr die Nägel und legte die leblose Hand erst wieder auf den Tisch zurück, nachdem Viviana sie genauer betrachtet hatte.

»Die Brust ist voll, der Bauch wenig aufgetrieben. An den äußeren Geschlechtsteilen ist nichts Außergewöhnliches zu bemerken. An den unteren Extremitäten schwache Gänsehaut. Keine Spur von äußerlichen Verletzungen.« Doktor Staupitz wartete, bis Viviana fertig geschrieben hatte, dann reichte er ihr ein Paar Handschuhe.

Am liebsten hätte sie den Kopf geschüttelt, doch er kam ihr zuvor und sagte: »Zu zweit bekommen wir ihn schneller in die Bauchlage.«

Ihr war, als hätte er ihr dabei aufmunternd zugelächelt, aber sie war sich dessen nicht sicher. Viviana legte mit Widerwillen Klemmbrett und Stift auf dem Beistelltisch ab und zog sich dann die Handschuhe über, Finger für Finger, Zentimeter für Zentimeter.

Doktor Staupitz schaute ihr dabei zu, schließlich meinte er verlegen: »Sie sollten wissen, dass wir hier gewöhnlich nicht mehr als zwei Stunden Zeit pro Todesfall haben.«

Während sie den Toten auf den Bauch drehten, fiel Viviana der Ablauf in der Mitte des Seziertisches auf, dort, wo er am tiefsten war.

»Sagen Sie mir, was Sie auf dem Rücken des Toten sehen«, forderte Doktor Staupitz sie erneut auf.

»Ich ...« Viviana verdaute gerade noch ihre erste Wendung eines Toten.

Er leuchtete ihr mit der Öllampe. »Welche Farbe hat der Körper?«

»Blaurot und seltsam wächsern?«, antwortete sie fragend.

»Dann schreiben Sie bitte: Die Farbe des Körpers ist blass, an den Auflagestellen, wo das Blut einsackte, bläulich rot.« Doktor Staupitz tastete den Leichnam ab, wobei er dem Toten so nah kam, wie es Viviana noch nicht einmal bei Professor von Marcus am lebenden Patienten gesehen hatte. »Anus leicht verkotet, aber geschlossen. Auch in der Bauchlage sind keine Spuren von äußeren Verletzungen erkennbar. Das wäre es mit den Äußerlichkeiten!«, schloss er, und Viviana wollte schon erleichtert ausatmen, als er auch schon hinzufügte: »Kommen wir nun zur inneren Beschau.«

Viviana brauchte dringend frische Luft, aber sie wich keinen Deut vom Seziertisch zurück.

»Bei der inneren Leichenschau ist es von großer Bedeutung, eine bestimmte Reihenfolge einzuhalten. Dies schützt uns davor, kein Organ zu vergessen. Wir müssen deswegen so systematisch vorgehen, weil eine ungeordnete Reihenfolge die spätere Erhebung bedeutender Befunde unmöglich machen würde. Eine planlose Untersuchung zerstört künstlich und vorzeitig die vorhandenen Körperzustände. Für Ihre nächste Sektion sollten Sie sich das merken, Fräulein Winkelmann, und am besten davor auch etwas essen. Dann wird Ihnen nicht so schnell übel.«

Es klang fast fürsorglich, seine Wangen waren leicht gerötet. Aber ... hatte er tatsächlich gerade von ihrer nächsten Sektion gesprochen? Die Vorstellung, als Ärztin anhand einer Sektion der Ursache einer Krankheit auf die Schliche zu kommen und anderen Patienten mit diesem Wissen helfen zu können, ließ sie unwillkürlich lächeln. Unter ihren Fußsohlen begann es zu kribbeln.

»Bei einer anatomischen Untersuchung müssen alle Organe untersucht werden«, erklärte Doktor Staupitz weiter, »nicht nur jene, die dem Verdacht des Hausarztes zufolge von einer Krankheit betroffen sein könnten.«

Viviana nickte. Ein Hausarzt konnte die Untersuchung der Körperstellen oder Organe, die er zuvor nicht mit der Krankheit in Verbindung gebracht hatte, auch beim nächsten Wiedersehen mit seinem Patienten noch vornehmen. Bei der Sektion hingegen war kein zweiter Termin möglich, weil durch die erste anatomische Untersuchung der körperliche Ausgangszustand des Toten unumkehrbar verändert worden war und der Körper danach unter die Erde kam.

»Mit welchem Organ, schlagen Sie vor, sollen wir beginnen?«, fragte er.

»Mit dem Herz?«, mutmaßte sie, »weil von ihm alles Leben ausgeht.«

»Professor Virchow beginnt mit der Kopfhöhle und macht dann einen Schnitt vom Hals bis zur Scham. Dann prüft er den Stand des Zwerchfells im Bauch, die Lage und das Aussehen der Organe in der Bauchhöhle und das Vorhandensein von ungehörigen Inhalten«, erklärte er gar nicht mehr grimmig, sondern ganz normal und ohne jeden Dünkel.

Sie nickte, obwohl sie eigentlich kaum etwas über das Zwerchfell und noch weniger über die Bauch- oder gar die Kopfhöhle wusste, aber das wollte sie ihm nicht sagen. Nur langsam ging es besser mit der Übelkeit.

»Danach seziert er zunächst den Brust- und dann den Bauchraum«, erklärte Doktor Staupitz weiter. »Um seinen Schädel öffnen zu können, müssen wir ihn wieder auf den Rücken drehen.«

Viviana half Doktor Staupitz dabei, und dieses Mal gelang ihr das Wenden schon etwas besser. Als Nächstes schob er unter den Kopf des Toten eine kissenartige Unterlage, um den Hinterkopf besser bearbeiten zu können. »Jede Schädelöffnung verläuft in drei Schritten. Zunächst öffne ich den Schädel, dann präpariere ich die harte Hirnhaut, und dann entnehme ich das Gehirn.« Er griff wie selbstverständlich zum Knorpelmesser. Einmal mehr fielen Viviana seine großen Hände auf. Es wurde ihr mulmig zumute, die Übelkeit war schlagartig zurück.

Mit der Öllampe in der Hand sah Viviana, wie Doktor Staupitz am Schädel des Toten einen Schnitt von einem Ohr zum anderen ausführte, wobei er am Hinterkopf mehr Druck auf das Messer ausübte. »Bei diesem Schritt ist es wichtig, dass ich alle Weichteile der Kopfschwarte mit nur einem Schnitt bis auf den Schädelknochen durchtrenne.«

Hätte er nicht gerade den Kopf eines Menschen aufgeschnitten, hätte sie sein Vorgehen als elegant bezeichnet, trotz aller Verwirrung, die er in ihr auslöste. Vermutlich hatte er als Doktor der Pathologie schon Hunderten von Toten ins Gehirn geschaut. Aber eigentlich blieb ihr keine Zeit, lange über ihn nachzudenken. Da war noch immer das drückende Gefühl im Magen, von dem sie hoffte, dass es sich nicht in einem Brechreiz entladen würde.

Doktor Staupitz war im Begriff, die eingeschnittene Kopfschwarte mit der linken Hand zu fassen und sie nach vorne bis zur Stirn zu ziehen. Seine rechte Hand schabte mit einem Meißel die Knochenhaut darunter ab. Gleiches tat er mit der Schwarte am Hinterkopf, während er gewohnt unbeeindruckt kommentierte, was er sah: »Überall fließt dickflüssiges Blut aus den durchschnittenen Gefäßen, und die Weichteile sind gleichmäßig durchtränkt mit rötlicher Flüssigkeit. Die Nähte der Schädelknochen sind sehr zackig.«

Viviana schrieb und hörte es zu ihren Füßen tropfen. Sie schaute unter den Sektionstisch und entdeckte einen Eimer. Mit einem klatschenden Geräusch landeten darin durch den Ablauf des Sektionstisches regelmäßig Blut und andere Gewebeflüssigkeiten. Viviana spürte einen Druck im Hals, als dauerte es nicht mehr lange, bis sie sich übergeben müsste.

»Ich löse nun noch den linken und rechten Schläfenmuskel vom Schädelknochen und schlage ihn über den Jochbogen Richtung Gesicht.« Als das geschafft war, übernahm er die Lampe.

Kurz berührten sich ihre Finger dabei.

Er hielt inne, dann drehte er sich abrupt weg und tat so, als würde er etwas an der Lampe richten. Als das geschafft war, trat er blasser als zuvor an den Sektionstisch zurück, was ihm offensichtlich unangenehm war. Auch Viviana war irritiert von ihrer Berührung, weil sie diese im Gegensatz zu ihm komischerweise nicht als unangenehm empfunden hatte.

Entschlossen nahm sie das Schreibzeug wieder auf und notierte die zackigen Schädelnähte. Ganz auf die anatomischen Sachverhalte vor sich konzentriert, ergänzte sie: »Die Farbe des Schädels ist schmutzig gelbgrau, an einzelnen Stellen mehr weißlich.«

Doktor Staupitz nickte verzögert, als wäre er in Gedanken immer noch bei ihrer Berührung. Dann zog er mit einem feineren Messer eine Linie um den Schädel herum. Viviana erkannte, dass es eines der Präpariermesser war, die er damals auf den mittleren der drei Haufen gelegt hatte. Im Gegensatz zu ihrer ersten Begegnung mit den Messern hegte sie heute keinen Zweifel mehr daran, dass er auch feine Schnitte setzen konnte.

»Durch diese Einkerbung findet die Säge leichter ihren Weg«, erklärte er ihr. Er griff nach der Säge, die zwar kleiner als eine Holzsäge war, dafür aber um ein Vielfaches furchteinflößender, da sie wusste, wozu er sie gleich verwenden würde. Bevor sie sichs versah, begann er über dem rechten Ohr des Toten zu sägen. Gerade erst hatte sie aufsteigende Magensäure hinuntergeschluckt. Die Übelkeit wollte und wollte nicht vergehen.

Das Ziehen und Schieben des Sägeblatts über die harte Hirnhaut erzeugte ein schreckliches Geräusch. Aber Viviana widerstand dem Drang, sich abzuwenden. Immer wieder knatterte die Säge vor und zurück. Der Tote rutschte dabei auf dem Tisch hin und her.

Nachdem Doktor Staupitz einmal um den gesamten Schädel herumgesägt hatte, half er noch mit einem Meißel an der Sägelinie nach, bis sich das Schädeldach endlich wie eine Haube abnehmen ließ. »Der Knochen sägte sich schwer und erweist sich an den meisten Stellen als fast ganz aus kompakter Substanz bestehend und durchschnittlich ...«, diktierte er und legte ein Maßband an, »... sechs, sieben und auch acht Millimeter dick.« Er zeigte auf das Innere. »Das hier ist die harte Hirnhaut, die Dura Mater. Sie schützt das Gehirn.«

Viviana notierte erst, was er sagte, dann unterzog sie die Hirnhaut einer genauen Inspektion. Sie war dünn und durchscheinend, die Gefäße darin bis in die kleinsten Verästelungen hinein mit Blut gefüllt. Ob sich die Todesursache im Gehirn des Mannes finden ließe?

»Sobald ich die harte Hirnhaut von der weichen getrennt und entfernt habe«, sagte er, »können wir uns an die Entnahme des Gehirns machen. Mit der linken Hand umgreife ich dafür die Stirnlappen. Schauen Sie genau hin, das ist nicht einfach.«

Viviana schrieb tapfer weiter mit, mied aber den Blick auf den offenen Schädel. Doktor Staupitz beschrieb ihr, wie er das Kleinhirnzelt von der Schädelbasis trennte und in den Tiefen des Halsmarkes das Rückenmark vom Kleinhirn löste. Als Viviana das nächste Mal zum Toten schaute, hob Doktor Staupitz gerade das Gehirn aus der Schädelhöhle heraus. Mit der linken Hand umgriff er das Kleinhirn, die rechte stützte das Großhirn.

Erst betrachtete er das Gehirn eingehend und routiniert, dann diktierte er: »Die Oberfläche beider Großhirnhalbkugeln ist symmetrisch ausgebildet, die Windungen sind ziemlich groß. Die Venen sind sehr weit, mit dunklem Blut gefüllt, besonders am Hinterhaupt. Nach der Herausnahme zeigt sich weder Flüssigkeit noch ein sonstiger Erguss im Bereich der Schädelbasis. Die großen Blutleiter enthalten nur flüssiges Blut in mäßiger Menge. Sonst keinerlei Auffälligkeiten.«

Viviana hielt die Luft an, als er ihr das Gehirn übergab. Ihre Beine wurden weich wie Wachs, aber sie legte das Schreibzeug beiseite und griff nach dem Gehirn, dessen weiche und bewegliche Konsistenz sie durch die Handschuhe hindurch spürte. Sie roch sogar an ihm, aber wegen des durchdringenden Gestanks im Raum war ihr Geruchssinn überstrapaziert.

»Ist er an einer Gehirnkrankheit gestorben?«, fragte sie noch, dann begann sich alles um sie herum zu drehen. Zuerst gaben ihre Beine nach, so sehr sie auch dagegen ankämpfte, dann verlor sie das Bewusstsein.

✳

»Fräulein Winkelmann?«

Viviana hörte eine sonore Männerstimme. Langsam öffnete sie die Augen und merkte, dass sie auf einem Holztisch lag und noch immer den grauen, großen Sektionskittel trug. Allein die Handschuhe an ihren Händen fehlten. Irritiert schaute sie auf.

Über sie gebeugt stand Professor Kölliker. »Geht es wieder?«

Viviana bemerkte, dass das regelmäßige Tropfgeräusch verschwunden war, und erinnerte sich wieder. »Was ist mit dem Gehirn?«, fragte sie erschrocken und schaute sich um.

»Dem Gehirn geht es gut«, sagte Professor Kölliker. »Doktor Staupitz hat Sie und das Cerebrum aufgefangen.«

»Er hat mich aufgefangen?«, fragte sie unangenehm berührt darüber, dass sie ohnmächtig geworden war und Doktor Staupitz sie hatte auffangen müssen.

»Er schließt die Sektion eben noch ab. Wie es aussieht, ist nichts zu Schaden gekommen. Bitte setzen Sie sich vorsichtig auf, damit wir prüfen können, ob Sie unverletzt geblieben sind.«

Viviana folgte seiner Anweisung, richtete sich auf und sollte nun ihre Arme und Beine bewegen. Außerdem fragte Professor Kölliker sie nach ihrem Namen und Alter sowie dem Datum des heutigen Tages. Alles konnte sie richtig beantworten. Weitere Fragen wie etwa zu ihrer Familie oder ihrem früheren Leben, in dem sie gemeinsam diniert hatten, stellte er nicht.

»Wo ist Professor von Marcus?«, wollte sie wissen. »Ich hätte ihn zurück in sein Bureau bringen sollen.«

»Das hat Kollege Virchow übernommen«, beruhigte sie Professor Kölliker.

»Ich wollte Ihnen und Professor von Marcus keine Unannehmlichkeiten bereiten.« Viviana ärgerte sich, ausgerechnet vor Doktor Staupitz das Bewusstsein verloren zu haben, und nun machte sie Professor von Marcus auch noch Umstände. Sie schwor sich, bei der nächsten Sektion mit Doktor Staupitz nicht noch einmal ohnmächtig zu werden, sollte es jemals wieder eine geben. Doch schon im nächsten Moment wunderte sie sich über sich selbst. Es waren wohl immer noch die Nachwirkungen der Ohnmacht, die sie gerade an ein nächstes Mal mit Doktor Staupitz hatten denken lassen.

Professor Kölliker reichte ihr ein Glas Wasser, dann nahm er wieder hinter seinem Schreibtisch Platz.

Sie trank, stieg vom Tisch und zog den Sektionskittel aus. »Vielen Dank, Professor Kölliker«, sagte sie auf dem Weg zur Tür. Am schlimmsten aber waren nicht die nachwirkenden Eindrücke von der Sektion oder der immer noch vorhandene Belag des Todes auf ihrer Zunge. Das Schlimmste war, dass sie gerade vor zwei Ärzten versagt und sich als genauso schwach erwiesen hatte, wie Männer es von einer Frau annahmen.

Ihre Hand lag schon auf der Klinke, als Professor Kölliker beiläufig noch fragte:»Was denken Sie, welche Art der Synkope Sie gerade erlitten haben?«

Viviana drehte sich zu ihm um. Er rückte sein Mikroskop auf dem Arbeitstisch zurecht.»Ich denke, ich hatte eine Reflex-Synkope«, antwortete sie leichthin, da sie sich im Lädchen im Grabenberg gründlich über Ohnmachten belesen hatte.»Mein Gehirn war wohl infolge einer Reizüberflutung kurzzeitig nicht durchblutet.«

»Warum schließen Sie eine kardiale und eine Orthostase-Synkope aus?«, wollte er wissen und schob ein flaches Präparat mit bräunlichen Tupfen in die Klammern des Objektträgers.

»Eine Herz-Synkope wäre nur dann wahrscheinlich, wenn ich herz- oder gefäßkrank wäre, wovon ich nichts weiß. Und bei einer Orthostase-Synkope hätte eine schnelle Veränderung meiner Körperposition vorausgehen müssen, die eine schlagartige Absackung meines Blutes aus dem Kopf in die Beine verursacht hätte. Mir aber wurde aus dem Stand heraus schwarz vor Augen.«

»Danke, Fräulein Winkelmann. Das war dann alles. Ich wünsche Ihnen noch einen sonnigen Tag.« Professor Kölliker pfiff die ersten Takte der Zürich-Hymne vor sich hin. Tam, tam, to, tali.

Irritiert verließ Viviana das Bureau. Professor Kölliker hatte sie gerade wie einen Studenten befragt.

An diesem seltsamen Nachmittag ging sie nicht sofort zurück zu Professor von Marcus, sondern in den Spitalgarten. Dort standen die immergrünen Eichen in leuchtendem Grün. Sie passierte bunte Zierbeete, Kräuterbüschel und perfekt gestutzte Hecken. Die ausladenden Kronen der Kastanien warfen Schatten auf den Boden. Sie ging vorbei an weiblichen Pfründnern und Curisten. Einige von ihnen trugen Holz und Gemüse in Richtung Küche. Irgendwo klagte jemand.

Sie hatte tatsächlich gerade ihre erste Sektion hinter sich gebracht! Bei diesem Gedanken durchflutete Viviana ein unglaubliches Glücksgefühl, auch wenn sie selbst nach der dritten Runde durch den Garten noch immer den stechenden Geruch aus dem Sektionsraum in der Nase hatte. Im Laufe eines Studiums waren Sektionen Pflicht, kein Medizinstudent kam darum herum. Und Doktor Staupitz hatte sie dabei angeleitet. Grimmig war er dabei nicht gewesen, eher konzentriert und geduldig. Einmal hatte er sogar kurz gelächelt, falls ihre Wahrnehmung sie diesbezüglich nicht getäuscht hatte.

Da stand er plötzlich vor ihr, ohne den Sektionskittel oder irgendein Messer in der Hand. »Wenn es Sie noch interessiert, ich habe die Sektion inzwischen abgeschlossen.«

»Es interessiert mich«, entgegnete Viviana verlegen.

»Der Patient hatte eine Lungenblutung. Doch weder ist sein Tod durch eine einfache Verblutung noch durch einen einfachen Verschluss der Luftwege durch das ausgetrocknete Blut eingetreten. Es war zusätzlich ein Lungenödem, eine Wasseransammlung in der Lunge, die den Tod schließlich herbeiführte.«

Also nichts, was mit dem Gehirn zu tun hatte, wie sie angenommen hatte. »Dass er nicht schon an der Lungenblutung starb, lässt sich mit der kräftigen Beschaffenheit seines Körpers und einem langsamen Verlauf der Blutung erklären«, schlussfolgerte Viviana und sah Erstaunen in seinem Gesicht.

»Der vorläufige Sektionsbericht lautet also, dass der Tod durch Erstickung infolge von Lungenblutung und Lungenödem eingetreten ist«, schloss er. »Das wollte ich Ihnen noch sagen.«

»Gut«, brachte sie nur heraus. Warum fehlten ihr auf einmal die Worte? Und warum konnte sie nicht einmal »Danke« sagen, obwohl sie ihm dankbar war? Verlegen sah sie ihn an.

Doch Doktor Staupitz fand ungewöhnlich sanfte Worte. »Ihre Ohnmacht, die Tatsache, dass Sie synkopal geworden sind, ist keine Schande und hat nichts mit mangelnder Eignung zu tun. Sondern nur mit mangelnder Gewöhnung. Die Mehrzahl von Professor Virchows Studenten kippt spätestens beim Abnehmen der Schädeldecke um.«

»Warum tun Sie das?«, fragte sie. »Warum haben Sie mich assistieren lassen?«

»Weil ich der Meinung bin«, sagte er, »dass jeder gute Arzt mindestens einmal in seinem Leben eine Leiche seziert haben sollte.« Nach diesen Worten machte er auf dem Absatz kehrt und ging in Richtung der Neuen Anatomie davon.

Viviana spürte ein Kribbeln unter ihren Fußsohlen, konnte aber nicht genau sagen, ob ihre neue anatomische Erfahrung oder Doktor Staupitz dafür verantwortlich war. Nachdenklich schaute sie ihm nach. Und zum ersten Mal war sie nicht froh darüber, ihn verschwinden zu sehen, sondern hätte sich gewünscht, dass er noch eine Weile bei ihr im Garten geblieben wäre und mit ihr gesprochen hätte.

**

29

AUGUST 1854

Viviana las gerade Professor von Marcus über »Die Akupunktur des Herzens als Rettungsmittel bei Scheintod« vor, der zusammengesunken in seinem Armstuhl saß und mit geschlossenen Augen ihren Ausführungen lauschte, als es an der Tür klopfte. Viviana legte das Journal beiseite und öffnete die Tür.

Der Spitalspförtner stand vor ihr, und an seinen Händen hielt er Bruno und Ella. Beide hatten rote, tränenüberströmte Gesichter. Bruno war sogar barfuß, und der Rotz lief ihm aus der Nase. Ella trug nicht einmal ihr Sommerjäckchen. Die Kinder sahen aus, als wären sie vor einem Raubüberfall aus der Mühlgasse geflohen.

Viviana ging sofort in die Hocke und zog ihre Tochter und auch Bruno an sich. Der Junge hatte sich eingemacht, das war deutlich an den dunkel gefärbten Innenseiten seiner Hose zu sehen. Er wollte etwas sagen, brachte aber vor lauter Weinen und Schluchzen kein einziges klar verständliches Wort heraus.

Professor von Marcus, der Viviana an die Tür gefolgt war, hielt Ella ein Gebäckstück hin, die es zum ersten Mal verweigerte. Sie schniefte und rieb sich die verweinten Augen.

»Die beiden standen im Eingang zum Spital und haben schlimm geweint. Sie suchten Sie, Fräulein Winkelmann«, erklärte der Pförtner noch, bevor er sich verabschiedete und wieder zurück zum Torgebäude ging.

Viviana führte die Kinder an den Tisch im Bureau, wo Ella murmelte: »Sie stirbt.« Und Bruno, immer wieder von Schluchzern unterbrochen, rief: »Mamilein, Mamilein. Nein!«

Professor von Marcus ging vor dem Vierjährigen in die Hocke, sodass sie auf Augenhöhe waren. »Wo ist dein Mamilein jetzt?

Kannst du uns das sagen? Und was ist passiert?« Er schaute Bruno an, als könnte er ihn sehen.

»Sie is umgefalle«, brachte Bruno schließlich hervor, »sie kommt ned mehr zurück. Wie die Wenke.« Ein neuer Weinkrampf schüttelte seinen Körper.

»Tante Magda ist zu Hause«, sagte Ella zaghaft, ging zu dem weinenden Bruno und streichelte ihm den Arm. »Sie liegt vor dem Ofen. Im Schedoskop war es ganz still. Psstt.« Sie presste sich den Zeigefinger vor die Lippen.

Viviana sprang auf. »Ich muss sofort zu ihr!«, sagte sie zuProfessor von Marcus mit einem entschuldigenden Blick, den er zwar nicht sehen, aber vermutlich spüren konnte.

»Ich schicke Träger zur Wohnung in der Mühlgasse«, sagte er.

Viviana wusste nicht, ob er damit die Träger einer Bahre oder einer Totenlade meinte.

Professor von Marcus nahm Ella und Bruno an die Hand. »Wir drei sind jetzt ganz tapfer und bleiben hier, während sich Viviana um die Mama kümmert.«

»Ich will mei Mamilein!«, heulte Bruno und klammerte sich an Ella, und Ella sich an ihn.

»Ganz tief unten in meiner Gebäckkiste, man muss nur tief genug graben, liegen Zitronenplätzchen.« Professor von Marcus kam aus der Hocke hoch und ging zum Schrank, in dem er einige private Dinge wie sein Portemonnaie und Ersatz-Halsbinden verwahrte. Und eben eine Gebäckschachtel.

Viviana zog Bruno zu sich. Der Junge atmete ganz schnell, und seine baren Füße waren verstaubt vom Dreck aus der Mühlgasse. »Ich schaue nach deinem Mamilein und kümmere mich um sie«, versprach Viviana und streichelte ihm die nasse Wange. Während Bruno sich an sie schmiegte, dachte sie schon darüber nach, dass sie – sollte er zum Vollwaisen werden – ihn als Sohn annehmen würde. Magda war in den letzten Monaten immer antriebsloser geworden, hatte nicht mehr mit ihr gesprochen und auch ihren Sohn zunehmend vernachlässigt. Viviana hatte zuletzt sogar überlegt, sich eine neue Wohnung zu suchen, weil sie sich wegen Wenkes Tod noch immer schuldig fühlte und Magda offenkundig ja nur im Wege war.

»Ich verspreche dir …«, sagte sie, als sie die Hand von Professor von Marcus auf ihrer Schulter spürte und sich zu ihm umdrehte, bevor sie weitersprach. Er schüttelte den Kopf, als ahne er, welchen Fehler sie im Begriff war, ein zweites Mal zu begehen.

Einst hatte Viviana Magda versprochen, dass Wenke wieder gesund werden würde, und gerade wollte sie Bruno auf die gleiche Art und Weise Mut machen, ohne zu wissen, wie es überhaupt um Magda stand. Den Aussagen der Kinder nach lag Magda gerade im Sterben oder war bereits tot. Viviana hielt ihr Versprechen daher im letzten Moment zurück. Sie drückte beiden Kindern einen Kuss auf die Stirn, legte Ella Magdas Tuch um die Schultern und lief aus dem Bureau. Professor von Marcus hatte da längst seine Gebäckdose geöffnet.

✳

In der Wohnung angekommen, fand sie Magda reglos vor dem Ofen vor. Vivianas Stethoskop lag neben ihr. Es war verklebt, und unweit davon lagen angebissene Apfelschnitze. Hatte Ella nicht gesagt, dass es im »Schedoskop« ganz still gewesen war?

Viviana versuchte, Magdas Puls am Handgelenk zu erfühlen, aber da war nichts mehr. »Magda, komm zu dir.« Mit dem klebrigen Stethoskop horchte sie Magdas Brust ab. Zwar waren noch Herztöne zu hören, aber nur noch als schwaches Simmern. Auch Magdas Atem war kaum noch zu spüren, als sie ihr die feuchte Hand vor Mund und Nase hielt.

»Magda, ich bin es, Viviana!«, versuchte sie es erneut und klopfte Magda auf die Wangen, damit diese wieder zu sich kam. Ganz sicher hatte sie es hier nicht nur mit einer leichten Ohnmacht zu tun, die mit dem Hochlegen der Beine oder einem Riechsäckchen überwunden werden konnte. Dazu waren Magdas Atmung und Puls viel zu schwach.

Magda reagierte weder auf die Ansprache noch auf die leichten Wangenschläge. Ihr Brustkorb hob und senkte sich kaum mehr. Viviana drehte sie auf die Seite, damit sie weder an ihrer Zunge noch an Blut oder Erbrochenem ersticken konnte. »Magda, ich bin bei dir«, sagte sie zu ihrer Freundin. »Du brauchst Hilfe, alleine schaffst du das nicht. Du musst ins Juliusspital, nur dort kann man dir helfen. Nur dort hast du eine Chance zu überleben. Wir brauchen dich doch.« Vorsichtig rüttelte sie an Magdas reglosen Armen, die, wie sie bemerkte, um einiges magerer waren als früher.

Gleichzeitig erinnerte sie sich daran, wie Magda sich ihr damals in den Weg gestellt hatte, damit sie Wenke nicht ins Spital brachte, und ihr sagte, dass der *Wartesaal des Todes* nichts für sie und ihre Tochter wäre.

Viviana biss sich in die Faust. Was sollte sie nur tun? Schließlich war der Umstand, dass sie Wenke ins Spital gebracht hatte, auch der Auslöser für ihre bis heute andauernde Entfremdung. Andererseits konnte sie Magda doch nicht einfach hier liegen und sterben lassen!?

Die Entscheidung wurde ihr abgenommen, denn in diesem Moment wurde von zwei Trägern eine Trage in die Wohnung getragen.

***

30

AUGUST 1854

M agda Vogelhuber sah ihren toten Ehemann vor sich. Siegfried trug seinen braunen Sonntagsanzug, in dem er sich auf seinem Spaziergang durch die Pleich stets wie ein Herr von Welt gefühlt hatte, oder zumindest wie ein Vorarbeiter in der Fabrik. Siegfried hatte ihr vier wunderbare Kinder geschenkt. Magda selbst war als ältestes von neun Geschwistern groß geworden. Sie war im Gerangel um die letzte Portion Suppe im Topf, aber vor allem inmitten von viel Lebendigkeit und Zusammenhalt aufgewachsen. Zusammenhalt war für das Überleben in der Pleich am wichtigsten.

Siegfried hatte nur den Tod zweier ihrer Kinder miterleben müssen. Magda starrte ihn an, als er zu ihrer Überraschung aus einem weißen Licht heraustrat und ihr die Hand hinhielt. Wo war sie eigentlich gerade, und warum war der Boden unter ihren Füßen zuletzt plötzlich weggebrochen? Heiligs Blechle!

Es wurde noch einmal heller, neben ihr pfiff es. Vorsichtig blinzelte Magda, denn sie hatte Angst, vom Himmelslicht geblendet zu werden. Es war zu hell, sie musste ihre Augen wieder schließen. *Wenke, mein Schatz*, dachte sie. *Ich komm zu dir, dann nähe mir wieder gmeinsam.*

»Mamilein«, hörte sie Wenke sagen. »Ich kämm dir dei Haar.«

Das Pfeifen von rechts wurde lauter. Magda erfühlte, dass sie unter eine Decke lag, trotzdem fror sie. Vielleicht, weil es im Himmel so kalt war? Oder schwebte ihre Seele noch im Sarg umher? Aber im Sarg wäre es nicht so hell, und komischerweise roch sie Essig.

Magda öffnete die Augen. Und schloss sie sofort wieder. War sie etwa gar nicht tot und halluzinierte nur? Da waren gerade die Umrisse eines Saales gewesen, über ihr hatte ein Strick von der Decke gebaumelt. Magdas Puls schoss hoch.

Vorsichtig öffnete sie wieder die Augen. Rechts von ihr stand ein Bett neben dem anderen, und auch links, wie sie nun bemerkte. Die Frau neben ihr schnarchte.

Konnte es wirklich sein, dass sie nicht im Himmel, sondern in der Hölle gelandet war? Im Juliusspital? Sie hatte so viele Furcht einflößende Gruselgeschichten darüber gehört: von Verwechslungen bei Operationen, von Leichen, die vor aller Augen aufgeschnitten und verstümmelt wurden, von toten Pleichern, die im Spital erst richtig krank geworden waren. Ein Krankenhaus war ein Ort, wo Kranke noch kränker wurden. Ein Haus des Todes und des Sterbens. Aber das war es nicht, was Magda den Verstand raubte, sondern dass ihre Wenke hier gestorben war. Sie musste hier fort!

Magda schlug die Decke beiseite und zog sich mithilfe des Bettgalgens nach oben. Ihr Körper fühlte sich steif an, ihre Gliedmaßen wollten ihr nicht gehorchen. Sie blickte an ihrem Leib mit dem Spitalshemd hinab und fühlte sich wie eine aus dem Zuchthaus, der man alles genommen hatte. Und wie liederlich der Saum genäht war! Warum war sie nicht tot?

Magda stieg mühevoll aus dem Bett, nicht einmal ihre Schuhe hatte man ihr gelassen. An der Wand über ihrem Bett hing eine Tafel, auf der ihr Name geschrieben stand, darunter »Nervenzusammenbruch, Herz«. Ohne sich erneut im Krankensaal umzuschauen, hangelte sie sich an den Betten entlang bis zur Tür. Zum Glück bekam sie bei ihren letzten Schritten noch rechtzeitig die Klinke zu fassen, die sie vor einem Sturz bewahrte. Magda versuchte, so flach wie möglich zu atmen, was gar nicht so einfach war, wenn einem das Herz bis zum Hals schlug. Überall hier im Raum waren Krankheiten. Die Pest und die Cholera wurden, soweit sie wusste, ebenfalls über die Luft übertragen.

Magda schleppte sich aus dem Krankensaal sieben. Sie war wackelig auf den Beinen, aber es musste einfach irgendwie gehen. Der

Flur war viel zu lang für ihren geschwächten Körper. Sie konnte kaum stehen und kam nur Schritt für Schritt mit dem Rücken an die Wand gestützt voran. Am liebsten wäre sie in eine Schimpftirade ausgebrochen, aber erst einmal musste sie fort von hier. Vor Trauer und Kraftlosigkeit hatte sie in den letzten Wochen nicht mehr ordentlich denken können, doch nun war sie hellwach. »So einfach stirbt's sich ned«, hörte sie ihren Siegfried in der Erinnerung wieder sagen, bevor er nach einem Unfall an einer dieser verteufelten Druckmaschinen in der Fabrik gestorben war.

Magda erreichte die Treppe. Dort klammerte sie sich an das vornehme eiserne Geländer. So nahm sie Stufe für Stufe.

»Frau Vogelhuber, schön, dass Sie wieder wohlauf sind!«, ertönte da eine Stimme, als sie gerade den ersten Schritt in den Innenhof setzte. Die Stimme gehörte niemandem aus der Pleich. So viel stand fest.

»Haben Sie sich verlaufen?« Bevor Magda sich ins Torgebäude flüchten konnte, standen auch schon ein Mann und seine Begleiterin vor ihr. »Sie sehen noch etwas matt aus«, sagte der Herr.

Magda war vollkommen irritiert, weil sie nicht wusste, woher sie der Mann, der sich bei der Frau eingehakt hatte, überhaupt kannte und mit seinen trüben Augen zudem erkennen konnte.

»Es ist vielleicht noch etwas zu früh für einen Spaziergang. Sie sollten erst wieder zu Kräften kommen«, sagte er und versperrte Magda zusammen mit der Dame den Fluchtweg. Die Frau war etwa fünfzig und trug kunstvolle Stickereien an ihrer Schute, die Magda sofort ins Auge fielen. So eine kunstvolle Stickerei bekam sie selten zu Gesicht. Doch wie sollte sie jetzt nur aus dem Spital herauskommen? Wenn sie doch nur so flink wie ihr Sohn wäre. Und nun polterte es auch noch hinter ihr. Eine Wärterin kam schwer atmend die Treppe hinabgestürzt. »Patientin Vogelhuber! Sind Sie verrückt geworden? Sie können doch nicht einfach Ihr Bett verlassen!«

Magda hätte ihr am liebsten mit einem »Doch, das kann ich«

geantwortet. Aber in diesem Moment entdeckte die Wärterin den Herrn mit dem aufgebürsteten Haar und dem viel zu weiten Gehrock, senkte ihre Stimme und erklärte diesem ehrerbietig: »Sie hat ohne Erlaubnis den Krankensaal verlassen.«

»Ich übernehme das schon, Wärterin Hübner«, sagte der Mann und löste sich von seiner Begleiterin.

»Vielen Dank, Herr Professor. Sie gehört in Saal sieben«, sagte die Wärterin und stieg die Treppe so leichtfüßig wieder nach oben, als wollte sie Magda ihren schwachen körperlichen Zustand demonstrativ vor Augen führen.

Als Magda sich wieder dem Professor zuwandte, hielt der ihr seinen angewinkelten Arm hin. »Darf ich bitten?«, fragte er mit einem Lächeln.

Magda zögerte. Sie konnte Professoren nicht leiden. Die hohen Herren der Medizin redeten unverständliches Latein und glaubten, alles besser zu wissen als der Rest der Menschheit. Als wären sie Gott. Und schließlich waren speziell die Professoren des Juliusspitals für den Tod ihrer Tochter verantwortlich. Die Professoren *und* Viviana, weil sie Wenke dorthin gebracht hatte, obwohl doch jeder wusste, dass man ins Spital nur zum Sterben ging. Gleichzeitig und unerklärlicherweise rührte sie der Mann vor ihr allerdings, sodass sie sich schließlich doch bei ihm einhakte. Sie hatte noch nie einen so vornehmen Gehrock berührt.

»Nannette, geh du ruhig schon voraus«, bat der Professor die Frau mit der außergewöhnlichen Schute, dann wandte er sich Richtung Treppenaufgang und war ganz bei Magda. »Sie müssen uns etwas lenken, Frau Vogelhuber. Ich sehe nicht mehr ganz so gut.«

Sie gingen zurück in den Curistenbau. Magda führte ihn, und er stützte sie. »Haben Sie bereits mit Ihrem behandelnden Arzt gesprochen?«, fragte er sie im Gehen.

Magda fiel auf, wie angestrengt er in Erwartung ihrer Antwort zu ihr hinhorchte. Sie schüttelte den Kopf.

»Was meinen Sie?«, fragte er nach.

Inzwischen ahnte Magda, wen sie vor sich hatte. »Nein«, brummte sie. Viviana hatte ihr so oft von Professor von Marcus vorgeschwärmt. Eigentlich ein Grund mehr, dass sie ihn nicht mögen sollte. Sie hatte Viviana ihr Kind anvertraut, und dann war es gestorben.

»Ich möchte Professor Bamberger ja nicht vorgreifen, aber Sie hatten einen Nervenzusammenbruch«, sagte er, während sie gemeinsam die Treppe hochgingen. »Bei einem Nervenzusammenbruch werden nicht die Nerven geschädigt, lassen Sie sich von dem Wort nicht verwirren. Ihre Nerven sind gesund, nur etwas angegriffen. In Ihrem Zustand möchte man nur weinen und fühlt sich vor allem hilflos.«

Genauso war es! Woher wusste er nur ... Magda hielt sich weiter an ihm fest und ließ ihn auch nicht los, als sie vor dem Krankensaal sieben angekommen waren.

»Die Ursache dafür sind enorme körperliche und seelische Belastungen«, sprach er weiter. »Gehe ich recht in der Annahme, dass Sie in den letzten Wochen, vielleicht sogar Monaten enormen Belastungen ausgesetzt waren? Litten Sie unter Schwindel- und Erschöpfungsgefühlen sowie Herzrasen?«

Magda hatte es nie gewagt, sich diese Schwächen einzugestehen. Lieber war sie von Tag zu Tag noch schweigsamer geworden. Doch nun gab sie es gegenüber dem Professor zu. »Des kann fei sein«, antwortete sie betreten.

»Es liegt allein an Ihnen, wieder gesund zu werden«, sagte er.

»Sie müssen die Ursache Ihrer Erschöpfung angehen. Eine andere Medizin ist vermutlich gar nicht nötig.«

Er sprach so vertraut und gar nicht von oben herab oder in Latein, dass Magda daran zweifelte, ob er wirklich ein Professor war.

»Bitte bleiben Sie im Spital. Es wäre gut, Ihr Herz noch ein paar Tage beobachten zu können. Gönnen Sie sich die Ruhe hier und die Beaufsichtigung durch unser Fachpersonal. Ihrem Sohn zuliebe. Er ist ein herzensguter Junge. Er hat Ihnen das Leben gerettet.«

Magda schluckte. An Bruno hatte sie gar nicht mehr gedacht, sie musste wirklich von Sinnen gewesen sein.

Gerade wollte sie anheben, die Kinderbetreuung als Argument gegen den Spitalsaufenthalt anzuführen, als er sagte: »Fräulein Winkelmann hat sich schon die nächsten Tagen freigenommen, sie will zu Hause bei den Kindern bleiben.«

Das alles war arrangiert worden, während sie ohnmächtig gewesen war? Ohne Magdas Zutun und ohne ihre Zustimmung? Magda machte sich von dem Professor los und wollte schon ihre Arme aufgebracht in die Hüften stemmen, als sie sich dann doch eines Besseren besann und so tat, als müsse sie sich kurz an der Hüfte kratzen.

»Tun Sie's für Bruno«, sagte er leiser.

Magda spähte den Flur hinab und brummte schließlich ein kaum verständliches »Ja, für Bruno« vor sich hin.

Der Professor brachte sie zurück in ihr Bett, verabschiedete sich von ihr und versprach, dass er für sie ein Gebet sprechen wolle.

Kaum dass er den Krankensaal verlassen hatte, wurde die Tür aufgerissen, und Bruno und Ella stürmten auf Magda zu.

»Mamilein!«, rief Bruno freudestrahlend, und Ella überreichte Magda ein Gänseblümchen. Mit etwas Abstand von den Kindern trat Viviana an ihr Bett. Sie wirkte, als erwartete sie ein Donnerwetter. Zu Recht, war Magda überzeugt.

»Wann kämmst wieder nach Haus?«, drängelte Bruno. Er kletterte aufs Bett und schlang seine Ärmchen um Magdas Hals.

Magda schaute zu Viviana. Sie wollte ihr vorwerfen, sie gegen ihren Willen hiergebracht zu haben, wo sie so nahe an Wenkes Sterbeort zugrunde gehen würde, weil ihre Tochter so nah und doch so unerreichbar war. Und das alles nur, weil Viviana blind gegenüber der modernen Medizin war und einen verklärten Blick auf die hohen Herren der Wissenschaft hatte. Aber sie brachte es nicht übers Herz. Sie dachte an Professor von Marcus, der ihre Meinung über das Juliusspital und die Ärzte ein wenig ins Wanken gebracht hatte. Auch wenn Magda es sich nur ungern eingestand, aber von Marcus war der Beweis dafür, dass Professoren auch nett sein konnten, verständlich und sogar einfühlsam redeten und die Armen nicht nur Futter für die Wissenschaft für sie darstellten. Professor von Marcus, darauf hätte Magda ihre beste Nadel verwettet, war aber sicher die Ausnahme von der Regel.

»Bald käm ich wieder heim«, sagte sie zu Bruno, ohne den Blick von Viviana zu nehmen. »Sie wolle mei Herz noch beobachte.« Die Vorstellung, noch über Nacht im Spital bleiben zu müssen und noch weitere Stunden und Tage bevormundet und kontrolliert zu werden, war ihr ein Graus. Solange Magda sich erinnern konnte, war sie selbstständig gewesen. Schon in Brunos Alter hatte sie eine ganze Liste von Pflichten im Haushalt und gegenüber den kleineren Geschwistern zu erfüllen gehabt. Seit sie denken konnte, hatte sie für andere die Verantwortung übernommen – und nicht umgekehrt.

Viviana nickte sichtlich erleichtert. »Danke, dass du bleibst und gesund werden willst«, sagte sie etwas verlegen.

»Müssen sie dich aufschneiden, Tante Magda? Wie in Mamas Büchern?«, fragte Ella ungläubig. »In Mamas Schedoskop war es ganz still bei dir.«

Magda wurde eiskalt bei dem Gedanken, dass ein fremder Arzt sie aufschnitt und in ihren Körper hineinschaute. »Ich denk a mal ned«, wiegelte sie ab, obwohl sie wusste, dass in Krankenhäusern alles passieren konnte. Allerdings hatte Professor von Marcus gesagt, dass es allein an ihr liegen würde, wieder gesund zu werden. Sie müsse nur die Ursache für ihre Erschöpfung angehen. Dann brauche sie auch keine weitere Medizin.

Magda seufzte und sah dann schräg am Bett der Schnarcherin vorbei aus dem Fenster, wo die Separat-Anstalt für kranke Kinder lag.

Da erklärte ihr Bruno stolz, welche neuen Pflichten er zu Hause übernehmen wolle, damit Magda in Zukunft weniger arbeiten müsse. Auch versprach er ihr, ordentlicher zu sein, damit sie sich nie mehr über ihn ärgern müsste.

Magda war gerührt, weil ihr Sohn sich so sehr um sie bemühte und gleichzeitig viel besser mit Wenkes Tod umging als sie selbst, obwohl er, wie sie wusste, seine Schwester schmerzlich vermisste. Ihn wollte sie nicht auch noch verlieren.

Eine Viertelstunde blieb ihr Besuch noch, dann war Magda so erschöpft, dass ihr im Sitzen die Augen zufielen. Sie drückte die Kinder noch einmal fest an sich und nickte Viviana zu, dann schloss sie die Augen. *Wenn man schläft,* dachte sie noch im Wegnicken, *vergeht die Zeit a weng schneller.*

❄

Als Magda wieder aufwachte, gab es Frühstück. Von der Wärterin ihres Krankensaales wurde sie an den Tisch geführt. Das Essen war reichlicher als zu Hause, sogar gelbe, süße Pflaumen gab es. Nach dem Frühstück stand die Visite an. Mehr als ein Dutzend Augen richteten sich dabei auf ihren Leib. Da hatte sie es! Die Studenten verwendeten lateinische Wörter, die sie nicht verstand. Aber Professor Bamberger erklärte ihr die fremden Begriffe im Anschluss und riet Magda, es mit den Spaziergängen im Spitalgarten nicht zu übertreiben. Die Nachricht von ihrem gestrigen Ausflug war wohl zu ihm durchgedrungen.

Die Folgetage vergingen äußerst langsam. Viviana, Ella und Bruno besuchten sie täglich. Anders als in Magdas Vorstellung war das Spital doch recht sauber, und die meisten Wärterinnen waren einigermaßen umgänglich. Aber die Krankheiten, die überall in der Luft hingen, die bekam man nicht mit Essig weg. Magda zählte die Stunden. Am vierten Tag unternahm sie mit Viviana, Bruno und Ella einen Spaziergang durch den Spitalgarten. Zum Glück war die Seite für die weiblichen Curisten weit weg von der Separat-Anstalt. Mit jedem Tag aß Magda mit mehr Appetit. An ihrem sechsten Tag im Spital verlangte sie sogar einen Nachschlag von der Erbsengrütze und schaffte fünf gelbe Pflaumen.

Am vierzehnten Tag beschied ihr der Doktor in der Morgenvisitation, dass ihr Herz außer Gefahr wäre und sie entlassen werden konnte. Er hatte noch nicht einmal den Raum verlassen, da raffte Magda schon ihre private Kleidung zusammen, die sie ganz ungeniert vor den Studenten anzog, und verließ den Krankensaal sieben. Die Wärterin trug ihr noch einige Verwaltungspapiere hinterher.

Im Innenhof spritzten sich Kinder Wasser aus den Springbrunnen ins Gesicht, es war schon zu dieser frühen Stunde sehr heiß. Als Magda zur Spitalskirche hinüberschaute, sah sie gerade Professor von Marcus – geführt von seiner Frau – in der Spitalskirche verschwinden. Ein Professor, der für seine Patienten betete?

Sie ging ins Torgebäude, wo sie die Verwaltungszettel vorzeigen musste, damit sie überhaupt gehen durfte. Der Pförtner nannte einen davon den »Entlassungsschein«. Was war sie froh darüber, dem Juliusspital endlich den Rücken zuzukehren! Hoffentlich auf Nimmerwiedersehen.

Eigentlich hatte Magda die Untere Promenade nach rechts hinab zur Pleich abbiegen wollen, aber sie hielt inne und dachte nach. Der blinde Professor hatte gesagt, dass sie erst wieder geheilt wäre, wenn sie die Ursache für ihre Erschöpfung anginge. Sonst würde ihr Herz vermutlich ständig von Neuem erkranken. Wollte sie jedoch die Ursache für ihre Erschöpfung angehen, um nie mehr in den *Wartesaal des Todes* zurückzumüssen, konnte sie das Spitalsgelände doch noch nicht so schnell verlassen, wie sie es vorgehabt hatte.

Magda ging nicht rechter Hand um den Curistenbau herum, sondern linker Hand. An der Ecke des mächtigen Gebäudes blieb sie stehen. Bevor die Obere Wallgasse einen Knick machte, lag die Separat-Anstalt für kranke Kinder rechter Hand. Eine Weile bewegte sie sich nicht von der Stelle, der Anblick der Anstalt war nur schwer zu ertragen. Magda dachte wieder an die Worte des blinden Professors, dann atmete sie tief ein und näherte sich dem Eingang. Sie hatte lange nicht mehr gebetet, doch während ihrer nächsten Schritte tat sie es und fand dadurch die Kraft, weiterzugehen. Magda fror und schwitzte zugleich, sie fühlte sich wieder schwach und gebrechlich, obwohl sie in den letzten Tagen mehr als im ganzen Monat davor gegessen hatte.

Zögerlich betrat sie das Haus, in dem auch der poliklinische Unterricht abgehalten wurde. Eine junge Frau führte einen Mann mit einer blutenden Kopfwunde an ihr vorbei. Magda wich zur Seite, besser sie machte sich wieder vom Acker. Hier drinnen spürte sie Wenke mit jedem Atemzug.

»Sie wünschen?«, fragte ein junger Herr, hochgewachsen und blond, und nicht so freundlich wie der blinde Professor.

»Er atmet nicht mehr!«, rief jemand aus dem Raum dahinter. »Kommen Sie bitte, Herr von Hardenberg!«

»Für eine Untersuchung in der Poliklinik reihen Sie sich bitte in die Schlange ein«, wies Herr von Hardenberg Magda noch an, dann lief er davon.

Es war ein Kommen und Gehen. Der Eingang war inzwischen mit Kranken zugestellt. Einer hatte so ansteckend aussehende Furunkel am Kopf, dass Magda bei seinem Anblick ganz schlecht wurde. Von Viviana wusste sie, dass sich die Separat-Anstalt mit ihren zwei Krankensälen im oberen Stockwerk des Hauses befand. Sie wollte sich in keine Schlange einreihen und auch dem Mann mit den Furunkeln am Eingang nicht zu nahe kommen.

Während jemand im poliklinischen Untersuchungssaal mit dem Tode rang, ging Magda die Treppe hinauf. Wieder langsam Stufe für Stufe, als sei sie gerade erst ins Spital eingeliefert worden.

Oben angekommen, trat ihr eine Wärterin mit einer Puppe in der Hand entgegen. »Wie heißt Ihr Kind?«, wollte sie von Magda wissen, wohl in der Annahme, Magda wolle ihr krankes Kind besuchen.

Magda bekam keinen Ton heraus. Sie hörte jemanden im unmittelbar vom Flur abgehenden Saal genauso schrecklich keuchen und um Luft ringen wie einst Wenke.

»Kommen Sie.« Die Wärterin führte Magda in den linken Saal und an den Betten entlang. Einem kleinen Mädchen in Ellas Alter legte sie die Puppe neben den fiebernden Körper. Es war eine wunderschöne Puppe mit offenem Mund, hübschem Kleid und Ohrringen, wie Magda Wenke nie eine hatte kaufen können.

»Wenke«, sagte sie irgendwann. »Mei Tochter is Wenke.«

Die Wärterin runzelte nachdenklich die Stirn. »Wenke?«

»Sie war des bravste und liebenswürdigste Mädle, des ich gekannt hab«, brachte Magda mit zusammengeschnürter Kehle heraus. Ihr Blick glitt über die Betten, als könnte Wenke in einem davon liegen.

»War?«, fragte die Wärterin irritiert, und Magda beobachtete, wie eine weitere Wärterin einen langbärtigen Mann mit auffallend stolzem Gang an das Bett des Mädchens mit der Puppe bat. Sie redete ihn mit »Professor von Rinecker« an. *So wie der schreitet, gehen arrogante Professoren,* davon war Magda überzeugt. Er untersuchte das Mädchen, ohne ihr die Puppe aus dem Arm zu nehmen.

»Wenke«, murmelte Magda und spürte schon, wie die Beine unter ihr nachgaben. Sie musste sich am nächsten Bettgestell festhalten.

»Sie fragten nach Wenke?« Der Professor mit dem stolzen Gang kam zu ihr und schaute sie aus seinen eng stehenden Augen an. Sein Blick schüchterte Magda ein. »Meinen Sie Wenke Wassmaier oder Wenke Vogelhuber?«, fragte er.

Magda dachte nur, dass er sie für verrückt halten musste. Sie selbst hielt sich ja auch für verrückt, weil sie hergekommen war. »Vogelhuber«, murmelte sie schließlich ganz verwirrt vor Angst und wandte sich zum Ausgang.

»Kommen Sie.« Der Professor wies nicht auf den Ausgang, sondern in die Ecke des Saals, die mit einer spanischen Wand abgetrennt war.

»Ich, ich …«, begann Magda, fand aber keine Worte, nicht einmal ein Brummen kam ihr über die Lippen.

»Wenke war sehr tapfer. Ich erinnere mich an Ihr Mädchen mit den roten Zöpfen. Dort lag sie.« Der Professor wies auf ein leeres Bett hinter der Klappwand.

Magda ging mit Tränen in den Augen auf das Bett zu. Als Ersatz, weil sie es beim Sterben ihrer Tochter nicht gekonnt hatte, hätte sie sich jetzt am liebsten eng an die Matratze geschmiegt. »Warum konnte Sie sie ned heile?«, fragte sie und wischte sich mit dem Ärmel die Tränen aus dem Gesicht. »Warum mei Wenke? Warum ausgerechnet sie?«

Professor von Rinecker wandte sich ihr zu. »Ich verstehe Ihren Schmerz. Und ich weiß, dass nichts und niemand ein totes Kind seinen Eltern ersetzen kann. Wenn einem ein Kind stirbt, ist nichts mehr wie früher. Wenke hätte vermutlich überlebt, wenn ihr Stickhusten früher diagnostiziert worden wäre.«

Seine Antwort traf Magda wie ein Keulenschlag. Viviana war davon überzeugt gewesen, dass Wenke zuallererst im Juliusspital hätte untersucht werden müssen, damit dort für ihre Heilung eine kompetente Diagnose gestellt wurde. Doch Magda hatte in ihrer Abneigung gegen das Spital lieber den Armenarzt kommen lassen, der anfänglich nur eine einfache Grippe diagnostiziert hatte.

Magda nickte unter Tränen. »Ich hab nicht a mal richtig Abschied von ihr nehm könn.« Das wurde ihr erst hier an Wenkes Totenbett bewusst. Sie hatte Wenke in den schwersten Stunden ihres Lebens allein gelassen. Sie war eine Rabenmutter!

»Bleiben Sie ruhig noch etwas hier und gedenken Sie Ihrer Tochter«, sagte der Professor, nickte ihr zu und verließ die Ecke hinter der spanischen Trennwand wieder.

»Des tut mir so leid«, flüsterte Magda in der Hoffnung, ihre Tochter könne sie hören. »Dass ich ned bei dir war.«

Sie setzte sich auf das Kinderbett und strich über das Laken. Hemmungslos begann sie zu schluchzen. Sie wusste nicht zu sagen, wie lange sie so dagesessen hatte, bis sie sich einigermaßen wieder beruhigte und mit zitterndem Leib versprach: »Mei letztes Kindle will ich nie alleine lasse.«

***

31

SEPTEMBER 1854

Die Königliche Residenz war mit einer Hofkirche, mit Innenhöfen, prunkvollen Sälen und Kabinetten ausgestattet. Die Könige wohnten bei ihren Aufenthalten in Würzburg in diesem Stadtpalast. Prinz Luitpold, der Bruder des amtierenden bayerischen Königs Maximilian II., war in der Residenz geboren worden, worauf die Stadt sehr stolz war. Viviana nutzte den freundlichen Septembertag, um im Hofgarten der Residenz spazieren zu gehen. Sie tat es, ohne ein schlechtes Gewissen der Familie gegenüber zu haben, und ohne den Drang, sich verstecken zu müssen. Vier Jahre nach ihrer Flucht aus dem Kloster hatte sie Würzburg für sich zurückerobert. Ihre Kleidung war schlichter als früher. Sie trug hübsche, aber praktische Blusen und Röcke, und an einem der ersten Herbsttage wie heute auch eine Miederjacke, die über der Brust geschlossen war. Das Deckhaar hatte sie oberhalb der Ohren straff nach hinten gezogen und auf dem Hinterkopf mit einer Schleife zu einem Pferdeschwanz zusammengebunden, ihre Locken flatterten im Herbstwind um die Wette.

Einige Spaziergängerinnen zeigten mit den Spitzen ihrer Schirme auf sie, sobald sie meinten, Viviana hätte ihnen den Rücken zugedreht. Sie verzieh diesen Frauen ihre schlechten Manieren, aber noch mehr bemitleidete sie sie, weil ihnen noch niemand die Augen geöffnet hatte. Und zwar darüber, dass es neben Mode, Kindererziehung und Spaziergängen in teurer Kleidung noch andere Dinge gab, die das Leben einer Frau bereichern konnten. Zum Beispiel der natürliche Geruch des Essens, der Geruch nach frischem Brot. Erst in der Pleich hatte sie nichtparfümierte Speisen kennen- und lieben gelernt. Es ging kaum etwas über den Duft frisch gebackenen Krustenbrotes mit frischen Eiern darauf oder nur mit Butter bestrichen, Brunos und inzwischen auch Vivianas Lieblingsessen. Bildung, wie sie sich Dorothea Erxleben erkämpft hatte, war eine weitere Sache, die sie den Damen wünschte, die ihr so schief nachschauten. Das Bildnis der klugen Ärztin aus Quedlinburg hatte Viviana in ihrer Kammer über dem einarmigen Stuhl aufgehängt. So hatte sie es gleich nach dem Aufstehen zusammen mit Ellas Gesicht als Erstes vor Augen. Dorotheas Halbportrait gab ihr auch die Kraft, die herablassenden Blicke der Studenten besser zu ertragen, wenn sie Professor von Marcus durchs Spital führte.

Höflich grüßte Viviana die Spaziergängerinnen, denn für ihre Mission in der Gesellschaft, die sie zusammen mit Roswitha und Ursula plante, galt es, genau solche Frauen wie diese samt ihren Töchtern zu gewinnen.

Seit Magda aus dem Spital entlassen war, hatte Viviana mehr als sechzig Einladungen geschrieben. Sie waren an Würzburgerinnen und Frauen in anderen fränkischen Städten gerichtet, Roswitha verfügte über viele Kontakte. Sie wollten Frauen treffen, die ähnlich dachten wie sie, oder zumindest ähnlich denken würden, gäbe man ihnen die Möglichkeit dazu. Frauen, die sich trauten, an ihr Recht auf Bildung zu glauben. Zuerst galt es zu erreichen, dass Gymnasialkurse für Frauen eingerichet wurden. Mit der Zusammenkunft, die für den heutigen Abend geplant war, würde ihre kleine Gruppe wachsen und käme ihrem Ziel einen Schritt näher. Zumindest hoffte Viviana das, während sie unter den kunstvoll beschnittenen Obstbäumen des Ostgartens entlangschritt. Das Gelände des Ostgartens stieg in Terrassen bis zur Höhe der Verteidigungsmauern an, war von Treppen gerahmt und von Wegen durchzogen. Wenn nur genügend Frauen zusammenkämen, hätten sie eine Chance, die Politik im Königreich Bayern zu beeinflussen!

Viviana hatte noch nie in einem Raum voller Menschen gesprochen. Doch heute Abend wäre es so weit, und der Spaziergang durch die Gärten der Residenz sollte ihr nun dabei helfen, dass ihre Aufregung sich zumindest wieder etwas legte. Das Laub mancher Obstbäume leuchtete schon golden in der Herbstsonne. Apfel-, Birnen-, Sauerkirschen- und Pflaumenbäume säumten ihren Weg. Sie genoss die Zeit, die sie ganz für sich alleine hatte.

Es hatte eine Weile gedauert, bis Ella sie für diesen Spaziergang fortgelassen hatte. Die vergangenen Sonntage waren sie gemeinsam mit der Familie von Marcus beim *Letzten Hieb* gewesen. Wenn Ella dann abends erschöpft von der vielen frischen Luft eingeschlafen war, hatte Viviana anonyme Briefe an Frauen in Dettelbach, Kitzingen und Ochsenfuhrt geschrieben. Roswitha hatte ihnen die Einladungsschreiben danach persönlich überbracht. Nun war Ella das erste Mal ohne sie mit Familie von Marcus oben beim *Letzten Hieb*. Ein bisschen war Nannette von Marcus Ella zur Großmutter geworden.

Viviana schlenderte durch den Laubengang, vorbei an dickschenkeligen Engeln auf Steinsockeln. Sie musste lächeln, als sie am Ende des Ganges einen Mann mit einer jungen Frau tanzen sah. Tanzen in einem öffentlichen Garten? Sie bewegten sich im Walzerschritt, nein, sie schwebten in vollkommenem Einklang über den Boden. Unwillkürlich musste sie an Doktor Staupitz denken. Da drehte sich das tanzende Paar in ihre Richtung, und Viviana erkannte in dem tanzenden Mann zu ihrer Überraschung Rudolf Virchow. Es war das erste Mal, dass sie ihm außerhalb des Spitals als Privatmensch begegnete. Er war ein respektabler Tänzer, musste sie zugeben und war berührt, wie zärtlich der Professor seine Frau in seinen Armen führte, obwohl gar keine Musik gespielt wurde.

Viviana ging den Laubengang leise zurück und stieg die Treppe zur obersten Terrasse hinauf. Dort trat sie an die Brüstung. Die Königliche Residenz erhob sich wie ein Gebirge vor ihr. Das restliche Würzburg hinter ihr wirkte im Verhältnis dazu klein und unbedeutend. Zur fernen Linken des Baus thronte die Festung, zur fernen

Rechten die eindrucksvolle Kuppel von Stift Haug, die drei wichtigsten und prägendsten Bauwerke der Stadt: Für die Religion stand die Festung, für das Königtum die Residenz und für das aufsteigende Bürgertum die Hauger Kirche, in deren Schatten ihr Großvater aufgewachsen war.

Beim Anblick des Laubengangs zu ihren Füßen, dachte Viviana, dass jeder Mensch mehrere Seiten hatte. In Professor Virchow schien doch mehr Feingefühl zu stecken, als sie bisher gemeint hatte. Unwillkürlich musste sie auch an ihre Mutter denken, die sie ohne ein Anzeichen von Bedauern aus dem Palais hinausgeworfen hatte. Würde sie ihr ihre Kälte und Härte jemals verzeihen können?

Viviana begab sich zu den verschlungenen Pfaden unterhalb des Südgartens. An einem Rondell stand ein Abelienstrauch, von dem sie ein Blatt abpflückte. Der Austausch mit Professor von Marcus, zuletzt die Befragung durch Professor Kölliker und die Sektion mit Doktor Staupitz waren Erlebnisse und Erfahrungen, die sie nie mehr vergessen und über die sie auch heute Abend vor den Frauen sprechen würde. Ihre Gedanken glitten zu dem bevorstehenden Treffen. Um sechs Uhr wurde sie von Roswitha und Ursula im Mainviertel erwartet.

Es gab noch einen weiteren Grund, der Anlass zur Freude bot. Magda ging es gesundheitlich wieder besser. Es war nicht mehr so zwischen ihnen wie früher, aber immerhin sprachen sie wieder miteinander, und Magda achtete mehr auf Bruno.

»Bitte, würden Sie mir sagen, ob es schon fünf Uhr ist?«, bat Viviana einen Spaziergänger.

Der Mann zog seine Uhr an der Kette aus der Westentasche. »Es ist Viertel nach fünf ...«

Er stockte, und sie wusste, dass er unsicher war, wie er sie ansprechen sollte. Gegen »Gnädigste« sprach ihre legere, unkonventionelle Kleidung. Und so sagte er lieber gar nichts.

»Herzlichen Dank.« Viviana eilte durch den Südgarten davon. Sie ging nicht mehr, sie rannte unvornehm. Spaziergänger schauten ihr nach, als sie die gusseiserne Schwelle des Gartentores mit einem Satz übersprang.

Zurück in der Mühlgasse sammelte sie ihre Unterlagen zusammen und fuhr, wie vereinbart, mit der Kutsche ins Mainviertel. Während das Gefährt über die steinerne Mainbrücke zuckelte, betete sie dafür, dass hoffentlich viele Frauen ihrer Einladung gefolgt waren. Sie schaute zur mächtigen Marien-Festung hinauf. Der prächtige Bau und die Weinberge wurden von den Strahlen der tief stehenden Sonne in ein orangefarbenes Licht getaucht.

Roswitha nahm sie freudig in Empfang. Wie bei jedem ihrer Treffen trug die anmutige, groß gewachsene Frau auch heute wieder ihr rotes Krinolinenkleid, welches sie wie eine Königin aussehen ließ, eine Königin der Revolution. Roswithas gesamte Erscheinung war genauso auffällig wie die Ursulas unscheinbar. Diese stand scheu neben ihrer Freundin und trug ein graues Tageskleid mit Rüschen an Hals und Handgelenken.

Viviana lächelte ihr zu. Bei ihren vergangenen Begegnungen hatten sie sich besser kennen- und mögen gelernt, ohne viele Worte. Viviana ahnte, dass für Ursula einiges auf dem Spiel stand, auch wenn sie deren familiären Hintergrund kaum kannte. Das war kein Thema zwischen ihnen. Man gab nur preis, was man preiszugeben bereit war. Anders als Ursula hatte Roswitha »nur« ihren guten Ruf zu verlieren und äußerte sich ihnen gegenüber jederzeit sehr offen.

Die Frauen begrüßten sich, sollten sie beobachtet werden, mit jenem vornehmen Abstand, den man wahrte, wenn man sich zu unverfänglichen Handarbeiten traf.

»Unsere Gäste sind schon da!«, meinte Roswitha mit gelangweilter Miene. Aus der Ferne mochte es so aussehen, als hätte sie eine Bemerkung über das Wetter gemacht.

»Wie viele sind gekommen?« wollte Viviana ungeduldig wissen. Ihre Aufregung stieg, obwohl sie ihre Ansprache gewissenhaft vorbereitet hatte und sie mehrfach durchgegangen war. Was wäre, wenn die Frauen sie wegen ihrer Äußerungen beschimpfen würden oder sich etwas ganz anderes erwartet hatten? Schließlich entstammten die Zuhörerinnen allesamt bürgerlichen Kreisen, und mit ihrer Ansprache, deren inhaltliche Ausgestaltung Roswitha ihr vollständig überlassen hatte, verstieß Viviana gegen sämtliche Anstandsregeln und bürgerlichen Tugenden – allen voran Folgsamkeit und Gehorsam.

»Es sind mindestens zwanzig Frauen, mehr als erwartet!«, sagte Roswitha. Roswitha und Ursula hatten die Frauen zu unterschiedlichen Zeitpunkten und an unterschiedlichen Treffpunkten in der Stadt eingesammelt. Da politische Versammlungen verboten waren, wäre ein Pulk an Kutschen, der über die steinerne Mainbrücke fuhr, viel zu auffällig, um nicht zu sagen verräterisch, gewesen. Eine Provokation für die Gendarmen, die so zahlreich in der Stadt patrouillierten.

»Es kann losgehen!«, sagte Roswitha und rauschte in ihrem Revolutionskleid voran. Ursula und Viviana beeilten sich, ihr durch das Labyrinth aus Fluren und Räumen zu folgen.

Sie hatten im Vorfeld eine klare Aufgabenteilung für die Vorbereitungen auf das heutige Treffen festgelegt. Ursula hatte das Geld dafür beschafft. Viviana hatte die Einladungsschreiben formuliert und verfasst. Roswitha hatte die Aufgabe übernommen, die Einladungsschreiben zu übergeben sowie weitere ihr geeignet erscheinende bürgerliche Frauen mündlich einzuladen. Roswitha hatte immer wieder betont, dass sie, sollten sie auffliegen und Schwierigkeiten mit der Gendarmerie bekommen, für alles die alleinige Verantwortung übernehmen würde.

Als die drei Frauen nun den Backsteinsaal betraten, war es so still, als stünde er leer. Das Einzige, was Viviana beim Näherkommen hörte, waren das Knarzen eines Stuhles und ein leichtes Hüsteln einer der Frauen. Die Damen saßen in vier Reihen um den Handarbeitstisch versammelt. Nadeln, Garn und Perlensäckchen lagen bereit. Ursula verschloss die Holztür in den Saal doppelt. Sie benötigte zwei Anläufe dafür, weil sie vor lauter Aufregung den Schlüssel einmal fallen ließ.

Viviana atmete tief durch, dann schritt sie zum Handarbeitstisch in der Mitte des Raumes. Unsicher lächelte sie in die Frauenrunde. Sie sah geschmückte Damen und Fräuleins, von denen die wenigsten es wagten, ihr direkt in die Augen zu schauen. Einige blickten zu den Backsteinwänden, andere auf den Boden.

Ursula und Roswitha setzten sich zu ihnen. Ursula schaute gebannt zu ihr nach vorne. Und Roswitha nickte ihr auffordernd zu, aber Viviana zögerte noch. Sie dachte, dass die versammelten Damen von ihren Kleiderschichten umgeben waren wie von Schutzwällen und dass diese nur schwer zu durchdringen wären.

Viviana begann ihre Rede deshalb anders, als sie sich diese in den zurückliegenden Nächten zurechtgelegt hatte. Sie hielt die Seite mit dem Porträt der *Frauen-Zeitung* in die Höhe und sagte: »Das ist Dorothea Erxleben. Sie lebte vor einhundert Jahren in Quedlinburg und war die erste Frau, die in Preußen ihr Promotionsexamen ablegen und als Ärztin arbeiten durfte.« Viviana schritt nun im Kreis um den Handarbeitstisch herum, damit die Frauen das Bildnis auch aus der Nähe sehen konnten. »Dorothea wandte sich, um ihre Ziele erreichen zu können, sogar an den preußischen König, den ihre Gelehrsamkeit überzeugte.« Viviana nahm Garn und Nadel vom Handarbeitstisch auf. Mit der Nadel stach sie zwei Löcher in den oberen Rand der Zeitungsseite. Sie fädelte das Garn durch die Löcher und hängte das Bildnis an einer Steinnase der Backsteinwand neben dem Kamin auf. Hier im Backsteinsaal sollte Dorothea heute und zukünftig von allen Frauen gesehen werden können. Sie selbst hatte sich das Bildnis der klugen Frau mit dem wachen Blick längst eingeprägt und brauchte es nicht länger in ihrer Kammer. Hier leistete es nunmehr bessere Dienste.

Roswitha zündete sich eine Zigarre an und zog mehrmals hintereinander daran. Viviana irritierte der Anblick einer rauchenden Frau nach wie vor, aber sie ließ es sich nicht anmerken. Und so ähnlich wie ihr erging es wohl auch Roswithas Nachbarinnen. Eine hustete.

»Ich bin Viviana Winkelmann, und Dorothea Erxleben ist mein Vorbild«, sagte Viviana laut und deutlich. »Seit ich vor vier Jahren in der Apotheke des Spitals das erste Mal mit dem Fachgebiet der Medizin in Berührung kam, wollte ich nichts anderes mehr, als Ärztin werden. Durch Fleiß, beständige Übung und Beobachtung. Genau wie Dorothea. Ich bin die Mutter einer vierjährigen Tochter und wurde von meiner Familie verstoßen, weil ich mein uneheliches Kind behalten und keinen mir fremden Kommandanten heiraten wollte.«

Zwei Frauen, die nebeneinandersaßen, schlugen sich entsetzt die Hand vor den Mund. Viviana zählte neben Roswitha und Ursula einundzwanzig Frauen. Die folgenden Worte kamen ihr nicht leicht über die Lippen. Zwar war Paul mittlerweile aus ihrem Herzen, aber ihre Familie war es nicht und würde es nie sein. »Als dies vor vier Jahren geschah, fühlte ich mich einsam und allein gelassen. Nur dank meiner Tochter, meiner guten Magda und der Medizin habe ich nicht den Kopf verloren. Meine ersten Medizinvorlesungen besuchte ich heimlich als ungebetener Gast. Deshalb wagte ich es auch – nicht zuletzt, weil mir Roswithas Beispiel«, sie wies dabei auf ihre Mitstreiterin, »Mut gemacht hatte –, beim Senat der Würzburger Universität eine Gasthörerschaft zu beantragen, die aber abgelehnt wurde.«

Immer mehr Frauen hoben die Köpfe, sahen zu Viviana und auch zu Roswitha, die bestätigend nickte. Vor ihrem Gesicht stiegen Tabakwolken auf. Rauchverhangen lächelte sie.

Viviana sprach eindringlicher: »Was uns Frauen fehlt, wird mir vor allem bewusst, wenn ich auf meine Tochter schaue. Sie ist schon jetzt mit ihren vier Jahren so neugierig, dass sie die ganze Welt erklärt bekommen will. Warum sollte ich ihr dabei Grenzen setzen und sie stattdessen«, Viviana hob eine Garnrolle hoch und zeigte sie herum, »zu Demuts- und Geduldsübungen wie Handarbeiten zwingen?« Sie warf die Garnrolle über die Köpfe der Frauen hinweg zu Ursula, die in der hintersten Reihe saß.

Mit einem leichten Lächeln fing Ursula das Symbol der weiblichen Anpassung und des Ausschlusses aus dem öffentlichen Leben auf.

»Ist eine Gesellschaft nicht viel stärker, wenn Männer *und* Frauen gemeinsam darin wirken?«, fragte Viviana in die Runde.

Getuschel kam auf. Die Frauen, die sich untereinander kaum kannten, wandten sich jetzt einander zu und tauschten sich flüsternd aus.

Viviana wartete eine Weile und bat dann wieder um Aufmerksamkeit. »Ich bin und bleibe eine Mutter und möchte auch gerne einmal Ehefrau werden und einen Haushalt führen«, fuhr sie fort und sah dabei Professor Virchow mit seiner Rose im Laubengang des Hofgartens Walzer tanzen. »Doch für meinen Traum, Medizin studieren und als Ärztin arbeiten zu können, muss auch Raum sein.« Kurz dachte sie an Hubertus von Hardenberg, der mehr oder minder vor ihr geflüchtet war, nachdem sie ihm von diesem Wunsch berichtet hatte. Sie würde ihm schon noch beweisen, dass ihr Traum mehr als nur ein Hirngespinst war!

»Hochverehrte Damen«, kam sie nun auf den springenden Punkt zu sprechen, »wir müssen an der Basis anfangen. Meine mangelnde Vorbildung war der angebliche Grund für die Ablehnung meines Antrags. Die Herren Professoren haben mich nicht einmal angehört oder gar geprüft, sondern in ihrem Antwortschreiben lediglich auf mein fehlendes Abitur verwiesen. Ein Abitur, das uns Frauen abzulegen jedoch gar nicht möglich ist!« Viviana sah, wie einige der Frauen vor Ungläubigkeit den Kopf schüttelten.

»Daher sage und fordere ich, dass man uns Frauen, unseren Töchtern und Enkelkindern entweder die Möglichkeit zum Abitur gibt oder dass man uns jeweils separat auf unsere Eignung für das jeweilige Studienfach, das wir studieren wollen, prüft. Es müssen Gymnasialkurse für Frauen her, daran führt kein Weg vorbei.«

Wieder ging ein Raunen durch den Saal, diesmal lauter.

Erneut bat Viviana um Aufmerksamkeit. »Dorothea Erxleben musste damals ganz allein für ihr Anliegen kämpfen. Wir jedoch haben heute die Möglichkeit, uns zusammenzutun. Für uns, unsere Kinder und Kindeskinder. Für alle Frauen, die bildungshungrig und neugierig auf die Welt sind, müssen wir diesen Schritt wagen. Denn nur wenn wir viele sind, haben wir auch eine Chance, unser Ziel zu erreichen.«

Mit der Zigarre im Mund klatschte Roswitha laut Beifall, einige Frauen fielen zaghaft mit ein.

Viviana bat mit erhobenen Händen um Ruhe, um weitersprechen zu können. »Auch Dorothea Erxleben machte sich viele Gedanken über das Studium der Frau. Und wissen Sie, was sie dazu unter anderem aufschrieb?« Viviana zog die Schrift aus ihrem Papierstapel hervor, bei deren Beschaffung Nannette von Marcus ihr behilflich gewesen war. »Dorothea war überzeugt, dass Frauen lieber studieren sollten, anstatt zu viel Zeit auf Kaffeekränzchen und mit allzu langem Schlafen zu verbringen. Und zwar mittels Eigenstudium, Unterweisung und durch Koedukation, das ist ein Unterricht, an dem Damen und Herren teilnehmen. Dorothea forderte schon damals Bildung und dass alle Frauen, die studieren wollten, auch die Möglichkeit dazu bekamen. Außerdem setzte sie sich für eine Zulassung studierter Frauen zu allen akademischen Berufen ein.« Viviana sprach fordernd und überzeugend. Der Blick in die Vergangenheit machte ihr Mut für die Zukunft. »Die alten Römer hatten Göttinnen und Priesterinnen«, verkündete sie nun und schaute dabei einer Frau, die vor ihr in der ersten Reihe saß, direkt in die Augen. Die Dame, die etwa in Roswithas Alter war, blinzelte aufgeregt, als wäre ihr ein Insekt ins Auge geflogen.

Worauf Ursula sich vom Stuhl erhob und schüchtern ergänzte: »Die Ägypter wiesen auch eine Reihe von Regentinnen auf, wovon Cleopatra nur eine war.«

Viviana nickte Ursula zu. »Sie sehen also, meine Damen, dass in der Vergangenheit einige Frauen durchaus von Männern für würdig erachtet wurden, hohe Ämter zu bekleiden.«

»Ja, Anna von Österreich zum Beispiel!«, rief ein Fräulein in der dritten Reihe und stand dabei wie Ursula von ihrem Stuhl auf. »Und Maria und Katharina von Medici!«, gab jene aus der ersten Reihe, die eben noch geblinzelt hatte, von sich und erhob sich ebenfalls. »Gisela von Schwaben im elften Jahrhundert!«, hörte Viviana eine weitere Stimme, und noch ein Dutzend andere Namen folgten. Weitere Frauen standen nun auf, sie steckten sich gegenseitig mit ihrem Mut an, und auch Viviana stieg nun kühn auf den Handarbeitstisch. »Es gab schon viele starke Frauen vor uns, die die politischen Geschicke mitgestalteten. Kennen Sie Livia, hochverehrte Schwestern, die Gemahlin des römischen Kaisers Augustus?«, wagte sie es, ihre Gäste »Schwestern« zu nennen.

Eine Frau neben Ursula rief in die Runde: »Livia machte ihren Willen zu dem seinen!«

Die Stimmung heizte sich auf, jetzt standen alle Frauen wie zu einem Chor versammelt. Immer mehr Frauen nickten und legten ihre Schuten und Handschuhe ab. Viviana sah es als Zeichen, sich frei zu machen, auch von der männlichen Bevormundung. Männer wollten ihre Frauen nämlich am liebsten hübsch gekleidet im Haus halten. Die Nachbarin von Roswitha wagte es sogar, an deren Zigarre zu ziehen. »Bei den Germanen fochten die Frauen in Schlachten an der Seite ihrer Männer und sprachen ihnen Mut zu«, fuhr Viviana überschwänglich fort. »In unserem katholischen Glauben gibt es eine Vielzahl von weiblichen Märtyrerinnen und Heiligen. Maria, die Mutter Gottes, wird sogar noch mehr angebetet als Christus. Selbst von Gott, seinem Vater, spricht man nicht so oft wie von unserer Herzogin des Frankenlandes.«

Beifall brandete auf, und Viviana war froh, dass die Frauen nun aus sich herausgingen und ihre Meinung zu teilen schienen. Genau das brauchten sie für ihre Bewegung! Begeistert winkte sie Ursula und Roswitha neben sich.

Roswitha reichte die Zigarre ihrer Sitznachbarin und zog Ursula mit sich nach vorne. Auf dem Weg zu Viviana ließ sie die Versammelten wissen: »Wir Frauen haben ein Recht, unseren Geist zu bilden, weil wir Menschen sind. Unsere Waffe ist unser Verstand, und unsere Stärke ist, dass *Mann* uns unterschätzt, weil wir Frauen sind.«

Die drei Frauen nickten einander zu, bevor sie vereint auf dem Tisch die einstige Aufforderung aus der *Frauen-Zeitung* vortrugen: »Wohl auf, Schwestern, helft uns zu diesem Werk!«

Es fühlt sich berauschend an, auf meinem Weg endlich nicht mehr allein zu sein, dachte Viviana, noch während sie sprach.

Ursula begann, Säckchen mit Perlen zu befüllen, und reichte sie den aufgeregten Frauen, die nun zu ihnen nach vorne an den Handarbeitstisch drängten. »Wir sind erwacht aus dem Schlaf, den der traurige Ausgang der Revolution im Jahr 1849 über die Frauenbewegung gebracht hat!«, rief Viviana. Doch genau in dem Moment, in dem sie sich darüber freute, einundzwanzig Frauen für ihre Sache begeistert zu haben, hörte sie es an der Tür klopfen. Es war noch laut im Saal, die Frauen wiederholten die unterschiedlichsten Sätze, die sie gerade zuvor gehört hatten, weswegen zunächst nur sie und Roswitha das Schlagen gegen die Tür vernahmen.

Roswitha starrte wie versteinert zur Tür. Sie konnte sich plötzlich nicht mehr bewegen.

Den Fluchtweg im Kopf, über den sie mit Roswitha beim letzten Vorbereitungstreffen gesprochen hatte, übernahm Viviana nun das Ruder. »Schnell, dort durch das Fenster!«, rief sie den Frauen zu. Tumult brach aus. Ursula lief kalkweiß an, als sie hörte, dass die massive Tür jetzt offensichtlich mit einer Axt eingeschlagen wurde.

»Lauft den Gartenweg auf dem Nebenpfad den Festungshang hinauf und an dem alten Schuppen rechts vorbei«, wies Viviana die Frauen an und führte auch Ursula ans Fenster. Sie zählte hektisch nach und stellte erleichtert fest, dass bereits vier Frauen ins Freie gelangt waren. »Beeilt euch!« Von draußen vor dem Fenster vernahm sie Schmerzenslaute, aber auch Schluchzen und Weinen. Wie war man ihnen nur auf die Spur gekommen? Sie waren doch immer so vorsichtig gewesen.

Roswitha stand noch immer wie angewurzelt.

Viviana stieß sie an. »Was machen wir jetzt?«, fragte sie, denn ihr war klar, dass die Tür nicht mehr so lange standhalten würde, wie sie Zeit benötigten, um alle durch das Fenster fliehen zu können. Doch Roswitha war wie weggetreten. Kurz entschlossen nahm Viviana sie an die Hand und ging mit ihr zur Tür. Sie schaute noch einmal zurück, Ursula hatte da gerade das Fenster von innen geschlossen. Genau in dem Moment, in dem Viviana die Tür aufschließen wollte, drang die Axt durch das Türholz und ließ einen Teil davon splittern. Nur wenige Schläge später betrat Kommandant von Öllkau als Erster den Saal, Gendarmen folgten ihm und strömten aus wie hungrige Wölfe.

Die Frauen, die es nicht mehr durch das Fluchtfenster geschafft hatten, hatten sich da aber bereits auf Ursulas Anweisung hin wieder auf ihre Stühle gesetzt und jeweils eine Handarbeit an sich genommen. Sie fädelten gerade nach außen hin gelassen, wenn auch mit hektisch roten Gesichtern, wie Ursula es ihnen vormachte, Perlen auf Schnüre auf oder nähten sie auf Taschen und Hüte und sahen die Eindringlinge dabei möglichst brüskiert an.

Clemens von Öllkau zögerte kurz, als er Viviana erkannte. »Was ist hier los?«, verlangte er von Roswitha zu wissen, die nun langsam aus ihrem Schrecken wieder zu sich kam.

Ganz offensichtlich war ihm das Wiedersehen mit Viviana unangenehm. Er trug den Schnauzbart noch länger als früher. »Wir üben das Perlensticken, Herr Kommandant«, sagte Viviana mit zarter Stimme, während sie für sich feststellte, dass es mit Roswithas Selbstbewusstsein und Kreativität in schwierigen Situationen leider nicht weit her war. Wahrscheinlich wurde ihr erst jetzt wirklich bewusst, dass sie mit der einberufenen Versammlung die Sicherheit vieler Frauen aufs Spiel gesetzt hatte. Frauen, denen sie persönlich eine Einladung zugesteckt und dabei versichert hatte, dass ihnen bei dem Treffen nichts passieren könne.

Viviana spürte ihr Herz bis zum Hals schlagen, als sie von Öllkau, der einst um ihre Hand angehalten hatte, den Weg zum Handarbeitstisch wies. Sie wollte gerade dazu ansetzen, ihm die Perlentechnik zu erklären, als er sie mit einer Armbewegung zum Schweigen brachte und sich an Roswitha wandte, die ihnen gefolgt war. »Sie, Fräulein Höpfer, beobachten wir schon eine ganze Weile. Sie denken wohl, dass die Königlich Bayerische Gendarmerie blind ist!«

Viviana spähte vorsichtig zu der aufgehängten Seite mit Dorotheas Profilbild hinüber. *Bitte stehe uns bei, Schwester im Herzen.*

»Was meinen Sie?«, bekam Roswitha nur heraus. Um sie herum wüteten die Soldaten, die sogar unter jeden Stuhl schauten und jeden Gang betraten, der vom Backsteinsaal abging.

Hinter sich hörte Viviana, wie Ursula weiterhin so tat, als fände hier ein reines Handarbeitstreffen statt. Gerade erklärte sie, wie man die einzelnen Perlen zu einem Blumen- oder Tiermotiv zusammenknüpfte.

Clemens von Öllkau war Vivianas Blick gefolgt, trat nun vor die aufgehängte Seite und betrachtete das Profilbild eine Weile. »Können Sie mir das erklären?«, verlangte er dann mit der Hand am Degen zu wissen.

Die Waffe war ihr schon auf ihrem gemeinsamen Sonntagsspaziergang nicht geheuer gewesen. »Das ist Christiane Alexandra Krämer«, log Viviana. »Sie ist unser Vorbild, weil sie die schönsten Perlenstickereien von ganz Franken schuf. Sie lebte vor unserer Zeit. Wenn wir Christiane Alexandra Krämer betrachten«, sagte sie zu Kommandant von Öllkau und schaute etwas an ihm vorbei, »haben wir die besten Einfälle. Sie inspiriert uns.« Der letzte Satz war zumindest keine Lüge.

Clemens von Öllkau betrachtete die Frau auf dem Bild nun genauer. Ihr weises Lächeln war ihm unangenehm. Er riss das Papier von der Wand, zerfetzte es und ließ die Schnipsel auf den Boden segeln. Da trat einer seiner Soldaten neben ihn und reichte ihm Vivianas Blattsammlung. Von Öllkau durchblätterte sie sehr genau und hielt Viviana dann den Entwurf ihrer Ansprache hin. Er musste ihr aus der Rocktasche gefallen sein. »Und was ist das?«

Viviana tat, als sähe sie die Blätter zum ersten Mal.

Clemens von Öllkau las, was sie geschrieben hatte, und schaute sie dabei öfter an.

»Abführen!«, befahl er schließlich und rief zwei Soldaten an Vivianas und Roswithas Seite. »Wir haben gerade eine politische Versammlung von entarteten Frauen enttarnt, deren Anführerin Viviana Winkelmann ist. Ihr Name steht auf der Rede, Sie tragen vor allen anderen die Verantwortung!«, brüllte von Öllkau wütend. Vielleicht schrie er jetzt, wo er ihre subversiven Umtriebe kannte, aber auch nur aus Erleichterung darüber, sie damals nicht geheiratet zu haben. »Wir haben es mit für unsere Gesellschaft schädlichen Subjekten zu tun!«

Die Soldaten banden Viviana und Roswitha die Hände, danach wurden alle Frauen wie Vieh aus dem Saal getrieben. Zu diesem Zeitpunkt vermeldeten andere Soldaten, dass keine weiteren Frauen mehr ausfindig gemacht werden konnten.

Roswitha klang mutlos, als sie verlangte: »Verhaften Sie nur mich! Ich allein habe die Sache zu verantworten.«

Viviana trat neben sie. »Wir beide, sonst niemand. Die anderen Frauen sind unschuldig. Wir haben sie unter dem falschen Vorwand eines Handarbeitskurses hierhergelockt.«

Doch Kommandant von Öllkau blieb hart, er zog eines der von Viviana verfassten Einladungsschreiben aus seiner Tasche. »Jede Frau hier wusste, worauf sie sich einließ!«

Roswitha wich alle Farbe aus dem Gesicht. Auch Viviana konnte es nicht fassen. Wie hatte die Einladung in Öllkaus Hände gelangen können? Jetzt war alles vorbei. Viviana schüttelte entmutigt den

Kopf und sah, wie Roswitha in ihrem Revolutionskleid in sich zusammensackte.

»Alle abführen!«, befahl Clemens von Öllkau. »Ohne Widerworte! Sie sind politische Opponenten gegen unsere Königliche Hoheit Maximilian II.«

Als sie aus dem Haus in die Burkardsgasse traten, wo Viviana noch vor einer Stunde zuversichtlich aus der Kutsche gestiegen war, erwarteten sie zwei weitere Dutzend Bewaffnete.

»Es müssen noch mehr Frauen sein!«, drängte da ein Mann, der sich zwischen den Bewaffneten hindurchschob und vor den Kommandanten stürmte. »Hier sind doppelt so viele angekommen. Nicht nur diese zwölf.«

Viviana erkannte die Stimme und drehte sich um. »Otto Hauser!«, sagte sie ungläubig. Im Spital hatte sie ihn, seitdem sie die Apotheke verlassen hatte, nur noch aus der Ferne gesehen. Sie hatte ihn schon fast vergessen gehabt. »Was haben Sie nur getan?«, fragte sie ihn aufgewühlt wie damals, als er sie bedrängt hatte.

»Sie haben es nicht anders verdient!«, entgegnete Otto.

Sie sah Hass in seinen Augen. Ihre Zurückweisung schien ihn in seinem Selbstwertgefühl so sehr gekränkt zu haben, dass er sie dafür auf diese Weise bestrafen wollte. »Woher wussten Sie ...?«, wollte sie noch wissen, aber Kommandant von Öllkau ging dazwischen.

»Abführen! Alle zwölf!«, schrie er, worauf die Frauen von den Bewaffneten weggetrieben wurden. »Ins Zuchthaus!«

»Ins Zuchthaus?« Viviana war entsetzt. Ins Zuchthaus kamen Verbrecher, von denen man keinerlei Einsicht und Besserung ihres Verhaltens mehr erwartete.

Als sich ihre Blicke noch einmal kreuzten, lächelte Otto Hauser voller Genugtuung. Viviana stolperte, als sie den Blick enttäuscht von ihm abwandte.

※

Das Zuchthaus war ein Gebäude so hoch wie die angrenzende Burkarder Kirche. Es war ein Furcht einflößender Tempel mit ägyptisch anmutenden Verzierungen. An seiner quadratischen Fassade befand sich mittig ein riesiger Löwenkopf mit Ring im Maul. Allein schon der Anblick des mächtigen Baus vermittelte den Eindruck, dass es sich dabei um eine hermetisch verschlossene Festung handelte, die man nicht so schnell wieder verließ.

Wie auf dem Weg zur Kreuzigung schritten die verhafteten Frauen eine hinter der anderen durch den Tunnel, der unterhalb des Chors der Kirche direkt in diese hineingebaut worden und der einzige Weg zum Zuchthaus innerhalb der Stadt war.

Viviana sandte ein Stoßgebet an den heiligen Burkard, dass er Ella für den Zeitraum beschützen möge, den sie nicht bei ihr sein konnte. Ob ihnen im Zuchthaus Leibesvisitationen bevorstanden?

Zunächst notierte man ihre Namen und Adressen, dann verbot man ihnen, sich weiterhin miteinander zu unterhalten, andernfalls würde man sie in Ketten legen. Alle zwölf Frauen wurden in eine kalte, winzige Zelle im ersten Obergeschoss gesteckt. Hölzerne Keile lagen zum Schlafen als Kopfkissen auf dem Boden herum. Das Stroh in den Ecken war feucht und schmutzig. In die Wände waren Ringe eingelassen, an denen Ketten baumelten. Vivianas Blick hinaus in den Hof wurde von eisernen Fenstergittern zerschnitten. Der Zelle nach zu schließen, schien man in Bayern bildungshungrige Frauen weit mehr zu verachten als gemeine Diebinnen und Kindstöterinnen. Wenigstens waren sie bisher von einer Leibesvisitation verschont geblieben.

Vereint fuhren sie zusammen, als der Wachtmeister die Zellentür hinter ihnen schloss, den schweren eisernen Riegel mit einem langen durch Mark und Bein gehenden Quietschen zurückschob und dann mit schlurfenden Schritten und klirrendem Schlüsselbund davonging.

Die Nacht über schliefen und wachten die zwölf Frauen im Hocken, erst als sie völlig erschöpft waren, behalfen sich einige von ihnen mit den hölzernen Kopfkeilen als Kissen. Die Turmuhr der Burkarder Kirche schlug stündlich. Eingepfercht wie Tiere saßen sie beieinander, zwölf Frauen, die sich ihre Namen erst jetzt in der Dunkelheit der Zuchthauszelle mitzuteilen wagten. Helga, Ingelore, Corinne, Gertrud, Käthe, Elfriede, Alma, Minna, Ida, Roswitha, Ursula und Viviana.

Viviana bekam kein Auge zu, einer der Ringe in der Mauer drückte sich in ihren Rücken. Alma und Corinne schluchzten immer wieder in ihre Röcke, und Elfriede wurde in dem engen Raum panisch. Viviana und Käthe konnten sie schließlich beruhigen, indem sie ihr immer wieder wie einem Kind über den Rücken strichen. Roswitha starrte nur die Ringe mit den Ketten an den Wänden an.

»Der Mann vorhin ...«, hob Ursula flüsternd an.

»Sie meinen Otto Hauser, den Gesellen aus der Spitalsapotheke?«, fragte Viviana, die wegen seiner hinterhältigen Tat am liebsten vor ihm ausgespuckt hätte. Er hatte nicht nur sie, sondern elf Frauen, die er nicht einmal kannte, ins Unglück gestürzt.

Ursula nickte. »Als wir Sie damals im Spital abholten, da schaute derselbe Mann Ihnen vom Innenhof aus nach. Mit einem merkwürdigen Blick«, erinnerte sich Ursula noch. »Das ist mir erst jetzt wieder eingefallen.«

Viviana nickte gedankenversunken.

»Und neulich schon stand er in der Mühlgasse und schaute zu Ihrer Kammer hoch, Viviana«, beschrieb Ursula eine weitere Beobachtung. »Ich sah ihn, als ich Ihnen das Papier für die Einladungen nach Hause brachte. Sie erinnern sich?«

Otto war ihr bis nach Hause gefolgt? Aber noch viel schlimmer war, dass wegen ihm die Ehemänner und Väter der inhaftierten Frauen nun von der verbotenen Zusammenkunft erfahren würden. Und was das für deren Zukunft bedeutete, wollte Viviana sich lieber nicht ausmalen.

Roswitha machte sich schreckliche Vorwürfe und raufte sich

deswegen die Haare bis in den Morgen hinein. »Weil ich nicht vorsichtig genug war, ist die Zukunft von elf Frauen dahin«, war sie überzeugt.

Als die Sonne aufging, hörten sie wieder den klirrenden Schlüsselbund des Wachtmeisters im Flur. Kurz darauf wurde der Eisenriegel erneut mit einem schrillen Quietschen zurückgeschoben und wurden ihnen blecherne Schüsseln in die Zelle gereicht. Die Erbsensuppe war so dünn wie Regenwasser. Doch die Frauen, deren Gesichter schon das zuchthausfarbene Grau angenommen zu haben schienen, tranken sie trotzdem. An diesem Morgen wollte es einfach nicht hell werden.

»Was wird aus uns?«, fragte Viviana und kam aus der Hocke hoch.

»Schweigen Sie!«, verlangte der Wachtmeister. »Oder wir setzen Sie alle auf Wasser und Brot!«

Viviana verkniff sich den Kommentar, dass ihr ein festes Stück Brot sowieso lieber gewesen wäre als diese dünne Plörre. Nur Roswitha sank auf die harschen Worte des Beamten hin vor ihrem Mauerring noch mehr in sich zusammen.

Am frühen Mittag wurde ihnen mitgeteilt, dass keine Anklage gegen sie erhoben werden würde. Sie müssten freigekauft werden und erhielten einen Eintrag in das Bürgerinnen-Buch der Stadt. Als eine Art Vormerkung, dass man sie weiterhin im Auge behalten musste, sollten sie je wieder mit dem bayerischen Gesetz in Konflikt geraten. Zudem mussten sie einen Abschwur leisten, ein Versprechen, ihren Kampf für die Rechte der Frauen für immer aufzugeben.

Roswitha schwor am lautesten, obwohl sie noch niemand freigekauft hatte. Lag doch eine elffache Last auf ihren Schultern. *Helga! Ingelore! Corinne! Gertrud! Käthe! Elfriede! Alma! Minna! Ida! Ursula! Viviana!*

Kurze Zeit später wurde ein vornehmer Herr zu ihnen in die Zelle gebracht. Viviana erkannte ihn sofort. Es war Professor Schleich von der Alma Julia, der Vorsitzende des Senats, der das Absage-schreiben an sie unterschrieben hatte. Was wollte er hier?

Der Professor betrat die Zelle und drängelte sich bis vor Ursula, die die ganze Nacht lang, mit dem Kopf an ihre Schulter gelehnt, neben Viviana gesessen und gezittert hatte. »Steh auf, Weib!«, keifte er sie an und zerrte Ursula, als sie ihm nicht schnell genug hochkam, wie eine leblose, unwerte Sache auf die Beine. »Das also passiert, wenn man euch Weiber alleine lässt!«, herrschte er sie an. »Ihr endet im Zuchthaus!« Dann blickte er auf Viviana hinab, als wäre sie gesellschaftlicher Abschaum. »Und Sie behaupten, genügend Verstand für ein Universitätsstudium zu besitzen? Sie wären eine Schande für die Alma Julia, Fräulein Winkelmann!«

Das konnte sie sich nicht bieten lassen! Viviana sprang auf, während Roswitha gequält den Kopf abwandte.

»Betroffene Hunde bellen!«, kommentierte er ihr Aufbegehren und wandte sich wieder an Ursula. »Das Ganze hier kostet mich ein Vermögen!«, fauchte er seine kraftlose Ehefrau an und schlug ihr mit der flachen Hand ins Gesicht.

Viviana zog Ursula geistesgegenwärtig zur Seite, um sie vor ihrem Ehemann zu beschützen. Der aber schlug Vivianas Hand beiseite und zerrte Ursula mit sich aus der Zelle. Viviana ballte ihre Hände zu Fäusten gegen den Professor, der sie keines Blickes mehr würdigte. Die Tür schlug laut zu.

Viviana schaute Ursula durch das vergitterte Fenster nach. Sie blutete aus der Nase, als sie noch einmal zu Viviana zurückschaute. Die anderen Frauen schauten betreten weg.

Nach dem gestrigen Abend, an dem Viviana sich ihrem Ziel so nah gefühlt hatte, kam ihr die körperliche Züchtigung einer Frau durch einen Mann noch absurder und ungerechter vor als zuvor. Sie war untröstlich, eine Schwester im Herzen zu verlieren. Denn die auf ihre zurückhaltende Art dennoch mutige Ursula war wohl für immer für die Sache der Frauen verloren.

Jede Stunde des neuen Tages kam ein weiterer Ehemann oder

Vater, und Viviana musste mitansehen, wie Frauen gescholten, mit Worten aufs Schlimmste entwürdigt und eine sogar angespuckt wurde. Immer wieder klapperte der Schlüsselbund und quietschte der eiserne Riegel. Viviana versuchte, Roswitha zu sich zu ziehen, aber diese verharrte weiterhin regungslos in ihrer Ecke. Das einst so leuchtende Rot ihres Revolutionskleides verlor über die Stunden im Zuchthaus stark an Eindruck.

Viviana war überrascht, als Magda am späten Nachmittag vor die Zellentür gelassen wurde. »In der Pleich, ja in der ganze Stadt, gibts kei anneres Thema mehr als die tollsinniche Frauen«, sagte Magda, nachdem sie sich eine Weile durch die Gitterstäbe hindurch angeschwiegen hatten.

Magda konnte sie nicht freikaufen, damit hatte Viviana auch gar nicht gerechnet, aber sie war erleichtert zu hören, dass es Ella gut ging. Sie bat Magda, sich auch weiterhin um Ella zu kümmern, bis sie das Zuchthaus verlassen durfte. Auch Professor von Marcus musste Bescheid gegeben werden, dass sie gerade verhindert war. Magda sagte unter einigem Brummen zu, alles zu erledigen, und verabschiedete sich dann wieder.

Während weitere Ehemänner auftauchten, grübelte Viviana darüber, ob ihr Vater wohl über den Vorfall informiert worden war und den Guldenbetrag für ihren Freikauf wegen des finanziellen Engpasses des Bankhauses überhaupt würde aufbringen können.

*

Erst am nächsten Morgen öffnete sich die Zellentür für die beiden letzten Frauen: Roswitha und Viviana. Johann Winkelmann hatte für beide bezahlt, war aber nicht erschienen, um sie abzuholen.

Wieder in Freiheit, winkte Roswitha eine Kutsche heran. »Ihre Rede war großartig«, sagte sie bedrückt und mit hängenden Schultern.

Viviana sah Tränen in ihren Augen glitzern, als sie ihr zum Abschied ihr Perlensäckchen überreichte.

»Sie sind eine gute Anführerin, Viviana Winkelmann«, sagte Roswitha noch, bestieg die Kutsche und fuhr davon.

Mit Roswithas Perlensäckchen in der Hand, schaute Viviana der Kutsche, die immer kleiner wurde, so lange hinterher, bis sie um eine Ecke verschwunden war. Sie dachte an das zerrissene Bildnis von Dorothea, das im Mainviertel auf dem Boden des erstürmten Backsteinsaales lag. Das durfte nicht das Ende ihres Kampfes sein. Viviana fühlte sich wie infiziert von einer unheilbaren Krankheit ohne Aussicht auf Heilung – der Krankheit, die sich »Wunsch nach Gerechtigkeit« nannte. Ferner hatte sie etwas gutzumachen für *Helga! Ingelore! Corinne! Gertrud! Käthe! Elfriede! Alma! Minna! Ida! Ursula! Roswitha!*

Roswitha hatte recht: Viviana war stark genug. Immerhin war sie die erste Frau, die gegen den Senat ins Feld gezogen war, um im Fachbereich Medizin Vorlesungen anhören zu dürfen. Als sie im Zuchthaus das Versprechen geleistet hatte, ihren Kampf für die Rechte der Frauen für immer aufzugeben, hatte sie in Gedanken ihre Finger gekreuzt. Die Herzogin des Frankenlandes war ihre Zeugin, dass ihr Abschwur ungültig war.

✳✳✳

32

JANUAR 1855

Franz von Rinecker fuhr schweißgebadet im Bett hoch. Wieder dieser Albtraum! Sein Atem ging heftig, es war das einzige Geräusch im Schlafzimmer. Er starrte auf die halbdunkle Wand ihm gegenüber, auf die das Mondlicht den Schatten des Fensterkreuzes warf. Er schaute neben sich. »Magdalena?« Wie so oft lag seine Frau nicht mehr neben ihm. Wann würde das nur endlich aufhören?

Er zog sich seinen Nachtmantel über und verließ das Schlafzimmer. Ziellos irrte er durch die dunkle Wohnung, bis er schließlich in der Küche ankam. Aber auch dort fand er keine Ruhe.

Magdalena fand er am Tisch im unbeleuchteten Salon vor. Sie starrte ins Halbdunkel des Raumes. Mondlicht fiel durch die nur halb geschlossenen Vorhänge. Wie so oft in den Nächten, in denen Eugen ihnen den Schlaf raubte, setzte er sich neben sie. Eugen war überall und trieb sie fort, aus ihren Betten und voneinander. Zum unzähligsten Mal verdammte er den zehnten Juli des Jahres 1852. Er erinnerte sich noch genau an jenen verheerenden Tag vor zweieinhalb Jahren.

Franz war erst um zwei Uhr morgens nach Hause gekommen, weil er den studentischen Fackelumzug zu Ehren Rudolf Virchows angeführt hatte. Die Studenten der Medizinischen Fakultät hatten sich bei Virchow dafür bedankt, dass er den Ruf aus Zürich abgelehnt hatte. Nach dem Umzug hatten die Professoren und Studenten noch gemeinsam gegessen, Lieder gesungen und bis spät in die Nacht hinein erzählt. Franz hatte einige Gläser Wein getrunken. Als er um zwei Uhr zurück in die Wohnung gekommen war, hatte er aber nichts mehr von seinem Rausch gemerkt. Zufrieden über den immer weiter zunehmenden Studentenandrang, den die Präsenz Virchows an Universität und Spital auslöste, war er nach einem kurzen Blick ins Kinderschlafzimmer zu Bett gegangen und hatte in jener Nacht davon geträumt, dass seine Königliche Hoheit Maximilian II. von Bayern dem Juliusspital einen Besuch abstattete. Franz hatte den König schon mehrmals zu einer Besichtigung eingeladen. Inzwischen wurden sogar bürgerliche Reisende für Besichtigungen durchs Spital geführt. In seinem Traum hatte er den Regenten vor den Augen seiner Kollegenschaft durch die Flure des Curistenbaus, in seine Separat-Anstalt für kranke Kinder und durch den Spitalgarten geleitet.

Für gewöhnlich schaute Franz morgens nicht nach den Kindern, denn die Amme und Magdalena kümmerten sich vorbildlich um die Versorgung von Franz, Sophie und Therese. Am Morgen des zehnten Julis aber ging er zu den Kindern. Wegen seines Traumes, der sich sehr real angefühlt hatte, war er so gut gelaunt gewesen, dass er Eugen am Morgen des zehnten Julis herzen wollte. Als er um sechs Uhr früh in das Kinderbett schaute, lag Eugen auf dem Bauch und mit dem Gesicht flach auf dem Kissen. Er war nassgeschwitzt. Aber all diese Details sah Franz erst, als er die Decke wegschob, die seinem Sohn weit über den Hinterkopf reichte. Franz drehte Eugen auf den Rücken und sah zu seinem Erschrecken, dass seine Gesichtszüge ausdruckslos und schlaff waren, die Augen nicht mehr glänzten. Sechs Tage nach seinem ersten Geburtstag war Eugen unter seiner Bettdecke erstickt. Diesen Moment, in dem Franz begriffen hatte, dass gerade das eigene Kind verstorben war – und kein Curist oder Pfründner des Spitals –, würde er nie mehr im Leben vergessen.

Franz raufte sich die schweißnassen Haare. *Der leise Tod* war über seinen Sohn gekommen, weil sie versagt hatten. Er und Magdalena oder wenigstens die Amme, die seitdem Hausverbot hatte, hätten das Ersticken verhindern können. Hätten sie doch nur einmal öfter zwischen zwei und vier Uhr nachts nach dem Jungen gesehen! Wozu war Franz überhaupt Arzt, wenn ihm im eigenen Haus das Kind wegstarb? Er war ein vorzüglicher Universitätsstratege, das ja, ein guter Verwalter universitärer Angelegenheiten obendrein, aber ein guter Arzt? Was wäre, wenn erneut einer seiner Schutzbefohlenen sterben würde, nur weil er nicht genau hinschaute und lieber vom Königsbesuch träumte? Im alten Ägypten waren viele Kinder im ersten Lebensjahr gestorben. In diesen Fällen hatten die Mutter oder die Amme, je nachdem, wer für den Tod des Kindes verantwortlich gewesen war, den Leichnam drei Tage und Nächte im Arm halten müssen. Seinen Albtraum, in dem er den toten Eugen tagelang im Arm hielt, würde Franz nie mehr loswerden, davon war er überzeugt. Es war die Strafe für seine Schuld. Eugen war eiskalt gewesen, seine Haut rau, und er hatte nicht mehr süßlich, sondern wie vergorene Milch gerochen.

Franz beneidete Magdalena darum, dass nicht sie den Buben tot in seinem Bettchen aufgefunden hatte. Denn er bekam das Bild seines leblosen Sohnes nicht mehr aus dem Kopf. Seine Augen hatten matt ins Leere geblickt, und sein Mund hatte halb offen gestanden, weil jeder Muskel im Körper erschlafft war. Franz hatte sich hilflos und unvorbereitet gefühlt. Er, der Arzt!

Die Gedanken an Eugen ließen Franz vom Stuhl aufspringen. Dabei riss er die Blumenvase auf dem Tisch um, die auf dem Boden scheppernd zu Bruch ging. Ein, zwei Atemzüge lang saß Magdalena weiterhin teilnahmslos da, dann erhob sie sich wie eine Schlafwandlerin, kniete sich auf den Boden und begann, im halbdunklen Raum die Scherben aufzusammeln. Wie eine vom Dienstpersonal.

Eugen war ein ruhiger Junge gewesen. Das genaue Gegenteil von Franz. Er spürte sein Herz so schnell und laut hämmern, als wolle es ihm jeden Moment aus der Brust springen.

Als Magdalena die letzte Scherbe aufgehoben hatte, verließ sie den Salon. Er konnte sie die Treppe hinaufgehen hören. Vor Eugens Zimmer, der ersten Tür im Flur, hielt sie kurz an. Franz vernahm ein Schluchzen, dann betrat sie den Schlafraum der anderen Kinder.

Wie jedes Mal nach seinem Traum trieb ihn dieser dazu an, noch mehr als bisher für seine Separat-Anstalt zu tun. Gleich jetzt wollte er noch mehr Betten beim Oberpflegeamt beantragen, damit noch mehr Kinder geheilt werden konnten. Mit wehendem Nachtmantel stürmte er ins Herrenzimmer vor den Sekretär. In dem ihm vererbten Möbel verwahrte er seine persönliche Post und sein Schreibzeug auf.

Ganz obenauf lag das Gutachten und Urteil des Gerichts, das ihm erst vor wenigen Tagen bezüglich seiner Syphilis-Impfungen zugestellt worden war. Es war eine Frechheit, ein Schlag ins Gesicht der modernen Wissenschaft! In erster Instanz hatte man ihn wegen fahrlässiger Körperverletzung an seinem ersten Probanden, Doktor Reubold, zu einem achttägigen Arrest verurteilt, und wegen der anderen beiden Probanden war ein Disziplinarverfahren gegen ihn angekündigt worden. Das Gericht warf ihm insbesondere bei der Inokulation des willensbeschränkten Knaben Ehrenberg Unverantwortlichkeit in jeder Beziehung vor. In dem Gutachten wurde seine Verurteilung damit begründet, dass er als Arzt hätte wissen müssen, dass die konstitutionelle Syphilis nicht nach Belieben heilbar sei und er deswegen keinen Menschen damit hätte impfen dürfen. Er hätte es wissen müssen, behaupteten sie! Sie warfen ihm Unbedachtheit und Verantwortungslosigkeit vor, ausgerechnet ihm, Franz von Rinecker. Nur in Eugens Fall nahm er den Vorwurf der Verantwortungslosigkeit an. Schon nachts um zwei Uhr hätte er bei seinem Sohn erste Atemprobleme erkennen müssen.

Mehrmals hatte Franz sein Vorgehen bei den Impfungen mit den besten Kollegen besprochen. Wenn Franz den Ruf des Spitals und der Alma Julia, den er jahrelang mühsam aufgebaut hatte, retten wollte, blieb ihm nichts anderes übrig, als das Gutachten anzufechten. Seine familiären Verbindungen reichten bis zum obersten Gerichtshof. Hinzu kam, dass er keinen einzigen Tag in einer Arrestzelle zu verschwenden hatte. Er hatte zu arbeiten! Es gab so viel voranzubringen. Er musste seinen Doktoranden von Hardenberg anweisen, der beachtliche Fortschritte machte, was den Stickhusten betraf.

Franz erinnerte sich, den jungen Mann schon länger nicht mehr an der Seite von Fräulein Winkelmann gesehen zu haben, die unter den zwölf Aufrührerinnen aus dem Mainviertel gewesen war. Eine gute Entscheidung, denn für eine erfolgreiche Laufbahn als Arzt war ein Umgang mit solch einer Frau alles andere als förderlich. Franz war davon überzeugt, dass der junge Mann eine glänzende Karriere vor sich hatte. Dem blinden von Marcus gestand er Verfehlungen mit jungen, aufrührerischen Frauen zu. Aber nicht, weil von Marcus sehbehindert, sondern weil er früher sein Lehrer am Spital gewesen war und er ihm viel zu verdanken hatte.

Franz rückte den Stuhl vor den Sekretär, kramte Papier aus der Schublade und schraubte das Tintenglas auf. Bevor er einen gesalzenen Revisionsantrag an das Gericht formulierte, galt es aber erst noch, beim Oberpflegeamt zusätzliche Betten für die Separat-Anstalt einzufordern. An den Kleinsten der Gesellschaft hatte er für den Rest seines Lebens etwas wiedergutzumachen.

✳✳✳

33

MÄRZ 1855

Der Winter war bisher mild und ohne Schnee. Viviana fühlte sich einsam ohne Roswitha und Ursula. Zwei Wochen nachdem sie aus dem Zuchthaus gekommen war, war ihr ein Schreiben zugestellt worden. *Suche nicht nach mir!*, hatte ihr Roswitha darin mitgeteilt. Und Ursula anzusprechen wagte Viviana gar nicht erst. Ganz abgesehen von *Helga! Ingelore! Corinne! Gertrud! Käthe! Elfriede! Alma! Minna!* und *Ida!* Wenn sie die Namen aussprach, kam ihr sofort wieder das grauenvolle Geräusch des Zellenriegels in den Sinn.

Viviana hatte jeden Abend in den vergangenen zwei Wochen über das Treffen im Backsteinsaal nachgedacht. Als Dummheit hatte es ein Redakteur der *Neuen Würzburger Zeitung* bezeichnet. Vor allem die Entwürdigung der Frauen durch ihre Ehemänner und Väter im Zuchthaus ging Viviana nicht mehr aus dem Kopf. Sie war überzeugt, dass kein Mann einer Frau das antun durfte, was Professor Schleich Ursula angetan hatte.

Als die ersten Schneeglöckchen den Frühling ankündigten, kam Viviana ein Einfall, den sie wie einen guten Wein reifen lassen wollte, um nichts zu überstürzen. Fest stand, dass sie weiterhin viele Frauen ansprechen wollte, aber auf eine Weise, bei der sie nicht riskierte, wieder ins Zuchthaus zu kommen. Weder sie noch eine der Angesprochenen. Weitermachen würde sie auf jeden Fall.

Und Professor von Marcus? Seit ihrer Festnahme wollte er weniger vorgelesen bekommen. Er schien sich von ihr zurückzuziehen, womöglich, weil er am Ende seines Lebens seinen guten Ruf nicht verlieren wollte. Es tat ihr weh, aber sie verstand es. Ella fragte immer öfter nach Nannette und wann sie endlich wieder Gebäck essen gehen würden. Seit Monaten schwärmte sie von Zitronenkeksen. Viviana tröstete ihre Tochter mit süßem Most.

Dann stand eines Tages ein Überraschungsgast vor der Tür. Bruno hatte ihn eingelassen und Viviana dann in die Stube geführt. Ella kam hüpfend dazu. Viviana stockte, als sie die Frau erkannte. »Tante Constanze?« So viele Jahre hatten sie sich nicht mehr gesehen. Tante Constanze war blass wie eh und je und trug das dunkle Haar unverändert streng zurückgekämmt. In der Hand hielt sie ihre Taschenbibel. Früher hatte sie meist emotionslos gewirkt, doch heute sah sie schrecklich verängstigt aus, als sei ihr der Teufel höchstpersönlich begegnet.

Viviana bedeutete ihr, auf der Eckbank vor dem Ofen Platz zu nehmen, aber ihre Tante blieb stehen. »Was ist geschehen?«, wollte sie wissen, worauf Constanze mehrmals erschrocken in Richtung Hofstraße deutete, ein Feuerwerk an Emotionen für ihre Verhältnisse.

Ella schaute ängstlich an ihrer Großtante hinauf. »Ist sie ein Geist?«

»Das ist deine Großtante Constanze«, erklärte Viviana nervös, »und wir müssen etwas miteinander besprechen. Bitte lass uns kurz allein.«

Viviana beobachtete, wie Constanze Ella trotz aller Aufregung genau betrachtete und erst den Blick von ihr nahm, als sie aus der Stube gegangen war.

»Gib mir zu verstehen, was passiert ist«, forderte Viviana ihre Tante auf.

Constanze antwortete nicht, sondern griff nach Viviana und zog sie zur Tür. Viviana warf sich ihre Pelerine und das Schultertuch über und verließ gemeinsam mit ihrer Tante die Wohnung.

*

Zum ersten Mal in ihrem neuen Leben betrat Viviana das Palais nicht durch den Dienstboteneingang. Sie folgte Constanze ins erste Obergeschoss. Es war ungewohnt ruhig und eiskalt im Empfangsbereich, der nur von einem einzigen Öllicht beleuchtet wurde. Ein schneller Blick in den großen Salon verriet ihr, dass im Kamin kein Feuer brannte und auch keine Holzvorräte neben ihm aufgeschichtet worden waren. Das war ungewöhnlich für den Monat März, früher hatten sie gerne und weit bis ins Frühjahr hinein vor dem heimeligen Kamin zusammengesessen. Den Rauchgeruch in der Nase und den Blick auf die knisternden Holzscheite gerichtet. Warm und wohlig hatte Viviana den Schutz genossen, den ihr nicht nur das Palais, sondern auch die Gegenwart ihrer Familie geboten hatte. Es waren heitere Stunden gewesen, in denen nicht selten alte Geschichten hervorgekramt worden waren. Ernestines Lieblingsgeschichte handelte von Elisabeth und wie diese im Alter von fünf Jahren aus dem Mansardenfenster geklettert war, um die Sterne am Himmel zu berühren. Nachdem der Nachbar sie draußen auf dem Dach entdeckt hatte, war der Ärger groß gewesen. Vor dem Kamin und viele Jahre später hatten sie darüber lachen können. Der Hall ihrer Freude hatte das Stadthaus erfüllt. Heute wirkte das Palais jedoch düster und traurig, als verdunkelten die Sorgen der Bewohner sein Gemüt.

Constanze drängte Viviana die breite Treppe ins zweite Obergeschoss hinauf. Auch dort war es düster und nur unmerklich wärmer. Constanze brachte sie in das elterliche Schlafzimmer.

»Vater, nein!«, rief Viviana, als sie ihren Vater auf dem Bett entdeckte. Er war vollständig bekleidet, aber sein Gesicht war blass und von Schweiß überzogen. Er verzog sein Gesicht bei jedem Atemzug schmerzhaft. Viviana stürzte an sein Bett und legte ihm die Hand auf die Stirn, die glühte. Mit dem Ohr auf seiner Brust stellte sie fest, dass sein Herzschlag kaum noch zu hören war. Auch sein Atem ähnelte mehr einem Todes- als einem Lebenshauch.

»Herrn Bankdirektor Winkelmann senior hat der Schlag getroffen«, erklärte Doktor Hammerschmidt, der Hausarzt der Familie, dessen schwere Atmung das Zimmer gleich einer schnaubenden Dampflok erfüllte. »Ihm wurden soeben die Sterbesakramente gereicht.«

Viviana fuhr ihrem Vater über die Brust und meinte dabei, Ellas Papierring in der Innentasche seines Gehrocks zu spüren. »Vater, kannst du mich hören?«, rief sie lauter und fügte leise hinzu: »Ich bin's, Vivi.« Ihr fiel auf, dass seine Halsvenen ungewöhnlich stark hervortraten. Ein Zeichen für Blutstau. Sie tastete nach seinen Beinen, die ihr geschwollen zu sein schienen.

»Vivi?«, fragte ihr Vater angestrengt, als läge ein schwerer Klotz auf seiner Brust.

»Schwindelig«, verstand sie noch. Gequält drehte er den Kopf von einer Seite auf die andere.

Viviana raffte ihre Röcke. »Ich werde Professor von Marcus holen, er wird dich retten.«

»Der Schlag kam überraschend«, sagte Doktor Hammerschmidt zwischen seinen schweren Atemzügen, während Viviana sich erhob. Erst jetzt bemerkte sie, dass die gesamte Familie versammelt war. Sie sah Valentin, der noch seinen Gehstock und Glanzzylinder in den Händen hielt. Daneben stand Dorette hübsch frisiert und mit einem noch kleineren Sonnenschirm in der Hand, als ihn Viviana von Hubertus geschenkt bekommen hatte. Großmama Ernestine saß zusammengesunken auf einem Stuhl in der Ecke. Viviana konnte nichts Erhabenes mehr an ihr ausmachen. Ihr Haar war zwar aufgesteckt, aber nicht so akkurat wie früher. Auch wirkte sie geistesabwesend und wie an den Stuhl gefesselt. Neben Ernestine standen ihre Mutter und Constanze. Daneben das Gesinde und der erste Dompfarrer. Niemand sprach ein Wort, alle blickten betroffen zu Boden.

Ein Haus lebt durch seine Bewohner, und die Bewohner leben durch das Haus. Gerade schien es Viviana, als ob seine Bewohner genauso düster und traurig wie das Palais geworden waren. Der einstige

Ort des familiären Zusammenhalts verlor mehr und mehr an Kraft und erinnerte sie an das zertrümmerte Wurzelwerk eines Baumes. Es konnte den Stamm und die Krone im Sturm nicht mehr stützen. Vivianas Wangen fühlten sich heiß an, heiß von einer unerträglichen Vorahnung. Zuletzt war ihr Vater ihr einziger Verbündeter in der Familie gewesen. Er war der Einzige, dem ihre Abwesenheit wehtat und der Ella vermisste.

»Kein Professor dieser Welt kann jetzt noch etwas für den Herrn Bankdirektor tun!«, war Doktor Hammerschmidt überzeugt. Er würdigte Viviana keines Blickes, sondern sprach ausschließlich zu Elisabeth und Valentin.

»Aber seine Beine sind geschwollen, das ist eher ein Zeichen für einen Blutstau in den Beinen als für einen Schlag!«, entgegnete Viviana, ohne Rücksicht darauf zu nehmen, dass sie den Hausarzt damit kompromittierte.

So viele Stunden hatte sie mit Professor von Marcus über die Lunge gesprochen und durch das Studium von Patienten-Journalen unterschiedliche Krankheitsverläufe bei Lungenproblemen kennengelernt. Vor zwei Monaten hatte sich ein älterer Schmied mit ähnlichen Symptomen, wie ihr Vater sie aufwies, ins Spital geschleppt. An ihm war eine Lungenembolie diagnostiziert worden: Ein Stück eines Blutgerinnsels in den Beinvenen hatte sich gelöst und war in das Herz und von dort aus über die Lungenarterie in die Lunge gewandert. Das hatte die anschließende Sektion, das Nachprüfen am Toten, bewiesen. Der Schmied war an einem stecken gebliebenen Blutpfropf, der die Blutzufuhr zur Lunge verhindert hatte, gestorben. Ein Patient, der eine Lungenembolie erlitt, starb an Atemnot und oft auch an Herzversagen, weil das Herz Sauerstoff brauchte, um schlagen zu können.

»Jeden Moment wird der verehrte Bankdirektor Winkelmann zu Gott gerufen«, erklärte Doktor Hammerschmidt der Runde und richtete sich den verschwitzten Kragen um seinen dicken Hals. »Behalten Sie Ihre Vermutungen für sich, Fräulein Winkelmann.

Sie machen es nur noch schlimmer. Stümperei hilft jetzt nicht weiter. Überlassen Sie die Arbeit am Patienten den Ärzten!«

Viviana schaute den Mann fassungslos an. So wie Doktor Hammerschmidt stellte sie sich die drei Ärzte vor, die Dorothea Erxleben Pfuscherei vorgeworfen hatten. Ärzte mit maximaler Distanz zum Patienten, und nie um eine Beschimpfung verlegen.

Viviana wich nicht von der Seite ihres Vaters. Sie fühlte an seinem Handgelenk nach dem Pulsschlag. Schweiß lief ihm die Stirn hinab. Er schwitzte am ganzen Körper, dabei war es kühl im Raum. Viviana strich ihm liebevoll über den Arm und sprach beruhigende Worte.

»Hör endlich auf mit diesem Affentheater!«, ging Valentin dazwischen. Er riss Viviana vom Bett weg und stieß sie hinter Dorette. »Du entwürdigst Vater mit deinem Schauspiel!«

Viviana rieb sich den schmerzenden Arm. »Aber willst du Vater denn nicht auch retten?« Eine Lungenembolie mit solchen Symptomen endete tödlich, zumindest damit hatte Doktor Hammerschmidt recht. *Immerhin kann der Hausarzt den Tod vom Leben unterscheiden,* dachte sie bitter. *Früher erkannt, hätten Druckumschläge lindernd wirken können.*

Dorette starrte Viviana auf ihre Frage hin so feindselig an, als hätte sie sich diesen Blick bei Valentin abgeschaut. Johann Winkelmann krümmte sich vor Schmerzen. Viviana schaute zu ihrer Mutter, die zwar in aufrechter Haltung wie auf einer Gesellschaft dastand, aber ihr früher so makelloses Gesicht war grau vor Sorgen und Schmerz. Trotz allem, was zwischen ihnen vorgefallen war, konnte Viviana sie nicht hassen. Inzwischen empfand sie eher Mitleid für sie.

Und ihren Vater konnte sie nicht einfach so sterben lassen. Doch als Viviana erneut einen Schritt auf das Bett ihres Vaters zumachte, stellten sich ihr Valentin und Doktor Hammerschmidt gemeinsam in den Weg.

»Lass ihn in Ruhe!«, verlangte ihr Bruder und fuchtelte mit seinem Gehstock vor ihr herum. »Unser Vertrauen gilt Doktor Hammerschmidt und keinem dieser Klugschwätzer aus dem Juliusspital. Und dir schon gar nicht!«

»Nicht streiten«, krächzte der Todgeweihte, seine Lippen verfärbten sich blau.

Viviana spürte Tränen in sich aufsteigen. Um sie zurückzudrängen, presste sie ihre Zunge gegen den Gaumen. Es würde ihren Vater nur entmutigen, wenn er sie weinen sähe. In Viviana breitete sich Leere aus, noch mehr Leere, als Roswitha und Ursula ohnehin schon in ihr hinterlassen hatten. Die Verbundenheit zwischen ihnen war berauschend gewesen. So vieles schien vereint möglich. Und ihr Vater hatte sie dazu ermutigt, ihren eigenen Weg zu gehen.

»Die letzten Lebensmomente«, begann der Dompfarrer und wandte sich ihnen zu, »sollten Sie nun nutzen, um Abschied zu nehmen. Möchten Sie Herrn Bankdirektor Winkelmann noch etwas mit auf den Weg ins Jenseits geben?«

Elisabeth setzte sich vornehm auf die Bettkante. »Ich liebe dich«, flüsterte sie dem Sterbenden zu. Sie wollte stark sein, das war deutlich sichtbar, und nicht weinen. Elisabeth lächelte leicht, weil sie ihrem Gatten in seiner Sterbestunde keine Angst zeigen wollte. Zumindest mutmaßte Viviana dies. Sie lächelte so fein wie sonst auch. Es musste sie – ebenso wie die Duldung Vivianas im Palais – die Kraft einer Löwin kosten.

Johann bäumte sich auf. »Ich will ... will ... keine Abschiedsworte«, brachte er mit schmerzentstelltem Gesicht hervor. »Habe ... einen letzten ... Wunsch.«

Viviana spürte, wie ihr eine Träne die Wange hinablief.

»Ich tue alles, was du willst«, hörte sie ihre Mutter sagen. Elisabeth griff nach Johanns Hand. »Was wünschst du dir von mir, was soll ich tun?«

Immer mehr Tränen flossen über Vivianas Wangen, sie konnte nichts dagegen tun und dachte nur daran, dass ihr Vater sich nicht so anstrengen durfte. Erste Beschwerden hatten sich schon bei ihrem Treffen in Sankt Gertraud mit Ella angedeutet. Er hatte gehustet und war steif dagestanden, als würden ihn Rückenschmerzen plagen. Das waren erste Anzeichen für Blutstaus, die er vermutlich damals schon, wenn auch in geringem Umfang, in den Beinen gehabt hatte.

»Von dir nichts, Elisabeth, aber von …« Hustend bäumte Johann sich auf, aber im nächsten Moment sank er auch schon wieder röchelnd aufs Lager zurück.

»Von wem dann?«, fragte Elisabeth irritiert.

Viviana hatte den Seitenblick ihrer Mutter in ihre Richtung bemerkt und dachte nun angestrengt darüber nach, was wohl so schwer auf dem Herzen ihres Vaters lasten mochte, dass er es als seinen letzten Wunsch auf dem Sterbebett formulierte. Wollte er ihr nach ihrer Verhaftung durch das Militär das Versprechen abringen, den Kampf für das Recht auf Bildung ruhen zu lassen? Etwas anderes fiel ihr nicht ein, und sowieso brach es ihr das Herz, zu sehen, wie er sich quälte. *Vater, verlass uns nicht!,* bat sie wider besseres Wissen stumm.

Valentin schaute gebannt auf den Mund seines Vaters. Ob er sich von ihm wünschen würde, die Tätigkeit der Bank von nun an auf risikoarme Geschäfte zu beschränken? Womöglich hatte Johann die jüngsten ruinösen Geschäfte bemerkt, mit denen Valentin eigentlich den Verlust aus der Mayer-Montan-Aktiengesellschaft hatte ausgleichen wollen. Schon seit einiger Zeit war es ihm gelungen, bestimmte Geschäftsinformationen vor seinem Vater und dem Kontoristen zu verbergen. Zum Beispiel, dass die Liquiditätskredite brachlagen und Klagen gegen das Bankhaus liefen. Seit zwei Tagen borgte ihnen niemand mehr Geld.

Valentin reichte dem Gesinde seinen Gehstock und Zylinder und trat vor das Sterbebett. »Vater, dem Bankhaus geht es bald wieder besser!«, sagte er nicht aus Mitleid für den Sterbenden, sondern weil er selbst daran glaubte. Von Anfang an war es sein Ziel gewesen, das Bankhaus aus der Mittelmäßigkeit herauszuholen.

Doch von Anfang an hatte sein Vater Viviana ihm vorgezogen. Valentin schluckte bittere Galle und schaute auf. »Ich habe neue Gründer gefunden«, verriet er seinem Vater und der Runde. »Wir holen die Verluste auf jeden Fall wieder rein.«

Aber Johann reagierte nicht.

»Vater, hörst du mich?«, fragte Valentin verzweifelt. »Alles wird gut werden mit unseren Geldgeschäften.« Sobald die Bank ihm allein gehörte, würde es wieder bergauf gehen. Dann müsste er kein einziges Wechselgeschäft mehr machen, was die beste Voraussetzung für einen Neustart war. Die Wirtschaft steuerte auf eine Hochkonjunktur zu, die Zeit war wie gemacht für ein neues, noch moderneres Bankhaus Winkelmann. Preise, Löhne und Aktienkurse stiegen. Viele der Produktions- und Investitionsgüterfabriken erlebten einen ungeahnten Aufschwung. Die wachsende Industrie traf auf einen äußerst flüssigen Kapitalmarkt. Und das Bankhaus würde auch bald wieder liquide sein.

Gerade als Valentin ansetzte, um seinen Vater an der hoffnungsvollen Zukunft des Bankhauses teilhaben zu lassen, murmelte dieser: »Mein Wunsch richtet sich an Ernestine.«

Valentin verstand nicht. Warum redete der Sterbende jetzt von Ernestine? Wo die Zukunft des Familiengeschäfts doch weit wichtiger war!

»Was kann denn Mutter für dich tun, Johann?«, fragte Elisabeth verwundert, so als hätte sie sich verhört.

»Sie soll endlich ...«, presste Johann hervor, seine Worte waren kaum noch zu hören, »ihr Schweigen brechen.«

Ernestine hob den Kopf, und Valentin erkannte, wie der trübe Blick seiner Großmutter mit einem Mal klarer wurde. Valentin fingerte in der Innentasche seines Gehrocks nach einer Zigarre, fand aber keine. Ob Großmutter etwas von seinen Anfällen mitbekommen hatte und nun darüber sprechen sollte? Es wurde immer schwieriger, die Symptome seiner Krankheit zu verbergen, da sie immer heftiger wurden. Seit dem letzten Beisammensein mit Clemens kamen die Anfälle wöchentlich, und wöchentlich ergab er sich ihnen. Valentin schaffte es nicht, seine Begierde zu zügeln und die Krankheit zu besiegen. Im Gegenteil, mit jedem Anfall schien er noch süchtiger nach seinem Geliebten zu werden. Er führte Krieg gegen seinen eigenen Körper. Wenn er ohne Clemens war, fühlte er sich matt und elend, war unruhig bis in die letzte Faser seines Körpers. Unruhiger als bei dem spannendsten Gründungsgeschäft. Der quartalsweise Beischlaf mit Dorette war eine Qual, ihr Körper mit den kleinen spitzen Brüsten widerte ihn an.

Wenn seine Krankheit nun aber das Geheimnis war, das Vater so sehr am Herzen lag, musste er ja schon darum wissen und Ernestine nicht extra darum bitten, es zu lüften? Und was konnte ihm überhaupt wichtiger sein, als über das Bankhaus zu sprechen?

Valentin beobachtete, wie sein Vater langsam ruhiger wurde. Noch aber war er nicht tot. In seinem Brustkorb arbeitete es noch, das konnte Valentin trotz des Gehrocks sehen, denn seine auf der Brust gefalteten Hände bewegten sich leicht auf und ab. Seine Fingerspitzen waren blau, ebenso seine Lippen. Johann schloss die Augen.

»Nein, Vater!« Viviana stürzte wieder ans Bett. »Du darfst uns nicht verlassen!« Sie bettete seinen Kopf in ihren Schoß. Valentin konnte es kaum mitansehen.

»Ella«, wisperte Johann mit geschlossenen Augen. Ein schwaches Lächeln stahl sich auf seine blauen Lippen.

»Ella geht es gut, Vater.« Viviana streichelte ihm die Wange.

Valentin wollte Viviana gerade wieder von Johann fortzerren, als Ernestine sich räusperte.

Alle Augen richteten sich daraufhin auf sie. Ernestine starrte auf ihre Hände, mit denen sie nervös über ihren Rock strich. Schließlich begann sie zu sprechen: »Ich ... es ... liegt lange zurück.«

»Sag es endlich!«, brachte Johann mit letzter Kraft hervor. Sein Kopf lag in Vivianas Schoß. Sie streichelte ihm über das Haar, Valentin konnte kaum noch an sich halten. Und was, verdammt noch mal, verheimlichte seine Großmutter vor der Familie? Ihrer Mimik nach nahm er an, dass sie gerade ihren Eduard um himmlischen Beistand anflehte. »Großmutter, jetzt rede doch endlich, verflucht noch mal!« Danach könnten sie wieder auf die Zukunft des Bankhauses zu sprechen kommen.

Ernestine schaute von Valentin zu Elisabeth und dann zu Constanze neben sich. Zu Valentins Überraschung war es Constanze, die sich in diesem Moment rührte. Sie trat vor Ernestine, blätterte in ihrer Taschenbibel und hielt sie ihr unter die Nase. Valentin trat hinzu. Constanzes Zeigefinger mit dem abgekauten Nagel wies auf die Stelle: *Wachet, steht im Glauben, seid mutig und seid stark!*

»Tu es!« Johanns Oberkörper bäumte sich noch einmal auf. Jede Bewegung und jedes Wort trieben ihm neuen Schweiß ins Gesicht. »Eduard erzählte mir kurz vor seinem Tod davon. Davor ... davor wagte er nicht, sein Gewissen zu erleichtern.« Johann bekam kaum noch Luft. »Sag es ihnen ... endlich, Ernestine! Du musst es erzählen, nicht ich.«

Nach einem weiteren Moment der Stille deutete Ernestine mit ihrer knochigen Hand zur Tür, woraufhin die Dienstboten das Schlafzimmer verließen. »Das ist nur für die Familie«, sagte sie an Doktor Hammerschmidt gewandt, der sich daraufhin beleidigt schnaufend durch die Tür schob. »Der Herr Dompfarrer kann bleiben, er soll alles mitanhören.«

Ernestine holte tief Luft. »Alles begann vor vierundvierzig Jahren.« Sie deutete auf die schweren Vorhänge vor den Fenstern. Dorette zog sie zu. Elisabeth ließ eine Öllampe bringen.

»Wir verboten unserer Tochter die Liebe zu einem einfachen Mann«, fuhr Ernestine fort. Sie schien ihre Worte einzig an die Öllampe zu richten, so als wäre der gelbe Lichtkreis ihr Fenster in die Vergangenheit. Elisabeth hatte die Lampe in die Mitte der Runde gestellt. »Vor vierundvierzig Jahren waren Eduard und ich der Meinung, unsere Tochter hätte etwas Besseres verdient.«

Valentin atmete erleichtert auf, es ging also nur um die ehemalige Liebe von Tante Constanze. Nicht um ihn und Clemens von Öll-kau. Ihm fiel ein Stein vom Herzen, weil sein Geheimnis damit nach wie vor gewahrt blieb.

Ernestine lenkte ihren Blick auf Viviana. Das Licht der Öllampe zitterte zwischen ihnen. »Constanze war damals vierzehn und das schönste Mädchen von Würzburg. Eine begehrenswerte Jungfrau. Sogar der Bürgermeister hatte sich nach ihr erkundigt, weil er sie gerne mit seinem Sohn verheiratet hätte.«

Die Taschenbibel glitt Constanze aus den Händen, sie starrte Ernestine wie eine Erscheinung an und regte sich nicht von der Stelle.

Valentin verkniff sich ein Lachen. Die strenge Constanze, die stumme Nuss, sollte einst das schönste Mädchen von Würzburg gewesen sein? Ernestine litt ganz eindeutig an Schwachsinn, den der viele Wein vor ihrem Herzinfarkt ausgelöst haben musste.

»Constanze aber widersetzte sich unserem Verbot«, fuhr Ernestine fort. »Sie ließ sich mit dem einfachen Mann ein und wurde schwanger.« Eine weiße Locke löste sich aus ihrer Frisur und fiel ihr ins Gesicht wie ein böser Schatten.

»Mutter, was erzählst du da?«, empörte sich Elisabeth.

Valentin schüttelte den Kopf über so viel Verrücktheit in seiner Familie. Constanze war das gleiche Unglück wie seiner Schwester widerfahren! Anscheinend lag es in der weiblichen Linie der Familie, sich leichtfertig minderwertigen jungen Männern hinzugeben. Clemens von Öllkau und er waren wenigstens ebenbürtig. Sie verband wahre Liebe. Clemens war sogar noch schöner als der König von Bayern.

Valentin schaute zu Viviana. In ihrem Gesicht las er Mitleid für ihre Großmutter und Constanze. Wenn es nach Viviana ginge, hätten sie den Fortgang der Geschichte sicher auf morgen vertagt, damit Großmutter sich ausruhen und neue Kraft sammeln konnte.

Ernestine schien ihrer Meinung zu sein: »Es reicht für heute ...«, murmelte sie wirr.

»Mutter, wie kannst du uns so hinhalten?!«, protestierte Elisabeth.

»Was ist aus Constanzes Kind geworden?«, erkundigte sich nun auch Viviana.

Ernestine saß mit zusammengezogenen Schultern da. Kraftlos hob sie den Kopf und blickte erneut ins Licht der Öllampe. »Constanze gebar das Kind«, sagte Ernestine leise. »Aber wir verstießen sie deswegen nicht. Stattdessen verpflichteten wir sie und uns zu einer Lebenslüge.«

»Mutter!«, fuhr Elisabeth mit Blick auf den Dompfarrer gerichtet dazwischen. »Du redest wirres Zeug.« Sie ging zu Ernestine und steckte ihr mit unterdrückter Wut die lose Locke zurück in die Frisur.

Valentin war erleichtert, er war raus aus der Sache. Und außerdem erinnerte sich heute sowieso niemand mehr an Constanzes uneheliches Kind. Das war keine Sache, die dem Ruf der Familie Winkelmann noch etwas anhaben konnte. Dem Neustart des Bankhauses stand damit nichts mehr im Weg.

»Sag es ihnen«, wisperte Johann und legte den Kopf aus Vivianas Schoß aufs Kissen zurück. Es gelang ihm nicht mehr, die Augen zu öffnen.

Ernestine erzählte weiter: »Sobald man Constanze die Schwangerschaft ansah, verließ sie das Haus nicht mehr, und ich stopfte meine Kleider aus. Ich gab Constanzes Kind als meines aus, ich war damals gerade vierunddreißig Jahre alt. Ich zog das Kind als das meine groß.« Ernestine wischte sich über die Augen. »Die Geburtsschreie waren die letzten Laute, die ich aus Constanzes Mund hörte.«

Elisabeths Blick klärte sich. »Das war es also«, entfuhr es ihr. »Das ist der Grund für ihre Stummheit.«

Valentin war aufgefallen, dass Constanzes Blick nach Ernestines Bericht weicher geworden war. Nun schaute die Tante liebevoll und betreten, als sei ihr das Neugeborene von einem Bastardkind gerade in die Arme gelegt worden. Dorettes Seufzen erfüllte den Raum, es klang, als läse sie in einem ihrer romantischen Romane, die sie im Bett unter dem Kissen aufbewahrte. Du liebe Güte, was ging es doch schwülstig zu in seiner Familie, und das, während sein Vater starb!

Valentin oblag es, die Sache abzukürzen. Schließlich würde er das neue Familienoberhaupt werden. Er trat vor seine Großmutter und blickte auf sie hinab wie sonst nur auf das Hauspersonal. »Wo ist der Bastard heute?«, fragte er. Aus dem Augenwinkel heraus sah er, wie Constanze zusammenzuckte. »Lebt er überhaupt noch?«

Ernestine schaute durch Valentin hindurch. »Constanze gebar ein Mädchen«, entgegnete sie.

»Warum habe ich Constanzes Tochter nie kennengelernt, Mutter?«, fragte Elisabeth.

Constanze traten Tränen in die Augen. In ihrem hochgeschlossenen schwarzen Kleid trat sie feierlich vor Elisabeth. Anstatt auch ihr eine Textstelle aus der Taschenbibel hinzuhalten, schaute sie Elisabeth liebevoll an. Es sah ganz so aus, als ob sie zu sprechen versuchte, nur kam statt Worten lediglich Luft aus ihrem Mund.

Elisabeth begriff erst, als Ernestine hinter ihr sagte: »Ich gab das Kind als meine Tochter aus und nannte es Elisabeth.«

Valentins Atmung setzte aus. Was seine Mutter betraf, betraf auch ihn. Er war Elisabeths Sohn, der Sohn einer Bastardin?

»Elisabeth, du bist unehelich geboren?«, entfuhr es Dorette. Sie sprach aus, was alle nur zu denken wagten.

»Das kann nicht sein!«, murmelte Elisabeth und drohte, kraftlos auf das Bett zu sinken. Constanze sprang ihr zur Seite, aber Elisabeth machte sich frei von ihr, als sei ihr die Berührung unangenehm. Anmutig und schön stand sie da, wie ein Fels in der Brandung. Doch ihre Hände griffen an ihren Kopf, als versuchte sie, wegen der Wahrheit über ihre Abstammung nicht den Verstand zu verlieren.

Das darf niemals bekannt werden, schoss es Valentin durch den

Kopf. Seine Atmung setzte wieder ein, sein Gesicht aber glühte vor Aufregung. Jetzt hatte er zwei Geheimnisse zu hüten. Zwei und ein halbes. Denn da war ja auch noch die Sache mit Viviana und Professor Schleich. Dass Vater sie in seiner Sterbestunde für ihren Fehltritt nicht zurechtwies, war ihm unbegreiflich! Unvorstellbar, welche Höhenflüge sie noch gewagt hätte, hätte er nicht dafür gesorgt, dass sie im Zuchthaus gelandet war.

»Und Mutters Vater, wer ist das?«, verlangte Valentin schon im strengen Tonfall des zukünftigen Familienoberhaupts zu wissen. »Wer ist der Flegel, der eine junge Dame der besseren Gesellschaft einfach so geschwängert hat?« Er brauchte unbedingt eine Sumatra, sobald das hier alles geschafft wäre.

»Eduard schickte ihn aus Würzburg fort, seitdem weiß ich nichts mehr von ihm«, kam es von Ernestine aus der Ecke. »Eduard gab sich als Elisabeths Vater aus, er liebte sie wie sein eigenes Kind.« Ernestine schien jetzt, nachdem sie ihre Lebenslüge gestanden hatte, neue Kraft geschöpft zu haben. Nie zuvor hatte sie so zärtlich gesprochen: »Es tut mir leid, Constanze, dass ich dich damals zu dieser Lebenslüge zwang.«

Constanze wiederum hatte nur Augen für ihre Tochter. »Mein Kind«, sagte sie, woraufhin es sogar Valentin die Sprache verschlug. Constanze hatte tatsächlich gesprochen! Ihre Stimme klang kratzig und rau wie ein schlecht gestimmtes Instrument. Dennoch waren ihre Worte zu verstehen gewesen.

Constanze fasste sich an den Hals, als hätten die Worte ihr Schmerzen im Rachen verursacht. An Elisabeth gewandt, fügte sie ein »Es tut mir leid« hinzu.

»Vater ist entschlafen«, unterbrach Viviana Constanzes Sprechversuche und legte Johanns erschlaffte Hände auf der Brust ineinander. Sie küsste ihn noch einmal auf die Stirn.

Dorette tupfte sich mit dem Taschentuch Tränen von den Wangen. Der Pfarrer legte Ernestine die Hand auf und erteilte ihr die Absolution.

»Ich will davon nichts mehr hören!«, befahl Elisabeth. Sie beugte sich über Johann und streichelte ihm das leblose Gesicht. »Mein Johann ist tot.«

Dorette versuchte zu trösten: »Alles wird gut, Elisabeth. Sie sind stark, und wir stehen die Schande gemeinsam durch.« Sie trat hinter Elisabeth und strich ihr tröstend über den Rücken.

»Nichts von dem, was heute hier gesprochen wurde, verlässt jemals diesen Raum!«, fuhr Elisabeth Dorette über den Mund. »Ernestine ist meine Mutter, und das wird sich, solange ich lebe, nicht ändern. Und du, Dorette, nimmst in meinem Haus nie wieder das Wort ›Schande‹ in den Mund.« Sie schaute der Reihe nach alle an, nur ihre leibliche Mutter nicht. »Haben wir uns verstanden?«

Sogar Valentin war überrascht über den harten, herrschsüchtigen Ton seiner Mutter.

»Vater hat dich geliebt, deine Abstammung ist ihm offenkundig nicht wichtig gewesen«, sagte Viviana.

Elisabeth schaute ihre Tochter entgeistert an, als redete diese in einer fremden Sprache zu ihr, dann wandte sie sich an den Dompfarrer. »Ich möchte, dass Johann so schnell wie möglich beerdigt wird.« Beim nächsten Satz wurde ihre Stimme bedrohlich tief: »Und du, Viviana, bist auf seiner Beerdigung unerwünscht.«

Valentin beobachtete zufrieden, wie seine Schwester erstarrte.

»Wie kannst du mir das verbieten?«, begehrte Viviana auf. »Bei allem, was ihr mir schon angetan habt!«

Valentin lachte gehässig. »Wir dir angetan?«, erwiderte er lauter. »Alles, was wir getan haben, war lediglich eine Reaktion auf deine Entartung! So einfach ist das.«

»Ich verbitte mir diesen Ton im Zimmer des soeben erst verstorbenen Herrn Bankdirektor!«, fuhr der Geistliche dazwischen und schaute vor allem Viviana vorwurfsvoll an. »Sie sind eine trauernde Familie, vergessen Sie das nicht.«

Valentin sah, wie Viviana fast vor Wut und Enttäuschung explodierte, aber sie schwieg.

Elisabeth war um Ruhe bemüht, als sie der Runde verkündete: »Entschuldigt mich nun, ich muss mich um die Beerdigung meines Ehemanns kümmern.« Elisabeth holte einen Schlüssel aus der Nachttischschublade und verließ das Schlafzimmer.

Valentin hörte sie die Treppe ins dritte Obergeschoss hinaufgehen. Zuerst schritt sie vornehm und langsam, dann wurden ihre Schritte schneller. Eine Tür knallte. Kurz darauf klirrte und rummste es. Valentin sah vor seinem inneren Auge einen Haufen bunter Glasscherben auf dem Boden liegen.

Er war der festen Überzeugung, dass überall, wo Viviana auftauchte, Unheil geschah. Vielleicht hätte sein Vater sogar überlebt, wenn sie dem Palais ferngeblieben wäre. Valentin konnte Vivianas Blick nicht deuten. Ihre Augen waren von Tränen gerötet, aber sie wirkte merkwürdig gefestigt, trotz aller Erschütterung. Mit unheilvollem Blick beobachtete er, wie die geknickte Constanze Viviana nach draußen folgte.

**

34

MÄRZ 1855

Mit ihrem Vater hatte Viviana einen geliebten Menschen verloren. Pauls Verlust hatte sich damals anders angefühlt. Wochen-, ja monatelang war ihr seine Abwesenheit jeden Tag ein bisschen mehr zur Gewissheit geworden. Sie hatte Zeit gehabt, sich an ein Leben ohne Paul zu gewöhnen. Ihr Vater hingegen war urplötzlich aus ihrem Leben gerissen worden. Der Gedanke, dass sie ihn nie wiedersehen würde und Ella nie wieder auf dem Schoß ihres Großvaters sitzen könnte, war unerträglich. Viviana hatte nicht einmal mehr Hunger auf frisches Brot mit Butter. Die Trauer um ihren Vater war aber nicht der einzige Grund für ihre Appetitlosigkeit. Wut und erneutes Entsetzen über das Verhalten ihrer Mutter und ihres Bruders mischten sich unter ihre Trauer. Im Palais war sie nach wie vor unerwünscht, sie war kein Mitglied der Familie mehr, das hatte man ihr unmissverständlich klargemacht. Darüber trat auch Ernestines Offenbarung in den Hintergrund.

Die Tage mit Constanze lenkten Viviana etwas von ihrer Wut und ihrer Trauer ab. Constanze war nach wie vor nicht sehr redselig und nahm auch immer noch ihre Bibel sowie Mimik und Gestik zu Hilfe, wenn sie etwas sagen wollte. Dass auch sie unter dem Tod Johanns litt, war ihr deutlich anzusehen. Sein Tod war in der Zeitung verkündet und der Beerdigungstermin festgesetzt worden.

Viviana wollte sich die Bekanntmachung nicht ansehen, würde sie doch nur eine ähnliche Enttäuschung in ihr hervorrufen wie einst die Anzeige ihres vorgespielten Todes. Constanze war ihr Trost. Dank ihr hatte Viviana ihren Vater in den Armen halten dürfen, als er die letzten Atemzüge tat. Dafür hatte sie Constanze am

Sterbetag vor dem Palais umarmt und sie auf ein wärmendes Getränk mit in die Mühlgasse genommen.

Als sie das erste Mal in Magdas Stube vor dem Ofen gesessen hatten, hatte keine von ihnen ein Wort zu sagen gewagt. Nachdem ein Tee sie jedoch wärmte, machte Viviana den Anfang. Und obwohl sie so enttäuscht war und sie das Unrecht, das man ihr antat, am liebsten laut aus dem Fenster geschrien hätte, sprachen sie zunächst nicht über die jüngsten Vorfälle im Palais. Viviana begann vom Juliusspital und von der Pleich zu erzählen, die ihr Zuhause geworden war.

Am zweiten Tag, sie hielten die krumm getöpferten Teebecher in den Händen, erzählte sie ihrer Tante von ihrer Schwangerschaft, von ihrer Flucht aus dem Kloster und dem schweren Anfang im Spital. Mit Blicken ermutigte Constanze sie, weiterzuerzählen. Viviana tat es, und zuletzt berichtete sie ihr sogar von den heimlichen Treffen mit ihrem Vater. Sie weinte leise, während sie erzählte, wie sehr er in seine Enkeltochter vernarrt gewesen war.

Constanze lächelte, als Viviana ihr sagte, dass Ella erst letzte Woche verkündet hatte, dass sie ihren Freund Bruno heiraten wolle. Gemeinsam hatten die beiden Kinder ein Bild mit allen Tieren gemalt, die sie sich anschaffen wollten. Es war für Ellas Großvater gedacht gewesen. Ein Esel und ein Affe befanden sich darunter, die laut Ella ganz wild auf Zitronenplätzchen waren.

Constanze erzählte Viviana daraufhin auch ihre Liebesgeschichte in einer Mischung aus Bibelversen, aufgeschriebenen Sätzen und einzelnen Wörtern. Viviana verstand sie gut und war tief berührt vom Schicksal der Tante, deren Kind von Ernestine ebenfalls nicht weggegeben worden war. Ihr Vater hatte wohl gespürt, dass es an der Zeit war, die Wahrheit über Constanze und Elisabeth ans Tageslicht zu bringen. Jetzt war er vermutlich an einer Lungenembolie gestorben, im Alter von nur zweiundfünfzig Jahren, weil der Hausarzt sein gesundheitliches Problem nicht richtig erkannt hatte. Wie der Armenarzt bei Wenke.

Viviana gewöhnte sich nur langsam daran, dass Constanze nicht ihre Tante, sondern ihre Großmutter war. Damit wurde Ernestine zu ihrer Urgroßmutter und zu Ellas Ururgroßmutter.

An den Vormittagen nach Vaters Tod nahm Viviana sich jeweils für ihre Gespräche mit Constanze Zeit, am Nachmittag ging sie Magda zur Hand oder verbrachte Zeit mit Ella. Oft war sie dabei in Gedanken bei ihrem Vater. Professor von Marcus hatte sich krankgemeldet, es war noch unsicher, wann er wieder ins Juliusspital zurückkehren würde.

Bereits beim zweiten Besuch Constanzes wagte Ella es, sich an ihre neue Urgroßmutter zu schmiegen, die ihr immer weniger wie ein Geist schien. Weil Constanze nur so wenig redete, wie das viereinhalbjährige Mädchen feststellte, würde dann eben sie ihr eine Geschichte erzählen. Nur zum Schlafen kehrte Constanze ins Palais zurück. Die meiste Zeit überließ Magda ihnen die Stube und wanderte zu Brunos Freude meistens mit ihm zum *Letzten Hieb* hinauf.

Am Nachmittag des sechsten Tages begleitete Viviana ihre Großmutter wieder in die Hofstraße zurück. Constanze sorgte sich um ihre Tochter und wollte auch tagsüber nach ihr sehen. Die Beerdigung sollte am Folgetag stattfinden. Viviana verdrängte, dass sie dort unerwünscht war.

Am Beginn der Hofstraße umarmten sie sich zum Abschied und versprachen, einander bald wiederzusehen. »Du bist mutig«, sagte Constanze, ganz ohne Hilfe ihrer Taschenbibel, und ihre Stimme klang dabei längst nicht mehr so brüchig und ungeübt. Trotz ihrer Trauer hatte auch ihr Gesicht inzwischen mehr Farbe bekommen. »Die Herzogin des Frankenlandes möge dich beschützen.« Wie Viviana war auch Constanze der Herzogin des Frankenlandes besonders zugetan. Sie hatten schon gemeinsam unter der Madonna in der Bronnbachergasse gebetet, als sie der Umstand, dass sie beide uneheliche Töchter entbunden hatten, noch nicht verband.

Viviana, die sich entschieden hatte, ihre eigene kleine Trauerfeier für ihren Vater abzuhalten, nickte. »Vielleicht freut sich Vater ja auch über ein paar Blumen, die ich vor den Altar von Sankt Gertraud lege.«

Constanze nickte nun ihrerseits mehrmals, drückte Viviana erneut fest an sich, dann ging sie die Hofstraße hinauf.

Auf dem Heimweg lief Viviana einen Umweg. Sie ging in die Kapuzinergasse zum Haus der Familie von Marcus und läutete die Türglocke, aber niemand öffnete ihr.

Auch im Spital, wo man ihr seit ihrem Zuchthausaufenthalt noch abweisender begegnete als zuvor, war Professor von Marcus nicht anzutreffen. Sie wollte wissen, wie es ihm ging. Bei einer ihrer letzten Vorlesestunden hatte er ihr gestanden, dass er glaubte, Nannette zu verlieren, weil er sie nicht mehr sehen konnte, weil er ohne Sehvermögen weniger teilhatte an ihrem Leben.

Sie ging über den Innenhof und sah, wie Apotheker Carl, als er sie entdeckte, den Kopf schüttelte und sich in die Offizin zurückzog. Otto Hauser war ihr glücklicherweise nicht wieder über den Weg gelaufen. So war sie gar nicht erst in die Situation gekommen, unhöflich oder gar grob zu ihm zu werden.

Nachdenklich schritt Viviana durch den Spitalgarten, an den noch kahlen Bäumen vorbei. Langsam dämmerte es, die Curisten und Pfründner zogen sich zum Abendessen in ihre Zimmer und Säle zurück. Wieder dachte Viviana an ihren verstorbenen Vater, gleichzeitig war sie enttäuscht von Valentin und ihrer Mutter. Sie hielt auf das Gartenhaus zu. Auch in den kalten Monaten wurde es nicht abgeschlossen, sie trug das Perlensäckchen in ihrer Rocktasche bei sich.

Sie betrat den einstigen Vorlesungssaal und nahm auf einem Stuhl zwischen Pflanzkübeln Platz. Im leeren Gartenhaus konnte sie in Ruhe nachdenken. Ihr fehlte noch immer eine zündende Idee für ihren nächsten Schritt im Kampf für die Frauen. Fest stand bislang nur, dass sie es diesmal völlig anders anfangen wollte als mit Roswitha und Ursula.

»Ich dachte, Sie könnten das gebrauchen«, unterbrach Doktor Staupitz ihre Gedanken. Mit zittrigen Händen hielt er ihr eine kleine Schachtel hin. Sie hatte ihn nicht kommen gehört.

Viviana schaute von seinen schlanken Händen in sein Gesicht auf. »Ein Geschenk?« *Vielleicht ein noch kleinerer Sonnenschirm als der von Hubertus?,* dachte sie wenig begeistert.

»Bitte nehmen Sie es an«, sagte er. Er verlangte nicht, oder forderte oder befahl gar. Er bat sie höflich und sichtlich verlegen darum.

Zögernd nahm sie die Schachtel entgegen und öffnete sie. Doktor Staupitz schien erleichtert, dass sie nicht mehr auf seine vor Aufregung zitternden Hände schaute.

In der Schachtel kam eine braune Halsbinde mit weißen Punkten zum Vorschein. Viviana erhob sich perplex. »Warum ...« Wieder fand sie ihm gegenüber nicht die richtigen Worte.

»Die braune Schleife damals bei der Physikalisch-Medizinischen Gesellschaft stand Ihnen gut«, gab er zu und errötete dabei. »Sie war aber schon sehr abgetragen, und da dachte ich, Sie könnten vielleicht eine neue gebrauchen.« Er sagte es voller Ernst, in der Manier, in der nur Doktor Staupitz reden konnte.

»Aber wieso ...?« Noch immer bekam sie keinen zusammenhängenden Satz zustande.

»In zwei Tagen wird Professor Virchow wieder einen Vortrag im Harmonie-Saal halten, und ich dachte, mein Cousin dritten Grades hätte Interesse, mich dorthin zu begleiten.« Seine Mundwinkel zuckten. »Wie wär's, Joseph?« Er stieß sie freundschaftlich, wenn auch nach wie vor steif an.

Sie verschluckte sich fast vor Schreck. Sie und er gemeinsam im Harmonie-Saal bei einer medizinischen Vorlesung?

»Professor Virchow wird der Welt die mikroskopischen Ergebnisse seiner bahnbrechenden Theorie vorstellen. Sie haben noch nichts davon gehört?«, fragte er.

Der Tod ihres Vaters hatte so gut wie alles andere in den Hintergrund treten lassen. Aber sie hatte dennoch in der *Neuen Würzburger Zeitung* von dem bevorstehenden Ereignis gelesen. Der Vortrag, so hieß es, würde eine bis dahin nie da gewesene Sensation werden, sogar ausländische Zeitungsredakteure wurden erwartet. Sämtliche Hotel- und Herbergsbetten wären bereits reserviert, konnte man weiterhin lesen, und dass sich namhafte Ärzte aus Preußen, Österreich und England bereits angekündigt hätten.

»Nur geladene Gäste werden Platz im Festsaal finden, der Andrang ist sehr groß«, sagte Doktor Staupitz nun. »Als Mitarbeiter von Professor Virchow könnte ich Sie ...«

Viviana spürte, wie ihre Wangen heiß wurden. »Das würden Sie tun?«

»Zur Wiedergutmachung dafür, dass ich Sie beim letzten Mal mit dem Gehirn so erschreckt habe«, fügte er noch hinzu und wollte gerade lächeln, als Viviana ihm vehement mit hoch erhobenem Kopf widersprach: »Sie haben mich nicht erschreckt!« Sie wollte ihm gegenüber keinerlei Schwäche zeigen. Nicht in einer Welt, in der Männer den Intellekt von Frauen anhand ihrer Empfindsamkeit beurteilten.

Er ging nicht weiter darauf ein. »Haben Sie schon einmal das Auge einer Fliege in dreihundertfacher Vergrößerung gesehen?«, fragte er stattdessen.

Sie schüttelte den Kopf, schon weniger stolz, und musste dann doch bei der Vorstellung eines Fliegenauges lächeln.

»Kommen Sie!«, forderte er sie auf und ging steifen Schrittes und wie selbstverständlich auf die Tür des Gartenhauses zu.

»Sie wissen, dass Sie gerade mit einer Frau sprechen, die im Zuchthaus war?«, rief sie ihm nach. »Eine, die andere Fräulein dazu anzustiften versucht hat, sich nicht weiter von Männern unterdrücken zu lassen?«

Spätestens jetzt hätte er sie entrüstet zurechtweisen müssen, aber er tat nichts dergleichen. Er ging einfach weiter.

Kurz darauf betraten sie sein Bureau in der Neuen Anatomie. Im

Schein zweier Öllampen nahmen sie hinter seinem Schreibtisch vor einem echten Oberhäuser Platz. Aus der Nähe sah das Mikroskop für sie wie ein ausziehbares, kunstvolles Fernrohr aus, das von einem Stativfuß gehalten wurde. Es war zudem, wie Viviana schon auf den ersten Blick festgestellt hatte, vom führenden Hersteller von Mikroskopen in Europa, Georg Oberhäuser, gefertigt und aus geschwärztem und lackiertem Messing.

Doktor Staupitz erklärte ihr, wie es zu bedienen war. Es hatte eine variable Tubuslänge, so nannte man den Strahlengang des Lichts auf seinem Weg durch die Glaslinsen, also Objektiv und Okular, und war seinen Worten nach »um die optische Achse drehbar«. Mit dem gleichen sachlichen Tonfall wie bei der Sektion sagte er, dass das Okular am oberen Ende des Tubus wie eine Lupe wirke. Blicke man bei ausreichend Licht in es hinein, würde es eine vergrößerte Darstellung des Präparates liefern, das unten auf dem Objekttisch aus schwarzem Glas befestigt werde.

Viviana nickte verständig. Hubertus hätte sie in der Separat-Anstalt nie an seinen Schreibtisch gelassen. Sie spürte, wie ihr Herz schneller schlug.

»Die Beleuchtung des Präparates auf dem Objekttisch erfolgt über den drehbaren Spiegel darunter«, erklärte Doktor Staupitz. »Und mit dem Hebel hier können Sie das auf den Spiegel fallende Licht bündeln und modifizieren.«

Viviana drehte das Rädchen und auch den Hebel zur Bewegung der Blendung am Objekttisch ganz vorsichtig, um nur ja nichts an der besonderen Gerätschaft kaputt zu machen. Konzentriert beobachtete sie, wie Doktor Staupitz ein Präparat auf dem Objekttisch befestigte und es ihr »scharf stellte«, wie er sagte. Dann durfte sie das erste Mal durch sein Mikroskop schauen.

Viviana war so aufgeregt, als würde sie ihre erste offizielle Vorlesung als Hörerin besuchen. Ihre Hände waren mit einem Mal feucht, sie wischte sie schnell am Rock ab. Dann legte sie die rechte Hand an den Hals des Mikroskops. Vor ihr erschien ein kreisrunder

Rahmen mit einem Bild darin. Fest presste sie ihre Augenpartie gegen das Okular, weil sie es ganz genau sehen wollte. Da lagen sechs glänzende unregelmäßige und ungleich große Elemente auf dem Objektträger.

»Sagen Sie mir, was Sie sehen«, bat Doktor Staupitz, längst nicht mehr überheblich, sondern zurückgenommen und vorsichtig. Viviana fand, das stand ihm besser.

Sie beschrieb ihm die Ansammlung Steinchen-ähnlicher Elemente, von denen die meisten eine grausilbrige Farbe hatten. Aber auch gelbe, weiße und sogar grünliche waren zu sehen. »Ist der jeweils dunkelgraue Fleck darauf das Fliegenauge?«, fragte sie aufgeregt.

Er zog das Präparat vom Objekttisch des Mikroskops. »Sie sahen gerade eine Portion dreihundertfach vergrößerten Sand. In etwas Wasser gelegt, damit der Sand durchscheinender und seine Struktur besser sichtbar wird.« Er klang begeistert und beugte sich ihr etwas entgegen.

Viviana fiel aus allen Wolken: »Das soll Sand sein?«

Er nickte. »Der Main nimmt auf seinem Weg von der Quelle bis nach Würzburg unterschiedliche Gesteinsarten mit, daher ist der Sand nicht einfarbig. Die Kiesel rollen und springen im Flussbett hin und her, weswegen sie immer kleiner werden und Sie nun Körner von unterschiedlicher Größe sehen.«

Nicht in hundert Tagen hätte Viviana die Steinchen für Sandkörner gehalten. Nicht in hundert Tagen hätte sie vermutet, dass hinter Doktor Grimmig so eine einfühlsame, begeisterungsfähige Person steckte. *Dieser Doktor Staupitz gefällt mir,* dachte sie.

»Ich könnte Ihnen jetzt auch noch eine Nadelspitze oder Salz auf den Objekttisch legen, Sie würden auch das nicht ohne Weiteres erkennen.«

Sie nickte verblüfft und wollte mehr davon. Mehr Erklärungen aus seinem Mund und vielleicht auch mehr von ihm.

»Das liegt daran, dass die stark vergrößerten Ansichten keines der Merkmale der Gegenstände mehr aufweisen, die wir eigentlich mit ihnen verbinden. Das feine Sandkorn oder die glatte, spitze Nadel, wie wir sie normalerweise sehen, ist unter dem Mikroskop zum Beispiel uneben und rau, obwohl sie sich in der Hand vollkommen glatt anfühlt.«

Viviana war tief beeindruckt. »Das Mikroskop macht Verborgenes sichtbar.«

Etwas nervös rieb er sich die Hände und schaute sie anders als früher an. »Verstehen Sie jetzt, warum Professor Virchow das Mikroskop so wichtig ist und er in seinen Kursen so vehement das ›mikroskopische Sehen‹ lehrt?«

Viviana nickte. »Es geht gar nicht mehr ohne Mikroskop.«

»Moderne Gerätschaften sind für uns Mediziner eine Erweiterung unserer Sinnesorgane. Das Mikroskop ist ein besseres Auge, das Stethoskop ist ein besseres Ohr«, sagte er.

Mehr sinnliche Aufmerksamkeit, dachte Viviana aufgeregt. Bei dem Gedanken, mit dem Blick durchs Mikroskop soeben die Welt der Zellen betreten zu haben, lief ihr ein wohliger Schauer über den Rücken. Es kribbelte unter ihren Fußsohlen bis in die kleinen Zehen hinein.

Doktor Staupitz griff in die Schachtel neben sich, holte ein weiteres Präparat heraus und befestigte es auf dem Objekttisch. »Das hier ist das Fliegenauge, seit dem siebzehnten Jahrhundert ein Klassiker beim Mikroskopieren.«

In dem kreisrunden Rahmen des Okulars wirkte das Auge wie von einem feinen, löchrigen Netz überzogen. »Es ist wunderschön und noch einmal filigraner als Mutters Orchideen«, sagte sie, nachdem sie es eine Weile hingebungsvoll betrachtet hatte, und wunderte sich im gleichen Moment darüber, dass sie Doktor Staupitz gegenüber gerade so vertraut über ihre Familie sprach.

»Früher kochte man die Fliege zum Präparieren ihrer Einzelteile«, erklärte er ihr und kam noch näher an das Mikroskop heran. Er saß nun unmittelbar neben ihr.

Viviana konnte Doktor Staupitz' Blick regelrecht auf sich und ihren Händen am Tubus des Mikroskops spüren. Vermutlich sah sie gerade aus, als wolle sie das Mikroskop vor Einbrechern beschützen, so sehr klammerte sie sich daran.

Er wechselte das Präparat auf dem Objekttisch. »Wenn Sie nun noch einmal genau hinschauen, erkennen Sie die äußere Membran des Auges, die Pyramidenkörperchen und die innere Membran des Fliegenauges. Die Pyramidenkörperchen sehen wie viele kegelförmige, aneinandergepresste Röhrchen aus.«

»Was für eine Vorstellung.« Viviana war sprachlos ob der Fähigkeit des Mikroskops, für das menschliche Auge nicht sichtbare, unendlich kleine Dinge sichtbar zu machen.

Doktor Staupitz zeigte ihr noch weitere Präparate, darunter Knorpelzellen und stechapfelförmige, rote Blutkörperchen aus Harnsedimenten. Es waren fantastische, ungeahnte Einblicke in die unendlich detaillierte Durchdachtheit der Schöpfung, die Viviana bescheiden und ehrfürchtig machten.

Schließlich fragte er sie erneut, ob sie zum Vortrag von Professor Virchow mitkäme. Dabei war er weder steif noch in sich gekehrt. Fast hatte sie seinen Spitznamen »Doktor Grimmig« schon vergessen.

Viviana holte die Halsbinde aus der Schachtel und betrachtete sie. »Ich möchte mich nicht mehr verkleiden. Außerdem glaube ich, dass Viviana Winkelmann unter den Herren der Physikalisch-Medizinischen Gesellschaft nicht gut gelitten ist.«

»Warum machen Sie sich darüber plötzlich Gedanken?«, fragte Doktor Staupitz. »Ich meine, Gedanken darüber, ob Sie gut gelitten sind. War Ihnen das denn bisher wichtig?«

Viviana ließ das Mikroskop los und sah ihn an. »Ich habe die Verantwortung für meine Tochter, die ebenfalls den Namen Winkelmann trägt. Schon jetzt wäre es schwierig, sie bei einer Töchterschule anzumelden. Bei meiner Vergangenheit.« *Und Fräulein Kiesewetter wäre entsetzt, würde sie mich hier so nahe bei Doktor Staupitz sehen, ohne Aufpasserin.*

Der wollte schon nach ihren Händen greifen, hielt aber im letzten Moment inne. »Wenn Sie aufgeben, meinen Sie, Ihre Tochter hätte dann eine aussichtsreichere Zukunft?«, fragte er und begann, die Präparate zu sortieren, obwohl sie schon geordnet nebeneinanderlagen. Seine Hände zitterten wieder.

Wieder war Viviana angenehm überrascht von ihm und seiner Frage, die ihr bisher weder Hubertus noch ihr Vater oder Professor von Marcus gestellt hatten. Die ihr überhaupt noch kein Mensch gestellt hatte, nicht einmal Roswitha und Ursula, ihre Schwestern im Geiste. Auch Ella war nie Thema zwischen ihr und dem Doktoranden der Kindermedizin gewesen, als hätte sie insgeheim gespürt, dass er nicht der Richtige für sie war.

Sie schaute Doktor Staupitz genauer an. Seine Koteletten an den Seiten waren auch heute wieder exakt getrimmt, der Seitenscheitel akkurat gezogen, aber sein Gesichtsausdruck war weich und offen.

»Was würden Sie an meiner Stelle tun?«, fragte sie ihn.

Seine Antwort war ein Kuss.

Warm und feinfühlig, und sie gab sich ihm hin. Sie schloss ihre Augen und genoss seine unendliche Zärtlichkeit. Seine Lippen waren weich, er küsste zurückhaltend und vorsichtig. In ihrem Bauch kribbelte es. Dass Doktor Staupitz sie ebenfalls mit geschlossenen Augen küsste, sah sie erst, als sie sich langsam wieder von ihm löste und die ihren öffnete.

»Und, kämpfen Sie weiter für die Frauen?«, fragte er nach einem Moment der Stille, als ließe er den Kuss noch nachwirken.

»Roswitha sagte, dass ich die Frauen anführen soll«, wagte Viviana ihm anzuvertrauen und dachte noch immer an den zärtlichen Kuss. In ihrem Bauch kribbelte es noch immer.

»Haben Sie schon einmal von Dorothea Erxleben gehört?«, fragte sie ihn nach einer Weile.

»Nein, aber ich finde es keine schlechte Idee. Ich meine damit, Sie als Anführerin. Sie wissen, sich Achtung zu verschaffen. Andere Menschen schauen zu Ihnen auf. Sie sind klug und interessiert.«

Das alles dachte er über sie, obwohl er ein Mann war? Denn er sagte es weder schadenfroh noch ironisch, sondern mit ernstem Blick und Tonfall.

»Sie sollten weitermachen, sofern Sie sich dadurch nicht in Lebensgefahr begeben«, sagte er und bat nach einer kurzen Pause eindringlich: »Versprechen Sie mir, vorsichtig zu bleiben? Sowohl bei der Medizin als auch beim Kampf für Frauenrechte?«

Viviana lächelte. Sie fühlte sich von ihm verstanden. Außerdem tat es gut, dass er sie ermutigte und sich gleichzeitig um sie sorgte.

Doktor Staupitz erwiderte ihr Lächeln. »Gehen wir ein paar Schritte?«

Er führte sie zurück in den Spitalgarten. Es war dunkel draußen, die Steine des Kieswegs knirschten unten ihren Füßen. »Drehen Sie sich um«, sagte sie mit einem Mal genauso streng und stolz, wie er bei ihrer ersten Begegnung in der Apotheke gesprochen hatte.

»Ich soll was?«, entrüstete er sich im Spaß.

»Na ... drehen Sie sich schon weg, Doktor Staupitz.«

Er tat, was sie sagte.

»Haben Sie die Augen geschlossen?«, versicherte sie sich.

Sie lugte um ihn herum und sah, dass er seine Augenlider wirklich fest zusammenpresste.

»Jetzt dürfen Sie sich wieder umdrehen«, sagte sie nach einigen Handgriffen.

Doktor Staupitz drehte sich mit geschlossenen Augen zu ihr um.

»Und jetzt die Augen auf!«, bat sie ihn forsch.

Er verlor beinahe den Halt auf dem Gartenweg, als er sie anschaute. Viviana hatte die braun-weiße Pünktchenschleife angelegt und ihr Haar gelöst.

»Du bist außergewöhnlich«, gestand er und schaute sie zärtlich und verletzlich zugleich an.

Am liebsten hätte sie seine Hand ergriffen, um sie in ihrer zu spüren. »Du auch, Richard«, erwiderte sie sein vertrautes Du.

Jetzt bloß keinen Fehler machen!, ermahnte sie sich aber schon im nächsten Moment. Schon zweimal war es schiefgegangen.

Viviana schaute verlegen in den von einigen Gaslampen erhellten Garten. Als ihr Blick auf das Eisentor des Pfründnerbaus fiel, traute sie ihren Augen nicht: »Paul?«

»Paul?«, widerholte Richard und wandte sich um.

»Viviana!«

Viviana schüttelte irritiert den Kopf. War das tatsächlich Paul? Nach all den Jahren? Die dunklen Haare, die breiten Schultern und die Arbeitshose eines Steinmetzes, aber vor allem die Stimme war eindeutig die von Paul.

»Wer ist Paul?« Richard hatte sich noch nicht wieder gefangen.

»Er ist der Vater meiner Tochter Ella.« Viviana schluckte. »Bitte entschuldige mich, Richard.«

Während die Krähen über dem Spital kreisten, schritt Viviana mit Richards Pünktchenschleife um den Hals auf den Mann am Eisentor zu. Erst ging sie, dann rannte sie.

Richard blieb in der Dunkelheit zurück.

✣

Zu so später Stunde war das *Augustinerbäck* wie leer gefegt. Nur ein einziger Tisch neben der Tür war besetzt, als Viviana und Paul das Lokal betraten. Die Bedienung reinigte schon den Tresen. In der Feuerstelle war nur noch Glut. Sie nahmen in einer schwer einsehbaren Nische Platz. Rasch wurden ihnen Wein und eine Brotzeit an den Tisch gebracht. Sprachlos saßen sie einander gegenüber.

Viviana betrachtete Paul in seinem einfachen Wollhemd, während er sie seinerseits immer wieder musterte, dann aber woandershin sah. Seine braunen Augen, denen sie sich früher so hilflos ausgeliefert gefühlt hatte, schienen noch brauner geworden zu sein, sein dunkles Haar noch ungezähmter. Pauls Kinngrübchen, das er seiner Tochter vererbt hatte, war der letztendliche Beweis dafür, dass sie wirklich Paul Zwanziger vor sich hatte.

Viviana hatte viele Fragen, zuvorderst: Warum bist du verschwunden, wo du mir doch, als ich schwanger war, versprochen hast, immer für mich und unser Kind da zu sein? Auch wenn sie sich nach der Feststellung der Schwangerschaft nicht wiedergesehen hatten, versprochen war versprochen. Als Schwangere hatten ihre Eltern ihr jeden Kontakt zu ihm untersagt und sie im Palais streng überwacht. Einzig einen Brief, in dem sie Paul von der beabsichtigten Geburt im Kloster geschrieben hatte, hatte sie ihm heimlich von einem Dienstmädchen überbringen lassen können, woraufhin er sein Versprechen nochmals erneuert hatte. Valentin hatte kurz darauf Verdacht geschöpft und das betreffende Dienstmädchen entlassen. Das lag inzwischen fünf Jahre zurück.

Der Mann am Tisch beim Eingang hatte offensichtlich zu tief ins Glas geschaut, denn er begann, ein Lied in die Stille des Gastraumes hinein zu singen. *Oh, du lieber Augustin, Augustin, Augustin, oh, du lieber Augustin, alles ist hin ...*

»Warum bist du weggegangen?«, fragte sie Paul schließlich, auch weil sie das Lied vom Augustin übertönen wollte.

Die Bedienung begann schon, an den Nachbartischen die Stühle hochzustellen.

»Du hattest geschworen, dass du immer für mich und das Kind da sein würdest«, setzte Viviana aufgebracht nach. *Geld is weg, Mädl ist weg, alles ist hin.*

»Ich habe euch vermisst«, murmelte Paul.

Seine Worte hingen lange in der Luft, nur das Scharren von Stühlen war zu hören. Der Sänger am Tisch beim Eingang trank.

Damals hatte Paul ihr gesagt, wie sehr er sie vermisste, bevor sie zurück ins Palais und er zu Meister Gruber in die Werkstatt gegangen war. Die Sehnsucht nach ihm hatte sie lange Zeit gequält und fast um den Verstand gebracht.

Und nun saß er mit hängenden Schultern vor ihr und sagte nur:

»Es tut mir leid«, als könnten diese vier Wörter alles ungeschehen machen.

Der Sänger neben der Tür sang weiter. *Rock ist weg, Stock ist weg, Augustin liegt im Dreck, alles ist hin.*

»Ich habe damals auf dich gewartet, dich verzweifelt herbeigesehnt, Paul!« Sie hatte die Herzogin des Frankenlandes angefleht und um seine Rückkehr gebeten. Monatelang war sie aus Sorge um ihn tausend Tode gestorben.

»Ich bin nach Italien. Dort wirken nach wie vor die besten Steinbildhauer«, brachte er zögerlich hervor. Er vermied es, sie anzusehen. Früher hatte er für jeden Menschen ein einnehmendes Lächeln übrig gehabt und war niemandes Blick ausgewichen.

»Nach der Geburt unserer Tochter bin ich aus dem Kloster geflohen und auf der Suche nach Hilfe direkt zu dir gelaufen, weil ich dachte, du würdest wirklich für mich und das Kind da sein. Sag mir bitte, warum du uns im Stich gelassen hast«, drängte Viviana. »Steckte eine andere Frau dahinter?«

Die Bedienung trat mit einem missbilligenden Blick auf die noch unberührte Brotzeit zu ihnen und begann nun auch, unter ihren Stühlen zu kehren.

Paul schwieg weiter, und Viviana dachte erst, er hätte ihre Frage nicht gehört, als er doch noch antwortete: »Deine Mutter steckte dahinter.«

Viviana hörte in der Erinnerung teures böhmisches Glas zerspringen. »Meine Mutter?«, fuhr sie auf.

»Sie hat mich dazu gedrängt!«, schwor Paul und schaute sie dabei an. »Nachdem sie mich nicht mit Geld kaufen konnte, verlangte sie, dass ich über die Landesgrenzen gehen soll, oder meinem Kind würde etwas Schlimmes passieren. Das geschah wenige Tage, nachdem ich deinen Brief von eurem Dienstmädchen überbracht bekam. Als ich dir erneut ausrichten ließ, immer für dich und unser Kind da zu sein, wusste ich noch nichts von der Bosheit deiner Mutter. Sie wollte unser Kind ...« Er brach mitten im Satz ab.

Viviana sprang vom Tisch auf und stieß dabei ihr volles Glas um. Ihr Stuhl krachte zu Boden, was sogar den Augustin-Sänger verstummen ließ. Wein floss über die Tischdecke. »Das würde sie niemals tun! Sie ist doch Ellas Großmutter, verdammt noch mal!«, fügte sie wütend hinzu, obwohl es inzwischen kaum noch etwas gab, das Viviana Elisabeth Winkelmann nicht zutraute. Es war zum Verzweifeln! Immer wieder ihre Mutter!

Paul hielt ihrem erbosten Blick stand. »Ich wollte nicht, dass unserem Kind etwas passiert, ich habe ihre Drohung ernst genommen und beschloss deswegen wegzugehen.«

Viviana nickte wie betäubt. Paul hatte mit seiner Flucht Ella das Leben retten wollen? Und ihre Mutter? Viviana haderte mit sich selbst. War sie doch tatsächlich so einfältig gewesen, für die trauernde Elisabeth auch noch Verständnis aufzubringen.

»Deine Mutter verbot mir jeglichen Kontakt zu dir, nicht einmal einen Abschiedsbrief durfte ich dir schreiben«, berichtete Paul weiter.

»Sie wollte verhindern, dass ich dich suche, womöglich sogar finde«, wurde Viviana klar und machte sie nur noch wütender. »Ohne ein Lebenszeichen von dir konnte sie damit rechnen, dass ich dich irgendwann aufgeben und womöglich sogar für dein wortloses Verschwinden verachten würde.« So langsam gelang es ihr, die Gedankengänge ihrer Mutter nachzuvollziehen.

»Beruhige dich.« Paul erhob sich, stellte Vivianas Stuhl zurück an den Tisch und bat sie, wieder Platz zu nehmen.

Als auch er wieder saß, griff er nach ihrer Hand. »Die ersten Jahre ohne dich habe ich Tag und Nacht auf den Marmor eingedroschen. Nichts gelang mir mehr, ich war in Gedanken nur bei dir. Zwei weitere Jahre habe ich mehr oder weniger vor mich hin gewerkelt. Meine Hände taten nur das Nötigste, weil ich dich, meine Muse, verlassen hatte.« Er sah Viviana tief in die Augen, wie früher. Paul konnte also noch immer in ihre Seele schauen.

Es gelang ihr nicht, sich seinem Blick zu entziehen. Schon damals war es nicht nur ihre äußere Erscheinung gewesen, die ihn fasziniert und für die er sich interessiert hatte.

»Schließlich habe ich es nicht mehr ohne dich ausgehalten. Und als ich auf einer Baustelle in München in einem Zeitungsartikel von dir las, wusste ich, dass du noch immer in Würzburg bist und unser Kind großziehst. Da konnte ich nicht anders als heimzukehren.«

Viviana wusste, von welchem Artikel Paul sprach. Er handelte von zwölf gutbürgerlichen Frauen, die den Aufstand im Mainviertel von Würzburg gewagt hatten. In dem Artikel war auch erwähnt worden, dass sie die Rädelsführerin und eine ledige Mutter sei. Instinktiv griff sie in ihre Rocktasche, in der sich Roswithas und ihr eigenes Perlensäckchen befanden. Dabei ertasteten ihre Finger auch ein gefaltetes Papier, das sie selbst nicht dort hineingesteckt hatte.

Sie entfaltete es. Es war zwar nur ein handgroßes gezeichnetes Porträt, aber es zeigte Dorothea Erxleben mit genau jenem weisen Blick und feinen Lächeln, das Viviana von Anfang an berührt hatte. Ob es von Richard kam? Nein, er hatte noch nie etwas von Dorothea gehört, hatte er gesagt. Vielleicht hatte Constanze es ihr untergeschoben? Einmal hatte Viviana sie am Stubentisch in der Mühlgasse zeichnen sehen. Sollte ihre Großmutter ihr damals auch die Zeitung vor die Tür gelegt haben? Wie sonst hätte Constanze Dorotheas Bildnis kennen und nachzeichnen können? Viviana fühlte sich in ihren großen Plänen für den Maximilians-Tag bestärkt, selbst mit einer Mutter wie Elisabeth, die ihren Liebsten erpresst und vorgegeben hatte, ihrer Enkelin im Ernstfall etwas anzutun. Ihre Pläne für den Maximilians-Tag standen endlich, und niemand wusste bisher davon. Sie würde die Personen, die sie einweihte, sehr sorgfälig auswählen. Alleine war es nicht zu schaffen.

»Ich führe jetzt ein anderes Leben als früher«, sagte sie und kehrte gedanklich zu Paul zurück. »Während der Zeit mit dir war ich jung und d...«

»Sag das nicht.« Er legte seine Hand auf ihren Mund, und sie spürte seine warmen Finger auf ihren Lippen. Früher hatten seine begabten Finger Paul zu einem der gefragtesten Steinbildhauergesellen in Franken gemacht. Wie Richard Staupitz hatte auch er ihr eine neue Welt gezeigt: Würzburg von oben. In Pauls Gegenwart erst hatte sie sich frei gefühlt.

Viviana löste seine Finger von ihrem Mund. Aber Paul gab nicht nach: »Ich liebe dich immer noch, Vivi.«

Nur Paul und ihr Vater hatten sie »Vivi« genannt. Sie schluckte. Das waren große Worte nach so langer Zeit.

»Ich will dich zurückhaben und meiner Tochter ein guter Vater sein. Gib mir diese Chance«, bat er eindringlich.

Erst jetzt fiel Viviana auf, dass sie Richards Pünktchenschleife noch um den Hals trug.

Warum kam Paul gerade jetzt zurück? Und warum schickte sie ihn nicht einfach fort?

***

35

MÄRZ 1855

Fünfhundert Trauernde waren zur Aussegnungsfeier in den Kiliansdom gekommen und hatten den Sarg mit Johann G. Winkelmanns Gebeinen zum Friedhof begleitet. Fünfhundertmal Händeschütteln und ihre erbärmliche Abstammung weglächeln – Elisabeth fühlte sich leer und verbraucht. Fünfhundert Menschen hatten ihrem Mann die letzte Ehre erwiesen: der erste und der zweite Bürgermeister, die Gemeindebevollmächtigten und die Mitglieder des Magistrats, die Honoratioren und höheren Geistlichen der Stadt. Militärische Würdenträger und Kunden des Bankhauses waren genauso unter den Trauernden gewesen wie die Familie Kölliker, Professor Schleich vom Senat der Würzburger Universität und Vertreter des Juliusspitals, für das Johann regelmäßig Geld gespendet hatte. Es war ein wahrer Kraftakt für Elisabeth gewesen, an diesem Tag die vorzeigbare Frau eines Bankdirektors und eine bedeutende Säule der städtischen Gesellschaft zu sein, obwohl sie sich unter all den vornehmen Trauergästen wertloser gefühlt hatte als eine Glasscherbe zu ihren Füßen. Nun saß sie auf dem weiß bespannten Polsterstuhl im Orchideenzimmer und schaute auf das Scherbenmeer. In allen erdenklichen Farben lag das ein Vermögen kostende, zersplitterte böhmische Glas um sie herum auf dem Boden. Sie hatte es selbst zertrümmert. Wie hatte Ernestine ihr das nur antun können? Elisabeth zwang sich dazu, an die scharlachrote Masdevallia zu denken, bevor sie in tausend Teile zersprungen war. Sie fühlte sich genauso entwurzelt und kraftlos wie eine Orchidee ohne Baum und Regen. Vivianas frevelhaftes Tun hatte sie schon an ihre Grenzen getrieben, und jetzt brachte ihre eigene Geschichte sie ins Grab. Wenn wenigstens Johann sie jetzt in den Arm nehmen könnte.

Elisabeths Blick glitt von den umgeworfenen Glastischen zu den mit reinweißer Seide bespannten Wänden. Reinweiß war die Farbe der Unschuld. Vielleicht war das Orchideenzimmer wegen seiner unschuldigen Ausstrahlung ihr Zufluchtsort im Palais gewesen. Ihre schmutzige Herkunft besudelte den Raum.

Am liebsten wäre Elisabeth nicht mehr Elisabeth Winkelmann gewesen, sondern für den Rest ihres Lebens in eine fremde Haut geschlüpft. An keinem ihrer Probleme war sie selbst schuld. *Johann, wie konntest du mich nur alleine lassen in dieser ungerechten Welt?* Sie hatte Johann geliebt und wusste nicht, wie sie ihr Leben ohne ihn fortführen sollte. Aber nicht nur ihre private Situation war aussichtslos. Auch geschäftlich sah es nicht besser aus.

Zuletzt hatten Johann und sie nur noch wenig miteinander geredet, weshalb sie auch nicht gewusst hatte, wie schlecht es um das Bankhaus bestellt war. Erst als Valentin am Sterbebett von Verlusten sprach, hatte sie davon erfahren. Beim Anblick ihres sterbenden Ehemannes hatte sie ihre Wut darüber jedoch hinuntergeschluckt. Schon von jeher waren viel Wut und Liebe in ihr gewesen. Für ein ruhiges Witwendasein würde Johanns Nachlass dennoch genügen, davon war Elisabeth überzeugt, aber viel lieber hätte sie ihren Ehemann wieder an ihrer Seite gehabt. *Lieber Johann ohne das Palais, als das Palais ohne Johann,* dachte sie. Die Trauer überwältigte sie erneut und trieb ihr Tränen in die Augen. Elisabeth weinte stolz und stumm, ohne sich dabei zu bewegen.

Bis auf das Palais war ihr nichts geblieben. Ihre Familie war genauso zersplittert wie ihre Orchideen. Das Palais fühlte sich nicht mehr wie ihr wohliges Zuhause von einst an. Die Kälte war überall. Johann würde nie mehr zurückkommen und sie ihn nie mehr wiedersehen, zumindest nicht in dieser Welt. Das leere Herrenkabinett, der freie Stuhl am Kopfende der Diner-Tafel, Zylinder und Gehstock an der Garderobe.

Elisabeth hörte, dass Constanze eintrat. Die Art, sich fast geräuschlos zu bewegen, zeigte ihr das an. Constanze war die Einzige, die in den vergangenen Tagen versucht hatte, sich ihr anzunähern.

»Es wird Zeit«, sagte Constanze. Obwohl Elisabeth der Klang von Constanzes wiedergefundener Stimme wärmte, gab sie ihr mit einer Armbewegung zu verstehen, Abstand zu ihr zu halten.

Constanze war ihr seit Ernestines Geständnis fremd geworden. All die Jahre über hatte Constanze angeblich mit ihrem schwarzen Kleid ihre Trauer darüber ausdrücken wollen, dass sie Elisabeth nur Schwester und nicht Mutter sein durfte, wie sie ihr erst gestern gestanden hatte. Constanze und sie waren immer sehr eng miteinander verbunden gewesen, aber Elisabeth hätte nie vermutet, dass es einen Zusammenhang zwischen Constanzes Stummheit und ihrer eigenen Geburt gab. Dafür war sie viel zu sehr mit sich selbst und ihrem eigenen Leben beschäftigt gewesen.

Elisabeth wusste nicht, wie lange sie trauern würde, womöglich für den Rest ihres Lebens, von dem sie sich nach wie vor nicht vorstellen konnte, wie es ohne Johann überhaupt verlaufen sollte. Vor Trauer wurde sie nicht einmal mehr wütend. Es würde wie der Irrgang durch ein Labyrinth werden.

Für ihr Trauerjahr hatte Elisabeth sich ein Krinolinenkleid aus schwarzbronzenem Samt mit Schulterrüschen und drei Lagen Seidenröcke darunter schneidern lassen. In ihr aufgestecktes Haar hatte sie sich eine schwarze Maxillaria einflechten lassen, obwohl im Pflanzenreich keine schwarz blühenden Orchideen existierten. Es waren stets nur tiefdunkelrote, dunkelviolette oder dunkelblaue, die so wirkten, als wären sie schwarze Schönheiten. Die Maxillarias waren dunkelviolett. Es gab nur sehr wenige Dinge, die tatsächlich das waren, was sie vorgaben zu sein. Das Leben war ein einziger Maskenball. Dieses Jahr wollte Elisabeth dem Maximilians-Tag mitsamt seinen aufwendigen Feierlichkeiten entsagen.

»Der Notar und die Familie warten«, erinnerte sie Constanze.

»Ich bin gleich so weit«, entgegnete Elisabeth, ohne sich umzudrehen. *Constanze ist meine Mutter, der ich den Gehorsam nicht verweigern werde,* dachte sie höhnisch. Es würde schwer werden, Viviana bei der nun anstehenden Testamentsverlesung gegenüberzutreten. Aber aus rechtlichen Gründen hatte sie ihre Tochter nicht davon ausschließen können.

Elisabeth dachte das erste Mal an ihre Enkeltochter. Johann hatte ihr erzählt, dass sie Ella hieße und ebenso braune Locken und tiefblaue Augen wie Elisabeth und Viviana besäße. Ella war wie sie ein sündiges Kind, das abgelehnt worden war. Ein Schicksal, das Elisabeth mit dem kleinen Mädchen teilte. Hinzu kam, dass es womöglich ihr einziges Enkelkind, die einzige Winkelmann-Nachfahrin, bleiben würde.

Johann war in Ella vernarrt gewesen, aber Elisabeth wollte auf keinen Fall ähnlich empfinden. Allerdings hatte auch sie etwas für das Wohl des Kindes getan.

Mit raschelnden Seidenröcken erhob sich Elisabeth. Sie versuchte, im Geiste die scharlachrote Masdevallia vor ihren Augen erblühen zu lassen, das hatte ihr früher stets geholfen, Haltung zu bewahren.

Sie benötigte eine Weile, um sich wieder in jene Elisabeth zu verwandeln, deren äußeres Erscheinungsbild ihre Familie und die feine Gesellschaft zu sehen gewohnt waren. Sie streckte den Rücken durch, reckte das Kinn und lächelte. »Bringen wir es hinter uns!«

*

Die Testamentsverlesung fand an der Tafel im großen Salon statt. Nur die Hälfte der Lüster war angezündet worden, die Spiegel waren mit Trauerflor verhangen. Valentin betrat von Qualmwolken umgeben den Raum. Er war auf kubanische Zigarren umgestiegen, die waren stärker. Seit Tagen schon rauchte er eine nach der anderen.

Ohne seinen Glanzzylinder abzusetzen, hieß er die bereits versammelte Familie willkommen. Er nahm am Kopfende des Tisches Platz, wo früher sein Vater gesessen hatte. Valentin hörte seinen Magen knurren und bedauerte, dass seine Mutter dem Personal für den Rest des Tages freigegeben und auf einem auswärtigen Leichenschmaus bestanden hatte. Am Abend sollten die Trauerfeierlichkeiten mit einem Mahl im *Römischen Kaiser* fortgesetzt werden. Ernestine wollte unbedingt die Kosten dafür tragen. Valentin fiel auf, dass Dorette die Hand der schwächlichen Ernestine hielt, was sie bislang noch nie getan hatte. Er stieß Rauch aus. Nur noch seine Mutter fehlte.

Beim Betreten des Raumes nickte Elisabeth in die Runde. Notar Augspurg eilte ihr entgegen. Es war zwei Stunden her, dass er ihr am Grab sein Beileid bekundet hatte.

Valentin bat den Notar, sich zu seiner Linken, und seine Mutter, sich zu seiner Rechten zu setzen. *Eine erbärmliche Familie sind wir, welkend wie das Blumengesteck hier auf dem langen Tisch,* dachte er. *Was für ein Widerspruch zum goldgerahmten Familienporträt aus besseren Zeiten.* Valentin wollte die Testamentsvollstreckung so schnell wie möglich hinter sich bringen. Er wollte endlich Gewissheit darüber haben, was ihm geblieben war, und sicherstellen, dass seine Schwester leer ausging. Schlimm genug, dass man auch Viviana zur Verlesung der letzten Verfügung gebeten hatte. Mehrmals hintereinander zog er an seiner Kuba-Zigarre. Clemens fehlte ihm.

»Ich dulde heute keine Verzögerungen oder Theaterspiele!«, verkündete er, nachdem sich der Rest der Familie zu beiden Seiten der Tafel niedergelassen hatte. Zu seiner Rechten saßen neben Elisabeth Ernestine und Dorette. Neben dem Notar auf der linken Seite hatten Constanze und Viviana Platz genommen. An Viviana waren die »Theaterspiele« gerichtet. Wie traurig sie aussah, und immer wieder diese feuchten Augen. Seine Schwester war eine echte Heulsuse. So würde es mit dem Beruf der Ärztin ganz sicher nichts werden. Er fand das Verhalten seiner Schwester zudem respektlos. Musste sie denn immer allen anderen ihre Gefühle aufzwingen?

Valentin wandte sich an den Notar. »Bitte beginnen Sie mit dem Verlesen der letztwilligen Verfügung, Herr Augspurg.«

Der Notar holte ein Schreiben aus seiner Tasche und las mit sonorer Stimme vor: »Ich, Johann Gottlieb Winkelmann, bestimme hinsichtlich der Teilung meines Nachlasses Folgendes: Meinem Sohn Valentin Franz Winkelmann wird mein Anteil am Privatbankhaus Winkelmann übertragen. Er soll die Bank nach bestem Wissen und Gewissen mit dem Geld fortführen, das der Bank geblieben ist.«

Das sind kaum eintausend Gulden!, wusste Valentin sofort. Ein Tropfen auf den heißen Stein und nicht der Rede wert, um das Bankhaus in konjunkturellen Hoch-Zeiten in eine neue Ära führen zu können! Er zwang sich, seinen Ärger vor allem vor Viviana zu verbergen. Er stieß erneut Rauch aus, diesmal in der Form von Ringen. Der Kampf um das Erbe war komplizierter. Seine ganze Hoffnung ruhte nun auf jenem Vermögen, das sein Vater so klug gewesen war, rechtzeitig beiseitezuschaffen, und auf welches die Gläubiger der Bank keinen Zugriff hatten. Trotz seiner Vorliebe für lahme Wechselgeschäfte war sein Vater ein Fuchs gewesen! Wenn Valentin dieses Geld vererbt bekäme, würde er sein Leben wieder in den Griff bekommen. Mit diesem Geld würde alles wie früher werden. Vielleicht versuchte er es dann sogar mit einer »Frauen-Therapie«. Spezialisten versprachen, dass sich bei dieser Heilmethode der Ekel über den dauerhaften Zwang, nur mit Frauen intim zu sein, verlor. Darüber vergäße man sogar Männer von der Anziehungskraft eines Clemens von Öllkau.

»Mein Sohn Valentin«, las Notar Augspurg weiter, »soll mit dem Anteil an der Bank aus meinem gesamten Nachlass abgefunden werden. Es ist an ihm, das Bankhaus Winkelmann wieder zu alter Größe zu führen. Dafür steht es ihm zu, die Kontorräume im Erdgeschoss des Palais weiter zu nutzen.«

Jäh wurde Valentin aus seinen Gedanken an Clemens gerissen. Vorgestern Nacht erst hatten sie sich geliebt, bis es hell geworden war. »War Vater beim Aufsetzen des Testaments geistig umnachtet?«, entrüstete er sich, wohl wissend, dass er damit seine Wut vor Viviana und allen anderen Anwesenden offenkundig machte. »Ich bin sein Sohn und soll leer ausgehen? Ist es nicht üblich, dass der männliche Nachfolger als Haupterbe eingesetzt wird?« Er zog sich den Glanzzylinder vom Kopf und warf ihn wie einen Fehdehandschuh mitten auf die Tafel, zwischen die Familie.

Notar Augspurg suchte nach Worten. »Für gewöhnlich ist der einzige Sohn der Haupterbe, das stimmt. Aber Ausnahmen gibt es in besonderen Familienkonstellationen immer wieder.«

»Bitte fahren Sie fort«, bat Elisabeth wenig schockiert, so als sei ihr das alles nicht mehr wichtig.

»Meine Ehefrau Elisabeth Felicitas Winkelmann, geborene Hebestreit, soll bis an ihr Lebensende einen monatlichen Unterhalt von zweihundert Gulden erhalten. Dafür habe ich eine entsprechende Geldsumme auf ein Konto ihres Namens beim Privatbankhaus Köppner einrichten lassen.«

Ernestine hustete, woraufhin Dorette ihr eines ihrer bestickten Tüchlein hinhielt, damit sich die alte Dame den Mund tupfen konnte, was sie wieder weit vornehmer und aufrechter tat als vor der Offenbarung ihrer Lebenslüge.

Valentin schaute auffordernd zu seiner Mutter, deren Blick sich im verwelkten Blumengesteck verloren hatte. Von zweihundert Gulden konnte Elisabeth den bisherigen Haushalt nicht mehr führen, geschweige denn sämtliche Dienstboten bezahlen. Ganz abgesehen von Kleidung, Schmuck und ähnlichen Notwendigkeiten für ihr persönliches Wohlergehen. Warum ließ sie das zu?

Der Notar fuhr fort: »Ferner erhält meine Ehefrau das Wohnrecht für das dritte Obergeschoss des Palais in der Hofstraße. Gleiches gilt für Constanze Ernestine Hebestreit und deren Mutter Ernestine Viktoria Hebestreit.«

»Nur die obere Etage?«, wollte sich Valentin versichern, während sich seine Mutter im Anblick des goldgerahmten Familienbildnisses an der Wand verlor. Valentin fand vor allem seinen Vater auf dem Familienporträt gut getroffen. Johann blickte besonnen und überlegt in den Salon. Wenn sie alle nur ein Wohnrecht hätten, was plante sein Vater dann mit dem Palais? Es war ihr Familienhaus!

Zur Klärung ließ Valentin sich den Teil des Testaments mitsamt allen juristischen Floskeln vorlesen, der leider bestätigte, dass Johann seinen Letzten Willen im Vollbesitz seiner körperlichen und geistigen Kräfte und unter Zeugen diktiert hatte. Doch Valentin konnte sich nicht beruhigen.

»Zum Haupterben ernenne ich meine Tochter Viviana Hedwig Winkelmann.« Herr Augspurg hielt inne, um der Familie Zeit zu geben, diese ungewöhnliche Erbfolge zu verdauen.

Was tust du mir an, Vater? Valentin durchbohrte Johann auf dem Familienporträt mit Blicken so scharf wie Messer. Die Worte des Notars hörte er nur noch wie aus weiter Ferne. »Meiner Tochter Viviana habe ich bei der Privatbank Köppner ebenfalls ein Konto eingerichtet. Der Wert beläuft sich auf dreißigtausend Gulden. Sie soll das Geld für ihre medizinische Ausbildung und die Ausbildung ihrer Tochter, meiner Enkeltochter Ella Pauline Winkelmann, verwenden. Sie soll heilen und somit nicht nur sich und ihrer Familie Gutes tun, sondern auch der Gesellschaft. Ihr steht es frei, die erste und zweite Wohnetage des Palais zur Erfüllung ihres Wunsches zu verwenden. Ich bin sicher, sie wird eine gute Ärztin werden.«

Valentins Stuhl kam krachend auf dem Boden auf. Er stürzte sich auf Viviana. »Hast du das gewusst?« Seine Hände, von denen die Rechte noch immer die kubanische Zigarre hielt, legten sich um ihren Hals, sodass sie würgen musste und von der Glut verbrannt zu werden drohte. Valentin wunderte sich, dass seine Mutter noch immer keinen Einspruch gegen das Testament erhob. Ihr war bis zuletzt daran gelegen gewesen, Viviana vom Palais fernzuhalten. Deren Besuchsrecht zur Verlesung des Testaments war in seinen Augen eine einmalige Ausnahme gewesen. Jetzt aber sollte sie hier ein und aus gehen, wie es ihr beliebte, und auch noch Ärztin werden dürfen?

Constanze zerrte Valentin mit ungeahnter Kraft von Viviana fort. Als Einzige kam sie Viviana zu Hilfe.

Die rang nach Luft und hustete. Als es wieder ging, erhob sie sich. Gerade noch hatte sie überlegt, wann sie ihre trauernde Mutter wohl am besten auf Pauls Vertreibung und ihre Drohung gegen Ellas Leben ansprechen sollte, da war ihr Valentin an die Gurgel gegangen. Die heutige Zusammenkunft erschien ihr dafür als ungeeignet, nachdem ihr aufgefallen war, wie kraftlos Elisabeth den Salon betreten hatte. Fast gewankt war sie, und der Anblick des Familienporträts hatte ihr Tränen in die Augen getrieben.

Das Nervenkostüm ihrer Mutter war heute genauso dünn wie damals Vivianas, als sie in der Mühlgasse Tag für Tag auf eine Nachricht von Paul gewartet hatte. Erst gestern Nachmittag hatte Paul ihr nochmals versichert, ihr nie wieder Kummer bereiten zu wollen. Dafür sei ihr lächelndes Gesicht viel zu hübsch, und Ella wolle er ein guter Vater sein. Er wollte seine Tochter häufiger sehen. Beim ersten Treffen hatten sich Ella und Paul sofort gut verstanden. Er hatte wie einst schon bei Viviana die Fantasie des Mädchens angesprochen und Ella damit stark beeindruckt. »Schließe deine Augen«, hatte er zu ihr gesagt, »und dann stell dir vor ...« Die Aufgabe ihrer Tochter war dabei gewesen, sich in ihrer kleinen Kammer viele wilde Tiere vorzustellen. Seitdem Ella Affen so sehr mochte, gab es kaum noch ein anderes Thema. Richard hingegen hatte sich rargemacht. Viviana hatte ihn gesucht, aber nirgends im Spital, nicht einmal in seinem Bureau angetroffen.

Nun fand sie keine Worte für die Runde im großen Salon, die ihre Aufmerksamkeit auf sie gerichtet hatte.

»Hast du das gewusst?«, wiederholte Valentin schreiend. Nervös zog er an seiner Zigarre.

»Nein«, entgegnete Viviana und versuchte, für sich noch einmal zusammenzufassen, was ihr Vater verfügt hatte. Ihr wurden mehrere Zehntausend Gulden und ein Großteil des Palais zugesprochen? Dabei spürte sie zu ihrem Familienhaus gar keine Verbindung mehr, es war ihr fremd geworden. Eine lose Anordnung von Räumen mit Trauerflor und üblem Zigarrengeruch in der Luft.

»Ich fechte die Erbverteilung an, Herr Notar Augspurg! Schreiben Sie am besten gleich mit«, verkündete Valentin und trug vor: »Ich, Valentin Franz Winkelmann, fechte an, dass meine Schwester Viviana Hedwig Winkelmann Erbin des Nachlasses meines Vaters sein kann. Laut Gesetz ist jemand lediglich dann eines Erbes würdig, wenn er seine Pflichten dem Erblasser gegenüber nicht gröblich vernachlässigt hat.«

»Ich habe nie Geld von Vater gewollt«, ließ Viviana die Runde wissen. Ihr Vater zählte zu den wichtigsten Menschen in ihrem Leben, und der Gedanke, dass er für immer fort sein sollte, war für sie noch immer ein unwirklicher. Die Kaltherzigkeit der Familie hingegen war so real wie nur irgendetwas.

»Ist es das, was du ihm damals im Herrenkabinett abringen wolltest?«, fragte Valentin zornig und krümmte seine Hände schon wieder zu Klauen, als hätte er es ein zweites Mal auf ihren Hals abgesehen.

»Ich wollte Vaters Rat, nicht sein Geld!«, verteidigte Viviana sich. Sie würde auch ohne seine Gulden zurechtkommen, aber nicht ohne ihn.

»Des Erbes für unwürdig?«, verlangte Constanze zu wissen und trat mit einem Blick auf Valentins Hände schützend vor Viviana.

»Vor allem war sie als Tochter ungehorsam!« Valentin schlug mit der Hand mehrmals so heftig auf den Tisch, dass dieser wackelte. »Sie heiratete nicht den Mann, den der Erblasser für sie ausgesucht hatte«, begann er aufzuzählen, und der Notar notierte es sogleich, »stattdessen wurde sie von einem Taugenichts, der als Steinmetz arbeitet, schwanger. Nie achtete sie auf den guten Ruf des Bankhauses Winkelmann. Sie lebte am Rande der Gesellschaft und beschmutzte damit den Namen des Erblassers jeden Tag aufs

Neue. Sie erlog sich eine Anstellung im Juliusspital! Sie bildete sich ein, politisch aktiv sein zu müssen, als Frau! Sie endete sogar im Zuchthaus! Welche Schande für ihren angeblich so geliebten Vater.«

»Vater war nicht gegen meinen Einsatz für die Rechte der Frauen. Er unterstützte mich sogar auf meinem Weg!«, entgegnete Viviana aufgebracht und rieb sich den brennenden Hals. Sie brauchte das Geld nicht für sich, aber die vielen Kranken in der Gesellschaft hätten es bitter nötig. Vaters Geld ließe sich für Sinnvolleres und Wichtigeres ausgeben als für gläserne Kunstwerke oder Spekulationsgeschäfte. »Ich würde mit dem Erbe Kranke heilen und die Geißeln der Menschheit durch wissenschaftlichen Fortschritt besiegen. Den Ärmsten der Armen, die in unwürdigen Verhältnissen leben, würde ich mehr Arzneien und Ratschläge für eine gesündere, bessere Lebensführung geben. Die meisten Menschen in der Pleich haben keine zweihundert Gulden im Monat, sondern lediglich zwei!« Und sie wollte Frauen den Zugang zu Bildung ermöglichen, Bildung, die die Zugangsvoraussetzung für ein Studium war. Zuallererst mussten Gymnasialkurse für Frauen abgehalten werden.

Valentin stieß Constanze beiseite und packte Viviana an den Oberarmen. »Wann verstehst du endlich, dass du eine Frau bist und dir das alles gar nicht zusteht?« Er schüttelte sie, als könne er sie dadurch auf andere Gedanken bringen.

Ernestine schaute auf. »Ich lege Einspruch gegen den Einspruch ein!«

Alle Familienmitglieder blickten daraufhin auf die Älteste in ihrer Runde. Valentins verblüffter Gesichtsausdruck verriet Viviana, dass er am allerwenigsten mit dem Widerstand seiner Urgroßmutter gerechnet hatte.

Ernestine war wieder selbstsicherer geworden. Kein Geheimnis mehr zu haben, schien ihr gut zu tun. »Johann legte mir schon Monate vor seinem Tod ans Herz, über das zu reden, was mich bedrückt«, berichtete sie. »An so manchem Abend kam er deshalb in mein Zimmer. Weil ich aber schwieg, begann er zu reden. Er erzählte mir auch von Viviana und ihrem Traum, Menschen wieder gesund machen zu dürfen. Ich kann bestätigen, dass er seine Tochter nicht für ungehorsam hielt, sondern stolz auf sie war.«

Viviana spürte Valentins Griff noch an ihren Oberarmen, sie roch den Rauch seiner Zigarre an sich.

»Nicht ungehorsam?«, schrie Valentin und stürzte nun auf Ernestine zu. Dorette hielt sich erschrocken die Hand vor den Mund, wagte aber nicht einzugreifen.

Ernestine hingegen beugte ihren Oberkörper Valentin sogar ein Stück entgegen und flüsterte ihm etwas ins Ohr. Viviana konnte nicht verstehen, was sie ihm sagte, aber es schien ihm nicht gleichgültig zu sein. Auch den anderen entging sein veränderter Gesichtsausdruck nicht. Er hatte von Zorn zu Angst gewechselt. Valentin erbleichte, als hätte seine Urgroßmutter ihm gerade beschrieben, wie der Leibhaftige in Wirklichkeit aussah. Viviana war, als wollte Valentin etwas entgegnen, bekäme jedoch vor Schreck kein Wort heraus.

Unter Dorettes fragendem Blick nahm er erst einen, dann den anderen Arm von der Lehne des Stuhls. Er richtete sich auf, wankte aber, als hätte er zu viel Wein getrunken.

Dorette wollte ihn stützen, aber er stieß sie von sich und rannte aus dem Salon. Der Notar schaute genauso ratlos wie der Rest der Familie – bis auf Ernestine.

Notar Augspurg legte sein Schreibzeug zurück in die Tasche und ließ die Anwesenden wissen: »Ich werde Ihnen eine beglaubigte Abschrift des Testaments zukommen lassen. Viviana Winkelmann bleibt die Haupterbin.«

***

36

MAI 1855

Dorette Veronica Winkelmann war nicht die Einzige, die die wärmenden Sonnenstrahlen nutzte, um in der Stadt zu flanieren. In allen Gassen und Straßen wimmelte es nur so von Spaziergängern. Neben Dorette schob ein Dienstmädchen, das seiner Herrschaft voranging, einen hübschen Kinderwagen vor sich her.

Unvermittelt fuhr Dorette sich über den Bauch. *Du wirst es einmal gut haben,* sprach sie in Gedanken zu ihrem Ungeborenen. Am liebsten hätte sie ihre Freude laut in die Welt hinausgerufen. Ihre Blutung war jetzt schon seit drei Monaten ausgeblieben. Dorette lächelte vorsichtig und gerade einmal so viel, wie es für eine ehrbare Frau zwei Monate nach dem Tod ihres Schwiegervaters angemessen war. Klein Valentin würde ihre Zukunft werden, das Licht in der dunklen, gelähmten Familie. Hoffentlich blutete sie den Winzling nicht wieder aus. Nur dann würde sie zur neuen Hoffnungsträgerin der Familie werden.

Dorette war nun auf gleicher Höhe mit dem hübschen Kinderwagen. Der Form nach ähnelte das noble Gefährt einer Gondel und wurde von vier Rädern mit Holzspeichen getragen. Ein Verdeck aus Leder schützte das Kind vor Regen und Sonnenstrahlen. Auch schön anzusehen war der geschwungene Metallgriff, mit dem der Wagen geschoben wurde. Alles war schwarz und golden lackiert, eine Augenweide für eine Frau mit Geschmack. Sie schätzte den Wert des Kinderwagens auf mindestens dreihundert Gulden.

Es würde nicht leicht werden, diesen Betrag zusammenzubekommen. Valentin gab ihr weniger Geld als früher, und sie bezweifelte, dass er bei der angespannten Liquiditätslage des Bankhauses bereit war, dreihundert Gulden für ein Kindergefährt auszugeben. Aber je länger Dorette den schwarz-goldenen Kinderwagen betrachtete, desto dringender wollte sie genau dieses Modell besitzen. Sie grübelte. Einen Kinderwagen brauchten sie auf jeden Fall, das würde Valentin nicht abstreiten können. Sie könnte ihm als Preis für das Gefährt einhundertfünfzig Gulden nennen und sich den Differenzbetrag von ihrem Vater borgen. Oder sollte sie sich das Geld unter einem Vorwand erschwindeln, so wie es Elisabeth zu tun gepflegt hatte? Ohne das Wissen ihres Mannes hatte diese regelmäßig Geld an ihre Tochter in der Pleich geschickt, mittels einer Geldanweisung auf seidenmattem Papier mit dem Signet des Bankhauses im Briefkopf. Was man doch nicht so alles fand und erstöbern konnte, wenn Elisabeth glaubte, man säße brav auf dem royalblauen Kanapee, während die Schwiegermutter sich zurückzog! Auch wenn Besuch ins Haus gekommen war, hatte Dorette oftmals aus reiner Langeweile wie auch aus Neugier die Zeit genutzt, um im Haus herumzuschnüffeln.

Auf diese Weise hatte sie auch herausgefunden, dass Valentins Schwester Viviana weder tot war noch in Italien weilte. Und dann erst die Geschichte mit dem Geld! Offiziell waren die Geldanweisungsschreiben in Elisabeths Nachtschrank, die jeweils über einen Betrag von zwanzig Gulden ausgestellt worden waren, zur Unterstützung von Bedürftigen bestimmt gewesen. Johann Winkelmanns Unterschrift hatte darunter gestanden, ausgeführt in kleinen spitzen Buchstaben. Valentin schrieb deutlich eindrucksvoller. Jedenfalls hatte ursprünglich als Empfänger eine Armenvereinigung auf den Zetteln gestanden, die an die Geldanweisungen geheftet waren. Auf der Anweisung selbst war später aber Vivianas Name und Adresse zu lesen gewesen. Vermutlich hatte Elisabeth ihren Mann unter dem Vorwand der Armenspende zunächst um seine Unterschrift gebeten und später dann den Adressaten eingetragen. Ein sehr gewiefter Schachzug, fand Dorette. Anders als ihre Schwiegermutter würde sie sich dabei aber nicht erwischen lassen.

Oder wäre es nicht doch sicherer, sich das Geld von ihrem Vater in Köln zu borgen? Denn Valentin spendete nicht mehr gerne.

Anders als früher war Dorette auf Elisabeths Wohlwollen nicht mehr angewiesen, eigentlich könnte sie ihr auch genauso gut gleich sagen, was sie alles über sie in Erfahrung gebracht hatte. Sogar die Rechnungen der gläsernen Orchideen hatte Elisabeth nicht sicher genug vor Dorette verwahren können. Aber eigentlich wollte Dorette Elisabeth nicht gegen sich aufbringen, sie wollte Frieden und von ihrer Schwiegermutter als Frau und Freundin akzeptiert werden. Elisabeth behandelte sie bis heute wie eine Untergebene, wie ein Dummchen. Mit Ernestine nun hatte Dorette jemanden gefunden, der ihr wirklich zuhörte, der ernsthaft an ihr interessiert war und der sie wertschätzte.

Und bald würde auch Valentin ihr wieder mehr Aufmerksamkeit und Liebe schenken, war sie überzeugt. Bald würden sie endlich wieder glücklich sein. Dieses Mal musste es einfach gut gehen. Das heranwachsende Leben in ihr verstärkte ihre Liebe zu ihm noch einmal. Alle sollten wissen, dass sie ihm unbeirrt beistand, ungeachtet der Talsohle, die das Bankhaus derzeit durchschritt. Sie wollte ihm genauso hilfreich und unterstützend zur Seite stehen wie Elisabeth ihrem Johann. Valentin war ein Kämpfer, der bei der Testamentsverlesung leider erfolglos gestritten hatte. Aber das war allein Vivianas Schuld!

Dorette wandte sich endgültig von dem hübschen Kinderwagen ab. Über so viel Unverfrorenheit, wie sie Viviana besaß, konnte sie nur den Kopf schütteln: ungehorsam als Tochter, unverheiratet, aber mit Kind, als Frau politisch aktiv … alles Informationen, die dieser Otto Hauser Valentin zugespielt hatte. Was für ein unangenehmer Mann! Zuletzt hatte er ihr Haus am Sternplatz mit matschigen Stiefeln betreten, und gerochen hatte er wie ein alter Kräuterschrank. Doch wenn man nett zu ihm war, wurde er gesprächig und lächelte so breit wie ein Frosch. Von ihm wusste Dorette auch, dass Valentin ihn bald nach dem Kutschunfall angesprochen hatte und dass er sehr wütend auf Viviana war, weil diese ihn verschmäht hatte. Dorette verstand um Himmels willen nicht, was Hauser an Viviana fand, sie frisierte sich ja nicht einmal anständig. Mit Valentins Hinweis an den Apothekergehilfen, dass Viviana eine ledige Mutter sei, hatte ihr Absturz begonnen. Lange war Hauser Valentins Spion gewesen. Die Inhaftierung von Viviana war für Valentin ein großer Erfolg gewesen. Ein Geschenk und eine Revanche für das, was seine Schwester ihm und dem Bankhaus angetan hätte, hatte Valentin es genannt. Nur zu gerne hätte er Viviana für einen längeren Zeitraum auf dem Boden einer Zuchthauszelle gesehen. Mit seinem besten Silvaner vom Stein hatte er auf den Erfolg ihrer Verhaftung mit Otto Hauser angestoßen und Dorette sogar seit Langem wieder einmal umarmt.

Dorette hatte nie etwas mit Viviana zu tun gehabt. Sie hatten nicht einmal einen ganzen Satz miteinander gewechselt, aber Dorette vermutete, dass es ohne ihre Schwägerin deutlich friedlicher in ihrer Familie zugegangen wäre. Immer wenn von Viviana die Rede gewesen war, war es auch zu Zerwürfnissen gekommen. Und jetzt sollte sie auch noch Valentins Erbe bekommen? Geld, das eigentlich auch Dorettes Kind zustand? Valentin musste wieder zu seiner alten Kraft zurückfinden, damit sie es nicht nur Viviana, sondern ganz Würzburg beweisen konnten, dass mit dem Palais wie mit der Privatbank Winkelmann nach wie vor alles zum Besten stand. Seit dem Tod ihres Schwiegervaters schaute man noch mehr auf Valentin und sie. *Wo ein Leben schwindet, kommt ein neues,* dachte Dorette hoffnungsvoll.

***

37

JUNI 1855

Die Medizinwelt stand vor einer Zeitenwende. Sechs Jahre lang hatte er an der Seite von Professor Virchow auf diesen Moment hingearbeitet. Aber Richard war gerade nicht danach, Präparate vorzuführen und Erfolge zu feiern, obwohl er genau deswegen in den Festsaal der Harmonie gekommen war. Er stand neben dem Podium am Tisch mit den Präsentationsstücken.

Der Professor richtete sich die rote Schleife vor dem Hals, dann rief er seinem Publikum zu: »Um in der Medizin weiter voranzukommen, ist es notwendig, unsere bisherigen Anschauungen um ebenso viel zu verrücken, wie sich unsere Sehfähigkeit durch das Mikroskop erweitert hat.« Rudolf Virchow stand auf einem Podium, und über ihm spannte sich die Kuppel des Saales wie die Verheißung einer neuen Zukunft. »Um das Dreihundertfache werden wir uns der medizinischen Wahrheit annähern. Dafür präsentiere ich Ihnen hier und jetzt, Hochansehliche, den Anfang.« Um seine Worte zu bekräftigen, pochte er mit der Hand auf das Rednerpult. »Ich habe den Formeln den Krieg erklärt und ließ einzig Erkenntnisse zu, die auf empirischem Weg gewonnen wurden!«

Richards Blick glitt über die Zuschauer im Saal, die dicht gedrängt nebeneinandersaßen. Er sah Gesichter aus Berlin, Wien und London, die er nur von Zeichnungen und aus Fachjournalen kannte. Professor Virchow hatte seine Zuhörerschaft für den großen Vortrag sorgsam ausgewählt. Die ersten fünf Sitzreihen waren mit befreundeten und geschätzten Medizinerkollegen besetzt, darunter eine beachtliche Anzahl von Charité-Kollegen, deren Namen immer wieder in ihren Gesprächen gefallen waren. Die zwei Stuhlreihen dahinter füllten Zeitungsredakteure, unter denen sich auch einige Herren aus Zürich und Übersee-Korrespondenten befanden. Hinter den Redakteuren wiederum saßen Ärzte aus ganz Europa versammelt, zudem die Honoratioren von Würzburg und in den hintersten Reihen ausgewählte Studenten aus bayerischen Universitäten. Keine einzige Frau war eingeladen worden, fiel Richard auf. Nicht einmal ... *Vergiss sie!*, mahnte er sich insgeheim. Die Spiegel an den Wänden verdoppelten und verdreifachten die Zuhörerschaft im Raum. Die Lüster und sämtliche Wachsbeleuchtungen waren entzündet worden, das Podium und das Publikum waren hell erleuchtet. Jeder sollte sehen können, wer alles an Rang und Namen nach Würzburg gekommen war. Mit erwartungsvollen Gesichtern schauten die Besucher zum Podium.

Seit letzter Woche konnte selbst Richard in der Stadt keinen Schritt mehr tun, ohne dass aufdringliche Zeitungsredakteure ihn sprechen wollten, schließlich war er ein Mitarbeiter des Ausnahmeprofessors. Zur Sicherheit von Rudolf Virchow waren sogar Soldaten vor der Neuen Anatomie postiert worden.

»Mit der wissenschaftlichen Methode der Beobachtung habe ich meine Vermutung bestätigen können, dass die Zelle der Ursprung des Lebens und damit auch der Krankheit ist. Zellen sind die wahren Träger der Funktionen, an deren Existenz menschliches und tierisches Leben gebunden ist«, hörte Richard Professor Virchow sagen.

Es schmerzte ihn, zu seinem langjährigen Lehrmeister hinüberzuschauen, denn Virchows Halsbinde erinnerte ihn an Viviana. Lieber starrte er auf die ordentlich sortierten Präparate auf dem Tisch vor sich. Und trotzdem sah er sie in diesem Moment wieder in seinem Bureau vor dem Mikroskop sitzen und ihr Auge so fest auf das Okular pressen, dass sie hinterher einen roten, ringförmigen Abdruck darum gehabt hatte.

»Mithilfe des Mikroskops konnte ich beobachten, dass die Zelle auch bei uns Menschen das kleinste und damit letzte morphologische Element ist, das zu einer Lebenstätigkeit fähig ist«, fuhr Virchow fort. »Das Leben residiert in der Pathologie der Zukunft nicht in den Säften, sondern in den Zellen!« Rudolf Virchow blickte über das Publikum, das gebannt und wohlwollend an seinen Lippen hing. Er erntete die Früchte seiner Arbeit. »Zellen sind das letzte konstante Glied in der langen Reihe untergeordneter Gebilde, aus welchen der menschliche Körper zusammengesetzt ist, und deswegen habe ich meiner Lehre den Namen ›Cellular-Pathologie‹ gegeben.«

Im Publikum wurde der Begriff staunend aufgenommen. Richard konnte Professor von Rineckers Stimme heraushören, der die zwei Wörter stolz vor sich hin sprach und dabei immer wieder zu den Charité-Kollegen schaute. Professor von Marcus war einer der wenigen, die ruhig blieben.

»Zellen verbinden sich mit ihresgleichen zu gleichsinnigen Geweben, diese wiederum zu Organen, diese zu einem Organismus. Der menschliche Organismus ist die Summe all dieser Zellen«, drang es wie aus der Ferne an Richards Ohren. »Wenn eine Zelle tätig ist, dann lebt sie. Zu den Tätigkeiten einer Zelle zählen erstens die Funktion überhaupt, zweitens die Nutrition und drittens die Formation. Wenn eine Zelle eine der Tätigkeiten verrichtet, auch ohne dass sie an die Blutgefäße angeschlossen ist, ist das ein Beweis für Leben, meine Herren.«

Seit er Viviana im Spitalgarten verloren hatte, bewegte sich Richard nur noch in den hinteren Räumen der Neuen Anatomie, zu denen niemand außer den Institutsmitarbeitern Zugang besaß. Jedes Mal, wenn Viviana ihn dort gesucht hatte, ließ er sich verleugnen, sogar Professor Virchow hatte dabei mitgemacht. Ihr erneut zu begegnen, würde er nicht ertragen. Sie hatte ihn wegen eines anderen Mannes stehen lassen. Er hatte hoch gepokert und verloren. Sobald der Trubel um die Cellular-Pathologie abgeklungen wäre, wollte Richard Würzburg verlassen. Das Schreiben mit der Bitte um Entbindung von seinen Pflichten als wissenschaftlicher Mitarbeiter lag schon kuvertiert und zur Übergabe auf dem Tisch seines Zimmers bereit. Richard fühlte sich, als gehöre er nirgends hin. In keine Stadt, zu keiner Familie und zu keiner Frau. Als Kind hatte er nicht zu seinen Eltern gehört, sie hatten ihm nur ihren Nachnamen mitgegeben, bevor die Diphterie ihn zum Waisen gemacht hatte. Das Geld für sein Abitur und das Studium war aus Kirchenstiftungen gekommen, weil ein Bruder im Kloster Himmelpforten, das dem Waisenhaus nahegestanden hatte, seine geistigen Fähigkeiten trotz seines ruhigen, zurückhaltenden Wesens erkannt hatte. Die anderen Jungen waren immer lauter und aufdringlicher als er gewesen und hatten deshalb auch stets mehr Zuspruch und Aufmerksamkeit bekommen als er.

Seinen aufrechten, selbstbewussten Gang hatte sich Richard von den anderen abgeschaut, damit man ihm endlich auch einmal mehr Beachtung schenkte. Womöglich hatte er es, um auf keinen Fall schüchtern zu wirken, damit etwas übertrieben, denn manche Kollegen beschrieben ihn als arrogant. In Wirklichkeit war er aber immer noch ruhig und zurückhaltend, sogar unsicher – gerade wenn er sich mit Frauen unterhielt. Doch Viviana gegenüber hatte er sich getraut, sich zu öffnen, und war gescheitert. Es war wohl sein Los, wegen seiner Zurückhaltung nicht geliebt zu werden. Männer hatten anders zu sein als er.

»Dass eine Zelle auch ohne Anschluss an die Blutgefäße funktioniert und damit lebt – den Anstoß zu diesem Gedanken gab mir die Beobachtung der Leberfunktion. Auch bei verstopfter Pfortader wurden noch Galle und Zucker produziert. Die Präparate, die Ihnen nun präsentiert werden ...«

Am anziehendsten ist Viviana, wenn sie fröhlich ist, dachte Richard. *Oder wenn sie vor Begeisterung über Sand und Fliegenaugen das Auge ans Mikroskop drückt.* Richard lächelte in Gedanken daran. Er hatte gewagt, sich gehen zu lassen und er selbst zu sein. Er war ungeschickt dabei gewesen.

»Die Präparate, die Ihnen nun präsentiert werden ...«, wiederholte Professor Virchow vehementer in Richards Richtung. Aber erst als Professor Kölliker in der ersten Reihe laut hüstelte, merkte Richard, dass das Zeichen für seinen Einsatz längst gegeben worden war. Der alte Textor starrte ihn an, und Professor von Rinecker wedelte heftig mit der Hand, damit er endlich in Gang kam.

Richard legte die Präparate auf ein Holztablett und ging damit an den Herren in der ersten Reihe und im Mittelgang vorbei. Er konnte Professor Virchows unnachsichtigen Blick auf sich spüren. Professor von Marcus horchte so aufmerksam nach ihm, dass Richard meinte, der Diagnostiker könne seine Sehnsucht und Verzweiflung erspüren.

Nur allmählich drang Virchows immer lauter werdende Stimme zu Richard durch: »Die Präparate, die Ihnen nun präsentiert werden, liefern den Beweis, dass die Zelle tätig ist und damit lebt – auch ohne Zufluss des Blutes. Sie sehen ein Stück präparierten Meniskus. Wie Sie wissen, ist das Gewebe des Meniskus nicht durchblutet, aber Sie können erkennen, dass die Zellen Nahrung zu sich genommen haben. Das wird durch die …«

Richard trug das Tablett vor sich her, zeigte es den Ärzten und Redakteuren, beantwortete aber keine der ihm gestellten Fragen. Von heute an würde er bis zum Ende seines Lebens wieder der alte Doktor Staupitz sein, der niemanden an sich heranließ. Denn dem konnte man wenigstens nicht das Herz brechen.

Rudolf Virchow fuhr mit der Brille in der Hand durch die Luft, während er voller Leidenschaft seinem Publikum klarmachte: »Die Tätigkeit der Zelle lässt sich auch experimentell durch eine Reizung hervorrufen, zum Beispiel durch die Injektion von Chemikalien, zu denen das Organ eine bestimmte Affinität besitzt. Und ich verspreche Ihnen, Hochansehnliche, dass die Zelle mit einer der drei Tätigkeiten – Funktion, Nutrition oder Formation – darauf antworten wird. Sie wird bestätigen, dass sie lebt. Und genauso verhält es sich mit Krankheiten. Pathologische Prozesse sind funktionale, nutritive oder formative Reaktionen auf einen Reiz. Krankheit entsteht in der Zelle durch Reizung.«

Richard war am Ende des Mittelganges angekommen und schaute nach vorne. Ein paar Schritte ging er noch zur Seite, damit er genau dort stand, wo er einst mit ihr gestanden hatte. Damals schon hatte er ihren Mut bewundert und sie sofort an ihren tiefblauen Augen, an ihrem besonders leuchtenden Blick erkannt. Steif ging er zurück an den Tisch mit den Präparaten. Von allen Anwesenden stand Richard an diesem großen Tag Professor Virchow am nächsten.

Dieser setzte seine Brille wieder auf und sprach weiter: »Es ergibt sich also, dass die Tätigkeit der Zelle und nicht das Stoffangebot im Blut oder in anderen Flüssigkeiten das Entscheidende ist. Der Einfluss der Körpersäfte auf die Zelle ist somit viel geringer, als man in den vergangenen eintausendsechshundert Jahren glaubte!« Ein Raunen ging durch den Raum. »Wie wir es auch drehen und wenden, wir kommen zuletzt immer wieder auf die Zelle zurück. Und solch eine Zelle wiederum überträgt die Bewegung des Lebens auf andere, Gleiches gilt für ihre Lebenskraft. Die Pathologie ist das durch äußere und innere Einwirkungen gehemmte Gesunde und muss ebenfalls auf die Zelle zurückgeführt werden. Die Cellular-Pathologie ist die Pathologie der Zukunft! Meine Lehre ist fern von einer Formel und keine bloße Theorie. Ich habe sie durch empirische Nachweise an Bindegewebskörperchen durch die Darstellung der Zellnatur der Knorpel- und Knochenkörperchen bewiesen. Obendrein war ich imstande, auch den Körper des Menschen in Zellterritorien zu zerlegen, wie es bisher nur am Embryo, an einigen niederen Tieren und an Pflanzen gelang.«

Wieder war es Richards Aufgabe, die entsprechenden Präparate herumzuzeigen. Einige der Redakteure versuchten, diese mit flinken Strichen zu skizzieren. Andere schrieben, ohne aufzusehen. Richard aber dachte nur daran, wie er Viviana geküsst hatte. Zuerst war er voller Angst gewesen, sie zu küssen, weil er sie nicht bedrängen wollte, dann aber war er in ihrer drängenden Zärtlichkeit versunken. Er hatte gehofft, sie würde seine Gefühle für länger als nur einen Augenblick erwidern.

»Auch die Zellteilung als einziges Zellbildungsprinzip, das mein Kollege Remak im Reich der Tiere nachgewiesen hat, kann ich auf den menschlichen Organismus übertragen: ›Omnis cellula a cellula! Jede Zelle aus einer Zelle‹«, formulierte Virchow seinen Schlachtruf. »Wo eine Zelle entsteht, da muss eine Zelle vorausgegangen sein. Damit stammt jede Zelle wiederum von einer anderen Zelle ab, statt aus unförmigem Urschleim. Ich fordere, dass meine Cellular-Pathologie die Grundlage der gesamten medizinischen Anschauung wird!«, rief er, und die Kollegen in den ersten Reihen applaudierten überzeugt.

Am eifrigsten zeigte sich Franz von Rinecker dabei, der sich begeistert zum Publikum umwandte und den Ärzten, Redakteuren und Studenten demonstrativ entgegenklatschte. Professor von Marcus bekundete eher höflichen Beifall, und ähnlich verhielt sich auch Professor Kölliker, beobachtete Richard. Nicht mit einem Wort hatte Professor Virchow seinen Anatomiekollegen in der Rede und bezüglich der bereits formulierten Journal-Beiträge erwähnt, obwohl Albert Kölliker wichtige Vorarbeiten für die Cellular-Pathologie geleistet hatte. Kölliker war der Verlierer des Abends, aber er lächelte auf seine Schweizer Art friedlich und ausgeglichen.

Die Anwesenden waren begeistert, und Richard gönnte seinem Lehrer diesen Erfolg. Abgesehen von Professor von Rinecker arbeitete niemand so unermüdlich wie Rudolf Virchow. Nur langsam beruhigte sich das Publikum wieder. Der Professor musste mit einer beschwichtigenden Handbewegung in alle Richtungen deutlich machen, dass er noch nicht fertig war. Er lächelte zufrieden, während er fortfuhr: »Alle Krankheiten basieren auf aktiven oder passiven Störungen der Zellen. Wie auch die Reform von Paracelsus, Vesal und Harvey Jahrhunderte brauchte, so wird auch die meine ihre Zeit benötigen. Alles, was bis heute erreicht ist, stellt erst einen Bruchteil des Erreichbaren dar«, schwor er.

Mutlos beobachtete Richard, wie sich Virchow bei diesen Worten zärtlich über die kleine Rose an seinem Kragen strich. »Ich bin der Überzeugung, dass erst die nächste Generation imstande sein wird, die ganze Bedeutung der gerade anlaufenden Reform vollends zur Wirkung zu bringen. In der Zukunft wird keine Diagnostik oder Chirurgie mehr ohne die Betrachtung von Zellen möglich sein.«

Viviana wäre der Wissenschaft und der reformierten Medizin sicher gewachsen, davon war Richard überzeugt.

Das Publikum applaudierte erneut, und einmal mehr brachte es Virchow mit einer Handbewegung zum Verstummen. »Wenn der Physiker fähig ist, seine Grundanschauung auf der Bewegung von Molekülen basieren zu lassen – kleinste Elemente, die er nie sah oder jemals sehen wird –, so ist der Mediziner mit der Zelle doch in einer viel bequemeren Lage.« Professor Virchow verstummte kurz, allerdings nur, um im nächsten Atemzug wie zu einer Revolution aufzurufen: »Auf in die Medizin der Zukunft: Omnis cellula a cellula!«

Eine Zukunft in Würzburg sah Richard für sich nicht mehr, das stand fest. Würzburg war die Stadt, in der Viviana an der Seite eines anderen Mannes durch die Straßen ging. Wenn dieser Paul sie glücklich machte, sollte er es tun, aber Richard würde es nicht mitansehen wollen. Er hatte endgültig in der Liebe verloren. Er erwog, nach Prag zu gehen, dort wurden Pathologen gesucht. Als Mitarbeiter des berühmten Professor Virchow war es nicht schwierig, eine neue Anstellung zu finden.

Noch während der Schlussapplaus tobte, verließ Richard den Festsaal. Genau genommen gebührte der Applaus auch ihm, er hatte wichtige Arbeiten an den Bindegewebszellen geleistet, nächtelang um Befunde gerungen und sich beißende Kritik des Professors anhören müssen, wenn es nicht schnell genug vorangegangen war. Der Nachmittag hätte der erste Höhepunkt in Richards noch junger wissenschaftlicher Karriere sein können, ein Ereignis, von dem man noch seinen Enkelkindern erzählte. Ein Fest der Wissenschaft, das er mit ermöglicht hatte.

Richard warf noch einen letzten Blick auf Rudolf Virchow. *Eine Zelle aus einer Zelle, eine Überraschung aus einer Überraschung,* dachte er. Richard war nicht der Einzige, der Würzburg, die Alma Julia und das Juliusspital in absehbarer Zeit verlassen würde. Sobald Rudolf Virchow in Kürze seine zweite Katze aus dem Sack ließe, würde man in Würzburg ganz sicher nicht mehr jubeln.

***

38

OKTOBER 1855

Viviana war aufgeregt, seitdem sie beschlossen hatte, dass ihr großer Tag der Maximilians-Tag werden sollte. Ihrem zweiten Versuch, das Recht auf Bildung für Frauen zu erkämpfen, hatte sie den Namen »Dorotheen-Spektakel« gegeben. Mit einem Namen wurde alles greifbarer. Die letzten Wochen hatte sie bis tief in die Nacht hinein dafür geschuftet und ihre persönlichen Sorgen zurückgestellt. Sogar Professor von Marcus hatte sie bei den jüngsten Vorlesestunden um Konzentration bitten müssen, was ihr so unangenehm gewesen war, dass sie ihn schließlich eingeweiht hatte. Sie las ihm nur noch jeweils eine Stunde am Nachmittag vor, aber von ihrer Entlassung wollte er nichts wissen.

Zur Vorbereitung des Dorotheen-Spektakels gehörte, dass sie Einladungen an ausgewählte Adressen schickte. Eine interessierte Leserin, so hoffte sie, würde ihre Absichten zwischen den Zeilen verstehen. Sie wollte Damen und Fräulein erreichen. Nur der Unverfänglichkeit wegen hatte sie die Herren in ihre Einladung mit aufgenommen.

Hochgeehrte Damen und Herren,

im Rahmen der diesjährigen Feierlichkeiten anlässlich des Namenstages unserer hochverehrten Exzellenz König Maximilians II. von Bayern laden wir Sie am 12. Oktober allerherzlichst zum Dorotheen-Spektakel auf die Untere Promenade vor das Torgebäude des Juliusspitals ein.
Es wird eine Vorführung ganz besonderer Art, in deren Mittelpunkt die berühmte historische Ärztin Dorothea Erxleben stehen wird.

Die Zuschauer werden höflichst ersucht – wie es üblich ist an diesem Tag –, in voller Kostümierung zu erscheinen. Es erwartet Sie eine exzellente Aufführung. Anfang: Punkt zehn Uhr am Abend.

Professor von Marcus hatte sie nicht vom Dorotheen-Spektakel abzubringen versucht, was sie in ihrem Vorhaben bestärkte. In einer halben Stunde wollte Viviana im Bureau des Professors sein. Zum ersten Mal nahm sie Ella mit ins Spital. Der fünfte Geburtstag ihrer Tochter lag nur wenige Tage zurück, und den hatte die Kleine gemeinsam mit den Nachbarskindern mit einem Maskenball feiern wollen. Nachdem Viviana Ella vom Fliegenauge erzählt hatte, wollte Ella sich als Fliege mit zwei großen Augen verkleiden. Ein Kinder-Maskenball war Ellas einziger Geburtstagswunsch gewesen, weil sie Viviana und Magda jüngst an einer Erwachsenen-Maskerade hatte nähen sehen. Zu den städtischen Maximilians-Feierlichkeiten war Kindern der Zutritt untersagt.

»Mama, stimmt es, was Papa mir gestern gesagt hat?«, fragte Ella, während sie gemeinsam über die Untere Promenade gingen.

Es klang immer noch seltsam für Viviana, wenn Ella von Paul als ihrem Papa sprach. Aber es entsprach den Tatsachen, und darüber hinaus fand sie es auch gut und richtig, dass ihre Tochter neben ihrer Mutter nun auch einen Vater hatte. Auf Pauls Wunsch, den er in jener Nacht im *Augustinerbäck* geäußert hatte, dass sie wieder ein Paar und eine richtige Familie würden, war Viviana allerdings nicht eingegangen. Sie hatte sich Bedenkzeit erbeten, die sich nun schon eine Weile hinzog. Paul arbeitete wieder für Meister Gruber, und Ella und er verbrachten immer mehr Zeit miteinander.

Vor zwei Monaten auf einem Spaziergang hinauf zum *Letzten Hieb* hatten Viviana und Paul gemeinsam beschlossen, Ella die Wahrheit zu erzählen. Paul ging so liebevoll mit Ella um, dass es Viviana rührte. Für das so wichtige Gespräch hatte Paul Ella und sich ein großes Glas süßen Most gekauft, seine Tochter auf den

Schoß genommen und ihr erklärt, dass er sich, als er ihre Mama das erste Mal gesehen hätte, in sie verliebt habe.

»So verliebt wie Bruno in mich?«, hatte Ella mit großen Augen gefragt und Most getrunken.

Paul hatte genickt und Viviana dann tief in die Augen geschaut. »Und weil deine Mama und ich uns so lieb hatten, bist du entstanden. Ich bin dein Papa, und ich will nun immer für dich da sein.«

Ella hatte Paul daraufhin umarmt und ihn gefragt, ob er ihr seinen Rest Most im Glas überlassen würde.

Wenn Paul mit Ella zusammen war, gewann er sein früheres, so ungemein ansteckendes Lächeln zurück, das er jedermann, ob Marktfrau, Nachbar oder Bettler, auf der Straße geschenkt hatte. Nie war er grimmig oder schlecht gelaunt gewesen.

Bei Richard ist das lange anders gewesen, dachte Viviana verwirrt. Er hatte sie Anatomie gelehrt – stolz und steif, und sie dann einfach geküsst, was sie ihm niemals zugetraut hätte. Sie lächelte verträumt.

»Was hat Papa dir denn gesagt?«, griff Viviana nun die Frage ihrer Tochter auf.

»Dass er mir zu meinem sechsten Geburtstag ein Bad im Most schenken will«, antwortete Ella begeistert. »Und Bruno darf auch mit rein.«

Wie wollte Paul das denn bewerkstelligen? Doch anstatt sich weiter über Badewannen mit Most den Kopf zu zerbrechen, ging Viviana lieber noch einmal die Organisation für das Dorotheen-Spektakel durch. Ihre Kostümierung war fertig, sämtliche Briefe waren verschickt, viele Gespräche geführt worden, und die Drucksachen lagen gestapelt in ihrer Kammer in der Mühlgasse. Paul hatte die Papiere bei einem Drucker machen lassen, den er von früher kannte und der anonym druckte. Und Paul war es auch, der sich am Maximilians-Abend um Ella kümmern wollte. Die Kleine war schon etwas traurig, dass sie ihre Mama nicht auf das Maskenfest begleiten durfte. Sie schien außerdem zu spüren, wie wichtig und bedeutsam dieser Tag für Viviana war, auch wenn sie nicht wusste, was an ihm geschehen würde.

Paul verzauberte Ella genauso, wie er einst Viviana verzaubert hatte. Er nahm Ella mit auf die Türme der Stadt und erzählte ihr von den Wundern dieser Welt, vom Leben in den Steinen, die er zu Menschen und Madonnen formte, und er hatte auch schon eine Hausmadonna gefunden, von der er überzeugt war, dass sie Ella zum Verwechseln ähnlich sah. Ella konnte ihm stundenlang zuhören, genauso wie Viviana einst. Paul hatte sich nicht verändert.

Am Spital angekommen, zeigte Viviana dem Pförtner ihr Billett und hielt gedankenversunken auf das Bureau von Professor von Marcus zu.

Ella redete mehr, seitdem Paul da war. Manchmal ohne Punkt und Komma. »Mama, ich wünsche mir ein Mikroskop«, trug sie vor, und erst da wandte Viviana ihre Aufmerksamkeit wieder ihrer Tochter zu. »Wieso denn ein Mikroskop? Möchtest du Ärztin werden?«

»Weil Papa gesagt hat, dass man damit Dinge sehen kann, die sonst nicht sichtbar sind. Löcher in Steinen, die er behaut.«

Als Viviana das Wort Mikroskop hörte, dachte sie wieder an Richard, der unmittelbar nach dem Vortrag von Professor Virchow fortgegangen war, während die Stadt viele Wochen später immer noch über die neue Zukunft der Medizin sprach. Wie berauscht waren die Menschen von der Präsentation der Cellular-Pathologie gewesen. Und es schien in Mode zu kommen, sich teure Mikroskope als Dekorationsobjekte in den Salon zu stellen. Als Zeichen der Modernität.

»Omnis cellula a cellula«, trug Ella vor und schaute sich im Innenhof des Spitals genauso aufmerksam um, wie es Viviana an ihrem ersten Tag hier getan hatte. Die Krähen begrüßten sie mit stoischem Krächzen.

Omnis cellula a cellula. Der lateinische Satz war wie ein Gruß unter den gebildeten Würzburgern geworden. *Sollte mein Spektakel morgen gelingen,* dachte Viviana, *werde ich sowieso über die Anschaffung eines Mikroskops nachdenken müssen, allerdings nicht als Dekorationsobjekt.* Vom Ausgang des morgigen Tages hing es ab, ob sie das Erbe ihres Vaters zur Erfüllung ihres Traums einsetzen könnte.

An manchen Tagen glaubte Viviana, dass sie erst gestern am Sterbebett ihres Vaters gesessen hätte, so sehr schmerzte sie sein Tod noch immer. Dabei lag er mittlerweile schon sechs Monate zurück. Doch inzwischen gelang es ihr wenigstens, die schönen Erinnerungen an ihren Vater von der Wut auf ihre Mutter zu trennen. Wenn sie an ihn dachte, stieg nicht mehr zeitgleich der Groll darüber auf, dass man ihr die Teilnahme an seiner Beerdigung untersagt hatte. Sie konnte einfach nur an ihn denken und sich über ihre gemeinsame Zeit freuen. Zum Beispiel darüber, wie gerne er den Most für sie an ihrer Mutter vorbei in ihr Zimmer geschmuggelt hatte. Regelmäßig ging Viviana an sein Grab, oft war sie dabei in Begleitung von Constanze. Constanze war in das Dorotheen-Spektakel eingeweiht, und sie hatte Viviana inzwischen auch gestanden, ihr einst die *Frauen-Zeitung* vor die Tür gelegt zu haben.

Mit Ella an der Hand betrat Viviana das Bureau von Professor von Marcus. »Sie haben sich heute Unterstützung mitgebracht?«, fragte der Professor und horchte zu ihr hin. Er hielt ein Medizin-Journal in der Hand.

»Ich kann meinen Namen schon schreiben«, trug Ella nicht ohne Stolz vor, »er besteht aus einem E, aus einem L und noch einem L und einem A.« Ella wollte schon das Medizin-Journal aufschlagen und so tun, als könne sie schon mehr als ihren Namen lesen, aber Viviana hielt sie zurück. Seitdem ihre Tochter viel Zeit mit Paul verbrachte, war sie forscher als früher.

»Ich würde Ihnen gerne etwas zeigen, könnten wir das Lesen um eine Stunde aufschieben?« Viviana bot dem Professor ihren Arm an.

Er hievte sich aus dem Sessel hoch und hakte sich bei Viviana ein. Ella sprang an die andere Seite des Professors und nahm seine Hand.

»Sie führen mich, Fräulein Winkelmann?«, fragte er mit jenem traurigen Unterton, der in letzter Zeit immer öfter in seiner Stimme mitschwang.

Gemeinsam führten Viviana und Ella Professor von Marcus aus dem Bureau, aus dem Spital und in die Marienkapelle am Marktplatz. Vom bunten Licht begleitet, das durch die Chorfenster fiel, näherten sie sich bedächtigen Schrittes dem Altar. Behutsam führte Viviana den Professor die Altarstufen hinauf. Erst als sie die Wärme der Altarkerzen im Gesicht spürte, machte sie sich von ihm los.

Ella hielt weiterhin seine Hand, während er zum Altar hinhorchte. Niemand sonst war anwesend. Professor von Marcus wirkte eingefallener, auch kleiner als sonst, sein Gehrock war beinahe so übergroß wie der Jesus, der über ihnen am Kreuz von der Kappellendecke hing.

Viviana bedeutete Ella, Professor von Marcus' Hand auf das Altartuch zu legen, das den Gottestisch vollständig bedeckte. Ella tat das sehr behutsam, sie war ein Mädchen von großer Sanftheit, trotz des neuerlich kühnen Zuges an ihr.

Professor von Marcus wollte die Kinderhand gar nicht loslassen, er kniff die Augen zusammen, um besser sehen zu können. Auch Ella kostete es Anstrengung, weil sie kaum auf den Altar schauen konnte und ihre Arme hochrecken musste.

Viviana legte ihre Hand auf den Rand des Altartuchs direkt neben die von Professor von Marcus und begann, über den Stoff zu streichen. Anhand des Geräusches verstand er, was sie tat, und machte es ihr nach.

»Das ist das Altartuch, das Nannette bestickt hat«, sagte er mit erstickter Stimme. Zärtlich, als würde er einen Frauenkörper berühren, fuhr er die Formen des Marienemblems auf dem Stoff nach, die blauen Schenkel des Buchstabens M und die feinen gelben Zweige, die den Buchstaben umgaben.

Viviana rührte der Anblick des traurigen Professors, der, vom bunten Licht der Glasfenster umgeben, die Arbeit seiner Nannette erfühlte. Sie trat einen Schritt zurück, um ihm mehr Privatsphäre zu geben. Ella kam zu ihr.

»Ich sehe, wie Ihre Frau am Tuch arbeitet«, sagte Viviana nach einer Weile hinter seinem Rücken. »Wie sie Stich für Stich setzt, ich höre den Faden sirren, wenn sie ihn durch den Stoff zieht. Ich sehe sie dabei lächeln.« Viviana lächelte auch. Nannette hatte öfter bei ihnen gesessen und gestickt, wenn Viviana dem Professor im Salon vorgelesen hatte.

»Sie liebt diese Arbeit«, sagte er wehmütig.

»Und sie liebt es, Plätzchen zu essen«, ergänzte Ella leise. »So wie ich.«

Professor von Marcus stand steif da, nur seine Finger streichelten immer wieder über das vollendet gestickte Marienemblem.

»Um jemandem in die Seele zu schauen, braucht man keine Augen. Die Seele eines Menschen kann man erfahren, denn ein Teil von ihm steckt in allem, was ihm wichtig ist und was er tut.« Viviana schloss die Augen. »Ich kann einen anderen Menschen sehen, indem ich ihn oder Dinge von ihm berühre, erspüre und auch rieche.« *Das ist sinnliche Aufmerksamkeit und dem Vorgehen in der Diagnostik nicht unähnlich,* dachte Viviana. Sie öffnete die Augen wieder und sah, dass Professor von Marcus leise weinte.

»Die Seele eines anderen Menschen zu erfahren bedeutet, zu spüren und zu begreifen, was ihn wirklich ausmacht«, flüsterte Viviana. Bei Nannette war es die Hingabe an das Besticken von Altartüchern. Ihr Meisterwerk lag ausgebreitet in der Marienkapelle vor ihnen. Das Altartuch stand für Nannettes größte Leidenschaft, für ihre Genauigkeit, ihr Fingerspitzengefühl, für die Geduld, die man beim Sticken brauchte, und für ihre Frömmigkeit. Das alles zusammen machte Nannette als Menschen aus. Im Altartuch vereinten sich all diese Eigenschaften.

Viviana zog sich zurück und bedeutete Ella, ihr zu folgen. Gemeinsam nahmen sie in der hintersten Bankreihe der Kapelle Platz und sprachen ein Gebet, während Professor von Marcus sich einmal um das Altartuch herumtastete, als nähme er Nannettes Präsenz über die Fingerspitzen in sich auf. Zuletzt hatte er Angst gehabt, Nannette zu verlieren, weil er sie nicht mehr sehen konnte. Er war das Gefühl nicht losgeworden, an ihrem Leben nicht mehr teilhaben zu können.

Viviana freute sich, dass es in diesem Moment für den Professor nur ihn und Nannette gab, nicht von Angesicht zu Angesicht, sondern von Seele zu Seele. Viviana bat die Herzogin des Frankenlandes darum, dass sie der Familie von Marcus noch lange verbunden sein durfte, auch über die Vorlesestunden hinaus. Ellas Flüstern entnahm Viviana hingegen, dass die Fünfjährige Gott um ein Mikroskop bat und darum, dass ihr Papa nie wieder weggehen sollte.

Eine Stunde später beauftragte Professor von Marcus Viviana damit, für ihn die Nachmittagsvorlesung zur Geschichte der Medizin abzusagen. Er wollte nicht mehr ins Spital zurück. Professor von Marcus war seiner Nannette noch im Eingangsbereich ihres Hauses um den Hals gefallen.

Viviana atmete tief durch, als sie und Ella die Kapuzinergasse verließen. Der zweite Gang, den sie unbedingt noch vor dem Dorotheen-Spektakel und mit Ella gemeinsam tun wollte, würde weniger harmonisch werden. Viviana spürte ein flaues Gefühl im Magen, als sie sich Richtung Hofstraße wandten.

✻

Constanze empfing sie im Palais und führte Viviana und Ella in den royalblauen Salon. Sie begegneten niemandem aus der Dienerschaft. Das Haus wirkte glanz- und leblos.

Wie am Vortag besprochen, machte Constanze sich danach auf, Elisabeth zu holen. Viviana ging derweil nervös vor dem royalblauen Kanapee auf und ab. Genau hier hatte ihre Mutter sie einst die Verhaltensregeln einer jungen Dame gelehrt, mit ihr gehen, abwarten und parlieren geübt. Wie hatte der Satz gleich noch einmal gelautet. Ja, richtig: *Durch eine Ehe hellt der männliche Geist das weibliche Gefühl auf.*

Im royalblauen Salon hatte Viviana das erste Mal ein zartes Porzellantässchen formvollendet an die Lippen geführt. Ihren zweiten Vornamen hatte sie nach der goldgerahmten Ahnin an der Wand des royalblauen Salons erhalten. Hedwig Maria Ortleb war eine starke Frau zu Zeiten der Französischen Revolution gewesen.

Ella war begeistert von den langen Vorhängen, die kunstvoll auf dem Boden drapiert worden waren und in einem formvollendeten Schwung ausliefen. Sie strich mit den Händen über den Samt. »Das ist so weich wie Minkas Fell!« Im nächsten Moment schien sie die streunende Katze auch schon wieder vergessen zu haben, die sich hin und wieder im Hof des Mietshauses in der Mühlgasse sehen und von den Kindern streicheln und am Schwanz ziehen ließ. Mit großen Augen bestaunte sie das vornehme Mobiliar, die kunstvoll gedrechselten Stühle und den Tisch mit der Kristallschale voller Gebäck. Das Kanapee nannte sie eine Wolke, auf der man sitzen könne, aber darauf Platz zu nehmen, wagte sie dann doch nicht.

»Sie sieht aus wie du, Mama«, murmelte Ella beeindruckt, als sie das goldgerahmte Porträt der Ahnin an der Wand über dem Kanapee entdeckte. Tatsächlich besaß Hedwig das gleiche braun gelockte Haar, die gleichen Gesichtszüge mit den hohen Wangenknochen und den gleichen Ausdruck, den Viviana schon oft an sich selbst im Spiegel wahrgenommen hatte. Der Ausdruck offenbarte Neugier, Aufmerksamkeit und Liebe zugleich. Aber auch eine gewisse Strenge.

»In diesem Haus bin ich aufgewachsen«, antwortete Viviana angespannt. Sie war noch unschlüssig, wie sie gleich beginnen sollte. Da war nach wie vor jede Menge Wut in ihr auf Elisabeth, aber auch noch etwas anderes. »Hier wohnt deine Großmutter Elisabeth.«

»Ich habe eine Großmutter?«, fragte Ella beeindruckt und kam zurück an Vivianas Seite.

In diesem Moment betrat Elisabeth den Salon. Sie stockte sofort, als sie Ella sah. Doch Constanze trat in den Türrahmen und versperrte ihr damit den Fluchtweg.

»Guten Tag, Mutter«, eröffnete Viviana das Gespräch in kühlem Tonfall.

Elisabeth trug das braune, lockige Haar mittig gescheitelt und auf dem Rücken zusammengenommen. In ihrem mattfarbigen Trauerkleid war sie die verkörperte Schwermut und Schönheit zugleich. Trauerkleidung durfte nur dann glänzen oder gar tiefe Ausschnitte aufweisen, wenn die Trägerin noch im Trauerjahr symbolisieren wollte, dass sie bereit für eine neue Ehe war.

»Paul ist wieder zurück«, sagte Viviana, obwohl sie mit dieser Nachricht eigentlich bis zum Schluss hatte warten wollen. »Er sagt, dass du ihn damals erpresst hast. Stimmt das?« Zu lange hatte Viviana sich darüber geärgert, als dass sie sich jetzt noch zurückhalten und ihre trauernde Mutter hätte schonen können.

Elisabeth bewegte sich nicht von der Tür und von Constanze weg. Ihr Blick war gebrochen, als sie Viviana ansah und antwortete: »Ich wollte immer nur das Beste für dich.«

»Stimmt es, dass du angedroht hast ...?!«, insistierte Viviana, sprach das Unglaubliche in Ellas Beisein aber nicht aus. Ihre Tochter, die es nicht gewohnt war, sie in solch einem barschen Tonfall reden zu hören, klammerte sich eh schon erschrocken an ihre Hand.

Elisabeth nickte. »Ich war damals verzweifelt«, gestand sie nach einem Moment des Schweigens.

Viviana machte sich von Ella los, trat vor Elisabeth und verschränkte demonstrativ erwartungsvoll die Hände vor der Brust. Ihre Mutter sollte jetzt endlich den Mund aufmachen.

Die schwieg lange, überwand sich dann aber doch. »Kurze Zeit später bekam ich deshalb ein schlechtes Gewissen. Irgendetwas wollte ich für dich und das Kind tun. Ich konnte euch nicht länger in der Gosse liegen lassen.« Sie schaute Ella nicht an und bat auch nicht um Verzeihung. »Die Geldanweisungen über die zwanzig Gulden ...«

»Die kamen von dir?«, fragte Viviana überrascht. »Ich hätte mir etwas anderes von dir gewünscht. Interesse, Gespräche, gerne auch Auseinandersetzung und Streit. Danach aber auch ein Versöhnungsangebot«, sagte sie zu ihrer Mutter so unverblümt und unverschämt, wie sie früher nie mit ihr zu sprechen gewagt hätte. »Und etwas Interesse an deiner Enkeltochter«, fügte sie hinzu.

Ella schaute verunsichert zu Elisabeth auf. Innerhalb kurzer Zeit hatte sie von ihrem Vater und ihrer Großmutter erfahren.

Viviana wollte so dringend ein »Verzeih mir« hören, aber Elisabeth sank nur noch mehr in sich zusammen, wie zuletzt Roswitha im Zuchthaus.

Viviana wies mit der Hand auf Ella. »Ich wollte dir endlich einmal deine Enkelin vorstellen.« Vor allem wegen ihrer Tochter hatte Viviana sich dazu durchgerungen, ihre Mutter aufzusuchen. Die Kleine hatte ein Recht darauf, ihre Großmutter kennenzulernen. Ella konnte nichts für die Probleme zwischen ihnen. Für all die Wut, Enttäuschung und Verzweiflung.

Constanze verließ den Salon und schloss die Tür hinter sich. Elisabeth bewegte sich nicht von der Stelle, aber sie betrachtete Ella in ihrem taugrünen Kleid. Viviana hatte ihrer Tochter die geflochtenen Zöpfe genauso über den Ohren zu Schnecken gewunden, wie Elisabeth es früher gern an ihr gesehen hatte.

Plötzlich wandte Elisabeth sich zum Gehen. »Meine Nerven sind nicht mehr belastbar. Das wirst du verstehen, nach allem, was ...«

Mutter ist zu feige, dachte Viviana erbost. *Zu feige, ihr Unrecht einzugestehen.*

»Warten Sie, Großmutter!«, rief Ella da und ging um den Tisch herum, als ihre Großmutter die Hand auf die Türklinke legte. »Bitte warten Sie doch!«, bat sie eindringlicher, als Elisabeth trotzdem die Tür öffnete.

Viviana schaute von Ella zu ihrer Mutter.

Da wandte Elisabeth sich doch noch einmal um. In diesem Moment trat Ella langsam vor sie. Sie zog ihre Großmutter an der Hand zu sich hinab und flüsterte ihr zu: »Wenn ich traurig bin, trinke ich süßen Most, das hilft ganz bestimmt.« Dann umarmte sie Elisabeth.

Die erwiderte die Umarmung nicht, ließ sie aber zu und schloss die Augen dabei.

Viviana meinte sogar, eine Träne über Elisabeths Wange kullern zu sehen.

***

39

OKTOBER 1855

Dorette hatte sich das Schwangersein angenehmer vorgestellt. Klein Valentin in ihrem Bauch bewegte sich viel und oft und immer genau dann, wenn sie sich nach Ruhe sehnte. Sie schlief keine Nacht mehr durch. Ihr Bauch wuchs immer noch weiter, ihr Körper wurde tagtäglich unförmiger.

Ein Monat bleibt mir noch bis zur Geburt, rechnete Dorette und dachte im nächsten Moment an die Unmengen von Puder, die sie bisher verbraucht hatte, um damit ihre Augenringe abzudecken. Hinzu kamen Kleider, die ihre Leibesfülle noch halbwegs geschickt in Form brachten. Sie fühlte sich trotz aller Schnürungsversuche wie ein Walross. Aus ihren Brüsten troff Milch. Aber sie würde es durchstehen, wusste Dorette. Elisabeth hatte ihre schlanke Taille schließlich auch wiederbekommen. Mit Gottes Hilfe würde es schon werden.

Jeden Morgen schleppte sie sich in den Kiliansdom, um dort für ihr Kind zu beten. Bereits seit Tagen erschöpfte sie der Gang dorthin so sehr, dass ihr für den Rest des Tages jede Anstrengung zu viel war, außer es war wie heute Maximilians-Tag. In den vergangenen zwei Wochen hatten sie zwei Diner-Einladungen absagen müssen. Trotz ihres kugelrunden Bauches dachte Dorette aber nicht daran, die höchste Festivität des Jahres auszulassen. Jeder, der Rang und Namen hatte, würde heute auf den Beinen sein. Und wenn sie erst den anderen Frauen von dem Kinderwagen berichtete, den sie mit Vaters Zuschuss erstanden hatte, würden die vor Neid erblassen.

Dorette schloss die Augen und sank auf ihre Rosshaarmatratze. Keine halbe Stunde war vergangen, seit sie vom Dom zurückgekehrt war. Sie war unkonzentriert gewesen, und selbst während des Vaterunsers waren ihre Gedanken immer wieder zu ihrem einzigartigen Diana-Kostüm gewandert. Diana war die Göttin der Jagd, der Fruchtbarkeit und der Geburt. Zum Kostüm gehörten ein Köcher mit Pfeilen, das römische Kleid und eine echte Porzellanmaske. *Valentin wird Augen machen, wenn er mich darin sieht und sie ihm vor lauter Müdigkeit nicht zufallen,* dachte sie. Gestern hatte er wiederholt die Nacht durchgearbeitet. Er schuftete schon seit mehreren Wochen, um die Bank in eine neue Zukunft zu führen.

Valentins Wiederaufstieg, der ihm ganz bestimmt auch ohne das Geld seiner Schwester gelingen würde, war zum Greifen nah. Er schaffte es ganz allein, er war der Beste von allen. Niemand aus der Familie Winkelmann konnte noch hilfreich sein. Je länger Dorette über Ernestine nachdachte, umso mehr distanzierte sie sich wieder von der greisen Dame, brachte diese ihrer Meinung nach doch viel zu viel Verständnis für die Gegenseite auf. Und auf Elisabeth konnte man auch nicht mehr zählen. Doch spätestens mit einem Winzling auf dem Arm würde Dorette an ihrer Schwiegermutter auf der Bühne der Aufmerksamkeiten vorbeirauschen und sie weit hinter sich zurücklassen.

Vielleicht war es die Schwangerschaft, vielleicht die Aussicht auf das neue Glück mit einem Kind, jedenfalls gelang ihr das Träumen sogar mit offenen Augen. Ihre Träume waren stets mitreißende Theatervorstellungen, in denen sie die Hauptrolle spielte. Und in diesem erschöpften Moment in ihrem Schlafzimmer träumte sie von einer ganzen Schar Kinder um sich und Valentin herum. Alles blond gelockte, hübsche brave Kinder. Klein Valentin, Klein Heinrich, Klein Mathilda, Klein Veronica, und Dorette hätte auf einen Schlag noch ein Dutzend weitere Wunschnamen aufzählen können. Doch es klopfte an der Schlafzimmertür, noch bevor der Theatervorhang gefallen war.

Dorette richtete sich langsam auf, wie gewohnt wurde ihr dabei schwindelig, ihr Körper schmerzte. Mit einem Kind im Leib war nichts mehr bequem. Erst nachdem sie sich in halbwegs eleganter

Pose vor dem Bett positioniert hatte, ließ sie eintreten. Sie hatte plötzlich Hunger auf Orangen, am liebsten hätte sie gleich einen ganzen Korb davon vertilgt.

Nach einem Knicks informierte sie das Stubenmädchen, dass unten eine Kutsche für sie bereitstünde, die Dorette ins Palais bringen sollte. Elisabeth Winkelmann hätte das Gefährt gesandt und dringend um ihr Erscheinen gebeten. Dorette roch den sauren Schweiß des Stubenmädchens trotz der Entfernung zwischen ihnen, er war ihr unangenehm. Schon seit Monaten war ihr Geruchssinn geschärft und übersensibel.

»Ein Befehl?«, erboste sich Dorette und konnte ein Schnauben nicht unterdrücken. Sie war ihre eigene Herrin und mit dem Winkelmann-Erben im Leib nicht länger gewillt, sich von ihrer Schwiegermutter antreiben zu lassen.

Das Stubenmädchen trug leiser vor: »Der Kutscher sagte, es sei sehr wichtig.«

Dorette schritt um das Ehebett herum, sie wollte zeigen, dass sie sich Zeit lassen konnte. »Bitte kleiden Sie mich erst passend an, oder soll ich etwa so auf die Straße gehen?«, fuhr sie das Stubenmädchen an, das sich daraufhin sofort an die Arbeit machte.

Am besten nähme sie das Bacchus-Kostüm für Valentin gleich mit, dann könnte er sich im Kontor für den Maskenball zurechtmachen. Für ihn war Zeit Geld, und von Letzterem noch mehr zu verlieren, konnten sie sich nicht leisten.

In aller Ruhe ließ Dorette sich das Schwangerenmieder schnüren, darüber kam das Tageskleid. Danach wurde ihr Haar mit dem Papilloteisen zu Löckchen gebrannt und am Hinterkopf mit einer Schleife zusammengebunden. Erst unlängst war Dorette dem Zauber von Schleifen verfallen, sie liebte sie. Ihre Garderobe komplettierte eine Pelerine, die aus Eichhörnchenfellen gemacht war. Es war bereits Oktober und draußen schon kalt.

✳

Gegen elf Uhr traf Dorette im Palais ein. Das Bacchus-Kostüm über dem Arm, ließ sie sich vom Hausdiener ins Kontor führen. Bei ihrer ersten Schwangerschaft hatte sie an diesem Ort, und unter den Augen des Bankgründers an der Wand, Valentin die frohe Botschaft von einem Erben überbracht. Für sie war das Kontor ein Ort der Freude und des Wohlstandes. Und der Maximilians-Tag Valentins bevorzugter Tag im Jahr. Sie würden Diana und Bacchus sein.

Im Hauptraum des Kontors traf sie Elisabeth gedankenversunken vor Valentins Schreibtisch an. Links und rechts von ihr standen Ernestine und die in ihren Augen sündige Constanze wie Schutzmannen. Dorette wurde nicht einmal anständig begrüßt, was sie im Falle ihrer Schwiegermutter unruhig stimmte. Aus dem Nebenraum drangen geschäftige Geräusche zu ihnen.

Erst als Dorette näher kam, entdeckte sie in Elisabeths Hand ein Papier, auf dem noch das alte Signet des Bankhauses zu erkennen war. Valentin hatte gleich nach der Testamentsverlesung, da er das Bankhaus seitdem alleine führte, in Auftrag gegeben, dass neue Papiere gedruckt und auch der Sandsteinzug über dem Kontor in *Bankhaus Valentin F. Winkelmann* geändert werden sollte. Beides war wohl noch nicht passiert.

Elisabeth blickte nicht einmal auf, als sie sagte: »Du bist zu spät, Dorette.« In den Gesichtern der anderen beiden Frauen las Dorette Bestürzung.

»Was ist geschehen, dass ich so dringend gerufen wurde? In meinem Zustand?« Dorette wurde es mulmig im Magen – nicht übel, wie es in den ersten Monaten ihrer Schwangerschaft täglich der Fall gewesen war. Sie wusste mulmig und übel sehr gut voneinander zu unterscheiden. »Wo ist mein Ehemann?«

Die Tür zum Nebenraum wurde geöffnet, und Doktor Hammerschmidt trat zu ihnen.

»Wo ist mein Ehemann?«, fragte Dorette den Hausarzt in ungehaltenem Ton.

Der schob daraufhin die Tür auf, sodass sie in den Nebenraum schauen konnte.

Dorette trat näher und sah Valentin auf dem Boden liegen, das Bacchus-Kostüm rutschte ihr aus den Händen. Sein Gesicht war rot und aufgetrieben, seine Lippen blaurot. Die Augen waren weit aus den Höhlen hervorgetreten. Lange starrte sie ihn an, dann stürzte sie zu ihm.

»Liebster!« Dorette ging neben dem Toten in die Hocke, wobei sie fast vornüberfiel. Mit der Kraft, die ihr allein die Liebe zu Valentin verlieh, schluckte sie ihren Ekel angesichts seines zu einer Fratze entstellten Gesichts hinunter. Der Tote hatte die Hände zu Fäusten geballt. Zudem roch er übel, um nicht zu sagen er stank, was Dorette mit ihrer empfindlichen Nase unwillkürlich würgen ließ. Seine Zungenspitze war zwischen der oberen und unteren Zahnreihe eingeklemmt und genauso blaurot wie seine Lippen.

»Wie es aussieht, hat sich der junge Herr Bankdirektor das Leben genommen«, erklärte Doktor Hammerschmidt unter schweren Atemzügen, aber Dorette hörte kaum hin.

Der Doktor, der zuletzt trübe Wölkchen in ihrem Schwangerenurin bewundert hatte, zeigte auf einen dicken Strick, der im Schutz eines Seidentuchs zu einer Schlinge eingeschlagen war und an einem Haken befestigt von der Decke hing. So etwas tat ihr Valentin nicht. Sie strich ihm eine Locke aus dem Gesicht. Sie hatte, wenn er eingeschlafen war, immer so gern mit seinen Locken gespielt.

Dorette ruckelte am Leib des Toten, ließ aber bald davon ab, weil seine Glieder so starr waren, als hätte er Stunden im Eis gelegen. Dabei war er noch warm. Am liebsten hätte sie seinen Kopf in ihren Schoß gelegt, wie sie es bei Viviana und ihrem Vater gesehen hatte, aber nun stieg doch noch Ekel in ihr auf. Zum ersten Mal in ihrer Schwangerschaft war Dorette nicht einfach nur übel, sie übergab sich auch. Ihre Pelerine fing die Reste der halb verdauten Rosinenwecken vom Frühstück auf.

»Ich habe den Totenschein für Ihren Ehemann bereits ausgefüllt, Frau Bankdirektor«, ließ Doktor Hammerschmidt sie wissen. Er half ihr, die verunreinigte Pelerine abzulegen, dann reichte er ihr den Totenschein sowie das Rechnungsschreiben für seine erbrachten Leistungen.

»Ich habe Ihrem Ehemann Tod durch Herzversagen bescheinigt«, sagte Doktor Hammerschmidt. Mit einem mildtätigen Lächeln in den Wohlstandszügen zeigte er auf die drei Generationen Winkelmann-Frauen, die noch immer nebeneinander am Schreibtisch ausharrten. »Das hätte der junge Herr Bankdirektor sicher nicht anders gewollt, ansonsten hätte er den Strick nicht in Seide eingeschlagen. Er wollte, dass die Strangulationsrinne unsichtbar bleibt.«

»Warum sollte sich Valentin ...« Dorette konnte es immer noch nicht fassen. »Warum sollte er denn sterben wollen?«, schrie sie nun auf einmal voller Verzweiflung. Den Geruch ihres Erbrochenen noch in der Nase, drehte sie sich zu ihrer Schwiegermutter um, die noch immer in unveränderter Position am Schreibtisch saß. Ernestine und Constanze standen immer noch links und rechts von ihr wie zwei steife Soldaten.

Die Rechnung und der Totenschein glitten Dorette aus den Händen. Sie brauchte einige Versuche, bis diese zu ihrem dicken Bauch fanden, um beruhigend über ihn zu streichen. »Aber er wird doch Vater werden, warum sollte er ...« Dorette brach die Stimme. Die Trauer, die sie in diesem Moment überfiel, übertraf an Heftigkeit jeden Schmerz, den sie bisher erlebt hatte. Ohne Valentin machte das Kind in ihrem Leib keinen Sinn mehr. Ohne ihn hatte sie keine Zukunft, und ohne ihn wollte sie auch nicht mehr in das große Haus am Sternplatz zurück. Sein sinnloser Tod riss ein schwarzes Loch an die Stelle, an der bisher ihr Herz geschlagen hatte.

Dorette konnte den Blick auch dann nicht von dem Toten lösen, als er eingesargt wurde. Doktor Hammerschmidt musste sie festhalten, damit sie sich nicht an den Sarg klammerte. Mit den Füßen voran wurde Valentin Franz Winkelmann im Alter von vierundzwanzig Jahren aus dem Kontor getragen. Dorette ging in die Knie.

Nach einer Weile spürte sie kalte Hände auf ihren Schultern. »Komm hoch«, bat Elisabeth.

Dorette schaute mit verweinten Augen auf, hatte sie trotz ihres Schmerzes doch Mitleid und Fürsorge in der Stimme ihrer Schwiegermutter ausgemacht.

Dorette erhob sich widerstandslos und ließ sich in den royalblauen Salon führen. Dort zündete Constanze Öllampen an. Ernestine nahm das Schutztuch vom Kanapee. »Wir wollen eine Abschiedsmesse für Valentin halten und seiner gedenken«, sagte sie.

Widerwillig ließ sich Dorette auf dem Kanapee nieder. Sie starrte auf die Salontür, durch die Valentin schon im nächsten Moment hereinkommen und sich zu ihr setzen würde.

Während Constanze aus dem ersten Buch Mose die Begebenheit der Brüder Jacob und Esau vorlas, flüchtete sich Dorette erneut in einen ihrer Tagträume. Ihre Liebe zu Valentin würde sogar dem Tod standhalten.

Die drei Frauen nahmen sich bei den Händen, sie griffen auch nach Dorettes. Dorette ließ es zu. In ihrer Vorstellung erhob sich Valentin gerade aus seinem weißen Sarg und lief mit ausgebreiteten Armen auf sie zu.

Constanze ließ sich nicht aus der Ruhe bringen. Sie las von dem eifersüchtigen Jacob, der seinem Bruder Esau hinterlistig das Erstgeburtsrecht und den väterlichen Segen stahl und aus Angst vor dessen Vergeltung aus der Stadt floh.

In dieser Stunde im royalblauen Salon wechselten sich Bibeltexte mit Erinnerungen an Valentin ab. Die vier Frauen erinnerten sich an gemeinsame Ausflüge, an Dinge, die er gesagt und getan hatte.

Ernestine sagte mit tränenerfüllten Augen, dass er immer einen vorzüglichen Weingeschmack bewiesen hätte und dass sie sich wünschte, ihr Eduard würde im Himmel gut auf seinen Urenkel

aufpassen. Und sie bedauerte, Valentin bei der Testamentsverlesung mit einer Erpressung zur Räson gebracht zu haben. Sie hatte
ihm angedroht, ihr Wissen, das in Wirklichkeit nicht mehr als eine
Vermutung gewesen war, vor allen anderen Familienmitgliedern
laut zu verkünden. Vor etwa zehn Jahren hatte sie ihn einmal dabei
ertappt, wie er sich selbst befriedigt und dabei unter Stöhnen einen
Männernamen genannt hatte. Ernestine hatte nie jemandem davon erzählt. Es wäre ihr unangenehm gewesen. Doch ihre Beobachtung hatte ihren Blick auf ihren Enkel geschärft, und erst mit
dem Wissen darum war ihr auch aufgefallen, dass er Frauen nur
flüchtig anschaute, nie mit Interesse oder gar offenkundigem
Wohlgefallen. Bei Herren hingegen war das anders. Allerdings versteckte Valentin sein Gefallen und seine Begeisterung dann hinter
Gelächter und anscheinend freundschaftlichen Berührungen. Ein
längeres Händeschütteln hier, ein aufmunterndes Tätscheln der
Schulter dort.

Bei der Testamentsverlesung hatte Ernestine keinen anderen
Weg mehr gesehen, als Valentin mit ihrer Vermutung zu konfron-
tieren. Trotz seiner Krankheit hatte sie ihn nicht weniger geliebt.
Sie schaute zu Elisabeth.

Der Schmerz über den Verlust ihres Sohnes war noch nicht bei
Elisabeth angekommen. Da war noch immer der Schmerz um Johann, der nicht auszuhalten war und keinem anderen Platz ließ.
Ihre Sehnsucht nach ihm war stärker denn je. Obwohl das Geld
knapp geworden war, wollte sie den Hausdiener nicht entlassen,
denn dann wäre Johann endgültig fort. Jeden Morgen legte der
treue Mann daher auf Elisabeths Anweisung hin die Sachen für den
Hausherrn heraus und säuberte Johanns Zylinder. Dass jetzt auch
noch ihr Sohn tot sein sollte, war unvorstellbar. Elisabeth bekam
die Bilder von Valentin, und wie er von der Decke gehangen hatte,
nicht mehr aus dem Kopf. Sie hatte sofort nach dem Hausarzt sowie nach Dorette, Ernestine und Constanze schicken lassen.

Nur einen Wimpernschlag lang sah sie ein kleines Mädchen in

einem taugrünen Kleid vor sich, das sie vorsichtig umarmt und hatte trösten wollen. Dann erschien wieder das verzerrte Gesicht ihres Sohnes Valentin vor ihrem inneren Auge. Elisabeth hatte bemerkt, dass er schon lange vor Johanns Tod gelitten hatte. Aber dass es ihm so schlecht gegangen war, dass er sterben wollte, das hatte sie nicht gewusst. Das hatte sie erst Valentins Abschiedsbrief entnommen, den Doktor Hammerschmidt in Valentins Hosentasche gefunden hatte. Ihr Sohn hatte den entsetzlichen gesellschaftlichen Erwartungsdruck nicht mehr ausgehalten, dem sich auch Viviana entzogen hatte. Elisabeth hatte ihre einzigen beiden Kinder verloren. Und sie trug daran eine schwere Mitschuld, war doch sie diejenige gewesen, die ihre Kinder stets dazu angehalten hatte, diesen gesellschaftlichen Regeln und Erwartungen gerecht zu werden. Das hatte sie begriffen, als sie Valentins Zeilen las. Elisabeth reichte den Abschiedsbrief an Dorette.

Dorette nahm das gefaltete Papier apathisch entgegen. Elisabeth war nicht sicher, ob ihre Schwiegertochter die Abschiedsworte ihres Ehemanns ertragen würde. Aber jeder Mensch hatte sein eigenes Bündel zu tragen. Es war nicht das erste Mal, dass der Maximilians-Tag für die Familie Winkelmann ein Desaster bereithielt. Vor fünf Jahren war es die Flucht ihrer Tochter aus dem Kloster gewesen.

In diesem Moment schloss Constanze die Andacht mit der Versöhnung der Brüder Jacob und Esau nach Jahren der Trennung ab. »Jacob ... neigte sich siebenmal zur Erde, bis er zu seinem Bruder kam. Esau aber lief ihm entgegen und herzte ihn und fiel ihm um den Hals und küsste ihn, und sie weinten.«

Elisabeth schaute zu Constanze und Ernestine, dann fasste sie beide fest bei den Händen. Der Verluste und Lügen war nun genug.

**

40

OKTOBER 1855

Der Maskenball am Maximilians-Tag war für die Familie Winkelmann von jeher von außerordentlicher Bedeutung gewesen, erinnerte Viviana sich aufgewühlt, als der zwölfte Oktober auf den Mittag zulief. Die eigentlichen Feierlichkeiten im Kostüm begannen erst zur Diner-Zeit. In den Stunden davor vergnügte man sich unkostümiert mit Feiergedichten und mit Kegeln, und man lauschte der Ansprache des Bürgermeisters, die auf die rituelle Speisung der Stadtarmen folgte. Bei Einbruch der Dunkelheit stiegen Kanonenschüsse von der Festung auf, gefolgt vom Glockengeläut der Kirchen – das Zeichen dafür, sich an die Diner-Tafeln zu begeben. Der Tag verlief jedes Jahr nach dem gleichen Muster. Die Militärs speisten im Theatergebäude, im *Hotel Kronprinz* tafelten die Professoren und Universitätsleute. In der Harmonie wurde das größte Diner gegeben, zu dem sich das gehobene Bürgertum, der Bürgermeister und sämtliche Honoratioren einfanden. Danach durfte getanzt werden, wobei sich die Feiernden zwischen den verschiedenen Lokalitäten hin und her bewegten. Es war nicht ein Maskenball, sondern ein ganzes Dutzend, das zu einem einzigen großen Amüsement verschmolz. In jedem besseren Wirtshaus und jedem freien Saal wurde in der Maximilians-Nacht getanzt. Kostümierte zogen durch die Straßen und verwandelten die besseren Stadtviertel in eine Welt der Märchen und Mythen. Die Menschen waren trunken vor Vergnügen.

Bevor Viviana ihr Kostüm für das Dorotheen-Spektakel anlegte, wollte sie jedoch noch zum Grab ihres Vaters gehen. Auf dem Weg zum Friedhof gab sie auch gleich Ella bei Paul ab, der ein Zimmer im Haus seines alten Meisters bezogen hatte.

Vor dem Grab ihres Vaters angekommen, schloss Viviana die Augen. Er hatte sich am Maximilians-Tag am liebsten als Husar verkleidet, mit Lederharnisch und Gesichtsmaske. Wie sehr sie ihn doch vermisste. Er hatte sie bestärkt in ihrem Kampf, sein Erbe war der Beweis dafür. Sein Testament hatte außerdem zum Ausdruck gebracht, welch große Hoffnung er in sie setzte, weshalb sie am heutigen Tag auch so große Angst hatte, zu versagen und ihn zu enttäuschen. Sie musste auch an Valentin denken. Sie hoffte, dass er das Bankhaus Winkelmann vor dem Bankrott retten könnte. Es wäre der Wunsch ihres Vaters gewesen. Der Name der Winkelmanns stand inzwischen aber nicht mehr nur für Kredite, Wechsel- und Gründungsgeschäfte. Er stand genauso für den Wunsch der Frau nach Bildung, davon war sie überzeugt.

Fahrig besprenkelte Viviana das Grab mit Weihwasser aus dem bronzenen Schälchen. Ein Windstoß wirbelte Herbstlaub auf und trieb es vor sich her über das Grab. »Beschütze mich vom Himmel aus«, bat sie. Denn wenn ihr Vorhaben nicht gelänge, wäre alles vorbei. Dann würde sie Würzburg verlassen wie Richard Staupitz. Auch er fehlte ihr nun, da er fortgegangen war. Er hatte niemals etwas halb oder überstürzt getan und sich auch nie vorschnell und unüberlegt über ein Thema geäußert. Zudem war er ein guter Zuhörer gewesen. Eine sehr seltene Eigenschaft, besonders bei Männern. Aber Richard war ja auch in jeder Hinsicht ein besonderer Mann gewesen. Kurz sah sie seine Hände mit den schlanken Fingern vor sich. Sie wünschte, er hätte ihr wenigstens seine neue Adresse hinterlassen. Sie hatten sich geküsst, sie waren einander nah gewesen. So zärtlich und umsichtig wie Richard war nicht einmal Paul mit ihr umgegangen. Gleichzeitig hatte sie sich sicher und beschützt bei ihm gefühlt.

Viviana trat von der Grabstätte zurück. Es musste bald sechs Uhr sein, es war höchste Zeit, sich in eine andere zu verwandeln. Die Maske würde ihr Schutz sein. Mit der Maske vor dem Gesicht dürfte sie offen sprechen, an diesem einzigen Tag im Jahr.

Viviana eilte in die Pleich zurück, wo Magda sie schon erwartete. In der Wohnung roch es einladend nach frischem Brot. Zur Stärkung verschlang Viviana zwei Scheiben mit dick Butter darauf. Es schmeckte köstlich, und sie hatte einen Bärenhunger.

Gut gesättigt zog sie danach ihr Kostüm an, mit dem sie Dorothea Erxleben darstellen wollte. Zuerst kamen ein einfacher Unterrock und ein Mieder. Darüber ein Kleid aus graublauem Leinenstoff ohne Rüschen oder Rosen. In der Tasche des Kleides ließ Viviana zwei Perlensäckchen verschwinden. Als Nächstes band sie sich ein reinweißes Brusttuch über das Kleid, wie man es heute nicht mehr trug. Zu Dorotheas Zeiten hatte es wohl dazu gedient, das Dekolleté schicklich zu bedecken.

Als Vorletztes griff sie nach einer alten, gebrauchten Arzttasche, die sie gerade noch rechtzeitig erstanden hatte. Sie war aus dunkelbraunem, festem Leder mit abgewetztem Griff und Metallbeschlägen. So alt, wie sie anmutete, hätte Dorothea sie schon vor fast einhundert Jahren mit zu Hausbesuchen nehmen können. Viviana verstaute ihre Flugblätter darin, auf denen das Gedicht »Mann und Weib« abgedruckt war. Sie hatte es einst in einer Frauenzeitung gelesen, und es war ihr nicht mehr aus dem Kopf gegangen, weil es so treffend und poetisch zugleich die Problemsituation der Frau beschrieb.

Ja, der Mann kann Großes leisten!
Weibestun bleibt stets beschränkt,
Während er nach allen Seiten
Frei und kühn die Schritte lenkt!

Während er des Wissens Höhe
Ungehindert stolz ersteigt,
Sich in der Erkenntnis Tiefe
Als ein ernster Forscher neigt.

Hält man sie mit goldnem Kettchen
Und mit himmelblauem Band,
Mit viel süßen Schmeichelworten
In des Hauses enger Wand.

Hält im Dämmern sie verborgen,
Fern der Wahrheit, fern dem Licht,
Und erstickt ihr heißes Sehnen
Mit dem hehren Worte: Pflicht!

Und dann zeigt man auf die Beiden,
Und mit hohem Mut man spricht:
»Ja, der Mann kann Großes leisten!
Doch das Weibchen kann es nicht!«

Aber vielleicht kann sie doch, hoffte Viviana.

Das Wichtigste an ihrer Kostümierung war die Maske, ohne die sie sonst nur wie eine beliebige Bürgerliche aus vergangenen Zeiten aussehen würde – was eine beliebte Kostümierung bei den älteren Würzburger Damen war. Bis auf die Augen bedeckte die Maske ihr gesamtes Gesicht. Constanze hatte ihr nach der Vorlage des Profilporträts die Gesichtszüge von Dorothea auf die Maske gezeichnet. Ganz deutlich erkannte Viviana das kluge, feine Lächeln der Quedlinburger Ärztin an den Augenfältchen und um den Mundbereich. Den Maskenrand hatte sie mit Glasperlen verziert. Die Damen der besseren Gesellschaft liebten Masken, die sie sich an einem Stab befestigt vor das Gesicht hielten, aber Viviana brauchte beide Hände frei. Mit Bändern band sie sich die Maske vors Gesicht. Fertig! Die von ihr bewunderte Dorothea Erxleben war wieder zu neuem Leben erweckt. Viviana fühlte, wie sie Mut und eine unbändige Willenskraft durchströmten.

Magda reichte ihr die Arzttasche und drückte ihr zur Bestärkung die freie Hand. »Dei Kostüm hab ich mit der blauen Nadel von der Wenke genäht«, sagte sie und hatte dabei sichtlich Mühe, die Tränen zurückzuhalten. »Da kann mei Wenke heut Abend bei des Spektakel auch mit dabei sei. Irchendwie a bissle.«

Viviana lächelte und strich liebevoll über eine Naht an ihrem linken Arm. »Danke, Magda.« Sie stellte die alte Arzttasche noch einmal ab und umarmte ihre Freundin. Entgegen ihrer Gewohnheit hielt Magda sie lange fest und ließ ihr hohes, gerührtes Brummen erklingen.

Viviana trat hinaus in die Nacht. Die Hauptstraßen Würzburgs wurden an diesem Abend von so vielen Lampen erleuchtet, dass ihr Lichtschein sogar den Himmel über der Pleich erhellte. Der Magistrat hatte veranlasst, dass pünktlich zum Maximilians-Tag siebenhundert neue Gasstraßenlaternen aufgestellt wurden, die um einiges stärker strahlten als die alten Öllaternen. Von der Festung donnerten Kanonenschüsse.

Während die Verwandlungswütigen an die Festtafeln strömten, machte Viviana sich auf den Weg zur Festung hinauf. Zuerst war es noch ungewohnt, sich mit der Maske vor dem Gesicht und der Arzttasche zu bewegen. Ein Sultan und Damen mit Vogelmasken kreuzten ihren Weg. Harlekine waren an den bunt karierten Kleidern und Bommelmützen zu erkennen. Jeder fühlte sich frei, keiner nahm Anstoß an der Maskierung eines anderen. Auch Viviana wurde von niemandem komisch angesehen.

Überall, wo sie hinkam, ließ sie in unbeobachteten Momenten Flugblätter aus ihrer Tasche fliegen oder legte diese an geeigneten Stellen ab. Sie nahm auf Bänken Platz oder ruhte sich anscheinend auf irgendwelchen Treppenstufen aus. Wenn sie sich dann wieder erhob, befanden sich dort, wo sie gerade noch gesessen hatte, einige bedruckte Seiten Papier. Nach der Festung waren das Sander Viertel, das Hauger Viertel, die Obere Promenade und sämtliche großen Straßen an der Reihe. Nicht einmal das Mainviertel ließ sie aus. Nur dem Zuchthaus kam sie nicht zu nah.

Gegen neun Uhr war ihre Arzttasche zu zwei Dritteln geleert. Sie hatte schon Hunderte von bedruckten Blättern mit dem Gedicht verteilt. Schon einige Tage zuvor hatte sie außerdem anonym einige Exemplare an alle möglichen Zeitungsredakteure in Bayern geschickt. Viviana wollte über die Grenzen Würzburgs hinaus wachrütteln.

In so mancher Straße vernahm sie auch die eine oder andere Reaktion wie: »Was ist das denn?«, oder: »Was steht denn hier geschrieben?« Sie hoffte, dass nicht nur möglichst viele Frauen, sondern auch möglichst viele Redakteure ihr Flugblatt entdeckten und darüber berichteten. Denn dadurch würden noch mehr Menschen von ihrer Botschaft erfahren. Schließlich sprach sie ja nicht *gegen* die bürgerlichen Frauen und ihre Tugenden, sondern *für* sie!

Gegen halb zehn waren die Diners in der Stadt beendet, und die Feiernden gingen zum musikalischen Teil des Abends über. Das war auch der Zeitpunkt, zu dem die Spitalsprofessoren vom *Hotel Kronprinz* mit ihren Frauen zum Professorenschnaps ins Juliusspital aufbrechen würden.

Eine Gruppe von Schäferinnen und Bäuerinnen kreuzte Vivianas Weg, als sie vor dem Harmonie-Gebäude ankam. An der Ecke des Wohnhauses von Professor Kölliker hockte eine dickbäuchige Diana mit einem Köcher voller Pfeile auf dem Rücken, die sich dem Anschein nach gerade übergab und dabei keinen Halt an der Hauswand fand. Sollte sie ihr helfen?

Als Viviana gerade auf die Göttin der Jagd zugehen wollte, richtete diese sich jedoch wieder auf und schleppte sich die Hofstraße hinauf.

Der Weg in das Harmonie-Gebäude wurde von Kandelabern erhellt, auf denen Feuerzungen in roter, grüner und gelber Farbe leuchteten.

»Ich muss weiter«, mahnte sie sich. Es war bald zehn. Nun verließen gleich ganze Massen von Verkleideten die Harmonie und liefen die breite Treppe hinab. Darunter Augen- und Gesichtsmasken mit Federn, Edelsteinen und Blumen bestückt. Der Frühling, weitere römische Götter, Schnitter und wieder Husaren.

Viviana entschied kurzerhand, die Harmonie ebenfalls zu bestücken. Die Verteilung von Flugzetteln war hier zwar besonders prekär, wegen der zahlreichen Gäste. Aber sie hatte es auch nicht auf den Festsaal abgesehen, sondern auf den Lesesaal. Dort angekommen, legte sie Flugblätter zwischen die Bücher und sogar eines in den Bücherschrank mit den grünen Vorhängen, in dem die Konversationslexika auf wissenshungrige Mitglieder warteten. Vielleicht gab es ja auch noch andere Väter, die ihre Töchter für gelehrig hielten.

Auf dem Weg aus der Harmonie hinaus strömten einige reiche Kaufleute und Geheimräte an ihr vorbei, die Viviana an ihren Stimmen wiederzuerkennen meinte. Allen voran Geheimrat Fockenlohe mit der Stimme eines Sängers. Er war ein heimlicher Verehrer ihrer Mutter. Viviana sah Damen und Fräulein in vollendeter weiblicher Anmut an sich vorbeischweben. Einen Neptun, als Zwerge Kostümierte und jede Menge Menschen in ungewöhnlichen Trachten. Das ganze Bürgertum traf sich in der Harmonie. Später würden auch die Professoren dazukommen.

Viviana war berauscht vom Verteilen ihrer Flugblätter. Das Herz schlug ihr bereits bis zum Hals. Doch der Höhepunkt des Abends stand ihr erst noch bevor – und würde sie ins Juliusspital führen. Als Treffpunkt für ihr Dorotheen-Spektakel hatte sie »vor dem Torgebäude« angekündigt. Aber das Spektakel auch dort aufzuführen, hatte sie keinen Moment lang vorgehabt. Das Herz der modernen Wissenschaft schlug nicht vor dem Spital, sondern mittendrin.

Vor dem Torgebäude angekommen, schaute Viviana sich aufmerksam um. Aber bisher schien keine ihrer ehemaligen Mitstreiterinnen gekommen zu sein. Sie war enttäuscht, aber aufgeben würde sie niemals. Es war Punkt zehn Uhr, als sie den Hof des Spitals betrat. Zu diesem Maximilians-Tag war es den Curisten und Pfründnern erstmalig erlaubt worden, sich ebenfalls maskiert, aber gesittet im Innenhof aufzuhalten. Ohne Spirituosen und unter der Aufsicht von Wärterinnen. Viviana erkannte sofort den einbeinigen Jacob, der an Krücken ging. Er war Patient der Chirurgischen Klinik. Auch Fräulein Walther, die Patientin mit dem Darmverschluss, war trotz ihrer papiernen Elefantenmaske an ihrem buckeligen Rücken gut zu erkennen. Vielleicht an die dreißig Menschen waren zusammen mit Viviana im Innenhof, aber niemand beachtete sie. Niemand erwartete sie.

Viviana begab sich zu dem rechts im Innenhof gelegenen Springbrunnen. Professor von Marcus hatte vorab für sie mit dem Pförtner besprochen, dass er Spektakelbesucher einlassen durfte. Sie erhielten ein besonderes Billett, das sie vorzeigen mussten, wenn sie das Spital wieder verlassen wollten. Eine Vorsichtsmaßnahme, damit kein Kranker im Trubel der Feiernacht fliehen konnte.

Viviana bekam kaum noch Luft vor Aufregung. Von ihren Flugblättern war kein einziges mehr in der Arzttasche, die sie nun am Springbrunnen abstellte. Noch einmal sog sie die kühle Nachtluft tief ein und begann dann mit ihrem Vortrag: »Vor mehr als einhundert Jahren wurde ich geboren!«, rief sie den Kranken, Wärterinnen und Krähen zu. »Ich bin Dorothea Erxleben und lebe im achtzehnten Jahrhundert.« Am Maximilians-Fest waren vielerlei Schabernack und Schauspiele erlaubt. Kein Uniformierter hätte wegen ihrer Aufführung daher etwas gegen sie in der Hand, solange sie keine Waffen trug und keine politische Versammlung abhielt. »Ich war eine sehr kluge Frau, was sogar vom preußischen König gewürdigt wurde. Heute Abend möchte ich Ihnen meine Gedanken vortragen.« Demonstrativ zupfte Viviana an ihrem Brusttuch, das an längst vergangene Zeiten erinnern sollte.

Die ersten Curisten und Wärterinnen näherten sich dem Springbrunnen. Viviana rief ihnen entgegen: »Erstens: Der erste herrliche Zustand des Menschen, Mann wie Frau, war die Vollkommenheit des Verstandes. Am Beginn der Zeit wusste der Mensch alles, irrte nie und war frei von Vorurteilen. Durch den Sündenfall aber verlor er diese Glückseligkeit. Um diese Glückseligkeit der Menschheit für den Mann wie für die Frau auch nur annähernd wiederherzustellen, muss ihr Verstand gebildet werden. Beim Mann wie bei der Frau. Bildung dient also Gottes Ehre, zu unserer und unseres Nächsten Besserung. Für den Mann wie für die Frau.« Es waren zwölf Thesen, für jede der zwölf Frauen im Zuchthaus eine.

Ihre Stimme zitterte wie die von Constanze, als diese nach vielen Jahren zum ersten Mal wieder gesprochen hatte. »Zweitens: Gelehr...samkeit schickt sich sehr wohl für Frauen, weil sie fähig sind, darin etwas Tüchtiges zu leisten.« Bald ging es fließender. »Denn Seele und Verstand haben kein Geschlecht. Wer die Wahrheit schätzt, muss zugeben, dass die Gelehrsamkeit imstande ist, zu des Menschen Glückseligkeit beizutragen, und die Verachtung der Gelehrsamkeit zeigt sich darin, dass Frauen davon ferngehalten werden.« *Wäre Constanze in diesem Sinne erzogen worden,* dachte Viviana, *hätte sie es vielleicht gewagt, die Lügen über die wahre Identität ihrer Tochter aufzudecken.* »Drittens: Zur Gelehrsamkeit, bedarf es der Seele und des Verstandes.« Sie rief es lauter, damit ihre Worte auch in der Pfründner-Aufnahme zu hören waren. Dort wurde um diese Zeit der Professorenschnaps gereicht. »Wer dem weiblichen Geschlecht die Kräfte der Seele abspricht, der behauptet, dass wir Frauen nicht nach dem Ebenbild Gottes gemacht sind. Er widerspricht der Bibel!«

Viviana nickte bei dem Gedanken an die Gelehrsamkeit und das Bibelargument so überzeugt, dass ihr die Maske verrutschte und sie sich diese erst wieder über die Nase schieben musste. Fenster im Curistenbau wurden geöffnet, sie sah Schatten im zweiten Obergeschoss des Pfründnerbaus. Immer mehr Kostümierte traten hinzu, der Pförtner winkte sie von der Straße herein, und dann näherte sich Viviana eine Frau im Kostüm der Cleopatra aus Ägypten. Ihr goldenes Gewand leuchtete im Schein des Festlichts. Cleopatra trug die schwarze Rundkopfperücke der Pharaonen, auf der ein goldener Haarreif saß. Cleopatra war die letzte Pharaonin

Ägyptens gewesen, eine kluge, gebildete Frau. *Und die Frau, die sich als Cleopatra kostümiert hat, ist offensichtlich eine mutige, bildungshungrige Frau,* dachte Viviana, als sie in deren Hände eines ihrer Flugblätter entdeckte. Sie glaubte, aufgrund ihres Ganges und ihrer Körperhaltung Ursula in ihr zu erkennen. *Meine Einladung ist doch erhört worden!,* jauchzte Viviana innerlich. Ob Roswitha auch noch kommen würde? Viviana spähte über die Versammelten hinweg, ob nicht irgendwo der Rauch einer Zigarre aufstieg, was aber nicht der Fall war. Roswitha war groß, sie würde die meisten verkleideten Frauen um einen ganzen Kopf überragen.

Bevor Viviana fortfahren konnte, gab Cleopatra verkürzt die dritte These mit ihrer dünnen Stimme wieder, sodass sich die Zuschauer zu ihr umwandten. »Wer dem weiblichen Geschlecht die Kräfte der Seele abspricht, der widerspricht der Bibel!« Die Ägypterin schaute stolz in die Runde der Umstehenden, wie es sich für eine Königin und eine Pharaonin geziemte, trotz ihrer kraftlosen Stimme. Ursula Schleich war mit der berühmten Ägypterin zu einer einzigen Person verschmolzen.

»Viertens«, ergriff Viviana wieder mit lauter Stimme das Wort. »Oft wird behauptet, dass das weibliche Geschlecht zwar Verstand empfangen habe, aber weniger als die Männer, und deswegen sei die Frau zur Gelehrsamkeit auch gar nicht fähig!«, rief sie einmal mehr zum Fenster der Pfründner-Aufnahme hinauf. Sie fand immer mehr Gefallen an ihrem Spektakel. »Aber ist es nicht zweierlei, Verstand zu besitzen und gelernt zu haben, den Verstand auch anzuwenden? Würden Mann und Frau die gleiche Bildung erhalten, das gleiche Maß an Verstandesschulung«, trug sie weiter vor, »dann würden die Geschlechter bald gleichauf sein. Die Ursache für den geringen Verstand der Frau ist die mangelnde Unterweisung. Andersherum: Die Unterweisung ist die allererste Voraussetzung für Gelehrsamkeit.«

Weitere Menschen strömten in den Innenhof. Unter ihnen entdeckte Viviana neben vielen Renaissancemasken und Königen sogar eine Livia, die Gemahlin des römischen Kaisers Augustus, die ihren Willen zu dem seinen gemacht hatte. Sollten ihre einstigen Mitstreiterinnen im Gegensatz zu ihr nur abgewartet haben, ob nicht doch noch in letzter Sekunde das Militär auftauchen würde?

Weitere Fenster des Spitals wurden geöffnet. »Was soll das hier?«, brüllte eine ihr bekannte Stimme in den Hof hinab, aber Viviana ließ sich nicht beirren. Sollte Professor von Rinecker doch herunterkommen und ihr seine Einwände persönlich vortragen!

Inzwischen waren bereits mehr als einhundert Kostümierte um den Springbrunnen herum versammelt. »Fünftens: Oft wird Frauen nachgesagt, dass ihre Affekte – ihr zartes Gemüt, ihr Temperament und ihre Befindlichkeiten – ihren Verstand unbrauchbar machen würden. Ist es nicht so?«, fragte sie in die Runde.

Einige Umstehende nickten. Die als Livia kostümierte Frau drängte sich nun in die erste Reihe vor dem Springbrunnen. Weitere gekrönte Häupter und gleich eine ganze Gruppe von Wärterinnen ließen die Zahl der Zuhörer weiter anwachsen. Anhand des auffälligen Eherings der Livia vermutete Viviana hinter deren Maske entweder Käthe oder Elfriede, eine der zwölf Frauen aus dem Zuchthaus. Die beiden hatten als einzige Damen Eheringe mit großen Rubinen getragen, die nun im Mondlicht funkelten.

»Das ist so, ja! Das wird uns oft nachgesagt, aber es stimmt nicht!«, rief Livia, und Viviana fuhr fort: »Gelehrsamkeit kann ein heilsames Gegenmittel gegen Befindlichkeiten des Gemüts sein.«

»Bitte machen Sie Platz!«, näherte sich in diesem Moment Professor von Rinecker dem Springbrunnen mit hochgeschobener Sonnenmaske. »Was soll das hier?« Ihm folgten weitere Herren und Damen der Professorenschnapsrunde. Viviana erkannte unter ihnen auch Professor Virchow und Rose. Trotz ihrer Verkleidung als bäuerliches Ehepaar trug er seine gewohnte rote Schleife.

Viviana antwortete von Rinecker mit der sechsten These, denn am Maximilians-Fest waren Schauspiele erlaubt. »Sechstens: Man sagt, dass Frauen wegen ihrer zarten körperlichen Konstitution nicht zum Studieren geschaffen sind.«

Weitere Maskierte betraten den Innenhof, sogar Kaiserin Theophanu war darunter, eine der einflussreichsten Herrscherinnen des Mittelalters.

»Genauso ist es!«, rief jemand aus dem Curistenbau, gab sich aber nicht zu erkennen.

Viviana trat vor Professor von Rinecker, dessen Frau einen halben Schritt hinter ihm stand. Viviana war sich ziemlich sicher, dass der Professor genau wusste, dass er ihren Auftritt weder untersagen noch ihre Demaskierung verlangen konnte. Denn es handelte sich bei ihrem Vortrag um keine politische Versammlung, sondern um ein zuvor angekündigtes Schauspiel. Und die einzige Waffe, die sie mitführte, war ihr Verstand. Sie trug lediglich Dorotheas Worte vor.

Als hätte Franz von Rinecker die schwache Konstitution der Frau soeben bejaht, erklärte sie ihm nun ungefragt: »Wäre es tatsächlich so, dass ein zarter Körper gegen Gelehrsamkeit spräche, müssten auch alle zart gebauten Männer aus den Gymnasien und Universitäten verbannt werden. Damit würde gleichsam behauptet, dass alle zarten Männer unnütz auf dieser Welt wären, weil sie ja auch keine saure Arbeit verrichten könnten. Wer würde das zu verlangen wagen?« Bereits bei ihrem letzten Wort wandte sich Viviana von Professor von Rinecker ab, dem vor Empörung die Luft wegblieb. Es war ihr eine Genugtuung, einem Professor ihre Gedanken genauso mitteilen zu dürfen, wie es männlichen Studenten jeden Tag im Hörsaal zugestanden wurde, auch wenn diese ihm nicht passten. Inzwischen waren sie von zweihundert Zuhörern umringt, weit mehr als Viviana sich erhofft hatte.

»Siebtens«, führte sie unbeirrt aus: »Man sagt, dass es das weibliche Geschlecht in der Gelehrsamkeit nicht so weit bringen könne wie das männliche und es deswegen vom Studieren auszuschließen sei.«

Professor von Rinecker verschränkte die Arme vor der Brust und schaute aus seinen eng zusammenstehenden Luchsaugen auf sie herab. Viviana blickte erst ihm und seiner Frau, dann jedem anderen Professor und dessen Begleitung in die Augen. Professor Kölliker und seine Gattin waren in Schweizer Trachten mit Ziegenmasken gekleidet. Er hielt noch sein Schnapsglas in der Hand. Professor von Textor hatte die Augen hinter seiner Husarenmaske verachtend zu Schlitzen zusammengekniffen. Professor Virchow stand dicht bei Rose, sie hielten sich an den Händen. Die geballte Professorenkraft stand wie eine Mauer vor ihr.

Vivianas Herz schlug so schnell, als wolle es ihr aus der Brust springen. In medizinischen Sachverhalten war sie den Herren haushoch unterlegen. Sie zählten zu den besten Ärzten Deutschlands, waren an Intellektualität nicht zu überbieten. Viviana zögerte länger, Professor Virchows Blick war so vernichtend, dass sie sich plötzlich wie an jenem Tag fühlte, als sie ihm hilflos im Weg gestanden hatte.

»Geht das Spektakel noch weiter?«, rief jemand feierlaunig aus dem Publikum.

Viviana schaute über die vielen Masken, Federn und glitzernden Kopfbedeckungen auf der Suche nach Professor von Marcus' bestärkendem Blick hinweg, doch er war bei der Schnapsrunde nicht dabei.

Da trat die hochgewachsene Theophanu aus der Menge der Zuschauer heraus. Ihr Gang war forsch, das Haar war unter einem weißen Schleier versteckt. Sie trug eine Krone, die genauso golden glänzte wie ihre Haut. Sie schritt an Vivianas Seite und dann vor Professor von Rinecker und nahm sie dabei an der Hand.

Viviana spürte, wie sich die Perlen in ihrer Rocktasche bewegten. Sie ahnte, wer sich hinter der Verkleidung der Theophanu verbarg, einer ihrer Wünsche wurde wahr: Roswitha.

»Man sagt, dass es das weibliche Geschlecht in der Gelehrsamkeit nicht so weit bringen könne wie das männliche und es deswegen vom Studieren auszuschließen sei«, wiederholte Viviana noch einmal die siebte These. Mit »Müsste man dann« ging ihr Text danach weiter, aber erst als ihre Hand von Theophanu bestärkend gedrückt wurde, fuhr sie mutig fort: »Müsste man dann aber innerhalb des männlichen Geschlechts nicht ähnlich verfahren und nur diejenigen zum Studieren zulassen, die von niemandem übertroffen werden?« Sie und Kaiserin Theophanu traten Hand in Hand zum Springbrunnen. »Das würde bedeuten«, rief sie, »dass immer nur eine Person zu einer Zeit studieren könnte.« Ihr fiel auf, wie Professor Virchow die hochgewachsene Theophanu fixierte. Seine Rose lauschte gebannt. Viviana wusste, dass Rose Virchow erst vor zwei Wochen von einem Knaben entbunden worden war.

»Achtens: Man sagt, dass die gemeinsame Teilnahme von Männern und Frauen an Unterweisungen zu Ablenkungen und Unordnung führt.« Dieses Mal trat Viviana vor Professor von Textor. »Warum gelingt es dann aber, dass Männer und Frauen den Messen in Gotteshäusern gemeinsam lauschen?«

Der alte von Textor stammelte etwas, das Viviana nicht verstand.

»Wäre es nicht ein Kompromiss«, sprang nun überraschenderweise Professor Kölliker hilfreich ein, »wenn Frauen an eigens für sie gegründeten Einrichtungen ausgebildet werden, weil Männer, die zusammen mit Frauen lernen, sich sonst unwohl fühlen würden? Sie fühlen sich wie Exhibitionisten, sie haben Angst, dass die weibliche Sittlichkeit aufs Schlimmste gefährdet wird.« Professor Kölliker meckerte entsprechend seines Aufzugs nach seinen Worten wie eine Ziege. Vielleicht wollte er auch daran erinnern, dass der Ernst an diesem Feiertag nicht überhandnehmen durfte, dann nämlich wurde es gefährlich. Denn dann wäre das Spektakel nah an einer politischen Versammlung.

Viviana dachte angestrengt nach, sie suchte Blickkontakt zu Cleopatra, zu anderen Königinnen und zu Livia und hielt Theophanu fest an der Hand. Im Hintergrund gesellten sich immer noch weitere Zuschauer zu dem Spektakel, auch aus dem Spitalgarten kamen sie. Sie holte tief Luft, Dorothea Erxleben hatte sich über so viele Gegenargumente Gedanken gemacht, dass Viviana nun auf alles eine gute Antwort parat hatte.

Sie versuchte, den Professoren so gelassen entgegenzutreten, als seien sie ganz normale Männer mit durchschnittlicher Intelligenz, was ihr bei Virchow am schwersten fiel. Er galt über Würzburg hinaus inzwischen als Medizinheiliger, dessen Weggang längst die Spatzen von den Dächern pfiffen. Das Semester über den nächsten Jahreswechsel würde sein letztes in Würzburg sein. Seine Cellular-Pathologie gedachte er, von der Berliner Charité aus auf die Weltbühne zu bringen.

Viviana sagte nun: »In Medizin-Journalen ist auch immer wieder davon zu lesen, dass gerade bei Frauen«, sie lächelte Rose an, »viele Krankheiten unbehandelt und unausgesprochen blieben, aus Scham vor dem männlichen Arzt.«

Professor Virchow wollte gerade zu einer Entgegnung ansetzen, als seine Rose Viviana mit einem Nicken beipflichtete.

»Neuntens«, fuhr Viviana fort, während sie den demaskierten zweiten Bürgermeister Schwink den Innenhof betreten sah, »Mädchen werden in der Jugendzeit dazu ausgebildet, gute Haushälterinnen, Ehefrauen und Mütter zu sein. Man sagt, wenn eine Frau das sei, besäße sie genug Weisheit.«

Einige umstehende Herren nickten, darunter zwei Patienten von der Chirurgischen Klinik, die Viviana aus den Kranken-Journalen und von Professor von Marcus' Beschreibungen kannte. »Aber würde man Mädchen in der Benutzung ihres Verstandes unterweisen«, sprach sie weiter, den Blick auf eine als germanische Kriegerin verkleidete Frau geheftet, »dann würde sie als Haushälterin, Ehefrau und Mutter noch mehr Gutes stiften können. Sie könnte das eine tun, ohne das andere zu lassen. Beides ergänzte sich dann.«

Viviana schaute erneut zu Professor von Rinecker, der sie unverändert scharf fixierte. Professor Kölliker neben ihm trank unter der Ziegenmaske den letzten Schluck aus seinem Schnapsglas.

»Zehntens«, zählte sie auf. »Man sagt, dass eine Frau – sofern sie einen gelehrten Beruf ergreifen will – dann nicht mehr in der Lage sei, ihren Haushalt zu führen. Das ist nicht zu leugnen.« Viviana machte eine bedeutungsschwere Pause, die Mehrzahl der Männer nickte. »Aber was zählte eine Haushälterin weniger, wenn jene Frau stattdessen ein Heilmittel gegen böse Krankheiten entdecken würde? Diente sie damit der Gesellschaft nicht ebenso wie als Ehefrau und Mutter?«

Professor von Rinecker kam zu Viviana vor. Nur für sie hörbar raunte er ihr zu: »Sie gehen jetzt besser, Fräulein Winkelmann.«

Aber Viviana knickte nicht vor ihm ein, vielmehr tat Professor von Rinecker ihr leid, weil er den großen Virchow, sein Zugpferd, nicht länger am Juliusspital halten konnte. Wenigstens war er in zweiter Instanz wegen seiner Impfexperimente freigesprochen worden. Und soeben wurde ihm ein Schnapsglas gereicht.

»Elftens«, fuhr Viviana, an alle Versammelten gewandt, fort. »Es gibt Männer, die haben Abscheu und Angst vor gelehrsamen Frauen. Das sollte keine Frau aufhalten. Es käme einer Situation gleich, in der Männer sagten, sie bevorzugten blinde Frauen, und wir würden uns daraufhin allesamt die Augen ausstechen lassen. Das wäre sehr unvernünftig!« Viviana schaute zu Theophanu neben sich, um für ihre letzte These noch einmal Kraft zu sammeln. »Zwölftens: Wagen wir eine Veränderung! Hätten unsere Vorfahren von jeher Neues unterlassen, so würden wir heute noch in Lehmhütten wohnen und an den einfachsten Krankheiten sterben. Es ist keine Schande, sich unterrichten zu lassen.« Bei den letzten Sätzen hörte Viviana Ursula kraftvoll mitsprechen: »Die Männer mögen glauben, es kündigt sich ein Krieg der Geschlechter an, aber so ist es nicht. Es ist eine Versöhnung, das gemeinsame Aufschwingen in neue Höhen.«

Viviana verbeugte sich, wie man es am Ende einer Theateraufführung tat. Aber nur eine einzige Person applaudierte. Sie war in Begleitung einer Frau und stand an der Tür der Spitalskirche. Von dort erhorchte sie mit den Ohren, was andere Menschen mit den Augen erfassten. Professor von Marcus klatschte lange, und Viviana wäre am liebsten zu ihm gelaufen, um ihm dafür zu danken. Zögerlich fielen weitere Zuhörer in den Applaus mit ein. Einige Maskierte zogen ihre Frauen mit sich, andere standen still da und schauten nachdenklich im Innenhof umher.

Sofortige Zustimmung war Viviana nicht wichtig, wichtig war allein, dass sie ihre Ideen vom Recht der Frau auf Bildung in möglichst viele Köpfe gepflanzt hatte. Und dieses Recht bezog sich nicht nur auf das Universitätsstudium, sondern zunächst einmal auf das Abitur, das den Gang an eine Hochschule überhaupt erst ermöglichte. Es war die Hürde, an der sie selbst gescheitert war. Viviana wünschte, sie könnte das Dorotheen-Spektakel in jeder Stadt Bayerns aufführen.

Nachdem der Applaus verklungen und die Vorstellung ohne militärischen Einsatz überstanden war, fühlte Viviana sich bereit, den Obersten der Stadt anzusprechen. Die Professoren von Rinecker, von Textor und Virchow waren mit ihren Frauen und auch mit Frau Kölliker wieder im Curistenbau verschwunden. Einzig Professor Kölliker hatte sich noch nicht von seinem Platz entfernt. Er drehte das Schnapsglas nachdenklich in den Händen.

»Herr Bürgermeister, ich möchte Ihnen eine Bitte vortragen«, ergriff Viviana wieder das Wort.

Bürgermeister Schwink antwortete: »Ich denke, es war genug für heute Abend. Lassen Sie es gut sein. Sie sind bis an die Grenze des Möglichen gegangen.«

Professor Kölliker mischte sich ein: »Eine tote Ärztin aus einem anderen Jahrhundert, die Forderungen stellt?« Er mähte lustig wie eine Zicke.

Viviana betrachtete dies als Redeaufforderung. »Nicht als Dorothea Erxleben, sondern als Viviana Winkelmann bitte ich um die Erlaubnis, in Würzburg die erste Sonntagsschule für Mädchen eröffnen zu dürfen.« Sie schob ihre Maske hoch. Was die Thesen des Spektakels anging, hatte ihr die Annahme von Dorotheas Identität geholfen, jetzt aber musste sie unter ihrer eigenen weiterkommen. »Ich möchte eine Schule eröffnen, die in Gymnasialkursen Mädchen Abiturbildung vermittelt und somit überhaupt erst die Voraussetzung für ein Studium schafft.« Zusätzlich wollte sie Frauen, die an Naturwissenschaften, an Theologie oder an Medizin interessiert waren, Einblicke in diese Fachbereiche geben, damit diese das für sie richtige Studienfach auswählen konnten.

Der Bürgermeister schüttelte gerade den Kopf, als ein Schrei durch den Innenhof hallte. Er war von der Spitalapotheke gekommen. Viviana erkannte, dass sich Apotheker Ferdinand Carl über einen Mann beugte, der in einem schwarzsilber schimmernden Gehrock im venezianischen Stil im Arkadengang vor einem Pfeiler hockte. Die Frau des Apothekers stand im Hintergrund.

Soweit Viviana die Menschenmenge im Hof überblickte, war Professor Kölliker der einzige noch verbliebene Mediziner. Gerade hatte er seine Maske hochgeschoben, nun nickte er ihr zu. Sie liefen zur Spitalapotheke hinüber. Zwei Wärterinnen und der Bürgermeister folgten ihnen.

Als Viviana sich dem unverkleideten Apotheker näherte, erkannte sie in dem Mann im Venezianerkostüm den Apothekergesellen wieder. Er trug eine silbrig glänzende Maske. Otto Hauser hatte sie und elf andere Frauen zuletzt ins Zuchthaus gebracht, jetzt saß er halb tot im Arkadengang und brauchte Hilfe.

Nach einem kurzen Zögern beugte sie sich zu ihm. Er litt unter Atemnot, was sie an seinen kurzen, viel zu schnellen Atemzügen erkannte. Professor Kölliker schob ihm die Maske vom Gesicht und öffnete ihm den venezianischen Gehrock, damit er freier atmen konnte.

»Seine Haut ist blau angelaufen«, stellte Viviana fest.

Otto Hauser hatte Mühe zu sprechen. Statt seiner sagte der Apotheker nun: »Vorhin erwähnte er ein Stechen in der Brust.«

Professor Kölliker gab einer Wärterin Anweisung, eine Trage herbeizuschaffen, und schickte die zweite fort, um Professor von Rinecker zu holen. Dann hielt er Viviana sein Hörrohr hin.

Viviana legte es an. Es knisterte in der Brust von Otto Hauser. Besonders in der linken Hälfte hörte sie nur abgeschwächte Atemgeräusche. Gleichzeitig raste sein Herz unter größter Anstrengung. Die anschließende Perkussion lieferte in der linken Thoraxhälfte einen hohlen Schallton, was sie Professor Kölliker sogleich mitteilte.

Otto Hausers Zittern steigerte sich noch, als er Viviana über sich erkannte. »Fräulein Bischof ... ähh ... Winkelmann?«

»Versuchen Sie, ruhig zu atmen.« Sie sprach mit leiser, unaufgeregter Stimme, in der Hoffnung, ihn dadurch etwas beruhigen zu können. »Ein und aus«, sagte sie, obwohl sie selbst völlig aufgelöst war. »Atmen Sie langsamer.«

Otto Hauser atmete nun zwar weniger schnell, verlor aber kurz darauf das Bewusstsein.

Die Frau des Apothekers heulte auf. »Und das alles wegen dieser unerhörten Aufführung!«

Viviana hörte kaum hin, sie war ganz auf ihren Patienten konzentriert.

»Reden Sie keinen Unsinn!«, verlangte Professor Kölliker mit der Ziegenmaske um den Hals. »Seine Schwäche hat körperliche Ursachen.« Damit hatte sich die Diskussion mit der Gattin des Apothekers erledigt.

»Seine Halsvenen stauen sich schon«, erkannte Viviana.

»An welche Seite der Brust hat er sich gefasst, als er zusammensackte?«, wollte Professor Kölliker wissen.

Viviana ahnte, worauf er hinauswollte.

»Links«, erinnerte sich der Apotheker und schaute zwischen Viviana und Professor Kölliker hin und her. Dann schob er seine Brille mit dem Finger die Nase hinauf. »Oder doch rechts?«

Viviana betrachtete die Brust von Otto Hauser genauer. »Es war der linke Lungenflügel, dort sehe ich eine Wölbung und auch die Ergebnisse der Perkussion und Auskultation weisen darauf hin.«

Professor Kölliker und sie waren sich einig, dass es sich um einen Pneumothorax, einen Lungenkollaps handeln musste. Dabei drang fälschlicherweise Luft in den Zwischenraum zwischen Lungen- und Rippenfell, in die Pleurahöhle, ein und verhinderte damit die gewohnte Ausdehnung der Lungenflügel, die für eine normale Atmung aber notwendig war.

»Was schlagen Sie vor?«, fragte Professor Kölliker.

»Zuerst müssen wir seinem noch funktionierenden Lungenflügel Platz schaffen«, sagte sie und prüfte die flache Atmung ihres einstigen Peinigers. »Er atmet noch.«

Behutsam drehten sie ihn auf die Seite des verwundeten Lungenflügels, damit der gesunde Flügel sich besser ausbreiten konnte, schließlich musste er jetzt die Arbeit des anderen mit verrichten. Viviana zerrte sich ihr Brusttuch von den Schultern und schob es dem Apothekergesellen unter den Körper, damit er auf dem Steinboden weicher lag.

»Wir müssen sofort operieren!«, entschied Professor Kölliker. Bei diesen Worten vernahm Viviana ein lautes Zischen aus dem Mund des Bürgermeisters.

Die Wärterinnen kamen mit Verstärkung und einer Trage zurück. »Wir werden ihm mit einem Schlauch die Luft aus der Pleurahöhle saugen müssen«, erklärte Professor Kölliker. »Sie überwachen seine Atmung, bis mein Kollege da ist, Fräulein Winkelmann.«

Flankiert von Viviana und Professor Kölliker wurde Otto Hauser in den Operationssaal des Spitals getragen. Von Dutzenden Kostümierten umringt, schauten der Bürgermeister und der Apotheker ihnen nach.

Als sie den Operationssaal im Curistenbau erreichten, stieß Professor von Rinecker zu ihnen. Ohne einen einzigen Blick für Viviana zu haben, übernahm er. Sie trat hinter den Herren zurück.

»Sie hat gut diagnostiziert«, berichtete Professor Kölliker seinem Kollegen nebenbei. »Sehr wahrscheinlich Lungenkollaps im linken Flügel.« Er richtete die Narkoseapparatur, zwischendurch schaute er kurz zu Viviana. »Danke, Fräulein Winkelmann. Sie waren gerade unersetzlich.« Mit keinem Blick achtete Albert Kölliker auf die diesbezügliche Reaktion seines Kollegen.

Viviana lächelte erschöpft und verabschiedete sich. Nur allmählich begriff sie, dass ihr gerade die Erfüllung ihres Traumes zugestanden worden war. Dank Professor Köllikers Hilfe hatte sie sich einen kurzen Moment wie eine Ärztin gefühlt.

Zurück im Innenhof blickte sie in die Gesichter vieler maskierter Würzburger. Fast hatte sie wegen des medizinischen Notfalls das Maskenfest vergessen. Beifall brandete auf, als sie auf den Springbrunnen zuging. Der Bürgermeister erwartete Viviana. »Fräulein Winkelmann, das war sehr mutig von Ihnen«, hob er an.

Mehr hatte er nicht zu sagen? Viviana schaute ihn eindringlich an.

»Wegen Ihrer Sonntagsschule ... ich ...«

Viviana platzte vor Ungeduld. »Ja?«

»Ich denke, das wird sich einrichten lassen«, sagte er schließlich und schüttelte ihr zur Bekräftigung seiner Worte die Hand wie einem Mann.

Viviana entfuhr ein Seufzer der Erleichterung. Die Anspannung des Abends war von einer Sekunde zur anderen vergessen. »Vielen Dank, Herr Bürgermeister!« Viviana strahlte ihn an, erneut brandete Beifall auf, Cleopatra, Theophanu und Livia umringten sie.

Mit dem Geld aus der Erbschaft könnte sie nun ein Geschoss des Palais mit Tischen, Stühlen und Tafeln bestücken und Bücher und Lehrerinnen für Abiturkurse bezahlen. Sie selbst wollte den Studieneinblick in die Medizin übernehmen. In ihrer Vorstellung sah sie schon Schülerinnen durch das Haus strömen. Ein Haus wurde erst durch seine Bewohner lebendig, erst durch diese zu mehr als einer Ansammlung von Objekten und Mobiliar.

Die Revolution der Frauen hatte begonnen. Und außerdem fand Viviana, dass jedes Mädchen mindestens einmal in seinem Leben etwas in dreihundertfacher Vergrößerung sehen sollte. Und das nicht erst wie sie im Alter von zweiundzwanzig Jahren.

Professor von Marcus trat auf sie zu, umarmte sie und fragte schelmisch: »Sind Sie das, Fräulein Winkelmann?«

Viviana musste lächeln und nickte Nannette zur Begrüßung herzlich zu, die ihren Mann zum Spektakel begleitet hatte. Hand in Hand waren sie erschienen und standen so eng beieinander, dass sich ihre Schultern berührten. Enger als früher.

»Wer sonst sorgt für so viel Aufregung«, entgegnete Viviana ebenfalls schelmisch und zuckte mit den Schultern.

Professor von Marcus wirkte erholt, so als hätte er einige Tage an der See verbracht, fand sie. Außerdem schien ihr seine Sorgenfalte auf der Stirn nicht mehr ganz so tief zu sein wie früher.

»Sie haben sich mit Ihrem ersten Patienten gerade wacker geschlagen«, gestand er. »Nannettes Bericht zufolge hat sich Ihre Ruhe auf den Apothekergesellen übertragen.«

Viviana strahlte. *Ihr erster Patient.*

»Wie geht es ihm?«, wollte ihr Mentor wissen.

»Er wird gerade operiert«, erklärte Viviana. »Seine Lunge ist kollabiert.« Sie hoffte, dass Otto Hauser die Operation gut überstehen würde. Vielleicht würde sie ihm später dann einmal sagen, dass Leben zu retten erfüllender war, als Leben zu zerstören.

»Sie kennen den menschlichen Körper mittlerweile sehr gut, Fräulein Winkelmann. Dann hat Ihre Anwesenheit bei der Sektion also etwas gebracht!«, sagte Professor von Marcus.

»Sie haben damals dafür gesorgt, dass ich …?«, wurde ihr schlagartig klar.

»Nicht ich allein, ich hatte zwei Komplizen«, gestand er mit jenem Lächeln um die Lippen, das sie schon bei ihrer ersten Begegnung für ihn eingenommen hatte.

»Sie hatten zwei Komplizen?«, fragte sie verwundert nach.

»Ohne Albert, ich meine Professor Kölliker, und Doktor Staupitz wäre eine Frau bei einer Sektion wohl eher ein Unding gewesen.«

Bei dem Namen »Staupitz« zog es Viviana schmerzvoll im Herzen. Richard hatte sie anders als Hubertus nie davon abbringen wollen, Ärztin zu werden. Ganz im Gegenteil. Er hatte sie dazu ermutigt und angeleitet. Und Funken waren zwischen ihnen schon damals in der Neuen Anatomie geflogen, als er die Sektionsmesser gewetzt und sortiert hatte. *Es war richtig gewesen, Hubertus damals auf der Straße stehen zu lassen,* dachte Viviana als Nächstes. Er passte einfach nicht zu ihr, so lebhaft und positiv er auch sein mochte. Er passte besser zu einer wohlhabenden Tochter aus höheren Kreisen, einer Frau, die ihn bewunderte und die es schätzte, mit viel zu kleinen Sonnenschirmen spazieren zu gehen.

Und was war mit Paul? *Nur gemeinsam und auf Augenhöhe können Eheleute miteinander glücklich werden,* memorierte Viviana und landete mit diesem Gedanken wieder bei Richard. Wie es ihm an seinem neuen Wirkungsort wohl erging?

»So nachdenklich, Fräulein Winkelmann?«, holte Professor von Marcus sie aus ihren Gedanken zurück.

»Ach, es ist nichts«, wiegelte sie ab und versprach ihm, trotz ihrer Schule und der Gymnasialkurse weiter an seiner Seite zu sein.

Die Versammlung löste sich auf. Die Curisten wurden in ihre Krankensäle zurückgeschickt, die Pfründner fanden alleine in ihre Zimmer. Viviana verabschiedete Ursula und die anderen Frauen. Sie würden sich bald wiedersehen, spätestens zur Gründungsfeier der Sonntagsschule. Eilig auf Zettelchen gekritzelt, überließen mehrere maskierte Damen Viviana »sichere« Adressen, an die sie neue Flugblätter mit den zwölf Thesen ihres Frauen-Manifests, wie Ursula es taufte, schicken sollte.

Zum Schluss blieben einzig Viviana und Theophanu zurück.

Länger standen sie stumm nebeneinander in den Anblick des leeren Innenhofs versunken. *Was für ein unglaubliches Gefühl es doch ist, jemandem womöglich das Leben gerettet zu haben,* ging es Viviana durch den Kopf. Sie spürte einmal mehr das Kribbeln unter ihren Fußsohlen und fuhr mit den Fingern über die Glasperlen, die den Rand ihrer Maske zierten.

»Der erste Schritt ist geschafft«, sprach sie, den Blick auf das Torgebäude des Juliusspitals gerichtet. Dort hatte ihr neues Leben einst begonnen.

Theophanu nickte zurückhaltend.

»Solange ich lebe, möchte ich für das Recht der Frauen auf Bildung kämpfen. Die Erforschung der Zelle wird die Welt verändern, und wir Frauen werden das nicht nur miterleben, sondern vielleicht sogar mitgestalten.« Noch nie zuvor war ihr so bewusst gewesen, dass sie mit ihrem Kampf für dieses Recht auch einen Pakt mit den Frauen der nachkommenden Generationen schloss. Einen Pakt für mehr Unabhängigkeit.

»Roswitha, hast du Lust auf einen Tanz?« Viviana breitete ganz beseelt von diesem Gedanken die Arme aus, als wäre der Innenhof des Spitals ein gewienertes Parkett. »Ich finde, wir haben etwas zu feiern!«, setzte sie noch hinzu, weil Theophanu zögerte. »Oder ist dir mehr nach einer Zigarre?« Sie musste schmunzeln.

»Ich rauche nicht«, entgegnete Theophanu.

Der eigentümliche Klang der Stimme hinter der Maske ließ Viviana aufhorchen.

»Mama, Mama!«, kam es vom Portal des Spitals.

Viviana wandte sich um und erblickte Ella. Ihre Tochter machte sich von Paul los und stürzte mit ausgebreiteten Armen auf sie zu. »Wir haben gerade im Zuchthaus nach dir gefragt, aber da warst du nicht«, erklärte die Kleine.

»Im Zuchthaus?«, fragte Viviana verwundert und sah Paul mit den Schultern zucken, der nun ebenfalls herangekommen war. Er hatte also nicht an den Erfolg des Spektakels geglaubt.

»Ich hatte Angst um dich, Vivi«, erklärte er auf ihren enttäuschten Blick hin. »Da konnte ich nicht anders, als mir Ella zu schnappen und im Zuchthaus nachzusehen, ob sie dich dort bei Wasser und Brot halten.« Paul verstummte beim Anblick von Theophanu.

»Du hast aber eine schöne Maske. Die ist ja aus Gold.« Auch Ella nahm die historische Kaiserin in den Blick. »Darf ich sie mir für mein nächstes Kinderfest borgen?«

»Ella, die Kaiserinmaske gehört Roswitha, und sie hat sicher eine Weile daran gebastelt. Ich schenke dir meine, die hat Perlen. Schau mal ...«

Ella wagte nicht zu widersprechen, senkte aber traurig den Kopf. Da beugte sich Theophanu zu ihr hinab und streifte sich ihre Maske samt Schleier und Krone vom Kopf.

Viviana blieb die Luft weg.

»Du bist ja gar keine Kaiserin, du bist ein Mann!«, entfuhr es Ella. Doch schon im nächsten Augenblick richtete sie ihre Aufmerksamkeit wieder auf die Maske, die sie nun in ihren Händen hielt.

»Richard?« Mehr brachte Viviana nicht heraus.

Er erhob sich und griff nach ihrer Hand. Wie hatte sie seine großen Hände mit den schlanken Fingern vorhin am Springbrunnen nur nicht wiedererkennen können? Er hatte sie im wichtigsten Moment ihres Lebens festgehalten.

Paul trat zwischen Viviana und Richard: »Lass uns Ella ins Bett bringen. Es ist schon spät, sie ist müde.«

Ella hielt sich fasziniert die goldene Maske vors Gesicht.

»Vivi, *wir* gehören zusammen«, beharrte Paul ernster. »Wir drei: du, Ella und ich.«

Viviana sah ihn lange an, ohne ein Wort zu sagen. Paul hatte sie auf die Türme der Stadt geführt, ihr eine andere Perspektive auf das Leben gezeigt. Er hatte sich nicht verändert, war charmant und fürsorglich. Aber sie hatte sich verändert. Er rührte ihr Herz als Ellas Vater, aber er würde nie wieder der Mann an ihrer Seite sein.

»Bist du für immer zurück?«, fragte Viviana an Richard gewandt. Er hatte ihren Wunsch, Ärztin zu werden, bedingungslos unterstützt. Er hatte immer an sie geglaubt. »Ich habe dich vermisst.«

»Wenn du mich hier hältst?«, fragte er hoffnungsvoll.

Viviana hörte Paul weggehen. Erst nickte sie vorsichtig, dann meinte sie schelmisch: »Wie könnte ich eine so einflussreiche Kaiserin von meiner Seite lassen?«

Er lächelte gelöst. »Professor von Marcus hat mich auf dem Laufenden gehalten und unter dem Siegel der Verschwiegenheit über dein Spektakel informiert. Er ist mir sogar bis nach Prag nachgereist.«

»Du sahst gut aus als Theophanu«, bemerkte Viviana, während Richard aus dem Kostüm stieg. Darunter war er in einen eleganten Anzug gekleidet. Er sah hinreißend gut aus. Das Haar trug er offen, ohne sein Mozartbändchen.

»Nicht so gut wie du als Student mit Halsbinde«, erwiderte er.

Sie lachten gemeinsam, und Viviana fand ihn so froh gestimmt noch einmal anziehender.

»Obwohl ich nicht dein Cousin bin, worüber ich sehr froh bin, lässt du mich ja vielleicht trotzdem an deiner Sonntagsschule Einblicke in die Pathologie und Anatomie geben?«

Als Antwort küsste sie ihn lange und innig und hielt sich an ihm fest. Er könnte noch viel mehr als das, war sie überzeugt.

»Wie du dem Apothekergesellen geholfen ... und das Stethoskop eingesetzt hast ... war einfach beeindruckend«, gestand Richard noch atemlos vom Kuss. »Ich habe keinen Zweifel daran, dass du eine gute Ärztin wirst, eine Ärztin aus Leidenschaft.«

Viviana las Aufrichtigkeit, aber auch Sehnsucht in seinen Augen. Wie er so vor ihr stand, konnte sie nicht mehr nachvollziehen, wie sie ihn jemals »Doktor Grimmig« hatte nennen können.

»Hast du auch ein Stethoskop?«, wollte Ella von Richard wissen. Sie trug die goldene Maske und die Krone.

Richard nickte. »In meinem Bureau steht sogar ein Mikroskop. Damit kann man kleine Dinge ganz groß sehen.«

»Was für kleine Dinge denn?« Ella wollte es genau wissen. »Ich war schon mal eine Fliege.«

Viviana nahm ihre Tochter, ihren zarten Schmetterling, auf den Arm und drückte Ella liebevoll an sich. Deren Neugier war ungebrochen, und einmal mehr dachte Viviana, dass dieser Abend auch für die Zukunft ihrer Tochter entscheidend gewesen war.

»Ganz kleine Dinge«, erklärte Richard, »kleiner als ein Haar von dir dick ist.«

»Mama hat schon mal das Auge einer Fliege ganz groß gesehen«, berichtete Ella stolz, »und mir hat sie eine Maske mit Fliegenaugen gebastelt. Aber ich mag auch Ameisen und Würmer und am allerliebsten Affen.«

»Wusstest du, dass eine Ameise gar nicht so gut sehen kann? Sie orientiert sich viel mehr mit den Fühlern«, fragte er leise und ruhig und legte sich die ausgestreckten Hände links und rechts eng an den Kopf.

Viviana musste bei seinem Anblick lachen, und Ella fiel mit ein. Viviana war glücklich, sie hatte sich für den Richtigen entschieden. Sie blickte auf ihre Arzttasche und lächelte, vielleicht würde sie eines Tages mit der Tasche ja auf Hausbesuche gehen.

Mit Ella auf dem Arm schmiegte sie sich an Richard und schaute zum Himmel hinauf. Unzählige Sterne funkelten am Nachthimmel. Über ihnen zogen Krähen ihre Kreise. Das Krächzen der Vögel war sonst nirgends in der Stadt zu hören, nicht nirgendswo, und Viviana wollte es nicht missen. Hier im Juliusspital hatte sie die Medizin gefunden und auch die Liebe. Das Spital war ein Ort der Hoffnung. Im Spital war alles möglich.

NACHWORT

Zu Beginn des 19. Jahrhunderts war das Interesse von Ärzten, in einem Krankenhaus zu arbeiten, noch gering. Sie unterhielten Privatpraxen. Nur allmählich begriffen Mediziner, dass sich aus den Untersuchungen der vielen Patienten im *Wartesaal des Todes* (wie Krankenhäuser damals im Volksmund genannt wurden) wissenschaftliche Erkenntnisse ziehen ließen. Anders als in einer Privatpraxis war es im Krankenhaus möglich, gleichartige Krankheitsverläufe bei Hunderten von Patienten zu beobachten und daraus zu lernen. Die sogenannte Krankenhausmedizin wurde Ausgangsbasis für **revolutionäre medizinische Erkenntnisse**. Genau dieser Entwicklungsprozess hat unser Interesse geweckt, einen Krankenhausroman zu schreiben, der im 19. Jahrhundert spielt.

Im Laufe des 19. Jahrhunderts wurden durch Krankenhausmediziner zahlreiche tradierte Krankheitsbilder als falsch entlarvt und bessere Behandlungsmethoden zum Beispiel gegen Hysterie, Typhus und Tripper entdeckt. Erst im 19. Jahrhundert entwickelten sich viele Krankenhäuser zu den uns heute noch bekannten Universitätskliniken. Die Charité ist die wohl berühmteste im deutschsprachigen Raum, obwohl das deutlich ältere Würzburger Juliusspital die Charité insbesondere von 1820 bis 1860 als **herausragende Lehr- und Forschungsanstalt** überbot. Die Hörerzahlen der Medizinischen Fakultät der Alma Julia mit dem Juliusspital als Lehrkrankenhaus übertrafen die Hörerzahlen der Medizinischen Fakultät der Charité sogar noch bis in die 80er-Jahre des 19. Jahrhunderts hinein. Ein Grund, warum unsere Wahl auf das Juliusspital als Handlungsort fiel, nachdem wir mit der Recherche zu Krankenhäusern im 19. Jahrhundert begonnen hatten.

Vor allem ab den 1820er-Jahren strömten Medizinstudenten aus ganz Europa nach Würzburg, um den berühmten Johann Lukas

Schönlein dozieren zu hören. Jenen Arzt, der mit viel Begeisterung seine moderne »naturwissenschaftliche Methode« zur Diagnostik lehrte. Er führte mikroskopische und chemische Untersuchungen von Ausscheidungen und Blut in die medizinische Lehre ein, horchte mit dem Stethoskop in den Patienten hinein und perkutierte, was revolutionär für die damalige Zeit war. Mit ihm kam die naturwissenschaftliche Schule nach Würzburg. Aus Schönleins Unterricht gingen junge, talentierte Ärzte wie Rudolf Virchow, Karl Friedrich von Marcus und Franz von Rinecker hervor. Es war uns ein großes Vergnügen in Vorbereitung auf den Roman, uns über diese großen Ärzte zu belesen und sie als Privatpersonen »kennenzulernen«.

Der Strom der Studenten, der nach Würzburg kam, nahm nach Schönlein noch weiter zu, weil ab 1849 vor allem auf das Betreiben von Franz von Rinecker hin ein halbes Dutzend wissenschaftliche Schwergewichte an der Medizinischen Fakultät in Würzburg zusammenkam. *Maßgebend für den Ruhm eines Krankenhauses ist der Ruf seiner Ärzte.* Rudolf Virchow befand sich natürlich unter diesen, Albert Kölliker, Cajetan von Textor, um nur einige zu nennen. Aber nicht alle Würzburger Hochkaräter konnten wir im Roman unterbringen.

Rudolf Virchow blieb nur relativ kurz – von 1849 bis 1856 – in Würzburg. Dennoch gehörten diese sieben Jahren zu den fruchtbarsten Arbeitsjahren seines Lebens. Die Popularität seiner Mikroskopierkurse, in denen er das »mikroskopische Sehen« lehrte, war konkurrenzlos. Aber vor allem ersann und erforschte er in Würzburg seine »Cellular-Pathologie«, die den Kern seines Lebenswerks darstellt. Virchow ist der **deutsche Ausnahme-Mediziner des 19. Jahrhunderts**. Die Grundidee seiner Cellular-Pathologie lassen wir Virchow am Ende des Romans vor der Weltöffentlichkeit und dem liebeskranken Richard Staupitz verkünden. Virchow wies nach, dass menschliche Zellen ausschließlich aus Zellen entstehen und dass der Körper des Menschen grundsätzlich zellulär organisiert ist. Seine Theorie besagte damit nichts anderes und für uns heute Selbstverständliches, als dass die Zelle der Ursprung allen Lebens und aller Krankheit ist. Bis dahin war man davon ausgegangen, dass Krankheiten durch das Ungleichgewicht der Körpersäfte (die sogenannte Säftelehre oder auch Humoralpathologie) und Zellen aus Blastem entstünden. Auf der Cellular-Pathologie basiert unsere **gesamte moderne Medizin.**

Rudolf Virchow zeichnete sich nicht nur durch seinen medizinischen Ehrgeiz und seine Klarsicht aus, er war politisch und sozial sehr engagiert. Als einer der Ersten seiner Zeit äußerte er sich darüber, dass Gesundheitsvorsorge und -fürsorge keine private, sondern eine staatliche Aufgabe sein müsse und viele Krankheiten nicht auf medizinischen, sondern gesellschaftlichen Ursachen beruhten. Virchow nahm, was seine Überzeugungen und Ansichten betraf, kein Blatt vor den Mund. Seine Frau Rose war nachweislich eher von traurigem Gemüt, besonders in ihren ersten Ehejahren. Virchow schrieb seinem Vater von ihrer Freude auf den Harmonie-Tanzbällen, diesen Umstand haben wir im Roman gerne aufgegriffen.

Albert Kölliker war ebenso wie Virchow ein Ausnahme-Mediziner wie auch ein Ausnahme-Mensch und Menschenfreund. Er leistete, wie im Roman beschrieben, wichtige mikroskopisch-anatomische Vorarbeiten für den Durchbruch Virchows. Noch vor Virchow erkannte Kölliker die Zelle als den wesentlichen Baustein lebender Organismen. Allerdings zögerte er, seine Erkenntnisse so schnell und forsch in die Welt hinauszurufen, wie es sein Kollege mit dem von ihm geprägten Schlachtruf **»Omnis cellula a cellua«** tat. Albert Kölliker war Gründungsmitglied und erster Präsident der Physikalisch-Medizinischen Gesellschaft. Sein »Handbuch der Gewebelehre« gehört noch heute zur Standardliteratur im Medizinstudium, seine botanischen und anatomischen Schriften wurden weltweit beachtet.

Albert Kölliker wird Ihnen, liebe LeserInnen, in Band 2 unserer

Saga um das Würzbürger Juliusspital wiederbegegnen. Der gebürtige Züricher forschte bis an sein Lebensende in Würzburg und liegt auf dem dortigen Hauptfriedhof begraben. Kölliker wurde von Zeitgenossen als sehr gutaussehend, verständnisvoll und äußerst sympathisch beschrieben. Ein Mann, der immer ein offenes Ohr für seine Studenten und Freunde hatte. Für seine Darstellung haben wir uns an seiner Autobiografie orientiert und so manches Detail daraus im Roman verwendet. So zum Beispiel die Tatsache, dass Kölliker ein leidenschaftlicher Turner war, ein wahrer Virtuose an Reck und Barren. Brieflich belegt ist auch, dass er sich auf seiner Studienreise nach Süditalien, bei der zufällig der Ätna ausbrach, überlegte, sich mittels eines Verlängerungsholzes eine Zigarre an der erkaltenden Lava anzuzünden. Zu gerne hätten wir seinen sympathischen Vorlesungen im alten Gartenhaus des Spitals gelauscht. Dass seine Mutter belesen und gebildet war, hat uns dazu bewogen, Kölliker nicht als Gegner Vivianas darzustellen.

Im Gegensatz zu Virchow und Kölliker erlangte **Karl Friedrich von Marcus** nur regionalen Ruhm. Als leidenschaftlicher Diagnostiker und Oberarzt am Juliusspital führte von Marcus die moderne naturwissenschaftliche Schule seines Lehrers Johann Lukas Schönlein fort und sorgte damit für die weitere Verbreitung der **Auskultation und Perkussion** im deutschsprachigen Raum – für eine Diagnostik mit voller sinnlicher Aufmerksamkeit, würde Viviana jetzt sagen. Heute ist Abhorchen und Abhören für uns normal, damals war es eine Neuheit. Karl Friedrich erwarb sich auch Verdienste um die Psychiatrische Klinik und legte die Grundlage für von Rineckers Kinderklinik. In Anerkennung seiner großen Leistungen wurde ihm das Ritterkreuz verliehen, womit er als adlige Person galt, die das »von« im Namen tragen durfte (wie später Kölliker übrigens auch; Franz von Rinecker bekam seinen Adelsstand per Geburtsrecht von seinem Vater vererbt).

Karl Friedrich von Marcus' Problem war seine seit der Kindheit **fortschreitende Kurzsichtigkeit**, die bis zur Erblindung führte.

Das und wie er unter diesen Umständen dennoch weiterhin unbeirrt Vorlesungen hielt, Patienten am Krankenbett untersuchte und gegen Anfeindungen zu kämpfen hatte, ist ebenfalls überliefert. Als Beispiel für eine dieser Anfeindungen haben wir den Angriff eines Würzburger Zeitungsredakteurs samt der studentischen Verteidigung aus dem Jahr 1851 in unseren Roman aufgenommen.

Karl Friedrich von Marcus nahm sich all seiner Patienten liebenswürdig an. Die **Anekdote von der Urinverkostung**, die wir Viviana in ihrer ersten Vorlesung heimlich beobachten lassen, wird von Marcus' Lehrer Schönlein zugeschrieben. Durch von Marcus' sehr menschliche Art, und weil er – wie Viviana – mit vielen Anfeindungen wegen seiner zunehmenden Blindheit zu kämpfen hatte, schien er uns am besten dafür geeignet, zum Mentor unserer Heldin zu werden. Karl Friedrich von Marcus wuchs uns über die Erarbeitungszeit dieses Romans sehr ans Herz. »Seine« Szenen zu schreiben war uns ein besonderes Vergnügen.

Franz von Rinecker ging für sehr vielfältige Unternehmungen in die Geschichte ein. Er war ein brillanter Hochschulorganisator und -stratege. In Berufungskommissionen setzte er beispielsweise durch, dass der demokratische Virchow und der Schweizer Kölliker nach Würzburg geholt wurden. Demokraten waren damals nach der misslungenen Revolution von 1848/1849 vor allem im aristokratischen, konservativen Bayern ungern gesehen. Neben seinen Verdiensten für das Forschungsprofil der Universität und dem damit verbundenen Ruhm des Juliusspitals gründete Franz von Rinecker die erste Universitäts-Kinderklinik, wie im Roman dargestellt. Damals hieß sie noch »**Separat-Anstalt für kranke Kinder**«. Davor war es üblich, kranke Kinder wie Erwachsene zu behandeln. Rineckers Sohn Eugen verstarb tatsächlich so früh. Ob dieses Unglück allerdings den Einsatz des Professors für die Kinder-Medizin motivierte, ist ebenso wenig überliefert wie die Todesursache Eugens. Für uns lag der plötzliche Kindstod auf der Hand, eine der rätselhaftesten Todesursachen bis heute. Unter dem plötzlichen Kindstod versteht man den überraschenden Tod eines Kindes in den ersten Lebensmonaten, dem sich auch nach einer postmortalen Untersuchung keine eindeutige Todesursache zuweisen lässt. Meist suchten in vergangenen Jahrhunderten Eltern und Ammen die Schuld am Tod des Kindes bei sich. Teilweise kamen sie sogar ins Gefängnis, weil sie das Kind angeblich im Schlaf erdrückt hätten. In Jahrhunderten, in denen sich ärmere Menschen noch ein Bett teilten, ist dieser Verdacht nicht von der Hand zu weisen. Vermutlich geschahen diese Schuldzuweisungen aber häufig zu Unrecht. Bis heute sind die wahren Ursachen des plötzlichen Säuglingstods jedenfalls nicht geklärt, die potenziellen Auslöser sind zu zahlreich. Franz von Rinecker gibt sich im Roman deshalb zeitüblich selbst die Schuld. Neben seinem Engagement für die Kleinsten der Kranken forschte er vor allem auch auf dem Gebiet der Haut- und Geschlechtskrankheiten (wie im Roman beschrieben sehr intensiv über die Syphilis mit gerichtlichen Folgen), in der Augenheilkunde, der Psychiatrie und der Pharmakologie. Er galt als äußerst konservativ (weswegen wir ihn im Roman als Gegner des Frauenstudiums zeigen), redegewandt und wissenschaftlich hochkarätig.

Viviana Winkelmann, die Heldin unseres Romans, ist unserer Fantasie entsprungen. Vivianas Kampf für die **Bildung von Frauen** könnte sich jedoch genauso abgespielt haben. Während der Revolution von 1848/1849 (im Kampf für mehr Demokratie und einen deutschen Nationalstaat) erhoben bürgerliche Frauen erstmals gebündelt und organisiert ihre politischen Forderungen nach mehr Unabhängig- und Selbstständigkeit, deren erste Grundlage die Bildung darstellte. Denn eine bürgerliche Frau konnte nur dann unabhängiger von ihrem männlichen Vormund werden, wenn sie ihr eigenes Geld verdiente. Nachdem die Revolution von 1848/1849 fehlgeschlagen war, verstummten die weiblichen Proteste wieder. Genau zu diesem Zeitpunkt nimmt unsere Viviana jenen Kampf für Frauenbildung wieder auf, der das gesamte 19. Jahrhundert hindurch und auch noch danach währte.

Wie im Roman geschildert, war es vor Vivianas Zeit durchaus schon möglich, Bildung zu erlangen. Als vorläufig letzte Frau legte Charlotte von Siebold im Jahr 1812 ihr Doktorexamen im Fach Medizin ab. Kurz darauf bildeten sich auf deutschem Gebiet frauenfeindliche Regelungen aus, die für die Aufnahme eines Universitätsstudiums das Abitur verlangten. Da es erstens **für Mädchen keine Schulen** gab, die den Erwerb von Abiturwissen ermöglichten, und ihnen zweitens auch nicht zugestanden wurde, mit autodidaktisch erlerntem Wissen eine Abiturprüfung am Knabengymnasium abzulegen, war ihnen damit praktisch ein Hochschulstudium verwehrt. Bürgerliche Frauen hatten ausschließlich dem Ideal der treusorgenden Gattin, Hausfrau und Mutter zu entsprechen. Laut Überzeugung der meisten Männer im 19. Jahrhundert hatten Frauen von Natur aus eine geringere geistige Begabung und waren demnach überhaupt nicht in der Lage, wissenschaftliche Sachverhalte zu verstehen. Unter diesem Vorwand wurden Frauen zu Vivianas Zeiten auch von gesellschaftlicher und politischer Mitwirkung ausgeschlossen. Lediglich zu Repräsentationszwecken traten sie in der Öffentlichkeit auf.

Mit ihrer Sonntagsschule macht Viviana den ersten Schritt, der es Frauen überhaupt erst ermöglicht, Abiturwissen zu erwerben. Weiterhin bietet sie Einblicke in unterschiedliche Studienrichtungen an. Eines dürfen wir Ihnen an dieser Stelle schon über Band 2 verraten: Vivianas Nachfahren werden sich genauso wenig mit dem Bildungsverbot für Frauen abfinden wie Viviana selbst.

Ob **Dorothea Erxleben** im zweiten Band auch wieder an der Seite der Winkelmann-Frauen sein wird? Fakt ist, die berühmte Ärztin aus Quedlinburg im heutigen Sachsen-Anhalt, unserer Heimat, absolvierte in ihrer Epoche einen für eine Frau einmaligen medizinischen Werdegang. Zu Recht wurde sie zum Vorbild für viele Frauen nach ihr, die Ärztinnen werden wollten und/oder gegen gesellschaftliche Konventionen antraten. Dorotheas Thesenschrift über die Fähigkeit von Frauen zu studieren, die Viviana im Finale zitiert, ist eine fast zeitlose Lektüre. Die Quedlinburger Ärztin (die Mutter von vier eigenen und fünf Stiefkindern war) spricht auch darüber, dass das männliche Geschlecht im Haushalt ebenso gut Aufgaben übernehmen könne, während die Frau studiere. Dorothea war davon überzeugt, dass das Geschlecht – ob männlich oder weiblich – für niemanden und in keinerlei Hinsicht ein Nachteil sein sollte.

Wie Viviana entstammt auch die gesamte **Familie Winkelmann** unserer Fantasie. Nicht so das damalige Würzburg und die bayerische Gesellschaft des 19. Jahrhunderts, in der wir sie zum Leben erweckt haben. Vivianas Erziehung ist genauso mustergültig für die damalige Zeit wie Valentins innerer Kampf gegen seine Homosexualität. Ab 1850 galt diese nicht mehr nur (wie im Mittelalter) als sündhaftes Laster, dem jeder Mensch verfallen konnte und das im Rahmen der christlichen Buße vergeben wurde. Homosexualität galt als Krankheit. Man war überzeugt, **Schwule wie Geisteskranke** internieren und heilen zu müssen. Gleichgeschlechtliche Liebe konnte damals nur im Verborgenen gelebt werden. Wurde sie entdeckt, verloren die Betroffenen das Bürgerrecht und wurden gesellschaftlich ausgegrenzt. Ab 1871 war die Liebe zwischen Männern dann auch in Bayern unter Strafe gestellt.

Ebenso belegt ist eine Zuchthaus- bzw. **Geldstrafe für ledige Mütter** in Würzburg, mit der man vor allem die ledigen Mütter vom Land aus der Stadt heraushalten wollte. Unverheiratet schwanger zu werden, war auch in besseren Familien keine Seltenheit.

Unsere Familie Winkelmann gehört einer Gesellschaftsschicht an, die sich im 19. Jahrhundert erst herausbildete: das »neue Bürgertum«, womit das Besitz- und Bildungsbürgertum gemeint ist. Durch den zu dieser Zeit aufsteigenden Kapitalismus und die rasant fortschreitende Industrialisierung wuchs die Bedeutung von Bankiers und Fabrikbesitzern, von erfolgreichen Unternehmern insgesamt. Sie verdienten viel Geld (im Vergleich zum »alten Adel«, der sein Vermögen meist seit mehreren Generationen besaß und verwaltete). Durch ihr Geld gewannen sie sozial und politisch an

Einfluss. Anders als die Stadtbürger der Jahrhunderte zuvor, war das neue Bürgertum äußerst selbstbewusst, grenzte sich von einfachen Bürgern deutlich ab – wofür die Würzburger Harmonie-Gesellschaft nur ein Beispiel ist – und verpflichtete sich **Tugenden wie Fleiß, Ordnung, Sparsamkeit** und dem Streben nach Bildung für den Mann. Ja, auch Sparsamkeit.

Privatbankiers wie Johann und Valentin stellten noch bis 1870 die mächtigsten und wichtigsten Träger des gesamten Kreditwesens dar. Ab der Mitte ihres Jahrhunderts hatten sie aber vermehrt mit dem Aufkommen von Universal- und Aktienbanken zu kämpfen. **Privatbanken** allein waren dem Expansionsdrang der Industrie bald nicht mehr gewachsen, und so suchte diese nach neuen Möglichkeiten, die ihrer Größe und ihren Risikomöglichkeiten entsprachen. Dazu gehörten Gründungsgeschäfte, wie Valentin sie im Roman forciert. Vor allem fränkische Privatbankhäuser wurden – trotz aller gegenteiligen Bemühungen – zunehmend von großen Aktienbanken übernommen und zu Filialen für das Einlagengeschäft umstrukturiert.

Weil **Würzburgs historische Bauten** 1945 durch die Bombenangriffe der Alliierten zu neunzig Prozent zerstört wurden, sind heute kaum noch originale Gebäude aus der Winkelmann-Zeit vorhanden. Auch das Juliusspital wurde stark beschädigt. Von dessen vielen Gebäuden überstand allein die Spitalsapotheke mit ihrer einzigartigen Rokokoausstattung den Bombenangriff unbeschadet, weil sie vorausschauend eingemauert worden war. Flora und Apoll blicken noch heute von der Decke der Offizin und können im Rahmen einer Führung besichtigt werden. Die Hauptgebäude des Spitals wurden weitgehend ursprünglich wiederaufgebaut und können ebenfalls besichtigt werden. Das Juliusspital ist auch heute noch ein Lehrkrankenhaus und übernimmt in der Würzburger Altstadt die Funktion eines Akutkrankenhauses. Ein Spaziergang durch das zugängliche Spitalsgelände ist eine eindrucksvolle Zeitreise.

Aufgrund des Wiederaufbaus konnten wir den Winkelmanns und der fulminanten Medizingeschichte des 19. Jahrhunderts in Würzburg wunderbar nachspüren. Nicht nur zur Recherche, sondern auch noch während des Schreibens haben wir uns auf Spaziergängen durch die Stadt immer wieder neu inspirieren lassen. Wir sahen Viviana und Richard bildlich vor uns, wenn wir im Garten des Juliusspitals lustwandelten. Wir dachten an Paul, wenn wir Sankt Gertraud in der Pleich oder die vielen Hausmadonnen in Würzburgs Altstadt betrachteten. Viviana war beim Passieren des ehemaligen Frauen-Zuchthauses im Mainviertel stets in unseren Köpfen. Ebenso wenn wir am Nachfolgebau des ehemaligen Harmonie-Gebäudes in der Hofstraße und am fiktiven Palais der Winkelmanns vorbeigingen, welches wir aber vor allem mit Elisabeth Winkelmann verbinden. Ob den Winkelmann-Frauen über die Generationen hinweg noch eine Aussöhnung möglich sein wird? Wir finden jedenfalls, dass sie die beste Voraussetzung wäre, um den Kampf für das Recht der **Frauen, studieren zu dürfen,** gemeinsam voranzubringen. Aber lesen Sie doch selbst, in Band 2.

Eine Welt ohne ÄrztINNEN und ohne WissenschaftleINNEN ist heute nicht mehr vorstellbar. Das haben wir Frauen zu verdanken, die wie unsere Viviana Winkelmann den Mut besaßen, im Kampf für ihre Rechte viel zu riskieren.

BIBLIOGRAFIE

Das Manuskript von Professor von Marcus, das Viviana im Läd-chen im Grabenberg ersteht und studiert, ist Folgendes:

Karl Friedrich von Marcus: *Über die Entwicklung und den gegen-wärtigen Standpunct der Medicin, Eine einleitende Vorlesung zur medicinischen Klinik*, Würzburg, 1838.

Die Autobiografie von Albert Kölliker, die für die Darstellung seiner Person sehr hilfreich war, lautet:

Albert Koelliker: *Erinnerungen aus meinem Leben*, Verlag von Wilhelm Engelmann, Leipzig, 1899.

Das Gedicht »Mann und Frau«, das Viviana im Roman über ihre Flugblätter bekannt macht, entstammt:

Ella Krukenberg, in: Neue Bahnen – Organ des allgemeinen Deutschen Frauenvereins, Vol. 34, Ausgabe 22, (1899), S. 262.

Die medizinischen Aussagen Rudolf Virchows in seinen Diskussionen mit den Kollegen und die Inhalte des Vortrags, den er am Ende des Romanes über seine Cellular-Pathologie in der Harmonie hält, haben wir zu großen Teilen folgender Veröffentlichung entnommen:

Rudolf Virchow: *Cellular-Pathologie*, Archiv für pathologische Anatomie und Physiologie und für klinische Medicin, April 1855, 8. Band, Ausgabe 1, S. 3–39.

Die Thesen, die wir Viviana im Romanfinale im Innenhof des Julius-spitals verlesen lassen, entstammen inhaltlich folgender Schrift Dorotheas, die sie unter ihrem Mädchennamen im Jahr 1742 veröf-fentlichte:

Dorothea Christiane Leporin: *Gründliche Untersuchung der Ur-sachen, die das weibliche Geschlecht vom Studiren abhalten.*

Erscheint im August 2020
Wollen Sie wissen, wie es mit Viviana und
dem Juliusspital weitergeht?

CLAUDIA & NADJA BEINERT

DAS
JULIUSSPITAL

ÄRZTIN IN STÜRMISCHEN ZEITEN

ROMAN

Würzburg, Ende des 19. Jahrhunderts
Ebenso wie ihre Großmutter Viviana Winkelmann kämpft Henrike
für das Recht der Frauen auf ein selbstbestimmtes Leben – und die
Zulassung zum Medizinstudium: Ihr Wunsch zu heilen ist so stark,
dass sie heimlich als Reserve-Wärterin in der Irrenanstalt des Juliusspitals arbeitet, das dieser Tage wegen der Entdeckung der »Zau-
berstrahlen« von Professor Röntgen kopfsteht. Ihr Traum ist es, als
Irrenärztin das Leid der Geisteskranken zu lindern und bei dem viel
gerühmten Professor Rieger im Spital zu studieren. Als Henrike sich
jedoch in einen französischen Medizinstudenten verliebt, kommen
ihre Geheimnisse ans Licht. Kurz darauf wird Würzburg von der Tuberkulose heimgesucht, und plötzlich geht es für Henrike um Leben
und Tod. Ihr Traum von der Medizin und die Abschaffung des Im-
matrikulationsverbotes für Frauen rücken in weite Ferne.